Abigail Reynolds

# Der Preis des Stolzes

Eine Variation von *Stolz und Vorurteil*

übersetzt von Nicola Geiger

White Soup Press

DER PREIS DES STOLZES: EINE VARIATION VON STOLZ UND VORURTEIL

Erstausgabe. 20. August 2021.

Geschrieben von Abigail Reynolds.

# Prolog

Darcy rieb sich mit seinen Fingerknöcheln über die Stirn, als er sich auf den Stuhl hinter seinem Schreibtisch sinken ließ. Dies war nicht die Heimkehr, die er sich erträumt hatte. So oft hatte er es sich vorgestellt, wie er mit Elizabeth, seiner Braut, an seiner Seite hier ankommen würde. Elizabeth, deren schöne Augen und sprühender Esprit seiner Seele Flügel verliehen und sie zum Fliegen brachte. Elizabeth, die niemals die Seine sein würde.

Wenn sie doch nur seinen Heiratsantrag angenommen hätte! Er hatte gedacht, dies sei der erste Schritt in eine bessere Zukunft. Die vier Monate seitdem waren nicht genug gewesen, um die Spuren von ihr aus seinem Herzen zu löschen. Stattdessen hatte ihr Verlust seine Gefühle für sie nur noch tiefer werden lassen, für die Frau, die er so leidenschaftlich liebte, aber niemals haben konnte.

Anstatt ihr Pemberley nun zu Füßen zu legen und ihr stolz all jene Winkel seines Zuhauses zu zeigen, die er am meisten liebte, befand er sich allein in seinem Arbeitszimmer, weil er seiner Reisegruppe vorausgeritten war, damit er sich diesem Schmerz ohne Zeugen stellen konnte. Elizabeth würde die Dunkelheit hier niemals mit ihrem Lächeln erhellen oder das Lachen wieder nach Pemberley zurückbringen, jene Art von Lachen, an das er sich aus seiner frühen Kindheit erinnerte. Diese Freude war mit jedem Jahr, das er älter geworden war, immer stärker abgeebbt und die ständigen Auseinandersetzungen um Drew hatten die Atmosphäre vergiftet. Der Tod seiner Mutter und die lange Krankheit seines Vaters hatten ihr Übriges dazu getan.

Er hatte gedacht, Elizabeths Anwesenheit könnte die Leere verbannen, dass ihr geistreicher Witz, ihr Esprit und ihre Wärme hier wieder Liebe und Glück zurückbrächten. Und dann hatte sie ihn zurückgewiesen. Bitter, wütend und ohne ihm Raum für Hoffnung zu lassen.

Der Butler erschien an der Tür des Arbeitszimmers. "Mr. Andrew Darcy ist hier, und wünscht Sie zu sehen", sagte Hobbes.

Darcy richtete sich auf. Drew war tatsächlich hier in Pemberley und suchte ihn auf? Es geschahen noch Zeichen und Wunder. Vielleicht war aus diesem Debakel doch etwas Gutes hervorgegangen, und zumindest hätte er eine Person wieder zurückbekommen, die er verloren hatte. "Führen Sie ihn herein."

Hobbes zögerte. In dieser beinahe unmerklichen Veränderung seines Tonfalls, wie sie bei dem alten Butler nur dann vorkam, wenn es um Angelegenheiten ging, die er für bedeutsam hielt, sagte er: "Mr. Andrew befindet sich im Salon."

Darcy sah sich im Arbeitszimmer um. Warum wollte Hobbes, dass Darcy Drew eher im formellen Rahmen des Salons empfing und nicht hier? Stimmte irgendetwas nicht? Aber Hobbes hatte Drew auch in jenen Jahren gekannt, als Darcy zur Schule und auf die Universität gegangen war, also wusste er möglicherweise etwas, dessen Darcy sich nicht bewusst war.

Darcy erhob sich. "Also schön; ich werde zu ihm gehen."

War das ein Anflug von Erleichterung in den altersschwachen Augen des Butlers? "Sehr wohl, Sir."

Als Darcy durch den schweren, geschnitzten Türrahmen seines Arbeitszimmers schritt, traf ihn die Antwort wie ein Blitz. Natürlich, dies war das Arbeitszimmer seines Vaters gewesen. Der Ort, an dem der Hausherr den Kindern immer Standpauken gehalten und es auch gelegentliche Prügel gesetzt hatte. Darcy erinnerte sich nur allzu gut an ein paar unangenehme Besuche dort, aber Drew, der immer wegen der einen oder anderen Angelegenheit in Schwierigkeiten gewesen war, musste viele schlechte Erinnerungen daran haben. Zweifellos war er in diesem Raum verstoßen worden. Ja, es war entschieden besser, mit ihm an einem anderen Ort zusammenzukommen.

Und Hobbes hatte erkannt, wofür Darcy blind gewesen war. Elizabeth hatte recht gehabt, als sie ihn einer selbstsüchtigen Verachtung für die Gefühle anderer beschuldigt hatte.

# DER PREIS DES STOLZES

Aber er war entschlossen, sich zu ändern, ein besserer Mensch zu werden, der einer Frau wie Elizabeth würdig sein konnte. Drews Anwesenheit hier war ein Beweis dafür. Elizabeths Ablehnung hatte zu seiner Entscheidung geführt, Drew erneut die Hand zu reichen, ihm die Stellung in Kympton anzubieten und geduldig – oder zumindest mit dem äußeren Anschein von Geduld – zu warten, während Drew sein großzügiges Angebot sorgfältig auf mögliche Fallstricke prüfte. Soviel hatte er von Elizabeth gelernt. Er konnte nicht davon ausgehen, dass ihm irgendjemand vorbehaltlos vertraute, nur weil er sich das wünschte. Seine Geduld hatte sich ausgezahlt. Schlussendlich hatte Drew die Stellung angenommen, und war jetzt wieder zurück in Pemberley, wo er hingehörte.

Und da war Drew nun, stand auf der anderen Seite des Salons und studierte ein kleines Aquarellgemälde an der Wand.

"Georgiana hat das letztes Jahr gemalt", sagte Darcy. "Ich finde, sie hat die Herbstfarben besonders gut eingefangen."

Drew fuhr zusammen und drehte sich zu ihm um. "Ja. Sie scheint ein gutes Auge für das Pittoreske zu haben", sagte er steif. Immer steif. Würde Drew ihm denn niemals vertrauen? Aber das würde Zeit und noch viel mehr Geduld brauchen.

"Das hat sie, wenngleich sie nur die Fehler in ihren Gemälden sieht." Nein, er musste warm und zugänglich sein. "Willkommen. Ich bin froh, dich zu sehen. Möchtest du vielleicht ein Glas Wein?"

Drews Lippen wurden schmal. Was hatte Darcy jetzt schon wieder falsch gemacht? "Nein, danke dir. Ich werde nicht viel deiner Zeit in Anspruch nehmen. Tut mir leid, dich zu stören, wenn du gerade erst angekommen bist."

"Nicht im Geringsten. Es freut mich sehr, dich zu sehen. Wie findest du das Pfarrhaus in Kympton? Ist es in zufriedenstellendem Zustand?" Darcy musterte ihn und bemerkte einen blauen Fleck, der einen Schatten auf seine Wange zeichnete. Handelte es sich dabei um einen Unfall oder war er in eine Schlägerei verwickelt gewesen?

Sein Bruder zupfte an seinen Manschetten und sah aus, als wäre ihm unbehaglich. "Ja, sehr zufriedenstellend, und ich danke dir nochmals, dass du mir die Stellung dort gewährt hast."

"Du hast mir einen Gefallen getan, als du sie angenommen hast. Ich bin erleichtert, die Pfarrei in zuverlässigen Händen zu wissen."

Drew sprach hastig weiter, als wäre er nervös. "Jedoch hätte ich dich an deinem ersten Abend zu Hause nicht gestört, hätte ich dir nicht etwas Wichtiges mitzuteilen, und ich wollte, dass du diese Neuigkeit von mir und nicht von jemand anderem hörst."

Oh nein. Das klang unheilvoll. In welche Schwierigkeiten hatte sich Drew jetzt schon wieder gebracht? Was auch immer es war, Darcy musste ruhig bleiben. "Neuigkeiten?"

Drew atmete tief durch. "Ich bin verlobt und werde heiraten."

"Verlobt? Meine Glückwünsche! Das sind ja hervorragende Neuigkeiten." Zumindest wusste er, wie er richtig darauf reagieren sollte, auch wenn der Gedanke an einen verheirateten Drew ihn kalt erwischte. Oder vielleicht brachte es nur sein eigenes Versagen, sich zu verloben, wieder an die Oberfläche. Elizabeth sollte als seine Frau an seiner Seite sitzen, und stattdessen war er allein, während Drew sich verlobt hatte. "Darf ich fragen, wer die Glückliche ist?" Nicht, dass er diesbezüglich besondere Sorgen gehabt hätte. Er hatte Erkundigungen über Drews Verhalten in der letzten Zeit eingeholt, bevor er ihm die Stellung angeboten hatte, und ihm war nicht zu Ohren gekommen, dass er ein Schwerenöter sei.

"Eigentlich", sagte er, "glaube ich, dass du bereits ihre Bekanntschaft gemacht hast. Sie heißt Miss Bennet. Miss Elizabeth Bennet."

Die Welt hörte auf, sich zu drehen, als die Worte in seinem Kopf widerhallten. Das konnte nicht sein. Das war ein grauenhafter Scherz. Oder vielleicht hatte er sich verhört. "Miss Elizabeth Bennet von Longbourn?" Erstaunlicherweise tat seine Stimme immer noch ihren Dienst.

"Genau die meine ich." Drew beobachtete ihn ruhig.

Das konnte nicht sein. Drew, verlobt mit Elizabeth? Wie war so etwas möglich? Wie hatte sein Bruder Elizabeth überhaupt kennengelernt? Warum hatte sie ihn nie erwähnt? Aber alle Fragen der Welt konnten nicht verhindern, dass ihn dieser qualvolle Schmerz innerlich zerriss.

Eines Tages würde sie einen anderen Mann heiraten, das hatte er gewusst. Aber doch nicht so bald. Und nicht Drew! Gott steh ihm bei, nicht Drew. Darcy würde sie wieder und wieder zusammen sehen müssen, würde wissen, dass sie in Drews Armen war, dass sie Drews Kinder gebar, nicht seine... Er saugte scharf die Luft ein und unterdrückte den Drang, sich den Bauch zu halten und Drew anzubrüllen, dass dies unmöglich war.

Aber wenn er seine Stimme gegen Drew erhob oder ihn gar kritisierte, würde er seinen Bruder nie wiedersehen. Es hatte all diese Jahre gedauert, bis Drew bereit gewesen war, sich auch nur mit ihm zu unterhalten, geschweige denn, über Pemberleys Schwelle zu treten. Er konnte ihn jetzt nicht wieder verlieren.

Und wie konnte er Drew einen Vorwurf daraus machen, dass er Elizabeth liebte, wenn er sie selbst so unwiderstehlich fand? Aber Elizabeth wollte ihn nicht. Sie wollte Drew. Blut rauschte in seinen Ohren.

Schließlich brachte Darcy hervor: "Ich wusste nicht, dass ihr miteinander bekannt seid."

Drew zuckte die Achseln. "Sie hat dich mir gegenüber auch nie erwähnt, bis ich ihr den Antrag gemacht habe."

"Kennst du sie schon lange?" Er wusste nicht, welche Antwort er sich eher erhoffte, ein Ja oder ein Nein. Dass Elizabeth ihn zurückweisen und dann eine Verlobung mit seinem Bruder eingehen konnte. Es war unerträglich.

Drews Augen verengten sich. "Lange genug."

Elizabeth hatte Drews Antrag angenommen. Sie hatte eingewilligt, ihn zu heiraten, nachdem sie Darcy gesagt hatte, dass er der letzte Mann auf Erden sei, mit dem sie sich eine Ehe vorstellen könnte. Aber sie hatte beschlossen, Drews Frau zu werden. Seine Brust zog sich schmerzhaft zusammen. Würde er jemals wieder einen vollen Atemzug nehmen können?

Er musste etwas sagen, all das, was man in so einem Fall eben sagte, auch wenn seine Welt in winzige Stücke zerbrach. "Du kannst dich glücklich schätzen. Ich wünsche euch beiden Glück. Wann ist die Hochzeit?"

"Wir haben noch keinen Termin festgelegt. Wir haben die Übereinkunft gerade erst getroffen. Du gehörst zu den Ersten, die es erfahren." Drew hob eine Augenbraue und sagte geflissentlich: "Miss

Bennet befürchtete, du könntest Einwände gegen die Verbindung erheben, aber ich sagte ihr, dass ich deine Erlaubnis zum Heiraten nicht benötige."

Darcy schluckte schwer. Natürlich erhob er Einwände. Einwände beschrieben seine Gefühle dazu nicht im Entferntesten. Aber er sagte: "Ich wüsste nicht, weshalb. Sie ist die Tochter eines Gentlemans, daher ist es eine vollkommen angemessene Verbindung." Wie konnte die lachende, neckende, witzige Elizabeth nur den strengen, wütenden Drew heiraten? Oh ja, er erhob Einwände, jede Faser seines Körpers erhob sie. Aber das könnte er niemals sagen.

Drew lächelte sogar. "Gut. Ich bin froh, das zu hören."

Darcy konnte sich nicht vorstellen, jemals wieder froh zu sein.

Aber eines musste er noch wissen, ein letztes Körnchen Salz auf die offene, klaffende Wunde seines Herzens. "Ich erinnere mich, gehört zu haben, ihre Mitgift sei klein. Ist das dann also eine Liebesheirat?"

Die Linien auf Drews Stirn glätteten sich. "Ja", sagte er leise. "Ich liebe sie."

# Kapitel 1

Der kleine Spiegel in Elizabeths Zimmer im Gasthaus *Zum weißen Hirschen* zeigte schonungslos, wie müde sie war, als sie sich die Haare für die Nacht flocht. Es war ein langer, anstrengender Tag gewesen. Die Reise von Bakewell war angenehm genug verlaufen, und bei ihrer Besichtigung Pemberleys hatte es weder an Schönheit noch an Interesse gemangelt. Aber Darcys Zuhause zu sehen, selbst in seiner Abwesenheit, und das Lob der Haushälterin auf den Herrn von Pemberley zu hören, hatte schmerzhafte Erinnerungen geweckt, ganz zu schweigen von Bedauern. Glücklicherweise war er selbst nicht dort gewesen und wurde erst in vierzehn Tagen erwartet. Bis dahin wäre sie bereits auf dem Weg zurück nach Longbourn, sodass ihr zumindest die Peinlichkeit erspart blieb, ihn wiederzusehen.

Es klopfte an der Tür. "Lizzy? Bist du noch wach?" Es war die Stimme ihrer Tante.

"Ja. Komm herein." Was könnte Mrs. Gardiner jetzt wollen? Sie hatten den ganzen Tag zusammen verbracht. Als ihre Tante hineinschlüpfte, sagte Elizabeth: "Stimmt etwas nicht?"

"Das wollte ich dich eigentlich fragen", sagte Mrs. Gardiner. "Du warst heute sehr ruhig, überhaupt nicht du selbst, und ich habe mich gefragt, ob unsere Reise vielleicht nicht deinen Wünschen entspricht oder ob du mit Derbyshire unzufrieden bist."

"Oh, nein! Ich genieße es sehr! Du weißt, wie sehr ich mich immer danach gesehnt habe, an neue Orte zu reisen. Die Landschaft hier übertrifft meine Erwartungen bei Weitem. Ich liebe die steilen Hänge und das schroffe Gelände. Ich glaube, ich könnte sehr lange in Derbyshire bleiben,

7

ohne mich zu langweilen." Nichts davon war gelogen, und vielleicht würde es ihre Tante ablenken.

Aber Mrs. Gardiner ließ sich nicht leicht täuschen. "Gibt es dann etwas Anderes, das dich bedrückt? Ich möchte nicht neugierig sein, aber selbst dein Onkel hat bemerkt, dass du beim Abendessen gedrückter Stimmung warst."

Es wäre vermutlich am einfachsten, ihr die Wahrheit zu sagen, oder zumindest einen Teil davon. Sie hatte keine Lust, ihrer Tante zu sagen, dass Mr. Darcys Zuhause zu sehen sie melancholisch gestimmt hatte. "Ich habe über meine Zukunft nachgedacht", sagte Elizabeth leise. "Jane und ich haben uns unterhalten, bevor ich Longbourn verließ, und das hat mir gezeigt, wie schwierig unsere Lage ist. Keine von uns beiden wird in Meryton einen Ehemann finden. Die wenigen heiratsfähigen Herren dort haben sich bereits anderweitig orientiert. Selbst als die Stadt von alleinstehenden Milizsoldaten überrannt wurde, zeigte keiner von ihnen ernsthaftes Interesse an uns, und warum sollten sie auch? Wer wäre bereit, eine von uns zu heiraten, wenn das bedeuten würde, sich eines Tages auch um unsere Schwestern und unsere Mutter kümmern zu müssen? Selbst Janes Schönheit und sanftes Gemüt genügen nicht, um diesen Nachteil auszugleichen."

"Du hast Angst, als alte Jungfer zu enden?", fragte ihre Tante sanft.

Elizabeth schüttelte den Kopf. "Ich habe nichts gegen diesen Gedanken, bereits eine Zeit lang habe ich das für wahrscheinlich gehalten. Aber ich ging immer davon aus, dass Jane heiraten würde und dass ich nach dem Tod meines Vaters bei ihrer Familie leben könnte. Aber Jane gegenüber wurde nicht einmal ein Antrag angedeutet und nun spricht sie davon, sich einen Handelstreibenden zu suchen, der sie heiraten würde, nur damit sie verhindern kann, unseren Verwandten zur Last zu fallen. Wie selbstbezogen es von mir war, dass ich mich auf sie verlassen habe und davon ausging, sie würde mir meine Zukunft schon sichern!"

"Ich glaube nicht, dass die Situation so hoffnungslos ist", sagte ihre Tante. "Immerhin bist du erst zwanzig. Jedoch, das, was du über Meryton sagst, könnte einen wahren Kern haben, ebenso, dass es dir zum Nachteil gereicht, dort zu sein, wo jeder deine Familie kennt. Vielleicht sollten wir uns mehr bemühen, dich geeigneten alleinstehenden jungen Männern in London vorzustellen."

"Jane hat gerade fünf Monate bei euch in London verbracht." Und kam ohne Verehrer nach Hause.

Ihre Tante seufzte. "Wohl wahr, aber sie hat Mr. Bingley nachgeweint und wir haben uns wenig Mühe gegeben, sie zu exponieren. Ich kenne Männer, die sich für dich oder Jane interessieren könnten. Vielleicht nicht die Verbindungen, die sich deine Eltern für euch erträumt hatten, aber es sind rechtschaffene Männer in sicheren Stellungen und mit guten Aussichten für die Zukunft."

London mochte ein wunderbarer Ort sein, aber Elizabeth verspürte keinen Drang, dort zu leben. Nach einiger Zeit in der Stadt sehnte sie sich stets nach der Freiheit des Landes. "So verzweifelt bin ich noch nicht, liebste Tante!" Sie versuchte amüsiert zu klingen, selbst wenn sie sich nicht danach fühlte. "Wenn ich keinen Mann heiraten kann, den ich respektiere, würde ich lieber eine Position als Gesellschaftsdame finden. Vielleicht würde ich dann mehr von der Welt sehen können." Aber die meisten Gesellschaftsdamen sahen nichts von der Welt und mussten jede Laune der Lady ertragen, der sie dienten.

"Ich hoffe, du weißt, dass dein Onkel und ich alles tun werden, was wir können, um für euch zu sorgen."

Diese Zusicherung, die Mrs. Gardiner nun aussprach, ließ Elizabeth vermuten, dass diese Diskussion bereits zwischen ihrer Tante und ihrem Onkel stattgefunden hatte. Die Gardiners waren sich ihrer Situation durchaus bewusst. Bewusster als sie selbst es sich gewesen war.

Sie umarmte Mrs. Gardiner. "Ihr seid die Güte und Großzügigkeit selbst." Aber die Gardiners hatten selbst vier Kinder. Fünf Bennet-Schwestern unterstützen zu müssen, wäre eine enorme Belastung für sie.

Ihre Tante lächelte. "Du liegst uns sehr am Herzen."

Elizabeth nahm sich zusammen. "Aber nun genug von diesen düsteren Gedanken! Welche Pläne habt ihr für morgen?"

"Ich dachte, wir könnten Mr. Morris im Pfarrhaus besuchen. Er war sehr freundlich zu mir, als er nach dem Tod meines Vaters die Pfarrersstelle übernommen hatte, und ich gestehe, ich würde das Haus, in dem ich aufgewachsen bin, gerne noch einmal sehen."

"Oh ja, ich auch", sagte Elizabeth.

"MEINE LIEBE MRS. GARDINER!" Der ältere Herr mit den weißen Haaren schlug entzückt seine Hände aufeinander. "Sie sehen keinen Tag älter aus als vor all den Jahren, als Sie dem Haushalt Ihres Vaters vorgestanden haben."

"Was für ein Schmeichler Sie sind, Mr. Morris!", rief Mrs. Gardiner herzlich aus. "Ich habe jetzt vier Kinder. Bitte gestatten Sie mir, Ihnen meinen Mann und meine Nichte, Miss Bennet, vorzustellen."

Der Pfarrer schüttelte Mr. Gardiner herzlich die Hand. "Es ist mir eine große Freude, Sir. Miss Bennet, genießen Sie Ihren Besuch in Derbyshire?"

Elizabeth knickste. "Sehr sogar." Irgendetwas an dem warmen Lächeln des alten Mannes brachte sie dazu, ihm instinktiv zu vertrauen.

Mr. Morris deutete auf einen großen jungen Mann, der in der gegenüberliegenden Tür stand. "Drew, komm und lern meine Gäste kennen! Kennst du Mrs. Gardiner noch aus der Zeit, als sie noch in Lambton lebte? Sie war damals noch Miss Carlisle gewesen, die Tochter des alten Mr. Carlisle, der diese Pfarre vor mir innehatte. Lambton hat sie nicht lange, nachdem ich hier Pfarrer geworden war, verlassen."

"Dann war das vor meiner Zeit", sagte der jüngere Mann mit einem freundlichen Lächeln. "Aber es ist mir eine Ehre, Sie kennenzulernen."

"In diesem Fall, Mrs. Gardiner, darf ich Ihnen Mr. Andrew Darcy, meinen ehemaligen Schüler und – ich wage, zu behaupten – meinen derzeitigen Schützling vorstellen?", fragte Mr. Morris. "Er hat vor kurzem die Pfarrei in Kympton übernommen."

Elizabeth wurde hellhörig. Darcy? Nicht der Mr. Darcy, den sie kannte, dem Himmel sei Dank! Abgesehen von seiner Größe hatte dieser Herr keine Ähnlichkeit mit ihm. Sein glattes, helles Haar, sein kantiger Kiefer und das Kinn mit dem Grübchen in der Mitte waren anders als Mr. Darcys dunkle Locken und seine ebenmäßigen, wie gemeißelt wirkenden Gesichtszüge, und ihm fehlte der gewohnheitsmäßig hochmütige

Ausdruck des anderen Mannes. Stattdessen wirkte sein Gesicht offen und umgänglich. Aber angesichts seines Namens und der Tatsache, dass er keine fünf Meilen von Pemberley entfernt lebte, musste er ein Verwandter sein, vielleicht eine Art Vetter. Höchstwahrscheinlich ein entfernter, da sie noch nie von Cousins auf der Darcy-Seite gehört hatte. Seine Kleidung schien auf ärmlichere Verhältnisse hinzuweisen – ordentlich, aber nicht besonders modisch, die Ärmel seines Gehrocks waren an den Ellenbogen abgewetzt. Nein, offensichtlich kein enger Verwandter von Mr. Fitzwilliam Darcy, dem Himmel sei Dank.

Mrs. Gardiner rief aus: "Kympton – das ist ein so schönes Dörfchen! Ich erinnere mich, dass ich als Kind das Pfarrhaus dort einmal besucht hatte. Ein charmantes Haus."

Ein Schatten schien über das Gesicht des jungen Mannes zu huschen. "Ich bin noch dabei, mich mit Kympton vertraut zu machen."

"Es braucht Zeit, um sich einzugewöhnen", sagte Mr. Morris. "Möchten Sie sich nicht setzen?" Er gab Tee und Erfrischungen in Auftrag und ermutigte Mrs. Gardiner sanft, ihm von ihren Reisen und ihrem Leben zu erzählen, seit sie Lambton verlassen hatte. Beinahe zufällig saßen die beiden jungen Leute zusammen auf einem kleinen Sofa. Elizabeth verspürte eine gewisse Beklommenheit, dass sich dieser neue Mr. Darcy doch noch als so hochmütig erweisen könnte wie der, den sie nicht vergessen konnte, aber als sich das Gespräch zwischen Mrs. Gardiner und Mr. Morris um Menschen zu drehen begann, von denen sie noch nie gehört hatte, sagte sie: "Lambton scheint ein charmantes Städtchen zu sein. Kennen Sie es gut?"

Er lächelte und stellte seinen Tee und den Kuchen unangetastet beiseite. "Ich habe als Junge zwei Jahre hier gelebt und wurde von Mr. Morris unterrichtet, aber seitdem war ich nicht mehr hier. Ich bin froh, wieder auf vertrautem Boden zurück zu sein, doch einer eigenen Pfarrei vorzustehen, ist für mich eine gewaltige Veränderung. Mr. Morris hat mir sehr geholfen, herauszufinden, was von mir erwartet wird."

"Ich kann mir vorstellen, dass er ein guter Mentor ist." Elizabeth nahm einen Schluck Tee. Er war so bitter, dass sie Schwierigkeiten hatte, das Gesicht nicht zu verziehen. Kein Wunder, dass dieser junge Geistliche ihn nicht trank!

"Grauenhaft, nicht wahr?", sagte er in einem fröhlichen Unterton. "Mein Rat ist, den Kuchen nicht zu kosten, besonders, wenn Ihnen Ihre Zähne lieb sind."

Elizabeth musste unwillkürlich lächeln. "Ich danke Ihnen für Ihren Rat, aber ich möchte unseren Gastgeber nicht vor den Kopf stoßen."

Der junge Mann nahm die Teetasse aus ihrer Hand und stellte sie neben seine eigene. "Er wird nicht beleidigt sein. Er ist zu sanftmütig, um seine Köchin zu entlassen, weil sie nicht weiß, wo sie sonst hingehen sollte, aber er ist sich durchaus bewusst, dass die Ergebnisse ihrer Kochkünste beinahe ungenießbar sind."

"Dann ist er also ein großzügiger Gentleman", sagte sie.

"Der Beste, der mir je untergekommen ist", sagte er ohne Umschweife. "Aber ich habe gelernt, hier niemals aufzuschlagen, wenn ich hungrig bin."

Nein, dieser Mr. Darcy hatte einen großzügigen Geist, ganz anders, als der, den sie in Meryton kennengelernt hatte und der ihr nicht aus dem Kopf gehen wollte, ganz besonders nicht, nachdem sie am vorigen Tag sein Zuhause besichtigt hatte. Warum konnte sie ihn nicht einfach vergessen?

Mr. Morris beugte sich zu Mrs. Gardiner und wisperte ihr leise etwas zu. Auf ihr Nicken hin sagte er: "Drew, ich glaube, Mrs. Gardiner würde es möglicherweise eine Freude bereiten, wenn sie die Räumlichkeiten oben auch zu sehen bekäme, aber meine alten Knie sind zu schwach, um sie überall herumzuführen. Wärst du so nett und würdest ihr die Ehre erweisen?"

"Selbstverständlich, Sir." Der junge Mann erhob sich.

"Wie freundlich von Ihnen!", rief Mrs. Gardiner aus.

"Er kennt das Haus fast so gut wie ich", sagte Mr. Morris. "Mrs. Gardiner könnte auch daran interessiert sein, von deinem Pfarrhaus zu hören, Andrew."

"In der Tat, Sir", sagte er höflich. "Hier entlang, Mrs. Gardiner."

Nachdem die beiden den Raum verlassen hatten, rieb sich Mr. Morris mit einem Funkeln in den Augen die Hände und wandte seinen Blick dann Mr. Gardiner und Elizabeth zu. "Vergeben Sie mir, dass ich Ihnen die Besichtigung des Hauses nicht ebenfalls angeboten habe, aber ich hatte meine Gründe. Ich glaube, Mrs. Gardiner ist möglicherweise in der Lage, dem jungen Drew dringend benötigte Ratschläge zu geben. Der Herr war gut genug, mir just in dem Moment, als Drew mich um Rat in dieser Angelegenheit bat, eine Frau zu schicken, die in einem Pfarrhaus aufgewachsen ist. Da ist doch dann das Mindeste, was ich tun kann, ihnen Zeit zu verschaffen, damit sie ungestört miteinander sprechen können."

"Er ist also unverheiratet?", erkundigte sich Mr. Gardiner.

"Ja", sagte Mr. Morris. "Er war Hilfspfarrer, ehe er hierherkam, ist also mit seinen pastoralen Pflichten vertraut, aber diese Arbeit schloss nicht die Führung eines Pfarrhauses mit ein. Das, welches er zusammen mit seiner Stellung übernommen hat, wurde von seinem letzten Bewohner nicht gut instandgehalten und die Diener sind allesamt schlampig und faul. Bedienstete stellen für Geistliche immer eine Herausforderung dar, da sie sowohl unsere Angestellten als auch unsere Gemeindemitglieder sind und der arme Drew hat keinerlei Erfahrung darin, einen Haushalt zu führen."

Mr. Gardiner kicherte. "Wenn ich meiner Frau ein Kompliment für ihre Haushaltsführung mache, sagt sie immer, es sei viel einfacher als ein Pfarrhaus zu leiten. Bisher nahm ich an, das läge daran, dass sie zu der Zeit, als sie den Haushalt nach dem Tod ihrer Mutter übernahm, noch ein Mädchen gewesen war. Bber sie sagt immer, ihre Pflichten hätten sich von ihren jetzigen unterschieden, da ständig Gemeindemitglieder kamen und gingen und sie ihnen gegenüber ebenfalls Verpflichtungen gehabt habe."

"Ihre Gattin ist eine sehr fähige Frau. Bei ihr sah es einfach und mühelos aus. Ich wusste nicht, wie schwierig es war, bis ich sah, wie meine verstorbene Frau sich bemühte, die Pflichten der Frau eines Geistlichen zu lernen."

Elizabeths Brauen zogen sich zusammen. Ihre Freundin Charlotte beklagte sich nie darüber, dass ihre Pflichten sie belasteten, aber vielleicht lag das daran, dass ihre Bediensteten in ständiger Angst vor Lady Catherines Inspektionen des Pfarrhauses lebten. Charlotte würde sich niemals Sorgen machen müssen, einen schlechten Dienstboten entlassen zu müssen, denn Lady Catherine hätte dies schon längst für sie getan.

Mrs. Gardiner und Mr. Andrew Darcy tauchten über eine Viertelstunde lang nicht wieder auf. Als sie es dann taten, leuchtete Mrs. Gardiners Gesicht vor Interesse auf, als sie dem jungen Mann sagte: "Wir werden einen Weg finden, keine Sorge!"

"Ah, meine Liebe, ich erkenne diesen Ausdruck!", sagte Mr. Gardiner. "Du hast ein neues Projekt."

Zarte Farbe stieg in Mrs. Gardiners Wangen auf. "Nur ein ganz kleines. Es wird unsere Sommerfrische nicht stören, das verspreche ich dir. Ich werde lediglich das Pfarrhaus dieses jungen Mannes besuchen und ihm möglicherweise einige Ratschläge geben, wie es zu führen ist, das ist alles."

Mr. Gardiner lächelte breit. "Und ihm dabei helfen, eine neue Haushälterin und Dienstboten zu finden, und vorschlagen, wie er es umgestalten könnte und ein halbes Dutzend weiterer Dinge, die ich mir nicht einmal träumen ließe."

Mr. Andrew Darcy richtete sich zu seiner vollen Größe auf. "Mr. Gardiner, ich habe nicht die Absicht, mich Ihrer Frau in irgendeiner Weise aufzuzwingen."

Ihr Onkel lachte. "Junge, meine Frau ist niemals glücklicher als wenn sie ein neues Projekt hat! Es wird zweifellos ein Höhepunkt unserer Reise für sie sein. Und jetzt brauche ich keine Entschuldigung, um mich davonzuschleichen und einen Fischbach zu finden, da Mr. Morris mir freundlicherweise angeboten hat, mir seine Angelrute auszuleihen."

Der jüngere Mann taute sichtlich auf. "Nicht weit von meinem Pfarrhaus entfernt verläuft ein Bach mit gutem Forellenaufkommen. Vielleicht möchten Sie dort Ihr Glück versuchen."

Mr. Gardiner strahlte. "Das klingt herrlich."

Elizabeth lächelte pflichtbewusst, obwohl sie weder Interesse am Fischen noch daran hatte, ein Pfarrhaus zu renovieren oder gar, einem entfernten Verwandten von Mr. Darcy einen Besuch abzustatten, ganz gleich, wie liebenswürdig dieser auch sein mochte. Aber ihre Tante und ihr Onkel waren großzügig genug gewesen, sie auf diese Reise einzuladen, und ihre Aufgabe war es, mit allem zufrieden zu sein, was sie sich einfallen ließen.

# Kapitel 2

Mr. Andrew Darcys Pfarrhaus einen Besuch abzustatten klang langweilig, aber Elizabeth liebte nichts mehr als neue Orte zu erkunden, und über die Fahrt dorthin konnte sie sich sicherlich nicht beschweren. Die Landschaft hatte eine belebende Schönheit, mit steilen Hügeln zu beiden Seiten der Straße und Schafen, die die Hänge unter einem klaren blauen Himmel mit kleinen weißen Punkten bedeckten. Das Dorf Kympton war herrlich malerisch, mit hübschen Steinhäusern, die sich an der Straße entlang aufreihten und einer darüber aufragenden Kirche im romanischen Stil.

Das Pfarrhaus stand am Ende einer Schotterstraße, ein großes, mit Efeu bewachsenes Haus, dessen Architektur eindrucksvoller war als beim Pfarrhaus von Mr. Collins in Hunsford. Der Efeu musste zurückgeschnitten werden, und ein Arbeiter reparierte gerade einige fehlende Zaunlatten. Rosen blühten an der Tür, aber die Büsche waren verwildert.

Elizabeth, die sich immer noch unwohl fühlte mit dem Gedanken, Zeit mit einem von Mr. Darcys Verwandten zu verbringen, ließ sich zurückfallen, während ihr Onkel an die Tür klopfte. Sie bückte sich, um an einer der Rosen zu riechen und schloss die Augen, als der süße Duft ihre Sinne erfüllte. Als sich die Tür öffnete, richtete sie sich auf und sah den jungen Geistlichen selbst in der Tür stehen, der an ihrer Tante und ihrem Onkel vorbei spähte, ehe sein Blick auf ihr zum Ruhen kam.

Oje. Soviel zu ihrem Versuch, seine Aufmerksamkeit nicht auf sich zu ziehen. Nicht, dass sie etwas Provokatives getan hätte, und es hatte keinen Grund zu der Annahme gegeben, dass er seine eigene Tür öffnen würde, anstatt dies von einem Dienstboten tun zu lassen... wobei der Grund für ihren Besuch ja gerade darin bestand, dass er Probleme mit seinen

Dienstboten hatte. Natürlich hatte sie damals auch nicht gedacht, etwas getan zu haben, was Mr. Fitzwilliam Darcys Interesse geweckt haben könnte.

Sie setzte ein für gesellschaftliche Situationen sorgsam einstudiertes Lächeln auf, als sie das Haus betraten, und gab ihr Bestes, um im Hintergrund zu bleiben. Sie hielt sich zurück, als der Geistliche ihrem Onkel beschrieb, wie dieser den Forellenbach finden könne, ehe er die Damen ins Wohnzimmer führte.

"Bitte entschuldigen Sie die Einrichtung." Mr. Andrew Darcy deutete auf die nicht zusammenpassenden Stühle und Beistelltische. "Der bisherige Amtsinhaber nutzte es als sein Krankenzimmer, als er die Treppe nicht mehr bewältigen konnte, und wir sind noch immer dabei, es wieder herzurichten."

Mrs. Gardiner stand in der Mitte des Raumes, drehte sich langsam um die eigene Achse und inspizierte ihn gründlich. "Dennoch scheint die Grundstruktur gut zu sein, ebenso wie die Holzarbeiten. Die Farbe sieht frisch aus. Ich denke, hieraus werden wir etwas machen können."

"Der Verwalter von Pemberley hat einige Reparaturen durchführen lassen, ehe ich ankam, aber ich sagte ihm, dass ich es vorziehen würde, selbst Verantwortung für den Rest zu übernehmen." Er klang etwas steif, als wäre es ihm zuwider, mit dem Verwalter zusammenzuarbeiten. "Wie bereits erwähnt, sind die Dienstboten meine größte Sorge. Es gibt einen Konflikt zwischen jenen, die bereits hier waren, und den beiden, die ich aus London mitgebracht habe, und ich weiß nicht, wie sehr ich der Haushälterin vertrauen kann. Sie schlägt nun vor, ein weiteres Dienstmädchen einzustellen, was mir übertrieben erscheint, aber ich weiß nichts darüber, wie man einen Haushalt führt."

Mrs. Gardiner sagte: "Vielleicht kann ich in diesem Punkt hilfreich sein. Sie leben hier alleine, nicht wahr?"

Er nickte. "Ja."

"Planen Sie, Gesellschaften zu geben?"

"Gesellschaften?" Er wirkte überrascht über ihre Frage. "Ich denke, ich muss mich darauf einstellen, Besuche von Gemeindemitgliedern und Nachbarn zu erhalten, aber ich hielte es für unangemessen, wenn ein alleinstehender Geistlicher irgendeine Art von Abendvergnügen veranstalten würde."

"Und wie viele Dienstboten haben Sie?"

Er zählte an seinen Fingern ab: "Die Haushälterin, die Köchin, zwei Dienstmädchen und ein Gärtner waren bereits hier. Ich brachte meinen persönlichen Diener und seine Schwester mit und sagte, wir müssten eines der Dienstmädchen entlassen. Die Haushälterin war sehr unglücklich damit."

Mrs. Gardiners Augenbrauen hoben sich. "Und alle kümmern sich um einen alleinstehenden Herrn, der keine Gesellschaften gibt? Zugegeben, es ist ein großes Haus, aber ich fürchte, Ihre Haushälterin nützt Sie aus."

Er seufzte. "Das habe ich auch schon befürchtet, aber mein Mangel an Wissen über Haushaltsangelegenheiten hat dazu geführt, dass mir die Argumente gegen sie fehlten. Ich wäre Ihnen sehr verbunden, wenn Sie prüfen würden, wie viele Bedienstete tatsächlich notwendig sind."

Mrs. Gardiner schürzte die Lippen. "Möglicherweise benötigen Sie beim Aufbau Ihres Haushalts zusätzliche Hilfe, aber Ihre Haushälterin und Ihre Köchin sollten es bewerkstelligen können, weitere Aufgaben zu übernehmen, sodass ein Dienstmädchen und ein Diener in der Lage sein sollten, Ihre Bedürfnisse angemessen zu erfüllen. Wenn Sie verheiratet wären und eine Familie hätten, wäre das anders zu beurteilen, wenngleich Sie, wenn Sie eine Frau hätten, wiederum keine Haushälterin benötigen würden."

Mr. Andrew Darcy wurde rot. "Leider ist mir die richtige junge Dame noch nicht über den Weg gelaufen. Ihre Einschätzung klingt vernünftig, nun stellt sich mir allerdings die Frage, wen ich entlassen sollte."

"Ich möchte meinen, dass Ihre Haushälterin Sie bereits übervorteilt und Sie ohne sie besser dran wären. Die Diener, die Sie mitgebracht haben, möchten Sie behalten, nehme ich an?"

Der junge Geistliche richtete sich auf. "Auf jeden Fall. Das ist allerdings auch Teil des Problems. Die Köchin hegt eine starke Abneigung gegen sie."

Mrs. Gardiner nickte. "Ich denke, es wäre am besten, wenn ich Ihre Dienstboten kennenlernen würde. Vielleicht beginnen wir mit einem Rundgang durch das Haus, und Sie könnten mich unterwegs den

Dienstboten vorstellen, auf die wir treffen. Auf diese Weise wirkt es nicht ganz so, als wäre ich hier, um sie zu beurteilen."

Der junge Geistliche nickte. "Ein guter Plan. Sollen wir mit der Küche beginnen?"

Elizabeth folgte ihnen, als sie zur Rückseite des Hauses gingen, aber noch bevor sie die Küche erreichten, drang die erhobene Stimme einer Frau zu ihnen durch. "Bleib weg von mir, habe ich gesagt!"

Eine leisere Stimme sprach beruhigend, aber Elizabeth konnte nicht heraushören, welche Worte sie benutzte.

Die erste Frau schrie: "Lass deine schmutzigen Hände von mir!"

"Oje", stöhnte Andrew Darcy. "Wie es aussieht, lernen Sie meine Köchin von ihrer schlimmsten Seite kennen."

"Ist sie immer so temperamentvoll?", erkundigte sich Mrs. Gardiner.

Sein Mund verzog sich. "Nein. Nur wenn es um die Diener geht, die ich mitgebracht habe. Sie hasst Fremde."

"Ah. Umso besser, dann kennen wir das Problem, das wir beheben wollen", sagte Mrs. Gardiner.

"Wohl wahr." Er ließ ihnen den Vortritt.

Die Küche war groß und erfüllt von Hühnchen- und Zwiebelaromen. Ein Haufen gehackter Rüben und Äpfel lag auf dem Tisch, vermutlich bereit, in den Topf geworfen zu werden, der über dem Feuer hing. Ein halbes Dutzend kleiner Welpen, die an einer Hündin in der Ecke neben dem Kamin säugten, fiel Elizabeth ins Auge und brachte sie zum Lächeln.

Auf der gegenüberliegenden Seite des Raumes stand eine hochgewachsene Frau mittleren Alters in einer verschmutzten Schürze, den Rücken gegen einen hohen Schrank gedrückt, ein blutiges Tuch um die Hand gewickelt. Ein kleineres, dunkelhäutiges Mädchen mit einem bunten Schal, der um ihr Haar gewickelt war, stand vor ihnen und redete mit wohlklingender, beruhigender Stimme auf sie ein. "Der Herr weiß, dass ich eine Heilerin bin, und ..." Sie hielt inne, als sie die Neuankömmlinge bemerkte.

"Myrtilla, was ist denn hier los?", fragte der junge Geistliche.

Die dunkelhäutige Frau zuckte mit den Achseln. "Die Köchin, sie hat sich in die Hand geschnitten und lässt sich nicht von mir helfen. Sonst ist niemand hier und es muss genäht werden."

"Ich will nichts von ihrer schmutzigen Hexerei wissen", murmelte die Köchin. "Sie ist ein Teufel!"

Elizabeth verzog das Gesicht. Für dieses Problem würde es keine einfache Lösung geben. Menschen afrikanischer Abstammung waren in London ein alltäglicher Anblick, im ländlichen Derbyshire jedoch wahrscheinlich weniger.

"Es ist keine Hexerei", sagte Andrew Darcy. "Myrtillas Herr in Antigua war Wundarzt, und er hat ihr beigebracht, ihm zu helfen und andere Sklaven zu behandeln. Sie kann Ihnen helfen."

Die Köchin runzelte heftig die Stirn. "Sie rührt mich nicht an!"

Der junge Mann seufzte und wandte sich an Mrs. Gardiner. "Sie sehen, wie verzwickt die Lage ist."

"In der Tat." Mrs. Gardiner betrachtete die Köchin. "Da Sie nicht bereit sind, die Anweisung Ihres Arbeitgebers zu akzeptieren, schlage ich vor, Sie finden jemand anderen, der sich Ihrer Verletzung annimmt."

Mit einer Bewegung ihrer Schultern warf die Köchin dem jungen Geistlichen einen verletzten Blick zu und stampfte aus der Küche.

Myrtillas Lippen verzogen sich. "Die Magd wird den Schnitt mit Spinnweben stopfen und ihr eine Infektion verschaffen, sie aber nur mit reinen, englischen Händen berühren."

Elizabeth starrte sie an, nicht daran gewöhnt, dass Bedienstete in Gegenwart ihres Arbeitgebers so offen ihre Verachtung zum Ausdruck brachten, aber Andrew Darcy schien das nicht zu überraschen.

"Es tut mir leid, Myrtilla", sagte der Geistliche. "Es ist falsch von ihr, so mit dir zu sprechen."

Myrtillas einzige Antwort darauf war ein flüchtiger, wortloser Blick.

Mrs. Gardiner sagte rasch: "Mr. Darcy, könnte ich unter vier Augen mit Myrtilla sprechen? Ich würde ihre Situation hier gerne besser verstehen."

Er nickte. "Myrtilla, ich habe Mrs. Gardiner um Rat in Bezug auf die Personalausstattung des Pfarrhauses gebeten. Bitte, sprich offen mit ihr über deine Erfahrungen. Sag ihr nicht, was du denkst, dass sie hören möchte, sondern die Wahrheit."

Die ehemalige Sklavin schnaubte. "Wie Sie wünschen."

"Dann überlassen wir Sie nun Ihrem Gespräch. Miss Bennet, möchten Sie sich mir im Wohnzimmer anschließen?", fragte der junge Geistliche.

Elizabeth warf ihrer Tante einen Blick zu, die ihr bedeutete, dass sie gehen solle. Dies war genau die Art von Situation, die Mrs. Gardiner hervorragend lösen konnte, und da sie aussah, als wäre sie ganz in ihrem Element, kehrte Elizabeth mit dem Geistlichen in den Salon zurück. Zu hören, wie er Mr. Darcy genannt wurde, war so seltsam, insbesondere, wenn man bedachte, wie sehr er sich von dem anderen Mr. Darcy unterschied, den sie kannte. In ihrer Vorstellung würden Diener eher emsig eilen, um ihm zu gehorchen, und gar nicht daran denken, sich mit ihm zu streiten. Vielleicht sollte sie den hier anwesenden Mr. Darcy in Gedanken beim Vornamen nennen, auch wenn sich das nicht gehörte, doch andernfalls würde sie die beiden sehr unterschiedlichen Herren für immer in Gedanken miteinander vergleichen.

Der Mann, der ihr gegenwärtig Gesellschaft leistete, sagte: "Ich hoffe sehr, dass Ihre Tante in dieser Sache helfen kann. Myrtilla möchte meine Fragen, was unter den Dienstboten vor sich geht, nicht beantworten. Es sieht ihr gar nicht ähnlich, so verärgert und wütend zu sein, und ich vermute, dass es einen Grund dafür gibt."

"Sie ist eine befreite Sklavin?", fragte Elizabeth.

"Ja, ebenso wie ihr Bruder."

"Menschen, die ihr ganzes Leben hier verbracht haben, hegen möglicherweise Vorbehalte gegen Neuankömmlinge", sagte Elizabeth diplomatisch.

Er sah sie betrübt an. "Möglicherweise, aber ich fürchte, es steckt noch mehr dahinter, und ich bin nicht gut darauf vorbereitet, mit so etwas umzugehen. In dem Haushalt, in dem ich in London lebte, gab es mehrere befreite Sklaven unter den Dienern, und das schien niemanden zu kümmern."

"In London ist es kaum ungewöhnlich..." Sie brach mitten im Satz ab, als ein großer, zimtfarbener Kater auf ihren Schoß sprang. Eines seiner Ohren war verbogen und von einer alten Verletzung gezeichnet, aber er schnurrte heftig. Sie kraulte ihm die Wangen, bis er sich einmal im Kreis drehte und sich zusammenrollte.

"Oliver, du solltest nicht hier sein", sagte Mr. Andrew Darcy milde.

"Dein Name ist Oliver?", fragte Elizabeth die Katze. "Er passt zu dir."

"Verzeihen Sie bitte. Er soll sich aus dem Wohnzimmer fernhalten, aber er ist ein so freundlicher Zeitgenosse, dass er immer dort sein möchte, wo Menschen sind."

"Er ist auf meinem Schoß sehr willkommen." Sie beugte sich vor und untersuchte sein vernarbtes Ohr. "Offensichtlich pflegt er nicht ganz so freundliche Verbindungen zu anderen Katzen, oder war vielleicht der Hund, den ich in der Küche gesehen habe, dafür verantwortlich? Sie müssen sehr tierlieb sein."

Er wurde ein wenig rot. "Ich mag Tiere, das stimmt. Ich habe nie vor, sie zu adoptieren, aber irgendwie kommt es dann doch dazu. Oliver fand ein Zuhause bei mir, als ich ihn vor einer Gruppe Jungen rettete, die ihn misshandelten. Die Hündin gehört nicht mir, nur ihre Welpen. Ein Bauer wollte sie ertränken, und ich konnte ihn überreden, sie stattdessen mir zu überlassen. Ich musste ihre Mutter hierher bringen, um für sie zu sorgen, aber sobald sie entwöhnt sind, will der Bauer sie zurück."

"Wie großherzig von Ihnen! Was werden Sie mit all diesen Welpen machen?"

Mit einem ironischen Lächeln drehte er seine Handflächen nach oben. "Ich habe nicht die geringste Ahnung, ich weiß nur, dass ich sie nicht ertrinken sehen konnte. Ihre Mutter ist ein guter Schäferhund, vielleicht kommen sie nach ihr und andere Schafbauern nehmen sie mir ab."

Höchstwahrscheinlich würde er Schwierigkeiten haben, einen Platz für sie zu finden, da es immer mehr Hunde als es Zuhause für sie gab, aber ein weiches Herz zu haben war kein Verbrechen. Es zeigte, wie sehr er sich von seinem Cousin unterschied, jenem Mr. Darcy, den sie kannte und von dem sie sich nicht vorstellen konnte, dass er einen Wurf Mischlingswelpen bei sich aufnahm, ganz gleich, wie sehr die Haushälterin von Pemberley auch von seiner Großzügigkeit geschwärmt haben mochte. Der bloße Gedanke an diesen stolzen Mann unter solchen Umständen entlockte ihr ein Lächeln. Sie streichelte den Rücken der Katze, deren vibrierendes Schnurren sie beruhigte. "Es ist nicht leicht, einem Welpen zu widerstehen."

Sie unterhielten sich einige Zeit, ehe Mrs. Gardiner zu ihnen zurückkehrte. "Das war interessant. Myrtilla erzählte mir, dass Sie ihr gesagt haben, sie solle die Assistentin der Köchin sein. Stimmt das?"

"Ja. Ihr ist es zu kalt in England und deshalb arbeitet sie lieber in der Küche, weil es dort immer warm ist."

"Wie es aussieht, arbeitet sie tatsächlich in der Spülküche, da die Köchin ihr nicht erlaubt, das Essen, das serviert werden soll, anzurühren, während die frühere Spülmagd nun das Stubenmädchen ist." Sie fuhr mit der Fingerspitze über den Kaminsims. "Gut genug, nehme ich an. Ihre Köchin hat Ihre direkten Anweisungen nicht befolgt, in Ihrem Beisein. Das stellt ein weiteres Problem dar."

Andrew Darcy runzelte die Stirn. "Myrtilla hat mir gegenüber nichts davon erwähnt."

Mrs. Gardiner sah ihn mitfühlend an. "Sie wuchs in einem Land auf, in dem ein Sklave, der sich über einen weißen Diener beschwerte, ausgepeitscht wurde. Obwohl sie denkt, dass Sie ein guter Arbeitgeber und ein wohlwollender Mensch sind, ist es unwahrscheinlich, dass sie einem weißen Mann vertraut."

Zwischen seinen Brauen zeichneten sich Falten ab. "Zweifellos hat ihr bisheriges Leben ihr Grund gegeben, das zu glauben. Was soll ich Ihrer Meinung nach tun?"

"Das hängt davon ab, wie sehr Sie Myrtilla hierbehalten möchten. Die einfachste Lösung wäre, ihr eine andere Stellung zu suchen, aber dann bleibt Ihnen immer noch ihre ungehorsame Köchin."

"Myrtilla bleibt. Sie arbeitet hart und fleißig und verfügt über wertvolle Fähigkeiten."

Mrs. Gardiner legte den Kopf schief und sagte: "Das ist wichtig, wenngleich es nachlässig von mir wäre, Sie nicht darauf hinzuweisen, dass Myrtilla ebenfalls zum Ungehorsam neigt und Ihnen nicht den angemessenen Respekt zollt."

Er lächelte reumütig. "Es ist wahr, dass sie schwierig sein kann, aber ich ziehe es vor, darüber hinwegzusehen, weil Myrtilla auch nicht-häusliche Pflichten hat, bei denen ich diese Eigenschaften schätze."

Mrs. Gardiner wich zurück. "Ich verstehe", entgegnete sie kühl.

Andrew Darcy sah verwirrt aus. "Es tut mir leid, wenn ich Sie beleidigt habe. Ich nehme Ihre Bedenken ernst." Er hielt inne, als wolle er seine Worte im Geist noch einmal durchgehen, und rief dann aus: "Gütiger Gott, wenn Sie dachten, ich meinte … Ich versichere Ihnen, Madam, es ist nichts dergleichen! Ich würde niemals, niemals..." Er verkniff sich die Worte, ganz offensichtlich darum bemüht, sich zurückzuhalten. "Ich bin Sklavereigegner und Myrtilla unterstützt mich bei meiner abolitionistischen Arbeit und berichtet aus erster Hand über ihre Erfahrungen als Sklavin. Um in einer hitzigen Diskussion gegenhalten zu können, wenn andere ihre Argumente vehement infrage stellen, braucht es einen gewissen Willen, respektlos und schwierig zu sein."

Mrs. Gardiners steife Haltung entspannte sich. "In diesem Fall entschuldige ich mich aufrichtig dafür, Sie missverstanden zu haben. Ich fürchte, ich habe schon zu viel Missbrauch an Dienstboten mitbekommen, und ich bin froh, zu hören, dass Ihre Gründe ganz anderer Natur sind. Und ich verstehe nun, warum Sie Myrtillas Temperament nicht unterdrücken möchten, selbst wenn sie zur Aufmüpfigkeit neigt."

Er sah amüsiert aus. "Ich bezweifle, dass dies in meiner Macht stünde. Stärkere Männer als ich haben es versucht, und sie benutzten Waffen, die ich niemals einsetzen würde. Myrtillas Charakter lässt sich nicht ändern. Das hat es ihr schwergemacht, eine Anstellung zu behalten, weshalb sie bereit war, diese Stellung anzunehmen, obwohl sie so weit entfernt von ihrer Familie und ihren Freunden in London ist."

Mrs. Gardiner nickte, als ob diese Antwort sie zufriedenstellte. "Dann würde ich Ihnen raten, Ihrer Köchin zu sagen, dass ihre Dienste nicht länger benötigt werden. Lassen Sie Myrtilla ihre Stellung einnehmen. Sagen Sie Ihrem Stubenmädchen, dass sie Myrtilla bei Bedarf unterstützen soll, auch in der Spülküche."

"Die Haushälterin wird unglücklich damit sein. Die Köchin ist ihre Freundin und Verbündete."

"Da Ihre Haushälterin nicht in Ihrem besten Interesse zu handeln scheint, täten Sie ohnehin gut daran, sich nach einer neuen umzusehen."

Er breitete die Hände aus. "Haben Sie einen Vorschlag, wie ich eine vertrauenswürdigere finden kann?"

Mrs. Gardiner schürzte die Lippen. "Ich würde Ihnen raten, die Haushälterin in Pemberley um Empfehlungen zu bitten. Sie wird wahrscheinlich wissen, wer verfügbar sein könnte und wen Sie eher meiden sollten."

"Nicht Pemberley." Eine gewisse Schärfe lag in seiner Stimme. "Ich ziehe es vor, Pemberley aus meinen häuslichen Angelegenheiten herauszuhalten."

Elizabeth musterte ihn, ihr Interesse war geweckt. Seine Reaktion war seltsam. Immerhin hatte er gerade eine gutbezahlte Stellung auf Pemberley erlangt, also hielt der Herr von Pemberley vermutlich große Stücke auf ihn. Was könnte zu solchen Spannungen geführt haben? Dann rief sie sich zur Ordnung. "Mr. Darcy von Pemberley" war ein Thema, das sie wohl besser ruhen ließ.

"Wie Sie wünschen", sagte Mrs. Gardiner gleichmütig, aber Elizabeth dachte, dass ihre Tante ein wenig überrascht wirkte. "Ich kann mich bei meinen Freunden in Lambton erkundigen. Möglicherweise haben sie ein paar Ideen."

MRS. GARDINER BESTAND darauf, drei Tage später zum Pfarrhaus von Kympton zurückzukehren, um sich mit Mr. Andrew Darcy und seiner neuen Haushälterin zu treffen. Elizabeth, der die Wahl blieb, sie zu begleiten oder Mr. Gardiner beim Fischen zuzusehen, verkündete, dass sie nach Kympton mitkommen, aber ihre Zeit damit verbringen würde, den Weg hinter dem Pfarrhaus zu erkunden, den sie bei ihrem letzten Besuch entdeckt hatte. Andrew Darcy versuchte, sie zu überzeugen, stattdessen bei ihnen zu bleiben. Er bot sogar an, sie zu begleiten, nachdem sie ihr heutiges Vorhaben erledigt hatten, doch sie war entschlossen in ihrem Wunsch nach einem sofortigen langen Spaziergang.

Obwohl ihre Füße müde waren, als sie von ihrem Ausflug zurückkehrte, hatte sie ungemein gute Laune, da es ihr eine solche Freude bereitet hatte, diesen unbekannten Teil der Welt zu erkunden und hinter jeder Biegung des Weges etwas neues Sehenswertes zu entdecken. Ihre Wadenmuskeln, die nicht an die steilen Hügel von Derbyshire gewöhnt waren, schmerzten, aber die Aussicht, die sich ihr dabei geboten hatte, war es wert gewesen.

Als sie direkt vor dem Tor zum Garten innehielt, um den schlimmsten Schlamm von ihren Stiefeletten zu kratzen, hörte sie eine männliche Stimme sagen: "Genießt du dein Leben im Pfarrhaus? Eigentlich hätte es mir zugestanden, weißt du." Die Stimme war ihr vertraut, es war eine, nach der sie sich einmal gesehnt hatte. Aber er konnte es nicht sein; er war mit der Miliz in Brighton.

Sie spähte um die Hecke herum. Gütiger Himmel, es war tatsächlich George Wickham, der mit Andrew Darcy sprach! Sie drückte sich gegen die Hecke, da sie keinerlei Verlangen verspürte, ihn zu treffen.

"Mir wurde gesagt, du hättest es abgelehnt", sagte Andrew Darcy kühl.

"Ich wusste immer, dass Darcy es für dich wollte." Wickham war die Leutseligkeit selbst, wie er es auch in Meryton gewesen war, als er sie überzeugt hatte, seinen Lügen Glauben zu schenken.

"Irgendwie bezweifle ich, dass du meine Interessen dabei im Sinn hattest."

"Ich hatte immer Mitgefühl mit dir in deiner Lage, Drew. Sie war meiner nicht unähnlich. Da lebst du auf Pemberley, bekommst aber immerzu gesagt, dass du nicht dazu gehörst, dass du nicht gut genug bist. Du schienst stets in der Lage zu sein, die Gerüchte über deinen Vater zu ignorieren, viel besser, als es mir mit meinem eigenen gelungen ist. Wir wurden beide der Sünden unserer Eltern wegen ungerecht behandelt."

"Die Sünden meiner Eltern liegen in der Vergangenheit. Alles, was mir bleibt, ist mein eigenes Leben so frei von Sünde führen, wie Gott es zulässt. Was willst du von mir, Wickham?" Offensichtlich traute der junge Geistliche Wickham nicht mehr über den Weg als sie es tat.

"Nur einen kleinen Kredit, um mich über Wasser zu halten, bis ich meine neue Position antreten kann." Dann hatte er die Miliz also verlassen?

"Geld, das du für Frauen und Alkohol ausgeben kannst? Wickham, du sprichst von den Sünden deines Vaters, und dennoch trittst du in seine Fußstapfen. Warum wählst du keinen anderen Weg?"

"Verschone mich mit deinen Predigten! Ich weiß, wie viel dir diese Stellung einbringt – da kannst du doch wohl ein paar Pfund für mich erübrigen? Du möchtest doch nicht, dass ich vor deinen Gemeindemitgliedern wiederhole, was der alte Mr. Darcy über dich gesagt hat, oder?"

Andrew Darcys Lachen war wie der Knall eines Pistolenschusses. "Tu, was du nicht lassen kannst. Zweifellos sind das keine Neuigkeiten mehr für sie."

Sie kamen auf Elizabeth zu und würden sie bald entdecken. Sie trat einen Schritt zurück, aber ihr Fuß landete auf einem Zweig, der mit einem lauten Knacken brach.

"Wer ist da?", verlangte Andrew Darcy.

Nun blieb ihr nichts anderes mehr übrig, als in die Offensive zu gehen. Elizabeth hob den Riegel und stieß das Tor auf. "Vergeben Sie mir, dass ich Sie erschreckt habe", sagte sie fröhlich. "Na, wenn das nicht Mr. Wickham ist! Ich hatte gedacht, Sie wären in Brighton, Sir."

Der junge Geistliche fuhr zusammen. "Sie kennen sich?"

"Mr. Wickham war Offizier der Miliz in meiner Heimatstadt in Hertfordshire", erklärte Elizabeth. Sie wollte ihn sicherlich nicht als Freund bezeichnen.

Wickham verneigte sich. "In der Tat hatte ich das Privileg, Miss Elizabeth dort kennenzulernen. Aber was führt Sie in die Wildnis von Derbyshire?" Dann huschte ein wissender Ausdruck über sein Gesicht. "Vielleicht kann ich es mir aber auch denken."

Sie hatte keine Ahnung, was er ihr unterstellen wollte. "Ich reise mit meiner Tante und meinem Onkel."

"Sehr interessant!" Nun war seine Miene berechnend. "Also, Drew, bist du dir sicher, dass du mir nicht helfen kannst?"

"Ich werde für dich beten, Wickham."

Wickhams Augen verengten sich und er knurrte: "Zur Hölle mit dir und deinem hochherrschaftlichen Bruder, mögt ihr dort verrotten!" Dann veränderte sich seine Haltung abrupt und er verbeugte sich mit einem einschmeichelnden Lächeln vor Elizabeth. "Ich entschuldige mich, Miss Elizabeth, und gratuliere Ihnen zu Ihrem brillanten Schachzug. Ich hoffe, Sie werden mich immer zu Ihren Freunden zählen. Ich wünsche Ihnen einen schönen Tag." Er machte auf dem Absatz kehrt und schlenderte zur Straße zurück.

Elizabeth drückte sich die Finger an die Kehle. "Du lieber Himmel! Was sollte das denn?" Obwohl sie von Wickhams Vergangenheit wusste, hatte sie ihn zuvor immer nur charmant erlebt. Und was hatte er mit einem brillanten Schachzug gemeint?

Der junge Geistliche zupfte sich die Manschetten zurecht und benutzte die Handlung als Vorwand, um ihr nicht in die Augen sehen zu müssen.

"Ich entschuldige mich für seine Wortwahl. Wickham kann gelegentlich ungehalten werden, wenngleich er das für gewöhnlich nicht vor Damen tut, aber er ist kein Mann, dem man trauen sollte."

"Dessen bin ich mir bewusst", sagte sie trocken. "Es tut mir leid, wenn meine Anwesenheit die Sache für Sie schwieriger gemacht hat."

Er sah mit einem schiefen Lächeln auf. "Schwierig ist es immer, wenn Wickham in der Nähe ist. Denken Sie sich nichts dabei. Ich hoffe, er hat Sie in der Vergangenheit nicht in Bedrängnis gebracht."

"Nein. Er war mir gegenüber stets äußerst charmant. Ich habe nur Gerüchte über seine Missetaten gehört, aber nicht direkt darunter gelitten." Sie wollte Mr. Darcys Cousin sicherlich nicht erklären, aus welcher speziellen Quelle sie von Wickhams Schandtaten erfahren hatte. Es wäre wohl besser, wenn sie jetzt das Thema wechselten. "Ist meine Tante noch drinnen?"

"Ja, sie geht die Haushaltsbücher mit der neuen Haushälterin durch. Ich sagte ihr, das sei unnötig, aber sie bestand darauf, dass das Auge einer Hausfrau Fehler entdecken könnte, die einem Mann nicht auffallen würden. Ich glaube, damit hat sie recht, aber ich weiß nicht, wie ich ihr ihre Hilfe jemals vergelten kann. Im Pfarrhaus geht es nun deutlich harmonischer zu."

"Sie hat es sehr genossen", versicherte Elizabeth ihm. "Es gibt wenig, was ihr mehr Freude bereitet, als ihre Fähigkeiten zur Lösung von Problemen einzusetzen. Sie wird sich gerne daran zurückerinnern."

"Ich hoffe, für Sie war das keine Enttäuschung", sagte er. "Vielleicht hatten Sie eine andere Vorstellung davon, wie Sie Ihre Sommerfrische verbringen würden."

"Überhaupt nicht", sagte sie, nicht ganz ehrlich. "Ich hätte dieses charmante Dorf niemals kennengelernt, wenn meine Tante Ihnen nicht ihre Hilfe angeboten hätte und ich muss sagen, dass es mir durchaus ans Herz gewachsen ist."

Ein schüchternes Lächeln breitete sich auf seinem Gesicht aus. "Das Glück war mir hold, als Sie im Pfarrhaus von Mr. Morris erschienen sind. Ich habe sehr von der Unterstützung Ihrer Tante profitiert, aber darüber hinaus war es mir eine Freude, Ihre Bekanntschaft zu machen."

Versuchte er, schüchtern und ungeschickt, mit ihr zu flirten? Er schien wenig Erfahrung damit zu haben. Armer Kerl. Wenn sein Name nicht Darcy gewesen wäre, hätte sie sich über einen netten Flirt mit ihm gefreut. "Es ist mir eine große Freude, auf meinen Reisen neue Freundschaften zu schließen. Wo kann ich denn nun meine Tante finden?"

# Kapitel 3

Als die Kutsche in den Hinterhof des Gasthauses *Zum weißen Hirschen* einbog, sagte Mrs. Gardiner: "Bist du dir sicher, dass es dir nichts ausmacht, alleine zu bleiben?"

"Nicht im Geringsten", sagte Elizabeth entschieden. "Ich möchte nicht, dass mein kleiner Unfall eure Tagesplanung durcheinanderbringt. Ich würde mich außerordentlich schuldig fühlen, wenn ihr Peveril Castle nicht zu sehen bekämt, nur weil ich dumm genug war, im Schlamm auszurutschen." Besonders, nachdem ihre Tante sie davor gewarnt hatte, auf eben diese Felsen zu klettern, auf denen sie abgerutscht war!

"Aber mir gefällt es gar nicht, dich ganz allein zu lassen", seufzte ihre Tante besorgt.

"Dazu besteht kein Grund. Eines der Zimmermädchen hilft mir sicherlich gerne dabei, in ein sauberes Kleid zu schlüpfen, und ich kann die Zeit nutzen, um meine Korrespondenz nachzuholen."

Mr. Gardiner sagte: "Vielleicht sollte ich dich bis zu deinem Zimmer begleiten, nur um sicherzugehen."

Elizabeth unterdrückte den Wunsch, eine scharfe Antwort zu geben, denn sie wusste, dass es dreimal so schwierig sein würde, sie wieder hineinzubekommen, wenn sie zuließ, dass ihre Tante und ihr Onkel aus der Kutsche ausstiegen. "Unsinn. Dies ist ein vollkommen respektables Gasthaus, in dem wir wohlbekannt sind. Ich möchte, dass ihr nach Peveril fahrt, damit ich später alles darüber hören kann!"

"Also schön, wenn du dir sicher bist", sagte Mrs. Gardiner.

Mit einem warmen, beruhigenden Lächeln stieg Elizabeth aus dem Wagen. "Bis zur Tür des Gasthauses sind es nur zwanzig Schritte. Was könnte mit mir schon geschehen, umgeben von all diesen rechtschaffenen Bürgern? Und jetzt macht euch auf!" Sie trat einen Schritt zurück, unter den Türrahmen der Stalltür, um der Kutsche genug Platz zum Wenden zu lassen und winkte, als ihre Tante und ihr Onkel durch den Torbogen auf die Straßen davonfuhren.

Mit einem Seufzer der Erleichterung zupfte sie ihre Röcke zurecht, um die schlammigen Stellen so weit als möglich zu verbergen, ehe sie den Hof überquerte. Dann entdeckte sie Mr. Wickhams vertraute Gestalt, die durch die Tür des Gasthauses trat, begleitet von einem rothaarigen Zimmermädchen. Ihm wollte sie ganz sicher nicht begegnen, ganz besonders jetzt nicht, da sie allein war, deshalb duckte sie sich zurück in den Schatten des Stalls, als sie seine schmeichelnde Stimme vernahm.

EINE HALBE STUNDE SPÄTER und mit jeder Menge unangenehmer Röte im Gesicht, beschloss Elizabeth, Wickham sei nun abgelenkt genug, dass sie unentdeckt entkommen konnte und nutzte die Gelegenheit, um über den Stallhof zu eilen und durch die Hintertür ins Gasthaus zu schlüpfen. Sie wollte sich nur noch in ihr Zimmer zurückziehen, wo sie Privatsphäre hätte, und die Erinnerung an das, was sie gehört hatte, aus ihrem Gedächtnis herausschrubben. Aber sollte sie den Inhaber des Gasthauses zuvor noch warnen? Nein, zuerst sollte sie sich umziehen. In ihrem gegenwärtigen Zustand, schlammverschmiert, verlegen und unordentlich, wollte sie mit niemandem sprechen. Wenn sie nur sicher sein könnte, dass diese Angelegenheit bis zur Rückkehr ihres Onkels warten könnte! Es wäre so viel einfacher, wenn er es an ihrer Stelle regeln würde.

Nun musste sie noch das Hindernis des öffentlichen Schankraums überwinden, das zwischen ihr und der Treppe stand. Sie holte tief Luft und versuchte, sich leise an der Wand entlangzudrücken, in der Hoffnung, nicht bemerkt zu werden.

Doch dieses Glück war ihr nicht beschieden.

"Miss Bennet!" Mr. Andrew Darcy trat vor und verneigte sich über Elizabeths Hand.

Und sie hatte schon gedacht, sie könne nicht mehr röter werden. "Bitte verzeihen Sie meine Aufmachung, Sir. Ein kleiner Unfall, als ich auf den *Mam Tor* klettern wollte."

"Es tut mir leid, das zu hören. Ich hoffe Sie sind unverletzt."

"Mir geht es vollkommen gut, ich danke Ihnen." Abgesehen von ein paar blauen Flecken und einer schlimm angekratzten Würde und jetzt einem neuen, quälenden Problem, das es zu lösen galt.

"Ist Mrs. Gardiner bei Ihnen? Ich hatte gehofft, sie zu sehen."

"Nein, sie und mein Onkel haben mich hier abgesetzt und sind weiter nach Peveril Castle gefahren. Es wird noch einige Stunden dauern, bis wir sie zurückerwarten können."

Er betrachtete sie eingehend. "Sind Sie sicher, dass es Ihnen gutgeht? Sie sehen aufgewühlt aus."

"Ich ..." Sie blinzelte heftig und wünschte, sie könnte davonlaufen. "Mir fehlt nicht wirklich etwas. Ich hatte vor ein paar Momenten einfach nur eine Erfahrung gemacht, die mich ein wenig erschüttert hat." Das Echo von Wickhams Verführung hallte noch in ihren Ohren nach.

"Kann ich Ihnen in irgendeiner Weise helfen? Vielleicht möchten Sie ein Glas Wein? Soll ich Ihnen eines holen?" Seine Besorgnis war offensichtlich.

"Nein, ich danke Ihnen", antwortete sie, bemüht, sich zusammenzunehmen. "Mir fehlt nichts. Es geht mir durchaus gut. Ich bin nur beunruhigt über etwas, das ich gehört habe, und ich weiß nicht, was ich deshalb nun tun soll." Aber vielleicht war dieses Treffen ja doch ein Segen, den sie bisher nur noch nicht erkannt hatte. Andrew Darcy war möglicherweise die einzige Person in Derbyshire, bei der sie darauf zählen konnte, dass er Wickhams Hinterlist durchschaute. "Bei näherer Betrachtung, Sir, wenn es Ihnen keine Umstände bereiten würde, gäbe es da eine Angelegenheit, in der ich Ihren Rat sehr zu schätzen wüsste."

Er wirkte aufrichtig erfreut als sie das sagte. "Es wäre mir ein Vergnügen, Ihnen behilflich zu sein, wenn ich darf. Vielleicht können wir im privaten Salon darüber sprechen? Er steht gerade leer, und wenn wir die Tür offen lassen und man uns vom öffentlichen Schankraum aus sehen kann, glaube ich nicht, dass jemand Einwände dagegen haben könnte."

Dieses eine Mal war sie dankbar dafür, dass jemand anders die Dinge für sie in die Hand nahm und so willigte sie in seinen Vorschlag ein. "Sehr gern, aber ich muss stehen bleiben, andernfalls beschmutze ich einen schönen, sauberen Stuhl überall mit Schlamm."

"Selbstverständlich." Er begleitete sie in den Salon und fügte dann hinzu: "Natürlich wird alles, was Sie mir sagen, vertraulich behandelt."

"Danke." Wie sollte sie beginnen? Sie wollte nicht erklären, wie sie unfreiwillige Zeugin einer Verführungsszene geworden war. "Diese ganze Angelegenheit geht mich möglicherweise gar nichts an, aber ich bin mir nicht sicher, was ich tun soll. Es geht um Mr. Wickham, weshalb ich dachte, Ihr Rat könnte hilfreich sein."

Sein Blick wurde nur noch besorgter. "Es tut mir leid zu hören, dass er Sie belästigt hat."

"Nicht direkt. Gestern kam er vorbei, als wir unterwegs waren, und hinterließ mir eine Nachricht, dass er sich für seine Unmäßigkeit mir gegenüber entschuldigen wolle. Ich bin mir nicht sicher, wie er in Erfahrung gebracht hat, in welchem Gasthaus ich wohne, aber ich habe beschlossen, dass die einfachste Lösung ist, ihn zu meiden. Gerade jetzt, nachdem mein Onkel und meine Tante mich im Stallhof zurückgelassen hatten, hörte ich ihn mit einem Mädchen sprechen, das im Gasthaus arbeitet. Da ich ihm nicht begegnen wollte, versteckte ich mich hinter einer Tür, um abzuwarten, bis er daran vorbeigegangen war." Ihre Wangen wurden heiß als sie sich an das erinnerte, was sie gehört hatte.

"Hat er Sie entdeckt?"

"Nein, aber er kam in den Stall, und ich konnte nicht anders, als mitanzuhören, was sich dort abspielte." Und es gab keinen Grund, hier näher ins Detail zu gehen! "Er versprach dem Mädchen, dass er sie nach Gretna Green bringen und sie heiraten würde, aber er brauche Geld, um dorthin zu gelangen. Er hat ihr gesagt, sie solle die Kasse des Gasthauses leeren und ihm das Geld bringen, und es schien so, als habe er sie überredet." Sie wischte sich mit dem Handrücken über den Mund, als könne sie dadurch die Worte fortwischen. "Ich weiß nicht, was ich tun soll. Ob ich es dem Besitzer des Gasthauses sagen soll oder nicht. Vielleicht wird das Mädchen es gar nicht tun, und wenn ich etwas sage, könnte sie ihre Stellung verlieren."

Andrew Darcy sog die Luft durch die Zähne ein. "Sie brauchen gar nichts zu tun. Ich werde mich darum kümmern, ohne den Wirt einzubeziehen. Ist Wickham noch da draußen?"

"Ich denke schon." Sie erwartete, dass er sich Zeit nehmen würde, um sicherzustellen, dass das arme Mädchen gründlich in seinem Bann war. Nicht auszudenken, dass sie ihn einst bewundert hatte! "Ich möchte Ihnen keine Probleme bereiten."

"Sie sind nicht die Ursache der Probleme. Wickham ist kurz davor, das Leben eines Mädchens zu zerstören, und Sie haben völlig zu Recht Hilfe für sie gesucht. Überlassen Sie das mir. Vielleicht möchten Sie nach oben gehen und sich um Ihr Kleid kümmern."

Elizabeth hatte den Grund für ihre Rückkehr ins Gasthaus beinahe schon wieder vergessen. "Das werde ich tun, und ich danke Ihnen, dass Sie diesem armen Mädchen helfen möchten."

OBEN ANGEKOMMEN, KONNTE sie die Situation nicht aus dem Kopf bekommen. Sie sollte tun, was er sagte, und es ihm überlassen, damit umzugehen, aber sie konnte nicht vergessen, wie schnell sich Wickhams Stimmung vor dem Pfarrhaus verändert hatte. Was, wenn er hier wütend wurde? Vielleicht sollte sie aus der Ferne ein Auge darauf haben, nur für alle Fälle. Ihr Fenster ging zum Stallhof hinaus, deshalb griff sie nach dem klebrigen Riegel und versuchte, ihn zu lösen. Sie hatte das Fenster bis jetzt geschlossen gehalten, um den Lärm der ständig ankommenden Kutschen draußen zu halten. Aber nun war Andrew Darcy ihretwegen da unten und stellte sich Wickham.

Sie konnte ihn nicht sehen, also war Andrew entweder bereits im Stall oder noch nicht auf den Hof gegangen. Mit einem Seufzer wandte sie sich vom Fenster ab und begann, ihr Kleid zu öffnen, dankbar, dass es eines war, das sie auch ohne Hilfe ausziehen konnte. Glücklicherweise hatte der Schlamm ihren Unterrock nicht erreicht, sodass sie sich das blaue Musselinkleid danach einfach überziehen konnte. Als sie sich bemühte, den letzten Knopf im Rücken zu erreichen, drang von draußen ein Tumult zu ihr hoch.

Sie eilte zum Fenster, gerade noch rechtzeitig, um zu sehen, wie Andrew Darcy sich vom Boden aufrichtete, während George Wickham über ihm aufragte. Ein paar Stallhilfen hatten sich um sie herum gruppiert und versuchten, sie zu einem Kampf anzustacheln, aber Andrew schüttelte den Kopf und sagte etwas, das sie nicht hören konnte. Wickhams Faust schoss hervor und traf die Nase des jungen Geistlichen. Er taumelte, Blut floss über sein Gesicht, er machte aber keine Anstalten, sich zu verteidigen, als Wickham ihn erneut schlug, diesmal in den Bauch. Andrew krümmte sich.

Elizabeth konnte es nicht ertragen. Sie warf sich einen Schal über die Schultern, rannte aus ihrem Zimmer und die Stufen hinunter, schob sich an mehreren Männern im Schankraum vorbei und gelangte schließlich zum Stallhof.

"Feigling!" Wickham verspottete Andrew, der sich ein Taschentuch an die Nase hielt. "Du kannst dich Pazifist nennen, aber ich nenne es Feigheit."

"*Leistet dem, der euch etwas Böses antut, keinen Widerstand, sondern wenn dich einer auf die rechte Wange schlägt, dann halt ihm auch die linke hin*", zitierte Andrew in nasalem Ton und wandte seinen Kopf langsam, um Wickham seine Wange zuzuwenden.

"Narr", spieh Wickham ihm entgegen und schlug mit der Faust gegen sein Kinn.

Diesmal fiel der junge Geistliche wieder zu Boden. Wickham trat ihm in die Rippen, und er rollte sich zusammen und umklammerte seine Seite. Als Wickham seinen Fuß wieder zurückzog, rannte Elizabeth zu ihnen.

"Hören Sie auf damit", rief sie.

Wickhams Lippen verzogen sich. "Nur um Ihretwillen, Miss Elizabeth." Er wischte sich mit der Hand über den Mund und blies auf seine geröteten Knöchel.

Sie konnte es nicht ertragen, ihn anzusehen, also kniete sie sich neben Andrew Darcy, der immer noch zusammengekauert auf dem Boden lag. Blut befleckte seine Krawatte und war über den Mantel verspritzt. "Wie kann ich Ihnen behilflich sein, Sir? Darf ich Ihnen helfen, nach drinnen zu gelangen?"

Er stemmte sich in eine sitzende Position auf und zuckte zusammen, als er nach seinem Taschentuch griff und sich das Blut von seinem Gesicht wischte. "Ich bedaure, dass Sie das mitansehen mussten. Sie sollten wieder hineingehen. So schlimm ist es gar nicht."

Sie hatte ihn hier hinausgeschickt und er litt nun deshalb. In ihren Augen war das schlimm. "Das werde ich tun, sobald sich jemand um Ihre Verletzungen kümmert."

Er stand ungelenk auf. "Es sind nur ein paar blaue Flecken." Aber er taumelte ein wenig.

Natürlich würde er keine Verletzungen eingestehen, nicht wenn Wickham ihn gerade der Feigheit bezichtigt hatte. Rasch dachte sie nach. "Sie können nicht blutüberströmt die Straße hinunterlaufen. Sie müssen sich zuerst waschen. Kommen Sie mit hinein und ich werde veranlassen, dass Ihnen eine Waschschüssel gebracht wird."

Wickham trat neben sie. "Es gibt nichts, worüber Sie sich Sorgen machen müssten. Ich habe nicht hart zugeschlagen."

Sie warf ihm einen vorwurfsvollen Blick zu. "In der Tat", sagte sie eisig.

Er beugte sich näher zu ihr heran und flüsterte: "Sie kennen nicht die ganze Geschichte. Ich hoffe, Sie werden nie entdecken, was für ein Störenfried der junge Drew sein kann. Er mischt sich gerne ein."

"Miss Bennet, begleiten Sie mich hinein? Ich möchte Sie nur ungern hier draußen allein lassen." Andrews würdevolle Worte wurden durch das Taschentuch gedämpft, das er sich gegen sein Gesicht presste.

Wickham sagte sanft: "Miss Bennet weiß, dass sie bei mir vollkommen sicher ist."

Sie warf Wickham einen vernichtenden Blick zu und hakte sich bei Andrew Darcy unter, der ihr seinen Arm anbot. "Ich habe Ihnen nichts zu sagen, Mr. Wickham", sagte sie kalt, mit vor Wut zitternder Stimme und drehte ihm den Rücken zu.

DAS ROTHAARIGE STUBENMÄDCHEN stand in der Tür von Elizabeths Zimmer im Gasthaus. Elizabeth sah von dem Brief auf, den sie schrieb, und heiße Röte stieg ihr in die Wangen. Wusste das Mädchen, dass Elizabeth sie mit Wickham gesehen hatte? "Ja?"

Das Mädchen grinste, als sie einen Knicks machte. "Der junge Herr im privaten Salon fragt nach Ihnen, Miss. Sagt, es ist dringend, wenn's recht ist."

"Meinen Sie Mr. Andrew Darcy?" Was in aller Welt könnte so dringend sein? Vielleicht hatte jemand geeignete Kleidung für ihn gefunden, und er wollte ihr sagen, dass er aufbrechen würde.

"Aye, Miss."

"Also gut, ich werde in Kürze bei ihm sein."

Elizabeth schloss das Tintenfass und reinigte ihre Feder. Sie würde versuchen, diesen Abschied kurzzuhalten, ohne über die peinliche Situation zu sprechen, die sie beide erlebt hatten, und ihren Brief konnte sie auch noch vor dem Abendessen beenden.

Das Dienstmädchen entfernte sich nicht, sondern wartete auf sie. Dachte sie, Elizabeth würde sich auf dem Weg nach unten verlaufen? Wahrscheinlicher war allerdings, dass sie sich ein Trinkgeld erhoffte, das allerdings nicht kommen würde.

Dennoch war Elizabeth dankbar, nicht allein zu sein, denn sie sah Mr. Wickham in der Tür herumlungern, als sie durch den öffentlichen Speisesaal ging. Sein bestes Gesellschaftslächeln blitzte auf, als er ihre Anwesenheit bemerkte. Sie bedachte ihn mit einem kühlen Nicken, was mehr war, als er verdiente, aber sie wollte keine Szene machen.

Am anderen Ende des Raumes hielt die Dienstmagd ihr die Tür zum privaten Salon auf. Elizabeth schenkte ihr ein entschuldigendes Lächeln, als sie an ihr vorbeiging und in den Raum spähte, in dem Andrew Darcy auf einem Sofa lag und ihr den Rücken zugewandt hatte. Nur sein Kopf war auf der Armlehne zu sehen. "Sir, Sie wollten mich sehen?"

Die Tür schloss sich mit einem Klicken hinter ihr.

Hastig setzte sich Andrew Darcy aus seiner liegenden Position auf dem Sofa auf und zog den geliehenen Mantel, den er übergeworfen hatte, am Revers zu. Trotzdem war es offensichtlich, dass er darunter nichts anderes als seine Hose trug. "Ich habe nicht nach Ihnen geschickt", sagte er scharf.

"Verzeihen Sie bitte." Beschämt über den Anblick der freiliegenden Haut an seiner Brust und seinem Nacken, drehte Elizabeth ihm rasch den Rücken zu und griff blindlings nach der Türklinke, um so schnell wie möglich zu entkommen. Aber nichts geschah, als sie die Tür aufdrücken wollte. Selbst ein harter Stoß vermochte sie nicht zu öffnen.

Wie demütigend! Sie würde ihn um Hilfe bitten müssen. "Die Tür klemmt." Ihr Blick blieb fest auf den Boden geheftet.

"Wenn Sie sich wegdrehen, helfe ich Ihnen gern." Er klang so verlegen, wie sie sich fühlte.

Sie folgte seiner Anweisung und ging ans andere Ende des Raumes, nur um sicherzugehen. Auf diese Weise würde es nicht gar so schlimm aussehen, wenn jemand sie gemeinsam entdeckte.

Er riss an der Tür, murmelte verärgert etwas vor sich hin und sagte dann mit widerstrebender Stimme: "Miss Bennet, es tut mir leid, das zu sagen, aber es scheint so, als wären wir eingesperrt."

"Wie konnte das denn passieren? Wie auch immer. Wenn Sie zurücktreten, werde ich klopfen, bis jemand kommt, um uns zu befreien."

"Davon würde ich abraten." Seine Stimme klang gepresst.

"Was meinen Sie damit? Es war nicht beabsichtigt, dass wir gemeinsam eingesperrt wurden, das wird jeder verstehen, insbesondere, da ich eben erst hereingekommen bin!"

"Ich glaube nicht, dass das ein Zufall war. Dies ist einer von Wickhams Lieblingstricks, um eine kompromittierende Situation herbeizuführen. Alles, was er nun noch braucht, ist jemand, der behauptet, Sie seien schon eine ganze Weile hier."

"Mr. Wickham?" Selbst nach allem, was sie von ihm gesehen hatte, konnte sie es kaum glauben. Er musste wissen, wie schädlich ein solches Ereignis für den Ruf einer Dame sein konnte. Andrew würde es allenfalls in Verlegenheit bringen, aber für ihren Ruf konnte es verheerend sein. Doch es ergab zu viel Sinn, zumal es das rothaarige Zimmermädchen war, das sie hierhergebracht hatte, vermutlich auf Wickhams Geheiß. Wie hatte er ihr das antun können? "Aber warum?" Sie presste die Worte zwischen zusammengebissenen Zähnen hervor. "Was könnte er damit erreichen wollen?"

Seine Miene verfinsterte sich. "Vermutlich tut er das, um mich in Verlegenheit zu bringen, damit er mir meine Einmischung von vorhin heimzahlen kann. Sie befinden sich nur in der unglücklichen Lage, das Werkzeug seiner kleinen Rache an mir zu sein. Oder vielleicht auch nicht – Sie kannten ihn auch schon zuvor. Hegt er einen Groll gegen Sie?"

Elizabeth schüttelte den Kopf. "Nichts, dass das erklären könnte." Ihre Stimme zitterte. Wickham, den sie über Monate hinweg so bewundert hatte, versuchte absichtlich, ihren Ruf zu schädigen. Und das könnte ihm auch noch gelingen, aber daran würde sie jetzt nicht denken.

Andrew Darcy musste ihre Not gesehen haben, denn er sagte: "Wir müssen klüger sein als er. Wenn wir um Hilfe rufen, werden einige es hören und mitbekommen, in welcher Situation wir uns befinden. Wenn wir einfach warten, bis jemand die verschlossene Tür von selbst entdeckt, weiß nur diese eine Person Bescheid, und es kann durchaus jemand sein, der dazu neigt, unserer Sicht auf diese Geschichte Glauben zu schenken, oder gegen eine kleine Summe bereit ist, zu vergessen, was er gesehen hat."

"Aber das könnte Stunden dauern, und es wird noch viel schlimmer aussehen, wenn wir so lange alleine hier sind."

"Finden Sie? Ich vermute, es wird keinen Unterschied machen, ob es sich um Minuten oder Stunden handelt", sagte er schwer. "Aber Ihr Ruf ist weitaus gefährdeter als meiner, deshalb werde ich mich Ihrer Entscheidung beugen."

Er hatte recht. Aber einfach nur hilflos abzuwarten, während ihr guter Ruf von einem günstigen Zufall abhing, und davon abhängig zu sein, wer als erstes die Tür öffnen würde – nun, das war unerträglich! Es musste eine andere Option geben.

Vielleicht führte ja noch ein anderer Weg aus dem Raum. Sie eilte zu dem Fenster und spähte durch das rautenförmige Bleiglas, aber es zeigte zur Straße hinaus. Selbst wenn Andrew Darcy sich durch die enge Öffnung quetschen könnte, würde er sicherlich von Passanten gesehen werden, und das würde ein noch wesentlich schlimmeres Bild zeichnen. Im Raum selbst konnte er sich nirgends verstecken. Eine Kommode oder ein Schrank, in denen man verschwinden könnte, wäre ihnen nun gelegen gekommen, aber beides gab es in dem Raum nicht. Kurz flackerte Wut auf den Wirt und auf dessen mangelnde Vorbereitung auf Notfälle dieser Art in ihr auf, eine Reaktion, die ihr beinahe ein Lächeln ins Gesicht zauberte. Wie töricht, den Wirt für ihre Lage verantwortlich zu machen!

"Ich vermute, Sie haben recht. Es ist klüger zu warten", sagte sie widerwillig. "Ich setze mich hier ans Fenster. Dann sehe ich es gleich, wenn mein Onkel und meine Tante früh zurückkehren sollten. Wenn ich zu ihnen hinunterrufen kann, werden sie uns hier rauslassen, ohne dass es jemand bemerkt." Außerdem würde ihr das ermöglichen, ihm den Rücken zukehren zu können.

"Eine ausgezeichnete Idee." Unter seinen ruhigen Worten hörte sie den Zorn heraus.

Dann verstummten sie. Elizabeths Gedanken kreisten nicht um glückliche Umstände. Wenn sie ehrlich mit sich war, sollte das auf lange Sicht gesehen keine Rolle spielen, selbst wenn dieses Ereignis zu einem Skandal führen sollte. Abgesehen von ihrer Tante und ihrem Onkel kannte keiner aus Meryton hier irgendjemanden, und sie konnte darauf vertrauen, dass die Gardiners keinen Klatsch weitertrugen. Die Schande würde ihr nicht bis nach Hause folgen. Aber ihre Tante hatte immer noch Freunde hier, Freundschaften, die sie bei diesem Besuch so gerne wiederaufleben lassen wollte, und jeder Schaden an Elizabeths Ruf, insbesondere nun, da sie sich in der Obhut ihrer Tante und ihres Onkels befand, würde auf Mrs. Gardiner zurückfallen. Ihre Freunde müssten möglicherweise den Kontakt zu ihr abbrechen, und das würde ihre Tante verletzen.

Plötzlich packte sie die Wut auf Mr. Wickham und sie wünschte sich, Andrew Darcy hätte zurückgeschlagen. Fest. Oder dass Fitzwilliam Darcy Wickhams wahres Wesen schon vor Jahren aufgedeckt hätte, sodass er gar nicht in der Lage gewesen wäre, dieses Unheil anzurichten.

Wenn sie doch nur nicht im Schlamm ausgerutscht wäre, dann hätte sie nicht zum Gasthaus zurückkehren müssen. Hätte sie sich doch nur von ihrem Onkel zu ihrem Zimmer begleiten lassen. Hätte sie doch nur nicht versucht, sich vor Wickham zu verstecken. Hätte sie doch dem rothaarigen Zimmermädchen nicht geglaubt. Aber all die "Wenns" und "Hättes" dieser Welt konnten ihre Lage nicht ändern und nun bestand die einzige Hoffnung darin, dass die Gardiners früher zurückkehrten.

# Kapitel 4

Natürlich Waren die Gardiners zu spät. Bei ihrer Rückkehr war Elizabeth zurück auf ihrem Zimmer und – rein physisch – in Sicherheit, wobei sie für ihren Ruf und ihre Gemütsruhe nicht dasselbe behaupten konnte. Wut und Demütigung fochten in ihrem Inneren aus, wer nun die Oberhand gewinnen sollte, als sie Mrs. Gardiner schilderte, was sich abgespielt hatte. Diese hatte von einem um Beherrschung ringenden Andrew Darcy die Ereignisse nur grob umrissen bekommen, ehe sie zu ihrer Nichte geeilt war.

"Eine Stunde? Ihr wart über eine Stunde eingesperrt? Was ist dann geschehen?", fragte Mrs. Gardiner, deren Lippen schmal wurden.

"Es war schrecklich." Elizabeth zitterte bei der Erinnerung daran. "Ein Mann schlug gegen die Tür und verlangte, dass wir sie öffnen, was wir natürlich nicht konnten. Er ging zum Wirt, der den Schlüssel nicht finden konnte, also holten sie den Schlosser. Als der kam und die Tür öffnete, hatte sich schon eine Traube an Leuten, einschließlich des Magistrats und des Bürgermeisters, davor versammelt. Die Frau des Wirts fing an etwas über Unzucht unter ihrem Dach zu kreischen. Wickham muss sich einige Mühe gegeben haben, um so viele Leute aufzuscheuchen", sagte sie bitter.

"Er schien so ein charmanter Zeitgenosse zu sein, als ich ihn an Weihnachten kennenlernte", sagte Mrs. Gardiner. "Ich sollte es besser wissen, als meinem ersten Eindruck zu vertrauen."

"Er hat auch mich hinters Licht geführt." Elizabeth tupfte sich die Augen. "Noch nie in meinem Leben wurde ich so gedemütigt." Sie versuchte, nicht daran zu denken, welche schrecklichen Dinge manche der betrunkenen Männer über sie gezischt hatten.

Mrs. Gardiner biss sich auf die Lippe. "Ich hasse es, dich das zu fragen, meine Liebe, aber ist hinter dieser verschlossenen Tür irgendetwas vorgefallen?"

"Überhaupt nichts. Mr. Andrew Darcy war von den Umständen noch beschämter als ich und er wollte mich nicht einmal ansehen."

Ihre Tante stieß den Atem aus. "Gut. Ich bin froh, dass zumindest er uns nicht enttäuscht hat."

"Es war meine Schuld, dass er da hinausgegangen ist und Wickham zur Rede gestellt hat." Die Worte strömten aus ihr heraus. "Hätte ich ihn nicht um Hilfe gebeten, wäre er nicht verletzt worden und hätte nicht warten müssen, während seine blutigen Kleider gereinigt wurden, und nichts davon wäre passiert. Und er wird mit den Gerüchten leben müssen, lange, nachdem ich nach Hause abgereist bin und sie hinter mir gelassen habe."

"Er scheint dir keine Vorwürfe zu machen. Er sagte, wenn Wickham sich an ihm rächen wollte, hätte er das auf die eine oder andere Weise fertiggebracht."

"So philosophisch kann ich das nicht betrachten."

Ihre Tante hob die Augenbrauen. "Sag, Lizzy, hat der junge Mr. Darcy wohl zärtliche Gefühle in dir geweckt?"

Elizabeths Wangen wurden warm. "Nicht im Geringsten. Aber mir missfällt die Ungerechtigkeit daran einfach."

"Bist du dir sicher? Denn als er mit deinem Onkel sprach, sagte er, dass eine Ehe mit dir für ihn kein Opfer darstellen würde. Ich denke, er hat einen Narren an dir gefressen. Eigentlich weiß ich es sogar."

"Tante, so etwas kannst du nicht wissen!" Das Letzte, was sie nun brauchte, war Mrs. Gardiner, die Kupplerin spielte.

"Kann ich das nicht? Wie erklärst du dir dann, dass er mich, als wir das Pfarrhaus das letzte Mal besucht haben, unter vier Augen gefragt hat, ob du zu Hause Bewunderer hättest?" Mrs. Gardiners Miene verriet, dass sie sich diebisch darüber freute.

Elizabeth stieß den Atem zwischen ihren Zähnen hervor. Nicht schon wieder! Zuerst Fitzwilliam Darcy, und nun Andrew Darcy. Wie kam es, dass die einzigen Herren, die Interesse an ihr zeigten, diejenigen waren, die sie am liebsten meiden würde? Hatte ihr spielerisches Temperament abermals dazu geführt, dass ein Mann sich falsche Hoffnungen machte? Sie hatte versucht, auf Abstand zu gehen, weil er eine Verbindung zu ihrem Mr. Darcy hatte, oder besser gesagt, zu dem Mr. Darcy, der nicht ihrer war. "Bitte, mach keine Romanze daraus. Er versucht lediglich, das Richtige zu tun. Mein Interesse an ihm ist nicht von dieser Art."

Es klopfte an der Tür. "Ich bin's", sagte ihr Onkel.

"Komm herein", antwortete Elizabeth müde.

Mr. Gardiners Stirn war gerunzelt. "Ich hoffe, du bist nicht allzu erschüttert von diesem ganzen Unsinn, Lizzy. Darcy hat darum gebeten, dass du dich uns kurz anschließt."

Da sie sich große Mühe gegeben hatte, den jungen Geistlichen in Gedanken Andrew Darcy zu nennen, dachte Elizabeth für einen kurzen, schrecklichen Moment, er beziehe sich auf Mr. Darcy aus Pemberley, aber dann gewann der gesunde Menschenverstand doch die Oberhand. "Also schön." Viel lieber würde sie ins Bett kriechen.

Mrs. Gardiner bestand darauf, hastig Elizabeths Haare zu richten, als ob selbst die eleganteste Frisur sie anders als abgespannt und wütend aussehen lassen könnte, aber es war einfacher, es zuzulassen, als sich ihr zu widersetzen. "Nun kneif dir in die Wangen, um ihnen ein wenig Farbe zu verleihen."

Elizabeth seufzte, gehorchte aber. "Bitte, lass' es uns einfach nur hinter uns bringen", sagte sie. Sie versuchte, dem Moment die Schwere zu nehmen und fügte hinzu: "Onkel, ich verspreche, dass ich mich nie wieder widersetzen werden, wenn du mich auf mein Zimmer begleiten möchtest!"

Erleichtert stellte sie fest, dass Andrew Darcy in der kleinen Sitzecke im Zimmer der Gardiners auf sie wartete. Zumindest bedeutete das, dass sie nicht wieder nach unten durch die öffentlichen Bereiche des Gasthauses gehen musste. Der blaue Fleck auf seiner Wange hatte sich bereits dunkler verfärbt, aber nun war der Herr vollständig bekleidet.

Er zuckte leicht zusammen, als er aufstand und sich vor ihr verneigte. "Danke, dass Sie sich mit mir treffen, Miss Bennet. Ich möchte mein Bedauern über die Szene zum Ausdruck bringen, der Sie zuvor ausgesetzt waren."

"Ich danke Ihnen für Ihre Besorgnis, wenngleich der Fehler nicht bei Ihnen lag. Und ich muss mich noch einmal entschuldigen, dass ich Sie in diese ganze unschöne Geschichte hineingezogen habe. Wenn ich Ihnen einfach nichts darüber gesagt hätte, was ich mitangehört habe, wäre nichts davon geschehen."

"Es war vollkommen richtig, mir davon zu erzählen. Mir wäre es nicht recht gewesen, wenn Wickhams Verhalten nicht sanktioniert worden wäre, selbst wenn ich den Preis dafür zu zahlen hatte."

Elizabeth biss sich auf die Lippe. "Es tut mir sehr leid, wenn seine kleingeistige Rache jemanden dazu bringt, schlecht über Sie zu denken. Ich hoffe, die Leute werden Ihnen Glauben schenken, wenn Sie ihnen die Wahrheit sagen."

Seine Mundwinkel verzogen sich nach unten. "So einfach wird es vermutlich nicht werden. Ich nehme an, er ist hier immer noch sehr beliebt. Die meisten Leute sehen nur seinen Charme, bis es zu spät ist. Aber das ist mein Problem, nicht Ihres, und ich mache mir mehr Sorgen um Ihren befleckten Ruf. Selbst wenn diese Episode nicht meine Schuld wäre, wäre sie niemals geschehen, wenn ich die großzügige Hilfe Ihrer Tante nicht angenommen hätte. Aber bevor ich nun mehr sage, muss ich Ihnen eine Frage stellen, die Ihnen vielleicht seltsam und scheinbar zusammenhanglos in Bezug auf diese Angelegenheit vorkommt."

Elizabeth war überrascht von seinem ernsten Gesichtsausdruck und zog ihren Schal fester um sich. "Und die wäre?"

Er holte tief Luft und atmete langsam aus. "Wie stehen Sie zum Sklavenhandel?"

Elizabeth starrte ihn an. "Zum Sklavenhandel? Sie möchten jetzt mit mir über Politik diskutieren?", fragte sie ungläubig.

"Ich habe Ihnen gesagt, dass es scheinbar nichts damit zu tun hat, aber ich bitte Sie, Geduld mit mir zu haben", sagte er ruhig.

"Oh, also schön", sagte sie pikiert. "Ich glaube es ist falsch, Menschen zu kaufen und zu verkaufen, und dass der Sklavenhandel schon lange ein Schandfleck auf Englands gutem Ruf darstellt."

"Ich danke Ihnen." Er rieb sich die Stirn. "In diesem Fall schlage ich vor, dass wir die Verletzung Ihrer Ehre mit einer Ehe aus der Welt schaffen."

War nicht schon genug Schockierendes für einen Tag geschehen? "Guter Gott, es gibt keinen Grund, eine Ehe als Abhilfe zu betrachten! Ich reise nächste Woche wieder ab, und solange meine Tante und mein Onkel nichts sagen, wird niemand aus meinem Umfeld etwas davon mitbekommen. Und ich verstehe nicht, was Sklaverei damit zu tun hat!" Oh, ihr verdammtes Temperament schon wieder! Der Mann versuchte, Anstand zu zeigen und das Richtige zu tun, indem er ihr einen Antrag machte, selbst wenn dieser vollkommen überflüssig war, und er war in keiner Weise für die Situation verantwortlich. "Vergeben Sie mir. Ich bin außer mir. Ihr Antrag ist sehr großzügig, aber unnötig."

Er atmete langsam aus. "Das Thema der Sklaverei ist wichtig, weil ich mich dem Abolitionismus verschrieben habe. So sehr, dass ich in meiner Jugend mehrere Jahre für den Abolitionisten Mr. Wilberforce gearbeitet habe. Ich wäre ohnehin ehrenhalber verpflichtet, Ihnen die Ehe anzutragen, aber in diesem Fall hätte ich eine rein formelle Eheschließung vorgeschlagen, da alles, was darüber hinaus ginge, uns beide unglücklich und bitter machen würde." Sein Kinn war hoch erhoben, als erwarte er eine Meinungsverschiedenheit. "Ich hoffe, Sie haben Recht, dass sich diese Episode nicht bis zu Ihrem Zuhause herumspricht, wobei Wickham dafür bekannt ist, Unheil um des Unheils Willen zu stiften, und ich gehe davon aus, dass er dort mit ein paar Leuten bekannt ist."

Mrs. Gardiner protestierte: "Aber warum sollte er das tun? Er war ein häufiger Besucher bei Lizzys Familie."

Der junge Geistliche seufzte. "Ich traue Wickham nicht, aber vielleicht mache ich mir unnötige Sorgen."

Mrs. Gardiner sagte beherzt: "Davon gehe ich aus, ebenso wie ich vermute, dass wir nichts mehr von ihm hören werden. Mr. Darcy, ich werde allen, die ich hier kenne, ganz bewusst sagen, dass meine Nichte Sie von dem Vorwurf unangemessenen Verhaltens freispricht."

"Ich danke Ihnen." Er verneigte sich und sah erleichtert aus. "Ich werde Sie nun verlassen. Miss Bennet, bitte nehmen Sie meine aufrichtigste Entschuldigung für dieses unglückliche Ereignis an, und sollten sich daraus Schwierigkeiten ergeben, bin ich weiterhin bereit, Abhilfe zu schaffen."

Elizabeth versuchte würdevoll zu klingen, als wäre noch etwas von ihrer Würde übrig. "Ich danke Ihnen, Sir."

Nachdem er den Raum verlassen hatte, seufzte ihre Tante. "Meine arme Lizzy! Es tut mir so leid, dass das passiert ist. Ich muss jedoch sagen, dass der junge Mr. Darcy sehr gut damit umgegangen ist. Er scheint ein aufrechter junger Mann zu sein, und das sage ich nicht nur, weil ich selbst Abolitionistin bin."

Elizabeths Atmung verlangsamte sich, als die Welt wieder zurück in ihre Angeln gehoben wurde. "Er ist eindeutig ein Mann mit starken Überzeugungen und eine deutliche Verbesserung verglichen mit dem letzten Geistlichen, der mir einen Antrag gemacht hat." Ihr gelang, es wie einen Scherz klingen zu lassen. "Für meinen Geschmack ist er allerdings ein wenig zu ernst. Wie schade, dass nicht meine Schwester Mary an meiner Stelle war! Sie hätten hervorragend zueinander gepasst."

"Mary? Nicht im Geringsten! Er ist ein Idealist, kein Prediger. Er moralisiert nicht und trägt seine Frömmigkeit nicht so zur Schau wie sie. Du musst dich nicht verpflichtet fühlen, ihn zu heiraten, doch sollte es soweit kommen, denke ich, dass du etwas Gutes daraus machen könntest. Aber hoffen wir, dass es nicht dazu kommt."

"Das wird es nicht", sagte Elizabeth mit absoluter Sicherheit. Mr. Andrew Darcy mochte eine gute Partie sein, aber sie hatte nicht die Absicht, irgendeine Verbindung zur Familie Darcy einzugehen. Nicht auszudenken, wenn ihr Mr. Darcy nach Pemberley heimkehren würde, und sie dort mit seinem Cousin verheiratet vorfände! Ein ruinierter Ruf wäre ihr lieber.

Beinahe.

# Kapitel 5

M r. Andrew Darcy schaute am folgenden Tag im Gasthaus *Zum weißen Hirschen* vorbei, um sich nach Elizabeths Gesundheit zu erkundigen und Mrs. Gardiner erneut für ihre Unterstützung mit seinem Pfarrhaus zu danken. Angesichts seines verletzten Gesichts und seines etwas steifen Gangs hatte Elizabeth das Gefühl, sie sollte stattdessen eher nach seinem Wohlergehen fragen. Doch sie wusste, dass sie damit eine Grenze überschreiten würde, und sie war entschlossen, jede Verspieltheit zu vermeiden, die ihm falsche Hoffnungen machen könnte. Am Anfang wirkte er etwas gestelzt, aber nach den ersten unangenehmen Minuten entspannte er sich und kehrte zu seiner früheren, umgänglicheren Art zurück. Mrs. Gardiner versprach, dass sie noch einmal in Kympton vorbeischauen würden, bevor sie Derbyshire verließen, und so verabschiedeten sie sich in Freundschaft voneinander.

Am nächsten Tag waren die Gardiners und Elizabeth den ganzen Tag nicht im Gasthaus zugegen, sondern besuchten die *Abrahams Heights* und kehrten erst zurück, als es beinahe dunkel war. Sogar Elizabeth war müde von dem langen Spaziergang durch den Park und freute sich auf ein ruhiges Abendessen, um sich dann früh zurückzuziehen.

Stattdessen fanden sie einen grimmig dreinschauenden Andrew Darcy vor, der auf ihre Rückkehr wartete. Nachdem er den Damen seinen Respekt gezollt hatte, bat er Mr. Gardiner um ein privates Gespräch. Elizabeth wurde schwer ums Herz als sie im Salon verschwanden. Die beiden Herren hatten bisher nicht viel Zeit miteinander verbracht, was klar darauf hindeutete, das etwas nicht stimmte.

Ihre Tante beobachtete sie besorgt. "Es könnte nichts mit dir zu tun haben, Lizzy."

Elizabeth versuchte zu lachen, aber die Luft entwich nur flach. "Wie stehen die Chancen dafür? Kannst du dir irgendetwas anderes denken, das ihn dazu veranlassen würde, mit meinem Onkel anstatt mit dir zu sprechen?"

Mrs. Gardiner zögerte. "So ohne weiteres nicht, aber ich sehe auch nicht, was geschehen sein könnte, um ihn hierherzuführen. Wenn sich die Nachricht bis zu dir nach Hause verbreitet hätte, wie sollte er das erfahren?"

"Vermutlich könnte er das nicht." Selbst wenn jemand mit den Nachrichten direkt nach Meryton geritten wäre, hätte er in so kurzer Zeit noch nicht zurückkehren können. Vielleicht machte sie sich unnötig Sorgen.

"Sollte es so weit kommen, wäre er zumindest eine gute Partie für dich", sagte Mrs. Gardiner mit erzwungener Fröhlichkeit. "Er ist ein guter Mann und sein Auskommen ist stattlich. Dieses Pfarrhaus wird ein schönes Zuhause abgeben, wenn es erst einmal in die Hand einer Frau gerät, und du hast oft gesagt, wie sehr dir die Landschaft hier gefällt."

Aber sein Nachname wäre immer noch Darcy, und er verdankte dieses stattliche Auskommen der Großzügigkeit des Herrn von Pemberley, einem Mann, den sie nie wiedersehen wollte. Das konnte sie ihrer Tante jedoch nicht wirklich erzählen. "Ich möchte nicht zur Heirat mit einem Mann gezwungen werden, den ich kaum kenne und ich würde es hassen, so weit von meiner Familie entfernt zu leben."

Ihre Tante nahm sie kurz in den Arm. "Selbstverständlich und ich hoffe, es wird gar nicht so weit kommen. Aber wenn du in diesem liebenswerten Pfarrhaus leben musst, dann versichere ich dir, dass wir dich besuchen kommen werden!"

Eine Viertelstunde später schloss sich Mr. Gardiner ihnen an und schloss die Tür hinter sich. Sein Gesichtsausdruck war ernst.

"Was ist, mein Lieber?", erkundigte sich Mrs. Gardiner.

Mit einem schweren Seufzer setzte er sich. "Er hat einen Brief von Mr. Wickham erhalten, der besagt, er sei auf dem Weg nach Meryton, um die Neuigkeiten zu verbreiten, er ließe sich jedoch überzeugen, es nicht zu tun, wenn ihm im Gegenzug eine Summe von fünftausend Pfund zur Verfügung gestellt würde. Es tut mir leid, Lizzy."

"Fünftausend Pfund!", rief Mrs. Gardiner aus. "Aber, das ist vollkommen absurd. Wie könnte dieser arme junge Mann an eine solche Summe gelangen?"

"Der junge Mr. Darcy sagte mir, dass er diesen Betrag nicht aufbringen könne und auch nicht bereit wäre, ihn zu zahlen, falls er es könnte, da Wickham dann nur noch mehr haben wolle. In diesem Punkt konnte ich ihm nicht widersprechen. Erpresser geben sich selten mit einer einzigen Zahlung zufrieden."

Mit trockenem Mund sagte Elizabeth: "Und selbst wenn er so viel Geld hätte, warum sollte er zahlen, um den Ruf eines Mädchens zu schützen, das er kaum kennt? Das ergibt keinen Sinn."

"Das ist eine sehr gute Frage", sagte ihr Onkel. "Er glaubt, dass Wickhams Motiv darin besteht, seinen Ruf zu schädigen und nicht deinen. Das geht wohl auf einen alten Konflikt zurück und teilweise hatte er damit auch bereits Erfolg gehabt. Er war sehr offen mit mir und sagte, er sei ein schwieriges Kind gewesen, das von zwei Schulen verwiesen worden sei, ehe er zu Hause von Mr. Morris unterrichtet wurde, der ihm beigebracht habe, richtig von falsch zu unterscheiden. Er sagt, er habe seitdem in London gelebt und sich nichts zuschulden kommen lassen, aber die Leute sehen ihn immer noch als Unruhestifter. Seine Gemeindemitglieder in Kympton scheinen geneigt zu sein, eher Wickham als ihm zu glauben."

Mrs. Gardiner nahm Elizabeths Hand. "Werden die Leute in Meryton Wickham Glauben schenken? Sicher werden sie dir vertrauen, wenn du sagst, dass nichts geschehen ist."

Elizabeth starrte auf den Boden. "Ich weiß es nicht. Er hat so gute Manieren und er wirkt so vertrauenswürdig ... Ich habe ihm seine Lügen geglaubt, ohne sie auch nur in Zweifel zu ziehen, selbst als Leute meinten, ich solle nochmals drüber nachdenken. Und als ich erfuhr, wie er wirklich war, habe auch ich nichts gesagt. Er war im Begriff, nach Brighton aufzubrechen und Jane hat mich überzeugt, dass es besser wäre, keine schlafenden Hunde zu wecken. Was für ein Fehler! Hätte ich ihn damals entlarvt, hätte das jetzt nicht geschehen können."

"Es hat keinen Sinn, mit der Vergangenheit zu hadern", sagte Mr. Gardiner. "Die Frage ist, was wir als nächstes tun sollen. Mr. Andrew Darcy ist bereit, dich zu heiraten, und scheint zu denken, dass dies die beste

Lösung für ihn ist. Ob das auch für dich das Beste ist, musst du selbst entscheiden. Die Auswirkungen eines Skandals auf die Zukunftsaussichten deiner Schwestern gibt natürlich Anlass zur Sorge."

Anlass zur Sorge? Es war eine Katastrophe. Sie hatte bereits guten Grund, sich Sorgen um die Zukunft ihrer Familie zu machen. Mit diesem Skandal wären ihre Familienmitglieder praktisch Ausgestoßene. Nicht einmal ein Handelstreibender wäre dann noch bereit, Jane zu heiraten, und ihre Mutter und ihre Schwestern wären nach dem Tod ihres Vaters mittellos und allein. "Ich verstehe."

"Das mag kein großer Trost sein, aber er ist mit mir seine Finanzen durchgegangen, und du könntest es wesentlich schlechter treffen, Lizzy. Seine Stellung bringt ihm sechshundert Pfund pro Jahr ein."

Ganz gleich, wie heiratswürdig er auch sein mochte, sein Name war immer noch Darcy. Ein Bleigewicht senkte sich auf ihren Bauch. Sie musste mehr über seine Verbindung zu Pemberley und zu Mr. Fitzwilliam Darcy wissen. Nicht, dass es einen wirklichen Unterschied machen würde, da sie ihren Stolz nicht vor das Wohlergehen ihrer Familie stellen konnte, aber es völlig außenvorzulassen brachte sie auch nicht fertig. "Ich nehme an, ich muss mit ihm sprechen", sagte sie.

"Ich denke, das musst du", sagte Mr. Gardiner sanft. "Er wartet auf dich."

Elizabeth stapfte die Treppe hinunter und war sich bewusst, dass sie rot wurde, als sie in den privaten Salon trat und die Tür hinter sich schloss. Noch vor zwei Tagen war sie in genau diesem Raum eingesperrt und von einem Mann verraten worden, der ihr einmal etwas bedeutet und sie nun gedemütigt hatte. Jetzt musste sie sich einem unerwünschten Antrag stellen, genau wie bei Mr. Collins, aber das war damals ganz anders gewesen. Damals war sie um seinetwillen verlegen gewesen und sie war sich ganz sicher gewesen, wie ihre Antwort ausfallen würde. Damals hatte sie wenig zu verlieren gehabt. Andrew Darcy war ein Gentleman, den sie respektierte, auch wenn sie nicht den Wunsch hegte, ihn zu heiraten, und nun hatte sie einiges zu verlieren.

Er verbeugte sich. "Miss Bennet, ich danke Ihnen, dass sie sich mit mir treffen. Sie wissen zweifellos, weshalb ich hier bin, aber da ich keinen von uns in Verlegenheit bringen möchte, werde ich die Frage, die zu stellen ich gekommen bin, nicht äußern, solange Sie mir nicht zu verstehen geben, dass Sie sie auch hören möchten."

"Das ist sehr rücksichtsvoll. Ich weiß nicht, ob mir wirklich eine Wahl bleibt, aber es gibt ein paar Fragen, auf die ich eine Antwort haben möchte, ehe ich zu einer Entscheidung komme."

"Selbstverständlich." Er deutete auf einen Stuhl am Feuer. "Ich werde Ihnen gerne alles beantworten, was in meiner Macht steht."

"Verzeihen Sie bitte. Meine Nerven sind zu aufgewühlt, als dass ich stillsitzen könnte." Sie stellte sich stattdessen neben den Kamin und ließ ihre Fingerspitzen über den Sims gleiten. "Sie haben einmal gesagt, dass Sie es vorziehen, nichts mit Pemberley zu tun zu haben, aber mir wurde gesagt, dass Kymptons Pfarrersstelle aus Pemberleys Schatullen bezahlt wird, also gehe ich davon aus, dass Sie Ihre Stellung vom derzeitigen Herrn von Pemberley erhalten haben."

Er zog die Augenbrauen hoch. "Sie sind aufmerksam, und ich nehme an, es ist nur richtig, dass ich Ihnen meine Verhältnisse näher erläutere. Ich bin ein Nachkomme des verstorbenen Herrn von Pemberley, dem alten Mr. Darcy, wie ihn alle nun nennen, der mich über alle Maßen verabscheute. Als ich sechzehn war, hat er mich verstoßen und jede Verbindung zu mir abgebrochen und verfügt, dass ich niemals wieder einen Fuß auf die Ländereien von Pemberley setzen darf."

"Wie schrecklich!" Sie hatte nichts als Lob über den alten Mr. Darcy gehört, zuerst von Wickham und dann von der Haushälterin von Pemberley. Aber Wickham hatte bewiesen, dass man seinem Wort nicht trauen konnte, und für eine Dienerin war es selbstverständlich, ihren Herrn zu preisen. "Dennoch hat der derzeitige Mr. Darcy von Pemberley Ihnen diese gut bezahlte Stellung gewährt."

Der junge Geistliche breitete die Hände aus. "Er scheint mir gegenüber eine Art Verantwortung zu verspüren. Ich habe ihn seit unserer Kindheit kaum gesehen, aber er scheint mir nichts Böses zu wollen. Soweit ich weiß, war er an der Entscheidung seines Vaters nicht beteiligt."

"Dann stehen Sie ihm also nicht nahe?", riskierte sie zu fragen. Das würde die Sache wesentlich leichter machen.

"Nein. Nachdem sein Vater gestorben war, bemühte er sich, mit mir in Verbindung zu treten, aber meine unangenehmen Erinnerungen an

Pemberley ließen mich zögern, eine engere Verbindung als nötig zu ihm einzugehen." Seine Schultern wirkten steif.

"Das kann ich verstehen und ich hege nicht den Wunsch, Unannehmlichkeiten aus der Vergangenheit wieder in Ihnen wachzurufen." Trotzdem klang es nicht so, als würde von ihr erwartet, dass sie häufig mit Mr. Darcy in Kontakt kam, falls sie Mr. Andrew Darcy heiraten würde. Aber früher oder später würde Mr. Andrew Darcy feststellen, dass Elizabeth den Herrn von Pemberley kannte, also konnte sie es ebenso gut gleich zugeben. "Ich muss etwas gestehen: Ich kenne Mr. Fitzwilliam Darcy."

"Tatsächlich?" Sie hatte ihn überrascht; das konnte sie an seinen weit aufgerissenen Augen sehen und er schien nicht erfreut zu sein. "Woher kennen Sie ihn?"

"Ich bin ihm begegnet, als er einen Freund besuchte, der ein Haus in meiner Nachbarschaft gemietet hatte. Wir haben uns bei gesellschaftlichen Anlässen gesehen und sind später nochmals aufeinandergetroffen, als ich meinen Cousin besuchte." Sie sagte die Wahrheit, aber warum fühlte es sich dennoch wie eine Lüge an? "Aber ich muss ehrlich mit Ihnen sein. Ich halte es für möglich, dass er über eine Ehe zwischen uns nicht besonders erfreut wäre."

"Gibt es einen Grund, warum er etwas dagegen hätte?", er fragte vorsichtig.

Sie konnte ihm nicht die Wahrheit sagen, aber vielleicht würde ein Teil davon genügen. "Ihm missfällt meine Familie. Sein Freund wollte meine Schwester heiraten, und Mr. Darcy riet ihm dringend davon ab."

Jetzt sah er besorgt aus. "Welchen Einwand hatte er gegen Ihre Familie?"

Sie drückte ihre Fingernägel in ihre Handfläche. Unter diesen Umständen hatte er ein Recht zu fragen. "Mein Vater ist ein Gentleman, aber die Familie meiner Mutter stammt aus dem Handel. Mr. Darcy missfiel außerdem das Verhalten meiner Mutter. Er wirft ihr einen Mangel an Anstand vor, ebenso wie meinen jüngeren Schwestern, die empörend offen Männern schöne Augen machen. Mir hat er zumindest zugestanden, dass mein Verhalten einer solchen Kritik entbehrt." Sie vermochte es nicht, die Bitterkeit aus ihrer Stimme herauszuhalten.

Er blinzelte überrascht. "Das hat er Ihnen gesagt? Ich hatte seine Manieren nicht für so schlecht gehalten."

"Nein, überhaupt nicht." Aber wie konnte sie die außergewöhnliche Situation von Mr. Darcys Brief an sie erklären, ohne ihm von dem Antrag zu erzählen? "Ich habe gehört, wie er es zu jemand anderem sagte. Aber das lässt mich natürlich ein wenig zögern, mich in seine Gesellschaft zu begeben. Daher habe ich auch nach Ihrer Verbindung zu ihm gefragt. Aber vielleicht sind Sie weitschichtig genug mit ihm verwandt, dass er nichts gegen Ihre Ehe mit jemandem mit meinen Ungunsten einzuwenden hätte."

Er blickte verwundert drein. "Wir mögen uns entfremdet haben, aber selbst ich kann meinen Bruder kaum als eine entfernte Verwandtschaft bezeichnen."

"Ihren Bruder?", platzte es aus ihr heraus. "Wer ist Ihr Bruder?"

"Fitzwilliam natürlich. Mr. Darcy von Pemberley. Wussten Sie das nicht?"

Eine schreckliche Grube öffnete sich in ihrem Magen. "Ihr Bruder? Wie kann er Ihr Bruder sein? Er hat mir gegenüber nie einen Bruder erwähnt, nur eine Schwester."

Andrew Darcy erblasste. "Das sollte mich nicht weiter überraschen. Wie gesagt, wir hatten wenig Kontakt. Bitte entschuldigen Sie. Ich hatte angenommen, Sie wüssten, wer ich bin. Das ist kein Geheimnis. Jeder hier weiß, wer ich bin."

Unglaube durchflutete sie. "Ich nicht. Ich dachte Sie wären ein entfernter Cousin oder etwas in die Art. Sie sehen ihm nicht ähnlich."

"Nein", sagte er grimmig. "Das tue ich nicht."

Das war ein Albtraum. "Als ich Pemberley besuchte, hingen dort Porträts von ihm und seiner Schwester und sogar eines von Mr. Wickham, aber keines von Ihnen."

"Ich gehe davon aus, dass meine Miniatur vor langer Zeit zerstört wurde", sagte er ruhig.

"Und als Sie vom alten Mr. Darcy sprachen, haben Sie ihn nicht Ihren Vater genannt." Die Worte strömten aus ihr heraus, aber sie konnte sie nicht aufhalten. Wie hatte dies geschehen können? Sie war quasi verlobt mit Mr. Darcys Bruder. Gütiger Gott, was würde er denken? Sie ließ sich auf einen Stuhl sinken und kämpfte gegen den Drang an, ihr Gesicht in ihren Händen zu vergraben.

"Dem Gesetz nach war der verstorbene Mr. Darcy mein Vater", sagte er eisig. "An jenem Tag, als ich sechzehn war, teilte er mir mit, dass er ein Offizierspatent für mich erworben habe. Er war sich meiner pazifistischen Überzeugungen durchaus bewusst. Als ich es ablehnte, sagte er, ich könne entweder das Offizierspatent annehmen oder Pemberley noch am selben Tag für immer verlassen, mit nichts als den Kleidern, die ich am Leib trüge. Als ich ging, verleugnete er mich als seinen Sohn. Ich habe ihm denselben Gefallen getan und ihn seither nicht mehr meinen Vater genannt."

Selbst durch den Dunst ihres eigenen Schocks und ihrer Bestürzung konnte sie kaum übersehen, dass er ebenfalls aufgewühlt war, seine Blässe trat unübersehbar zu Tage. "Es tut mir leid, dass Sie in eine solche Lage gebracht wurden", sagte sie.

"Mir fehlte es an nichts. Mr. Morris war in jeder Hinsicht ein wahrer Vater für mich. Aber ich komme nicht umhin, mich über die Heftigkeit Ihrer Reaktion zu wundern, wenn mein Bruder nichts weiter als eine Zufallsbekanntschaft für Sie ist."

Nun war es an ihr, das Gesicht in die Hände zu legen. Es war hoffnungslos. Die Zukunft ihrer Schwestern hing davon ab, dass Elizabeth diesen Mann heiratete, aber sie wollte ihren zukünftigen Ehemann weder anlügen noch die intimen Geheimnisse seines Bruders preisgeben. Es stand bereits genug zwischen ihnen, ohne dass Andrew wusste, dass sie seinen Bruder gedemütigt hatte, indem sie seinen Antrag abgelehnt hatte.

Vielleicht konnte sie dennoch einen Weg finden, ehrlich mit ihm zu sein. "Da gab es noch mehr, aber weder auf ihren Bruder noch auf mich wirft es ein gutes Licht. Als ich das letzte Mal mit ihm gesprochen habe, haben wir uns furchtbar gestritten. Ich hatte gerade herausgefunden, dass er seinen Freund davon abgehalten hatte, meiner Schwester einen Antrag zu machen und sie litt schwer darunter, verlassen worden zu sein. Damit habe ich ihn konfrontiert. Er gab es zu und kritisierte meine Familie. Dann habe ich seine Geduld strapaziert, indem ich ihm seine Missetaten gegenüber Mr. Wickham vorwarf – ich kann Ihnen später noch erklären, wie es dazu kam, dass Mr. Wickham mir Lügen über Ihren Bruder erzählen konnte – und seine Antwort darauf fiel heftig aus. Wir waren beide sehr in Rage und entschieden unhöflich zueinander. Es ist kein Ereignis, auf das ich mit Stolz zurückblicke, und ich glaube, dass es ihm höchstwahrscheinlich genauso geht. Ich sah ihn am nächsten Tag nur kurz bei seiner Abreise, und damit endete meine Bekanntschaft mit ihm. Ich hatte gehofft, ihn nie wiederzusehen, nachdem ich in seiner Gegenwart eine solche Närrin aus mir gemacht hatte."

Damit log sie nicht einmal. Sie ließ lediglich etwas aus.

"Ich verstehe", sagte Andrew Darcy gedehnt. "Mich zu heiraten würde wahrscheinlich bedeuten, gelegentlich auf ihn zu treffen, ich denke allerdings nicht, dass dies häufig der Fall wäre. Wäre Ihnen das möglich?"

Sie brachte ein Lachen zustande, wenngleich es hohl klang. "Das könnte ich auf jeden Fall schaffen. Es ist nur ein peinlicher Moment in der Vergangenheit, und ich möchte doch meinen, dass ich seitdem daran gewachsen bin. Ich glaube nicht, dass Ihr Bruder und ich jemals Freunde werden, aber ich kann ihm mit Höflichkeit begegnen. Mein Verhalten an diesem Tag war nicht typisch für mich, das versichere ich Ihnen. Ich schäme mich ziemlich dafür und würde es selbst gerne vergessen. Nichts Geringeres als unsere gegenwärtige Situation hätte mich dazu bringen können, das einem anderen menschlichen Wesen darzulegen." Sie war sich schmerzlich bewusst, dass sie Mr. Darcys eigene Worte aus seinem Brief an sie wiederholte.

Der junge Geistliche runzelte ebenfalls die Stirn – zurecht – und stellte zweifellos seine Entscheidung in Frage, einer Frau, die sich so verhalten hatte, die Ehe anzutragen. "Weiß Wickham, dass Sie sich mit meinem Bruder gestritten haben?"

"Nein. Er wusste von unserer Bekanntschaft, aber nicht von dem Streit."

Er nickte. "Damit wäre zumindest ein Rätsel geklärt. Ich konnte nicht verstehen, weshalb Wickham dachte, ich könnte ihm eine Summe zahlen, die weit über meine Verhältnisse geht. Er muss angenommen haben, dass Sie als Gast meines Bruders hier weilen und dass ich ihn um das Geld bitten würde. Er hat etwas über Fitzwilliam gesagt, aber dem habe ich keine besondere Aufmerksamkeit geschenkt."

Hatte Wickham es auf sie abgesehen, weil er annahm, sie habe eine Verbindung zu Mr. Darcy? Welch Ironie des Schicksals. "Ich versichere Ihnen, Ihr Bruder würde keinen Penny zahlen, um meinen Ruf zu schützen", sagte sie, und meinte es auch so. Warum sollte er ihr helfen, nachdem sie so mit ihm umgesprungen war?

"Ich hoffe, dass dem nicht so ist, ich befinde mich jedoch ohnehin nicht in der Lage, ihn um eine beträchtliche Summe um Ihretwillen zu bitten."

"Das würde ich auch nicht wollen!", rief sie. "Wenn Mr. Wickham dachte, er könnte von meiner Bekanntschaft mit Ihrem Bruder profitieren, während er sich an Ihnen rächt, dann ist das mein Problem, nicht Ihres."

"Und weil er denkt, dass ich eine Stellung innehabe, auf die er immer noch ein Anrecht hat", sagte er finster. "Als ob es meine Schuld wäre, dass mein Bruder sie mir gab und nicht ihm."

Kannte er die Geschichte, weshalb Mr. Darcy Wickham die Stellung nicht gewährt hatte? Elizabeth hatte bereits zu viel Wissen über die Angelegenheiten seines Bruders preisgegeben, deshalb beschloss sie, es nicht zur Sprache zu bringen.

Die Tür öffnete sich und gab den Blick auf ihre Tante und ihren Onkel frei. Mr. Gardiner sagte: "Ihr seid schon eine ganze Weile hier drinnen. Habt ihr eine Entscheidung getroffen?"

Elizabeth wechselte einen Blick mit Andrew Darcy. Hatten sie das? "Wir sind auf ein Hindernis gestoßen, als ich erfuhr, dass er der Bruder von Mr. Fitzwilliam Darcy von Pemberley ist, der nicht wollte, dass Mr. Bingley meine Schwester Jane heiratet. Ich vermute, dass ihm der Gedanke, sein Bruder könne mich heiraten, sogar noch weniger gefallen wird." Aus mehr als einem Grund.

Mr. Gardiners Stirn legte sich in Falten. "Beeinträchtigt dies Ihre Bereitschaft, meine Nichte zu heiraten?", fragte er.

Andrew Darcy zögerte nicht, das musste man ihm zugutehalten. "Nein. Es hat keinen Einfluss auf meine Verantwortung, Miss Bennets guten Namen zu schützen, und ich brauche nicht die Zustimmung meines Bruders, um zu heiraten."

Die Erleichterung um ihrer Familie willen stand im Widerstreit mit der Beklemmung, die sie für sich selbst verspürte, aber sie zwang sich zu lächeln, als sie sagte: "Dann ist es entschieden." Elizabeth Bennet von Longbourn würde Mrs. Andrew Darcy aus Kympton und damit Schwägerin von Mr. Fitzwilliam Darcy von Pemberley werden. Ihr Herz verkrampfte sich bei dem Gedanken, ihn wiederzusehen, aber daran konnte sie nichts ändern.

# Kapitel 6

Natürlich war das nicht das Ende der Geschichte. So gnädig war das Schicksal nicht. Sie musste ein fröhliches Gesicht aufsetzen, während die Gardiners ihr gratulierten, Andrew Darcy anlächeln, der immerhin sehr freundlich zu ihr war, indem er ihre Familie vor der Schande bewahrte, und sie musste vorgeben, sich nicht in die Enge getrieben zu fühlen. Die Wände um sie herum schienen immer näherzurücken. Wie betäubt ließ sie zu, dass ihr Onkel das Gespräch auf das Thema lenkte, wie am besten Mr. Bennets Zustimmung zu dem Verlöbnis eingeholt werden könnte, angesichts der Tatsache, dass dies geschehen müsste, ehe Wickham sein Gift verspritzen könnte.

Schließlich wurde beschlossen, dass Andrew noch am selben Abend an Mr. Bennet schreiben würde. Elizabeth konnte fast hören, wie sich der Schlüssel im Schloss ihrer Zukunft drehte, aber sie behielt pflichtbewusst ein Lächeln im Gesicht, als Andrew sich über ihre Hand beugte, bevor er ging.

Irgendwie gelang es ihr zu sagen: "Ich werde mein Bestes geben, um sicherzustellen, dass du deine heutige Entscheidung nie bereuen wirst."

"Und ich ebenso", erwiderte er warm. "Unabhängig davon, wie unser Verlöbnis begann, glaube ich, dass wir ein gutes Leben miteinander haben werden."

Als er ging, fühlte sie sich, als wären ihre Lippen erschöpft von der Anstrengung, dieses Lächeln aufrechtzuerhalten. "Ich muss meinen Eltern ebenfalls schreiben", sagte sie. "Sonst wird es ein ziemlicher Schock sein, wenn mein Vater einen Brief von einem völlig Fremden erhält, in dem er um seine Erlaubnis bittet, mich zu heiraten."

"Ich werde auch an Bennet schreiben, um die Situation zu erklären", sagte ihr Onkel. "Ich muss sagen, trotz der Umstände ist es eine

Erleichterung, zu wissen, dass du gut verheiratet sein wirst. Es wird auch die Chancen deiner Schwestern auf eine gute Partie verbessern. Kein Mann ist besonders erpicht darauf, eine Frau mit so vielen alleinstehenden Schwestern zu heiraten, die irgendwann einmal möglicherweise alle von ihm abhängig sind. Lass dir versichert sein, dass ich es vermieden habe, deinem jungen Verehrer gegenüber deinen Schwestern zu erwähnen, wenngleich ich ihm gesagt habe, dass wir vorhaben, für deine Mutter zu sorgen, wenn sie Witwe werden sollte."

"Ihr seid so gut, dass ihr euch solche Sorgen um die Zukunft meiner Familie macht", sagte Elizabeth. Und wie ungerecht es war, dass die Last der Sorge auf die Gardiners abgewälzt wurde, wenn es doch Sache ihres Vaters hätte sein sollen, Geld beiseite zu legen, um sicherzustellen, dass nach seinem Tod für seine Töchter gesorgt war!

"Und du wirst in einem der schönsten Teile Englands leben", sagte Mrs. Gardiner, entschlossen, fröhlich zu klingen. "Wenn es nur nicht so weit von London entfernt wäre! Ich werde dich so sehr vermissen."

"Dahingehend kann ich dir etwas Trost bieten", sagte Elizabeth. "Mr. Andrew Darcy sagt, er gehe davon aus, dass wir jedes oder jedes zweite Jahr nach London reisen würden, um seine abolitionistische Arbeit fortzuführen, und da Longbourn nur zehn Meilen von der großen Straße nach Norden entfernt liegt, werde ich sowohl euch als auch meine Familie sehen können." Zumindest das war ein Trost.

ES WAR SCHON NACH MITTERNACHT, als sie den Brief an ihre Eltern geschrieben, noch einmal neu geschrieben und dann ein weiteres Mal neu verfasst hatte. Zudem hatte sie eine wesentlich längere, allerdings weniger ausgefeilte Nachricht an ihre Schwester Jane verfasst und Elizabeths Augen schmerzten vom genauen Hinsehen bei schwachem Kerzenlicht. Sie bemühte sich halbherzig, die Tinte von ihren Fingern zu schrubben, ehe sie erschöpft ins Bett fiel und ganz vergaß, die Vorhänge zuzuziehen.

Das erste Licht des neuen Tages weckte sie am nächsten Morgen und mit ihm stürzten die Ereignisse des vorigen Tages wieder auf sie ein. Ihr wurde gewahr, dass sie sich bereit erklärt hatte, einen Mann zu heiraten, den sie kaum kannte. Mr. Wickham hatte sie mit seinen guten Manieren und seiner Schmeichelei getäuscht. Was, wenn Andrew Darcy dasselbe getan hatte? Warnsignale gab es durchaus: Er war von seinem Vater verstoßen worden, hatte wenig mit dem Rest seiner Familie zu tun und war von zwei Schulen ausgeschlossen worden. Was hatte sie sich dabei gedacht, sich in die Macht eines Mannes zu begeben, wenn sie doch gar nicht wusste, wozu er fähig war? Dass er sich als Pazifist für andere Menschen einsetzte, bedeutete nicht, dass er seine eigene Frau nicht schlagen würde, oder sich als grausam oder gar als Trinker herausstellte.

Panik schnürte ihr den Hals zu. Sie atmete flach und kleidete sich mit zitternden Fingern an. Was hatte sie getan? War sie vom Regen in die Traufe gelangt, als sie versucht hatte, dem Skandal zu entkommen, indem sie ein Leben im Elend wählte?

Sie musste mehr über ihn herausfinden. Sie hatte George Wickham nach dem äußeren Schein beurteilt, er hatte so gutherzig gewirkt und sie hatte keine Fragen gestellt. Diesmal würde sie es besser machen. Aber wen konnte sie fragen? Seine Diener vielleicht, aber die könnten zögern, ehrlich über seine Fehler zu sprechen. Mr. Morris, der Geistliche, der sie einander vorgestellt hatte, wäre eine weit bessere Wahl.

Allein der Gedanke an den liebenswürdigen alten Herrn beruhigte sie. Er hatte Andrew Darcy die meiste Zeit seines Lebens gekannt und schien ihn zu mögen. Das war ein gutes Zeichen, nicht wahr? Wenn er glaubte, der jüngere Mann sei gefährlich oder instabil, wäre er ihm sicherlich nicht so herzlich zugetan. Es sei denn natürlich, er hatte ein Auge auf ihn, weil er befürchtete, was Andrew sonst anstellen könnte.

Er konnte ihr mehr sagen. Sie würde mit Mr. Morris sprechen und versuchen, ihren zukünftigen Ehemann besser zu verstehen. Wenn der alte Rektor sie nicht beruhigen konnte, könnte sie die Verlobung lösen, bevor sie offiziell verkündet wurde.

Es war noch viel zu früh, um auszugehen, aber sie ertrug es nicht zu warten, insbesondere, weil sie wusste, dass ihre Tante und ihr Onkel wahrscheinlich später am Tag andere Pläne für sie haben würden. Nein, wenn sie gegen die Regeln verstoßen und einem verwitweten Herrn alleine einen Besuch abstatten würde, konnte sie ebenso gut auf die Regeln pfeifen, was einen angemessenen Zeitpunkt betraf.

Sie wartete gerade lange genug, bis die Stadtbevölkerung die Straßen füllte. Ihrer Tante hinterließ sie eine Nachricht und machte sich sogar ohne Frühstück auf den Weg.

Zu ihrer Erleichterung fand sie den alten Herrn bei der Gartenarbeit vor, was ihr die Peinlichkeit ersparte, sich einem Dienstboten an der Tür erklären zu müssen. Er begrüßte sie fröhlich und hielt ihr das Tor auf, damit sie durch den Torbogen aus Kletterrosen eintreten konnte.

Elizabeth faltete die Hände so krampfhaft, dass ihre Knöchel schmerzten. "Bitte vergeben Sie mir, dass ich Ihnen bereits so früh am Morgen einen Besuch abstatte."

"Nicht im Geringsten. Sie sind stets willkommen, und ich kann mir nicht vorstellen, dass dies ein reiner Höflichkeitsbesuch ist, weil sie meine charmante Gesellschaft genießen möchten", sagte Mr. Morris mit einem Augenzwinkern. "Wie kann ich Ihnen helfen, Miss Bennet?"

Sie öffnete vorsichtig ihre Hände. "Sie wissen möglicherweise bereits, dass ich gestern zugestimmt habe, Mr. Andrew Darcy zu heiraten." Sie konnte sich immer noch nicht dazu bringen, ihn einfach nur Mr. Darcy zu nennen. Dieser Name gehörte einem anderen Mann.

"Ja, er ist gestern Abend vorbeigekommen, nachdem er bei Ihnen aufgebrochen war. Ich war sehr erfreut, die Nachrichten zu hören, auch wenn die Umstände nicht ganz wünschenswert waren."

"Nun, deshalb bin ich hier. Ich kenne ihn nicht so gut, wie ich sollte, um eine Entscheidung dieser Tragweite zu treffen." Die Worte sprudelten aus ihr heraus. "Mein Instinkt sagt mir, dass er ein anständiger und ehrlicher Mann ist, aber der gleiche Instinkt hat mich schon früher einmal in die Irre geführt, als es um den Charakter eines jungen Mannes ging, und ich habe auch Dinge über Mr. Andrew Darcy gehört, die mich beunruhigen. Ich bin heute gekommen, um Sie als jemanden, der ihn seit Jahren kennt, zu fragen, wie ich die beiden Andrew Darcys miteinander in Einklang bringen soll, von denen ich gehört habe. Der eine ist ein aufrechter Abolitionist, der sich um die Belange seiner Gemeindemitglieder kümmert, und der andere war ein junger Aufrührer, der von zwei Schulen suspendiert und von seinem

Vater verstoßen wurde. Ich fürchte mich davor, mich in der Gewalt dieses Andrew Darcys zu befinden."

Mr. Morris schürzte die Lippen. "Es schmerzt mich, zu hören, dass die Leute diese alten Geschichten immer noch aufwärmen. Man würde sich wünschen, dass sie den Mann sehen, der er ist, und nicht den Jungen, der er einmal war. Aber das beantwortet Ihre Frage nicht, nicht wahr? Soviel kann ich Ihnen sagen: Er ist ein guter Mann, der sich Herausforderungen stellen musste und nicht zugelassen hat, dass sie ihn zerstören. Haben Sie mit Drew über Ihre Bedenken gesprochen?"

Elizabeth zögerte. "Er hat mir vage von seinen Problemen erzählt, aber es ist deutlich, wie sehr es ihn schmerzt, über seine Vergangenheit zu sprechen. Ich dachte, jemand, der weniger involviert ist, könnte ein klareres Bild liefern."

"Als unbeteiligt kann ich mich nicht bezeichnen, da ich ihn seit seiner Kindheit unterrichtet habe."

"Und war er ein Kind von schlechtem Temperament?" Sie hielt den Atem an.

"Nein, kein schlechtes Temperament. Er war in bestimmten Dingen willensstark und konnte Ungerechtigkeiten nicht ertragen, was ihm keine geringen Schwierigkeiten bereitete. Die meisten von uns lernen früh, dass es am klügsten sein kann, nichts zu sagen, wenn wir das Verhalten eines Menschen missbilligen. Andrew bestand darauf, gegen jede Windmühle zu kämpfen, und dabei hat er sich Feinde gemacht."

"Einschließlich seines Vaters?" Elizabeth konnte sich nicht vorstellen, was einen Vater dazu bringen würde, seinen Sohn zu verstoßen.

Der ältere Geistliche nahm seine Brille ab und steckte sie in seine Tasche. "Das war eine schwierige Situation, und das meiste, was ich darüber weiß, wurde mir in Vertrauen erzählt, aber ich kann so viel sagen: Während Drew die Situation mit seinem Mangel an Taktgefühl und seinen wütenden Ausbrüchen sicherlich verschärfte, muss der größte Teil der Schuld seinem Vater zur Last gelegt werden, der bereits eine unerbittliche Abneigung gegen ihn empfunden hatte, als ich ihn im Alter von fünf Jahren zum ersten Mal traf. Selbst zu dieser Zeit konnte Drew seinem Vater nichts recht machen und hat die Schuld an allem zugeschrieben bekommen, was ungenehm kam."

Elizabeth fragte sich, wie viel davon sie trauen konnte und was er ihr möglicherweise nicht erzählte. "Aber die Probleme lagen nicht nur in der Sichtweise seines Vaters, wenn er von zwei Schulen ausgeschlossen wurde."

Der alte Herr lachte. "Nein, dafür müssen Sie mich ebenso verantwortlich machen wie Drew. Er wurde suspendiert, weil er sich weigerte, die moralischen Überzeugungen aufzugeben, die ich ihm beigebracht hatte. Seine Schulmeister nahmen es nicht gut auf, Lektionen von einem frommen Kind zu erhalten, das ihnen vorwarf, den Übeln der Sklaverei nicht entschieden genug entgegenzutreten. Außerdem musste seine Sicherheit bedacht werden. Möglicherweise ist Ihnen bewusst, dass körperliches Drangsalieren in Internaten eher die Regel als die Ausnahme ist. Sie sagen, es forme den Charakter. Aber ein Junge, der sich weigert, sich zu verteidigen, während er die Angreifer provoziert, indem er aus der heiligen Schrift zitiert – diese Schikane kann zu weit gehen und es war leichter, den jungen Drew zu suspendieren als all die anderen Übeltäter."

"Er hatte diese Überzeugungen sogar schon als Schüler?"

"Das ist der Punkt, an dem mir die Verantwortung zufällt, oder vielleicht auch der Verdienst. Lady Anne Darcy wählte ganz gezielt mich als seinen Privatlehrer aus, um seine moralische Entwicklung zu fördern, da sie sich Sorgen über bestimmte Einflüsse machte, denen er ausgesetzt war, und sie hatte den ausdrücklichen Wunsch, dass er sich ihrer abolitionistischen Haltung anschloss."

Ein Licht begann ihr aufzugehen. "Gestatten Sie mir, zu raten, wie es weitergeht: Sein Vater teilte diese Sichtweise auf die Sklaverei nicht."

"In der Tat nicht, nein. Er hatte eine große, sehr profitable Plantage in Jamaika."

Anscheinend war die Familie Darcy vielschichtiger als gedacht. Das einzige, was sie über Mr. Fitzwilliam Darcy gewusst hatte, als sie ihn zum ersten Mal traf, war die Größe seines Vermögens. Vielleicht hätte sie ihn besser verstanden, wenn sie manches von dem früher gewusst hätte. Sie konnte nicht widerstehen zu fragen: "Haben Sie auch den älteren Darcy-Bruder unterrichtet?"

"Nur kurz. Er verließ uns ein paar Monate nach meiner Ankunft, um zur Schule zu gehen."

# DER PREIS DES STOLZES

Sie hätte gerne mehr über ihn in Erfahrung gebracht, konnte diese Neugier aber nicht rechtfertigen. "Aber Sie blieben in Kontakt mit Mr. Andrew Darcy, nachdem er zur Schule fortgegangen war."

"Als er ausgeschlossen wurde, habe ich angeboten, ihn als Privatschüler in meinem Haushalt aufzunehmen. Er hat dann bei mir gelebt. Ich wusste, dass er nicht im Haus seines Vaters bleiben sollte."

"Hat er Ihnen irgendwelche Schwierigkeiten bereitet?"

"Nicht mehr als jeder andere Junge in den schwierigen Jahren der Jugend und weniger als die meisten. Seine moralistische Ader, Sie wissen schon. Drew ist keineswegs perfekt. Er kann stur sein, und er tut sich schwer, seine Ressentiments aufzugeben. Und falls das ein Problem für Sie darstellt: Seine theologische Überzeugung ist ein wenig nonkonformistisch. Falls Sie auf einen Geistlichen der anglokatholischen Strömung gehofft hatten, stünde Ihnen möglicherweise eine Enttäuschung bevor."

Sie schüttelte den Kopf. "Ich bin zwar mit einem traditionalistischen Rektor aufgewachsen, aber dennoch aufgeschlossen. Ich habe mir bereits gedacht, dass er angesichts seiner starken moralischen Ansichten über die Übel der Gesellschaft einen anderen theologischen Weg gegangen sein könnte." Wenn sie schon einen Geistlichen heiraten müsste, wäre es eine Erleichterung, zu wissen, dass er sie ermutigen würde, nach Gleichheit und Gerechtigkeit zu streben, anstatt sie zu zwingen, *Fordyces Predigten* zu lesen.

"Ich bin froh, zu hören, dass Sie ihn dafür nicht verurteilen, allein schon, weil er dabei wieder meinem Beispiel folgt. Und ich muss sagen, dass Drew nicht wie andere jüngere Söhne ist, die sich dem Klerus nur anschließen, weil es ein leichteres Leben ist als in der Armee oder in der Marine. Ich denke, dass Drew wirklich dazu berufen ist."

"Ich habe das Gefühl, dass hier irgendwo ein "aber" versteckt ist."

"Nicht in Bezug auf seinen Charakter, falls Ihnen das Sorgen bereitet. Nur das Bedauern eines alten Lehrers, dass es mir zwar gelungen ist, Drew ein Gefühl von Moral und Pflicht zu vermitteln, aber ich glaube nicht, dass er gelernt hat, die Freude zu spüren, die in Gottes Liebe liegt. Eines Tages würde ich gerne sehen, dass er Glück erfahren hat. Vielleicht wird die Ehe ihm das bringen."

"Ich werde versuchen, ihn glücklich zu machen", sagte sie matt.

Er sah sie an und sagte sanft: "Ich wünschte, sie könnte Ihnen ebenfalls Glück bringen, aber ich kann sehen, dass Ihre Verlobung das nicht vermag. Ist das keine gute Verbindung für Sie? Ich weiß nur wenig über Ihren Hintergrund. Oder gibt es jemand anderen, den Sie heiraten wollten?"

Sie schüttelte den Kopf. "Nein. Ich mag es einfach nicht, dazu gezwungen zu werden. Mir ist durchaus klar, dass er mir einen Gefallen getan hat, als er mir die Ehe antrug. Er scheint sich dazu verpflichtet zu fühlen. Ich mache mir Sorgen, dass er es eines Tages bereuen könnte."

Er lachte. "Drew tendiert dazu, Menschen zu retten, aber in diesem Fall müssen Sie sich keine Sorgen machen. Er ist sehr zufrieden damit, Sie zu heiraten. Ich würde sogar vermuten, er freut sich darüber, dass es so gekommen ist."

Ihre Hände ballten sich zu Fäusten. "Zufrieden?" Aus irgendeinem Grund machte es sie wütend.

"Nur mit dem Ergebnis, nicht mit der Art und Weise, wie es dazu gekommen ist. An dem Tag, als wir uns kennenlernten, hatte ich Drew gerade geraten, dass er klug sein würde, sich eine Braut zu suchen, nun da er sich eine Heirat endlich leisten konnte. Er stimmte zu, wollte aber kein Mädchen aus der Gegend umwerben, das ihr ganzes Leben lang Klatsch über ihn gehört hätte. Er wollte warten, bis er nach London zurückkehrte und dort eine Braut suchen konnte. Ich sagte ihm, ich dächte, ein Mädchen vom Land wäre besser für das Leben in Kympton geeignet, aber er war entschlossen. Stur, wie ich bereits sagte. Und dann sind Sie hereingeschneit mit Ihrer Tante und Ihrem Onkel, ein hübsches Mädchen vom Land, aus gutem Hause, das nichts von seiner Vergangenheit weiß. Ich kann Ihnen versichern, dass sowohl er als auch ich daran gedacht hatten, Sie könnten die perfekte Lösung für sein Problem sein."

Ihr Mund verzog sich. "Ich denke, ich sollte froh sein, dass er zufrieden ist und ich seine Kriterien so gut erfülle."

"Außerdem mag er Sie. Wie kann ich das am besten erklären? Die meisten jungen Männer jagen stets den Mädchen hinterher. Drew war noch nie so. Ihm gefällt der Gedanke gar nicht, einer jungen Dame Avancen zu machen, wenn man nicht vorhat, sie zu heiraten. Das hat allerdings zur Folge, dass er nicht besonders bewandert darin ist, mit einer

64

Dame anzubändeln und ihr den Hof zu machen. Als ich sagte, er sei über das Ergebnis erfreut, dann, weil er sich schwer damit tat, Ihnen zu sagen, wie charmant er Sie findet und dass er Sie gerne besser kennenlernen würde, insbesondere, da Ihre Zeit hier so kurz bemessen war. Wie wir alle, wenn wir vor einer Aufgabe stehen, für die wir uns nicht gerüstet fühlen, ist er froh, dass sie ihm abgenommen wurde."

Sie unterhielten sich noch eine kleine Weile. Als Elizabeth wieder zum Gasthaus aufbrach, fühlte sie sich seltsam unzufrieden. Was stimmte nicht mit ihr? Sie sollte sich von Mr. Morris Worten beruhigt fühlen, doch stattdessen fühlte sie beinahe Ärger. Er hatte ihr keinen Grund gegeben, sich Sorgen zu machen. Oder war das das Problem? Hatte sie gehofft, er würde ihr eine Entschuldigung geben, um die Verlobung zu lösen, ihr irgendeinen Grund liefern, aus dem sie schlussfolgern könnte, dass es besser für sie wäre, sich der Schande zu stellen, als Andrew Darcy zu heiraten?

Sie war noch nicht bereit, in das Gasthaus zurückzukehren und sich den Gardiners und deren Begeisterung für ihre erzwungene Verlobung zu stellen. Und so trödelte sie vor einem Schaufenster und bewunderte die ausgestellten Stoffe und Bänder. Es war eine andere Auswahl, als sie normalerweise in Meryton sah, und sie überkam eine Welle der Wehmut nach der Zeit, als ihre größte Sorge darin bestand, die perfekte Farbe für Schuhrosen für den Ball auf Netherfield zu wählen.

Aus einem Impuls heraus ging sie hinein, die Glöckchen an der Tür bimmelten hinter ihr. Vielleicht war die Ablenkung, etwas zu kaufen, genau das, was sie gerade brauchte. Ihre Zukunft mochte nicht in ihren Händen liegen, aber sie konnte immer noch eine nette Seidenblume für ihren Hut kaufen.

"Kann ich Ihnen helfen, Miss?" Eine ordentlich gekleidete Frau, leicht vom Alter gebeugt, kam hinterm Tresen hervor.

Elizabeth sah von den ausgestellten Bändern auf. "Haben Sie auch breitere Bänder? Ich habe es fertiggebracht, einen Fleck auf meinem Lieblingskleid zu hinterlassen, als ich im Matsch ausgerutscht bin, und suche nach Ideen, wie ich den Fleck kaschieren könnte."

Die Frau sah sie von oben bis unten an und beurteilte ihre Kleidung und ihr Aussehen. "Wo befindet sich der Fleck?"

Sie bückte sich und zeigte auf eine Stelle in der Nähe ihres linken Knöchels. "Das Schlimmste ist hier, ungefähr drei Finger breit. Und dann hat sich noch ein Bereich auf der Seite verfärbt und hier drüben entstand ein kleiner Riss. Ich vermute, ich sollte einfach einen neuen Rock fertigen, aber ich mag den Stoff dieses Kleides ganz besonders gern und habe nichts mehr davon übrig." Dieses Kleid hatte ihr immer Komplimente eingebracht. Sogar Mr. Darcy hatte einmal gesagt, dass es ihr gut stand. Mr. Darcy, der noch immer ihr Leben überschattete.

"Welche Art von Kleid ist es denn?"

"Ein ziemlich einfaches Tageskleid, himmelblau mit einem Muster aus pastellgelben Blumen."

Die Frau schürzte die Lippen. "Ich habe da eine Idee."

Sie eilte nach hinten und kehrte mit einer abgenutzten Kopie von *Ackermanns Modezeitschrift* zurück. Die blätterte sie durch, ehe sie auf einer Seite innehielt. "Da haben wir's. Wie wäre es, wenn Sie es ändern würden, so wie diesen Rock? Den Fleck am Saum könnten Sie durch einen Muschelsaum entfernen, den Sie dann mit einem Streifen Stoff unterlegen, und oben fügen Sie eine Lage Netzgewebe hinzu, um die verfärbte Stelle zu verbergen?"

Elizabeth studierte die Illustration. "Die Rosetten könnten zu viel des Guten für dieses Kleid sein, aber ja, das könnte funktionieren." Aufregung prickelte durch sie hindurch bei dem Gedanken, wie modern und stilvoll es aussehen würde. Die Putzmacherin in Meryton hatte nie so kluge Ideen!

"Vielleicht ein geflochtenes Band anstelle der Rosetten?" Die Frau klang erfreut. "Ich habe eine Auswahl hier, die Sie sich ansehen könnten. Oder, wenn Sie möchten, können Sie auch das Kleid mitbringen, um zu sehen, was am besten passt."

Zum ersten Mal seit ihrem Sturz in den Schlamm und allem, was darauf folgte, fühlte Elizabeth tatsächlich Hoffnung in sich aufkeimen. "Das wäre wundervoll. Ich bin nur für ein paar Tage hier, aber ich würde mich sehr über Ihren Rat freuen. Sie scheinen ein ausgezeichnetes Auge für so etwas zu haben."

Die Frau kicherte. "Ich liebe es, alten Kleidern neues Leben einzuhauchen, noch viel mehr, als neue herzustellen. Das ist nicht unbedingt der beste Geschäftssinn, nehme ich an, aber es ist praktischer für meine Kunden und ich liebe es, ein wenig zur Schönheit dieser Welt beizutragen."

Elizabeth musste über ihre Begeisterung lächeln. "Ich hole es gleich. Es wird nur ein paar Minuten dauern, da ich im *Weißen Hirschen* wohne."

Die Augen der Frau leuchteten auf. "Aye, dann sind Sie die junge Dame, die sich gerade frisch mit dem jungen Mr. Darcy verlobt hat? Ich hatte gehört, dass sie aus dem Süden kommt."

"Das bin ich." Elizabeths Lächeln stockte ein wenig. Zumindest hatte sie "frisch verlobt" und nicht "in Schande" gesagt. Das war eher wie ein zerrissenes, beflecktes Kleid wieder schön zu machen.

"Nun, meine besten Wünsche für Sie beide. Es ist Jahre her, seit ich ihn das letzte Mal gesehen habe, aber ich dachte, er sei ein guter Junge, als er hier mit Mr. Morris lebte."

Elizabeth hob eine Augenbraue. "Sie hielten ihn nicht für einen Unruhestifter?"

Sie schnaubte. "Vielleicht war er das mal, aber welches Kind macht keine solche Phase durch? Zu mir war er stets höflich, das war er, und einmal hat er die anderen Jungen davon abgehalten, Äpfel von meinem Baum zu stehlen. Und wenn er aus seinem Betragen in der Vergangenheit gelernt hat, dann schätze ich ihn dafür nur umso mehr."

Genau das, was ihre Schwester Jane gesagt hätte. Man musste auf das Gute im Menschen schauen. Es gab keinen Grund, sich vom Gedanken an diese Ehe so sehr beunruhigen zu lassen. Sie mochte es natürlich nicht, dazu gezwungen zu werden, aber Andrew war ein anständiger Mann, gebildet und finanziell in der Lage, für sie zu sorgen. Wenn er nicht mit Mr. Darcy verwandt gewesen wäre und beschlossen hätte, sie zu umwerben, hätte sie sich vielleicht gefreut, ihn zu heiraten.

aufeWenn er nicht mit Mr. Darcy verwandt wäre.

Das war der Kern ihrer inneren Aufruhr, nicht wahr? Andrew zu heiraten bedeutete die Demütigung, sich wieder in Mr. Darcys Gegenwart zu begeben, nachdem sie in der Vergangenheit so töricht und ungerecht zu ihm gewesen war. Sie würde sich seiner Abscheu über ihre Verlobung mit seinem Bruder stellen müssen. Und dennoch, warum sollte sie zulassen, dass sie in seinem Schatten stand und damit jede Hoffnung zerstören, die sie für diese Verbindung verspürte? Ja, von Zeit zu Zeit würden sie auf Mr.

Darcy treffen, daran bestand kein Zweifel, und auch nicht daran, dass das unangenehm werden würde, aber dem müsste sie sich einfach stellen. Doch das war kein Grund, Andrew abzulehnen, nicht, wenn der Preis dafür wäre, ihre ganze Familie der Schande auszusetzen.

Sie straffte ihre Schultern und war entschlossen, ihre Haltung gegenüber Andrew genau wie ihr beflecktes Kleid neu zu gestalten. Sie würde Mr. Darcys unvermeidlicher Missbilligung nicht die Macht geben, ihr Schaden zuzufügen. Sie würde ihn aus ihren Gedanken verbannen.

# Kapitel 7

Elizabeth kehrte kurz darauf in Begleitung von Mrs. Gardiner zu der Putzmacherin zurück. Ihre Tante war offensichtlich so erleichtert, ihre Nichte wieder lächeln zu sehen, dass sie ihr mit Freuden gleich ein Dutzend neuer Kleider bestellt hätte. Sie überzeugte Elizabeth, der Putzmacherin die Änderungen an dem Kleid zu überlassen und genoss einen langen Plausch mit ihr über die aktuelle Mode in London.

Als sie ins Gasthaus zurückkehrten, wartete Andrew Darcy dort bereits auf sie. Elizabeth brachte es fertig, ihn mit Gleichmut zu begrüßen, fühlte sich aber dennoch überraschend befangen in seiner Gegenwart. War er wirklich daran interessiert gewesen, sie um ihrer selbst willen zu umwerben?

Nachdem sie sich begrüßt hatten, sagte er: "Ich habe meinen Brief an deinen Vater nochmals abgeschrieben, da ich dachte, du würdest möglicherweise gerne wissen, was ich ihm geschrieben hatte."

"Sehr aufmerksam von dir. Das wird ihn ziemlich überraschen."

"Das kann ich mir vorstellen. Ich kann nur hoffen, dass er es nicht als zu unangenehm empfindet."

Elizabeth war sich ziemlich sicher, dass ihr Vater sich über keine Ehe freuen würde, aufgrund derer sie so weit von Longbourn entfernt leben würde, sah allerdings keinen Grund, das auch laut auszusprechen. Stattdessen sagte sie leichthin: "Du bist eine große Verbesserung gegenüber dem letzten Geistlichen, der um meine Hand angehalten hat. Du schienst zum Beispiel zu glauben, dass meine Meinung in dieser Hinsicht nicht ganz unwichtig ist."

"Natürlich nicht", sagte er ernst. "Du bist ein Mensch, kein Sklave."

Es war die richtige Antwort, aber auch eine Erinnerung daran, dass Andrew ihre Vorliebe für Scherze nicht teilte. Vielleicht konnte er mit der

Zeit das Necken noch lernen. Das hoffte sie zumindest. Nein, sie *würde* es hoffen, denn sie war entschlossen, in Bezug auf ihre Zukunft optimistisch zu sein, um das befleckte, zerrissene Kleid ihrer Verlobung in ein elegantes Kleidungsstück zu verwandeln, auf das sie stolz sein konnte.

Sie verabredeten sich für den nächsten Tag. "Wenn das Wetter schön ist, werde ich dich auf eine Ausfahrt mit dem Zweispänner mitnehmen, um dir mehr von der Landschaft zu zeigen", sagte der junge Pfarrer. "Bis dein Vater seine Erlaubnis zu diesem Verlöbnis erteilt, sollten wir nicht allein miteinander sein, aber ich denke, dass eine gemeinsame Ausfahrt in einer offenen Kutsche unbedenklich sein sollte. Vielleicht könnten wir Peveril Castle besuchen, da du die Gelegenheit verpasst hast, es zu sehen."

"Eine ausgezeichnete Idee", sagte Elizabeth, da sie sich ohnehin nicht ihrer Tante anschließen wollte, die vorhatte, ihre Freunde in Lambton zu besuchen. Jene Freunde, die sich Ausreden hatten einfallen lassen, als Elizabeth kompromittiert worden war, aber ihre Tante nun sehr gerne wiedersahen, nachdem eine Verlobung stattgefunden hatte. Außerdem musste sie Andrew besser kennenlernen.

ALS ANDREW AM NÄCHSTEN Morgen auftauchte, sagte er: "Gestern Abend bot sich mir die Gelegenheit, meinem Bruder die Neuigkeit mitzuteilen. Ich hatte die Nachricht erhalten, dass er früher als erwartet nach Pemberley zurückgekehrt sei, also habe ich dort vorbeigeschaut, um es ihm zu sagen."

Elizabeths Herz begann zu pochen, Übelkeit stieg in ihr auf. "Dein Bruder ist hier?" Soviel dazu, Gedanken an die Schande eines Wiedersehens mit Mr. Darcy zu verdrängen!

"Ja, und ich hielt es für das Beste, unsere guten Nachrichten nicht aufzuschieben. Obwohl ich weder seinen Segen noch seine Zustimmung brauche, wollte ich nicht, dass es so aussieht, als wollte ich unsere Verlobung verschweigen."

"Darf ich fragen, wie er auf diese Nachricht reagiert hat?" Elizabeths Mund war trocken.

"Er war zweifellos überrascht, aber er sagte all das, was zu erwarten wäre."

Natürlich sagte er, was man in einem solchen Fall eben sagte, welche andere Wahl hatte er? "Hat er über seine frühere Bekanntschaft mit mir gesprochen?"

Andrews Miene wurde verschlossen. "Er leugnete sie nicht, hat allerdings nichts von Bedeutung darüber gesagt." Aber sie war sich sicher, dass es etwas gab, das er ihr nicht erzählte, und es half nicht, den Knoten in ihrem Bauch zu lösen.

Als Mrs. Gardiner diese Nachricht hörte, sagte sie: "Wenn Ihr Bruder jetzt von der Verlobung weiß, wäre es dann nicht angebracht, dass Sie Lizzy mitnehmen, um ihm einen Besuch abzustatten?"

Nein! Mr. Darcy einen Besuch abzustatten und sich seiner Abneigung und Ablehnung zu stellen, war das Letzte, was sie tun wollte. Doch ihre Tante hatte recht. Wenn sie es vermeiden würde, ihn jetzt zu treffen, hinge das wie ein Damoklesschwert über ihrem Kopf, bis sie es tat. Gütiger Himmel, was wäre, wenn sie ihn bei ihrer Hochzeit zum ersten Mal wiedersähe? Nein, es wäre besser, es jetzt zu tun, auch wenn es ihr nicht gefallen mochte.

Andrew wirkte ebenso begeistert von der Idee wie sie sich fühlte. "Ich nehme an, das ist ein guter Rat, und wir könnten Peveril Castle auf einen anderen Zeitpunkt verschieben."

Elizabeth sah an sich hinunter. Das Kleid, das sie trug, war ein schlichtes, braunes Musselinkleid, das ganz passabel aussah, und das sie ausgewählt hatte, weil man darauf den Staub der Straße nicht so sehen würde. Sollte sie sich erneut umziehen? Ihr grün geblümtes Kleid mit der Spitze und dem tiefen Ausschnitt? Das mochte passender sein für einen Besuch, aber sie wollte nicht den Anschein erwecken, als versuche sie, Mr. Darcys Aufmerksamkeit zu erregen. Nein, es war besser, schlicht auszusehen; dann konnte niemand sie beschuldigen, ihre Reize einzusetzen.

Sie holte ihre Haube und die Handschuhe, und Andrew reichte ihr die Hand, um ihr auf den Zweispänner zu helfen, ehe er sich selbst auf den Fahrersitz schwang und die Pferde in Gang brachte. Er wirkte noch ernster als zuvor.

Als sie das Dorf hinter sich gelassen hatten, sagte sie: "Es tut mir leid, wenn dieser Besuch dir ungelegen kommt."

Sein Mund verzog sich, aber er sagte: "Nein, es ist nur recht und billig. Du musst meinen Mangel an Begeisterung verzeihen. Es liegt nicht an dir oder daran, dass ich es nicht tun möchte, sondern an meiner Abneigung dagegen, auf Pemberley zu sein. Wenn es nach mir ginge, würde ich keinen Fuß mehr über diese Schwelle setzen."

"Ich bin erleichtert, dass deine Zurückhaltung nicht daher rührt, mich deinem Bruder vorzustellen", sagte sie.

"Ganz und gar nicht", antwortete er mit einem trockenen Lächeln. "Mich holt nur die Vergangenheit ein."

Seine Wärme ermutigte sie zu sagen: "Ich möchte ein Geständnis machen. Ich habe gestern Mr. Morris über dich ausgefragt. Nach einer langen Nacht, in der ich mir Sorgen darüber machte, ob es klug ist, einen Mann zu heiraten, den ich kaum kenne, insbesondere einen, der von seiner Familie verstoßen und der Schule verwiesen wurde, hatte ich das Bedürfnis, mich dessen zu vergewissern und das hat er auch getan."

"Was hat er dir über meinen Vater erzählt?" Seine Stimme klang gepresst.

"Vor allem, dass er dir eine ungebührliche Abneigung entgegengebracht hat und dich ungerecht behandelt hat, und dass deine politischen Überzeugungen, die ich nur teilen kann, die Ursache deiner Probleme auf der Schule waren."

"Das und eine kindische Unfähigkeit, diese Überzeugungen für mich zu behalten", sagte er selbstironisch. Seine Hände umklammerten die Zügel stärker und er fügte steif hinzu: "Ich kann deine Besorgnis nachvollziehen, da du nichts als die Fakten meiner Geschichte wusstest und falls du noch weitere Fragen haben solltest, werde ich mein Bestes geben, dir diese zu beantworten." Es war offensichtlich, dass es ihm nicht leichtfiel, seinen Stolz hinunterzuschlucken und welche Überwindung es ihn kostete, ihr dieses Angebot zu machen.

"Ich danke dir, aber die Antworten von Mr. Morris haben mich völlig beruhigt. Ich kann selbst sehen, was für ein Gentleman du heute bist und das ist es, was zählt." Das war es, was man in einem solchen Fall sagen sollte, doch ihre Bedenken konnte sie immer noch nicht abschütteln.

"Darüber bin ich froh", sagte er trocken. "Ich glaube, ich habe auch ein Geständnis zu machen. Als ich meinem Bruder von unserer Verlobung erzählte, habe ich George Wickham dabei nicht erwähnt. Er war bereits die Ursache für viele Streitigkeiten in der Familie und ich sehe keinen Anlass, uns über seine Rolle in dieser Geschichte auszulassen, wenn sich daran ohnehin nichts mehr ändern lässt."

Wie hatte er dann ihre kompromittierende Situation erklärt? Aber es hätte genauso gut ein Unfall sein können, dass sie eingesperrt wurden, und Mr. Darcys Hass auf Wickham war heftig genug, ohne noch mehr Öl ins Feuer zu gießen. "Danke für deine Warnung. Ich sehe nicht, wie wir auf ihn zu sprechen kommen sollten, aber ich werde ihn nicht erwähnen."

"Gut." Sie erreichten die Spitze des Hügels, wo der Wald aufhörte, und Elizabeths Blick fiel erneut auf die beeindruckende Aussicht auf das große Haus, dessen Herrin sie hätte sein können.

DARCY FÜHLTE SICH INNERLICH tot, als er wie betäubt Georgiana, Bingley und Bingleys Schwestern auf Pemberley willkommen hieß. Irgendwie gelang es ihm, den Drang zu unterdrücken, sie anzuschreien, sie mögen weggehen und ihn in seinem Elend allein lassen. Stattdessen bat er die Bediensteten höflich, sie auf ihre Zimmer zu führen, ging eine halbe Stunde lang in der Gemäldegalerie auf und ab und wünschte sich, er könne über die Landschaft galoppieren. Vielleicht könnte der Wind, der an seinem Gesicht vorbeipfeifen würde, ihn für ein paar Minuten wieder zum Leben erwecken.

Miss Bingley war die Erste, die wieder auftauchte, zweifelsohne in der Hoffnung, ihn allein anzutreffen, aber die Haushälterin hatte seine Instruktionen befolgt, demnach in jedem Raum, in dem sich Miss Bingley aufhielt, stets auch Dienstboten zugegen sein mussten. Sie hatte ihn in letzter Zeit immer verzweifelter verfolgt und Darcy hegte keinerlei Wunsch, sich allein mit ihr wiederzufinden und in eine Falle gelockt zu werden. Aber er konnte Bingley nicht ohne seine Schwestern einladen, und Georgiana brauchte Zeit, um Bingley besser kennenzulernen, bevor er eine mögliche Verbindung zwischen den beiden vorschlug, also musste er notgedrungen Miss Bingleys Ambitionen tolerieren.

Wenn Elizabeth nur zugestimmt hätte, ihn zu heiraten! Aber der Gedanke an Elizabeth war wie Glasscherben, die sich in seine Haut bohrten. Elizabeth und Andrew, eine Strafe eines rachsüchtigen Gottes, weil der Stolz seine Sünde gewesen war.

Aber er unterhielt sich höflich mit Miss Bingley und hörte sich mit Mühe ihr sprudelndes, unterwürfiges Lob für Pemberley an, bis Bingley sich ihnen anschloss und berichtete, dass Mr. und Mrs. Hurst sich entschieden hätten, nach der langen Reise zu ruhen. Georgiana ließ sich fast eine Stunde lang nicht blicken, was ihn allerdings kaum überraschte. Seine Schwester empfand Miss Bingleys Aufmerksamkeit stets als belastend und sie waren bereits mehrere Tage miteinander gereist. Zweifellos hatte sie die Zeit alleine gebraucht.

Georgiana nahm neben ihm Platz, ein Hauch von Besorgnis stand ihr ins Gesicht geschrieben. "Missfällt dir etwas, Bruder?", fragte sie ihn leise.

Manchmal war Georgiana etwas zu scharfsinnig. Aus Erfahrung wusste Darcy, dass sie ihm eine pauschale Ablehnung nicht abnehmen würde. "Ich habe nicht gut geschlafen, das ist alles." Er hatte stundenlang wach gelegen und war vom Gespenst Elizabeths in den Armen seines Bruders heimgesucht worden.

Seine Schwester nickte und schien seine Erklärung zu akzeptieren. Sie begann, Tee für ihre Gäste in die Tassen zu gießen, die seine Mutter sorgfältig ausgewählt hatte, damit sie zu der roséfarbenen Seide an den Wänden passten. Wäre Darcy in der Lage gewesen, sich um irgendetwas zu scheren, wäre er stolz gewesen, zu sehen, wie souverän seine Schwester ihre Gastgeberinnenpflichten erfüllte.

Der Butler erschien in der Tür und sagte: "Mr. Andrew Darcy und Miss Bennet."

Elizabeth. Ihr unerwarteter Anblick war wie ein Schlag in die Magengrube, auf den er nicht gefasst gewesen war. Der vertraute Winkel, in dem sie ihren Kopf hielt, die geschwungene Silhouette ihres Halses, ihre zarte und gefällige Figur, all das gehörte nun einem anderen. Darcy schluckte die Galle hinunter, als er aufstand und sich verbeugte.

# DER PREIS DES STOLZES

Ein Scheppern drang zu seinem Bewusstsein durch. Aus einer zerbrochenen Tasse leckte Tee zu Georgianas Füßen auf den Boden. Sie starrte Drew an. Aus ihrem Gesicht war jegliche Farbe gewichen. Den verschütteten Tee schien sie gar nicht zu bemerken als sie ein paar wackelige Schritte vortrat. "Drew, bist du das wirklich?" Sie warf sich in seine Arme und fing an zu weinen.

"Oh, Georgie", sagte Drew mit leiser Stimme, und auch er hatte Tränen in den Augen, als er sie umarmte.

Darcy erstarrte beim Anblick der Szene, die sich ihm darbot. Elizabeth, die er geliebt und verloren hatte. Georgiana, verstört. Drew, der so viele Jahre verloren für sie gewesen war. Was sollte er tun?

Elizabeths leise, melodische Stimme durchdrang ihn. "Miss Bingley, Mr. Bingley, welch unerwartetes Vergnügen, Sie wiederzusehen! Draußen habe ich einen wunderschönen Rosengarten gesehen, den ich unbedingt erkunden möchte. Da Sie Pemberley besser kennen als ich, würden Sie mir den großen Gefallen erweisen, ihn mir zu zeigen?"

Darcy warf ihr einen Blick hilfloser Dankbarkeit zu.

Bingley verstand sofort und stürzte sich auf die Gelegenheit: "Ah, Rosengarten. Ja. Was für eine hervorragende Idee, Miss Bennet! Lass uns sofort gehen, Caroline." Er führte sie eilends aus dem Raum, wodurch Darcy zum ersten Mal seit fast einem Jahrzehnt mit seinem Bruder und seiner Schwester allein war.

Georgiana schluchzte immer noch hörbar. Darcy zwang seine Füße, sich zu bewegen, um das Stubenmädchen herum, das die Teile der zerbrochenen Tasse und Untertasse aufsammelte und sagte ihr leise, dass sie das später machen solle.

Das Dienstmädchen knickste kurz und eilte hinaus. Darcy bedeutete dem Diener, ihr zu folgen und wartete, bis er die Türen geschlossen hatte, um sich Georgiana zu nähern und eine Hand beruhigend auf ihre Schulter zu legen. "Alle sind weg", sagte er leise. "Jetzt sind es nur noch wir."

Georgiana zog sich ein paar Zentimeter zurück, packte aber immer noch Drews Arme und bemühte sich sichtbar, sich zu beherrschen. "Versprich mir, dass du nicht wieder verschwinden wirst! Versprich es mir, Drew!"

Mit leicht zittriger Stimme sagte Drew: "Ich verspreche, nicht zu verschwinden, wenn es das ist, was du dir wirklich wünschst. Aber sieh dich an! Du bist zu einer wunderschönen jungen Dame herangewachsen."

"Nein, das bin ich nicht! Ich bin ein kleines Mädchen, das ihren Bruder jahrelang vermisst hat!", schniefte Georgiana.

Darcy sagte beruhigend: "Drew lebt jetzt in Kympton. Du kannst ihn dort jederzeit im Pfarrhaus besuchen."

"Kympton?" Georgiana tupfte sich die Augen trocken.

"Ja, Fitzwilliam hat mir im Mai die Pfarrersstelle dort zugesprochen", sagte Drew. "Du bist immer herzlich willkommen, mich zu besuchen."

Darcy fügte hinzu: "Ich wollte es dir heute sagen, aber dazu blieb keine Gelegenheit."

"Ich bin so froh!", sagte Georgiana. "Ich hasse unseren Vater, weil er dich verjagt hat. Warum bist du nicht zurückgekommen, als er starb?"

Drew sah hilflos drein. "Er hat mir befohlen, mich von dir fernzuhalten und Pemberley nie wieder zu betreten."

"Aber er ist weg und wir wollen dich hierhaben", erklärte Georgiana.

Die Gefühle kochten zu hoch. Darcy schenkte schnell drei Gläser Wein ein und gab Georgiana eines davon. "Das stimmt, Drew, und ich wünschte, du würdest dich hier willkommen fühlen, aber ich verstehe auch, dass die Vergangenheit nicht so einfach ausradiert werden kann." Er hielt Drew ein Weinglas hin.

Drew hob die Hand. "Nicht für mich, danke", sagte er kalt.

Was hatte er jetzt schon wieder falsch gemacht? Dann kam es ihm. "Drew, ich habe die Sklaven in Jamaika freigelassen, sobald Vater gestorben war. Hier wird nichts mit Geld aus dem Sklavenhandel gekauft."

Die angespannten Fältchen unter Drews Augen ließen ein wenig nach und er akzeptierte das Weinglas. "In diesem Fall danke ich dir für den Wein und vor allem für die Freiheit der Sklaven."

"Es war das Richtige", sagte Darcy.

Georgiana fügte eifrig hinzu: "Wir essen auch keinen Zucker von Sklavenplantagen. In der Küche wird nur Zucker aus Ostindien benutzt, wo es keine Sklaven gibt. Und als ich die Schule verließ, trat ich einer Wohltätigkeitsgesellschaft von Frauen bei, in der wir Kleidung für befreite Sklaven nähen."

Drews Augen weiteten sich überrascht. "Ich bin stolz auf dich, Georgie."

Georgiana strahlte. "Wenn ich dich schon nicht sehen konnte, wollte ich dir zumindest behilflich sein. Bitte, erzähl mir von allem, was du in den letzten Jahren getan hast!"

"Da gibt es nicht viel zu erzählen", sagte Drew vorsichtig. "Ich habe für Mr. Wilberforce gearbeitet, bis ich nach Oxford ging, und bin dann Kurat in Lincolnshire gewesen, ehe Fitzwilliam mir diese Stellung angeboten hat."

Georgiana nahm Drews Hand und zog daran, damit er sich neben sie setzte. "Ich möchte jedes Detail hören."

# Kapitel 8

Benommen ging Elizabeth auf gleichem Weg wieder aus Pemberley hinaus, den sie auch schon gekommen war, diesmal in Begleitung von Mr. Bingley und seiner Schwester. Sie hatte sich auf Mr. Darcys Feindseligkeit vorbereitet, auf seinen hochmütigen Zorn oder sogar ganz ignoriert zu werden – all das hatte sie erwartet. Mit dem Ausdruck nackten Schmerzes, als er ihr in die Augen sah, hatte sie nicht gerechnet. Und der Schock, dass auch die Bingleys anwesend waren, hatte ebenfalls nicht geholfen.

Mr. Bingley führte sie aus dem Haus und blieb auf dem Portikus stehen. "Miss Elizabeth, ich muss sagen, was für eine reizende Überraschung das ist. Um nichts in der Welt hatte ich erwartet, Sie heute zu sehen. Ist Ihre Familie ebenfalls hier?"

Zunächst musste sie sich kurz sammeln. "Nur meine Tante und mein Onkel, die mich eingeladen haben, sie auf ihrer Reise durch Derbyshire zu begleiten. Ich bin ebenso überrascht, Sie hier zu sehen. Ich hatte nur Mr. Darcy erwartet." Hatte Andrew von ihrer Anwesenheit gewusst? Sie konnte sich nicht erinnern, ob sie Mr. Bingleys Namen erwähnt hatte, als sie ihm erzählte, dass Darcy sich in die Romanze ihrer Schwester eingemischt hatte. Was für ein Wirrwarr das doch war!

"Ist Ihre Familie bei guter Gesundheit?", fragte Mr. Bingley. Dachte er an Jane? Wenn auch nur die Chance bestand, dass aus diesem ganzen Debakel etwas Gutes herauskäme, würde Elizabeth sie ergreifen.

"Das sind sie, ich danke Ihnen." Sie beschloss, Mitleid mit ihm zu haben. "Meine jüngste Schwester, Lydia, besucht eine Freundin in Brighton, aber alle anderen weilen zu Hause."

Seine Miene hellte sich sichtbar auf. "Ich bitte Sie, ihnen meine besten Grüße auszurichten."

Miss Bingley, die es satthatte, ignoriert zu werden, sagte spitz: "Ich glaube nicht, dass ich jemals von Mr. Andrew Darcy gehört habe."

Elizabeth zögerte. Ihr erster Instinkt war, die Frage einfach zu überhören und nicht darauf einzugehen, aber Darcys qualvoller Blick, als er sie in der Tür gesehen hatte, ließ sie innehalten. Wenn es dazu beitragen würde, Mr. Darcy eine Last abzunehmen, dann würde sie mit Miss Bingleys unverschämter Neugier umgehen. "Er ist Mr. Darcys jüngerer Bruder." Sie unterdrückte die Versuchung, hinzuzufügen, wie überraschend es war, dass eine so teure Freundin der Familie sich seiner Existenz nicht bewusst war.

Miss Bingley sah auf Elizabeth herab und erklärte hochmütig: "Mr. Darcy hat keinen Bruder."

"Ich ermutige Sie, es in dieser Frage mit ihm selbst aufzunehmen", sagte Elizabeth zuvorkommend.

"Nein, er hat mir einmal erzählt, dass sein Bruder verstoßen wurde", sagte Bingley, nur um sich gleich darauf wieder in Zaum zu halten. "Vergeben Sie mir, das hätte ich nicht sagen sollen."

Armer Mr. Bingley! "Ich bin mir sehr wohl bewusst, dass ihr Vater Mr. Andrew Darcy seiner politischen Ansichten wegen verstoßen hat, und ich bin froh, dass er und sein Bruder sich versöhnt haben." Na also, das sollte später einige peinliche Fragen ersparen.

Miss Bingleys Gesicht war weiß. Sie musste Elizabeths offensichtliche Vertrautheit mit den Geheimnissen der Darcy-Familie verabscheuen. "Wie ist es dazu gekommen, dass Sie seine Bekanntschaft machten?"

Elizabeth schenkte ihr ein zuckersüßes Lächeln. "Wir haben uns durch einen gemeinsamen Freund kennengelernt."

"Sie müssen ihn gut kennen, um allein mit ihm Besuche zu machen." Miss Bingley hob die Nase in die Luft. "Eine unverheiratete Frau kann niemals vorsichtig genug sein."

Oh ja, die Krallen waren ausgefahren!

DARCY KONNTE FÜHLEN, wie seine Haut prickelte, noch ehe Elizabeth im Salon ankam. Der Klang ihres hellen Lachens war ein Köder, dem er nicht widerstehen konnte. Sie kam mit Bingley und seiner

Schwester herein, doch sie war dieEeinzige, die er sah. Die anderen könnten ebenso gut Geister sein.

Drew, verdammt noch mal, stellte sich augenblicklich neben sie. "Miss Bennet, würden Sie mir die große Ehre erweisen, mich Ihren Freunden vorzustellen?"

"Sehr gern", sagte Elizabeth und streifte Darcy mit ihrem Blick. "Miss Bingley, Mr. Bingley, bitte gestatten Sie mir, Ihnen Mr. Andrew Darcy, den Pfarrer von Kympton und Mr. Darcys Bruder, vorzustellen. Andrew, Mr. Bingley ist Mieter eines Landsitzes unweit meines Elternhauses, wo ich auch deinen Bruder kennengelernt habe."

Darcy wurde rot. Eigentlich lag es in seiner Verantwortung, seine Gäste einander vorzustellen, aber wieder einmal hatte Elizabeths Anwesenheit ihn in Stein verwandelt. Wenn sie ihn vorher schon nicht für einen anständigen Gentleman gehalten hatte, würde dies ihre Meinung von ihm nur noch bestätigen. Irgendwie gelang es ihm zu sagen: "Miss Elizabeth, willkommen auf Pemberley. Gewähren Sie mir die Ehre, Sie meiner Schwester, Miss Darcy, vorzustellen?"

Elizabeth mied seinen Blick, knickste aber vor Georgiana. "Es ist mir eine große Freude, Miss Darcy."

In Georgianas Wangen stieg eine zarte Röte auf. "Ich bitte Sie, mein unangemessenes Verhalten von vorhin zu verzeihen", sagte sie mit leiser Stimme.

Elizabeth erwiderte herzlich: "Meine liebe Miss Darcy, wenn Sie keine Träne vergossen hätten, nachdem sie ihren Bruder zum ersten Mal seit Jahren wiedergesehen haben, würde ich weniger von Ihrer familiären Zuneigung halten. Ich bin sehr dankbar, dass Mr. Andrew Darcy eine Schwester hat, die ihn so sehr liebt."

Die Augen des Mädchens füllten sich wieder mit Tränen, aber sie blinzelte sie zurück. "Sie sind sehr freundlich."

Drew sagte zu Georgiana: "Nun, du hast nicht nur deinen Bruder zurückbekommen, sondern wirst bald schon auch noch eine Schwester haben. Miss Bennet hat mir eine große Ehre erwiesen, als sie zustimmte, meine Frau zu werden."

Georgianas Augenbrauen zogen sich zusammen. "*Du* heiratest Miss Bennet?" Sie warf Darcy einen verwirrten Blick zu.

Teufel nochmal! Darcy hatte vergessen, dass er Georgiana seine eigenen Hoffnungen angedeutet hatte, damals, als er sich noch sicher war, dass Elizabeth seinen Antrag annehmen würde. Sie wusste es. Und er musste sie davon abhalten, etwas zu sagen. "Drew hat mir gestern Abend die frohe Botschaft überbracht, dass er seine Gefährtin fürs Leben gefunden habe und ich bin sicher, dass du dich mir anschließen wirst, wenn ich den beiden alles Glück der Welt wünsche."

Miss Bingley rief: "Eliza Bennet, Sie verschlagenes Ding! Sie haben kein Wort gesagt! Ich kann Ihnen gar nicht sagen, wie erfreut ich bin, davon zu erfahren. Ich könnte nicht stolzer und glücklicher sein, wenn Sie meine eigene Schwester wären!"

Darcys Lippen verzogen sich. Natürlich war Miss Bingley überglücklich. Mit einem Schlag war Elizabeth von einem Hindernis, das es für ihre eigenen Ziele aus dem Weg zu räumen galt, zu einer potenziellen Verbündeten geworden.

Elizabeth schien Miss Bingleys Gefühlsausbruch zu überraschen, doch sie erholte sich rasch genug, um Bingleys herzliche Glückwünsche entgegenzunehmen. "Ich danke Ihnen, aber ich muss Sie warnen, dass es noch nicht öffentlich gemacht wurde. Mr. Andrew Darcy hat gerade erst an meinen Vater geschrieben, um seine Erlaubnis zu erhalten."

"Nichtsdestotrotz sind es hervorragende Neuigkeiten!", platzte Bingley heraus.

Man könnte es fast für eine gewöhnliche Verkündung einer Verlobung halten, wären da nicht die besorgten Blicke, die Georgiana immer wieder in Darcys Richtung warf. Und wäre da nicht das schmerzende Loch, dort, wo sein Herz sein sollte.

SIE HATTEN BEREITS die für Besuche vorgeschriebene halbe Stunde überzogen, als Andrew steif sagte: "Ich danke euch für eure Gastfreundschaft. Es war mir eine Freude, eure Gäste kennenzulernen."

Miss Darcy rief: "Oh, müsst ihr schon gehen? Könntet ihr nicht zum Dinner bleiben?"

Obwohl Elizabeth Andrew noch nicht allzu gut kannte, wusste sie, dass er sich langsam aber sicher der Grenze des Aushaltbaren näherte. "Ich wünschte, wir könnten, aber wir haben für heute Abend anderweitige Pläne", sagte sie. Es war nur lose vereinbart gewesen, dass Andrew mit den Gardiners und Elizabeth speisen sollte, aber als Entschuldigung genügte es.

Miss Darcy wirkte enttäuscht und fragte: "Morgen vielleicht?" Wieder schien sie den Tränen nahe zu sein.

War Darcy bei ihren Worten zusammengezuckt? Aber er sagte: "Wir würden uns freuen, wenn Sie sich uns anschließen würden, ebenso wie Miss Bennets Tante und Onkel, sofern sie möchten." Zumindest versuchte er es.

Wenn ein kurzer Besuch bereits so schmerzhaft war, dann wäre eine lange Dinnergesellschaft eine Qual. "Ich fühle mich durch Ihre Einladung geehrt, kann allerdings nicht sagen, was meine Tante und mein Onkel vorhaben und da ich mit ihnen reise, richtet sich meine Zeit nach ihren Plänen", sagte Elizabeth.

"Wo sind Sie abgestiegen, Miss Bennet?" Darcys dunkle Augen waren so entschlossen, dass sie wegsehen musste.

"Im *Weißen Hirschen* in Lambton", sagte sie unbehaglich.

Er nickte. "Meine Schwester und ich werden morgen dort vorbeischauen, um die Einladung persönlich zu überbringen. Mit deiner Erlaubnis, Drew, natürlich."

"Natürlich", sagte Andrew trocken. Missfiel es ihm, dass ihm keine Wahl blieb?

Miss Darcy hastete zu ihnen und küsste Andrews Wange. "Vielen Dank, dass du heute gekommen bist. Ich kann dir nicht sagen, wie viel mir das bedeutet!"

Der junge Geistliche nahm ihre Hände in seine und flüsterte ihr etwas ins Ohr. Ihre Antwort war ein zittriges Lächeln.

Elizabeth knickste und wünschte den Anwesenden einen guten Tag. Als sie den Raum an Andrews Arm verließ, war sie sich sicher, dass Darcys Augen Löcher in ihren Rücken bohrten.

In der Eingangshalle begegneten sie Mrs. Reynolds, der Haushälterin, die Elizabeth vor zwei Wochen durch Pemberley geführt hatte. Zu Elizabeths Überraschung nahm sie Andrews Hände und sagte: "Mr. Drew, ich kann Ihnen nicht sagen, wie glücklich es mich macht, Sie wieder

82

innerhalb dieser Mauern zu sehen. Ihre liebe Mutter im Himmel muss lächeln, wenn sie auf Sie herunterschaut."

"Sie sind sehr freundlich." Drew atmete tief durch. "Ich habe eben erst erfahren, dass Sie Georgiana am Tag meiner Abreise tatsächlich meine Botschaft übermittelt haben. Bitte gestatten Sie mir, Ihnen meinen verspäteten Dank dafür auszusprechen, dass Sie die Bedürfnisse meiner Schwester über Ihre Anweisungen gestellt haben."

"Nicht der Rede wert, Mr. Drew. Wie hätte ich das arme Kind glauben lassen können, Sie hätten es ohne Abschied verlassen? Aber ich möchte Sie nicht weiter aufhalten."

Draußen wartete der Zweispänner. Andrew half ihr wortlos hinein, bevor er auf der anderen Seite aufstieg und die Zügel in die Hand nahm. Sein Gesichtsausdruck war streng und abweisend, als wäre er unzufrieden mit dem herzlichen Empfang, der ihm zuteilgeworden war.

Selbst wenn sie die Neigung verspürt hätte, ihm Fragen zu stellen, hätte Elizabeths eigene Unruhe sie zum Schweigen gebracht. Es blieb nun kein Zweifel mehr daran, ob Mr. Darcys zärtliche Gefühle für sie nachgelassen hatten, wie sie erwartet hatte, und schon gar nicht, dass ihre Verlobung mit seinem Bruder ihm Herzschmerz verursacht hatte.

Zu erfahren, dass sie ihn verletzt hatte, war schmerzhaft genug. Schlimmer noch, viel schlimmer noch, war die Erkenntnis, dass er ihr nicht mehr gleichgültig war. Wie war das geschehen? Bevor sie nach Derbyshire kam, hatte sie in der Hoffnung gelebt, ihn nie wiederzusehen. Als Elizabeth während der Besichtigung Pemberleys das Lob der Haushälterin auf ihn gehört hatte, hatte sie gespürt, dass er in ihrem Ansehen gestiegen war, jedoch immer noch kein Bedürfnis verspürt, die Bekanntschaft wiederaufleben zu lassen. Warum fühlte sie dann plötzlich eine Verbindung zu ihm, nun, da alle Hoffnung dahin war?

Irgendwie musste sie diese Gedanken für immer aus ihrem Kopf verbannen. Mr. Darcy würde ihr Schwager sein. Sie sollte den Fremden neben sich heiraten, einen Mann, den sie respektierte, für den sie aber keine zärtlichen Gefühle hegte. Ihn anzusehen entzündete kein Feuer in ihr, nicht wie ...

Nein. Sie würde es nicht einmal denken. Jetzt nicht und auch nicht in Zukunft. Sie würde sich darauf konzentrieren, Andrew Darcy lieben zu lernen. Ihr Mund schmeckte nach Asche.

Andrew schien sich ein wenig zu entspannen, nachdem sie das Torhaus passiert hatten. "Vergib mir; ich habe dir noch gar nicht dafür gedankt, dass du Mr. Bingley und seine Familie fortgebracht hast, als meine Schwester so verstört reagierte. Diese Aufgabe hätte nicht dir zufallen sollen, da aber sonst alle erstarrt waren, hast du das gut gemacht."

"Ich bin froh, dass du das denkst. Meine Ausrede war sehr ungeschickt, aber etwas Besseres ist mir auf die Schnelle nicht eingefallen. Mr. Bingleys Anwesenheit war ein Schock für mich."

Er drehte sich kurz um und sah sie an. "Du hattest mir erzählt, dass mein Bruder sich in eine Romanze zwischen deiner Schwester und einem seiner Freunde eingemischt hat. Handelte es sich dabei möglicherweise um Mr. Bingley?"

Sie seufzte. "Ich fürchte ja. Er war allerdings nicht der Einzige, der etwas dagegen hatte. Mr. Bingleys Schwestern waren ebenfalls gegen die Verbindung, allerdings aus anderen Gründen."

"Welche Einwände hatten sie gegen die Verbindung?" War das ein Anflug von Misstrauen in seiner Stimme? Vielleicht begann er sich zu fragen, in welche Art von Familie er einheiratete.

"Sie wünschten sich, dass ihr Bruder Miss Darcy heiratet."

"Gütiger Gott! Georgiana ist nicht alt genug, um an eine Ehe zu denken." Er runzelte die Stirn. "Aus was für einer Familie stammt er?" Andrew mochte seine Schwester vielleicht seit Jahren nicht mehr gesehen haben, aber das hinderte ihn eindeutig nicht daran, einen Beschützerinstinkt für sie zu verspüren.

"Sie sind respektabel, wenngleich ihr Vermögen aus dem Handel stammt."

"Ich verstehe." Er klang nicht besonders erfreut.

Sie beschloss, ein Risiko einzugehen. "Was die Einladung zum Abendessen morgen Abend anbelangt: wenn du es wünschst, werde ich meine Tante bitten, zu sagen, dass wir anderweitige Pläne haben."

Er dachte darüber nach. "Obwohl ich zugebe, dass es verlockend ist, einen weiteren Besuch in Pemberley zu vermeiden, halte ich es für klüger, die Einladung anzunehmen. Danach werde ich mit Fitzwilliam sprechen und ihm mitteilen, dass ich meine Anwesenheit auf Pemberley lieber einschränken möchte. Es ist eindeutig, dass er mich ebenso wenig dort haben will, wie ich dort sein möchte."

"Warum sagst du das? Er hat dir jede Aufmerksamkeit zuteilwerden lassen."

"Und sah während des gesamten Besuchs unzufrieden aus – als hätte er eine Magenverstimmung", sagte er rundheraus.

Elizabeth wurde schwer ums Herz. Es stimmte, aber wie konnte sie Andrew sagen, dass das Missfallen seines Bruders nichts mit ihm zu tun hatte? "Er schien nicht in guter Stimmung zu sein, aber dafür gab es andere Gründe. Es war eine unangenehme Situation, wenn man bedenkt, dass er und ich uns bei unserem letzten Treffen über Mr. Bingley gestritten haben und die Reaktion deiner Schwester auf deine Ankunft hat uns allesamt in eine unangenehme Situation gebracht."

"Das könnte vielleicht einen Teil davon erklären, aber ich bezweifle, dass es alles ist."

"Du hattest gesagt, er schien sich zu freuen, als er dich gestern sah, und ich weiß nicht, wie er dich noch mehr willkommen heißen könnte, als dir eine Stellung in Pemberley anzubieten. Wenn er dich nicht sehen wollte, warum hätte er das getan?"

"Da ist wohl etwas Wahres dran, nehme ich an", grummelte er widerwillig.

"Wenn er jemanden missbilligte, dann bin das ich. Aber du wurdest wie der verlorene Sohn empfangen! Ich habe darauf gewartet, dass das gemästete Kalb geschlachtet wird."

"Nein", schnauzte er. "Ich bin nicht der verlorene Sohn. Ich wurde verstoßen."

Sie zuckte zusammen. Wie unvorstellbar schmerzhaft es gewesen sein musste, an einem so schönen Ort wie Pemberley zu leben und ihn und seine Familie gleichzeitig zu verlieren? Aber sie hatte auch den Schmerz gesehen, den seine Abwesenheit seiner Schwester verursacht hatte, und vermutet, dass dies auch für seinen Bruder zutraf. Und aus irgendeinem Grund konnte sie den Gedanken daran, Mr. Darcy noch mehr zu verletzen, nicht ertragen. "Das stimmt, aber nicht von deinem Bruder oder deiner

Schwester. Und nach allem, was ich gesehen habe, sind beide bestrebt, dich wieder willkommen zu heißen. Deine Schwester hat dich offensichtlich furchtbar vermisst und wenn dein Bruder auch nicht mein liebster Mensch auf Erden ist, kann ich nicht darüber hinwegsehen, dass er dir einen Olivenzweig gereicht hat, indem er dir die Pfarrei anvertraut hat. Ich hoffe, du wirst ihm eine Chance geben."

Er seufzte. "Du hast recht. Ich sollte ihnen die Vergangenheit nicht vorhalten. Vielleicht werde ich abwarten, wie das Dinner morgen Abend verläuft, bevor ich eine Entscheidung treffe."

Sie lächelte, trotz ihrer Gefühle, die bestenfalls gemischt waren. Warum ermutigte sie ihn, weiter auf seine Familie zuzugehen, wenn es ihr nichts als Schmerzen bereitete?

# Kapitel 9

Elizabeths unerwartete Anwesenheit in Pemberley hatte Darcy völlig aus dem Gleichgewicht gebracht. Sobald Drew und Elizabeth aufgebrochen waren, war Darcy quasi vor seinen Gästen im Salon geflohen, weil er das Gespräch nicht ertragen konnte. Nicht Bingley, der unablässig über die Leute aus Hertfordshire plapperte und auch nicht seine Schwester, die schneidende Kommentare über eben diese Leute vom Land abgab. Ein Treffen mit seinem Verwalter zu arrangieren, schien ihm die klügste Option zu sein.

Jetzt verließ er fast schon heimlich das Büro seines Verwalters und hoffte, die Privatsphäre seines Zimmers zu erreichen, ohne Bingley und seinen Schwestern über den Weg zu laufen.

In seinem Kopf sah Darcy nichts anderes als Elizabeth, deren Hand in Drews Armbeuge ruhte.

Diesmal gab es jedoch kein Entrinnen, da sich Georgiana im Hof vor dem Büro des Verwalters aufhielt. Offensichtlich hatte sie auf ihn gewartet. Genau das, was er nicht brauchte.

Sie eilte an seine Seite. "Fitzwilliam, darf ich ein paar Minuten mit dir sprechen? Unter vier Augen?"

Er warf einen Blick zurück zum Haus und fragte sich, ob ihre Gäste auf der Lauer lagen. "Sollen wir in den Rosengarten gehen?" Sobald die Worte seinen Mund verließen, bereute er sie. Elizabeth hatte Bingley gebeten, ihr den Rosengarten zu zeigen. Vor nicht einmal zwei Stunden hatten ihre Füße dieselben Wege beschritten, auf die er sich nun begab. Hatte ihr gefallen, was sie sah? Hatten ihre Finger nach den Blättern dieser Rosensträucher gegriffen, wie er es sie so oft auf ihren Spaziergängen tun gesehen hatte, als ob die Pflanzen um sich herum zu berühren sie der Natur näherbrächte? Hatte sie sich vorgebeugt, um an den Blumen zu riechen, hatten sich ihre Augen vor Vergnügen über das zarte Aroma geschlossen?

Elizabeth.

Er bot Georgiana seinen Arm an. Pflicht. Er hatte seiner Schwester gegenüber Pflichten, ganz gleich, wie sehr er sich auch wünschen mochte, mit seinem Elend allein zu sein.

"Es tut mir so leid, dass ich eine so ungezogene Szene gemacht habe", sprudelte es aus Georgiana heraus. "Ich verspreche, das wird nie wieder vorkommen. Ich hoffe, du kannst mir vergeben."

Für einen Moment konnte er nicht verstehen, was sie meinte. "Meinst du, als Drew ankam? Da gibt es nichts zu vergeben. Das war eine natürliche Reaktion. Ich hätte niemals zulassen dürfen, dass du davon so überrascht wurdest. Ich hatte nicht erwartet, dass er so bald auftaucht, andernfalls hätte ich versucht, einen Weg zu finden, um dich zu warnen oder ein privates Wiedersehen zu arrangieren. Der Fehler liegt bei mir."

"Ich wusste nicht, dass du ihm die Pfarrei in Kympton gegeben hast." Lag da der Hauch eines Vorwurfes in ihrer Stimme?

"Ich hätte es dir sagen sollen, aber ich fürchtete mich davor, deine Hoffnungen zu wecken, wenn sie dann doch enttäuscht würden. Ich hielt es für möglich, dass er dort bleiben würde, wo er war, und einen Hilfspfarrer einstellen würde, der sich um Kympton kümmert. Ich war mir nicht sicher, ob er selbst dort leben würde, bis er gestern Abend unerwartet auftauchte, um mir von seiner Verlobung zu erzählen." Diese Fragen hatten ihn nicht losgelassen und er hatte sich Sorgen gemacht, war aber zu stolz gewesen, um seinen Verwalter um Neuigkeiten von seinem Bruder zu bitten. Damit hätte er zugegeben, dass er sich davor fürchtete, Andrew selbst nach seinen Plänen zu fragen.

"Aber warum sollte er wegbleiben? Das ist eine gut bezahlte Stellung, nicht wahr?"

Warum musste sie immer die Fragen stellen, die er am wenigsten beantworten wollte? "Es war schwierig zwischen uns. Meine Treffen mit ihm nach dem Schlaganfall unseres Vaters verliefen nicht gut." Gelinde gesagt. Darcy, der selbst noch wegen seiner eigenen Verluste verstört war und kaum verstand, warum Drew wirklich verstoßen wurde, war an der Haustür seines Bruders aufgetaucht und hatte Drew informiert, dass es an der Zeit sei, nach Hause zu kommen und Frieden mit ihrem Vater zu schließen. Im Nachhinein betrachtet war es ein Meisterwerk der Taktlosigkeit gewesen. Drew hatte ihm gesagt, er hoffe, der alte Mann möge in der Hölle verrotten. "Ihm die Pfarrei zu geben, war mein erster Schritt, um sein Vertrauen zu verdienen, aber es wird Zeit brauchen."

"Vielleicht ist seine Verlobung hilfreich", sagte Georgiana. "Aber das verstehe ich ebenso wenig. Als du mir von Miss Bennet schriebst und meintest, du hegst die Hoffnung, dass sie eine Schwester für mich sein würde, dachte ich, du wolltest sie selbst heiraten, nicht, dass du sie für Drew im Sinn hast. So wie du über sie gesprochen hast, dachte ich, du bewunderst sie."

Natürlich hatte Georgiana das gedacht, weil es wahr gewesen war. Weil er sich nie hatte träumen lassen, dass Elizabeth seinen Heiratsantrag ablehnen könnte. Vielleicht sollte er sich an den Strohhalm klammern, den Georgiana ihm gereicht hatte, und behaupten, er habe Elizabeth für Drew vorgesehen gehabt, doch es würde nicht mehr als ein Wort von Drew brauchen, damit Georgiana erfuhr, dass das nicht der Wahrheit entsprach. "Ich habe sie bewundert", sagte er widerwillig, die Demütigung brannte in ihm. "Ich erkannte, dass sie meinen Respekt nicht teilte. Jetzt verstehe ich, weshalb."

Hatte Elizabeth an Drew gedacht, als sie ihm diese bitteren Worte der Zurückweisung ins Gesicht geworfen hatte? Lag ihre Wut auf ihn nicht nur in Wickhams Lügen und dem Verlust, den ihre Schwester erlitten hatte, begründet, sondern spielte auch Empörung eine Rolle, weil sie dachte, dass er Drew schlecht behandelt hatte? Nicht, dass er Drew jemals etwas getan hätte, aber sein Bruder hätte ihn dafür verantwortlich machen könnten, dass ihr Vater ihn verstoßen hatte.

"Aber..." Georgiana verstummte und ihre Wangen nahmen eine rosa Färbung an. Würde sie die Puzzleteile zusammensetzen, seine düstere Stimmung nach seiner Rückkehr aus Kent und sein Interesse an Elizabeth? "Und jetzt heiratet sie Drew. Ich hoffe, du hast nichts dagegen."

Wie viel mehr Strafe musste er für seine Sünden erdulden? "Drew hatte kein einfaches Leben, und ich möchte ihn glücklich sehen. Wenn Miss Bennet ihm dieses Glück bringen kann, dann freue ich mich für die beiden." Und weil er sich nicht daran hindern konnte, Salz in seine Wunden zu streuen, fügte er hinzu: "Drew hat mir gesagt, dass er sie sehr liebt."

Georgiana biss sich auf die Lippe. Hatte sie die Bitterkeit in ihm gespürt? "Wäre er heute hierhergekommen, wenn es sie nicht gegeben hätte, was denkst du?"

"Ich weiß es nicht. Ich wusste nicht, dass sie in der Gegend ist." Drew hatte dieses Detail ausgelassen, als er ihm von der Verlobung erzählte, so dass es Darcy kalt erwischt hatte, als sie unerwartet aufgetaucht war.

"Ich hoffe, es wird ihr recht sein, dass er die Verbindung zu uns aufrechterhält", sagte Georgiana wehmütig. "Wenn ihre Bekanntschaft mit dir helfen kann, Drew wieder in den Schoß der Familie zurückzuführen, wäre das gut."

Übelkeit grub sich durch Darcys Magen. "Womöglich."

"Ich werde mein Bestes geben, um ihre Freundin zu werden", sagte Georgiana. "Dann sehen wir vielleicht mehr von Drew."

"Ich hoffe, sie wird dir eine gute Schwester sein", sagte er tonlos. Er hatte immer gedacht, dass Elizabeth einen positiven Einfluss auf Georgiana haben würde, dass sie ihr helfen könnte, ihre Schüchternheit und Ängste zu überwinden. Aber nicht so. Nicht so.

Elizabeth sollte die Seine sein. Jetzt verlor er sowohl sie als auch Drew, denn wie konnte er jemals die Gesellschaft seines Bruders genießen, wenn Elizabeth zwischen ihnen stand? Wie war er in diese Hölle des Schmerzes und der Eifersucht gelangt?

Georgiana pflückte eine Rose und vergrub ihr Gesicht für einen langen Moment darin. Dann reichte sie ihm die Blüte. "Sie duftet wunderbar."

Die Farbe war der blasseste Pfirsichton, wie Elizabeths Teint. Er konnte nicht widerstehen, er musste einfach eines der Blütenblätter streicheln. Würde sich ihre Wange so weich und zart anfühlen? Er würde es nie erfahren.

WIE VERSPROCHEN ERSCHIENEN Mr. Darcy und seine Schwester am nächsten Morgen im *Weißen Hirschen* mit einer formellen Einladung an die Gardiners, auf Pemberley zu speisen, aber dies war ein anderer Mr. Darcy als der verletzte Mann, den Elizabeth am Vortag gesehen hatte.

Dieser Mr. Darcy schien zu glauben, sie sei unsichtbar. Er vermied es, in ihre Richtung zu blicken, und als er aus Höflichkeit gezwungen war, mit ihr zu sprechen, tat er dies mit so wenig Worten wie möglich. Er beschränkte sich auf angemessene Reaktionen, und kein Wort mehr.

Elizabeth wurde schlecht. Es war eine Erleichterung, als die Darcys wieder aufbrachen, nachdem die bedeutsame Einladung gebührend überbracht und gnädig angenommen worden war.

Mrs. Gardiner sagte: "Wie aufregend! Auf Pemberley zu speisen – damit geht ein Traum für mich in Erfüllung. Wie oft bin ich als Mädchen an Pemberley vorbeigefahren und wünschte, ich könnte an diesem eleganten Ort leben. Dort von der Familie empfangen zu werden! Ich kann nicht sagen, dass ich Mr. Darcy als einen so herzlichen Gentleman empfand, wie seine Haushälterin ihn beschrieben hat, aber seine schüchterne Schwester mochte ich sehr. Es war sehr liebenswürdig von ihnen, uns ebenfalls in die Einladung einzuschließen."

Aus irgendeinem Grund konnte Elizabeth es nicht ertragen, dass ihre Tante schlecht über Mr. Darcy dachte, selbst wenn sein gegenwärtig hochmütiges Verhalten ihre Kritik verdient hätte. "Ich denke, Mr. Darcy fühlt sich oft unbehaglich, wenn er Fremde trifft. Er war gestern sehr gastfreundlich zu mir." Zumindest hatte er nicht so getan, als ob sie nicht existierte.

"Solche großen Männer sind in ihren Höflichkeiten oft ein wenig launenhaft", sagte Mr. Gardiner.

Elizabeth war nicht so leicht zu trösten. Gestern hatte sie erwartet, dass Mr. Darcy ihr mit unerbittlichem Groll begegnete, nur um einen Blick auf seine leidende Seele zu erhaschen. Heute schien er völlig desinteressiert an ihr zu sein. Was hatte sich verändert?

Vielleicht war er im Nachhinein verärgert über ihre Bereitschaft, die Bingleys fortzuführen, als Miss Darcy so aufgewühlt war, und darüber, dass sie die Vorstellungsrunde übernommen hatte. Oder er machte sich möglicherweise Sorgen, ob sie Mr. Bingley etwas über ihre Schwester gesagt hatte. Oder, was wahrscheinlicher war, er hatte sie für unelegant, grenzüberschreitend und schwierig gehalten und beschlossen, dass sie seiner Aufmerksamkeit nicht wert gewesen war.

Es tat weh, weit mehr als sie erwartet hätte.

ALS SIE NACH IHREM Besuch im *Weißen Hirschen* wieder in Pemberley ankamen, fragte Georgiana ihren Bruder: "Kommst du mit mir nach oben? Ich muss dir etwas zeigen."

"Wenn du wünschst." Darcy brachte es nicht fertig, sich um irgendetwas zu scheren, aber er folgte ihr in ihr kleines privates Wohnzimmer. Würde sich sein Magen jemals wieder anfühlen, als wäre er nicht krank?

"Einen Augenblick; ich werde es aus meiner Truhe holen." Seine Schwester verschwand in ihrem Schlafzimmer.

Nein, er wollte nicht mit seinen Gedanken allein sein. Er ging zum Fenster und starrte auf die aufsteigenden Hügel, die über und über mit Blättern bedeckt waren – ganz im Gegensatz zu dem kargen Winter in seinem Inneren. Wie sollte er das überleben? Wie konnte Gott so grausam sein und es zulassen, dass Elizabeth Drew liebte? Sein einziger Trost, nachdem er sie verloren hatte, hatte darin gelegen, dass er es irgendwie schaffen würde, ihre Lektionen zu nutzen, um wieder eine Beziehung zu seinem Bruder aufzubauen. Und dann das.

Georgiana kehrte mit einer gerahmten Miniatur zurück. "Nun, wo Drew zurück ist, könnten wir das wieder zu den anderen hängen?" Sie hielt es ihm entgegen.

Er nahm den vergoldeten Rahmen in die Hände und das vertraute Bild von Drews Gesicht blickte zu ihm auf, sein Kinn mit dem Grübchen und die eigensinnige Kontur seines Kiefers waren bereits sichtbar. Es war einmal Teil des Sets gewesen, das im roséfarbenen Salon hing. Das Verschwinden dieser Miniatur hätte sein erster Hinweis darauf sein müssen, dass hinter Drews Abwesenheit in Pemberley mehr steckte als nur ein Besuch bei einem Freund. Als er einen Diener gefragt hatte, wohin es verschwunden war, hatte dieser ihm geantwortet, dass es gereinigt würde, aber wenn er nun darauf zurückblickte, war das offensichtlich gelogen gewesen, da die anderen Portraits neu angeordnet worden waren, um das Fehlen des einen zu kaschieren. "Wie kam es dazu, dass du es hast? Ich dachte, es wäre zerstört worden."

"Vater hat befohlen, es zu verbrennen, aber Mrs. Reynolds hat es stattdessen versteckt. Sie wusste, dass unser Vater niemals meine Sachen durchsehen würde."

Er warf seiner Schwester einen schockierten Blick zu. Die Haushälterin hatte nicht nur einen direkten Befehl missachtet, sondern auch noch seine Schwester mit hineingezogen? "Aber du warst nur ein Kind."

"Ich war zehn Jahre alt und sie wusste, wie sehr ich Drew liebte und dass ich ein Geheimnis für mich behalten konnte. Als Drew bei Mr. Morris in Lambton lebte und mich jede Woche besuchte, kam er durch den Dienstboteneingang, und niemand hat jemals etwas verlauten lassen. Ich habe immer so sehr darauf hingefiebert."

"Das verstehe ich nicht. Warum sollte er seine Anwesenheit verbergen? Es war immer noch sein Zuhause." Das klang nicht nach dem Pemberley seiner Kindheit.

"Wann immer unser Vater ihn sah, war er tagelang schlecht gelaunt. Drew wusste, dass mir das Angst machte, also besuchte er mich heimlich."

"Warum hattest du Angst? Sicherlich hat er dich nie bestraft."

"Nein. Ich habe mir immer Mühe gegeben, jeden Ärger zu meiden. Wenn ich jemals eine von Mamas Rosentassen zerbrochen hätte, hätte er mich angeschrien und angeschrien, aber du hast gestern kein Wort darüber verloren. Was mit Drew geschehen ist – das hat mir furchtbare Angst gemacht."

"Was ist mit Drew geschehen?", fragte er und ihm schwante Böses. Er war sich nicht sicher, ob er die Antwort wissen wollte.

Georgianas Augen weiteten sich. "Er konnte ihm nichts recht machen. Er wurde immer bestraft, und die Hälfte davon war für Dinge, die er nie getan hatte."

Jetzt bewegten sie sich wieder auf festerem Boden. "Vielleicht hat er es vorgezogen, dir zu sagen, dass er diese Dinge nicht getan hat."

Sie schüttelte den Kopf. "Er hat nie mit mir darüber gesprochen. Ich habe gehört, was die Diener gesagt haben. Sie alle liebten ihn, wegen dem, was geschah, als Jenny einmal versehentlich eine Vase zerbrochen hatte.

Drew hörte, wie sie deswegen weinte, denn sie wusste, sie würde ihre Stellung verlieren und ihre Familie brauchte den Lohn. Und er sagte ihr, sie solle sich keine Sorgen machen, er würde vorgeben, es getan zu haben, da er ohnehin schon lange überfällig für eine Tracht Prügel sei und es ihm lieber wäre, er würde dafür geschlagen und könne ihr das Leid ersparen als für etwas Ausgedachtes. Ich weiß nicht, warum unser Vater ihn so sehr hasste, aber ich wollte nicht, dass er mich so schlägt."

Nein, sein Vater war nie unvernünftig oder kleinlich gewesen. Na ja, fast nie, aber Drew war ein schwieriges Kind gewesen. Ihm mangelte es an Respekt, er war aufbrausend und nachtragend und wurde von Eton ausgeschlossen. Er musste seine Strafen verdient haben. Georgiana war einfach zu jung und unschuldig gewesen, um zu verstehen, dass der Bruder, der so lieb zu ihr war, sich auch schlecht benehmen konnte. Aber Darcy hatte nie gewusst, wie sehr ihr die Situation Angst gemacht hatte, weil er immer auf der Schule und an der Universität gewesen war. Bis sein Vater krank wurde, war Georgiana ihm beinahe fremd gewesen.

Aber sein Vater hatte Drew verstoßen und seine Handlungen vor Darcy verborgen, bis er durch das Fehlen der Miniatur, die jetzt in seinen Händen lag, über die Wahrheit gestolpert war. Es war Mrs. Reynolds gewesen, die das Porträt versteckt hatte, die sich dem Befehl seines Vaters widersetzt hatte, nicht über Drews Verschwinden zu sprechen, und ihm schließlich die Wahrheit gesagt hatte, dass Drew verstoßen worden war. Und dann hatte sie ihn gebeten, seinem Vater nicht zu sagen, dass sie das getan hatte.

Er fuhr sich mit der Hand durch die Haare. Warum war das alles verborgen geblieben?

Georgiana biss sich auf die Lippe. "Könnten wir es zu den anderen zurückhängen?"

"Ja. Ich werde sie wieder neu anordnen lassen, damit es wieder seinen Platz dazwischen hat." Es war das Richtige.

"Vielleicht könnten wir es anstelle von Georges Bild aufhängen", bot sie zögernd an.

George. Es dauerte einen Moment, bis ihm klar wurde, dass seine Schwester von Wickham sprach. Natürlich hing sein Porträt noch da; Sie waren alle zur selben Zeit gemalt worden, die sechsjährige Georgiana, der dreizehnjährige Andrew und Wickham und Darcy, beide mit achtzehn Jahren. Ein Schauder lief ihm über den Rücken. Er hatte sich nie Gedanken darüber gemacht, wie unangemessen es war, dass sein Vater Wickhams Bild neben dem seiner eigenen Kinder aufgehängt hatte. Wie hatte sich seine Mutter gefühlt, als sie sie jeden Tag sah? "Aber sicher. Drews Bild wird dort seinen Platz finden." Und noch vor dem Dinner. George Wickhams Miniatur hatte Pemberley lange genug beschmutzt.

# Kapitel 10

Elizabeth atmete erleichtert auf, als das Dinner auf Pemberley endlich endete und Miss Darcy den Damen das Signal gab, sich zurückzuziehen, um die Herren dem Genuss ihres Portweins zu überlassen. Bisher war der Abend so gut verlaufen, wie sie es sich erhofft hatte, also ganz erträglich. Genauso hatte Darcy einmal ihr Erscheinen bei jeder schicksalhaften Tanzveranstaltung beschrieben, bei der sie ihm zum ersten Mal begegnet war.

Ja, erträglich, abgesehen von dem Essen, das war köstlich gewesen. Sie hatte zwischen Andrew und Mr. Bingley gesessen, was ihr ein angenehmes Gespräch beschert hatte. Am wichtigsten war jedoch, dass ein großer Tafelaufsatz ihre Sicht auf Mr. Darcy versperrt hatte, wodurch sie so tun konnte, als wäre er gar nicht da. Oder es zumindest versuchen konnte. Sie sagte sich immer wieder, sie solle die Gesellschaft, das feine Abendessen und die unübertroffene Eleganz von Pemberley genießen, aber das Gespräch mit Mr. Bingley rief ihr nur Janes Trauer ins Gedächtnis. Litt Darcy nun ebenso wie Jane gelitten hatte? Ein Schmerz nistete sich in ihrem Inneren ein. Das würde Elizabeth niemandem wünschen.

Nachdem sich die Damen im Salon niedergelassen hatten, sagte Miss Darcy: "Mrs. Gardiner, wir werden am Freitag ein Picknick am See veranstalten, und soweit Sie keine anderweitigen Verpflichtungen haben, würden Sie mir eine große Freude bereiten, wenn Sie und Miss Bennet sich bereiterklären würden, unsere Gäste zu sein." Es war offensichtlich, dass sie diese kleine Rede im Kopf geübt hatte.

"Ein Picknick!", rief Miss Bingley aus. "Was für eine bezaubernde Idee, Georgiana."

"Eine charmante Idee, in der Tat", sagte Mrs. Gardiner bedauernd, "aber ich fürchte, wir müssen ablehnen. Morgen ist unser letzter Tag hier. Wir werden am frühen Freitagmorgen aus Derbyshire abreisen."

"So bald schon?" Das Mädchen sah betroffen aus. "Könnten Sie nicht ein bisschen länger bleiben?"

"Ich wünschte, wir könnten es, aber wir haben unseren geplanten Aufenthalt aufgrund von Lizzys Verlobung bereits verlängert. Mein Mann wird in London gebraucht und unsere Kinder warten auf unsere Rückkehr." Mrs. Gardiner lächelte. "Zumindest möchte ich das glauben, aber nach allem, was ich gehört habe, haben sie eine solch herrliche Zeit mit ihrer Tante Jane, dass es ihnen nichts ausmachen würde, wenn ich bis Weihnachten noch nicht nach Hause zurückkehren würde!"

"Ich bin mir sicher, dass das nicht der Fall ist", sagte Elizabeth fest. "Aber ich danke Ihnen für die Einladung, Miss Darcy. Vielleicht nächsten Sommer." Wenn sie Mrs. Andrew Darcy sein würde. Plötzlich wünschte sie sich, sie hätte weniger zu Abend gegessen.

"Oh ja, ich nehme an, das ließe sich machen", sagte Miss Darcy deutlich enttäuscht. "Haben Sie und Drew besprochen, wann Sie heiraten werden?"

Sie konnte kaum sagen, dass es davon abhing, wie weit Wickham seinen Klatsch verbreitet hatte. "Ich habe noch nichts von meinem Vater zu diesem Thema gehört, aber wir haben davon gesprochen, nach Weihnachten zu heiraten." Andrew hatte einen Hochzeitstermin bevorzugt, sobald das Aufgebot gelesen werden konnte, aber Elizabeth wollte mehr Zeit, um sich von ihrem Leben auf Longbourn zu verabschieden. Ihr Atem stockte bei dem Gedanken an alles, was sie zurücklassen würde, in ihrer Kehle, und sie unterdrückte einen Anflug von Wut auf Wickham. Wie hatte er sie in diese Lage bringen können?

"So lange? Dann werde ich Sie, abgesehen von Ihrer Hochzeit, erst im nächsten Sommer wiedersehen, denn wir werden Weihnachten auf Matlock verbringen und dann für die Ballsaison in London weilen." Miss Darcy sah bekümmert aus.

Elizabeth wurde Miss Darcys Bedürftigkeit ein wenig überdrüssig. "Glücklicherweise werden wir viele Jahre Zeit haben, um unsere Freundschaft zu vertiefen. Darf ich Ihnen schreiben, während wir getrennt sind?"

"Oh, ja!", stieß das Mädchen hervor. "Ich hoffe, wir werden uns häufig schreiben."

"Ein Jahr ist gar nicht so lang", ereiferte sich Miss Bingley. "Ehe du dich versiehst, wird es schon vorüber sein."

Ein Schatten huschte über Miss Darcys Augen. "Vielen Dank für diesen Rat." Ihr Tonfall war anders, als wenn sie mit Elizabeth sprach – weniger fest und lebhaft.

Mrs. Gardiner lächelte das Mädchen an. "Miss Darcy, ich bin sicher, Lizzy wäre sehr beruhigt, wenn Sie während ihrer Abwesenheit regelmäßig im Pfarrhaus von Mr. Andrew Darcy vorbeischauen würden und ihm eine weibliche Perspektive auf seine Renovierungsarbeiten bieten könnten."

Elizabeth fand das eine ziemlich seltsame Aussage, bis sie sah, wie bemerkenswert sich Miss Darcys Miene beim Vorschlag ihrer Tante aufhellte. Aber natürlich – die wahre Sorge des Mädchens über ihre Abreise bestand darin, den Zugang zu ihrem entfremdeten Bruder zu verlieren. Sie sagte herzlich: "Ich werde Andrew sagen, wie sehr ich darauf angewiesen bin, dass Sie mir über die Fortschritte am Pfarrhaus berichten."

"Oh, das würden Sie tun?", rief das Mädchen, als hätte Elizabeth ihr einen großen Gefallen getan, indem sie sie um diesen Dienst bat. "Das werde ich sehr gerne tun. Sie müssen mir sagen, welche Arbeiten für Sie besonders wichtig sind."

"Das wäre eine große Erleichterung für mich", sagte Elizabeth, die keinerlei Bedenken hinsichtlich Andrews Fähigkeit hatte, die Renovierungsarbeiten zu beaufsichtigen. "Ich werde dort morgen ein letztes Mal vorbeischauen und eine Liste erstellen." Und eine Möglichkeit finden, Andrew zu erklären, warum seine Schwester ihre Nase in seine Angelegenheiten stecken würde.

"Vielleicht kann ich mich Ihnen dort anschließen", sagte Miss Darcy. "Ich habe sein Pfarrhaus noch nicht gesehen."

Natürlich hatte sie es noch nicht gesehen, da sie erst am vergangenen Nachmittag erfahren hatte, dass Andrew nun dort lebte. "Wir würden uns beide freuen, Sie dort zu haben. Waren Sie zuvor schon einmal in Kympton? Ich finde das Dorf charmant."

"Ich bin durchgeritten", sagte das Mädchen. "Die Kirche ist so malerisch gelegen, und von den Hügeln aus hat man einen schönen Fernblick auf das Dorf."

Miss Bingley, die es offensichtlich satthatte, dass sie sich nicht im Mittelpunkt des Gesprächs befand, sagte: "Du musst mich eines Tages dort hinbringen, Georgiana. Ich werde nicht ruhen, ehe ich es gesehen habe! Aber du weißt ja, wie sehr ich eure Landschaft hier liebe." Sie begann eine ausführliche Beschreibung der Ausfahrten, die sie in der Vergangenheit unternommen hatte, und alles drehte sich um die große Freude, die ihre liebe Georgiana ihr damit gemacht hatte.

Als die Herren zu ihnen zurückkehrten, zog Miss Darcy am Ärmel ihres älteren Bruders und flüsterte ihm etwas zu. Er nickte und beide traten für ein paar Minuten aus dem Raum. Bei ihrer Rückkehr flatterte Elizabeths Puls, als Mr. Darcy den Raum durchquerte, um direkt mit den Gardiners zu sprechen. "Meine Schwester und ich bedauern, dass unsere weitere Bekanntschaft durch Ihre bevorstehende Abreise unterbrochen werden soll. Wie ich verstanden habe, wird Mr. Gardiner in London gebraucht, aber wir würden gerne eine Einladung an Miss Bennet und Mrs. Gardiner aussprechen: Bleiben Sie so lange Sie wünschen hier auf Pemberley. Wir würden uns glücklich schätzen, Ihnen unsere Kutsche zur Verfügung zu stellen, damit Sie im Anschluss nach Longbourn und London zurückkehren können." Er sprach ruhig, aber ohne besondere Wärme, beinahe abwesend. Er war schon den ganzen Abend über steif gewesen, und das setzte sich nun nur noch fort, beinahe wie eine Pappfigur eines Gentlemans, der in einem Spielzeugtheater umher geschoben wurde denn wie ein lebendiger, atmender Mensch.

"Das ist ein sehr großzügiges Angebot." Mrs. Gardiner, etwas überrumpelt, aber offensichtlich nicht abgeneigt, warf ihrem Mann einen Blick zu.

Elizabeth wurde schwer ums Herz. Sie sehnte sich nach ihrem Zuhause, und das Letzte, was sie wollte, war noch mehr Zeit in Mr. Darcys Gesellschaft zu verbringen, aber der strahlende, aufgeregte Blick ihrer Tante sprach nicht dafür, dass sie vorhatte, die Einladung abzulehnen. Wie oft hatte ihre Tante seit heute Morgen gesagt, dass das Dinner auf Pemberley für sie ein wahr gewordener Traum sein würde? Nun bot sich

99

ihr die Gelegenheit, Hausgast auf eben diesem großen Anwesen zu sein, das sie ihr ganzes Leben lang bewundert hatte. "Ich danke Ihnen für die großzügige Einladung, aber ich stehe meiner Tante und meinem Onkel völlig zur Verfügung, und ihre Pläne sind bereits festgelegt."

"Unsinn", sagte ihr Onkel fröhlich. "Ich finde es eine formidable Idee, und zweifellos wird Mr. Andrew Darcy glücklich sein, mehr Zeit mit dir verbringen zu können, Lizzy."

"Aber die Kinder erwarten mich", sagte Mrs. Gardiner zögernd.

"Ja, und sie werden ein wenig enttäuscht sein, aber sie haben ihre geliebte Tante Jane, ihr Kindermädchen und die ganze Landschaft von Longbourn, die erkundet werden will. Sie können dich problemlos noch für ein oder zwei Wochen entbehren."

Elizabeth wagte es nicht, Andrew anzusehen. Sie vermutete, dass es ihm völlig gleichgültig war, ob sie in der Nähe war oder nicht, aber es würde ihm nicht gefallen, wenn er dazu gezwungen wäre, noch mehr Zeit auf Pemberley zu verbringen. Das war zweifellos der Grund, warum Miss Darcy wünschte, dass sie blieb. Fühlte sich das Seil während eines Tauziehens so? "Meine Eltern brennen sicherlich darauf, mit mir über meine Verlobung zu sprechen." Ein sehr schwaches Argument, da ihr Vater noch nicht zurückgeschrieben hatte.

Mrs. Gardiner tätschelte ihre Hand. "Wir werden ihnen lange Briefe voller Neuigkeiten schreiben, bis sie das Thema von Herzen satthaben."

Miss Darcy eilte zu ihr. "Ich bitte Sie, es nochmals zu überdenken. Es würde mir so viel bedeuten, Sie besser kennenzulernen."

Mr. Bingley stieg nun in ihr Gespräch ein: "Sie wären eine sehr entzückende und willkommene Ergänzung unserer Hausgesellschaft, und ich habe noch viele weitere Fragen zu unseren gemeinsamen Bekannten in Hertfordshire, die ich Ihnen stellen möchte." Er strahlte, seine Schwestern schauten sauertöpfisch drein.

Mr. Darcys Gesichtsausdruck war unlesbar. "Bedeutet das, dass wir das Vergnügen Ihrer Gesellschaft haben werden?" Sein Blick schien auf einen Punkt direkt über Elizabeths Schulter gerichtet zu sein.

Gott stehe ihr bei. "Ich muss mich den Wünschen meiner Tante und meines Onkels sowie denen von Mr. Andrew Darcy beugen." Möglicherweise könnte er sie retten.

Andrews Lächeln war ein wenig gezwungen. "Ich kann nur froh sein über die Aussicht darauf, mehr Zeit in deiner Gesellschaft zu verbringen, meine Liebe, und ich werde versuchen, Mrs. Gardiner nicht zu sehr auszunutzen, indem ich sie um noch mehr ihrer hilfreichen Ratschläge bitte."

"Ich bin immer gerne bereit, dir in irgendeiner Weise zu helfen, lieber Junge!", rief Mrs. Gardiner aus. "Wir fühlen uns geehrt, Ihre großzügige Einladung anzunehmen, Mr. Darcy."

Miss Bingley tauschte einen verächtlichen Blick mit ihrer Schwester aus, aber Miss Darcy strahlte. "Es gibt noch so viel, dass ich Ihnen zeigen will. Ich kann es gar nicht erwarten!"

Elizabeth schluckte schwer und fühlte, wie sich die Schlinge um sie herum zuzog. "Ich danke Ihnen beiden für die freundliche Einladung."

Es musste einen Ausweg geben. Sie könnte es nicht ertragen, tagelang in der Nähe dieses angsteinflößenden Mr. Darcys zu verbringen, der scheinbar beschlossen hatte, dass sie gar nicht existierte. Warum hatte er dieser Einladung zugestimmt, wo doch offensichtlich war, dass er so wenig wie möglich mit ihr zu tun haben wollte?

Ihr wurde übel und so wartete sie, bis er sich entfernte und einen Posten am Fenster bezog, wo er in die Dunkelheit hinausstarrte. Irgendwie fasste sie den Mut, sich ihm zu nähern und sagte ruhig: "Mr. Darcy, ich bin mir bewusst, dass Ihre Schwester Sie in eine unangenehme Lage gebracht hat. Wenn Sie es wünschen, werde ich mit meiner Tante und meinem Onkel sprechen und sie davon überzeugen, dass ich sofort nach Longbourn zurückkehren muss."

Er warf ihr einen kalten Blick zu. "Warum sollte ich mir so etwas wünschen? Es ist mir wichtig, dass mein Bruder sich in Pemberley willkommen fühlt und seine Verbindung zu meiner Schwester und mir beibehält. Im Moment scheint dies Ihre Anwesenheit zu erfordern."

Selbstverständlich. Er wollte sie nicht hier haben, er wollte lediglich, dass sie eine Verbindung zu Andrew herstellte. Sie hob das Kinn. "Ich verstehe."

"Sie müssen wissen, dass die Entfremdung zwischen uns noch von seinem Streit mit meinem Vater herrührt. Möglicherweise wissen Sie sogar mehr darüber als ich, da Andrew sich weigert, mit mir über diese Zeit zu sprechen, doch was auch immer zwischen ihm und meinem Vater geschehen ist, gehört der Vergangenheit an. Ich möchte, dass der Bruch zwischen uns gekittet wird und meine Schwester sehnt sich verzweifelt danach." Jetzt bohrten sich seine Augen in sie.

Was wollte er von ihr? "Es scheint, als wäre der Bruch auf dem besten Weg, gekittet zu werden."

"Das hoffe ich. Ich..." Sein Gesicht verfinsterte sich. Es war, als wolle er mehr sagen, hatte es sich dann aber anders überlegt. "Gute Nacht, Miss Bennet." Sie drehte sich um und ging weg.

Sie war also wieder Miss Bennet. In Kent hatte er sie immer Miss Elizabeth genannt, obwohl ihre ältere Schwester nicht dort gewesen war und alle anderen sie mit Miss Bennet angesprochen hatten. Sie war gestern Miss Elizabeth gewesen, als er von ihrer Anwesenheit überrascht worden war, aber jetzt war sie Miss Bennet, entschieden und kalt. Und es tat weh.

ELIZABETHS ONKEL VERZÖGERTE seine Abreise am Freitagmorgen bis zum Eintreffen der ersten Post, weil er auf einen Brief von Mr. Bennet hoffte, da am Vortag keiner eingetroffen war. "Ich weiß, dein Vater hasst es, sich zum Schreiben zu bewegen, aber man möchte meinen, er könnte in einem solchen Fall eine Ausnahme machen", grummelte Mr. Gardiner.

"Ja", seufzte Mrs. Gardiner. "Dem armen Andrew gegenüber ist es kaum höflich. Er verdient eine schnelle Antwort auf seine Bitte um Elizabeths Hand."

"In der Tat. Und das werde ich Bennet auch sagen, wenn ich dort einen Zwischenstopp mache, um nach den Kindern zu sehen und wenn es nicht anders geht, werde ich euch selbst schreiben, um euch mitzuteilen, was er davon hält", antwortete Mr. Gardiner.

Dann kam Andrew selbst, um Elizabeth und Mrs. Gardiner nach Pemberley zu bringen, und das Thema konnte nicht weiter besprochen werden.

# Kapitel 11

Elizabeth erwachte früh an ihrem ersten Morgen in Pemberley, fest entschlossen, sich von Mr. Darcys grimmigem Gesichtsausdruck nicht ihre Freude an diesem Besuch auf seinem wunderschönen Anwesen trüben zu lassen. Seinem Verhalten am vergangenen Tag nach zu urteilen, hatte er ohnehin vor, einen weiten Bogen um sie zu machen. Sie hatte ihn nur beim Abendessen gesehen und da auch nur am anderen Ende des Raumes. Dass Miss Bingley ihn ständig mit Aufmerksamkeit überschüttete, machte es obendrein einfacher für sie.

Sie beschloss, ihr neu gestaltetes Kleid zu tragen, sowohl weil es jetzt das modischste ihrer Tageskleider war, als auch als Erinnerung an ihren Entschluss, nicht zuzulassen, dass Mr. Darcys Haltung ihre Verlobung überschattete. Das Kleid war noch schmeichelhafter geworden, als sie zu hoffen gewagt hatte, und sie wirbelte herum, um das frisch hinzugefügte Netzgewebe über dem Rock zu bewundern. Ein guter Start in den ersten Tag als Hausgast auf Pemberley.

Draußen schien die Sonne, Mrs. Gardiner würde erst in ein oder zwei Stunden erwachen, und Elizabeth blickte sehnsüchtig aus ihrem Fenster. Sicherlich würde vor dem Frühstück noch Zeit für einen Spaziergang bleiben.

Sie nahm sich ihren Hut und die Handschuhe, ehe sie sich auf den Weg zum Rosengarten machte, weniger aus dem Wunsch heraus, ihn zu sehen, sondern vielmehr, weil der Pfad sie an der geheimnisvollen Orangerie vorbeiführte. Als sie Pemberley mit den Gardiners besichtigt hatte, in jenen lang vergangenen Tagen, bevor sie Andrew kennengelernt hatte – war das wirklich erst vor zwei Wochen gewesen? – hatte sie nicht weiter darüber nachgedacht, als die Haushälterin sie darüber informiert hatte, dass die Orangerie privat sei. Ihre Neugier war jedoch geweckt worden, als das

Dienstmädchen, das sie gestern auf ihr Zimmer geführt hatte, sie über alle notwendigen Abläufe des Haushalts informiert hatte und darauf hinwies, dass Besuche in der Orangerie nur mit ausdrücklicher Genehmigung von Mr. Darcy gestattet seien.

Was konnte an einer Orangerie so besonders sein? Sicherlich wurde dort nichts Wertvolles aufbewahrt. Die großen Sprossenfenster mit ihren vielen Scheiben würden es zu einem leichten Ziel für Diebe machen. Und Darcy konnte sich kaum Sorgen machen, dass seine Gäste das Obst stehlen würden, das im Inneren angebaut wurde, insbesondere, da es offensichtlich war, dass das ohnehin schon weitläufige Gebäude erst vor Kurzem erweitert worden war. Selbst ein großes Anwesen wie Pemberley benötigte vermutlich nicht so viel Obst aus Treibhäusern!

Sie verlangsamte ihr Tempo, als sie an dem Gebäude vorbeikam und betrachtete die Fenster. Die unteren Hälften der Glasscheiben waren beschlagen, und es fiel ihr schwer, durch die klaren Bereiche zu sehen, besonders, da die Sonne noch tief am Himmel stand. Aber es sah dunkler aus, als sie erwartet hätte. Die Orangerien, die sie auf ihren Reisen gesehen hatte, enthielten größtenteils kleinwüchsige Bäume in Töpfen, zwischen deren Stämmen viel Platz blieb. Was auch immer sich dort drinnen befand, war viel buschiger als diese Obstbäume.

Die Tür zur Orangerie öffnete sich. Elizabeth wandte rasch ihr Gesicht ab, denn sie wollte nicht, dass es wirkte, als schnüffle sie herum, als Mr. Bingley mit großen Schritten herauskam. Hatte er die notwendige Erlaubnis von Mr. Darcy, die mysteriöse Orangerie zu betreten?

"Miss Elizabeth!" Bingley klang erfreut, sie zu sehen. "Sie sind früh wach."

"Ich konnte dem sonnigen Tag und den wundervollen Gärten nicht widerstehen." Vielleicht erhielt sie ja von ihm Antworten auf ihre Fragen. "Was für eine beeindruckende Orangerie das ist! Ich glaube, sie ist sogar noch größer als die in Blenheim."

Er grinste. "Ja, das ist Darcys besonderes Projekt. Er hat sie noch erweitert."

Darcys besonderes Projekt war eine Orangerie? Sie musste sich ein Lachen verkneifen. "Mir war gar nicht bewusst gewesen, dass er ein besonderes Interesse am Obstanbau hegt."

Bingley lachte. "Nicht Obst. Es ist seine wissenschaftliche Forschung. Er baut dort Pflanzen aus tropischen Gefilden an. Es ist ein wahrhafter Dschungel, der auf magische Weise auf englischen Boden gebracht wurde."

"Ein Dschungel!" Oh, jetzt sehnte sie sich verzweifelt danach, hineinzugehen.

Ihre Sehnsucht musste ihr anzuhören gewesen sein, denn er fragte: "Möchten Sie es sehen? Ich kann Ihnen eine Führung geben."

"Nichts würde mich glücklicher machen! Ich wollte schon immer einen Dschungel sehen. Aber mir wurde deutlich zu verstehen gegeben, dass dort keine Besucher erwünscht sind", sagte Elizabeth, in der Hoffnung, dass er ihr widersprach.

Bingley wedelte mit der Hand, als wolle er ihre Bedenken beiseite wischen. "Das dient nur dem Schutz der Pflanzen, und ich weiß, dass Sie ihnen keinen Schaden zufügen werden. Ich helfe ihm bei dem Projekt, deshalb bin ich jeden Tag da drinnen."

"Wenn Sie sicher sind ..." Elizabeths Bedenken fochten mit ihrer Neugier, zu sehen, was Mr. Darcy versteckt hatte. "Ich möchte nicht neugierig sein."

"Es ist kaum ein Geheimnis, nur Darcys Forschung." Bingley öffnete die Glastür. "Bitte, treten Sie rasch ein, damit keine Hitze entweicht."

Als Elizabeth eintrat, lief sie gegen eine Wand aus feuchtwarmer Luft, heißer als der wärmste Sommertag, den sie jemals erlebt hatte, und ein überwältigender Duft von fruchtbarer Erde, viel Grün und etwas Exotischem, das sie nicht näher definieren konnte, hüllte sie ein.

Ein schmaler Steinweg führte zwischen Pflanzen mit enorm großen Blättern hindurch, von denen einige so groß wie Servierplatten waren, ganz anders als die spindeldürren Obstbäume, die man normalerweise in Orangerien vorfand. Stattdessen gab es seltsam geformte Bäume und Rankgewächse. Sie griff nach einer sich kringelnden Ranke und ihr kam wieder, dass es sich um ganz spezielle Pflanzen handelte und so zog sie ihre Hand rasch wieder zurück, ehe sie sie berühren konnte. Oh, aber das war alles so erstaunlich. Hier war alles, was sie als Kind hatte sehen wollen, als sie durch die Landschaft gestreift war und sich vorgestellt hatte, ein Entdecker in einem fremden Land zu sein.

Ein dunkelhäutiger Gärtner überquerte den Weg vor ihnen und schob eine mit grünen und braunen Wedeln überladene Schubkarre vor sich her.

Bingley sagte: "Sehen Sie das? Diese Pflanzen wachsen so schnell, dass sie unentwegt zurückgeschnitten werden müssen. Wenn Sie mir folgen wollen, dort entlang geht es zu den besten."

Er wies Elizabeth an, einem Seitenweg zu folgen, vorbei an einem Ofen, auf dem ein großer Topf mit kochendem Wasser stand. Das erklärte die Luftfeuchtigkeit, vermutete sie. Sie kam an einem gewebten Paravent vorbei und erreichte einen anderen Raum, in dem die Decke durch Glasscheiben ersetzt worden war. Die Pflanzen wuchsen hier sogar noch größer und buschiger.

Ein weiterer Gärtner beugte sich zum Stamm eines Baumes hinunter, direkt dort, wo er aus der Erde kam, nahm einen Lederstreifen vom Stamm ab und studierte ihn dann. Seine Hemdsärmel waren bis zu den Ellbogen hochgekrempelt, zweifellos der Hitze wegen. Dann richtete er sich auf und Elizabeth erkannte, dass er gar kein Gärtner war.

"Mr. Darcy!", rief sie aus, ihre Wangen brannten beim Anblick seiner nackten Unterarme und seines unbedeckten Nackens. Ein seltsames Gefühl breitete sich in ihr aus, als würde ihr Inneres schmelzen. Was stimmte nicht mit ihr? Zwar galt es als unanständig, wenn ein Gentleman nicht vollständig bekleidet war, aber Arbeiter hatte sie schon oft genug in Hemdsärmeln gesehen. Sie konnte jedoch verstehen, warum es für unanständig gehalten wurde. Beim Anblick der Konturen seiner breiten Schultern, die sich so deutlich unter dem feinen Leinen abzeichneten, begannen Schmetterlinge in ihrem Inneren zu tanzen.

"Miss Elizabeth!" Darcys Wangen waren von der tiefsten Röte überzogen, und für einen Moment schien er vor Überraschung erstarrt zu sein.

"Verzeihen Sie, dass ich Sie gestört habe." Tief verlegen blickte sie über ihre Schulter zurück. Wo war Bingley geblieben? Sie hatte gedacht, er sei direkt hinter ihr. Nein, er war einige Meter auf dem Weg zurückgeblieben und sprach lebhaft mit dem Mann mit der Schubkarre. "Mr. Bingley brachte mich herein und sagte, es würde Ihnen nichts ausmachen. Ich wusste nicht, dass Sie so früh hier sein würden. Ich kann auch wieder gehen."

"Sie können sich gerne umsehen." Er sah an sich hinunter und runzelte die Stirn. "Entschuldigen Sie mich." Damit ging er ohne ein weiteres Wort davon.

Oh, wie beschämend! Was musste Mr. Darcy von ihr halten, dass sie so in seinen privaten Bereich eindrang? Elizabeth fächelte sich Luft mit ihren Händen zu, doch die leichte Brise, die das erzeugte, kühlte ihre heißen Wangen in dieser feuchten Luft nicht ab. In ihrem Nacken brach bereits Schweiß aus, und ihre Hände klebten in ihren Handschuhen.

Darcy tauchte so schnell wieder auf, wie er verschwunden war, und hatte sich nun einen leichten Hausmantel über sein Hemd gezogen. Er musste ihn getragen haben, um zur Orangerie zu gehen. Damit war er nun stärker bedeckt, aber ohne seine Krawatte konnte sie immer noch die kleine Kuhle sehen, wo sein Hals in seine Brust überging, ebenso wie all die Haut, die darüber lag. Bei dem Anblick kribbelten ihre Lippen.

Sie biss sich auf die Lippe und deutete auf den Baum. "Es tut mir leid, Sie unterbrochen zu haben."

"Das macht nichts, ich habe nur ein paar Messungen durchgeführt." Er warf einen Blick auf ein offenes Buch, das auf einem kleinen schmiedeeisernen Tisch stand, daneben ein Stift und ein Tintenfass.

"Welche Art von Messungen?", fragte sie, da sie nicht anders konnte – es faszinierte sie einfach.

"An jeder Pflanze etwas anderes. In diesem Fall der Umfang des Schafts, die Anzahl der neuen Triebe und die Länge der Früchte."

Er zeigte auf einen seltsam geformten Anhang, der oben an der Pflanze baumelte.

Sie legte den Kopf schief und starrte darauf. "Das ist eine Frucht?"

Er lächelte schief. "Viele davon. Sehen Sie diese Reihen kleiner Ausstülpungen, die aus dem Stiel herausragen? Jede davon wird sich zu einer Banane entwickeln."

"Eine Banane! Ich hatte keine Ahnung, dass sie so wachsen." Ebenso wenig wie sie die exotische Frucht jemals gekostet hatte, aber sie hatte Bilder davon gesehen und einmal hatte Lady Lucas eine Dekoration in der Mitte der Dinnertafel mit einer Ananas und zwei Bananen gestaltet. "Ich hätte nie gedacht, dass ich jemals einen Bananenbaum zu sehen bekommen würde."

"Eine Pflanze, kein Baum", korrigierte er. "Sie wächst schnell, produziert nur einmal Früchte und wird dann bodeneben zurückgeschnitten, wo sie erneut austreibt."

Sie starrte erstaunt. "Dauert es lange, bis sie so groß ist?"

"In den Tropen etwas mehr als ein Jahr. Diese hier hat fast 4 Jahre gebraucht, aber unsere Bedingungen sind nicht optimal."

Bingley erschien neben ihr. "Darcy unterschätzt seine Leistungen hier. Er hat größeren Erfolg als die Botaniker in Cambridge und Oxford, obwohl er erst vor fünf Jahren angefangen hat. Und die Informationen, die er gesammelt hat, sind von unschätzbarem Wert."

Darcy runzelte die Stirn. "Meine Erfolge rühren nur daher, dass ich es mir leisten kann, das Treibhaus das ganze Jahr über zu beheizen. Ein Glasdach hinzuzufügen hat ebenfalls geholfen. Meine Mitarbeiter führen alle Messungen durch, wenn ich nicht da bin. Ich mag es einfach, selbst Hand anzulegen, wenn ich hier bin."

"Du leitest die Studien", erwiderte Bingley.

Elizabeth sah, dass Darcy sich mit Bingleys Lob unwohl fühlte und so sagte sie rasch: "Mir war gar nicht klar gewesen, dass Sie ein solches Interesse an der tropischen Botanik haben."

Darcy zuckte mit den Schultern. "Ich habe mich schon immer für Pflanzen interessiert. Mein Tutor in Cambridge hatte sich auf die Tropen spezialisiert und so hat eines zum anderen geführt."

Und im Gegensatz zu den meisten studentischen Wissenschaftlern hatte er sein Interesse aufrechterhalten.

"Du warst sein bester Schüler", sagte Bingley. "Als ich in Cambridge ankam, trauerte Burton bereits wegen deines bevorstehenden Abschlusses und dass er dich an ein Leben in Frivolität verlieren würde. Und wie erfreut er war, als du zurückkehrtest und ihm gesagt hast, das Leben in London sei nicht nach deinem Geschmack!"

"Du übertreibst, Bingley." Aber Darcy sah nicht unzufrieden aus.

"Nein, das tue ich nicht! Miss Elizabeth, Darcy wurde mit nur zweiundzwanzig Jahren eingeladen, eine große Expedition nach Peru zu unternehmen. Es war eine unerhörte Ehre. Leugne das jetzt, wenn du es wagst, Darcy! Wäre er mitgefahren, dann wäre er jetzt einer der wenigen Experten dieser Welt auf diesem Gebiet."

Als Darcys Lächeln bitter wurde, sagte Elizabeth hastig: "Es klingt nach einem faszinierenden Abenteuer, aber ich nehme an, viele Menschen würden England nicht so lange verlassen wollen, auf einer so gefährlichen Reise." Es klang nicht überzeugend, was kaum überraschend war, da sie selbst alles für eine solche Gelegenheit gegeben hätte.

"Mein Vater war da ganz Ihrer Meinung", sagte Darcy und verzog leicht den Mund. "Was ist mit Ihnen, Miss Elizabeth? Würden die Gefahren der Reise Sie abschrecken?" In seiner Stimme lag eine Herausforderung.

"Ich würde nicht lange überlegen", rief sie aus, "wenn sich mir die Chance böte, eine neue, unerforschte Welt zu sehen? Ich kann mir nichts Besseres vorstellen. Wenn Damen Entdeckerinnen sein könnten, würde ich mich sicherlich freiwillig melden. Da ich das nicht kann, freue ich mich sehr über diese Gelegenheit, hier ein wenig vom wilden Dschungel zu sehen."

Jetzt wirkte Darcys leichtes Lächeln wieder echt. "Ebenso wie ich Trost darin fand, meinen eigenen Dschungel zum Nutzen anderer Botaniker anzupflanzen. Ich habe einige neue Pflanzen, die mich erreichten, als sie von dieser Expedition zurückkehrten. Möchten Sie sie sehen?"

"Ja, gerne", sagte sie tapfer. "Ich bin voll des Staunens über diese Exemplare! Ich habe noch nie so etwas wie die Blätter dieses Bananenbaums gesehen – ähm, ich meine, dieser Bananenpflanze. Sie sind so lang, dass man kaum bemerkt, wie breit sie auch sind." Ihre Hand wollte sich wieder selbständig machen, aber sie zog sie rasch zurück.

"Sie dürfen sie berühren, wenn Sie das möchten", sagte Darcy. "Mir wurde gesagt, dass Bananenpflanzen tropische Wirbelstürme überleben können."

"Wirklich?" Sie sollte sich zurückhalten, aber wann würde sich ihr jemals wieder eine solche Gelegenheit bieten? Sie zog ihre Handschuhe aus und strich mit den Fingerspitzen über den Wedel, der ihr am nächsten hing. Er war dicker und flexibler als erwartet. Sie lächelte Mr. Darcy an, der sie mit einem gewissen Hunger ansah. "Ich danke Ihnen. Das ist eine solch wunderbare Überraschung!"

— ❧ —

ER SOLLTE DAS NICHT tun. Darcy wusste das. Elizabeth heiratete Drew und er sollte sich von ihr fernhalten. Aber er hatte davon geträumt, ihr sein Gewächshaus zu zeigen und zu beobachten, wie die Neugier in ihren schönen Augen lebendig wurde. Es war genauso, wie er es sich vorgestellt hatte: Sie stellte intelligente Fragen zu den Pflanzen, zu seinen Studien und zeigte Interesse, was niemand außer Bingley jemals getan hatte.

Was für ein Kontrast zu dem einen Mal, als er Caroline Bingley in sein Heiligtum gelassen hatte, die lediglich Vorschläge geäußert hatte, dass er Blumen und in Form geschnittenen Buchsbaum hinzufügen könnte, um es ein wenig pittoresker zu gestalten! Elizabeth verstand seinen Durst nach purem Wissen und er sehnte sich nach mehr von ihrer berauschenden Aufmerksamkeit.

"Sehen Sie hier." Er schob die Blätter auf einer Heliamphora beiseite, um die krugförmige Blüte in der Mitte zu enthüllen. "Diese Pflanze frisst Insekten. Der Regen sammelt sich darin und wenn Insekten daraus trinken, sitzen sie in der Falle. Allerdings gedeiht sie drinnen leider nicht richtig. Wir haben Bienen hierhergebracht, um die Pflanzen zu bestäuben, und meine Gärtner haben sogar Wasser in die Blüte gegossen, um Regen zu simulieren, aber die Bienen interessieren sich nicht dafür. Wir haben versucht, sie mit Fliegen zu füttern, sie gedeiht jedoch nicht."

"Eine Pflanze, die Insekten frisst? Verblüffend!"

"Hier ist noch eine, ein Sonnentau. Sehen Sie das, was wie ein Tropfen Tau am Ende jedes Drüsenhaars aussieht? Versuchen Sie mal, ihn zu berühren."

"Aber sie sieht so zart aus." Trotzdem streckte sie die Hand aus und legte sanft ihre Fingerspitze darauf. "Es ist klebrig – oh!" Sie riss ihre Finger weg und ihr Handrücken streifte seinen. "Es hat sich bewegt!"

"So fängt sie Insekten. Entschuldigen Sie, ich hätte Sie warnen sollen."

"Nein, es ist unglaublich." Sie starrte auf die sich bewegenden Drüsenhaare. "Ich wusste gar nicht, dass sich Pflanzen so bewegen können. Nun, außer natürlich, dass sie der Sonne folgen, aber diese Bewegung können wir nicht miterleben." Sie wandte ihre Aufmerksamkeit dem Schleim zu, der an ihrer Fingerspitze klebte. "Ist das giftig?"

"Nein, nur klebrig genug, damit Insekten nicht leicht entkommen können." Er konnte nicht widerstehen. Mehr als gewagt nahm er ihre Hand in seine – ein gestohlenes Vergnügen! – und wischte das Pflanzensekret mit seinem Taschentuch weg. Eine Welle der Begierde durchfuhr ihn. Wenn er nur seine Lippen auf diese Fingerspitze drücken könnte, auf die zarten blauen Adern ihres Handgelenks! Sie würde darauf reagieren, ganz sicher. Tatsächlich teilten sich ihre Lippen leicht und ihre Augen verdunkelten sich.

Und Drew liebte sie.

Sein Mund schmeckte plötzlich nach Asche. Er ließ ihre Hand fallen und trat einen Schritt zurück. Die Begeisterung, sie hier zu haben, hatte ihn gefangen gehalten, genau wie der Sonnentau Insekten fing, um sie zu verschlingen, aber sie konnte niemals die seine sein.

Sie zog rasch wieder ihre Handschuhe über, ohne ihre sonst übliche Anmut. "Ich ... ich danke Ihnen für die Führung", sagte sie zittrig. "Ihre Pflanzen sind äußerst beeindruckend."

"Sie haben sich noch nicht ganz eingelebt. Dies war eine traditionelle Orangerie, bis ich das Anwesen übernahm, daher sind die ältesten Dschungelpflanzen kaum fünf Jahre alt."

Sie sah verwirrt aus. "Ich dachte, Sie haben es erst vor zwei Jahren geerbt."

"Ja, aber mein Vater war in den letzten drei Jahren seines Lebens sehr krank und konnte nicht sprechen, also habe ich in seinem Namen gehandelt."

"Oh." Sie schaute weg, als wäre sie sich nicht sicher, was sie sagen sollte. "Es tut mir leid. Das muss eine schwierige Zeit für Ihre Familie gewesen sein."

Er sollte nur nicken und ihr für ihr Mitgefühl danken, aber das konnte er nicht. Er wollte, dass sie die Wahrheit erfuhr. "Mein Plan, an der Expedition nach Peru teilzunehmen, verursachte seinen Schlaganfall. Er verbot mir zu gehen, aus Angst, ich würde an Gelbfieber sterben, wie es seinem eigenen Bruder in Jamaika ergangen war. Ich sagte ihm, ich sei volljährig und würde dennoch mitfahren. Er wurde wütend und bestand darauf, dass er es sich nicht leisten könne, seinen Erben zu verlieren. Die Diskussion wurde ziemlich hitzig." Das Bild des cholerischen Gesichts seines Vaters schwamm vor seinem inneren Auge, nach all den Jahren immer noch äußerst lebendig.

Aber das war erst der Anfang gewesen. Dann hatte Darcy gesagt, es sei gleichgültig, ob er Gelbfieber bekäme, weil dann Drew erben würde. Zu diesem Zeitpunkt hatte er die Wahrheit über Drews Abwesenheit herausgefunden. Und sein Vater, sein besonnener, vernünftiger Vater, hatte schreckliche Worte über Drew ausgesprochen, seinen Charakter und alles an ihm verleumdet und geschworen, Pemberley eher niederzubrennen, als Drew jemals wieder einen Fuß auf dessen Boden setzen zu lassen. Seine Augen waren hervorgetreten und Spucke hatte sich in seinem Mundwinkel angesammelt.

Als Darcy, bis ins Mark geschockt, darauf bestand, dass er nach Peru abreisen würde, hatte sein Vater ihn als Hurensohn bezeichnet, ihn angeschrien, er solle sich davonscheren und ihm ein Tintenfass an den Kopf geworfen. Darcy war fuchsteufelswild gewesen und auf sein Zimmer gegangen und hatte in seiner Wut weitergekocht, bis ein hektischer Diener hereingestürmt war, um ihn zurück zum Arbeitszimmer zu holen, wo sein Vater zusammengebrochen war, auf dem Boden lag und nicht in der Lage gewesen war, zu sprechen oder die rechte Seite seines Körpers zu bewegen.

Jetzt war er derjenige, der kaum atmen konnte, aber allmählich erlangte er das Bewusstsein für den gegenwärtigen Augenblick wieder und Elizabeth starrte ihn an. Er hielt sich gerader. Nichts davon hätte er sagen sollen.

Ihre Augen waren dunkel vor Sorge. "Der Apotheker in Meryton sagt, Wut könne zu einem Schlaganfall führen, aber nur dann, wenn es sehr wahrscheinlich ohnehin geschehen wäre."

Der Arzt hatte ihm dasselbe gesagt, aber es war ihm kein Trost gewesen, besonders als er sich dem stillen, anklagenden Blick seines Vaters von seinem Bett aus stellen musste. Bis zu diesem Tag war Darcy davon ausgegangen, dass ihm noch Jahre der Freiheit blieben, bevor er sich in seine Rolle als Herr von Pemberley einfinden musste. Stattdessen hatte er die Vorbereitungen für seine wissenschaftliche Reise gegen ein neues, stark begrenztes Leben mit seiner schüchternen Schwester und seinem stillen Vater aufgegeben. Anstatt neue Pflanzenarten zu entdecken, hatte er gelernt, wie ein Anwesen verwaltet wurde. Er hatte Drew gefunden, ihm von dem Hirnschlag ihres Vaters erzählt und ihn aufgefordert, mit dem alten Mann Frieden zu schließen. Es war nicht gut gelaufen. Als er Drew das nächste Mal gesehen hatte, hatte er ihm die Pfarrei von Kympton angeboten, in der Hoffnung, einen Teil seiner Familie zurückzugewinnen.

Und aufgrund dieses Angebots war Drew in der Lage, Elizabeth zu heiraten. Er sagte hart: "Sagen Sie mir, planen Sie, Drew heute zu sehen?"

"Andrew?" Sie klang verwirrt und sah ihn nicht an. "Nein, er sagte, er müsse an seiner Predigt arbeiten."

"Werden Sie hingehen, um ihn predigen zu hören?" Warum bestrafte er sich so? Aber dieser eine Moment der Nähe war dahin und hatte in ihm nichts als Leere und Wut hinterlassen.

Elizabeth atmete zittrig ein. "Da ich Ihr Gast bin, war ich davon ausgegangen, dass ich den gleichen Gottesdienst wie Sie und Ihre Schwester besuchen würde. Aber ich sollte ins Haus zurückkehren. Bitte entschuldigen Sie mich." Sie knickste und eilte davon.

Er konnte seine Augen nicht von ihrer sich zurückziehenden Gestalt loseisen.

Elizabeth.

ELIZABETH EILTE ZWISCHEN Reihen dichter Pflanzungen hin und her, nicht länger von ihrer exotischen Natur fasziniert, und versuchte nur, mehr Abstand zwischen sich und Mr. Darcy zu schaffen. Was war geschehen? Zuerst hatte sie sich gefreut, dass er wieder normal mit ihr sprach, und dann war da dieser seltsame Moment gewesen, als er ihre Hand in seine genommen hatte, um sie zu reinigen. Sie konnte immer noch seine Berührung spüren, die Wärme und den Druck davon und das seltsame Kribbeln, das ihren Arm hinaufgeschossen war und sich als Hitze tief in ihr niedergelassen hatte, zusammen mit der Sehnsucht, ihm näher zu sein. Nein, sie konnte sich nichts vormachen. Sie hatte gewollt, dass er sie küsste.

Was für eine schreckliche Lüsternheit war das? Sie heiratete seinen Bruder! Sie sollte solche Gefühle nicht haben. Und Darcy war derjenige, der sich von diesem intensiven Moment zurückgezogen hatte – Darcy, obwohl sie es hätte sein sollen. Was er nun von ihr halten musste! Und dann hatte er dieses seltsame Geständnis abgelegt, dass er den Schlaganfall seines Vaters verursacht habe, und sie hatte sich ihm so nahe gefühlt, als ob er sie in irgendeiner Weise brauchen würde. Sie hatte sich jedoch geirrt, denn sein Gesicht hatte sich plötzlich verhärtet und seine Stimme war grausam geworden.

Wo war nur die Tür? Irgendwie hatte sie sich verirrt, war verloren in Darcys Dschungel. Blindlings bog sie um eine Ecke, aber das brachte sie nur zu noch größeren Pflanzen. Sie musste sich beruhigen. Die Orangerie war nicht so groß. Wenn sie einfach geradeaus ginge, würde sie irgendwann auf eine Wand stoßen, der sie bis zur Tür folgen könnte. Aber die Wege waren verschlungen und sie traf immer wieder auf Punkte, die sie bereits passiert hatte.

Dann sah sie die Gestalt eines Mannes durch die Wedel hindurch und sie hielt mit rasendem Puls inne. War sie so weit im Kreis gelaufen, dass sie an dieselbe Stelle zurückkehrte, an der Darcy stand? Nein, dieser Mann war nicht so groß wie Darcy. Ihre Atmung verlangsamte sich, als sie Bingleys Haltung erkannte und sie eilte auf ihn zu.

"Mr. Bingley, ich fürchte, ich habe mich verlaufen. Könnten Sie mir die Tür zeigen?" Ihre Stimme klang atemlos.

"Selbstverständlich. Ich führe Sie." Er deutete mit der Hand. "Hier entlang."

Sie folgte ihm auf einem schmalen Pfad, und dann standen sie schon vor der Glastür. Sie war tatsächlich nur ein paar Meter entfernt gewesen. Er hielt ihr die Tür auf und sie ging in einen Sommertag mit dünner, trockener Luft hinaus, die sich nach der Hitze der Orangerie plötzlich kalt anfühlte. Das Gefühl, entkommen zu sein, kämpfte in ihrem Inneren mit dem Gefühl, dass sie etwas Kostbares zurückgelassen hatte. Es war unwahrscheinlich, dass Mr. Darcy sie wieder in sein Stück vom Paradies einlud und selbst wenn er es tat, sollte sie ablehnen. Sie musste ihren zukünftigen Schwager in ihm sehen, nicht den Mann, zu dem sie eine seltsame, starke Verbindung fühlte. Und eine tiefe Anziehungskraft, wenn sie ehrlich mit sich selbst war.

Aber sie konnte nicht zulassen, dass Mr. Bingley sah, wie verzweifelt sie war. "Ich danke Ihnen, dass Sie zu meiner Rettung geeilt sind", sagte sie.

"Es ist mir eine Freude. Was halten Sie davon?"

Da ihre Gedanken immer noch bei Darcy waren, brauchte sie einen Moment, um zu verstehen, dass er die Orangerie meinte. "Es ist beeindruckend! Ich habe noch nie etwas Derartiges gesehen. Es war, als würde man in ein fernes Land reisen." Eines, von dem sie niemals zurückkehren konnte, ganz gleich, wie sehr sie sich das auch wünschen mochte.

Er blickte verwundert drein. "Ist etwas los?"

"Nein. Überhaupt nicht", sagte sie hastig. Aber wenn es so offensichtlich war, wie sehr sie das aus dem Gleichgewicht gebracht hatte, sollte sie eine Erklärung liefern, damit er die Wahrheit nicht erriet. "Es ist wirklich nichts, nur, dass Mr. Darcy sich nicht besonders gefreut hat, mich dort zu sehen. Ich werde nicht wieder hineingehen."

"Ich kann mir nicht vorstellen, dass er etwas gegen Ihre Anwesenheit dort einzuwenden hat. Er war wahrscheinlich nur in seine Arbeit vertieft." Bingleys offenes, süßes Lächeln zeigte seine Gewissheit, dass mit der Welt alles in Ordnung war.

"Ich denke, er hat Einwände. Ich glaube, er will mich überhaupt nicht hier auf Pemberley haben und auch nicht, dass ich seinen Bruder heirate." Die Worte sprudelten aus ihr heraus, bevor sie sie aufhalten konnte.

Jetzt zeigte Bingleys Gesichtsausdruck plötzliches Verständnis. Er kam näher, als wolle er ihr ein Geheimnis verraten, und sagte leise: "Es liegt nicht an Ihnen, Miss Elizabeth. Ich kann mir vorstellen, dass es so auf Sie wirken kann, wenn Sie sehen, wie sehr er sich verändert hat im Vergleich zu der Zeit, als Sie ihn in Hertfordshire kennenlernten. Er ist seit Monaten schlechter Stimmung, überhaupt nicht er selbst, und das kann er nicht mehr verbergen. Ich habe mir Sorgen um ihn gemacht. Ich hatte gehofft, auf Pemberley zu sein, würde ihn aufmuntern, aber wenn überhaupt, scheint es die Sache noch schlimmer gemacht zu haben. Aber ich bitte Sie, glauben Sie nicht, dass es etwas mit Ihnen zu tun hat."

Elizabeths Kehle wurde eng. "Ist ... ist ihm etwas zugestoßen?"

"Nein, oder zumindest nichts, was er zugeben möchte. Das ist es, was mir besondere Sorge bereitet. Ich kenne Darcy seit Jahren und habe ihn noch nie so gesehen. Ich weiß nicht, wie ich ihm helfen soll."

Ihre Handflächen kribbelten. Könnte es sein, oder ging sie zu weit, wenn sie dachte, dass ihre Abfuhr einen bleibenden Einfluss auf ihn gehabt haben könnte? Wollte sie es überhaupt wissen? "Wann hat es angefangen?"

"Im Frühling. Ihm schien es gut zu gehen, vielleicht war er etwas stiller als sonst, und dann fuhr er für ein paar Wochen weg, und als er zurückkam, war er anders. Dunkle Stimmung, hat sich zurückgezogen. Ihn kümmerte nichts mehr. Er wollte nichts tun. Sagte immer, es habe keinen Sinn."

Elizabeths Mund wurde trocken. "Vielleicht könnten Sie Schlüsse ziehen, wenn Sie wüssten, wo er war."

"Dieser Teil ist einfach. Er besuchte seine Tante in Kent. Er fährt jedes Jahr zu Ostern dorthin, allerdings bleibt er normalerweise nicht so lange. Aber selbst wenn dort etwas passiert wäre, wenn er sich mit seiner Tante gestritten hätte, warum hätte ihn das so stark getroffen? Das hätte ihn nicht so lange beunruhigt."

Sie hatte immer angenommen, dass Darcy sie schnell vergessen hätte, dass seine Gefühle für sie nicht tiefer gingen als die Art von dringendem körperlichen Verlangen, für das Männer so anfällig zu sein schienen. Dass er wütend auf sie gewesen wäre und sie aus seinen Gedanken gestrichen hätte. Aber sie hatte sich geirrt, so sehr geirrt. Sie hatte ohne Grund angenommen, er sei oberflächlich und sorglos. Kein Wunder, dass er so verletzt ausgesehen hatte, als sie auftauchte und mit seinem Bruder verlobt war!

Wenn er immer noch zärtliche Gefühle für sie hegte, musste diese Situation für ihn furchtbar schmerzhaft sein. Wie sehr sie ihn missverstanden hatte! Missverstanden und unterschätzt.

Bingley sagte nachdenklich: "Ich frage mich, ob sein Bruder vielleicht etwas darüber weiß. Es muss ungefähr zu dieser Zeit gewesen sein, als Darcy ihm die Stellung angeboten hat. Wenn er Ihnen gegenüber etwas erwähnt, irgendetwas, das hilfreich sein könnte, besser zu verstehen, was nicht mit ihm stimmt, dann hoffe ich, dass Sie sich in der Lage sehen, es mir mitzuteilen."

Zumindest so viel konnte sie ehrlich beantworten. "Alles, was Andrew mir erzählt hat, ist, dass sein Bruder eines Tages ganz unerwartet aufgetaucht ist, entschlossen, den Bruch zwischen ihnen zu kitten. Er war verblüfft darüber." Der arme Andrew kannte seinen Bruder nicht gut genug, um seine ungewöhnlich dunkle Stimmung wahrzunehmen, und dann hatte er auch noch ausgerechnet der Frau die Ehe angetragen, die Darcy so unglücklich gemacht hatte.

Was hatte sie getan? Jetzt saßen sie in der Falle, sie und Darcy und Andrew. Und es gab keinen Ausweg.

# Kapitel 12

Am Nachmittag war Darcy heiß, er schwitzte und war es leid, sich in der Orangerie zu verstecken. Für gewöhnlich breitete sich ein tiefer Frieden in ihm aus, wenn er arbeitete, aber der war heute von seinem Verlangen nach Elizabeth kontaminiert. Dieser kurze Moment, als er ihre Hand berührt hatte und sah, wie sie darauf reagierte, hatte all seine tiefsten Sehnsüchte nach ihr und eine noch tiefere Verwirrung geweckt. Er verstand einfach nicht, was sie von ihm hielt. Wenn sie etwas für ihn empfand, warum hatte sie dann zugestimmt, Drew zu heiraten? Und warum, wenn sie ihn hasste, hatte sie so freundlich reagiert, als er ihr die Geschichte vom Schlaganfall seines Vaters anvertraut hatte?

Er schlich zurück zum Haupthaus, durch den Hintereingang, an der Küche vorbei und zu den Dienstbotentreppen. Er sagte sich, es liege daran, dass er nach stundenlanger Arbeit im Dreck zerzaust aussah. Aber in Wahrheit fühlte er sich nicht in der Lage, jetzt eine Unterhaltung mit jemandem zu führen, nicht, solange er sich nichts sehnlicher wünschte, als Elizabeth zurück in die Orangerie zu schleifen und zu fordern, dass sie es ihm erklärte. Und sie zu küssen, bis sie vergaß, dass Drew überhaupt existierte.

Als er am Dienstboteneingang zur Haupthalle vorbeikam, bohrte sich Miss Bingleys scharfe Stimme in seine Ohren. Zunächst beschleunigte er sein Tempo, blieb dann aber abrupt stehen, als er ihre Worte vernahm.

"Fragst du dich auch, ob Eliza Bennet Hintergedanken hatte, als sie den Antrag von Mr. Darcys Bruder annahm?" Miss Bingleys Ton klang schelmisch.

Darauf folgte ein Kichern, das nach Mrs. Hurst klang. "Nein, das habe ich nicht, aber jetzt bin ich neugierig, weshalb du das denkst. Für sie ist

DER PREIS DES STOLZES

es eine gute Partie, nicht zuletzt, weil es sie so weit von ihrer grauenhaften Familie wegführt."

"Stimmt, aber es bietet ihr auch eine herrliche Gelegenheit, Rache zu üben. Als Mr. Darcy sie bei diesem unglückseligen Ball in Netherfield so bevorzugt behandelte, muss sie sich Hoffnungen gemacht haben. Das arme Schätzchen hatte vermutlich keinen blassen Schimmer, dass ein Gentleman von Mr. Darcys Format es niemals in Betracht ziehen würde, einem Mädchen wie ihr die Ehe anzutragen und ich wage zu behaupten, dass sie am Boden zerstört war, als er ohne ein weiteres Wort abgereist ist. Jetzt kann sie sich rächen, indem sie ihn zwingt, ständig mitansehen zu müssen, was er nicht haben kann."

Bingleys Stimme klang beleidigt: "So magst du vielleicht denken, Caroline, aber ich kann nicht glauben, dass ein liebes, süßes Mädchen wie Miss Elizabeth es täte. Außerdem kann ich mich nicht entsinnen, dass sie jemals Interesse an Darcy gezeigt hätte."

"Dazu war sie zu gewitzt. Sie erkannte, wie satt er es hatte, dass Frauen ihm zu Füßen lagen, also beschloss sie, anders zu sein und ihn von sich wegzustoßen. Das hat ganz gewiss seine Aufmerksamkeit erregt, soviel muss ich ihr zugestehen." Miss Bingley klang bedauernd, vielleicht, weil sie diese Option selbst nicht in Betracht gezogen hatte. "Glücklicherweise ist Mr. Darcy zu intelligent, um sich auf lange Sicht von einem solchen Trick täuschen zu lassen. Aber ich halte nicht weniger von ihr, weil sie auf ein wenig Rache aus ist, ganz im Gegenteil, dafür bewundere ich sie."

Darcy musste sich vom Schnauben abhalten. Wieder einmal lag Miss Bingley in jeder Hinsicht falsch. Falsch, dass Elizabeth versucht hatte, seine Aufmerksamkeit zu erregen. Falsch, dass er sich niemals dazu herablassen würde, ihr einen Antrag zu machen. Falsch, dass Elizabeth darauf aus war, ihn zu verletzen. Sie war keine rachsüchtige Person – oder zumindest hatte er das gedacht – wenngleich er Elizabeth auch in vielen anderen Bereichen falsch eingeschätzt hatte.

Nein, wenn sie Rache wollte, musste es für etwas sein, das weit größer war als ihre Eitelkeit. Er schluckte schwer. So etwas wie das Glück ihrer geliebten Schwester zu zerstören.

Eis glitt durch seine Adern. Elizabeth hatte Grund, ihn zu hassen. Sie hatte ihn für seine Rolle bei Bingleys Trennung von ihrer Schwester Jane verachtet. Wenn sie wollte, dass er dafür zu leiden hatte, welch besseren Weg konnte sie finden, als sich mit Drew zu verloben, damit sie ihm immer wieder unter die Nase reiben konnte, dass sie seinen verarmten Bruder ihm vorgezogen hatte? Sie musste gewusst haben, dass ihre Verlobung ihm Schmerzen bereiten würde. Hatte sie sich darüber gefreut und rachsüchtig gehofft, ihm eine Lektion zu erteilen?

Das hätte er nicht von ihr gedacht, aber er hätte ebenfalls nie gedacht, dass sie ihn so bitter zurückweisen könnte. Und ihr Verhalten in der Orangerie würde dann ebenfalls Sinn ergeben – dass sie seine Gesellschaft gesucht hatte, allerdings nur, um ihm vor Augen zu führen, was ihm entgangen war.

Wie hatte er nur so ein schlechtes Urteilsvermögen zeigen können? Er hatte sie von Anfang an falsch eingeschätzt. Bezaubert von ihrer Lebendigkeit und der Intelligenz, die man ihr ansehen konnte, hatte er die imaginäre Frau seiner Träume nach ihrem Bild erschaffen. Aber die echte Elizabeth Bennet war nicht die Frau, von der er geträumt hatte, und das musste er akzeptieren. Sie wollte ihn bestrafen, und das war ihr mehr als gelungen.

Seine Gedanken quälten ihn, als er in sein Zimmer zurückkehrte, um zu baden. Wilkins, sein Kammerdiener, warf einen Blick auf sein Gesicht und sagte nichts, sondern goss nur ein Glas Brandy ein und reichte es ihm. Als Darcy daran nippte und kaum den delikaten Geschmack wahrnahm, traf ihn ein neuer, stechender Zweifel. Elizabeth mochte sich vorgenommen haben, ihn mit voller Absicht zu verletzten, aber was war mit Drew? War Drew einfach ein Bauernopfer in Elizabeths Rachefeldzug oder hatte er die ganze Zeit gewusst, dass Darcy sie liebte? War Drew diese Verlobung ebenfalls mit dem Ziel eingegangen, Darcy Schmerzen zuzufügen?

Er barg das Gesicht in seinen Händen, aber sich zu verstecken half auch nichts gegen den brutalen Gedanken, dass Drew sich mit Elizabeth zusammengetan haben könnte, um ihn zu bestrafen. Gott konnte doch sicherlich nicht so ungerecht sein. Elizabeth zu verlieren war nichts im Vergleich dazu gewesen, sich ihres Verrats gewahr zu werden, aber wenn das bedeutete, dass Drew ihn ebenfalls hasste... dann wäre das zu viel für ihn.

Ihm blieb keine Wahl. Er musste herausfinden, was Drew über seine Vergangenheit mit Elizabeth wusste.

ELIZABETHS BEGEGNUNG mit Mr. Darcy in der Orangerie blieb ihr an diesem Nachmittag noch im Gedächtnis, als sie mit den anderen Damen im Park spazieren ging. Georgiana und Mrs. Gardiner waren in ein Gespräch vertieft, wodurch sie mit Miss Bingley und Mrs. Hurst zurückblieb, aber Elizabeth hatte es geschafft, weiterhin fröhlich zu wirken, als sie den Weg zum See hinunterspazierten. Als sie die formalen Gärten erreichten, wurden die Wege schmaler, sodass nur zwei nebeneinander gehen konnten und Elizabeth nutzte die Gelegenheit dankbar, um sich zurückfallen zu lassen. Es war nicht etwa so, als hätte sie Lust, sich mit ihnen zu unterhalten, nicht, solange ihr noch im Kopf herumspukte, wie tief sie Mr. Darcy mit ihrer Zurückweisung verletzt hatte. Sie, die so stolz auf ihr Urteilsvermögen gewesen war, hatte sich selbst in die Irre geführt und nicht einmal daran gedacht, dass ihr Verhalten ihn tief verletzt haben könnte!

Nicht, dass es am Ende einen Unterschied gemacht hätte. Sie hatte keine andere Wahl, als Andrew zu heiraten. Es war ungerecht, dass Mr. Darcy darunter leiden musste, aber sie konnte es sich nicht leisten, ihren Ruf und die Zukunft ihrer Familie zu opfern, damit er sie nicht zusammen sehen musste. Ihr Verstand wusste das, aber ihr Herz wisperte, dass es grausam gewesen war, in die Verlobung einzuwilligen. Oder trauerte sie um die Ehe, die sie hätte haben können, wenn sie Darcy nicht so falsch eingeschätzt hätte?

Dieser Gedanke war zu beängstigend, um ihn weiter zu verfolgen.

Als hätte sie ihn heraufbeschworen, ertönte Darcys tiefe Stimme neben ihr. "Darf ich mich Ihnen anschließen?"

Das Geräusch kam so unerwartet, dass sie zusammenzuckte. "Selbstverständlich." Rasch verschränkte sie ihre Hände hinter dem Rücken, bevor er ihr seinen Arm anbieten konnte. Sie traute sich nicht, ihn zu berühren, selbst auf eine vollkommen angemessene, unpersönliche Weise, mit ihrer behandschuhten Hand auf seinem Mantelärmel. Es würde sich nicht unpersönlich anfühlen. Sie musste es sich versagen. "Ihre Gärten gehören zu den schönsten, die ich je besucht habe." Noch als sie es sagte, erkannte sie, wie seltsam es klingen musste, wenn gerade sie Pemberley lobte.

Sein Atem klang hart über dem Vogelgesang hinweg. "Sie werden immer ein willkommener Gast sein, wenn Sie in Kympton leben."

Verlegen wandte sie ihr Gesicht ab und sah auf den Flickenteppich aus roten und gelben Blumen neben sich hinunter. Jeder langsame Schritt enthüllte neue Texturen und Düfte. Es war einfacher, wenn sie es vermied, ihn anzusehen, aber seine körperliche Anwesenheit neben ihr zog sie immer noch an und erzeugte Sehnsüchte, die sie nicht erfüllen konnte. "Sie sind sehr großzügig."

"Es ist mir wichtig, dass Drew sich auf Pemberley willkommen fühlt", sagte er abrupt.

Also wollte er Andrew willkommen heißen, und das bedeutete, dass er gezwungen war, sie ebenfalls willkommen zu heißen, ob er das nun wollte oder nicht. Ein bitterer Geschmack erfüllte ihren Mund und verdarb die Freude an dem Sonnenlicht, das ihre Haut erwärmte. Aber sie musste etwas sagen. "Ich möchte meinen, ihm diese Stellung zu gewähren, zeigt bereits, dass er Ihnen willkommen ist."

Darcy antwortete nicht sofort. Als er es dann tat, schien er jedes Wort sorgfältig abzuwägen. "Als er mir von der Verlobung mit Ihnen erzählte, war ihm bereits bewusst, dass ich Sie kannte und er erwartete, dass mir die Verbindung missfallen würde."

Ihre Wangen wurden heiß. Deshalb hatte er sie aufgesucht, nicht aus dem Wunsch nach Gesellschaft, sondern um herauszufinden, wie viel sie seinem Bruder erzählt hatte. Plötzlich waren die Blumen ihrer Schönheit beraubt. "Ich habe ihm gesagt, dass Sie das Verhalten meiner Familie missbilligt haben und dass es bei unserem letzten Aufeinandertreffen zu einem Zerwürfnis zwischen uns kam", sagte sie ausdruckslos.

"Zerwürfnis?" Das Wort war voller Bitterkeit und Unglauben.

Verletzt sagte sie: "Ja. Dass ich Ihnen vorgehalten habe, Bingley und meine Schwester entzweit und Wickham schlecht behandelt zu haben, ehe ich erfuhr, dass das nicht stimmte." Als er nicht antwortete, fügte sie kalt hinzu: "Sie brauchen sich keine Sorgen zu machen. Ich habe ihm gesagt, dass mein Verhalten Ihnen gegenüber falsch war."

Sein Mund verzog sich. "Ist das alles, was Sie ihm gesagt haben?"

Sie konnte kaum atmen. Dachte er wirklich so schlecht von ihr, dass sie Andrew seine Geheimnisse verraten würde? "Ja. Ich hege kein Verlangen, Sie beide zu entzweien, und es hätte ihm nur Unbehagen bereitet, wenn ich ihm den Kontext unserer Diskussion mitgeteilt hätte. Ich pflege Menschen nicht ohne Grund zu verletzen."

"Sie mögen es mir nachsehen, wenn ich das anders sehe", entgegnete er eisig.

Brillante Mohnblumen, blaue Stockrosen, duftender Lavendel. Sie gab sich Mühe, sich darauf zu konzentrieren, um ihr Temperament in Schach zu halten und kämpfte gegen den Drang an, sich zu verteidigen. Was auch zwecklos gewesen wäre. Darcy würde ohnehin das Schlechteste von ihr denken, ganz gleich, was sie sagte. "Ich gebe in einer unglückseligen Situation mein Bestes ", sagte sie mit zusammengebissenen Zähnen.

Er sog zitternd die Luft ein. "Wie wir alle."

Sie wandte ruckartig den Kopf ab und starrte auf das Blumenbeet hinab, das den Weg begrenzte. Als sie sich gewiss sein konnte, ohne Groll zu sprechen, sagte sie mit angespannter Stimme: "Ich habe wider besseren Wissens zugestimmt, auf Pemberley zu bleiben, weil Sie und Ihre Schwester mich dazu gedrängt haben. Vielleicht ist es jetzt Zeit für mich zu gehen."

"Das würde Drew nur dazu bringen, sich zu fragen, was ich getan habe, um Sie zu vertreiben. Ich dachte, Sie wollten nicht zwischen ihn und mich kommen." Es war beinahe Hohn.

Sie kniff die Augen zusammen und kämpfte gegen Tränen an. Ein tiefer Atemzug und dann noch einer. "Entschuldigen Sie mich, ich glaube, meine Tante ruft nach mir." Es war eine offensichtliche Lüge – Mrs. Gardiner war in ein Gespräch mit Georgiana vertieft – aber Elizabeth hob ihre Röcke an und eilte davon, bis sie den anderen so nahe war, dass ein privates Gespräch ausgeschlossen war.

Darcy folgte ihr nicht.

AM NÄCHSTEN TAG FRAGTE Miss Bingley Elizabeth vor dem Abendessen: "Werden Sie am Freitag am Ball in Allston Hall teilnehmen?"

Elizabeth, die der spitzen Kommentare von Miss Bingley bereits überdrüssig war, antwortete: "Das ist unwahrscheinlich, da ich nicht die Gewohnheit pflege, Veranstaltungen zu besuchen, zu denen ich nicht eingeladen wurde."

"Oh, aber Sie sind eingeladen!", rief Miss Darcy. "Die Einladung schloss unsere Gäste mit ein. Bitte entschuldigen Sie, dass ich nicht daran gedacht habe, es Ihnen gegenüber früher zu erwähnen. Die Karte wurde uns letzte Woche gesandt."

"Es wird zweifellos ein erbauliches Ereignis, aber ich fürchte, ich muss ablehnen." Elizabeth deutete auf ihr Kleid. "Ich habe nichts Passendes zum Anziehen, da ich für eine Sommerfrische gepackt habe und nicht für eine Hausgesellschaft." Es verstand sich von selbst, dass die anderen Damen ihr nicht aushelfen konnten. Miss Bingley war dünner und größer; Mrs. Hurst rundlicher, und obwohl etwas aus Miss Darcys Garderobe gekürzt werden könnte, damit es ihr passte, war das Mädchen noch nicht in die Gesellschaft eingeführt und hatte wahrscheinlich nichts Passendes in ihrem Kleiderschrank. "Ich werde einen ruhigen Abend hier mit Ihnen und meiner Tante genießen."

Nervös sagte Miss Darcy: "Eigentlich hat Fitzwilliam mir die Erlaubnis gegeben, daran teilzunehmen, solange ich stets bei einer Anstandsdame bleibe und nicht tanze. Er glaubt, dass es eine gute Übung für mein Debut sein wird."

Elizabeth wollte das arme Mädchen nicht in Verlegenheit bringen, und sagte: "Das klingt überaus vernünftig. Machen Sie sich keine Gedanken um mich, ich werde es genießen, ein wenig Ruhe und Frieden zu haben." Die Damen schienen das zu akzeptieren, und wenn Elizabeth, die es sehr liebte zu tanzen, ein wenig Bedauern empfand, war sie in der Lage, es zu überspielen.

Später war sie sehr überrascht, als die Haushälterin, Mrs. Reynolds, mit einem Kleid in ihr Zimmer kam, das vor etwa zehn Jahren in Mode gewesen war. "Miss Georgiana hat mich gebeten, etwas zu finden, das Sie zum Ball tragen können. Ich glaube, dieses hier könnten wir so umgestalten, dass es Ihnen passt, und es in der verbleibenden Zeit an die neueste Mode anpassen."

Elizabeth betrachtete das Kleid mit gewelltem Saum, das aus hinreißender, cremefarbener Seide gefertigt und mit einem Muster aus Pfauenfedern bestickt war. "Bitte machen Sie sich meinetwegen keine Umstände. Ich bin vollauf zufrieden, mit meiner Tante hierzubleiben." Sie konnte nicht widerstehen, den Ärmel zu berühren. Der Stoff war weich und zart unter ihren Fingerspitzen.

Mrs. Reynolds senkte den Kopf. "Wenn Sie einer alten Dienerin der Familie den Vorstoß vergeben mögen – aber wenn Sie nicht hingehen, wird Mr. Drew ebenfalls nicht daran teilnehmen. Wir alle möchten, dass er seinen Platz in der Gesellschaft wieder einnimmt. Sie haben schon so viel getan, um ihn wieder in den Schoß der Familie zurückzuführen."

Elizabeth stieß den Atem zwischen ihren Zähnen hervor. Hätte Andrew zugestimmt, sie zu heiraten, wenn ihm bewusst gewesen wäre, dass das bedeutete, in die Familie zurück gezwungen zu werden, die er hinter sich gelassen hatte? "Dann muss ich wohl."

Das runzlige Gesicht der Haushälterin strahlte förmlich, als sie lächelte. "Wie gut Sie sind, Miss Bennet! Möchten Sie das nicht einmal anprobieren, damit ich sehen kann, welche Änderungen wir vornehmen müssen? Wenn wir die Schärpe entfernen und ein besticktes Band um die Taille hinzufügen, gleicht es im Nu wieder der neuesten Mode."

Elizabeth hielt gehorsam still, als das Dienstmädchen sie erst auszog, um ihr dann das Seidenkleid über den Kopf zu ziehen. "Wessen Kleid ist das?"

"Es gehörte der verstorbenen Mrs. Darcy. Das war eines ihrer Lieblingskleider und Miss Georgiana liebte das Pfauenmuster, deshalb habe ich es auf ihren Wunsch hin aufbewahrt."

"Es ist entzückend." Die zarten Seidenfalten legten sich wie eine Wolke um sie. Sie hatte noch nie einen so feinen Stoff getragen, ganz zu schweigen von einer solch exquisiten Stickerei. Es brachte ihre Haut zum Strahlen und sie fühlte, dass es ihr bemerkenswert gut stand.

Die Haushälterin zog am Stoff an ihrer Schulter. "Die Länge ist perfekt für Sie. Es wird nicht besonders schwer, es hier und da ein wenig enger zu machen. Wir können etwas Spitze an den Ärmeln hinzufügen, denke ich, und vielleicht eine Rüsche."

"Keine Spitze oder Rüschen", sagte Elizabeth aus einem Impuls heraus. "Das würde nur die Aufmerksamkeit von der schönen Schnittführung und den Stickereien ablenken. Vielleicht stattdessen ein kleines Band."

Die Haushälterin legte den Kopf schief. "Ja, das könnte gut werden. Die verstorbene Mrs. Darcy liebte es ebenfalls seiner Schlichtheit wegen."

"Wie war sie denn?" Elizabeth hatte sich über Andrews Mutter gewundert, die zugesehen hatte, wie ihr Sohn verstoßen wurde.

Die Haushälterin lächelte. "Oh, sie war die liebreizendste Frau mit den feinsten Manieren! Und so großzügig zu allen, auch zu den Dienern. Sie hat sich immer Gedanken darüber gemacht, was die Menschen glücklich machen würde. Sie liebte ihre Kinder – *alle* – sehr, aber da gab es auch viel Traurigkeit in ihren Augen."

"Traurigkeit?" Sie war sich sicher, dass die Haushälterin versuchte, ihr etwas mitzuteilen.

"Oh, auch sie war nicht von Tragödien verschont, die arme Lady. So viele ihrer Babys starben, und der ehemalige Herr des Hauses verstand ihre zarte Natur nie ganz." Mrs. Reynolds schien die Erinnerungen an die Vergangenheit abzuschütteln. "Aber es steht mir nicht an, so etwas zu sagen. Sie werden bildhübsch darin sein, Miss Bennet! Mr. Drew wird sich gleich noch einmal von Neuem in Sie verlieben!"

Doch es war nicht Andrews Reaktion, die ihr in den Sinn gekommen war, als sie sich im Spiegel betrachtete hatte.

# Kapitel 13

"Gütiger Himmel, Lizzy, ich habe dich noch nie so liebreizend gesehen!", rief Mrs. Gardiner aus, als sie vor dem Ball in Elizabeths Zimmer vorbeikam.

Elizabeth wirbelte im Kreis herum, damit sie ihr Kleid in seiner vollen Schönheit betrachten konnte. "Ist es nicht großartig? Ich fühle mich wie eine Königin darin. Ich weiß nicht, was Georgianas Zofe mit meinen Haaren gemacht hat, aber ich wünschte, so könnte ich jeden Abend aussehen!" Es war eine aufwändige Frisur mit vielen winzigen Zöpfen, zarten Blüten und mit Saphiren besetzten Haarnadeln, Juwelen, die Miss Darcy geerbt und ihr geborgt hatte.

"Äußerst schmeichelhaft", stimmte ihre Tante zu.

"Ich wünschte, du würdest auch mitkommen", sagte Elizabeth.

"Ich nicht", lachte Mrs. Gardiner. "Ein langer Abend in Gesellschaft, wo ich niemanden kenne, und auch niemanden davon jemals wiedersehen werde, hat wenig Reiz für mich und ich wäre wohl kaum eine begehrte Tanzpartnerin. Ich bin glücklicher, wenn ich mich meiner Korrespondenz widmen kann. Ich möchte alle meine Freunde wissen lassen, dass ich auf Pemberley wohne! Komm, lass uns nach unten gehen. Ich möchte das Gesicht deines Verlobten sehen, wenn er dich zum ersten Mal so sieht."

Im Salon, in dem sich die anderen versammelten, klatschte Georgiana entzückt in die Hände, als sie Elizabeth sah. "Wie schön Sie aussehen!", rief sie.

Andrews Kleidung war vornehm genug, dass Elizabeth sich fragte, ob sein Bruder sie ihm zur Verfügung gestellt hatte, aber er konnte sie tragen und sah elegant darin aus. Sein Blick wurde warm bei ihrem Anblick und er hielt ihre Hand für einen Moment länger als es angemessen war, als er sich darüber verbeugte. "Ich werde heute Abend der beneidenswerteste Mann in Allston Hall sein."

"Du bist sehr freundlich." Sie versuchte, ihm dieselbe Wärme entgegenzubringen, aber ihr Magen hatte sich in einen Knoten verwandelt, als sie Darcy hinter ihm stehen sah, dessen Gesicht zu einem unlesbaren Ausdruck gefroren war. Missfiel es ihm, dass sie das Kleid seiner Mutter trug? In den drei Tagen seit ihrer Diskussion im Garten hatte er sie kaum angesehen, geschweige denn mit ihr gesprochen. Abgesehen von diesem Moment hatte er immer an ihr vorbeigesehen, als hätte er beschlossen, dass sie unsichtbar war. Selbst wenn es stimmte, dass er sie geliebt und ihre Zurückweisung monatelang bereut hatte, hatte er sie nun aus seinem Leben gestrichen.

ELIZABETH WAR FROH, in Allston Hall aus der Kutsche entkommen zu können. Eine Stunde einem Gentleman gegenüberzusitzen, der ihre Anwesenheit ignorierte, konnte nur als unangenehm bezeichnet werden, aber irgendwie war es viel schlimmer, wenn dieser Gentleman Darcy war, der sie einst geliebt hatte. Den größten Teil der Reise war ihr übel gewesen, und das konnte sie nicht der gut gefederten Kutsche der Darcys zuschreiben. Zumindest war es nun vorerst vorbei.

Allston Hall war ein weitläufiges jakobinisches Herrenhaus aus rotem Backstein. Elizabeth trat an Andrews Arm ein und folgte Darcy und seiner Schwester, als ihre Anwesenheit im großen, holzgetäfelten Ballsaal angekündigt wurde. Das Dekor war altmodisch, mit überlebensgroßen Porträts von Menschen in antiken Kleidern und schweren Holzmöbeln, die an den Wänden entlang aufgereiht standen, aber es strahlte Wärme und historischen Charme aus.

Andrew tanzte die erste Runde mit ihr und stellte sich dabei als anmutigerer Tänzer heraus als sie erwartet hätte, und sie genoss den lebhaften Kontratanz sobald sie sich sicher war, dass Darcy in der anderen Reihe der Tänzer stand. Gegen Ende des zweiten Tanzes, als sie und Andrew an einem Ende der Reihe warteten, sah sie, wie er erstarrte und die Stirn runzelte.

# DER PREIS DES STOLZES

"Ist etwas geschehen?"

Er schüttelte den Kopf. "Jemand, auf den ich lieber nicht treffe, ist hier. Das ist alles."

Dann waren sie wieder an der Reihe und es blieb keine Zeit mehr für eine Unterhaltung. Diesen Ausdruck der Abneigung hatte sie zuvor schon einmal auf seinem Gesicht gesehen, als er von der Sklaverei gesprochen hatte. War hier ein Sklavenhalter anwesend? Vermutlich mehr als nur einer, wenn man bedachte, wie üblich es war, lukrative Plantagen in Übersee zu besitzen.

Mr. Bingley forderte sie für die zweite Tanzrunde auf. Diesmal konnte sie Darcy beim Tanzen nicht ausweichen. Als er ihr gegenüberstand und ihre Hände ergriff, stieg eine Welle der Wonne ihre Arme hinauf. Aber dann nahm sie den kalten Ausdruck auf seinem Gesicht wahr und die Wonne wurde schlagartig von einem hohlen Gefühl in ihrer Magengrube ersetzt. Was stimmte nicht mit ihr, dass sie sich von einem Mann angezogen fühlte, der nicht nur ihr zukünftiger Schwager sein würde, sondern sie obendrein auch noch hasste? Irgendwie musste sie lernen, darüber hinwegzukommen.

Nachdem diese Tanzrunde beendet war, näherte sich ihr ein Lakai. "Miss Bennet?", fragte er und verbeugte sich.

"Die bin ich."

"Mr. Andrew Darcy hat mich gebeten, Ihnen eine Botschaft zukommen zu lassen. Er hat eine dringende Nachricht erhalten und musste unverzüglich aufbrechen und wird heute Abend nicht zurückkehren."

Elizabeth starrte ihn an. Warum sollte Andrew aufbrechen, ohne vorher direkt mit ihr zu sprechen? War er krank geworden? Aber wenn ja, hätte er ihr das nicht gesagt? Sie konnte sich nicht vorstellen, was ihn abberufen haben könnte. Seine Gemeindemitglieder waren nicht reich. Wenn einem von ihnen etwas zugestoßen wäre, hätten sie es sich nicht leisten können, jemanden nach Allston Hall zu schicken, um ihn zu holen. Alle seine Verwandten oder zumindest die, mit denen er sprach, waren hier.

Sie kaute auf ihrer Lippe. Nein, wahrscheinlicher war, dass ihn jemand beleidigt hatte, vielleicht die Person, von der er gesprochen hatte, auf die er nicht hatte treffen wollen. Möglicherweise hatte er das Gefühl gehabt, dass seine einzige Wahl darin bestünde, eine Szene zu machen oder zu gehen, und er würde seinen Bruder nicht in Verlegenheit bringen wollen. Aber sie wünschte, er hätte sie nicht einfach zurückgelassen. Letzten Endes machte es keinen wirklichen Unterschied, da sie auf jeden Fall mit der Darcy-Kutsche nach Pemberley zurückkehren würde, aber es gefiel ihr nicht. "Danke für die Nachricht."

Sie fühlte sich merkwürdig aus dem Gleichgewicht gebracht in diesem Raum voller Fremder, und so beschloss sie, die nächste Runde gemeinsam mit Georgiana auszusetzen. Aber als sie den Sitzbereich der Anstandsdamen erreichte, stellte sie fest, dass Mrs. Hurst nicht mehr an der Seite des Mädchens war. Stattdessen beugte sich die viel zu vertraute Gestalt von George Wickham eng zu Georgiana hinüber, die den Kopf gesenkt hielt.

Blanke Rage pochte in Elizabeths Ohren. All das Leid, das dieser Mann ihr zugefügt hatte, ihr ganzes Leben damit auf dem Kopf gestellt hatte – und wie konnte er es nun wagen, Georgianas Ruf in Gefahr zu bringen, indem er sich ihr in aller Öffentlichkeit so annäherte? Sie musste ihn rasch und ohne Aufsehen zu erregen von dem Mädchen wegbringen.

Sie eilte zu ihm. "Na, Mr. Wickham", gurrte sie mit mehr als honigsüßer Stimme, "haben Sie vergessen, dass Sie mir diesen Tanz versprochen haben? Man nimmt bereits Aufstellung", sagte sie laut genug, damit die Leute in der Nähe es hören konnten.

Er sah sie erstaunt und nur flüchtig verlegen an. Für einen Moment dachte sie, er könnte sich weigern, aber zu viele Leute hatten ihre Worte bereits gehört. Seine Zähne blitzten in diesem vertrauten, einladenden Lächeln auf. "Miss Elizabeth, ich habe mich bereits den ganzen Abend darauf gefreut. Vergib mir, Georgiana. Ich hoffe, dass ich das Vergnügen habe, unsere Unterhaltung später fortführen zu können."

Das Mädchen sah nicht auf, sondern murmelte etwas, das Elizabeth nicht hören konnte.

Brodelnd vor unterdrücktem Zorn ließ Elizabeth sich von ihm zu den anderen Tänzern führen.

Wickham lächelte wieder. "Ich bin voll des Staunens, Miss Elizabeth", sagte er in einem Ton von großer Freundlichkeit. "Ich hätte gedacht, ich hätte keine besondere Aufmerksamkeit von Ihnen verdient."

## DER PREIS DES STOLZES

Wie hatte sie ihn jemals für aufrichtig halten können? Aber sie bewegte sich unter den Freunden und Nachbarn der Darcys und konnte es sich nicht leisten, eine Szene zu machen. Deshalb klimperte sie mit den Wimpern, als sie ihn ansah. "Aber wie können Sie so etwas nur denken, lieber Mr. Wickham? Ich war hocherfreut, Sie in Miss Darcys Gesellschaft zu sehen."

Seine Augenlider senkten sich ein Stück. "Die liebste Georgiana! Ich war immer ihr Liebling. Sie war ein so süßes Kind, und ich konnte dem Drang nicht widerstehen, ihr meinen Respekt zu erweisen."

Elizabeth neigte den Kopf. "Ich hätte geschworen, dass Sie mir in Meryton gesagt haben, sie sei stolz und unangenehm, aber vielleicht hat eine so plötzliche Verlobung mein Gedächtnis ein wenig angegriffen."

"Ah, ja, ich muss Ihnen noch meine Glückwünsche aussprechen", sagte er sanft. "Sie werden dieses schöne Pfarrhaus zweifellos genießen. Wie gerne hätte ich selbst dort gelebt! Verglichen mit Pemberley ist es natürlich nichts, und ich kann Ihnen kaum vorwerfen, dass Sie mir das nachtragen."

"Was hat Pemberley damit zu tun?", stieß sie gereizt hervor, aber dann begann die Musik und sie konnte sich dankbar dem Herrn neben sich zuwenden. Sie verspürte keinerlei Bedürfnis, mit Wickham zu sprechen, sie wollte ihn lediglich von Georgiana fernhalten.

Aber er hatte sein Gespräch mit ihr noch nicht beendet. Sobald sie am Ende der Reihe angelangt waren, sagte er: "Ich schulde Ihnen wirklich eine aufrichtige Entschuldigung, Miss Elizabeth. Sie waren stets freundlich zu mir und es war nicht richtig, Sie in meinen Streit mit den Darcys hineinzuziehen. Wenn ich auch nur einen Moment nachgedacht hätte, wenn ich nicht in der Hitze des Zorns gewesen wäre, hätte ich Ihnen so etwas nie angetan. Ich habe Sie immer sehr gemocht."

Sie warf ihm einen Seitenblick zu und war erstaunt, dass eine Entschuldigung über seine Lippen kam. "Ich verstehe Ihre Worte mit derselben Aufrichtigkeit, mit der Sie sie auch ausgesprochen haben", sagte sie kühl. "Ich tanze nur aus einem Grund mit Ihnen: um Sie von Miss Darcy fernzuhalten."

"Ich möchte ihr nicht schaden", protestierte er.

"Nicht mehr Schaden als sie in Ramsgate anrichten wollten?"

Das erregte seine Aufmerksamkeit. "Ich fürchte, Sie haben einige Fehlinformationen erhalten, Miss Elizabeth", sagte er in einem Ton von solch verwundeter Gerechtigkeit, dass sie beinahe darauf hereingefallen wäre.

"Sie waren so freundlich, mir eine großartige Ausbildung zuteilwerden zu lassen was Fehlinformationen anbelangt, Mr. Wickham. Wenn ich noch einmal mitbekomme, dass Sie sich Miss Darcy auf weniger als ein Dutzend Schritte nähern, werde ich geradewegs ins Kartenzimmer marschieren und Mr. Darcy holen, der Ihnen sein Missfallen auf weit weniger angenehme Weise zeigen wird, als Sie auf die Tanzfläche zu bugsieren. Sie können sicher sein, dass ich Miss Darcy jede Minute im Auge behalten werde."

Seine Oberlippe kräuselte sich. Wie hatte sie ihn jemals für gutaussehend halten können? "Ich bedauere, dass Sie so denken."

Als der Tanz endete, machte er die geringste Andeutung einer Verbeugung in ihre Richtung, ehe er sich rasch von ihr entfernte. Mit zusammengekniffenen Augen sah sie ihm nach, bis er den Ballsaal verließ, um sich dann in Richtung Georgiana aufzumachen.

Sie war noch ein Stück von dem Mädchen entfernt, als ihre Gastgeberin sie aufhielt. "Miss Bennet, ich wurde gebeten, Sie jemandem vorzustellen. Darf ich Ihnen Mr. Hadley vorstellen, einem Cousin des Earls of Matlock? Er freut sich ganz außerordentlich darauf, Sie kennenzulernen."

Mr. Hadley war ein untersetzter Herr von vielleicht fünfzig oder sechzig Jahren mit einem altmodischen Vollbart. Elizabeth war nicht in der Stimmung, mit einem alten Lustmolch zu tanzen, aber zumindest waren die Augen dieses Herrn auf ihr Gesicht gerichtet, nicht auf ihren Ausschnitt, und schließlich war er mit den Darcys verwandt, da der Earl of Matlock Lady Anne Darcys Bruder war. "Es ist mir eine Freude, Mr. Hadley."

Er verneigte sich steif. "Ich war erfreut, von Mr. Andrew Darcys Verlobung zu hören und wollte Ihnen meine allerbesten Wünsche aussprechen."

"Das ist sehr freundlich von Ihnen", murmelte Elizabeth und hoffte, dass die Unterhaltung damit beendet wäre.

Er räusperte sich. "Wenn ich recht verstehe, musste Ihr Verlobter bereits aufbrechen und ich habe mich gefragt, ob Sie, nun da er nicht mehr zugegen ist, den Tanz vor dem Soupé frei haben."

Am liebsten hätte sie nein gesagt, da ihre Nerven nach der Begegnung mit Mr. Wickham immer noch angespannt waren, aber sie konnte einem von Andrews Verwandten wohl kaum einen Korb geben. "Es wäre mir eine Ehre, Sir."

Mr. Hadley hielt das Gespräch bis zum Ende des Tanzes bei oberflächlichen Themen und erkundigte sich, ob sie den Abend genieße, doch danach führte er sie zu einem der Zweiertische, die auf der Terrasse aufgestellt worden waren und sie begann, sich Sorgen zu machen. Als abgeschieden konnte man den Ort kaum bezeichnen, da nicht mehr als drei Fuß zwischen den winzigen schmiedeeisernen Tischen Platz gelassen worden war, aber es deutete auf einen unangemessenen Wunsch nach Intimität hin. Er hatte während des Tanzes respektvoll Abstand gehalten, aber sie wollte auf der Hut bleiben, und sie machte sich immer noch Sorgen um Georgiana. Hoffentlich würden ihre Drohungen ausreichen, um Wickham von dem Mädchen fernzuhalten.

Der alte Herr begann das Gespräch auf sicherem Boden, indem er sie nach ihren Eindrücken von Derbyshire fragte, ehe er anmerkte: "Es war ein feiner Zug von Darcy, Ihrem Zukünftigen die Stellung zu geben. Er war schon lange weg."

Stocherte er nach gutem Klatsch? Oder könnte Mr. Hadley der Sklavenhalter sein, den Andrew unbedingt meiden wollte? Wenn das der Fall wäre, würde sie ihm ihren eigenen Standpunkt zu diesem Thema unmissverständlich klarmachen. "Ja. Er verbrachte einige Jahre in London als Teil des Haushalts von Mr. Wilberforce, ehe er nach Oxford ging. Er hat bewundernswerte Arbeit für die abolitionistische Sache geleistet."

Das schien ihn nicht zu beleidigen, aber sein Blick wirkte, als wäre er in Gedanken meilenweit entfernt. "Seine Mutter wäre stolz auf ihn gewesen. Sie konnte es nie ertragen, einen Menschen leiden zu sehen, ganz gleich, welch niederer Geburt er auch sein mochte."

Zum ersten Mal verspürte sie einen Funken Interesse. Andrew hatte ihr fast nichts über seine Mutter erzählt, deshalb wusste sie nur, was der

Haushälterin über sie herausgerutscht war. "Ich weiß sehr wenig über die verstorbene Lady Anne Darcy."

Ein Schatten huschte über sein Gesicht. "Oh, sie war eine sehr feine Lady. Sanft und freundlich, zu gut für diese Welt und hatte stets ein Lächeln auf den Lippen, zumindest als sie noch ein Mädchen war. Nach ihrer Heirat habe ich sie nicht mehr oft gesehen. Sie haben zweifellos das Porträt von ihr in Pemberley bemerkt."

"Es gibt dort keines, das mir aufgefallen wäre, zumindest nicht in der Porträtgalerie. Vielleicht ist es im Darcy House in London. Dort war ich noch nie."

"Dann wissen Sie also gar nicht, wie sie aussah?" Er griff in seine Tasche, zog seine Uhr heraus und nahm ein kleines Medaillon von der Uhrenkette. Er öffnete es, hielt den Deckel zwischen Daumen und Zeigefinger und hielt es dann über den Tisch, damit sie es betrachten konnte. "Das ist Lady Anne."

Neugierig spähte sie auf das Bild einer jungen Dame mit lachenden Augen, deren dunkles Haar hoch auf ihrem Kopf aufgetürmt war. Sie konnte ein wenig Ähnlichkeit mit Andrew sehen, vor allem um die Augen herum, aber mehr noch mit Georgiana. Dann merkte sie, dass etwas daran nicht stimmte. "Sie tragen ein Porträt von Lady Anne Darcy bei sich?"

Er lächelte traurig. "Sie und ich waren in unserer Jugend ineinander verliebt. Das ist kein Geheimnis. Jeder hier könnte Ihnen das sagen. Es gab einen kleinen Skandal, als sie ihrem Vater mitteilte, dass sie Darcy nicht heiraten würde und auch keinen anderen. Ich sagte ihr, sie solle es nicht tun. Es stand völlig außer Frage, dass ihr Vater Lady Anne Fitzwilliam nicht gestatten würde, den Sohn eines Gutsbesitzers mit keinerlei nennenswerten Verbindungen zu heiraten, aber sie sprach ihre Wahrheit mutig aus." Er blickte auf das Porträt, ein trauriges schiefes Lächeln auf den Lippen. "Dies war ihr letztes Geschenk an mich, ehe ihr Vater sie zwang, Darcy zu heiraten."

Also war Lady Anne Darcy ebenfalls keine Wahl geblieben, was ihre Ehe anbelangte. Hatte sie versucht, das Beste daraus zu machen, wie Elizabeth es sich selbst vorgenommen hatte? Wenn ja, musste ihr Erfolg begrenzt gewesen sein, da die Haushälterin von Pemberley ihr von Lady Annes Traurigkeit erzählt hatte. Ließ sich die nur auf die Kinder zurückführen, die sie so früh verloren hatte, oder war sie unglücklich mit ihrem Ehemann gewesen? "Das ist eine traurige Geschichte. Ich hoffe, sie konnte auf Pemberley ein wenig Glück finden."

"Ich weiß nur wenig über diese Zeit. Auf ihre Bitte hin hielt ich mich fern. Ich glaube jedoch, dass ihre Kinder ihr ein großer Trost waren."

Was hatte Lady Anne gedacht, als ihr Mann Andrew verstoßen hatte? War sie auch dafür gewesen oder hatte es ihr das Herz gebrochen? Aber Andrew hatte zu diesem Zeitpunkt bereits zwei Jahre bei Mr. Morris gelebt, so dass es ihr anscheinend nichts ausmachte, von ihm getrennt zu sein. Vielleicht hat Mr. Hadley gesehen, was er sehen wollte, und nicht die Wahrheit. "Ich denke, sie wäre stolz auf ihre Kinder, wenn sie sie heute sehen könnte." Oder würde sie sich Sorgen machen über die erzwungene Verlobung ihres zweiten Sohnes?

"Ich bin froh, das zu hören. Vielen Dank, dass Sie einem alten Mann zugehört haben, wie er über die längst vergangene Zeit plaudert. Es ist mir immer noch ein Trost, über sie zu sprechen und zu hören, wie es ihren Kindern geht, in denen ein Teil von ihr weiterlebt."

Elizabeths Herz öffnete sich für diesen seltsamen, altmodischen Gentleman, der eindeutig immer noch in Lady Anne verliebt war. Es konnte nicht wirklich schaden, mit ihm über Lady Annes Kinder zu sprechen, also erzählte sie ihm ein oder zwei Geschichten über jedes von ihnen. Es war herzerwärmend, zu sehen, wie gut ihm die paar Worte zu tun schienen.

NACH DEM ABENDESSEN tanzte Elizabeth eine weitere Runde mit Mr. Bingley und setzte die Letzte dann mit Georgiana aus, da der lange Abend sie erschöpft hatte. Als ihre Gruppe schließlich aufbrach, war sie überrascht, Andrew bereits in der Kutsche zu entdecken. Es konnte kein echter Notfall gewesen sein, was sein Verschwinden nur noch rätselhafter machte. Hatte er die ganzen Stunden dort gesessen und auf sie gewartet? Sie nahm an, dass es vernünftiger war, als im Dunkeln zu Fuß nach Kympton zurückzukehren, wo er ein leichtes Ziel für jeden Dieb oder Wegelagerer abgegeben hätte.

Am liebsten hätte sie gefragt, warum er gegangen war, aber da ebenfalls sein Bruder, seine Schwester, Bingley und Miss Bingley zugegen waren, mit denen sie sich die geräumige Darcykutsche teilten, würde jedes ernsthafte Gespräch warten müssen, bis sie wieder allein waren. Hoffentlich würden die anderen es zulassen, dass sie schwieg. Sie verspürte keinen Drang, ihre Erlebnisse des Abends zu erzählen.

Doch Mr. Darcy tat ihr diesen Gefallen nicht. Er fragte Andrew harsch: "Warum bist du gegangen, ohne ein Wort zu sagen?"

Andrew starrte vor sich hin und sah seinen Bruder nicht an. "Ich sah das Potential für eine unangenehme Szene und wollte Klatsch vermeiden." In seiner Stimme schwang ein schneidender Unterton mit.

Elizabeth konnte sich denken, wie sehr Kritik von Darcy Andrew zusetzen musste. "Ich bin froh, dass du das getan hast", sagte sie fest. "Ich habe ein äußerst abstoßendes Gespräch über Sklaverei mitangehört. Wie hättest du sowohl dein Schweigen als auch deine Ehre unter gewissen Mitgliedern dieser Gesellschaft aufrechterhalten können? Wenn du diese Männer schon aus London kanntest, hast du gut daran getan, zu gehen."

Andrew warf ihr einen Ausdruck von Dankbarkeit, vermischt mit Verwirrung zu. "Es tut mir leid, dass du dich solchen Gesprächen ausgesetzt sahst."

Darcy schien mit dieser Erklärung nicht zufrieden zu sein, aber Miss Bingley erkannte eine Gelegenheit und ergriff sie: "Jeder, den ich kennenlernte, war ausnahmslos charmant. Sie haben das größte Glück mit Ihren Nachbarn, Mr. Darcy. Ich würde gerne mehr Zeit in ihrer Gesellschaft verbringen."

Elizabeth hatte das Gefühl, dass Miss Bingleys Schmeichelei ein viel sichereres Thema war als Andrews Verschwinden, Sklaverei oder Mr. Wickham, deshalb merkte sie an, wie exzellent die Unterhaltung gewesen sei und ermutigte Miss Bingley, jeden Augenblick des Abends zu kommentieren.

# Kapitel 14

Sobald sie Pemberley erreichten, zog sich Darcy in sein Arbeitszimmer zurück, ein verwundetes Tier, das Zuflucht in seiner Höhle suchte, um seine Wunden zu lecken und ohne Zuschauer zu leiden. Gott im Himmel, was für ein albtraumhafter Abend! Er hatte geglaubt, er könne sich in Bezug auf Elizabeths Heirat mit Drew beherrschen, aber das war, bevor er sie zusammen tanzen sah und alle sich darüber ausließen, was für ein hübsches Paar sie abgaben und bevor er mitansehen musste, wie ihre Körper im perfekten Einklang tanzten und Elizabeths Augen vor Freude geleuchtet hatten. Ihre Körper würden sich in einem anderen Tanz zusammen bewegen, sobald sie verheiratet waren, und allein der Gedanke daran bereitete ihm körperliche Schmerzen.

Unfähig, seine Gedanken zu ertragen, war er in die Gärten von Allston Hall geflohen und in eine kleine Wildnis hinausgegangen, in der niemand sehen würde, wie er sein Abendessen wieder von sich gab. Er blieb dort und versteckte sich im Dunkeln, bis er befürchtete, dass seine Abwesenheit bemerkt werden könnte. Dann zwang er sich zurück zu dem Ball, an dem er nie hatte teilnehmen wollen, nur um zu sehen, dass Elizabeth mit keinem Geringeren als George Wickham tanzte, flirtete und ihn süß anlächelte.

Wie hatte er sich in eine Frau verlieben können, die es fertigbrachte, ihn auf diese Weise zu foltern, die einen Schurken wie George Wickham ermutigen würde und sich immer noch verhielt, als hätte sie nichts falsch gemacht? Aber die Frau, für die er sie gehalten hatte, wäre niemals eine Verlobung mit seinem Bruder eingegangen. Wie konnte sie sich als solch eine doppelzüngige, trügerische Frau herausstellen... und warum konnte er nicht aufhören, sie zu lieben?

Er schenkte sich einen großen Brandy ein und kippte ihn viel zu schnell hinunter, besonders nachdem er schon auf dem Ball zu tief ins Glas geschaut hatte, um seine Nerven zu beruhigen. Selbiges studierte er nun für einen Moment und füllte es dann erneut auf. Wie sollte er so leben?

Es klopfte an der Tür. "Herein", bellte er. Hoffentlich war es jemand, den er schnell wieder loswerden konnte.

Aber die Tür öffnete sich und gab den Blick auf Elizabeth frei, die immer noch das seidige Kleid mit dem Wellenrand trug, das sich wie ein Wasserfall aus Stoff an ihren Körper schmiegte. Das Kleid, das sie getragen hatte, als sie in Wickhams Armen und mit Andrew getanzt hatte. Er hasste es und wollte es ihr vom Leib reißen und sie lieben.

Er rieb sich die Stirn. Was tat sie hier? Sie sollte nicht alleine hier sein, besonders nicht so spät in der Nacht. Ihr war das ebenfalls klar, das sah er, weil sie sich die Hände rang und auf ihrer Unterlippe kaute. Nein, er durfte nicht an ihre Lippen denken, sonst würde er den Verstand verlieren.

Warum hatte er den ganzen Brandy getrunken? Er brauchte jetzt seinen Verstand, und stattdessen war er mehr als nur leicht angetrunken. "Brauchen Sie etwas?", platzte er heraus, und es klang sogar in seinen eigenen Ohren harsch.

"Vergeben Sie mir die Störung." Ihre Augen wanderten durch den Raum, als hätten sie Angst, sich irgendwo niederzulassen. "Auf dem Ball ist etwas vorgefallen, und ... und ich hatte das Gefühl, ich sollte Sie darüber informieren."

Dieser verdammte Ball. Wut stieg in ihm auf. "Hast du dir jemals die Mühe gemacht, meinen Brief zu lesen?"

Jetzt sah sie ihn an, die Überraschung stand in ihren schönen Augen. "Ihren Brief? Den, den Sie mir in Hunsford gegeben haben?"

"Das war der einzige Brief, den ich dir jemals geschrieben habe." Abgesehen von den Dutzenden, die er verbrannt hatte, anstatt sie abzuschicken. "Hast du ihn gelesen?"

Ihre Stirn runzelte sich nervös. "Ja."

"Warum hast du mir nicht geglaubt?", forderte er wütend und angeekelt.

Sie schien Mut zu fassen. "Ich habe Ihnen geglaubt."

"Und trotzdem hast du mit diesem Schurken Wickham getanzt. Bist du dumm genug zu glauben, dass er dich anders behandeln wird? Hat sein Charme dir den Verstand geraubt?" Was stimmte nicht mit ihm? Er sollte nicht so mit ihr sprechen. Kein Wunder, dass sie ihn hasste. Er hasste sich selbst.

"Ich verachte Mr. Wickham, Sir", sagte sie mit fester, leiser Stimme. "Ich habe nur aus einem einzigen Grund mit ihm getanzt, nämlich um ihn von Ihrer Schwester fernzuhalten, ohne eine Szene zu machen. Er hat versucht, sich ihr aufzudrängen. Eben weil ich Ihrem Brief Glauben geschenkt habe, bestand ich darauf, dass er stattdessen mit mir tanzt, um sie zu beschützen. Ich bin jetzt hergekommen, weil ich dachte, Sie sollten wissen, dass er sich Ihrer Schwester genähert hat. Wenn ich mir hätte sicher sein können, dass Andrew von der Geschichte mit Georgiana wusste, wäre ich stattdessen zu ihm gegangen. Nun, da ich diese Aufgabe erfüllt habe, werde ich Sie in Frieden lassen." Sie knickste steif und wandte sich ab.

Sie hatte nicht mit Wickham tanzen wollen? Gott, wie sehr er das glauben wollte! Er sprang auf und schob sich zwischen sie und die Tür. "Nein. Geh nicht. Ich..." Er fuhr sich mit der Hand durch die Haare. "Es tut mir leid. Ich habe das missverstanden."

Sie hielt die Augen gesenkt. "Das ist nicht von Belang. Bitte entschuldigen Sie mich."

"Es ist von Belang." Er versuchte, sein vom Brandy durchdrungenes, wirres Gehirn seinem Willen zu unterwerfen. Wenn er sich in diesem Punkt geirrt hatte, worin dann sonst noch? "Liebst du meinen Bruder?"

Sie breitete die Hände vor sich aus und untersuchte ihre Finger, als ob sie dort die Antwort finden könnte. "Ich habe den größten Respekt vor Andrew und ich glaube, ich kann lernen, ihn zu lieben." Ihre Stimme zitterte.

"Warum dann? Warum heiratest du ihn? Suchst du so verzweifelt nach einer Möglichkeit, mich zu bestrafen?"

"Dich bestrafen?" Sie starrte ihn verständnislos an. "Warum sollte ich das tun?"

"Rache. Weil ich mich bei Bingley und deiner Schwester eingemischt habe. Weil ich deine Familie beleidigt habe. Weil...", er erinnerte sich nicht mehr daran, was er hatte sagen wollen, nicht, wenn ihre Augen ihn voller Schmerz und mit ungeweinten Tränen gefüllt ansahen.

Sie schlang die Arme um sich und wandte sich ab. "Mich dürstet nicht nach Rache. Ich war im Unrecht, als ich Wickhams Lügen Glauben schenkte, und ich halte dir nichts vor. Ich wusste nicht, dass Andrew dein Bruder ist, als ich einwilligte, ihn zu heiraten. Ich hatte den Eindruck, er sei ein entfernter Cousin von dir." Sie klang, als habe sie aufgegeben.

Darcy lachte ungläubig. "Du wusstest nicht, dass er mein Bruder war? Wie konntest du das nicht wissen?"

Jetzt funkelte sie ihn an. "Woher sollte ich es wissen? Du hast mir gegenüber nie einen Bruder erwähnt, nur eine Schwester. Ebenso Miss Bingley, die nicht aufhören kann, darüber zu sprechen, wie vertraut sie mit deiner Familie sei. Und auch nicht deine Tante, Lady Catherine, ebenso wenig wie dein Cousin Colonel Fitzwilliam. Als ich eine Führung durch Pemberley erhielt, sah ich Porträts von dir, von deiner Schwester und sogar eines von Mr. Wickham, aber keines von einem anderen Jungen. Andrew wurde mir als Mr. Darcy aus Kympton vorgestellt. Er erzählte mir mehr als einmal, dass er nie auf Pemberley weile. Warum hätte ich davon ausgehen sollen, dass er dein Bruder und kein entfernter Verwandter ist?"

Darcy sah rot. Es war unmöglich. Wie konnte sie das nicht gewusst haben? Dass Drew selbst nichts gesagt hätte, möglich, ja, da er die Verbindung nicht wollte, aber jeder wusste, dass Drew sein Bruder war. Jemand hätte es ihr sicherlich gesagt. Es stimmte, Lady Catherine kam Drews Name nicht über die Lippen, nicht mehr, seit er gegangen war, um für Wilberforce und die Abolitionisten zu arbeiten, schließlich stammte das Geld ihres verstorbenen Mannes aus Westindien. Andrew war für sie gestorben. Und sein Vater hatte Drews Miniatur vor Jahren aus Pemberley entfernt, aber trotzdem wusste es jeder. Jeder.

Aber seit Jahren hatte niemand außer Georgiana Drew in Darcys Gegenwart erwähnt. Niemand wagte es, diese Wunde zu öffnen, nicht, nachdem Drew die Hand immer wieder ausgeschlagen hatte, die Darcy ihm mehrfach gereicht hatte und ihn weiter für die Zurückweisung seines Vaters verantwortlich gemacht hatte.

Wenn er nur früher erfahren hätte, weshalb Drew Pemberley wirklich verlassen hatte! Warum sollte Drew glauben, dass es ihn kümmerte, da Darcy über ein Jahr gebraucht hatte, um seinen vermissten Bruder aufzuspüren? Aber er hatte es nicht gewusst, nicht bis zu der Nacht, als sein Vater den Schlaganfall hatte. Er hatte seinem Vater geglaubt, als der sagte, Drew sei weg, um Freunde zu besuchen.

So wie Elizabeth geglaubt hatte, er habe keinen Bruder, weil ihr niemand etwas Anderes gesagt hatte.

Aber sie hatte zugestimmt – so viel hatte sie selbst zugegeben – einen Mann zu heiraten, von dem sie dachte, er wäre ein entfernter Verwandter von ihm. Ein Mann, dem er eine gutbezahlte Stellung verschafft hatte – und das, ohne ihn zuvor über seine Familie auszufragen. Keine Frau würde einer Verlobung zustimmen, wenn sie so wenig über ihren zukünftigen Ehemann wusste! Und nur drei Monate, nachdem er ihr selbst seine Hand und sein Herz dargeboten hatte.

Sein Hirn mochte ein wenig benebelt sein vom Alkohol, aber das war eindeutig aberwitzig. "Du hast zugestimmt, ihn zu heiraten, ohne Fragen über seine Familie zu stellen? Das glaube ich nie und nimmer."

"Es ist nicht so, als hätte ich viel Zeit oder eine Wahl gehabt", erwiderte sie mit geblähten Nasenflügeln.

Keine Zeit und keine Wahl? "Was meinst du damit?", fragte er mit belegter Stimme.

"Ich -" Sie brach abrupt ab, schluckte schwer und schien sich zu sammeln. "Wenn du mehr über die Umstände meiner Verlobung erfahren möchtest, schlage ich vor, dass du dich an deinen Bruder wendest." Sie versuchte, ihm auszuweichen.

"Aber ich frage dich. Warum hast du zugestimmt, ihn zu heiraten, wenn du dich nicht an mir rächen wolltest?" Bitte lass sie einen Grund haben, irgendeinen Grund!

"Es hatte nichts mit dir zu tun, und es war sicherlich keine Rache", sagte sie müde, aber dann breitete sich ein besorgter Ausdruck auf ihrem Gesicht aus und sie schlug die Hand vor den Mund. "Oh, gütiger Gott!"

"Was ist los?" Irgendwie waren seine Hände auf ihre Arme gelangt.

"Wickham", sagte sie und ihre Stimme brach. "Er hat mich benutzt, um dich zu verletzen."

"Wickham? Was hat er denn getan?"

Sie öffnete den Mund, als wollte sie antworten, schüttelte aber stattdessen den Kopf. Mit zitternder Stimme sagte sie: "Nichts. Überhaupt nichts. Das ist mir herausgerutscht. Bitte, ignorier' es."

"Nein. Du musst es mir sagen!"

Sie schaute weg. "Es gibt nichts zu erzählen", sagte sie matt. "Er hat sich deiner Schwester genähert und ich habe mit ihm aus den Gründen getanzt, die ich dir bereits mitgeteilt habe. Das ist alles."

Sie wusste es also. Sie wusste, dass es ihn verletzen würde, wenn sie mit Wickham tanzte. Aber konnte er ihr vertrauen? Konnte Andrew ihr vertrauen? "Ich werde mit Andrew darüber sprechen."

"Nein! Ich bitte dich, sag nichts zu ihm!" Sie fuhr sich mit der Hand über die Augen. "Er hat mich ausdrücklich gebeten, nicht mit dir darüber zu sprechen. Ich hätte es nie erwähnt, wenn ich nicht so durcheinander und aufgewühlt gewesen wäre. Kannst du nicht einfach vergessen, dass ich etwas gesagt habe?" In ihren schönen Augen standen Tränen, als sie ihn anflehte.

Er konnte ihr nichts abschlagen, selbst wenn sie absichtlich versucht hatte, ihn zu verletzen. Aber sie hatte gesagt, das sei nicht wahr, oder? Und dennoch hatte sie sich bereit erklärt, Drew zu heiraten, auch ohne ihn zu lieben. Es ergab keinen Sinn oder zumindest keinen, den sein alkoholvernebelter Verstand finden konnte. Aber er konnte ihre Tränen nicht ertragen. "Ich werde nicht mit Drew sprechen", sagte er leise.

Sie senkte den Kopf. "Ich danke dir."

Er konnte nicht anders. Er schlang seine Arme um sie und drückte sie sanft an sich, als ob sie zerbrechen könnte, als wäre sie das Kostbarste überhaupt im Universum, als könnte er sie irgendwie vor diesem Schmerz schützen.

Für einen Moment legte sie ihren Kopf an seine Schulter, aber dann versteifte sie sich und stieß ihn weg. "Nein!", stieß sie hervor. "Das kann ich nicht."

Selbstverständlich. Warum sollte sie Trost von dem Mann annehmen wollen, den sie hasste? Er stolperte einen Schritt zurück. "Verzeih bitte." Mehr konnte er nicht sagen oder tun. Es war vorbei.

Sie schüttelte den Kopf, rannte aus dem Raum und ließ nichts als Trostlosigkeit zurück.

# Kapitel 15

Am nächsten Morgen wusste Elizabeth, dass ihre erste Aufgabe darin bestand, mit Andrew zu sprechen. Wenn Darcy ihren Tanz mit Wickham missverstanden hatte, dann würde Andrew das ebenfalls tun, wenn er jemals davon erführe. Besser, es ihm selbst zu sagen und ihre Gründe dafür darzulegen. Und wenn der Besuch im Pfarrhaus von Kympton ihr eine Ausrede verschaffte, Darcy nach dieser beschämenden Szene in der vergangenen Nacht aus dem Weg zu gehen, umso besser.

*In vino veritas*, sagte man so schön und nach zu viel Alkohol hatte Darcy ihr definitiv eine andere Seite von sich gezeigt, als sie zu ignorieren. Wie konnte er nur denken, dass sie Andrew heiratete, um ihn zu bestrafen? Das war ein harter Schlag, grausam obendrein, aber nicht so schwer wie in dem Moment, als seine Zuneigung wiederaufgeflammt war und er sie in den Arm genommen hatte. Oh, wie sehr sie sich danach gesehnt hatte, einfach dort zu bleiben! Aber sie war mit seinem Bruder verlobt und schuldete Andrew ihre Loyalität. Tatsächlich hatte sie beinahe Wickhams Rolle in ihrer Verlobung offenbart, wo Andrew sie doch ausdrücklich gebeten hatte, das nicht zu tun. Sie hatte ihn innerhalb weniger Minuten gleich zweimal beinahe verraten. Zum Glück schien Darcy zu glauben, dass sie über Wickhams Verhalten auf dem Ball sprach. Mit ganz viel Glück hatte der Alkohol vielleicht alles aus seinem Gedächtnis getilgt.

Sie wünschte sich, sie könnte einen bestimmten Moment aus ihrer eigenen Erinnerung streichen, in dem sie erkannt hatte, wie tief Wickhams Niederträchtigkeit ging. Irgendwie musste er Darcys Gefühle für sie erraten haben. Wenn sie auf seine Kommentare auf dem Ball zurückblickte oder auch auf die vage Erinnerung an das, was er bei ihrem ersten Aufeinandertreffen in Derbyshire im Garten des Pfarrhauses gesagt hatte, war nun klar, dass er dachte, ihre Anwesenheit weise auf eine bevorstehende

Heirat mit Darcy hin. Wie könnte man seinen alten Feind besser verletzen, als den Anschein zu erwecken, sein Bruder habe die Frau, die Darcy liebte, kompromittiert? Andrew war nie Wickhams Ziel gewesen oder nur ein unwichtiger Beifang. Darcy war die ganze Zeit derjenige gewesen, den er verletzen wollte. Und es war ihm hervorragend gelungen, Elizabeth als Waffe einzusetzen. Die Grausamkeit raubte ihr den Atem.

Sie hätte nicht gedacht, dass sie sich mit den Umständen ihrer Verlobung schlechter fühlen könnte, aber da hatte sie sich geirrt. Selbst wenn Darcy jetzt nichts mehr mit ihr zu tun haben wollte, wie konnte sie jemals vergessen, dass sie das Instrument gewesen war, um ihm solche Schmerzen zuzufügen?

Und sie konnte nicht vergessen, wie es sich angefühlt hatte, als er sie an sich gedrückt hatte. Ein Moment, den sie sich von der Zeit gestohlen hatten, als es schien, dass er ihr vergeben hatte und immer noch etwas für sie empfand. Aber sein entsetzter Blick, als sie den Raum verließ, hatte ihr gezeigt, dass es nur eine flüchtige Schwäche gewesen war, hervorgerufen durch zu viel Wein.

Es durfte nie wieder geschehen.

Zumindest würde sie heute Morgen vermutlich nicht auf ihn stoßen, denn er schlief höchstwahrscheinlich seinen Rausch aus, noch dazu war er spät zu Bett gegangen. Sie spürte selbst den Schlafmangel, da ihre Gedanken sie früher geweckt hatten, als ihr lieb gewesen war, nachdem sie die halbe Nacht wachgelegen hatte. Ihre Tante war die Einzige am Frühstückstisch gewesen, und Elizabeth hatte sie mit Geschichten über den Ball unterhalten.

Georgiana hatte sie gerade noch erwischt, als sie nach Kympton aufbrechen wollte. "Gehst du zu Drew?"

Elizabeth legte den Kopf schief, während sie das Mädchen ansah und sich fragte, warum sie eine Frage stellte, auf die sie die Antwort bereits kannte. "Ja, das tue ich."

Mit leiser Stimme fragte Georgiana: "Hast du vor, ihm zu sagen, dass Mr. Wickham mit mir gesprochen hat?"

Ah. Das erklärte ihre Besorgnis. Elizabeth sagte vorsichtig: "Mr. Wickham hat Andrew in der Vergangenheit Probleme bereitet. Ich muss ihm erklären, warum ich mit ihm getanzt habe, bevor er dieses Detail von jemand anderem hört, aber ich werde darauf achten, ihm zu verstehen zu geben, dass du Wickham nicht ermutigt hast und dass du unglücklich mit seinem Auftauchen warst. Niemand kann dich für sein Verhalten verantwortlich machen."

"Das hoffe ich. Aber ich sollte dir dafür danken, dass du mir geholfen hast. Du wolltest doch nicht wirklich mit ihm tanzen, oder?"

"Mit Mr. Wickham? Eher würde ich mit einer Kobra Walzer tanzen."

Der schockierte Blick des Mädchens bei ihren Worten wich schnell einem erstaunten Lächeln. "Gut. Er ist eine Kobra."

ANDREW BEGRÜSSTE SIE mit einem warmen Lächeln. "Du kommt genau zur rechten Zeit! Ich hatte ohnehin vor, dich in Kürze zu besuchen." Er zögerte und sein Lächeln verblasste. "Ich habe endlich eine Antwort von deinem Vater erhalten."

"Oje. Was schreibt er denn?" Wenn ihr Vater diesen Moment gewählt hatte, um seinen Sinn für Humor zu zeigen, wäre sie ernsthaft verärgert. "Bitte sag mir, dass er seine Zustimmung nicht verweigert hat."

"Grundsätzlich nicht, nein, aber er meint, er könne keine Entscheidung treffen, bevor er mich kennengelernt habe. Dem kann man nur schwer etwas entgegensetzen, vermute ich." Es war offensichtlich, dass Andrew sich bemühte, nicht ungerecht zu sein, aber sie spürte, dass er unzufrieden war. Verständlicherweise. Immerhin würde er zwei volle Tage brauchen, um dorthin zu gelangen, und dann noch zwei Tage zurück, von den Kosten ganz zu schweigen.

"Oje, das tut mir leid", sagte sie. "Als ob es nicht schon genug wäre, dass du unsere Familie vor einem Skandal rettest, jetzt verlangt er auch noch, dass du dich auf eine solch lange Reise begibst. Das ist ziemlich unvernünftig und das werde ich ihm auch sagen." Wie konnte ihr Vater es wagen, diese ohnehin schwierige Situation noch schwieriger zu machen?

Er schüttelte den Kopf. "Ich kann seinen Standpunkt verstehen, und unter normalen Umständen hätte ich vermutlich persönlich bei ihm vorgesprochen. Ich werde seiner Bitte nachkommen. Dich wollte ich fragen, ob es dir lieber wäre, wenn ich sofort aufbreche, oder ob ich warten und dich und deine Tante nach Hause begleiten soll, wenn ihr nächste Woche ohnehin zurückkehrt?"

"Wenn du dich einer solchen Unannehmlichkeit aussetzen musst, dann ist es vermutlich vernünftiger, noch zu warten." Ihr wäre es lieber, Andrew nicht alleine in die Löwengrube ihrer Familie zu werfen. Zumindest konnte sie hoffen, das schlimmste Verhalten ihrer Eltern abzumildern.

"Es wäre sicherlich einfacher. Die Frage ist nur, ob Wickham die Verzögerung bei der formellen Ankündigung unserer Verlobung als Gelegenheit sehen könnte, Unheil zu stiften. Ich nehme an, es würde im Endeffekt keinen großen Unterschied machen, solange wir es irgendwann bekannt geben."

Sie seufzte. "Ich denke, das wird vermutlich kein Problem darstellen, da meine Mutter vermutlich bereits die gesamte Nachbarschaft darüber informiert hat, dass du mir einen Antrag gemacht hast. Das würde uns also schützen. Aber Wickham ist auch der Grund, weshalb ich hier bin. Er war letzte Nacht auf dem Ball." Nach einer kurzen Erklärung, wie es dazu gekommen war, dass sie mit ihm getanzt hatte, fügte sie hinzu: "Ihn mit deinem Bruder zu drohen schien zu funktionieren, daher bin ich nicht sehr besorgt, dass er uns noch mehr Ärger bereiten wird."

Er nickte. "Du hast Geistesgegenwart bewiesen, als du ihn zum Tanzen aufgefordert hast. Ich danke dir, dass du Georgiana vor ihm geschützt hast."

"Irgendetwas musste ich tun. Ich war schockiert, ihn dort zu sehen. Dass eure Nachbarn auch ihn einladen würden, hatte ich nicht erwartet."

Seine Miene verfinsterte sich. "Dank seiner Zeit als anerkanntes Mitglied des Pemberley-Haushalts hat er viele Freunde in der guten Gesellschaft hierzulande."

Bevor sie antworten konnte, trat das Dienstmädchen ein, knickste und rang sich nervös die Hände. "Sir, Sie sagten, ich solle Sie fragen, wenn ich nicht weiß, was ich machen soll. Da ist eine Dame, die Sie sprechen möchte, aber sie wollte mir ihren Namen nicht nennen. Soll ich sie wegschicken?"

"Nein, führ sie herein", sagte Andrew. "Einen Gentleman, der sich weigert, dir seinen Namen zu nennen, solltest du nicht hereinbitten, aber es gibt Umstände, unter denen eine Frau mit einem Geistlichen sprechen möchte, ohne dabei erkannt zu werden."

"Ja, Sir. Vielen Dank, Sir", sagte das Mädchen hastig und zog sich aus dem Raum zurück.

"Tatsächlich?", fragte Elizabeth Andrew schelmisch.

Er zuckte mit den Schultern. "Frauen, die sich in einer schwierigen Situation befinden, wenden sich bekanntlich gerne an Geistliche, um Sie um Beistand zu bitten."

"Ich verstehe. Dann gehe ich wohl besser?"

"Nicht nötig. Wenn sie eines meiner Gemeindemitglieder wäre, hätte Betty sie erkannt. Sollte sie eine Fremde sein, ist es umso besser, wenn ich nicht allein bin."

Betty tauchte wieder auf und führte eine schlanke Dame in einem biederen schwarzen Kleid herein, deren Gesicht ein dunkler Schleier verbarg.

Andrew verneigte sich. "Bitte treten Sie ein, Madam. Wie kann ich Ihnen behilflich sein?"

"So förmlich, Drew?" Sie sprach mit einem klaren, eleganten Akzent. Dann warf sie ihren Schleier zurück und enthüllte das Gesicht einer jungen Frau.

Andrews Augenbrauen schossen in die Höhe. "Lady Frederica, das ist in der Tat eine Überraschung. Offensichtlich muss ich dir mein Mitgefühl für deinen Verlust aussprechen."

"Meinen Verlust? Was – oh, das?" Sie deutete auf ihr schwarzes Kleid. "Das ist nur Tarnung. Niemand ist gestorben."

Er blinzelte. "Ich verstehe." Es war klar, dass er überhaupt nichts verstand. "Möchtest du dich nicht setzen? Betty, bitte bring uns ein Teetablett."

Seine Besucherin warf Elizabeth einen flüchtigen Blick zu. "Kann ich alleine mit dir sprechen, Drew?"

Andrew versteifte sich und sagte: "Verzeih bitte. Darf ich dich mit meiner Verlobten, Miss Elizabeth Bennet, bekannt machen? Elizabeth, ich habe die Ehre, dir-"

"Sprich meinen Namen besser nicht aus", unterbrach ihn sein neu eingetroffener Gast. "Möglicherweise möchte sie eines Tages Unwissenheit über meinen Besuch vorschützen können."

Elizabeth hatte bereits eine sehr gute Vorstellung von der Identität ihres Besuchs, beabsichtigte allerdings nicht, sich einzumischen. Daher knickste sie nur und versuchte, ihre intensive Neugier zu verbergen. Warum sollte die Tochter des Earls of Matlock Andrew einen geheimen Besuch abstatten?

Lady Frederica sagte: "Trotz allem, meine Glückwünsche an euch beide. Wie kommt es, dass ich nichts davon gehört habe?"

"Wir haben es noch nicht verlautbar gemacht", sagte Andrew, dessen Stimme eine Nuance kühler geworden war.

"Das war keine Kritik, ich war nur überrascht", sagte Lady Frederica mit ungewöhnlicher Direktheit. "Verzeiht mir. Ich bin heute nicht in Bestform, sonst wäre ich nicht hier."

Elizabeth wandte sich an Andrew. Es gab keinen Grund für sie zu bleiben, besonders nachdem Lady Frederica sich geweigert hatte, ihr vorgestellt zu werden. "Wenn ihr so freundlich wärt, mich zu entschuldigen, ich verspüre ein unerklärliches Bedürfnis, einen Spaziergang durch den Garten zu unternehmen."

Andrews Gesicht wurde ernster. "Vielleicht sollten wir das alle machen." Anscheinend wollte er nicht mit Lady Frederica allein gelassen werden.

Nun, das war unangenehm! Besonders wenn Elizabeth versuchte, ihr bestes Benehmen zu zeigen. Es gab keinen einfachen Ausweg aus dieser schwierigen Situation, ohne gegen mindestens eine Anstandsregel zu verstoßen, daher könnte sie genauso gut den ehrlichsten Ansatz wählen. Sie lächelte Lady Frederica an. "Vielleicht sollten wir noch einmal von vorne beginnen. Wenn ich in dieses Gespräch eingeweiht werden soll, sollte ich erklären, dass ich vor einigen Monaten Andrews Cousin, Colonel Fitzwilliam, kennengelernt habe, der seine Schwester Frederica mehr als einmal erwähnt hat."

"Und ich sehe aus wie er", sagte Lady Frederica kläglich. "Nun, so viel zu meinem Versuch, anonym zu bleiben. Aber der Grund für mein heutiges Kommen ist etwas, das ich gerne vor meiner Familie geheim halten möchte. Falls sich einer von euch nicht in der Lage sehen sollte, das zu respektieren, dann möchte ich euch bitten, so großzügig zu sein, das vorher schon laut auszusprechen. In dem Fall würde ich meinen Tee trinken und nur von unwichtigen Dingen sprechen, ehe ich wieder nach Hause zurückkehre."

Andrew schnaubte. "Niemand in deiner Familie spricht jemals mit mir. Ich nehme an, wenn ich zufällig miterleben würde, wie einer von ihnen im Begriff ist, von einem galoppierenden Pferd niedergetrampelt zu werden, würde ich sie aus dem Weg ziehen, aber weiter geht mein guter Wille für deine Familie nicht. Ich habe keine Ahnung, was du mit mir besprechen möchtest, aber ich werde deine Geheimnisse nicht verraten."

Elizabeth versuchte nicht zu starren. Noch mehr Probleme in dieser Familie? Was hatte Andrew getan, um die Familie seiner Mutter zu verärgern? Sie sagte steif: "Abgesehen davon, dass ich einmal zufällig auf Colonel Fitzwilliam getroffen bin, weil wir im selben Ort zu Gast waren, kenne ich Eure Familie gar nicht, und habe ganz sicherlich keinen Grund, irgendjemanden in Eure Geheimnisse einzuweihen. Meine Loyalität gilt Andrew."

Lady Frederica musterte sie einen Augenblick. "Vermutlich kann ich nicht mehr verlangen. Drew, Evan sagt, ich könne dir vertrauen."

Andrew legte den Kopf schief. "Evan Farleigh?" Er klang überrascht.

"Selbstverständlich. Wer sonst?"

"Farleigh ist Mitglied des Parlaments", erklärte Andrew Elizabeth. "Wir haben uns in London in denselben Kreisen bewegt."

Lady Frederica warf den Kopf zurück. "Er glaubt, ich verstehe die Auswirkungen meiner aktuellen Pläne nicht. Er hat mir gesagt, ich solle dich fragen, wie es wirklich ist, von deiner Familie verstoßen zu werden."

Andrew fiel die Kinnlade herunter. "Warum? Sicherlich erwartest du nicht, verstoßen zu werden?"

"In der Tat ist es ziemlich wahrscheinlich", sagte sie kühl, als ob seine Frage von geringer Bedeutung wäre. "Ich habe vor, Evan zu heiraten, verstehst du?"

"Ah", sagte Andrew. "Ich kann mir nicht vorstellen, dass dein Vater das gutheißen würde. Aber würde er dich tatsächlich dafür verleugnen? Ich weiß, dass er Sklavereigegner verachtet, aber bei seiner eigenen Tochter schießt er da vielleicht nicht ganz so schnell wie bei einem bereits verstoßenen Neffen."

Armer Andrew! Sein Vater hatte ihn ausgeschlossen, weil er sich geweigert hatte zu kämpfen, und sein Onkel hatte dasselbe getan, weil er ein Abolitionist war. Kein Wunder, dass Andrew so wenig von seiner Familie erwartete!

Lady Frederica rümpfte die Nase. "Er würde über Evans politische Ansichten hinwegsehen, wenn er einen Titel hätte oder wohlhabend wäre, was beides nicht auf ihn zutrifft, zumindest hat er nicht genug Reichtümer, um den Standards meines Vaters zu genügen. Wie dem auch sei, mein Vater hat uns seine Zustimmung verweigert und er wird es mir nie vergeben, wenn ich gegen seinen Willen heirate."

"Das tut mir leid", sagte Andrew, und es klang, als ob er es ernst meinte. "Farleigh ist ein guter Mann, und auch wenn das wenig bringen mag, meine besten Wünsche habt ihr."

Lady Frederica blinzelte schnell. "Moment. Du rätst mir also nicht, diesen Plan aufzugeben, weil es mich meine Familie kosten wird?"

Andrew studierte seine Hände. "Ausgestoßen zu sein ist... unaussprechlich. Man verliert alle, selbst sein Zuhause. Aber an einem bestimmten Punkt hast du keine Wahl mehr. Wenn deine Familie zu behalten bedeutet, dass du dich selbst aufgeben musst, dann musst du keine Entscheidung mehr treffen. Und ich vermute, du wärst heute nicht hier, wenn du nicht schon an dem Punkt angelangt wärst, wo es dir unmöglich ist, zu bleiben."

Sie atmete scharf aus und ließ sich dann in den Stuhl zurücksinken. "Da hast du natürlich Recht. Ich wünschte, ich hätte schon vor langer Zeit mit dir darüber gesprochen."

Andrew zögerte. "Es tut mir leid, dass du dich dem stellen musst. Wenn ich dir in irgendeiner Weise behilflich sein kann, dann brauchst du es nur zu sagen."

"Das ist lieb von dir, insbesondere, wenn man bedenkt, wie ungerecht dich meine Familie behandelt hat."

"Du hast mich niemals ungerecht behandelt, Frederica. Unsere Wege mögen sich in den letzten Jahren vielleicht nicht oft gekreuzt haben, aber bei den Gelegenheiten, als wir uns gesehen haben, warst du immer freundlich und hast mich nie geschnitten. Das wusste ich zu schätzen."

"Nun, du hast auch nie etwas getan, um mich zu verletzen", sagte sie. "Aber es gibt eine Sache, die du tun könntest, wenn du möchtest, und das ist, an meiner Hochzeit teilzunehmen. Eigentlich ist es mehr um Evans Willen als für mich. Sein Vater macht sich wegen der Feindseligkeit meiner Familie Sorgen und wenn wir ihm zeigen, dass immerhin ein Verwandter bereit ist, mich zu unterstützen, wäre das sehr hilfreich."

Andrew lächelte. "Selbst der Geringste unter deinen Verwandten, ohne jeglichen Reichtum oder Einfluss? Selbstverständlich. Das tue ich sehr gerne."

Das Bild von Darcy in der vergangenen Nacht stieg plötzlich vor Elizabeth auf, mit zerzaustem Haar und Augen voller Schmerz. Er hatte ihr gesagt, wie sehr er den Bruch mit Andrew heilen wollte. Doch weder Andrew noch Lady Frederica schienen einen Grund zu sehen, mit ihm über diese Situation zu sprechen. Wie würde er sich fühlen, wenn er entdeckte, dass sein Bruder von Lady Fredericas Dilemma gewusst und es ihm vorenthalten hatte? Impulsiv sagte sie: "Was ist mit Mr. Darcy? Mr. Fitzwilliam Darcy meine ich. Würde seine Anwesenheit einen Unterschied machen?"

Lady Frederica tauschte einen Blick mit Andrew aus, bevor sie taktvoll sagte: "Ich gehe davon aus, dass er die Seite meines Vaters vertreten und darauf bestehen würde, dass Evan mir nicht ebenbürtig ist."

Elizabeth schüttelte den Kopf. "Solange der Gentleman respektabel ist, glaube ich, dass er Mitgefühl haben würde, zumindest schließe ich das aus dem, was er über Liebesheiraten gesagt hat. Außerdem ist er sehr darum bemüht, sich mit Andrew auszusöhnen und ich kann mir vorstellen, dass es ihm unangenehm wäre, wenn er herausfände, dass das vor ihm geheim gehalten wurde."

"Drew?", fragte Lady Frederica.

"Ich weiß es nicht", sagte Andrew schwer. "Mein Instinkt sagt mir, immer auf Abstand zu bleiben, aber Elizabeth kennt Darcy – den Mann, der er heute ist – besser als ich. Und ich gebe zu, dass er mir keinen Grund zum Misstrauen gegeben hat."

Lady Frederica tippte ihre behandschuhten Fingerspitzen zusammen. "Es wäre ein Risiko, aber seine Unterstützung wäre sehr hilfreich in Bezug auf Evans Familie. Aber wenn Darcy meinem Vater meine Pläne verraten würde, könnte mir das mein Leben deutlich schwerer machen."

"Ich glaube nicht, dass Fitzwilliam es preisgäbe, wenn ich ihn um Stillschweigen bitten würde", sagte Andrew. "Er ist ein Ehrenmann."

Und so wurde beschlossen, dass Andrew noch am selben Tag mit Darcy sprechen würde, während Lady Frederica mit Elizabeth im Pfarrhaus wartete.

# Kapitel 16

Das schlimmste Hämmern hatte in Darcys Kopf schon wieder nachgelassen, als Drew eintraf und darum bat, allein mit ihm sprechen zu können. Noch mehr Ärger, ganz bestimmt. Genau das, was er nach der letzten Nacht nicht brauchte. Es war schwer genug, sich seinem Bruder zu stellen, in dem Wissen, dass er ihn hintergangen hatte, weil er Drews Verlobte in seinen Armen gehalten hatte, und sich selbst jetzt nichts anderes wünschte, als es wieder tun zu dürfen.

Warum wollte Drew überhaupt alleine mit ihm sprechen? Bitte, Gott, lass es nichts mit Elizabeth zu tun haben! Wenn sie ihm von gestern Abend erzählt hätte, könnte dies das Ende von allem bedeuten. Als die Tür hinter ihnen ins Schoss gefallen war, sagte er förmlich und mit schwerem Herzen: "Wie kann ich dir dienen?"

Drew atmete tief durch. "Ich möchte deinen Rat bezüglich einer gemeinsamen Bekanntschaft von uns einholen, die sich in einer schwierigen Situation befindet, aber zuerst möchte ich dich um dein Wort bitten, dass du es niemandem erzählen wirst."

Erleichterung durchflutete ihn. "Selbstverständlich." Wenn Drew tatsächlich bereit war, mit einem Problem zu ihm zu kommen, würde Darcy weit mehr versprechen.

"Unsere Cousine Frederica ist heute Morgen bei mir aufgeschlagen und hat um meine Hilfe gebeten. Sie will gegen den Willen ihres Vaters heiraten und erwartet, dafür verstoßen zu werden." Einer seiner Mundwinkel verzog sich zu einem schiefen Lächeln. "Sie kam zu mir, weil ich der Experte in der Familie bin, was das anbelangt."

Darcy zuckte innerlich zusammen. "Leider, aber kaum überraschend. Frederica hatte immer ihren eigenen Willen. Ist der fragliche Gentleman unangemessen oder einfach nicht nach Lord Matlocks Geschmack?"

Drew schien über die Frage nachzudenken. "Er ist ein Gentleman, einer, den ich kenne und respektiere, aber seine Familie steht in Bezug auf Vermögen und Verbindungen eine Stufe, nunja, vielleicht zwei Stufen unter Matlock. Außerdem ist er ein Whig. Ich wage zu behaupten, dass er einen guten Ehemann abgeben wird, aber ich bezweifle, dass sie sich in den höchsten Kreisen bewegen wird, wie sie es jetzt tut."

"Dann liebt sie ihn also?"

"Das habe ich nicht gefragt. Ich gehe davon aus, da es angesichts ihrer Mitgift und ihrer Verbindungen unwahrscheinlich ist, dass es ihr an Verehrern mangelt."

"Nein, das sicher nicht. Dennoch ist sie volljährig und kann heiraten, wen sie möchte." Aber warum bat Andrew ihn um Hilfe? "Bist du besorgt, dass Matlock sich an dir rächen könnte, weil du ihr geholfen hast?"

Drew schnaubte. "Matlock hat sich bereits von mir losgesagt, also hat er keine Macht mehr über mich. Nein, in Wahrheit bin ich für Frederica hier. Sie bat mich, zu ihrer Hochzeit zu kommen, damit sie dort nicht ganz ohne Familie ist. Ich war so lange nicht Teil der Familie, dass sie mich kaum kennt und ich kann mir vorstellen, dass es ihr noch mehr bedeuten würde, wenn du kämst. Sie hat es nicht gewagt, dich zu fragen, weil sie dachte, du würdest dich auf die Seite ihres Vaters stellen. Vielleicht tust du das ja, ich weiß es nicht. Aber ich dachte, du solltest die Möglichkeit haben, das selbst zu entscheiden."

Gütiger Gott, begann Drew tatsächlich, ihm zu vertrauen? Ein winziges Flämmchen Wärme flackerte in der Leere seines Herzens auf. "Ich danke dir für deine Umsichtigkeit. Ich würde gerne selbst mit Frederica sprechen, bevor ich eine Entscheidung treffe, aber wenn sie einen respektablen und anständigen Gentleman zu heiraten beabsichtigt, sehe ich keinen Grund, weshalb ich nicht dabei sein sollte, selbst wenn ihr Vater die Verbindung ablehnt. Ich bin auch nicht damit einverstanden, wie er mit dir umspringt und das habe ich ihm auch gesagt."

Drew sah erschrocken aus. "Das war eine gute Tat." Er schien einen Moment mit sich zu ringen. "Wenn du mit Frederica sprechen möchtest: sie ist immer noch im Pfarrhaus. Sie wollte mich nicht hierher begleiten; weil sie sich Sorgen gemacht hat, dass ihr Vater davon Wind bekommen könnte. Sie sagt, hier gibt es Diener, die von ihm bezahlt werden."

"Teufel nochmal", stöhnte Darcy. "Vermutlich sollte mich das nicht weiter überraschen. Er steckt seine Nase überall hinein." Und nun, da er davon wusste, konnte er dem Ganzen einen Riegel vorschieben, im Gegensatz zu so vielen anderen Problemen, für die es keine Lösung gab.

ELIZABETH HATTE NOCH nie jemanden wie Lady Frederica Fitzwilliam getroffen. Sie hatte genug Geschichten über dekadentes Verhalten in der Aristokratie gehört, um nicht anzunehmen, dass die Tochter eines Earls zwangsläufig sanftmütig und fügsam sein musste, aber Lady Fredericas offene und forsche Art schockierte sie dennoch. Nachdem sie eine Stunde in ihrer Gesellschaft verbracht hatte, wusste Elizabeth weit mehr über die Fitzwilliam-Familie und Lady Fredericas Leben, als sie in einem Monat Bekanntschaft mit dem zurückhaltenderen und gesitteteren Bruder Ihrer Ladyschaft, Colonel Fitzwilliam, erfahren hatte.

Überraschenderweise stellte Elizabeth fest, dass sie sie mochte. Und es war eine willkommene Ablenkung von den Gedanken über die letzte Nacht mit Darcy, die sich immer wieder in ihren Geist drängten.

Als Andrew mit Darcy zurückkam, beantwortete Elizabeth Lady Fredericas ebenso freimütige Fragen zu ihrer eigenen Familie und stellte erfreut fest, dass Ihre Ladyschaft über die Verbindungen, die ihre Mutter zum Handel hatte, völlig unbesorgt zu sein schien.

Darcys Anblick brachte den vertrauten Schmerz und die Scham in ihr zurück. Abgesehen von einer kurzen Verbeugung in ihre Richtung ignorierte Darcy sie, als er Lady Frederica begrüßte. Letzte Nacht hatte nichts verändert. Warum musste es so weh tun? Sie konnte es nicht ertragen und sagte: "Wenn ihr mich entschuldigen würdet, ich überlasse euch eurem Gespräch."

Lady Frederica streckte die Hand aus und griff nach ihrer. "Bitte geh nicht! Ich wüsste es zu schätzen, eine andere Frau hier zu haben."

Eine so direkte Bitte konnte sie kaum ablehnen, ohne eine Szene zu machen, also setzte sich Elizabeth wieder und gab sich Mühe, nicht in Darcys Richtung zu schauen. Nicht, dass es einen Unterschied gemacht hätte. Sie war wieder unsichtbar für ihn. Dieser kurze Moment gestern

Abend, in dem sie eine Verbindung hatten, wenn auch eine schmerzhafte, war vorüber. Wusste er es überhaupt noch, oder hatte sie allein unter der Erinnerung zu leiden?

Darcy sagte: "Frederica, Drew hat mir deine Situation erklärt. Du brauchst mich nicht, um zu wissen, dass du heiraten kannst, wen immer du wünschst, schließlich bist du volljährig. Da Drew sagt, dein Auserwählter sei ein respektabler Gentleman, hast du meinen Segen."

Ihre Ladyschaft neigte ihren Kopf zur Seite. "Ich danke dir."

"So viel zum einfachen Teil", fuhr Darcy fort. "Wenn ich jedoch öffentlich eine Haltung in dieser Sache einnehmen soll, und mich gegebenenfalls einem Zerwürfnis mit deinem Vater stellen muss, möchte ich ein klein wenig mehr darüber wissen. Du bist offensichtlich nicht verpflichtet, meine Fragen zu beantworten, aber es würde mir helfen, zu einer Entscheidung zu finden."

Lady Fredericas Lächeln war fast katzenartig. "Wenn du bereit bist, dem Missfallen meines Vaters zu trotzen, ist das Mindeste, was ich tun kann, deine Fragen zu beantworten."

Darcy nickte. "Wie lange kennst du den Herrn bereits? Drew hat mir seinen Namen nicht gesagt."

"Mr. Evan Farleigh. Etwas mehr als drei Jahre. Wir haben gewartet, weil wir hofften, dass mein Vater aufgeben würde, wenn ich so alt werde, dass mich kein anderer mehr will, aber mir wurde klar, dass das nicht geschehen wird. Ihm wäre es lieber, wenn ich als alte Jungfer enden würde."

"Leider kann ich nicht behaupten, dass mich das überrascht", sagte Darcy. "Nun, mit deinen Verbindungen und deiner Mitgift hast du keine kleine Auswahl an Heiratskandidaten."

"Soweit würde ich nicht gehen. Viele Männer bevorzugen Frauen, die unterwürfig und gehorsam sind, und jeder weiß, dass ich das nicht bin."

"Darf ich fragen, warum du diesen gewählt hast?"

"Warum er?" Lady Frederica kaute auf ihrer Lippe, als würde sie über die Frage nachdenken, und dann brach es aus ihr heraus: "Weil er mir zuhört, wenn ich spreche. Wirklich zuhört und nicht nur vorgibt, es zu tun. Wir sind uns oft nicht einig, aber meine Meinung ist ihm wichtig."

Darcy hob eine Augenbraue. "Ein triftiger Grund. Wenn ich recht verstehe, missfällt deinem Vater seine politische Haltung. Bist du denn politischer geworden?"

Sie schüttelte den Kopf. "Ehrlich gesagt nicht. Ich werde Evans Arbeit unterstützen, wenn wir verheiratet sind. Sein Interesse an politischen Reformen ist bewundernswert, aber für mich ist das Entscheidende, dass ihn etwas Wichtiges kümmert, etwas, das mehr ist als das nächste Kartenspiel, Pferderennen oder ein Preiskampf. Ich habe die Männer gründlich satt, die sich nur um ihre eigenen Freuden scheren."

"Schön gesagt", bemerkte Andrew. "Dann wird er gut zu dir passen. Ich bin froh, diese Seite an dir kennenzulernen, das ist etwas, das uns verbindet."

Noch eine Eigenschaft ihres zukünftigen Ehemannes, über die Elizabeth dankbar sein sollte – dass er ernsthafte Bedenken einem Leben bedeutungsloser Freuden vorzog. Wenn nur Andrews bewundernswerte Eigenschaften sie davon abhalten könnten, an seinen Bruder zu denken!

Darcy studierte Lady Frederica. "Angesichts deiner Gründe würde ich dir gerne meine Unterstützung anbieten. Wann findet die Hochzeit statt?"

Lady Frederica verzog das Gesicht. "Erst in ein paar Monaten, da Evan darauf bestanden hat, dass ich mir den Sommer über Gedanken darüber mache. Er befürchtet, dass ich es bereuen könnte, ausgestoßen zu werden. Jetzt werde ich ihn nicht sehen, bis die Saison beginnt, da mein Vater mir bis dahin nicht erlauben wird, nach London zurückzukehren. Sechs Monate ohne Kontakt sind eine sehr lange Zeit." Sie sah weg und blinzelte schnell.

Darcy sagte gedehnt: "Frederica, wenn ich deinem Vater sagen würde, dass Georgiana davon profitieren könnte, wenn sie Zeit mit dir verbrächte, denkst du, er würde dir erlauben, auf Pemberley zu Besuch zu sein? Und vielleicht könnte Drew in Erwägung ziehen, seinen Freund Farleigh zu einem Besuch hier im Pfarrhaus einzuladen."

"Das würde ich gerne tun", erklärte Andrew. "Ist er zurzeit in London? Ich werde in vierzehn Tagen dort sein und könnte bei ihm vorbeischauen, um ihn einzuladen. Es könnte einfacher sein, das persönlich mit ihm zu besprechen."

Lady Frederica antwortete nicht und Elizabeth erkannte, dass sie trotz ihrer ruhigen Fassade Schwierigkeiten hatte, die Fassung zu bewahren. Schließlich sagte sie mit zittriger Stimme: "Ihr seid beide sehr gut zu mir. Ich bin es gewohnt, damit allein zu sein." Sie fischte ein Taschentuch hervor und betupfte sich damit die Augenwinkel. "Und du kennst mich kaum, Drew."

Andrew lächelte verhalten. "So schwer ist es nicht, das Richtige zu tun, und ich verstehe wie kaum ein anderer, wie groß das Risiko ist, das du eingehst. Ich kenne dich vielleicht nicht gut, aber du wirst immer ein Teil meiner Familie sein."

"Und meiner", fügte Darcy hinzu.

Für eine Minute drückte Lady Frederica sich ihr Taschentuch über die Augen. "Ich weine sonst nie, nur dass ihr's wisst", sagte sie verärgert.

Elizabeth war selbst den Tränen nahe. Wie konnte Darcy nach seiner Kälte und Wut auf sie und nachdem er sich bemühte, zu ignorieren, dass sie überhaupt existierte, so sanft mit seiner Cousine umgehen? Zu Lady Frederica war er so lieb, konnte sich gleichzeitig aber nicht dazu bringen, Elizabeth direkt anzusehen. Und es war ihre eigene Schuld. Es schmerzte tief in ihrem Inneren, diese Seite von Darcy zu beobachten, die ihr für immer verborgen blieb. Dies war der großzügige, treue Herr, den die Haushälterin von Pemberley ihr beschrieben hatte; derjenige, dessen gute Meinung sie für immer verloren hatte. Und nun, da es zu spät war, wusste sie, wie sehr es sie nach dieser guten Meinung dürstete.

Andrews einohrige Katze sprang auf ihren Schoß und rollte sich rhythmisch schnurrend zusammen. Oje, jetzt bestand definitiv die Gefahr, dass sie zu weinen anfing! In ihrer Verzweiflung begann sie still von hundert rückwärts zu zählen, um sich von diesen gefährlichen Gefühlen abzulenken.

"Was ist mit Richard?", fragte Darcy Frederica. "Wird er dir nicht beistehen?"

"Mein Bruder? Ich habe ihn nicht gefragt und habe es auch nicht vor. Ich denke, er würde es tun, aber er braucht die Zuwendungen von unserem Vater, ganz zu schweigen von seinen guten Verbindungen, die ihn aus den schlimmsten Schlachten heraushalten. Ich hoffe sehr, dass er nach meiner

Heirat mit mir in Kontakt bleibt, aber wie könnte ich ihn bitten, einen so hohen Preis zu zahlen, nur um an meiner Hochzeit teilzunehmen?"

"Verständlich", sagte Andrew mit einem Nicken.

Lady Frederica sagte: "Es war viel einfacher, dich zu fragen, Drew, da mein Vater keine Macht mehr über dich hat und dich bereits ausgeschlossen hat. Darcy, ich hoffe, dir wird es keine Schwierigkeiten bereiten."

Darcy zuckte mit den Achseln. "Mir kann er nicht viel mehr anhaben, als sich über mich zu beschweren. Ich bin froh, dass du mir genug vertraut hast, um mich zu fragen."

"Dafür gebührt mir keine Ehre", verkündete Lady Frederica, "Das war Miss Bennets Idee. Ich muss peinlich berührt gestehen, dass ich dachte, du würdest dich meiner kleinen Mesalliance widersetzen. Sie war diejenige, die sich für dich verwendet hat und Drew überzeugt hat, es dir zu sagen."

Zum ersten Mal seit er den Raum betreten und sie gegrüßt hatte, drehte sich Darcy langsam zu Elizabeth um, seine dunklen Augen, deren Ausdruck sie nicht recht deuten konnte, bohrten sich in sie. Mit einer Stimme, der die Wärme und Leichtigkeit von vorhin fehlte, sagte er: "Dann muss ich Ihnen danken, Miss Bennet, dass Sie mir diese Gelegenheit verschafft haben, meiner Cousine zu dienen."

Sie hatte so sehr gewollt, dass er sie ansah, sie wirklich sah, und jetzt, wo sie endlich seine Aufmerksamkeit hatte, wollte sie nur noch flüchten. Mit einem unguten Gefühl in der Magengrube brachte sie es irgendwie fertig, die Worte herauszupressen: "Sie haben mir gesagt, wie wichtig familiäre Bindungen für Sie sind." Sie konnte das wirklich nicht ertragen. Bevor die Tränen, die sich in ihren Augen sammelten, hervorquellen konnten, fügte sie hinzu: "Bitte entschuldigt mich." Dann stupste sie die Katze sanft von ihrem Schoß und lief hastig aus dem Raum, bevor er etwas erwidern konnte.

Sie eilte in den Garten hinaus, die Tränen liefen nun über ihre Wangen. Aber die anderen konnten sie immer noch durch die Fenster des Wohnzimmers sehen, deshalb lief sie hastig in den Schutz des kleinen Küchengartens, wo sie sich gegen die raue Steinmauer lehnte, ihre Augen schloss und versuchte, ihren rasenden Puls unter Kontrolle zu bringen.

"Ist etwas geschehen, Miss?" Das war die akzentuierte, wohlklingende Stimme des antiguanischen Dienstmädchens Myrtilla.

Elizabeth riss die Augen auf und entdeckte Myrtilla, die auf einer Bank saß, ein kleines Bündel auf dem Schoß. Mit einem verlegenen, schiefen Lächeln sagte Elizabeth: "Nein, mir geht es schon gut." Als ihr klar wurde, wie dumm das klingen musste, wo doch ihre Not offensichtlich war, fügte sie wegwerfend hinzu: "Nur etwas, das jemand gesagt hat. Nichts von Bedeutung."

Der mit einem Schal umwickelte Kopf der jungen Frau wippte auf und ab, als sie nickte. "Worte können ganz schön grausam sein." Sie rutschte zu einer Seite der Bank. "Komm, setz dich hierher. Du kannst mir helfen."

Noch nie hatte eine Dienerin so vertraulich mit Elizabeth gesprochen, aber sie machte es mit einer so warmen und freundlichen Stimme, dass sie sie nur ungern dafür kritisierte. Mehr noch, dass ihr gesagt wurde, sie solle die Arbeit einer Dienerin verrichten, schockierte sie so sehr, dass sie ihre Tränen ganz vergaß und am liebsten gekichert hätte.

Ihre Mutter hätte ihr gesagt, sie solle Myrtilla zurechtweisen, um ihre Stellung als künftige Herrin zu untermauern, aber das fühlte sich falsch an. Was würde Lady Frederica unter diesen Umständen tun? Wahrscheinlich was auch immer sie wollte.

Elizabeth setzte sich neben Myrtilla. "Was machst du denn da?"

"Ich versuche diesen Kleinen zu füttern." Myrtilla hob das Tuch und enthüllte einen winzigen Welpen, dessen Augen immer noch geschlossen waren. "Er ist der Kümmerlichste, und seine Mutter hat nicht genug Milch für ihn. Es gab ein Kraut, das wir in Antigua verwendet haben, um Müttern zu helfen, mehr Milch zu produzieren, aber ich kann es hier nirgends finden, also müssen wir mit dem auskommen, was wir haben. Lassen Sie ihn an Ihrer Hand riechen." Sie nahm Elizabeths Hand in ihre und hielt sie vor das Gesicht des Welpen.

Eine kleine feuchte Nase drückte sich gegen ihre Handfläche, schnüffelte und kitzelte ihre Haut. "Wie heißt er?"

"Einen Namen hat er nicht. Er ist kaum älter als eine Woche und kann noch nicht hören." Myrtilla hob den Welpen samt Tuch, in das er gehüllt war, hoch und hielt ihn Elizabeth hin. "Drücken Sie ihn sanft gegen sich, damit er die Wärme Ihres Körpers und Ihren Herzschlag spüren kann."

# DER PREIS DES STOLZES

Elizabeth fühlte sich ein wenig albern, als sie die winzige Kreatur entgegennahm und an sich drückte und beobachtete fasziniert, wie sich sein Kopf schnüffelnd hin und her bewegte. Er sah charmant asymmetrisch aus, mit einem dunklen Fellkreis um ein Auge in einem ansonsten weißen Gesicht. Als sie sah, wie eine Pfote ihr zuzuwinken schien, stieg Wärme in Elizabeth auf.

"Er mag Sie." Myrtilla reichte ihr ein kleines Stückchen eines Handtuches. "Lassen Sie mich das um Ihren kleinen Finger wickeln, wobei ein bisschen am Ende herunterbaumeln muss, nur so ein kleines Stückchen. Und jetzt tauchen wir es in die Milch." Sie nahm Elizabeths Hand und führte sie zu einer kleinen Schüssel Milch.

Ihre Fingerspitze wurde unter dem Stoff nass und sie tropfte Milch auf ihren Rock, als sie ihre Hand hob, um sie dem Welpen vor der Nase hin und her zu wedeln. Nichts geschah. "Wie bringe ich ihn dazu, es anzunehmen?", fragte sie Myrtilla.

Das Mädchen zuckte leicht die Achseln. "Versuchen Sie, es in seinen Mund zu stecken und damit über seine Zunge zu streichen. Ich konnte ihn nur dazu bringen, ein wenig zu sich zu nehmen, aber vielleicht reicht es aus, um ihn vorm Verhungern zu bewahren. Wenn er nichts isst, wird er sterben, und das ist dann Gottes Wille, aber wir müssen unser Möglichstes geben, um ihn am Leben zu halten, nicht wahr?"

"Ganz sicher!" Elizabeth rückte den Welpen in ihrem Schoß ein wenig zurecht, damit sie ihren Finger zwischen seinen Kiefer bewegen konnte. Sein winziger zahnloser Kiefer drückte sich durch den Stoff in ihre Fingerspitze. "Immer noch nichts, aber vielleicht schluckt er versehentlich ein oder zwei Tropfen."

"Haben Sie Geduld." Myrtilla streckte die Hand aus und streichelte den Hals des Welpen unter seinem Kinn.

Elizabeth spürte einen winzigen Ruck an ihrem Finger. "Ich glaube, er schluckt." Sie flüsterte es beinahe.

"Ich wusste, dass er dich mögen würde", verkündete Myrtilla. Sie stand auf und rückte die Milchschale näher an Elizabeth heran. "Sie können ihn zu mir in die Küche bringen, wenn Sie wollen. Ich muss mit dem Abendessen beginnen."

Wirklich die seltsamste Unterhaltung, die sie je mit einer Dienerin geführt hatte!

Das Ziehen an ihrem Finger wurde stärker, als zwei winzige Welpentatzen anfingen, sich rhythmisch gegen ihren Arm zu drücken. Nein, dieser Welpe würde nicht verhungern, und wenn sie den ganzen Tag und die ganze Nacht hier sitzen müsste, um ihn zu füttern. Sie ließ ihn eine Zeit lang an ihrem Finger saugen, bevor sie ihn wieder in die Milch tauchte um ihn anschließend wieder in seinen gierigen Mund zu legen.

Es war absolut faszinierend. Sie flüsterte dem Welpen ermutigende und zärtliche Worte zu, auch wenn er zu jung war, um sie hören zu können. Trotzdem war es wichtig. Sie war so auf ihre Bemühungen konzentriert, dass sie erst aufblickte, als sie bemerkte, dass etwas das Sonnenlicht blockierte.

Es war Mr. Darcy, der sie mit einem unergründlichen Blick anstarrte. "Warum?", fragte er harsch.

Sie starrte ihn einen Moment verwirrt an, bis ihr klar wurde, was er meinte. "Warum ich ihnen gesagt habe, dass sie es dir sagen sollen?"

Er runzelte die Stirn. "Ja."

Der Welpe gab ein winziges Wimmern von sich, zweifellos spürte er, dass sie abgelenkt war. Langsam tauchte sie ihren Finger in die Milch, steckte ihn wieder in seinen Mund und ließ sich von seinem Saugen beruhigen. Sie sollte etwas Höfliches und Bedeutungsloses sagen, aber wenn Lady Frederica rundheraus sagen konnte, was sie meinte, dann konnte sie das auch. "Irgendwann hättest du ohnehin erfahren, dass Lady Frederica Andrew um Hilfe gebeten hatte und mir kam der Gedanke, dass es dir nicht gefallen würde, ausgeschlossen zu werden. Und ich dachte, du möchtest ihr vielleicht helfen. Mehr war es nicht." Jetzt zitterte ihre Stimme wieder, und ihr Gefühl des Friedens war dahin. Sie beugte sich vor, um den Kopf des Welpen zu küssen, ohne Rücksicht darauf, wie unangemessen ihr Verhalten erscheinen könnte.

"Was ist das für ein Tier?"

"Ein Welpe. Andrew kann dir seine Geschichte erzählen." Sie sah ihn nicht an. Warum konnte er sie nicht in Frieden lassen?

"Warum fütterst du ihn? Hat Drew keine Diener?"

Sie funkelte ihn an. "Weil ich, auch wenn du das vielleicht nicht glauben magst, gerne von Nutzen bin. Und er braucht mich." Sie blickte auf den Welpen hinunter und war entschlossen, sich von Darcy nicht noch einmal verärgern zu lassen.

Nach einer Minute wurde das Licht wieder heller und Elizabeth sah auf, um zu sehen, wie Mr. Darcys Rücken um die Ecke des Küchenhofs verschwand. Ein Kloß saß in ihrem Hals.

# Kapitel 17

*Ich brauche dich.* Der Gedanke pochte in Darcys Kopf, als er vom Pfarrhaus in Kympton nach Pemberley zurückritt und ihn der Anblick von Elizabeths geschwollenen, geröteten Augen nicht loslassen wollte. Wie konnte sie auf die Bedürfnisse dieses Welpen eingehen und nicht auf seine?

Sein Herz hatte sich in seiner Brust schmerzhaft zusammengezogen, als Frederica gesagt hatte, Elizabeth habe sich für ihn verwendet. Sehnte er sich so verzweifelt nach auch nur der geringsten Form von Zuwendung von ihr? Aber das war nichts im Vergleich dazu gewesen, sie zu sehen, wie sie den Welpen in ihren Armen gewiegt hatte, genauso, wie er sich einst erträumt hatte, dass sie sein Kind in den Armen halten würde. Nun wäre es Drews Baby, das sie an ihre Brust halten würde, nicht seines.

Gütiger Gott, ihm wurde übel.

Hurricane warf protestierend den Kopf zurück und Darcy bemerkte, dass er die Zügel unwillkürlich fester angezogen hatte. Verdammt, was war mit ihm los? Das konnte er besser, er war ein guter Reiter, das lag ihm im Blut, und jetzt ließ er Hurricane für seine Sünden leiden. Er lockerte die Zügel.

Seine Gedanken hörten nicht auf zu wirbeln, selbst als er Pemberley erreichte und sich auf den Weg zu seinem Arbeitszimmer machte. Er hielt nur kurz inne, um der Haushälterin eine Nachricht zukommen zu lassen, dass er sie zu sprechen wünsche. Er war vielleicht nicht in der Lage, das Rätsel um Elizabeth zu lösen, aber zumindest konnte er Matlock davon abhalten, seinen Haushalt auszuspionieren.

Aber sobald er in seinem Arbeitszimmer angekommen war, seinem sicheren Rückzugsort, zeigte sich ihm wieder das Bild von Elizabeths tränenüberströmtem Gesicht. Es ergab keinen Sinn. Da musste es etwas geben, was er bisher übersehen hatte. Warum hatte Elizabeth ihn mit einbezogen? Vielleicht hatte sie gehofft, einen Keil zwischen ihn und Matlock zu treiben. Oder, was wahrscheinlicher war, sie dachte, er würde es rundheraus ablehnen und einen Streit mit Drew beginnen. Sie wusste, dass ihn das verletzen würde. Das musste es sein.

Aber ihre Augen waren rot gewesen. Warum hätte sie so etwas zum Weinen gebracht? Selbst wenn sie über den ausbleibenden Konflikt zwischen ihm und Drew enttäuscht gewesen wäre, hätte sie deshalb wohl kaum geweint. Er schlug mit der Faust auf seinen Schreibtisch und rieb sich dann das schmerzende Fleisch. Verdammt.

Die Haushälterin wählte diesen unglücklichen Moment, um aufzutauchen und hob bei seinem Anblick eine Augenbraue. "Sie wollten mich sprechen, Sir?"

Er versuchte, sich zu sammeln und seine übliches herrisches Verhalten aufzusetzen, aber die Frau, die ihn von Geburt an gekannt hatte, würde er wohl kaum damit täuschen können. "Ja, Mrs. Reynolds. Ich habe heute erfahren, dass einer unserer Dienstboten dem Earl of Matlock Informationen über die Familie zukommen lässt. Ich möchte, dass diese Person unverzüglich gefunden und entlassen wird."

Nun hoben sich beide ihrer Augenbrauen. "Wie Sie wünschen, Sir, aber zuerst muss ich Ihnen mitteilen, dass ich die Person bin, die Sie suchen."

"*Sie?*" Er starrte sie schockiert an. Von allen Bediensteten in seinen beiden Häusern war Mrs. Reynolds diejenige, auf die er sich am meisten verlassen hatte, der er vertraute, die für ihn fast wie eine zweite Mutter gewesen war. Dann wurde ihm klar, was dahinterstecken musste. "Ich glaube Ihnen nicht. Wen schützen Sie?"

"Niemanden. Das bin wirklich ich. Als ich mit Ihrer Mutter ganz frisch hier ankam, bestand ihr Bruder darauf, dass ich ihm Bericht erstatte. Natürlich informierte ich Lady Anne in der Hoffnung, sie könne mich vor ihm schützen, aber sie sagte, wenn ich mich weigerte, würde er einfach jemand anderen finden, der sie ausspioniert, und zumindest könnte sie mir vertrauen, dass ich die wirklich wichtigen Dinge nicht herausgebe. Zu ihren Lebzeiten, sagte sie mir selbst, was ich schreiben solle, und teilte ihm gerade genug Geheimnisse mit, um ihn glauben zu lassen, dass er alles wisse. Nach Lady Annes Tod schickte ich die Berichte selbst. Es schien mir die bessere

Lösung als die Alternative, aber ich kann damit aufhören, wenn Sie das wünschen."

Jetzt fühlte er sich wirklich aus dem Gleichgewicht gebracht. Sein Onkel hatte seine Mutter ausspioniert? Darcy studierte die Haushälterin. "Warum haben Sie das mir gegenüber nie erwähnt?"

Sie drehte die Handflächen nach oben. "Ich hätte es tun sollen, als Ihr Vater starb, aber es erschien mir einfacher, es wie gehabt fortzuführen, als Ihnen zu erklären, dass Ihr Onkel jahrelang versucht hatte, sich einzumischen."

"Sie hätten mich informieren sollen. Was haben Sie ihm mitgeteilt?"

"In letzter Zeit? Da gab es wenig zu berichten, da Sie selten hier waren. Ich versuche, meine Berichte an das anzupassen, was ihm aus anderen Quellen zu Ohren gekommen sein könnte. Zum Beispiel habe ich ihm letzten Herbst erzählt, dass Miss Georgiana untröstlich sei, weil ein Pferd gestorben sei, anstatt es auf ihren Rückschritt nach ihrem Aufenthalt in Ramsgate zu schieben. Erst letzte Woche habe ich ihm einen Bericht über Mr. Drews Verlobung geschickt, der meinen Eindruck von Miss Bennets Hintergrund vermittelt, aber den fragwürdigen Beginn der Geschichte nicht erwähnt."

Er nickte und dann erst drangen ihre Worte in sein Bewusstsein vor. "Was meinen Sie mit dem 'fragwürdigen Beginn der Geschichte'?" Ein Gefühl der Vorahnung packte ihn an der Kehle.

"Oh, dieses lächerliche Gerücht, dass er sie kompromittiert hat. Ich sah keinen Vorteil darin, seiner Lordschaft weitere Munition gegen Mr. Drew zu liefern, zumal ich sicher bin, dass der Junge niemals etwas Falsches getan hätte. Der Himmel weiß, dass es seitdem keine Anzeichen für unangemessenes Verhalten zwischen den beiden gab."

Darcys Herz schlug so heftig, dass es drohte, aus seiner Brust zu fallen. "Inwiefern kompromittiert?" Er presste die Worte heraus.

Mrs. Reynolds fingerte an ihrer Schürze herum. "Nun, ich kenne nicht alle Details, aber wenn ich es recht verstehe, waren sie zusammen in einem Raum im *Weißen Hirschen* eingesperrt."

Elizabeth war kompromittiert worden? Miteinander eingesperrt zu werden passierte nicht einfach zufällig. Waren ihre Tante und ihr Onkel so verzweifelt, sie an den Mann zu bringen, oder hatte Drew es getan, um sie zu gewinnen? Er wischte sich mit dem Handrücken über den Mund. "Wer hat das getan? Wer hat sie eingesperrt?"

Die Haushälterin runzelte die Stirn. "Dem Klatsch zufolge haben es alle bestritten. Deshalb beschuldigen einige Leute Mr. Drew."

Er tippte ungeduldig mit den Fingern auf den Schreibtisch. "Erzählen Sie mir alles, was Sie darüber wissen."

"Das ist wirklich alles, außer dass Mr. Drew sich ihr angetragen hat, als sie entdeckt wurden. Miss Bennet lehnte ab, überlegte es sich aber später noch einmal. Das ist alles, was ich gehört habe, und ich habe keine Fragen gestellt."

"Elizabeth wollte ihn nicht heiraten?" Seine Gedanken fokussierten sich auf diesen entscheidenden Punkt, als wäre es der sprichwörtliche Strohhalm, nach dem ein Ertrinkender griff. Und der war er.

"Damals nicht, aber zu diesem Zeitpunkt hatte sie ihn kaum eine Woche gekannt. Man sagt, er sei ziemlich angetan von ihr, aber sie habe vorher kein Interesse an ihm gezeigt. Nach allem, was ich gesehen habe, nimmt sie ihre Pflichten jedoch ernst und ich glaube, sie wird ihm eine gute Ehefrau sein."

Elizabeth hatte Drew nicht heiraten wollen. Was hatte sie gesagt? Dass sie nicht gewusst hatte, dass Drew sein Bruder ist, weil keine Zeit geblieben war, um es herauszufinden? Und er hatte ihr nicht geglaubt, weil es keinen Sinn ergab. Aber wenn Elizabeth ihn nicht freiwillig verraten hatte, machte das den entscheidenden Unterschied. Die Erleichterung überwältigte ihn.

"Was sonst noch?", forderte er.

"Das ist alles, was ich weiß, Sir. Mir mag manchmal Klatsch zu Ohren kommen, aber ich stelle keine Fragen, nicht über die Familie." Sie rang sich die Hände. "Möchten Sie dann, dass ich zurücktrete, Sir?"

"Nein, selbstverständlich nicht. Weshalb?"

"Wegen Lord Matlock. Sie sagten, die Person, die Bericht erstattet hat, solle entlassen werden."

Darcy winkte ab. Lord Matlock kümmerte ihn nicht, nicht jetzt. "Nein. Aber Sie sollten mit mir sprechen, bevor Sie Bericht erstatten, wie sie es mit meiner Mutter gemacht haben."

"Ja, Sir." Mrs. Reynolds knickste kurz und ging.

Darcys Gedanken wirbelten durcheinander. Was hatte Elizabeth in dieser Nacht nach dem Ball gesagt? Dass ihr weder Zeit noch Wahl geblieben war? Er hatte gedacht, es bedeutete, dass sie sich gehetzt gefühlt hatte, dass sie eine Entscheidung treffen musste, bevor sie Derbyshire verließ, da sie Drew danach nicht wiedersehen würde, aber das erklärte nicht, keine Wahl zu haben. Wenn sie Angst vor einem Skandal gehabt hatte, war das etwas anderes.

Wer war verantwortlich dafür, dass sie eingesperrt wurden? Es mussten ihre Tante oder ihr Onkel gewesen sein, weil sie darauf aus waren, sie nicht als alte Jungfer enden zu sehen. Er konnte und wollte nicht glauben, dass Drew eine kompromittierende Situation herbeigeführt hatte, um sie in Zugzwang zu bringen. Nicht sein Bruder. Und Elizabeth zeigte nichts von dem Groll gegen Drew, den er erwarten würde, wenn sie das Gefühl hätte, er hätte sie zu der Verlobung gezwungen. Aber das gleiche Argument könnte ebenfalls für ihre Tante und ihren Onkel vorgebracht werden. Könnte es nur ein Unfall gewesen sein oder gab es jemanden, der Unheil im Sinn hatte?

Er musste in Erfahrung bringen, was sich zugetragen hatte, jedes Detail. Es nicht zu wissen, konnte er nicht ertragen. Aber Drew konnte er nicht fragen, denn sein Bruder würde in die Defensive gehen und wütend werden.

Er sprang auf die Füße, eilte nach oben, nahm in seiner Eile immer gleich zwei Stufen auf einmal die Treppe hinauf und fand seinen Kammerdiener vor, der bereits die Kleidung fürs Dinner herauslegte. "Wilkins, jemand muss für mich ein paar Fragen stellen, ganz diskret."

Wilkins richtete sich auf und Interesse blitzte in seinen Augen auf. "Ich stehe zu Ihren Diensten, Sir." Es war nicht das erste Mal, dass er Darcy auf diese Weise assistierte.

"Wie es scheint, ist die Verlobung meines Bruders das Ergebnis einer kompromittierenden Situation. Er und Miss Bennet waren in einem Raum im *Weißen Hirschen* eingesperrt. Ich möchte die Details dazu erfahren, aber keiner darf vermuten, dass ich ein Interesse an der Geschichte habe."

Wilkins' Oberlippe kräuselte sich. "Eine kompromittierende Situation also? Wenn es Ihnen nichts ausmacht, mir ein paar Tage freizugeben, damit ich vielleicht meine alte Mutter und Freunde hier besuchen könnte, kann ich diskrete Nachforschungen anstellen."

"Nehmen Sie sich so viel Zeit wie Sie brauchen. Bitten Sie Mrs. Reynolds, einen anderen Bediensteten mit Ihren üblichen Aufgaben zu betrauen."

Und dann würde er einige Antworten erhalten, aber nicht auf die Frage, die er sich schon die ganze Zeit stellte. Warum hatte Elizabeth sich für ihn verwendet und was hatte sie zum Weinen gebracht? Durfte er zu hoffen wagen, dass sie auch nur ein wenig für ihn übrighatte?

ELIZABETH FREUTE SICH über die Nachricht, dass Andrew nach Lady Fredericas Abreise zugestimmt hatte, auf Pemberley zu speisen, allerdings weniger aus dem Wunsch nach seiner Gesellschaft, sondern vielmehr, weil seine Anwesenheit es ihr leichter machen würde, ein weiteres privates Gespräch mit Mr. Darcy zu vermeiden. Sie wünschte nur, sie könnte den Welpen auch mitnehmen. Sie würde alles darum geben, ihre Aufmerksamkeit vom Herrn von Pemberley und seiner Wut auf sie abzulenken.

Es fiel ihr immer noch nicht leicht, gelassen zu bleiben. In den letzten vierundzwanzig Stunden war zu viel geschehen. Sie war Wickham auf dem Ball begegnet, hatte spät nachts eine Diskussion mit dem betrunkenen Darcy gehabt, Lady Frederica kennengelernt und wegen Darcy geweint. Sie brauchte ein wenig Ruhe, vorzugsweise bei einem langen, einsamen Spaziergang auf dem Land, aber stattdessen stand ihr ein langer Abend in anstrengender Gesellschaft bevor. Sie wusste nicht, wie sie reagieren würde, wenn ihre Nerven so angegriffen waren. Die Ablenkung durch Andrew käme ihr ganz gelegen.

Da sie erst spät aus Kympton zurückgekehrt war, zog sie sich eilig zum Abendessen um, doch als sie unten ankam, hatte sich die gesamte Gesellschaft bereits im Salon eingefunden und unterhielt sich freundschaftlich. Georgiana hatte natürlich den Stuhl beansprucht, der Andrew am nächsten stand, und Miss Bingley versuchte, Darcys

Aufmerksamkeit ganz für sich allein zu erhaschen. Das kam Elizabeth gerade recht.

Nachdem Andrew sie begrüßt hatte, sagte er zu der versammelten Gruppe: "Meine Pläne haben sich geringfügig geändert. Wenn Elizabeth nach Hertfordshire zurückkehrt, habe ich vor, mit ihr zu reisen und ein paar Tage ihre Familie kennenzulernen. Vielleicht lege ich auch noch einen kurzen Zwischenstopp in London ein, um mich um Geschäftliches zu kümmern."

"Eine ausgezeichnete Idee", sagte Mrs. Gardiner. "Wir freuen uns, wenn du uns auf unserer Reise begleitest."

Georgiana biss sich auf die Lippe. "Darf ich mich bitte auch anschließen?"

Elizabeth unterdrückte ein Stöhnen. Das hätte sie erahnen sollen. An sich wäre die Anwesenheit des Mädchens kein Problem gewesen, aber dass sie auf Longbourn blieb und den schlechten Manieren ihrer Mutter und jüngeren Schwestern ausgesetzt wäre, schon. "Du wärst auf Longbourn willkommen, aber ich muss dich warnen, dass es keineswegs ein solch vornehmes Haus ist wie du gewöhnt bist, und es ist gut gefüllt mit einer großen und manchmal etwas ungestümen Familie. Privatsphäre ist dort Mangelware."

"Ich finde Ihre Familie entzückend", sagte Bingley fest, obwohl auch ihm das Verhalten nicht entgangen sein konnte, das Mr. Darcy so sehr missfallen hatte. "Aber, wenn Mr. Andrew Darcy und Miss Darcy es wünschen, wären sie herzlich eingeladen, in meinem Haus Netherfield zu wohnen, das nur drei Meilen von Longbourn entfernt ist."

"Sie sind sehr großzügig", sagte Andrew, "aber ich möchte Ihre Dienstboten nicht dazu nötigen, das Haus nur für einen kurzen Besuch zu öffnen."

Elizabeth, deren Hoffnungen vorübergehend durch die Idee geweckt worden waren, Andrews und Georgianas Kontakt zu ihrer Familie zu begrenzen, brachte nichts heraus.

"Das würde keine Umstände bereiten." Bingleys Gesichtsausdruck hellte sich plötzlich auf. "Vielleicht werde ich nach meinem Aufenthalt hier ebenfalls dort sein."

Miss Bingley protestierte sofort: "Unsinn. Wir werden in Scarborough erwartet."

Bingley sagte fest: "Du kannst ohne mich nach Scarborough fahren. Du bist diejenige, die Tante Emily sehen möchte, nicht ich."

Seine Schwester sah ihn verächtlich an. "Es gibt keinen Grund für dich, nach Netherfield zu eilen, nur weil Mr. Andrew Darcy, den du kaum kennst, seine zukünftigen Schwiegereltern kennenlernen möchte."

Bingley sprang auf die Füße. "Caroline, das ist genug. Du wirst nach Scarborough fahren, und ich nach Netherfield. Ich möchte meine Freunde dort sehen, Punktum."

Die Augen seiner Schwester verengten sich. "Du weißt ganz genau, dass dort niemand ist, der deiner Aufmerksamkeit würdig wäre. Lass dich nicht von der Erinnerung an ein hübsches Gesicht vom rechten Weg abbringen. Ich gebe zu, sie war ein süßes Mädchen, aber deiner nicht würdig."

Elizabeth versuchte, sich auf die Zunge zu beißen, aber die Wut über eine solche Behandlung ihrer Schwester gewann die Oberhand. "Mich erstaunt, dass Sie es wagen, das vor mir zu sagen." Irgendwie gelang es ihr, ihre Stimme nicht zu heben.

Miss Bingleys Mund öffnete und schloss sich. Offensichtlich hatte sie Elizabeths Anwesenheit nicht bedacht. "Ich fürchte, Sie haben mich missverstanden", sagte sie eisig.

Mrs. Gardiners Wangen waren gerötet. "Sie hat nichts missverstanden, Miss Bingley. Ich habe gesehen, wie Sie mit meiner lieben Nichte Jane umgesprungen sind, als Sie sie letzten Winter in London besucht haben." Sie warf Mr. Bingley einen vielsagenden Blick zu.

Miss Bingley sah sie von oben herab an. "Ich habe keine Ahnung, wovon Sie sprechen."

Mrs. Gardiner drückte ihre Hand in einer Parodie des Unglaubens sanft an ihre Brust. "Wie töricht von mir! Natürlich, Ihr gesellschaftliches Leben ist so rege, da ist es Ihnen vollkommen entfallen, dass Jane Sie in London besucht hat und es drei Wochen dauerte, ehe Sie einen Gegenbesuch einrichten konnten, und selbst dann konnten Sie nur wenige Minuten bleiben."

Bingley richtete sich abrupt auf. "Miss Bennet war in London?", forderte er.

171

Mit einem vielsagenden Lächeln sagte Mrs. Gardiner: "Oh ja. Sie kam nach Weihnachten zu uns und blieb bis April. Sie freute sich sehr darauf, ihre Freundschaft mit Ihren lieben Schwestern fortzuführen. Wie schade, dass sie keine Zeit für sie hatten."

Bingleys Gesicht wurde blass. "Caroline, mich wundert, dass du es mir gegenüber nie erwähnt hast."

Mit einem Kopfschütteln rief Miss Bingley aus: "Aber das habe ich doch! Ich bin sicher, dass ich dir davon erzählt habe. Vielleicht hast du nicht zugehört."

"Oder warst zu betrunken, um dich zu erinnern", fügte Mrs. Hurst hinzu.

"Ich hätte es nicht vergessen, wenn Miss Bennet erwähnt worden wäre!", tobte Bingley.

"Charles!", rief Miss Bingley aus. "Denk daran, wo du bist!"

Bingley sprang auf die Füße. "Nein, Caroline, du solltest dich daran erinnern, wo du bist und von wem du deine Zuwendungen erhältst!"

Darcy legte seine Hand auf Bingleys Arm. "Komm, schließt du dich mir in meinem Arbeitszimmer an? Ich möchte dir dort etwas zeigen."

Bingley funkelte ihn wütend an, aber dann schien seine Gegenwehr dahinzuschmelzen. "Oh, na schön. Aber wir sind noch nicht miteinander fertig, Caroline!"

Eine unangenehme Stille legte sich über den Raum, als Darcy und Bingley gingen. Dann warf Caroline Bingley Mrs. Gardiner einen giftigen Blick zu. "Aus einer Mücke einen Elefanten zu machen! Es ist schade, dass manche Menschen nicht verstehen, wie sich Leute von Stand verhalten."

Mrs. Hurst runzelte die Stirn. "Caroline, ich habe das Bedürfnis, mich zu erfrischen. Schließt du dich mir an?"

"Wenn du es sagst, Louisa." Miss Bingley segelte nur mit der geringsten Andeutung eines Knickses hinaus, gefolgt von Mrs. Hurst.

Mrs. Gardiner bedeckte ihr Gesicht mit den Händen. "Oh, mein Temperament, mein grässliches Temperament! Lizzy, es tut mir so leid."

"Mach dir keine Gedanken, Tante", sagte Elizabeth unbehaglich. "Ich muss gestehen, dass ich selbst versucht war, sie in ihre Schranken zu weisen."

Andrew fügte hinzu: "Damit bist du nicht allein. Ich kann Ihr Unbehagen verstehen, Mrs. Gardiner, aber gleichzeitig halte ich es nicht für verkehrt, dass Bingley nun weiß, dass seine Schwestern ihn hintergangen haben. Geheimnisse können wie Gift sein."

Elizabeth nickte. "Darüber hinaus bezweifle ich, dass der Schaden von Dauer sein wird. Mr. Bingley ist ein sehr verzeihender Gentleman." Und insgesamt viel zu leicht zu leiten. Würde Darcy Bingley die Wahrheit über seinen eigenen Anteil an der Täuschung sagen? Nicht, dass es eine Rolle spielte. In jedem Fall würde diese Szene nur seine schlechte Meinung über sie und ihre Familie bestätigen.

ES MACHTE KEINEN SINN, dass Darcy am nächsten Tag guter Stimmung war. Er hatte Bingley erklärt, warum er Jane Bennets Anwesenheit in London vor ihm geheim gehalten hatte, doch daraus hatte sich ein erbitterter Streit entwickelt. Bingley war heute früh nach Hertfordshire aufgebrochen, ohne sich von irgendjemandem zu verabschieden, außer vielleicht von Elizabeth. Aber wenn Bingley etwas zu Elizabeth gesagt hatte, wusste Darcy nichts davon, da Elizabeth ihm den ganzen Tag erfolgreich aus dem Weg gegangen war. Er sollte sich elend fühlen, nicht glücklicher als seit Wochen.

In Hochstimmung war er zwar nicht, aber seine Stimmung war besser als zuvor, seit er von Elizabeths Verlobung erfahren hatte. Er machte sich Sorgen um Bingley, ja, aber Bingley war gar nicht in der Lage, einem lange zu grollen und würde schließlich akzeptieren, dass Darcy sein Verhalten von damals wirklich bereute. Und Elizabeth ... nun, sie war immer noch mit Drew verlobt, mit dem entscheidenden Unterschied, dass es nicht ihre Wahl gewesen war. Es war, als ob ein riesiger Abszess in ihm aufgestochen worden wäre. Die Verletzung schmerzte noch immer und er wusste, dass der Schmerz schlimmer werden würde, bevor es wieder besser wurde, aber es war eine solch enorme Erleichterung, zu wissen, dass sie ihm nicht absichtlich in den Rücken gefallen war.

Er wusste, dass es nicht von Dauer sein würde. Nichts hatte sich geändert; Elizabeth war immer noch mit Drew verlobt und falls sie tatsächlich heiraten sollten, würde das Darcy für den Rest seiner Tage quälen. Aber nun bestand eine kleine, schwache Hoffnung, wider alle

Vernunft, dass ihre Ehe womöglich noch verhindert werden könnte. Wenn Drew dieses Verlöbnis ebenfalls nicht freiwillig eingegangen war, dann könnte er vielleicht davon überzeugt werden, sie aus ihrem Versprechen zu entlassen. Und selbst wenn er das nicht tat, dann wusste Darcy zumindest, dass Elizabeth ihn nicht hasste und das allein war schon genug, um die Sonne ein wenig heller scheinen zu lassen.

Er versuchte zu vergessen, dass Drew behauptet hatte, Elizabeth zu lieben.

Als er zu Bett ging, war er überrascht, dass Wilkins auf ihn wartete. Sein Herz begann schneller zu pochen, weil er erwartete, nun endlich Antworten zu bekommen. "Das ging schnell", sagte er. "Was haben Sie in Erfahrung bringen können?"

"Es war einfacher als ich gedacht hätte", sagte der Kammerdiener. "Ich habe eine Putzmacherin gefunden, die Mrs. Gardiner ins Vertrauen gezogen hatte. Von ihr habe ich die meisten Informationen erhalten."

Darcy sog scharf den Atem ein. "Dann waren es also die Gardiners, die sie eingesperrt haben?"

"Nein, Sir." Wilkins verschränkt die Hände. "Sie waren unterwegs, als Mr. Drew und Miss Bennet miteinander in einen privaten Salon eingeschlossen wurden und absichtlich Kunde davon verbreitet wurde, damit sich eine möglichst große Menschenmenge ansammelte, die auch den Magistraten einschloss. Alle bekamen mit, wie sie herausgelassen wurden. Niemand hat zugegeben, die Tür verriegelt zu haben, aber mir kamen die Umstände ein wenig fragwürdig vor." Er hielt inne und holte tief Luft. "Direkt vor dem Ereignis hatte Mr. Drew einen öffentlichen Streit mit George Wickham, der ihn mehrfach geschlagen und verletzt hatte. Wickham war auch derjenige, der den Magistraten hinzuzog."

Für einen Moment konnte er es nicht glauben, ehe die pure Wut in ihm explodierte. "Wickham?", rief er. "*Wickham* hat das gemacht?" Er verspürte einen unerklärlichen, beinahe überwältigenden Drang, Wilkins bei den Schultern zu packen und ihn zu schütteln. Oder auf etwas einzudreschen. Oder jemanden. "Wie konnte er es *wagen*?" Aber, natürlich, Wickham schreckte vor nichts zurück. Er würde alles wagen, solange es ihm nutzte.

Aber was hatte er davon, wenn Drew gezwungen war, Elizabeth zu heiraten? Wickham hatte sich nie besonders um Drew geschert. Doch plötzlich fiel es ihm wie Schuppen von den Augen. Wickham hatte nur gekümmert, wie er Darcy verletzten könnte, und Andrew war urplötzlich und auf mysteriöse Weise eine Verlobung eingegangen, die Darcy bis ins Mark traf. Wenn Wickham im Spiel war, gab es keine Zufälle, besonders wenn es darum ging, Darcy wehzutun.

Und diesmal hatte er voll ins Schwarze getroffen, zielsicher sein Herz getroffen und das Messer nochmal herumgedreht, indem er ihm sowohl Elizabeth als auch Drew nahm. Ihn zu töten wäre barmherziger gewesen.

Wilkins schenkte schweigend ein Glas Portwein ein und reichte es ihm. Wilkins, der seit Jahren an seiner Seite war, dem sicherlich sein Interesse an Elizabeth nicht entgangen war und der Wickhams sämtliche Sünden kannte. "Es geht noch weiter, Sir. Miss Bennet weigerte sich zunächst, Mr. Drew zu heiraten, überlegte es sich jedoch anders, nachdem er einen Brief erhalten hatte, in dem ihm gedroht wurde, ihre Schande in Meryton publik zu machen. Die Putzmacherin wusste nicht, wer ihn geschickt hatte, aber der Schuldige ist offensichtlich."

"Verdammt soll er sein!" Darcy konnte nicht denken, konnte kaum etwas sehen, so sehr vernebelte der Zorn seine Sicht. Warum schwappte der Portwein in seinem Glas umher? Seine Hand zitterte. Hastig kippte er die Hälfte davon hinunter, ohne das brennende Gefühl in seiner Kehle zu bemerken. Übelkeit machte seinem Magen zu schaffen. Das hatte er sich selbst eingebrockt, weil er einmal zu viel gnädig mit Wickham gewesen war. Nie wieder. Das hätte jetzt ein Ende. Er würde Elizabeth von Wickhams Drohungen befreien und dann ...

Nein, es war zu früh, um so weit vorauszudenken. "Sie müssen für mich herausfinden, wo Wickham ist."

Mit einem trockenen, schiefen Lächeln sagte Wilkins: "Ich weiß bereits, wo er in Grimsby wohnt, aber es ist unwahrscheinlich, dass er sich dort noch länger als ein oder zwei Tage aufhält. Gerüchten zufolge hat er Probleme mit jemandem, der ihm Geld geliehen hat, und möchte nicht lange an einem Ort bleiben."

"Dann dürfen wir ihn nicht entkommen lassen. Bei Tagesanbruch machen wir uns auf nach Grimsby." Darcys freie Hand ballte sich zur Faust. Wickham würde dafür bezahlen.

"Ich habe bereits darum gebeten, dass Ihre Truhe heruntergebracht wird. Wollen Sie Mr. Wickhams Papiere mitführen?" Er meinte seine Schulden, all die Schuldscheine, die Darcy im Laufe der Jahre aus Mitgefühl für Wickhams Opfer aufgekauft hatte.

"Ja", knurrte Darcy und stellte das Glas ab, bevor er es auf etwas warf. Er würde seine Wut für Wickham aufsparen.

# Kapitel 18

Die Dienstboten waren noch mit ihrer Arbeit beschäftigt, als Elizabeth am nächsten Morgen schon früh nach unten kam. Ein Dienstmädchen polierte einen Tisch im Salon, während ein anderes den Kamin schrubbte. Ein kleiner Junge, der einen Eimer Asche trug, wich ihr aus. Ihn überraschte es offensichtlich, schon so bald nach Tagesanbruch auf einen Gast zu treffen. Vielleicht war sie zu optimistisch zu glauben, dass es bereits Frühstück geben würde. Nun, sie konnte immer noch um Tee und Toast bitten, falls es noch nicht hergerichtet war.

Überraschenderweise stand der Butler bereits an der Haustür, daher ging sie direkt auf ihn zu. "Ich würde gerne in einer Stunde nach Kympton fahren. Wäre der Einspänner heute frei?" Für einen Gast war das eine durchaus freimütige Bitte, aber sie hatte nicht die Absicht, sich in ihrem Zimmer vor Mr. Darcys schlechter Laune zu verstecken, wenn es einen hungrigen Welpen gab, der sie im Pfarrhaus brauchte. Wenn die Diener sie deshalb für zu anspruchsvoll hielten, kümmerte sie das nicht.

Hobbes verbeugte sich. "Er wird für Sie bereitstehen, Miss Bennet."

"Ich danke Ihnen." Sie wandte sich dem Ostflügel zu, in dem sich der Frühstücksraum befand, doch noch ehe sie mehr als ein paar Schritte gegangen war, kamen zwei stämmige Lakaien mit einer Truhe durch die Eingangshalle. Der Butler hielt die Haustür offen und gab den Blick auf einen wartenden Zweispänner frei, dem vier Pferde vorgespannt waren. Was hatte diese ganze Betriebsamkeit zu bedeuten?

Beim Geräusch von Schritten auf der Haupttreppe drehte sie sich um und verfluchte ihr Pech. Darcy und sein Kammerdiener, beide für eine Reise gekleidet, kamen zielstrebig die Treppe hinunter, Darcy zog sich im Gehen die Handschuhe über. Sie hatte ihn fast den ganzen Vortag erfolgreich gemieden, aber nun hatte ihr Glück ein Ende gefunden.

Dann sah er sie und blieb abrupt stehen. "Miss Elizabeth." Seine Stimme war heiser und er verneigte sich verspätet, seine dunklen Augen fest auf sie gerichtet.

Anscheinend war sie nicht mehr unsichtbar und sie war auch wieder Miss Elizabeth. Was hatte sich verändert? "Guten Morgen, Mr. Darcy."

"Ich ..." Er streckte die Hand aus und zog an seiner Krawatte. Der Butler stand hinter ihm und hielt ihm einen Reisemantel mit mehrlagiger Pelerine hin.

"Fitzwilliam!" Georgiana stolperte die Treppe hinunter, im Schlafrock, die Haare noch geflochten, offensichtlich war sie eben erst aus dem Bett gestiegen. "Was ist geschehen? Meine Zofe meinte, dass du fortfährst."

Darcy riss seinen Blick von Elizabeth los. "Nichts von Belang. Eine unerwartete, dringende geschäftliche Angelegenheit, um die ich mich kümmern muss. Ich werde nur ein paar Tage weg sein."

Mr. Darcy wollte Pemberley verlassen? Elizabeth fühlte es wie einen Schlag in die Magengrube. War sie der Grund dafür?

Seine Schwester zupfte an seinem Ärmel. "Aber du hast gestern nichts darüber gesagt! Ist es etwas Gefährliches?"

Sein Lachen klang gezwungen. "Nicht im Geringsten. Ich habe gestern Abend die Nachricht erhalten, dass...ein Freund meine Hilfe benötigt."

Die Augen des Mädchens weiteten sich. "Ein Duell? Du wirst sein Sekundant sein? Aber das ist illegal!"

"Nein." Darcy, der offensichtlich nicht wusste, was er sagen sollte, warf Elizabeth einen Blick zu. Irgendwie konnte sie erkennen, dass er sich gefangen fühlte und weder die Wahrheit sagen noch lügen konnte. Nun, sie würde ihm helfen, allein schon um seiner Schwester willen.

Sie hakte sich bei Georgiana unter. "Dein Bruder soll etwas Illegales tun? Das denke ich nicht! Ich wage zu vermuten, dass sein Freund sich in eine unangenehme Situation gebracht hat, wahrscheinlich waren Alkohol, Karten, Pferde oder alles zusammen im Spiel, und dein Bruder reitet zu seiner Rettung. Er möchte unsere empfindlichen weiblichen Gefühle nicht mit den Details in Verlegenheit bringen, aber ich bezweifle, dass es einen Grund gibt, sich Sorgen zu machen."

"Ist es das?", fragte Georgiana schüchtern.

Er rieb sich mit der Hand über das Kinn und sah beschämt aus. "Etwas in die Art."

Das Mädchen seufzte erleichtert. "Das hättest du sagen sollen! Natürlich musst du deinem Freund helfen."

"Ja, das muss er", sagte Elizabeth herzlich. "Und du und ich werden das große Vergnügen haben, unseren Gedanken in wilde Gefilde schweifen zu lassen und uns vorzustellen, in welche Schwierigkeiten der Freund deines Bruders geraten sein könnte. Ich bin sicher, wir können uns eine Geschichte ausdenken, die interessanter ist als die langweilige Wahrheit. Mr. Darcy, ich wünsche Ihnen eine gute Reise, und Sie können Ihrem Freund in unserem Namen sagen, dass Georgiana und ich ziemlich böse auf ihn sind und er sich in Zukunft besser benehmen muss."

Darcy lächelte fast. Beinahe hätte sie es übersehen, da sich seine Lippen kaum bewegten, aber in seinen Augen lag eine Wärme, die Elizabeth seit den Tagen vor seinem Antrag nicht mehr gesehen hatte. "Das werde ich tun. Nun muss ich aufbrechen." Er verbeugte sich und ging zur Tür hinaus.

Warum zog sich beim Ausdruck des Vergnügens in seinen dunklen Augen ihr Hals zusammen und Tränen schwammen in ihren Augen?

Georgiana starrte ihm nach und sah immer noch verlassen aus.

Elizabeth nahm sich zusammen. Dieses Mädchen würde ihre Schwägerin sein. "Komm, Georgiana, Liebes. Du musst dich anziehen und dann kannst du mit mir frühstücken. Ich muss Andrew heute Morgen besuchen, oder besser gesagt, diesen armen Welpen, dessen Mutter ihn abgelehnt hat. Möchtest du mich begleiten? Solange es dir nichts ausmacht, von einem Welpen schmutzig gemacht zu werden, würde ich mich sehr freuen, wenn du mitkommst und Andrew wird sich ebenfalls freuen, dich zu sehen."

Vor der Tür schwang sich Darcy in den Zweispänner und nahm die Zügel auf. Elizabeth zwang sich, wegzuschauen, aber ihre Kehle zog sich zusammen, als sie das Klappern des Geschirrs und die Hufschläge der Pferde auf der Schotterstraße hörte. Er war fort.

---

NUN, DA DARCY WEG WAR, um seinen mysteriösen Geschäften nachzugehen, hätten sich Elizabeths letzte Tage auf Pemberley friedlicher anfühlen sollen, aber irgendwie waren die Wände dieses Hauses so von seiner Präsenz durchdrungen, dass sie ihn nicht länger als für ein paar Minuten vergessen konnte. Wenn sie aus seinem Verhalten nur schlau werden könnte! In einem Moment war sie sich sicher, dass er Pemberley nur verlassen hatte, um ihr aus dem Weg zu gehen, im nächsten erinnerte sie sich an die Wärme in seinen Augen, als sie ihn in der Eingangshalle gesehen hatte und ihre Brust zog sich schmerzhaft zusammen, als ihr wieder einfiel, was Bingley darüber gesagt hatte: dass Darcy sich verändert habe, seit sie seinen Antrag abgelehnt hatte.

Außerdem hatte sie nun auch mehr Freizeit, nachdem Miss Bingley und die Hursts am nächsten Morgen ebenfalls abgereist waren, und diese Gelegenheit nutzte sie, um die Orangerie zu erkunden und Stunden im Dschungel zu verbringen, der nach ihr rief, seit sie ihn das erste Mal gesehen hatte. Darcys Geist war dort jedoch noch präsenter. Würde sie sich jemals wieder Tagträumen von der Erkundung eines Dschungels hingeben können, ohne daran zu denken, wie er ihre Hand genommen und den Sonnentaunektar abgewischt hatte? Als sie sich neben die Bananenpflanze setzte, die er ihr gezeigt hatte, war sie beinahe in Tränen ausgebrochen.

Ihr war nur dann wirklich leicht ums Herz, wenn sie zu Andrews Pfarrhaus fuhr und sich um den Welpen kümmerte, den sie Sir Galahad getauft hatte. Andrew hatte herzlich gelacht, als er den Namen hörte und sagte, er hielte es für ziemlich passend, dass ein gewöhnlicher Mischling einen so aristokratischen Namen tragen sollte. Elizabeth hatte mit gespielter Würde geantwortet, dass Sir Galahad ein ziemlich ungewöhnlicher Mischling sei, und Andrews Belustigung hatte ihr Hoffnung gemacht, dass er vielleicht eines Tages lernen könnte, wie man sich neckte. Aber sie erzählte ihm nie, dass sie den Namen gewählt hatte, weil der Welpe sie wie ein wahrer Ritter gerettet hatte, als sie die holde Maid in Not gewesen war. Sie war fest entschlossen, ihn im Gegenzug dafür zu retten.

Leider lehnte Sir Galahads Mutter ihn am Tag nachdem Elizabeth ihn kennengelernt hatte, ganz ab, sodass er vollkommen darauf angewiesen war, von Myrtilla, Andrew und Elizabeth mit der Hand aufgezogen zu werden.

Zumindest hatte Myrtilla es geschafft, eine alte Flasche zum Zufüttern für Neugeborene aufzutreiben, was es einfacher und wesentlich weniger feucht machte, aber immer noch zeitaufwändig.

Am nächsten Tag, als Elizabeth den Welpen zum Trinken überredete, sagte Myrtilla: "Vielleicht sollten Sie ihn mit zu sich nach Hause nehmen, wenn Sie aufbrechen. Es wird niemand hier sein außer der Magd, wenn wir weg sind, und sie wird sich nicht die Zeit nehmen. Und Sie mag er ohnehin am liebsten."

"Du bleibst nicht hier?"

Myrtilla schüttelte den Kopf. "Nein. Da der Herr nach seinem Besuch bei Ihnen zu Hause nach London fährt, sagt er, dass ich auch mitkommen kann, damit ich meine Familie sehen kann."

Elizabeth biss sich auf die Lippe, als sie auf den flauschigen Welpen hinunterblickte. Tatsächlich hatte sie sich wehmütig gefühlt, weil sie ihn verlassen musste und wusste, dass er sich nicht an sie erinnern würde, wenn sie als Andrews Frau nach Kympton zurückkehren würde. "Es ist aber eine so lange Reise und er ist so klein. Was ist, wenn er es nicht überlebt?"

Myrtilla zuckte in ihrer erstaunlich sachlichen Herangehensweise an Leben und Tod die Achseln. "Höchstwahrscheinlich wird er nicht überleben, wenn er hierbleibt."

Mit einem Welpen zu reisen wäre anstrengend und würde ihr Fortkommen verlangsamen, und das alles für einen unerwünschten Mischling, bei dem Andrew nicht mitansehen konnte, wie er ertränkt würde. Aber sie liebte das kleine Fellknäuel, und wenn sie ihn mit nach Hause nähme, würde er ihr gehören. "Dann werde ich mit Andrew sprechen."

SICH MIT WICKHAM HERUMSCHLAGEN zu müssen bedeutete immer unerwartete Probleme, daher war es keine Überraschung zu entdecken, dass er Grimsby bereits verlassen hatte. Darcy hatte gehofft, innerhalb von drei Tagen wieder in Pemberley zu sein, aber es dauerte fast eine Woche, um ihn in einem heruntergekommenen Gasthaus in Hull aufzuspüren. Bis dahin hatte Darcy keine Geduld mehr für seine Spielchen.

Der Wirt war mehr als bereit, Darcy gegen ein paar Münzen zu Wickhams Zimmer zu führen, oder vielleicht lag es auch an den beiden stämmigen Gendarmen, die sich hinter ihm aufgebaut hatten. "Hier entlang, Sir. Ich möchte Sie wissen lassen, dass ich hier keine Gesetzlosigkeit dulde."

"Natürlich." Darcy hegte keinerlei Zweifel daran, dass die Hälfte der verwegen aussehenden Männer im Schankraum Schmuggler waren und dass der Wirt die illegalen Waren, die sie mitbrachten, auch zu nutzen wusste.

Der Mann nickte zufrieden. "Die Treppe hoch, dann am Treppenabsatz links, dritte Tür rechts."

Als sie den Raum erreichten, wies Darcy die Gendarmen an, am Treppenabsatz zu warten, bis er sie rief, Wilkins behielt er jedoch an seiner Seite. Wickham wäre sich nicht zu schade, ihn körperlich anzugreifen, wenn er dachte, Darcy sei allein. Mit einer Grimasse pochte er gegen die schmuddelige Tür, die schief in den Angeln hing.

"Was gibt's?" Es war Wickhams Stimme, seine Worte klangen verwaschen. Allein bei dem Geräusch versteifte sich Darcys Nacken. Wie oft war er auf Wickhams Tricks hereingefallen, bevor er seine Lektion gelernt hatte?

"Lass mich rein und ich werde es dir sagen."

Schlurfende Schritte erklangen, ehe sich die Tür öffnete und Wickham in Hemdsärmeln und mit entblößtem Hals enthüllte. Er lächelte träge. "Na, wenn das nich' Darcy ist. Was verschafft mir das Vergnügen?"

"Willst du wirklich, dass ich dir das hier draußen sage, wo jeder es hören kann?"

Wickham trat zurück und hielt die Tür offen. "Lass dich nich' abhalten, immer hereinspaziert", sagte er gedehnt. "Ich würde dir einen Drink anbieten, aber der würde nich' deinen Standards entsprechen."

"Da passe ich." Darcy rümpfte die Nase bei dem Zustand des Raumes. Schmutzige Kleidung lag über den Boden verstreut, und Schweißgeruch durchdrang den kleinen Raum. Je früher er das hinter sich gebracht hatte, desto eher konnte er gehen. Er brauchte nur eine einzige Antwort. "Wenn ich recht verstehe, muss ich dir für die Verlobung meines Bruders danken." Seine Stimme triefte vor Ironie.

Wickham grinste. "Ah ja, eine meiner besten Bemühungen! Ich hatte gehofft, dass du davon Wind kriegen würdest. Wer von den beiden hat es dir gesagt?"

Es stimmte also. Er war sich so sicher gewesen, aber jetzt wusste er es. "Das spielt keine Rolle. Das ist der Tropfen, der das Fass zum Überlaufen bringt. Ich habe dich um meines Vaters willen zu lange frei herumlaufen lassen."

Wickhams Lippe kräuselte sich. "Wirst du mir wieder ein Offizierspatent in Indien anbieten, wie du es nach meiner kleinen Affäre mit Georgiana getan hast? Vielleicht werde ich dir diesmal den Gefallen tun."

"Du hast das Angebot beim letzten Mal bereits angenommen und dann dein Wort gebrochen. Diesmal ist es das Schuldnergefängnis, und du kannst dankbar sein, dass ich dein Leben verschone. Du kannst ohne viel Aufhebens mitkommen oder auch nicht. Deine Entscheidung."

Mit einem ungläubigen Grinsen ließ sich Wickham auf einen Stuhl sinken und legte sein Bein über eine Armlehne. "Tut mir leid, Darcy. Ich habe andere Pläne."

Darcy gab Wilkins ein Zeichen, der die Tür öffnete und rief: "Jetzt, bitte!" Die beiden Gendarmen drängten sich in den Raum. Jeder packte einen von Wickhams Armen und riss ihn auf die Füße.

"Lasst mich los!", schrie Wickham. "Er hat kein Recht!"

"Ich habe deine Schuldscheine aufgekauft", sagte Darcy kalt. "Du hättest nach Indien gehen sollen." Er stand auf und machte auf dem Absatz kehrt.

"Warte, Fitzwilliam!" Wickhams Stimme schwoll vor Verzweiflung an. "Das kannst du nicht machen! Dein Vater – was würde er sagen? Wir sind Cousins!"

Darcy blickte über seine Schulter zurück, einen bitteren Geschmack im Mund. "Davon hat deine Mutter meinen Vater überzeugt, und da mein Onkel praktischerweise in Jamaika gestorben ist, kann niemand das Gegenteil beweisen. Ich habe es nie geglaubt, und der Herr im Himmel weiß, dass du dich nie dementsprechend verhalten, sondern meiner Familie nur Schaden zugefügt hast. Ich habe dir jede Chance gegeben, aber damit ist jetzt Schluss. Von nun an werde ich dir die gleiche Barmherzigkeit zuteilwerden lassen, die du mir gezeigt hast, nämlich keine."

Wickhams Schreie klingelten immer noch in seinen Ohren, als er das Gasthaus verließ.

# Kapitel 19

Jeder andere Mann hätte es für einen lächerlichen Gedanken gehalten, einen winzigen Welpen auf eine mehrtägige Reise in einer Kutsche mitzunehmen, aber Andrew hielt es natürlich für eine großartige Idee, Sir Galahad dabeizuhaben, anstatt ihn sterben zu lassen. Elizabeth begann gerade zu begreifen, wie sehr ihr Verlobter aufblühte, wenn er Bedürftigen helfen konnte, seien es nun Tiere oder Menschen. Glücklicherweise begleiteten Myrtilla und ihr Bruder sie, um Andrew aufzuwarten, sodass sie Unterstützung hatten, was Sir Galahads Bedürfnisse anbelangte.

Zumindest löste die Anwesenheit des Welpen die Frage nach dem Tempo ihrer Reise. Ohne ihn hätten sie die Fahrt nach Longbourn in zwei langen Tagen machen können, aber mit den häufigen Pausen, die der Welpe benötigen würde, mussten sie in gemächlicherem Tempo reisen und zwei Nächte auf der Straße verbringen. Elizabeth machte diese Veränderung nichts aus, denn dadurch würden sie schon früher am Tag – und damit auch noch erfrischt – in Longbourn ankommen. Ihre Hauptsorge galt der eleganten Kutsche der Darcys und welchen Schaden Sir Galahad darin anrichten könnte, aber ganz gleich, welche Unordnung er auch verursachte, war die Kutsche jeden Morgen wieder makellos, zweifellos dank Myrtillas Bemühungen.

Die Reise erwies sich als erträglicher als erwartet. Mrs. Gardiner war wie immer eine fröhliche, angenehme Reisebegleiterin, und Georgiana, die nicht länger ständig Angst vor der Trennung von Andrew hatte, schien sich wohler zu fühlen, als Elizabeth es jemals an ihr erlebt hatte. Andrew nahm weniger an dem Gespräch teil als die anderen, aber er hörte aufmerksam zu. Er schien glücklicher zu sein, eher wie der Mann, den sie zum ersten Mal getroffen hatte, bevor sein Bruder nach Pemberley zurückgekehrt war.

Und Sir Galahad brachte sie alle zum Lachen, als er versuchte, auf seinem kleinen Bauch von einem Schoß zum nächsten zu kriechen.

Ihre Stimmung hellte sich auf, als sie sich Longbourn näherten oder vielmehr, je weiter sie sich von Mr. Darcy entfernten. Er ging ihr nicht aus dem Kopf, aber nun, da sie nicht länger fürchten musste, seinem unerbittlichen Blick jederzeit begegnen zu müssen, ließ ein Teil ihres Schmerzes nach.

Auf Longbourn kam die ganze Familie nach draußen, um die Kutsche zu empfangen, eine erfreuliche Ehre, die sie bei ihrer Rückkehr nach Hause noch nie erhalten hatte. Der Anblick von Bingley an der Seite ihrer Schwester Jane, der so verliebt wie eh und je wirkte, brachte Elizabeth ein Strahlen aufs Gesicht. Wenn ihre eigene erzwungene Verlobung mit Andrew nichts weiter brachte, als Jane und Bingley wieder zusammenzubringen, war es das wert. Sie und Jane hatten immer von ihrem Wunsch gesprochen, aus Liebe zu heiraten. Zumindest hatte Jane eine Chance, dies zu erreichen. Elizabeth würde lernen müssen, sich damit zufrieden zu geben, aus Respekt zu heiraten.

Die Freude, die ihr das Strahlen auf Janes Gesicht bereitete, machte es ihr leichter, die unbändigen und geschmacklosen Verzückungsrufe ihrer Mutter über Elizabeths Verlobung zu tolerieren. Ebenso wie ihre auffälligen Andeutungen, dass sie hoffe, Jane würde es in nicht allzu ferner Zukunft ebenfalls sein. Glücklicherweise hatte Elizabeth Andrew und Georgiana vor den Manieren ihrer Mutter gewarnt. Georgiana schien dennoch überrascht zu sein, aber Elizabeth hatte dafür bereits einen Plan.

Sobald die Vorstellungsrunde abgeschlossen war, packte sie ihre Schwester Mary beim Ärmel und zog sie zu Georgiana hinüber, neben der Sir Galahads Korb auf dem Boden stand. "Mary, wir brauchen dringend deine Hilfe", sagte Elizabeth. "Wir haben einen Welpen, der furchtbar hungrig und zu jung ist, um alleine zu essen. Könntest du Georgiana helfen, etwas Milch für ihn aufzutreiben?" Sie klappte den Deckel des Korbs zurück, hob den schlafenden Welpen heraus und reichte ihn Georgiana. "Er war der kümmerlichste des Wurfes, und seine Mutter lehnte ihn ab."

Marys Blick wurde weicher. "Oh, der ist aber süß! Selbstverständlich. Hier entlang, Miss Darcy, wir werden uns sofort um ihn kümmern." Sie führte Georgiana in Richtung Küche, den Kopf mit dem Neuankömmling zusammengesteckt, als sie fragte: "Wie alt ist er denn? Hat er einen Namen?"

Elizabeth lächelte ihnen nach und drehte sich dann um, um Andrew aus den anbetenden Fängen ihrer Mutter zu retten.

Schließlich wurde die ganze Gruppe nach viel aufgeregtem Geschwätz von Mrs. Bennet zu Erfrischungen eingeladen, aber sobald sie das Wohnzimmer erreichten, bat Andrew um die Ehre eines privaten Gesprächs mit Mr. Bennet. Elizabeths Mutter gab ihre Zustimmung bekannt und war vollkommen bereit, den Fisch, den sie bereits an der Angel hatte, aus den Augen zu lassen, um Mr. Bingley weitere Köder zuzuwerfen.

Obwohl Elizabeth keine wirklichen Zweifel an dem Ergebnis hatte, musste sie sich bemühen, ihm nicht nachzusehen und ihr Magen rebellierte. Das war's. Ihr Vater würde seine Erlaubnis erteilen, und damit wäre ihre Verlobung offiziell. Nun gab es kein Zurück mehr. In Wahrheit hatte es nie eine andere Option gegeben, nicht, nachdem Wickham im Hintergrund die Fäden zog, jederzeit bereit, seine Gerüchte zu verbreiten, dass sie bereits intim mit Andrew gewesen sei. Aber nach dem heutigen Tag wäre es endgültig. Ihre Zukunft mit Andrew wäre besiegelt. Alle anderen Träume müssten weggesperrt und für immer beiseitegelegt werden.

Sie lenkte ihre Gedanken wieder zurück auf ihre Heimkehr. Sie musste dankbar sein für das, was sie hatte, anstatt sich auf das zu konzentrieren, was sie verloren hatte. Und es gab viel, wofür man dankbar sein konnte, angefangen mit Jane und Bingleys unbestreitbarem gemeinsamen Glück. Und in Abwesenheit ihrer störenden jüngsten Schwester Lydia, die zum Glück noch in Brighton war, benahm sich Kitty gut und schien erfreut zu sein, Elizabeth zurückzuhaben. Als Mary und Georgiana endlich wieder auftauchten, schlief Sir Galahad in Marys Armen und die beiden Mädchen unterhielten sich glücklich miteinander. Anscheinend konnte ein Welpe in Not sogar Georgianas Schüchternheit und Marys Tendenz zum Moralisieren überwinden.

Andrew kehrte nach einer Viertelstunde mit ihrem Vater zurück und sah gelassen, wenn auch leicht verwirrt aus. Elizabeth, die bezweifelte, dass er jemals jemandem mit dem seltsamen Sinn für Humor ihres Vaters begegnet war, begrüßte ihn herzlich und ermutigte ihn, sich zu ihr zu setzen.

Nach ein paar Minuten schloss sich Mary ihnen an, noch immer den schlafenden Welpen an sich gedrückt. "Ich wollte Sie ganz besonders willkommen heißen", sagte sie schüchtern zu Andrew. "Ich bin sehr froh, dass wir einen Geistlichen in der Familie haben werden. Ich lese sehr gerne Predigten. Vielleicht könnten Sie mir welche empfehlen."

"Mary ist die frommste unter uns", stimmte Elizabeth zu.

Andrew wirkte erfreut über ihr Interesse. "Ich würde mich freuen, dies zu tun, aber nach dem, was Elizabeth mir von Ihrem Rektor erzählt hat, können sich meine religiösen Ansichten etwas von jenen unterscheiden, denen Sie ausgesetzt waren."

"Andrew ist ein wenig nonkonformistisch", sagte Elizabeth sanft, nicht sicher, wie Mary diese schockierende Tatsache aufnehmen würde. Ihren Eltern würde es nichts ausmachen. Ihr Vater verspottete ihren tattrigen, traditionalistischen Pfarrer nach jeder Predigt und ihre Mutter würde es nicht kümmern, wenn Andrew zur Verehrung des Teufels aufrufen würde, solange er über ein gutes Einkommen verfügte.

Ihr Verlobter grinste entschuldigend. "Ich bin kein Methodist, ganz gleich, was manche behaupten mögen. Ich bin fest in unserer Kirche verwurzelt, und habe mich dem Bemühen verschrieben, sie von innen heraus zu reformieren."

Mary schluckte. "Dennoch würde ich mich über Ihre Meinung freuen."

"Und ich würde gerne Ihre hören", sagte Andrew höflich. "Vielleicht können wir uns morgen weiter darüber unterhalten."

Sobald Andrew und Georgiana in Begleitung von Bingley nach Netherfield aufbrachen, erhob sich Mrs. Bennets Stimme in ihren üblichen Beschwerden darüber, dass ihr Unrecht getan würde. "Mary, bring diese Kreatur augenblicklich in den Stall! Du hast kein Mitleid mit meinen armen Nerven. Du weißt, dass ich deine verwahrlosten Tiere nicht im Haus ertrage."

Elizabeths Zeit in Pemberley hatte ihren eigenen Widerstand verstärkt. "Sir Galahad gehört mir, Mama, ein Geschenk meines zukünftigen Ehemannes. Er ist noch sehr schmächtig und braucht kontinuierliche Pflege, und Andrew wäre höchst unzufrieden, wenn ich ihn im Stall lassen würde. Er wird bei mir auf meinem Zimmer bleiben, aber um deinetwillen werde ich ihn aus den öffentlichen Räumen fernhalten."

Vor zwei Monaten hätte ihre Mutter sich nach einem solchen Widerstand von ihrer am wenigsten geliebten Tochter mit einem nervösen Anfall zu Bett begeben, doch entweder Elizabeths Status als frisch Verlobte schützte sie oder ihre Mutter fürchtete sich davor, den Mann zu verschrecken, der dumm genug war, sich eine Ehe mit ihr zu wünschen. "Oh, na schön", sagte Mrs. Bennet verärgert. "Haltet ihn jedoch von mir fern."

Mr. Bennet räusperte sich. "Lizzy, vielleicht könntest du dich mir in der Bibliothek anschließen. Bitte ohne den Welpen."

Elizabeth seufzte. "Mary, wärst du so lieb und würdest dich mir zuliebe um ihn kümmern?"

"Natürlich. Ich helfe immer gerne." Marys frommen Worten widersprach, wie fest sie Sir Galahad hielt. Elizabeth vermutete, dass sie ihn ihr andernfalls hätte entreißen müssen.

"Ich danke dir." Mit einem Seufzer folgte sie ihrem Vater und hoffte, dass alle Neckereien, die er für sie in Petto hatte, keine verletzende Schärfe haben würden. Sie wollte nicht das Glück verlieren, das diese Heimkehr ihr gebracht hatte.

"Also, Lizzy", sagte ihr Vater, als sie sich ihm am Schreibtisch gegenübersetzte. "Die meisten Reisenden bringen eine Versteinerung oder ein hübsches Aquarell mit nach Hause, keinen jungen Mann."

"Ganz zu schweigen von einem Welpen. Ich habe mich immer bemüht, nicht gewöhnlich zu sein", sagte sie leichthin. "Aber ich gestehe, er ist ein ungewöhnliches Souvenir."

"Vielleicht gefällt dir der Gedanke, die erste unter deinen Schwestern zu sein, die heiratet."

"Nein, das tut es nicht. Hat mein Onkel dir die Situation nicht erklärt?" Es war eine unnötige Frage. Mr. Gardiner hatte ihr den Brief gezeigt, bevor er ihn abschickte.

"Er hat es getan, aber ich kam nicht umhin, mir die Frage zu stellen, ob Eitelkeit eine Rolle gespielt haben könnte. Wie könnte man es Mr. Darcy, der dich nicht hübsch genug fand, um mit dir zu tanzen, besser heimzahlen, als seinen Bruder zu heiraten?"

Sie spannte die Lippen an, als eine plötzliche Welle des Schmerzes sie durchströmte. Für ein paar Minuten hatte sie es fertiggebracht, Mr. Darcy aus ihren Gedanken zu verbannen. "So wie die Dinge standen, kann ich dir versichern, dass Andrews Verbindungen nichts mit meiner Entscheidung zu tun hatten." Wie wenig ihr Vater ihre Situation verstand!

Mr. Bennets Finger trommelten auf der polierten Oberfläche seines Schreibtisches. "Weshalb hat sein Bruder ihn aus seinem Testament ausgeschlossen?"

Sie blinzelte überrascht. "Das wusste ich nicht. Andrews Vater hat ihn verstoßen und enterbt, aber sein Bruder hat es nie getan." Es war ein unangenehmer Schock. Warum hätte Darcy so etwas tun sollen, besonders angesichts seiner Bereitschaft, Andrew wieder in der Familie willkommen zu heißen? Hatte sie Darcy schon wieder falsch eingeschätzt? Nein, das konnte sie nicht glauben. Es war wahrscheinlich ein altes Testament, eines, das noch aus der Zeit vor ihrer Versöhnung stammte. Das würde mehr Sinn ergeben.

"Dein ach so würdiger junger Mann hatte das Bedürfnis, mir mitzuteilen, dass der Nachlass seines Bruders, sollte er ohne Kinder sterben, seiner Schwester zufallen würde, nicht zu ihm."

Aus irgendeinem Grund machte ihr sein Humor zu schaffen. "Ist es nicht die Aufgabe eines Brautwerbers, seine Aussichten offen darzulegen?"

"Ah, Lizzy, hat die Begegnung mit diesem langweiligen Kerl deinen Sinn für Humor bereits gedämpft? Also wirklich!"

"Ich habe eine lange, anstrengende Reise hinter mir und keine Lust zu hören, wie jemand den Mann herabwürdigt, bei dem mir keine andere Wahl blieb, als ihn zu heiraten. Er lacht vielleicht nicht so oft, wie ich es gerne hätte, aber er ist ehrenwert, klug und gebildet."

Er runzelte die Stirn. "Ich verstehe nicht, warum du ihn heiraten musst. Was ist schon ein kleiner Skandal? Wenn er ein paar Verehrer abschreckt, dann waren sie es ohnehin nicht wert. Mir wäre es lieber, wenn ich dich noch bei mir hätte, auch wenn der Preis dafür ein wenig Klatsch ist. So wie die Dinge stehen, werde ich kein vernünftiges Gespräch mehr führen können."

"Das bedauere ich, aber es tut mir nicht leid, dass ich nach deinem Tod ein Zuhause und ein Einkommen haben werde, anstatt den Rest meines

Lebens von irgendjemandes Wohltätigkeit abhängig zu sein." Es hatte keinen Sinn, den Rest zu sagen. Er hatte nie wirkliche Besorgnis für ihre Lage nach seinem Tod gezeigt. Diese Sorge überließ er den Gardiners, deshalb sagte sie mit fröhlicherer Stimme: "Und ich bin fest entschlossen, respektabel zu bleiben, also kann ich nur hoffen, dass du uns oft besuchen wirst."

"Nun, dann lässt sich da wohl nichts mehr machen", sagte er mürrisch.

ALS SIE AN DIESEM ABEND endlich mit Jane allein war, neckte Elizabeth sie: "Mr. Bingley scheint sich hier ganz wie zu Hause zu fühlen."

Janes Wangen nahmen eine ansprechende Farbe an. "Oh, liebste Lizzy! Ich habe dir so viel zu erzählen. Er hat mich gebeten, ihn zu heiraten!"

Elizabeth klatschte verzückt in die Hände. "Bitte sag mir, dass du ja gesagt hast!"

"Aber natürlich! Wir haben uns jedoch entschlossen, es bis nach deiner Rückkehr niemandem zu sagen, weil wir euch nicht die Schau stehlen wollten. Nun gehörst du zu den Ersten, die es erfahren! Genauso sollte es sein, denn wenn du ihn auf Pemberley nicht wieder getroffen hättest, wäre es nie geschehen. Dir verdanke ich all mein Glück!"

"Oder unserer Tante, in Wirklichkeit war sie diejenige, die ihm erzählt hat, dass du in London warst", sagte Elizabeth, entschlossen, nicht ungerechterweise die Lorbeeren einzustreichen. "Aber ich habe mein Bestes gegeben, Andeutungen einzustreuen, dass du dich freuen würdest, ihn wiederzusehen."

Jane umarmte sie. "Ich danke dir dafür! Wieder und wieder. Ich kann es kaum abwarten bis morgen, wenn mein lieber Bingley mit unserem Vater spricht." Doch dann wurde ihre Miene erster. "Aber was ist mit dir? Ich sollte nicht von meinem Glück sprechen, wenn du deine Verlobung nicht freiwillig eingegangen bist. Ich hoffe, du bist nicht schrecklich unglücklich."

"Ich würde mich nicht als unglücklich bezeichnen", sagte Elizabeth vorsichtig. "Eher bin ich verblüfft über die Geschwindigkeit, mit der alles vonstatten ging, und ich fühle mich noch nicht vollständig angekommen, aber Andrew ist ein guter Mann. Er wird einen guten Ehemann abgeben, und ich bin entschlossen, das Beste daraus zu machen."

"Meinst du das ernst? Tante sagte, du hattest zuvor kein Interesse an ihm gezeigt ... bevor es geschah." Anscheinend war ihre kompromittierende Situation zu schmerzhaft, um erwähnt zu werden.

"Das ist wahr. Ich habe ihn gemieden und du bist die einzige Person, der ich sagen kann, weshalb ich das getan habe! Das lag nicht daran, dass ich Andrew nicht mochte, sondern daran, dass ich es unangenehm fand, Zeit mit einem Verwandten von Mr. Darcy zu verbringen."

"Und stattdessen endete es damit, dass du Mr. Darcys Hausgast wurdest! War es sehr schwierig?"

Wenn sie Jane nur die Wahrheit sagen könnte! Aber Jane heiratete Bingley, und ganz gleich, wie sehr Elizabeth Jane auch vertrauen mochte, es wäre nur allzu natürlich für ihre Schwester, sich ihrem Liebsten anzuvertrauen, der wiederum Mr. Darcys Freund war. Darcy hatte es nicht verdient, dass sein Schmerz bloßgestellt wurde, und so konnte sie Jane nicht sagen, wie schwer es war, zu wissen, dass sie ihn verletzt hatte. Stattdessen sagte sie: "Es war natürlich peinlich, aber wir scheinen alle entschieden zu haben, dass die Vergangenheit zwischen uns vergessen werden soll. Andrew weiß nichts vom Antrag seines Bruders, und das soll auch so bleiben. Wir müssen alle vergessen, dass es jemals geschehen ist."

"Du kannst dich auf mich verlassen. Ich werde kein Sterbenswörtchen darüber verlieren." Aber Jane sah immer noch besorgt aus.

BINGLEY, ANDREW UND Georgiana kamen am nächsten Morgen in Longbourn an und schlugen vor, mit den Bennet-Töchtern einen Spaziergang durch die Landschaft zu machen. Elizabeth war nicht überrascht, als sich Bingley und Jane zurückfallen ließen und sie informierte Andrew leise über Janes Neuigkeiten.

"So rasch! Nun, das erklärt, weshalb er gestern Abend so aufgeregt war. Er hat uns nichts darüber erzählt, aber er schien selbst für Bingley ungewöhnlich überschwänglich zu sein, und er konnte heute Morgen sicherlich nicht schnell genug hierher zurückkehren", sagte Andrew, der ebenfalls ungewöhnlich gut gelaunt zu sein schien.

"Sie mögen rasch zu diesem Ergebnis gekommen sein, aber ihre Beziehung wurde nach einer langen Unterbrechung wieder aufgenommen", antwortete Elizabeth. "Ich freue mich sehr für sie und hoffe nur, dass dein Bruder angesichts dieser Nachrichten nicht enttäuscht ist."

"Ich denke nicht. Er sagte mir, das Einzige, was ihn gegen deine Schwester gestimmt habe, sei der Glaube gewesen, sie habe nichts für Bingley übrig und du hast gesagt, dass das nicht wahr ist", sagte Andrew zuversichtlich.

Wie sehr sich Andrews Haltung gegenüber Darcy verändert hatte innerhalb dieser wenigen Wochen ihrer Bekanntschaft! Zumindest konnte sie sich auch ein wenig für diese Heilung rühmen, selbst wenn es schwierig für sie gewesen war. "Ach ja, noch etwas. Ich habe mit der Köchin gesprochen, und sie hat versprochen, nur Honig und keinen Zucker zu verwenden, während du hier bist, abgesehen von der Zuckerdose natürlich. Meine Mutter wird sich nicht darauf einlassen, mehr für Zucker zu zahlen, der nicht von Sklaven produziert wird, mehr kann ich also nicht tun."

"Ich danke dir. Das macht die Sache leichter. Ich würde es hassen, deine Eltern vor den Kopf zu stoßen, wenn ich mich weigere, ihre Mahlzeiten zu essen", sagte er mit einem entschuldigenden Lächeln.

Weil Andrew natürlich stets seinen Prinzipien treu blieb. Wenn er die Wahl hatte, unhöflich zu sein oder Zucker zu essen, der von Sklaven hergestellt wurde, entschied er sich jedes Mal für die Unhöflichkeit, selbst wenn er mit Königen speisen würde. Der Gedanke brachte sie beinahe zum Kichern, bis sie sich daran erinnerte, dass König George und seine Familie sich ebenfalls weigerten, westindischen Zucker zu essen, um den Kampf der Abolitionisten zu unterstützen.

Bei ihrer Rückkehr nach Longbourn verschwand Bingley in Mr. Bennets Bibliothek und kehrte einige Minuten später mit einem breiten Lächeln zurück. Mrs. Bennet nahm die Nachricht mit einer Aufregung entgegen, die Elizabeth in Verlegenheit brachte, aber Andrew schien es gut aufzunehmen, selbst als sie ankündigte, dass die Verlobungen ihrer beiden ältesten Töchter gefeiert werden müssten. Er ging so weit, sich freiwillig neben ihre Mutter zu setzen und eine Viertelstunde mit ihr zu sprechen.

Später, als die jungen Leute nach draußen gingen, um im Garten zu sitzen, bemühte sich Andrew, Mary und Kitty zu unterhalten, Marys Fragen zu seinen religiösen Überzeugungen zu beantworten und ihr sogar seine Kopie von Mr. Wilberforce's *Pragmatische Sicht auf das Christentum* zu leihen. Elizabeth, die mit Sir Galahad im Gras Tauziehen spielte, lächelte, als Mary glücklich das Angebot eines Buches annahm, von dem ihr treuer Pfarrer gepredigt hatte, es sei ketzerisch, und entschied, dass es gut für ihre moralistische Schwester war, Andrew zu begegnen.

Und dann gab es da noch das Vergnügen, Jane und Bingley zusammen auf einer Bank sitzen zu sehen, die Finger ineinander verschränkt. Janes schönes Gesicht sah irgendwie weicher aus und sie strahlte eine entzückte Zufriedenheit aus, wie sie Elizabeth noch nie an ihr gesehen hatte. Allerliebste Jane! Sie verdiente dieses Glück, nachdem die gute Seele so sehr gelitten hatte. Trotzdem stieg in Elizabeth eine Welle der Traurigkeit auf. Einst hatte sie sich gewünscht, selbst diese von Herzen kommende Liebe erfahren zu dürfen.

Sie sah zu Andrew hinüber, der über etwas lachte, das Mary gesagt hatte. Hatte Mary tatsächlich einen Scherz gemacht? Er bemühte sich so sehr, ihrer Familie zu gefallen, und machte es gut, im Gegensatz zu seinem Bruder, der die Bennets als unanständig und unter seiner Würde verachtet hatte. Warum konnte sie ihn nicht so lieben, wie Jane Bingley liebte?

Wegen einem Paar entschlossener dunkler Augen, das sie nicht vergessen konnte. Sie wuschelte mit den Fingern durch Sir Galahads weiches Fell und drückte ihn dicht an ihre Brust, als könnte der Welpe den Schmerz in ihr lindern.

MARY STOLPERTE AM NÄCHSTEN Morgen mit Andrews Buch in der Hand die Treppe hinunter und saß dann am Frühstückstisch und las es. Glücklicherweise war Mrs. Bennet immer noch im Bett, nachdem sie spät aufgeblieben war, um die Verlobung gleich zweier Töchter zu feiern, andernfalls wäre Mary dafür ermahnt worden.

"Findest du es interessant?", fragte Jane.

Mary sah nicht einmal von ihrem Buch auf. "Ich bin wach geblieben und habe es gelesen, bis meine Augen schmerzten. Es ist so anders...", und dann war sie schon wieder in das Buch versunken. Sie sah nicht wieder auf, bis Elizabeth zu Ende gegessen hatte, aufstand und dann sagte sie: "Lizzy, Jane, darf ich euch heute nach Netherfield begleiten? Es gibt da ein paar Dinge, die ich nicht verstehe, und die ich ihn fragen muss." Es stand außer Frage, auf wen sie sich bezog.

Elizabeth verkniff sich ein Lächeln. Offensichtlich musste sie sich daran gewöhnen, dass ihr zukünftiger Ehemann sehr gut bei ihrer Familie ankam. "Ich würde mich freuen, wenn du uns begleitest. Kitty, möchtest du auch mitkommen? Georgiana würde sich freuen, euch beide zu sehen."

"Kann ich schon machen", gähnte Kitty. "Ich möchte mir ihren Hut genauer anschauen. Ich wünschte, ich könnte so feine Seidenblumen finden!"

Als sie in Netherfield ankamen, nahm sich Elizabeth einen Moment Zeit, um Andrew zuzuflüstern: "Ich glaube, du hast meine Familie bezaubert. Meine Mutter betont immer wieder, dass ich einen solchen Mann wie dich nicht verdiene. Ich habe keine Ahnung, was du zu ihr gesagt hast, aber sie findet dich wunderbar."

Seine Mundwinkel kräuselten sich zu einem Lächeln. "Ich habe ihr nur zugehört und ihr gesagt, dass ich ihre Sorgen verstehen kann. Ich habe festgestellt, dass das bei nervösen Damen Wunder wirkt."

Dann nahm Mary ihn mit ihren Fragen in Beschlag und Jane bestand darauf, dass Elizabeth als Anstandsdame fungierte, während sie und Bingley im Garten spazieren gingen.

"Wenn du darauf bestehst", sagte Elizabeth. "Obwohl ich dachte, einer der Vorteile einer Verlobung liege darin, dass man sich keine Sorgen machen muss, miteinander alleine zu sein."

Janes Wangen röteten sich zart. "Sobald es offiziell verkündet ist, ja, aber bis dahin müssen wir vorsichtig sein."

Elizabeth warf Andrew einen achselzuckenden Blick zu und folgte Jane und Bingley in den Garten. Sie blieb ein Dutzend Schritte hinter ihnen, angeblich um ihnen Privatsphäre zu gewähren, aber die Zeit allein war auch Balsam für ihre Seele. Sie hatte nicht bewusst bemerkt, wie angespannt sie gewesen war, was ihre Rückkehr und Andrews Aufnahme in ihre Familie anbelangt, aber nun, da sie wusste, dass er gut mit ihnen auskam, war es eine Erleichterung, einfach nur umher zu spazieren und die Blumen zu genießen.

Eine halbe Stunde später begannen ein paar Regentropfen zu fallen, und so kehrten sie in den Salon zurück. Anstelle des fröhlichen Gesprächs, das Elizabeth erwartet hatte, weinte Kitty leise in ein Taschentuch, Georgianas Arm um ihre Schultern. Mary saß gebeugt da, die Hände um ihr Buch gekrallt, die Knöchel weiß.

"Gütiger Himmel!", Bingley wandte sich an Andrew. "Was hast du gemacht?"

"Nichts", sagte Georgiana hastig. "Wir haben nur geredet."

Kitty tupfte sich die Augen ab. "Es ist meine Schuld", sagte sie zittrig. "Wir haben über die Abschaffung des Sklavenhandels gesprochen. Ich erzählte ihm, was Mama gesagt hatte, dass die Sklaven ihre Misshandlung als gar nicht so schlimm empfinden würden und Andrew sagte, wir sollten eine von ihnen fragen."

Elizabeth hatte bisher nicht bemerkt, dass Myrtilla neben der Tür stand. Andrew nickte der Antiguanerin zu. "Das ist alles, danke."

Bingley sagte mit ungewöhnlicher Strenge: "Dies ist kaum ein geeignetes Thema für junge Damen von Stand, die ein sanftes Gemüt haben."

Andrew stand langsam auf, seine Augen schmal, ein Gesichtsausdruck, den sie auf Pemberley auch schon an ihm beobachtet hatte. "Entschuldigen Sie mich, meine Damen."

Mary erblasste. "Mir gefällt es überhaupt nicht, aber es ist etwas, worüber wir Bescheid wissen müssen", sagte sie gefasst.

Andrew verneigte sich vor ihr. "Das mag wahr sein, aber es steht mir wohl an, mich daran zu erinnern, was für ein Schock die Wahrheit für diejenigen sein kann, die davor geschützt wurden. Ich bin zu sehr an die Gesellschaft meiner Brüder im Geiste gewöhnt, und ich hätte sanftmütiger vorgehen sollen."

Elizabeth fiel es schwer zu glauben, dass Andrew hart gewesen war, aber die Diskussion hatte ihn eindeutig mit Bingley, seinem Gastgeber, in Konflikt gebracht. Bingley hatte Konflikte noch nie gemocht und würde es wahrscheinlich vorziehen, nicht zu sehr über das Leid von Sklaven nachzudenken. Vielleicht entstammte sein Vermögen, wie so viele heutzutage, Verbindungen zum Sklavenhandel. Das würde seine plötzliche Wut erklären.

Jane sagte bemüht vergnügt: "Wir haben einen solch schönen Spaziergang durch den Garten gemacht. Ich würde darauf bestehen, dass ihr mit herauskommt, um die Stockrosen zu bewundern, aber da es regnet, würde Mary uns vielleicht mit etwas Klaviermusik beglücken."

Es hätte funktionieren sollen, da Mary immer bestrebt war, ihre Fähigkeiten zu zeigen, aber diesmal schüttelte sie den Kopf. "Seht es mir nach. Ich kann nach solchen Gedanken nicht unmittelbar dazu übergehen, hübsche Musik zu spielen. Diese Leute brauchen Hilfe!"

Elizabeth, die hin- und hergerissen war, ob sie nun das Thema wechseln sollte, um Janes Spannung zu verringern, und Marys Bedrängnis, sagte: "Soll ich spielen? Georgiana, ich frage mich, ob Mary gerne das Projekt sehen würde, an dem du für deine gemeinnützige Gesellschaft arbeitest."

"Oh, ja!", rief Georgiana. "Miss Mary, möchten Sie mit mir nach oben kommen? Ich würde es Ihnen sehr gerne zeigen. Miss Kitty auch, wenn Sie es wünschen."

Als die Mädchen nach oben gingen, setzte sich Elizabeth an die Tastatur und spielte für Andrew, Jane und Bingley ein paar Volksweisen, in der Hoffnung, dass der Sturm sich gelegt hatte.

Es wurde nichts mehr darüber gesagt, abgesehen von einer privaten Entschuldigung von Andrew, dass er ihre Schwestern aufgebracht habe, aber sowohl Mary als auch Kitty dachten offenbar immer noch über das nach, was sie gelernt hatten. Auf dem Heimweg waren sie ungewöhnlich still. Und am nächsten Tag, als Mrs. Bennet darauf bestand, dass Mary ihr Buch beiseitelegte, begann diese ein neues Nähprojekt, das verdächtig nach den Schürzen aussah, die Georgiana anfertigte.

Als Andrew, Georgiana und Bingley ankamen, orderte Mrs. Bennet das Teetablett. Kitty warf den Kopf zurück und sagte: "Kein Zucker für mich. Ich habe beschlossen, dass ich ihn nicht ausstehen kann." Das war in der Tat ein Opfer, da Kittys Vorliebe für Süßes allen bekannt war. Myrtillas Worte mussten einen Eindruck hinterlassen haben, um sie davon zu überzeugen, keinen von Sklaven angebauten Zucker mehr zu essen.

Elizabeth griff nach ihrer Hand und drückte sie. "Tante und Onkel Gardiner werden genauso stolz auf dich sein wie ich."

Dieses Opfer hatte sie von der flatterhaften Kitty nicht erwartet, aber Kitty war immer Lydias schlechtem Beispiel gefolgt. Wenn sie und Mary jetzt beschlossen hatten, sich Andrew und Georgiana zum Vorbild zu nehmen, war dies eine deutliche Verbesserung, noch dazu weckte sie in Elizabeth den Wunsch, Lydia möge noch lange in Brighton bleiben.

# Kapitel 20

Nach einer Woche Auf Netherfield fuhren Andrew und Georgiana nach London, um dort mehrere Tage zu verbringen. Bei ihrer Rückkehr machten sie für einen kurzen Besuch in Longbourn Rast. Beide schienen in guter Stimmung zu sein. Andrew berichtete, er habe mit mehreren seiner abolitionistischen Freunde sprechen können, während Georgiana begeistert von den neuen Hüten und Notenblättern sprach, die sie gekauft hatte.

Gerade als sie sich darauf vorbereiteten, nach Netherfield aufzubrechen, wo sie noch eine Nacht verbringen sollten, ehe sie nach Derbyshire zurückkehrten, rief Georgiana: "Oh, beinahe hätte ich es vergessen! Ich habe etwas für dich, Elizabeth."

Elizabeth folgte dem Mädchen, das zur Kutsche hinauseilte und mit seiner Zofe sprach. Nachdem die Dienstbotin in einer Truhe gestöbert hatte, die an der Rückseite des Wagens befestigt war, holte sie eine kleine emaillierte Schachtel hervor und übergab sie Georgiana mit einem Knicks.

Georgiana reichte sie ihr. "Das ist für dich. Es war ganz hinten in meinem Kleiderschrank im Darcy House, wo es schon seit Jahren lag. Ich hatte es beinahe schon vergessen. Meine Mutter hat es mir gegeben, bevor sie starb, und mir gesagt, es sei für Drews Frau."

Überrascht nahm Elizabeth die Schachtel entgegen. Sie war nur ein paar Zentimeter breit und vielleicht fünfzehn Zentimeter lang. Nach ihrem geringen Gewicht zu schließen, enthielt sie vermutlich ein Schmuckstück. Sie hob den Deckel und zum Vorschein kam ein mit Seide umwickeltes Bündel mit einem Wachssiegel und einem Schildchen mit der Aufschrift "Alleine öffnen".

Ihre Augenbrauen schossen in die Höhe und sie senkte vorsichtig den Deckel wieder. "Danke", sagte sie zu Georgiana. "Da steht, ich soll es alleine öffnen, also werde ich das auch tun." Was könnte so ein Geheimnis sein?

"Ich weiß." Das Mädchen kicherte. "Ich habe einmal in die Schachtel gelinst, als ich noch zu jung war, um es besser zu wissen, aber ich habe sie schnell wieder zugemacht, als ich das Schildchen sah."

Andrew schloss sich ihnen an, nachdem er drinnen geblieben war und mit Mrs. Bennet gesprochen hatte, und versprach, am Morgen vor ihrer Abreise erneut vorbeizuschauen.

Neugierig ging Elizabeth direkt auf ihr Zimmer. Nachdem sie die Tür hinter sich geschlossen hatte, öffnete sie die Schachtel erneut, brach das Siegel und wickelte die Seide ab. Zum Vorschein kam ein silberner Anhänger, in den ein Herz eingraviert war. Nein, kein Anhänger, sondern ein Medaillon und irgendwie kam es ihr vertraut vor.

Sie hielt es sich unter die Nase und fummelte an dem Riegel, bis er sich öffnete und den Blick auf zwei Portraits freigab. Rechts war die junge Lady Anne Darcy zu sehen, eine Kopie des Porträts, das der alte Herr Elizabeth auf dem Ball in Derbyshire gezeigt hatte. Links blickte sie in Andrews Gesicht, der einen kunstvoll verzierten Gehrock trug, wie er vor dreißig Jahren in Mode gewesen war. Wie seltsam! Andrew zufolge hatte er seine Mutter nach seinem sechzehnten Lebensjahr nie wiedergesehen, dennoch besaß sie ein Porträt von ihm als jungem Mann. Kein sehr genaues, da der Mann auf dem Porträt braune Augen hatte, während Andrews grün waren. Und die Wangenknochen waren auch nicht ganz richtig getroffen.

Sie runzelte verwirrt die Stirn. Das konnte nicht Andrew sein. Dieser Gentleman sah ihm sehr ähnlich und hatte denselben markanten Kiefer und das Grübchen am Kinn, aber sein Haar war gepudert, und sie hatte noch nie gesehen, wie Andrew sich für geckenhafte Kleidung entschieden hatte, geschweige denn für die einer vergangenen Generation. Aber sein Gesicht glich Andrews so sehr. Bis auf die grünen Augen.

Ein scharfer Atemzug des Unglaubens durchfuhr sie.

Andrew, der weder seinem Vater noch einem der Vorfahren der Darcys ähnlich sah, deren Porträts die lange Gemäldegalerie in Pemberley säumten. Andrew, dessen Vater ihn verachtet und schließlich verstoßen und enterbt hatte. Andrew, dessen Mutter vor ihrer Hochzeit einen anderen Mann geliebt hatte, denselben Mann, der ihr ein Medaillon gezeigt hatte, das zu diesem passte, und behauptete, er sei Lady Anne Darcys Jugendliebe.

Sie versuchte, sich an den Ball in Derbyshire zu erinnern. Wie war sein Name gewesen? Headley? Nein, Hadley, das war's. Als Mr. Hadley ihr das Medaillon gezeigt hatte, hatte er das Bild links sorgfältig abgedeckt, damit sie es nicht sehen und den jungen Mann, der Andrew so ähnlich sah, nicht mit ihm in Verbindung bringen konnte. Und sie hatte sein verräterisches Grübchen am Kinn wegen des altmodischen Vollbartes, den er trotz seiner ansonsten stilvollen und modernen Kleidung trug, nicht gesehen.

Mr. Hadley hatte sein Gesicht hinter diesem Bart versteckt, um Lady Anne Darcys Geheimnis zu schützen. Und Andrew wusste es. Er hatte diesen Ballsaal verlassen, um seinem wahren Vater nicht zu begegnen.

Ihre Gedanken rasten. Oh, jetzt ergab so Vieles Sinn! Warum der alte Mr. Darcy, der sonst als großzügig und anständig galt, Andrew so gehasst hatte. Warum Andrew nichts mit Pemberley oder Darcys Erbe zu tun haben wollte. Er war nicht einfach stur und weigerte sich, die Vergangenheit loszulassen, wie sie gedacht hatte. Jetzt war klar, dass er sich als Eindringling und Blender sah.

Sie sank auf einen Stuhl, der Schock hatte ihre Beine plötzlich schwach werden lassen. Es sollte keine Rolle spielen, zumindest nicht nach außen hin. Laut Gesetz war Andrew der Sohn des alten Mr. Darcy, auch wenn er ein Abbild von Mr. Hadley war. Nichts würde das ändern. Einen anderen Mann mochte das nicht kümmern, aber Andrew, der seine Moral so hochhielt, musste sich wie ein Heuchler vorkommen, sobald er einen Fuß über Pemberleys Schwelle setzte.

Ein Hochstapler. Ihre Gedanken erstarrten, als ihr das Bild von Andrew in den Sinn kam, wie er dort mit seinem Bruder und seiner Schwester stand. Andrew wusste eindeutig die Wahrheit, aber taten die beiden das auch? Sie vermutete, dass Georgiana nicht Bescheid wusste, andernfalls hätte sie ihr diese Schachtel nicht so unschuldig übergeben. Bei Mr. Darcy war das schon eine schwierigere Frage.

Oh, wie musste Andrew es hassen, das Resultat eines Ehebruches zu sein! Er hatte einen enormen Preis für die Sünden seiner Mutter bezahlt.

Sie barg das Medaillon in ihrer Hand und sah sich die Miniatur von Mr. Hadley noch einmal genauer an. Was war mit ihm, dem Mann, der Lady Anne Darcy verführt hatte? Er schien sich so danach zu sehen, etwas über den Jungen zu erfahren, den er gezeugt hatte. Andrew wollte eindeutig nichts mit ihm zu tun haben, aber Hadley war auf sie zugekommen. Er wollte eine Verbindung herstellen.

Was sollte sie davon halten? Waren Hadley und Lady Anne während ihrer gesamten Ehe ein Liebespaar gewesen? Und was war mit Georgianas Abstammung? Darcy wies eine deutliche Ähnlichkeit mit dem alten Mr. Darcy auf, aber wenn Mr. Hadley Andrews Vater war, war er vielleicht auch Georgianas. Darcys Vater hatte Georgiana jedoch nie so abgelehnt wie Andrew. Vielleicht kümmerte ihn ein Kuckuck in seinem Nest bei einem Mädchen nicht.

Ein unangenehmer Schauder lief Elizabeth bei dem Gedanken über den Rücken und sie schloss das Medaillon. Gerade, als sie es wieder in die Schachtel legen wollte, bemerkte sie ein gefaltetes Papier, das beinahe von einem weiteren Stück Seide verdeckt wurde.

Ihr Herz schlug schneller, als sie das Papier herauszog und es auseinanderfaltete, um ein kleines Stück Briefpapier der Dame zu enthüllen, auf das mit zitternder Hand geschrieben stand:

*Seien Sie nicht beunruhigt, Madam, wenn Sie diesen Brief nach meinem Dahinscheiden erhalten. Nun, da meine Krankheit stärker ist als ich, muss ich noch einige letzte Geständnisse machen, und dies ist eines davon.*

*Ich hoffe von Herzen, dass Sie, wer auch immer Sie sein mögen, eine wahre Zuneigung zu meinem Sohn empfinden. Wahrscheinlich wissen Sie bereits, weshalb mein Gatte ihn so ablehnt, aber Andrew ist sich nur eines Teils der Geschichte bewusst. Wenn Sie ihn wirklich verstehen möchten, dann müssen Sie die Wahrheit kennen und ich hoffe, Sie können sie mit ihm teilen.*

*Als sich mein Gatte zum ersten Mal gegen Andrew wandte, versuchte ich ihn nach besten Kräften zu verteidigen, denn mein liebster Junge trug keine Schuld an meinen Sünden. Doch je mehr ich ihn beschützte, desto ungehaltener wurde mein Gatte, und Andrew hatte noch stärker darunter zu leiden. Ich stellte fest, dass jede Aufmerksamkeit, die ich Andrew schenkte, ihm in Form einer Prügelstrafe zurückgezahlt werden würde. Nach langen Grübeleien wurde mir klar, dass die größte Gnade, die ich ihm erweisen konnte, darin bestand, jegliche Provokation meines Gatten zu vermeiden, indem ich Andrew meine Zuneigung nicht zeigte. Ich wählte einen fürsorglichen Lehrer und eine Gouvernante für ihn aus und überließ ihn ganz ihrer Obhut. Als Versuche, ihn zur Schule zu schicken, fehlschlugen, nahm ihn sein Lehrer in seinem Haus auf und bedachte ihn mit der Zuneigung, von der ich mir gewünscht hätte, dass ich sie ihm hätte angedeihen lassen können.*

*Ich hatte gehofft, dass das so weitergehen könnte, bis es Zeit für ihn war, zur Universität zu gehen, aber es sollte nicht sein. Er kam jede Woche nach Pemberley, um seine Schwester zu besuchen, die ihm sehr verbunden war, und obwohl er vernünftig genug war, seinem Vater bei diesen Besuchen aus dem Weg zu gehen, war Georgiana zu jung, um zu verstehen, dass sie sie nicht erwähnen sollte, und insbesondere Andrew nicht verteidigen sollte, wenn ihr Vater ihn kritisierte. Bald begann sich der Zorn meines Mannes gegen sie zu wenden, und sie benötigte meinen Schutz auf eine Weise, die Andrew nicht mehr brauchte.*

*So traf ich die feige Entscheidung, meinen Gatten zu ermutigen, er solle Andrew wegschicken. Ich hatte weder erwartet, wie hart er dabei vorgehen würde, noch, dass er meinen liebsten Jungen vollkommen mittellos davonjagen würde, aber ich stimmte dem zu. Meine Strafe ist das Leid, das ich erlitten habe, weil ich nicht wusste, wo er ist oder was er tut, denn mein Gatte hat mir verboten, ihn zu kontaktieren oder auch nur seinen Namen zu erwähnen. Es bricht mir das Herz, dass Andrew für immer glauben wird, es wäre auch mein Wunsch gewesen, ihn zu verstoßen. Ich kann niemanden, den ich kenne, bitten, ihm mitzuteilen, dass dem nicht so ist, ohne dass mein Gatte davon erfährt. Meine einzige Hoffnung liegt also darin, dass Sie, eine junge Dame, die ich nie kennenlernen werde, ihm diese Botschaft überbringen. Ich hoffe, er wird dadurch manches verstehen und es wird ihm Frieden bringen.*

*Ich bete, dass Sie meinem liebsten Jungen die Zuneigung geben, die er so verdient, die Liebe, von der ich hoffte, dass ich sie ihm hätte zeigen können. Ich habe einen harten Preis für meine Sünden bezahlt, aber Andrew hätte das niemals tun sollen. Es gibt so viel mehr, von dem ich wünschte, ich könnte es Ihnen sagen, aber meine Kraft verlässt mich.*

Er war nicht signiert.

Elizabeth starrte den Brief an, las ihn noch einmal, legte ihn beiseite, hob ihn wieder auf und las ihn erneut. Die offensichtliche Verzweiflung von Lady Anne Darcy traf sie, doch es war fast so, als hätte sie das Gefühl, dass ihre Untreue keine Konsequenzen haben sollte. Oder vielleicht war sie einfach zu krank gewesen, um über diesen Teil zu schreiben.

Armer Andrew! Wie sehr er für etwas gelitten hatte, das vor seiner Geburt geschehen war. War das allgemein bekannt? Hatten die Leute beim Ball im Allston House hinter vorgehaltener Hand gelacht, als sie so viel Zeit mit Andrews Vater verbracht hatte? Wickham hatte etwas über seinen Vater zu Andrew gesagt, etwas, das sie damals als seltsam empfunden hatte, aber jetzt ließ es sie vermuten, dass er es wusste.

Wer sonst noch? Mr. Morris, der freundliche alte Geistliche, hatte gesagt, dass es Dinge über Andrews Beziehung zu dem alten Mr. Darcy gab, die er nicht preisgeben könne. Und der jüngere Mr. Darcy musste es ebenfalls wissen. Er musste sie für unglaublich naiv gehalten haben. Oh, wie beschämend, zu entdecken, dass alle außer ihr das Geheimnis ihres zukünftigen Mannes gekannt hatten!

Ein Anflug von Verärgerung brannte in ihr. Andrew hätte ihr die Wahrheit sagen müssen. Immerhin war sie seine zukünftige Frau. Warum hatte er ihr das nicht anvertraut? Warum hatte er zugelassen, dass sie wie eine Blinde durch Pemberley und über eine Wahrheit stolperte, die alle anderen sehen konnten?

Nein, sie sollte ihn nicht ungehört verurteilen. Aber es war ein Kampf, unvoreingenommen zu bleiben, bis sie Andrew um eine Erklärung seines Schweigens bitten konnte, weil ihre Gedanken sich immer wieder selbständig machten und nach möglichen Erklärungen seines Verhaltens suchten, von denen sie jede mehr ärgerte als die vorhergehende.

Sie versuchte, ihre Erregung zu unterdrücken und sich zu sammeln, aber sobald sie die Treppe hinabging, rief ihre Mutter sie herbei. "Was hat Miss Darcy dir da gegeben? Hill sagte, sie habe sie sagen hören, es sei von ihrer Mutter."

Oh nein. "Nur ein kleines Schmuckstück und eine Notiz, um mich in der Familie willkommen zu heißen, nichts weiter."

Mrs. Bennet winkte mit ihrem Taschentuch. "Nun, bring es her, damit wir es alle sehen können!"

Sie saß in der Falle. Ihnen das Medaillon zu zeigen, würde die Wahrheit ans Licht bringen, und wenn ihre Mutter von seiner Abstammung erfuhr, würden bis morgen alle in ganz Meryton Bescheid wissen. Aber welchen Vorwand könnte sie nur vorbringen, wenn sie sich weigerte, ihrer Familie das Geschenk von Andrews Mutter zu zeigen? "Hill hat zweifellos auch mitbekommen, dass es alleine geöffnet werden sollte, und die Notiz von Lady Anne Darcy besagte, sie sei nur für meine Augen bestimmt. Sicherlich möchtest du nicht, dass ich ihre Wünsche missachte."

"Warum denn nicht? Sie ist tot und kann sich nicht darüber beschweren, und wir alle möchten es sehen. Warum musst du nur immer so schwierig sein?"

Elizabeth richtete sich so gerade wie möglich auf. "Andrew wäre wütend auf mich, wenn ich es dir zeigen würde, und ich schulde ihm meine Loyalität", sagte sie eisig. "Und jetzt gehe ich spazieren." Sie ging hinaus, bevor ihr noch etwas Schlimmeres herausrutschen konnte.

Als sie in ihr Zimmer zurückkehrte, um ihren Hut und ihre Handschuhe zu holen, entdeckte sie die emaillierte Schachtel auf ihrem Schminktisch. Sie konnte den Inhalt nicht dort lassen; ihre Mutter war sich nicht zu fein dafür, ihr Zimmer zu durchsuchen, während sie unterwegs war. Schnell stopfte sie das Medaillon und den Brief in ihre Tasche.

Sie ging einen Fußweg entlang und achtete kaum darauf, wohin ihre Füße sie trugen, bis sich ein Teil ihrer Not durch die Anstrengung herausgeschwitzt hatte. Sie hatte bereits ungefähr eine Meile hinter sich gebracht, ehe ihr bewusst wurde, dass dies derselbe Weg war, den sie vor fast einem Jahr genommen hatte, um Jane zu besuchen, als diese krank in Netherfield darniederlag.

Ja, das war die Antwort – sie würde nach Netherfield laufen und mit Andrew über ihre Entdeckung sprechen. Das war weitaus besser, als bis zu ihrem kurzen Treffen morgen früh zu warten, nach dem sie ihn monatelang nicht sehen würde. Nein, es war besser, das jetzt gleich zu regeln. Mit neu gefundener Energie kletterte sie über einen hölzernen Zauntritt auf die nächste Weide, wo sie das letzte Mal in einer Schlammpfütze gelandet war. Zumindest war es jetzt trocken. Sie würde nicht mit sechs Zoll Schlamm auf ihrem Unterrock in Netherfield ankommen.

Andrew und Georgiana schienen überrascht zu sein, sie zu sehen, und das völlig zurecht, da sie sie erst wenige Stunden zuvor verlassen hatten. Andrew sagte: "Du bist den ganzen Weg alleine gelaufen?"

"Nicht zum ersten Mal", sagte sie mit einer gewissen Schärfe in der Stimme. "Verzeih mir, Georgiana, aber ich würde gerne unter vier Augen mit deinem Bruder sprechen."

Die Augen des Mädchens weiteten sich. "Selbstverständlich", sagte sie nervös.

"Vielleicht könnten wir in die Bibliothek gehen", schlug Andrew vor und deutete auf den Raum hinter der Flügeltür.

"Ich danke dir." Elizabeth ließ zu, dass er sie dorthin führte.

Als er die Türen hinter sich geschlossen hatte, fragte Andrew milde: "Stimmt etwas nicht?"

"Ja, etwas stimmt nicht!", rief Elizabeth. "Ich habe heute etwas über deine Vergangenheit herausgefunden, und das hätte ich viel lieber von dir gehört." So hatte sie es ihm nicht sagen wollen, aber seine distanzierte Ruhe hatte sie irgendwie aufgebracht.

Seine Lippen wurden weiß, als er sie zusammenpresste. "Wer hat es dir gesagt?" Er hatte nicht einmal gefragt, was sie entdeckt hatte.

"Eine Stimme von jenseits des Grabes", blaffte sie. Sie öffnete das Medaillon und hielt es ihm hin.

Mit gerunzelter Stirn sah er darauf hinab, um es sogleich auf einen Beistelltisch fallen zu lassen, als hätte er sich daran verbrannt. "Woher hast du dieses ... dieses Ding?"

"Deine Mutter hatte ein Päckchen für deine zukünftige Braut hinterlassen. Georgiana hat es mir heute gegeben."

Er starrte eine Minute lang auf den Boden und sah dann mit erweiterten Pupillen zu ihr auf. "Dann möchtest du also unsere Verlobung lösen?", fragte er hölzern.

Sie starrte ihn an. "Was? Nein, selbstverständlich nicht. Doch das ändert nichts an der Sache."

"Warum bist du dann so wütend?"

Sie zwang sich, ihre Finger zu strecken, die sich zu Fäusten formen wollten. "Ich bin wütend, weil du es mir nicht selbst gesagt hast und mich stattdessen ins Straucheln gebracht hast, weil ich verstehen wollte, warum du von deiner Familie entfremdet warst und warum alle deshalb wie auf rohen Eiern laufen!"

DER PREIS DES STOLZES

Er atmete langsam aus und senkte den Kopf. "Dahingehend kann ich mich nicht verteidigen. Da hast du vollkommen recht. Ich hätte dir die Wahrheit sagen sollen." Er klang kläglich.

Sein Verhalten nahm ihr den Wind aus den Segeln und führte dazu, dass sie sich irgendwie schuldig und frustriert fühlte. "Ich nehme deine Entschuldigung an. Es tut mir leid, dass ich so aufbrausend mit dir war."

Andrew sah nicht auf. "Ich verdiene es. Es war falsch von mir, deine Unwissenheit auszunutzen."

"Ich glaube, du missverstehst mich. Es geht nicht darum, dass du mich ausgenutzt hast, sondern darum, dass du mich in eine schwierige Lage gebracht hast, weil ich dein Verhalten nicht verstehen konnte. Das ist alles."

Jetzt sah er ihr in die Augen, aber in seinen stand der Schmerz. "Ich habe dich ausgenutzt. Nach meiner Rückkehr nach Derbyshire, wo jeder es wusste, genoss ich es, mit einer Menschenseele zusammen zu sein, die mich als Person sah und nicht als den großen Fehler meiner Mutter. Und ich wusste, dass du niemals zugestimmt hättest, mich zu heiraten, wenn du es gewusst hättest, also habe ich mein Geheimnis selbstsüchtig für mich behalten. Du hast jedes Recht, wütend auf mich zu sein."

"Ich...was? Es hätte keinen Unterschied in meiner Entscheidung gemacht, dich zu heiraten." Zumindest wollte sie das glauben. Immerhin hatte sie in dieser Angelegenheit keine andere Wahl gehabt, aber wahrscheinlich war es ganz gut, dass ihr nicht klar gewesen war, wie schwierig die Situation sich zwischen Andrew und seiner Familie gestaltete.

Seine Lippen verzogen sich. "Du hättest zugestimmt, einen Mann zu heiraten, der unehelich geboren ist?" Seine Stimme wurde bei den letzten Worten leiser.

"Du bist nicht unehelich geboren! Das Gesetz besagt, dass du der Sohn von Mr. George Darcy und Lady Anne Darcy bist, und nichts kann das ändern."

"Ja, vor dem Gesetz kann ich dieses Recht für mich beanspruchen. In den Augen Gottes ist das eine andere Sache." Sein Mund verzog sich vor Bitterkeit.

Jetzt schlug ihre Empörung eine andere Richtung ein. Wer hatte ihm beigebracht, dass ein unschuldiges Kind für die Sünden seiner Eltern verantwortlich war? Es konnte nicht der liebenswürdige Mr. Morris gewesen sein. "Für Gott kann ich nicht sprechen, aber du hast keine Sünde begangen."

Er schnaubte. "Das hat meinen Vater – meinen rechtlichen Vater – nicht davon abgehalten, mich dafür verantwortlich zu machen. Und zwar mehrfach."

Sie zuckte zusammen. "Es tut mir leid, dass er seine Wut an dir ausgelassen hat, aber es war dennoch nicht deine Schuld."

"Sogar meine Mutter hat mir die Schuld gegeben. Als ich sehr jung war, war sie warmherzig und großzügig zu mir, aber als meine Abstammung sich offenbart hatte, wollte sie nichts mehr mit mir zu tun haben. Gegenüber Georgiana und Fitzwilliam verhielt sie sich immer noch wie eine Mutter, aber mir gegenüber nicht. Es war ihr Fehler und mir hat sie nie dafür vergeben." Andrews Hände ballten sich zu Fäusten.

Elizabeth schüttelte entsetzt den Kopf. "Nein, da irrst du dich. Deine Mutter hat dich geliebt."

Die Worte strömten weiter aus ihm heraus. "An dem Tag, als mein Vater mich rausgeworfen hat, stand sie oben auf der Treppe und hat zugesehen, wie ich wegging. Sie sagte nichts und hob nicht einmal die Hand, um mir Lebewohl zu sagen. Sie war froh, mich gehen zu sehen. Und du willst, dass ich glaube, ich hätte nichts falsch gemacht, wenn sogar meine eigene Mutter mich loswerden wollte?"

"Nein! Das ist nicht wahr und ich kann es beweisen." Sie kramte in ihrer Tasche herum und zog den Brief seiner Mutter heraus. Dann schob sie ihm das gefaltete Papier zu. "Das lag dem Medaillon bei."

Er erhob die Hand, um ihr Einhalt zu gebieten. "Nein. Ich will es nicht, was auch immer es sein mag. Ich will nichts von ihr." Es war dieselbe feste Stimme von äußerster Gewissheit, die er auch benutzte, wenn er von der Sklaverei sprach.

"Du musst das lesen. Wirklich."

Er schüttelte entschlossen den Kopf. "Ich habe Jahre damit zugebracht, zu lernen, meine Eltern hinter mir zu lassen und das habe ich erreicht, indem ich mich weigerte, Gedanken an sie in meinem Leben zuzulassen." Er zeigte auf den Brief. "Das Ding zu lesen würde alles ruinieren."

Sie nahm einen tiefen Atemzug. "Ich glaube, du entscheidest dich in diesem Fall für einen viel zu unflexiblen Kurs. Ich habe ihn gelesen und du musst wissen, was drinsteht. Du würdest dich doch auch nicht weigern, einer anderen leidenden Menschenseele zuzuhören, oder? Warum solltest du bei deiner Mutter damit beginnen?"

"Gelitten? Meine Mutter? Wohl kaum! Ich bin derjenige, der gelitten hat für ihre Freuden." Sein Mund verzog sich vor Widerwillen beim letzten Wort.

"Du warst nicht der Einzige, der gelitten hat." Sie versuchte, ihre Stimme ruhigzuhalten. "Andrew, ich bitte dich, mir zu vertrauen, dass es wichtig für dich ist, diesen Brief zu lesen."

Er starrte sie frustriert an, sein Wunsch, sich zu weigern, zeigte sich in seiner Haltung. "Ich würde es vorziehen, es nicht zu tun", presste er zwischen zusammengebissenen Zähnen hervor.

Sie waren sich noch nie über etwas uneins gewesen und sie zögerte, diesen Zustand aufzugeben, aber es stand zu viel auf dem Spiel und es war längst überfällig, dass sie herausfand, was geschah, wenn sie ihm gegenüber auf etwas bestand. "Es tut mir leid, aber ich muss dich dennoch bitten, es zu tun."

Seine Augen verengten sich und mit einem zischenden Geräusch nahm er den Brief aus ihrer Hand. Er sagte kein Wort, als er ihn entfaltete, und seine Hände zitterten vor unterdrückter Wut.

Mit Besorgnis beobachtete Elizabeth ihn und hoffte, seine versteinerten Gesichtszüge wieder weicher werden zu sehen, aber nichts regte sich, nur seine Augen, die übers Papier huschten. Was würde passieren, wenn er fertig wäre? Würde sich seine Wut gegen sie richten? Wenn dem so wäre, würde sie für sich einstehen. Schließlich konnte es nicht schlimmer sein, als sich mit Mr. Darcy zu streiten, und das hatte sie mehr als einmal überlebt.

Als er das Ende der Seite erreicht hatte, schien er wieder von vorne zu beginnen. Bei der Hälfte angekommen, drückte er sich die Faust gegen den Mund. Er starrte weiter auf den Bogen Papier, als ob weitere Worte darauf erscheinen würden, und schien Elizabeths Anwesenheit ganz vergessen zu haben.

Schließlich sah er mit gequältem Blick zu ihr auf. "Was sonst noch?", fragte er schwer.

"Mehr war es nicht", sagte sie sanft. "Abgesehen davon, musst du nur noch wissen, dass ich ihm einmal beim Ball im Allston House begegnet bin. Ich war seine Partnerin für den Tanz vor dem Soupé." Irgendwie hielt sie es für klüger, Mr. Hadleys Namen nicht zu erwähnen.

Seine Lippen verzogen sich. "Und er hat es dir nicht selbst gesagt?"

"Nein. Ich hatte keine Ahnung, bis ich das Medaillon sah. Er gratulierte mir zu meiner Verlobung und erwähnte, dass er die Jugendliebe deiner Mutter sei. Im Großen und Ganzen hat er mich vor allem ermutigt, über dich zu sprechen."

"Was hast du ihm gesagt?"

"Die Wahrheit, soweit ich sie wusste. Dass du Zeit in London verbracht hattest und die Pfarrei in Kympton übernommen hast. Nichts über den Streit mit deinem Vater, da dies eine private Familienangelegenheit war. Damals kannte ich dich ja selbst kaum. Er hat sich auch nach deinem Bruder und deiner Schwester erkundigt."

"Ich möchte keinen Kontakt mit ihm haben, und auch nicht, dass du es tust."

Da es kaum wahrscheinlich war, dass sich ihre Wege erneut kreuzten, sagte sie: "Also schön, aber ich wüsste es zu schätzen, wenn du mir sagen würdest, wer sonst noch über deine Situation Bescheid wissen könnte und wie ich damit umgehen soll."

Er schien sich zu entspannen oder zumindest sah er nicht mehr so aus, als erwarte er, dass sie jeden Moment eine Peitsche herausziehen könnte. "Auf Pemberley war es seit meinem sechsten Lebensjahr allgemein bekannt, damals hatte mein Vater es herausgefunden. Wickham weiß es natürlich, und mein Bruder sicherlich auch, wenngleich er nie etwas gesagt hat. Meine Gemeindemitglieder haben hinter vorgehaltener Hand darüber gesprochen seit Wickham aufgetaucht ist, also muss er ihnen etwas darüber gesagt haben. Mr. Morris weiß es ebenfalls."

"Was ist mit den anderen Gästen auf dem Ball? Es schien nicht so, als würde jemand meinem Gespräch mit ihm besondere Aufmerksamkeit schenken. Aber vielleicht war das schon Schnee von gestern, sodass es niemanden mehr kümmerte."

Er runzelte die Stirn. "Ich habe keine Ahnung. Niemand hat mir gegenüber jemals etwas erwähnt, aber ich war noch ein Kind, als ich fortging. Ich hätte nicht zurückkehren sollen. Dann wäre Gras über die Sache gewachsen."

"Wen versuchst du zu beschützen? Deine Mutter? Ihr können die scharfen Zungen der Klatschbasen nichts mehr anhaben. Den guten Namen der Darcys? Vergib mir, aber ich denke, deine guten Werke machen deiner Familie mehr Ehre als jeder Skandal um deine Abstammung." Aber jetzt verstand sie, warum er so starke moralische Überzeugungen hatte und meinte, sein Verhalten müsse über jeden Vorwurf erhaben sein.

Zu ihrer Überraschung lächelte er leicht. "Dafür, dass du wütend auf mich bist, verteidigst du mich ganz schön entschlossen."

"Wenn jemandem schlimmes Unrecht getan wurde, wie es dir widerfahren ist, ja, dann kann ich entschlossen sein. Deine Mutter mag vielleicht einen Fehler gemacht haben, aber du nicht."

Seine Augen weiteten sich. "Mag vielleicht einen Fehler gemacht haben? *Mag vielleicht?*"

Sie zögerte und wand sich innerlich. "Es scheint so, aber ich habe lange genug in dieser Welt gelebt, um zu wissen, dass nichts so einfach ist, wie es scheint. Vielleicht geschah es nur zu ihrem eigenen Vergnügen. In dem Fall verdient sie es, die ganze Schuld zu tragen. Aber vielleicht geschah es auch in einem schwachen Moment, als sie sich verzweifelt nach Zuwendung sehnte, weil sie so schrecklich unglücklich in ihrer Ehe war und ihr Ehemann sie nicht gut behandelt hat. Oder vielleicht hat der andere Mann sich ihr aufgezwungen und sie hat dem nie zugestimmt. Ich möchte nicht zu hart urteilen, solange ich die Umstände nicht kenne. Aber Untreue ist für mich niemals akzeptabel."

"Ich bin erleichtert, das zu hören, da ich Treue in der Ehe erwarte, sowohl vom Ehemann als auch von der Ehefrau."

"Das kann ich dir versprechen." Aber der Schmerz in Darcys dunklen Augen stieg vor ihrem geistigen Auge auf.

Ein zögerliches Klopfen ertönte. Andrew sagte abgespannt: "Ja?"

Die Tür öffnete sich und Georgiana spähte vorsichtig hinein. "Darf ich nur für eine Minute hereinkommen?", fragte sie kleinlaut.

"Natürlich darfst du das", sagte Elizabeth.

Aber Georgianas Augen waren nur auf Andrew gerichtet, als sie eintrat und die Worte aus ihr herausströmten "Es tut mir so leid. Ich wollte dir keine Schwierigkeiten bereiten. Ich hätte dir sagen sollen, was ich ihr geben sollte, aber ich hatte Angst, du könntest mir sagen, dass ich es nicht tun soll. Ich hatte unserer Mutter auf ihrem Sterbebett versprochen, dass ich es deiner Frau eines Tages geben würde, also musste ich es tun, verstehst du? Ich hoffe, du kannst mir vergeben."

Andrew nahm sich einen Moment Zeit, um sich zu sammeln. "Da gibt es nichts zu vergeben. Du hast recht getan, dein Versprechen zu halten, und wahrscheinlich ist es ganz gut so, dass ich erst hinterher davon erfahren habe."

"Du bist nicht wütend auf mich?"

Er griff nach einer ihrer Locken und zog daran. "Wann war ich jemals wütend auf dich, Liebes?"

Sie kicherte leicht und schluckte. "Aber ich war der Grund, dass du und Elizabeth Ärger miteinander hattet."

"Keinen Ärger", sagte Elizabeth. "Das Päckchen hat nur einige Fragen aufgeworfen und Andrew war so lieb, sie mir zu beantworten."

Andrew legte seinen Arm um Elizabeths Schultern. "Siehst du? Es ist alles in Ordnung."

Bisher war er ihr körperlich noch nie so nahegekommen. Es fühlte sich seltsam an, den Körper eines Mannes so nah an ihrem zu haben, aber nicht unangenehm. Zumindest schien es ihn nicht zu stören. Sie hatte angefangen, sich zu fragen, warum er sich keine der üblichen Freiheiten nahm, die ein verlobter Mann sich seiner Verlobten gegenüber herausnehmen konnte. "Ja, alles ist gut, und ich danke dir, dass du mir die Schachtel von deiner Mutter gebracht hast."

"Oh. Dann gehe ich wieder und entschuldige mich dafür, dass ich euch gestört habe." Sie wandte sich zur Tür um.

"Nein, einen Moment bitte", sagte Andrew. "Ich habe eine Frage an dich, wenn es dir nichts ausmacht. Was hat unsere Mutter gesagt, als sie es dir gegeben hat?"

"Nur, dass ich es gut verstecken solle, wo niemand es finden könne, und es deiner Frau geben solle, falls du heiraten solltest, und dass es wichtig sei. Ich fragte sie, ob ich es dir geben sollte, und sie sagte nein, weil sie unserem Vater bei ihrer Ehre versprochen hatte, dass sie nicht versuchen würde, dich zu kontaktieren, und sie würde ihr Wort nicht brechen. Nun, genau das hat sie nicht gesagt, weil sie zu krank dazu war, aber so ungefähr. Aber ich war froh, dass sie es mir erzählt hat, denn ich hatte mich immer nach dem Warum gefragt."

"Was hast du dich gefragt?" Andrews Stimme war nicht ganz ruhig.

"Warum sie nicht selbst mit dir gesprochen hat. Jedes Mal, nachdem du mich besuchen kamst, hat sie nach mir geschickt und mich gefragt, wie du ausgesehen hast und mich alles wiederholen lassen, was du gesagt hattest und dann weinte und weinte sie. Sie hat immer gesagt, es liege daran, dass ihr Feuer so stark geraucht hat, aber das stimmte natürlich nicht."

Andrew war fast so weiß geworden wie sein Hemdkragen, und wenn Elizabeth sich nicht täuschte, lief er Gefahr, es bald selbst auf den Rauch des Feuers in der Bibliothek zu schieben. Rasch nahm sie Georgianas Arm und sagte: "Nun, da ich schon mal hier bin, magst du mir nicht die neuen Hüte zeigen, die du in London gekauft hast? Ich bin schon ganz gespannt darauf."

"Natürlich", sagte Georgiana mit einem verwirrten Blick auf Andrew.

Als Elizabeth das Mädchen sanft zur Tür bugsierte, sagte Andrew fest: "Ich werde dich zurück nach Longbourn fahren. Es besteht kein Grund für dich, alleine zu laufen."

Dies war nicht der rechte Moment, um sich mit ihm zu streiten. "Das ist sehr nett von dir."

# Kapitel 21

Andrew hatte wenig zu sagen, als er Elizabeth nach Hause brachte. Er hatte sich Bingleys Zweispänner für die Fahrt geborgt und schien ungewöhnlich beschäftigt damit zu sein, die Pferde zu lenken. Sein Gesicht wirkte jedoch eher nachdenklich als wütend, sodass die Stille nicht zu unangenehm auf ihr lastete.

Am nächsten Morgen schien er besserer Stimmung zu sein, als er und Georgiana in Longbourn Halt machten, um sich zu verabschieden. Sie hatte ein wenig Angst gehabt, dass er ihr, nachdem er Zeit zum Nachdenken gehabt hatte, böse sein könnte, weil sie die Initiative ergriffen hatte, aber als er sie für ein privates Adieu beiseite nahm, sagte er: "Ich sollte dir für das danken, was du gestern getan hast. Du hast zu Recht darauf bestanden, dass ich diesen Brief lese. Er hat mir sehr zu denken gegeben."

"Da bin ich aber froh. Ich habe mir ein wenig Sorgen um Georgiana gemacht, da sie das alles ziemlich aufgewühlt zu haben schien."

Er warf einen Blick über seine Schulter zu seiner Schwester. "Ihr geht es jetzt besser. Ich gehe davon aus, dass wir auf der Heimreise einige lange Gespräche führen werden."

Er küsste ihre Hand, ehe er ging, aber das sandte kein Kribbeln durch sie hindurch, wie jede von Darcys Berührungen es vermochte. "Wir sehen uns dann im Dezember." Sie hatten beschlossen, dass er über Weihnachten nach Longbourn kommen würde, woraufhin dann die Hochzeit folgen würde.

Sie winkte ihnen noch nach, als sie wegfuhren. Vielleicht würde ihr Leben nun für eine kurze Weile zur Normalität zurückkehren und sie könnte lernen zu akzeptieren, dass ihre Zukunft ein Leben mit Andrew bedeutete. Wie seltsam es doch war, dass sie vor zwei Monaten noch nicht einmal von seiner Existenz gewusst hatte! Und sie hatte gedacht, sie würde

Darcy nie wiedersehen. Jetzt waren nicht mal ihre privatesten Gedanken vor ihm sicher.

Mary lief zu ihr herüber. "Wirst du ihn sehr vermissen?", fragte sie.

Elizabeth lächelte sie an. "Es wird ganz schön seltsam sein, nicht mehr bei jedem Schritt über einen Darcy zu stolpern, aber ich denke, ich werde es schaffen."

ZU DARCYS ÜBERRASCHUNG schaute Drew bereits am Morgen nach seiner Rückkehr aus Hertfordshire in Pemberley vorbei. Darcy hatte erwartet, ihn im Pfarrhaus besuchen zu müssen, angesichts der Tatsache, dass Drew es so sehr zu missfallen schien, in sein ehemaliges Zuhause zurückzukehren und er stets so schnell als möglich wieder aufbrechen wollte.

Er sah heute auch anders aus. Wenn er nach Pemberley kam, wirkte er normalerweise steif und hielt die Augen gesenkt, aber heute wanderte sein Blick durch den Raum, als hätte er ihn noch nie zuvor gesehen, und schien auf den Gemälden und sogar auf der kunstvoll mit Stuck verzierten Decke innezuhalten.

"Willkommen zurück", sagte Darcy. "Georgiana hat mir jedes Detail eurer Reise erzählt, die sie anscheinend sehr genossen hat. Es hört sich so an, als hättest du dich wunderbar um sie gekümmert."

Drew lächelte. "Es ist nicht schwer, gut zu Georgiana zu sein. Ich habe mich über die Gelegenheit gefreut, sie besser kennenzulernen. Ich hoffe, dir geht es gut und dass du dein Geschäft erfolgreich abschließen konntest."

Es dauerte einen Moment, bis Darcy sich an seine eigene Abreise erinnerte, um George Wickham hinterherzujagen. Drew wusste nichts davon, nur, dass er unerwartet aufgebrochen war. "Es war zufriedenstellend, ich danke dir."

Sein Bruder verlagerte das Gewicht von einem Fuß auf den anderen. "Ich habe mich gefragt, was mit dem Porträt unserer Mutter geschehen ist. Mir ist aufgefallen, dass es nicht mehr in der Galerie hängt."

"Auf Georgianas Wunsch hin haben wir es in ihr privates Wohnzimmer umgehängt. Würdest du es gerne sehen? Georgiana reitet gerade aus, aber

215

ich weiß, dass es ihr nichts ausmachen würde." Wenn Drew bereit war, auch nur einen ihrer Elternteile ohne diesen verkniffenen Gesichtsausdruck zu erwähnen, wäre Darcy sogar bereit, in eine Schatzkammer einzubrechen, um ihm das Portrait zu zeigen.

Drew zögerte. "Doch, das würde ich gerne."

Als sie die Treppe hinaufgingen, sagte Darcy: "Georgiana hat mir gesagt, dass Bingley und Miss Bennet heiraten werden." Natürlich hatte Bingley ihm diese Informationen nicht selbst anvertraut, und Darcy konnte es ihm kaum verdenken.

"Ja. Wie es scheint, sind sie sehr ineinander verliebt."

"Ich hatte mir bereits gedacht, dass etwas in der Art geschehen würde. Das sind gute Neuigkeiten. Ich kann mir vorstellen, dass die Bennets sehr zufrieden sind." Gezielter konnte er nicht nach Elizabeths Reaktion fragen.

"So wirkte es."

Darcy versuchte es erneut. "Was hältst du von den Bennets?"

"Wir sind gut miteinander ausgekommen. Mr. Bennet würde es vorziehen, wenn Elizabeth nicht so weit von zu Hause wegziehen würde, aber er stimmte dennoch zu, wobei ihm in der Angelegenheit ja auch nicht wirklich eine Wahl blieb. Mrs. Bennets Freude an unserer Verlobung war hingegen so groß, dass sie jedes Defizit ausgleichen konnte. Ich mochte auch ihre Schwestern, besonders Miss Mary. Sie hat Verstand, obgleich sie wenig Gelegenheit gehabt hat, etwas daraus zu machen."

Darcy blinzelte. "Ich hatte nie das Vergnügen, mich über ein paar Worte hinaus mit ihr zu unterhalten." Nicht, dass er den Wunsch dazu gehegt hätte.

Sie hatten Georgianas Zimmer erreicht und Darcy öffnete Drew die Tür zum Wohnzimmer. "Du wirst feststellen, dass sich in dem Raum nur wenig verändert hat. Georgiana hat es sich so gewünscht, da es der Lieblingsraum unserer Mutter gewesen war. Sie sagt, sie fühle sich ihr hier näher."

"Ehrlich gesagt erinnere ich mich kaum daran. Ich habe mich von diesem Teil des Hauses ferngehalten." Natürlich hatte er das. Drew hätte an den Gemächern ihres Vaters, die nun Darcy bewohnte, vorbeigehen müssen, um hierher zu gelangen.

Darcy hatte stundenlang neben seiner Mutter in diesem Raum gesessen. Er musste sich in Erinnerung rufen, wie anders Drews Leben auf Pemberley gewesen war. "Ihr hat die Aussicht aus diesem Fenster ganz besonders gut gefallen."

Drew trat ein und sah sich um. Seine Entspannung schien verflogen, jetzt traten die Sehnen an seinem Hals deutlich hervor. Er holte einige Male tief Luft, bevor er sich dem Gemälde zuwandte.

Auf dem Ganzkörperporträt stand Lady Anne in den Gärten von Pemberley, ihre Hand ruhte sanft auf einer gemeißelten Steinbalustrade, ganz die adelige Tochter eines Earls. Der Maler hatte ihr geschmeichelt und sie glücklich aussehen lassen. Darcy erinnerte sich noch daran, als es gemalt worden war, kurz nach der Totgeburt eines weiteren Kindes. In Wirklichkeit hatte seine Mutter blass und matt ausgesehen. Nicht so blass allerdings, wie das letzte Mal, als er sie vierzehn Tage vor ihrem Tod gesehen hatte. Damals hatte sie seine Hand ergriffen und ihn gebeten, sich um Drew zu kümmern, falls ihr etwas zustoßen sollte.

Der Geist dieser vergangenen Szene stieg plötzlich in seinen Gedanken auf. Sein Protest, dass er sich natürlich um Drew und Georgiana kümmern würde, und die schwache Beharrlichkeit seiner Mutter, nein, Drew sei es, der ihn brauchte. Er hatte dem nicht die gebührende Aufmerksamkeit geschenkt, abgesehen davon, sie zu beruhigen, da Drew damals siebzehn war und Darcy bezweifelte, dass er es zu schätzen wüsste, wenn ein älterer Bruder über ihn wachte. Aber sie hatte gewusst, was er zu diesem Zeitpunkt noch nicht gewusst hatte, nämlich, dass Drew verstoßen und ohne einen Penny weggeschickt worden war und höchstwahrscheinlich dringend seine Hilfe brauchte. Aber sie war zu schwach gewesen, um länger als ein paar Minuten zu reden, und er hatte es bis jetzt wieder vergessen gehabt.

Warum hatte er sie nicht ernster genommen und mehr Fragen gestellt? Weil er sich seiner eigenen Überzeugungen zu sicher gewesen war und seinem Vater vertraut hatte, dass er schon wusste, was für seinen Bruder und seine Schwester das Beste war. Und Drew hatte deshalb gelitten.

Jetzt studierte sein Bruder das Porträt ihrer Mutter mit verhaltener Miene genau. "Es gab noch eines, nicht wahr, aus der Zeit, als wir Kinder waren, auf dem du neben ihr standst?"

"Und du warst auf ihrem Schoß, ja." Darcy leckte sich die Lippen, aber es hatte keinen Sinn, mit der Wahrheit hintern Berg zu halten. "Das hat Vater zerstören lassen, nachdem du gegangen bist. Mrs. Reynolds hat es geschafft, deine Miniatur zu retten, aber ein Gemälde dieser Größe konnte sie nicht beiseiteschaffen. Wäre ich hier gewesen, hätte ich versucht, ihm Einhalt zu gebieten, aber Vater hat das alles sorgfältig vor mir verborgen. Bis zu dem Abend seines Schlaganfalles nach Mutters Tod hatte ich noch nicht einmal erfahren, dass er dich verstoßen hatte. Er hatte allen hier verboten, mit mir darüber zu sprechen." Es war eine Erleichterung, diese Worte auszusprechen. Er hatte Drew dies schon jahrelang erzählen wollen, aber es hatte nie eine Gelegenheit gegeben, bei der es sich nicht wie ein Versuch angefühlt hätte, seine eigenen Fehler zu verteidigen.

Zwischen Drews Brauen erschien eine Falte. "Warum überrascht mich das nicht?"

"Ich kann mir vorstellen, dass Mutter ebenfalls unglücklich darüber war. Es war ihr Lieblingsbild."

Drew legte den Kopf zur Seite und sagte: "Auf dem wurde sie auch besser getroffen als auf diesem hier. Aber ich bin dennoch froh, es zu sehen." Er wandte sich zur Tür um.

Darcy beschloss, diese Gelegenheit zu nutzen, während Drew offenbar in einer ungewöhnlich empfänglichen Stimmung war. "Kommst du mit in mein...in die Bibliothek? Ich möchte dir von dem Geschäft erzählen, aufgrund dessen ich so überstürzt aufbrechen musste." Erst im letzten Moment hatte er sich daran erinnert, dass Drew schlechte Erinnerungen an sein Arbeitszimmer hatte.

Drew wirkte überrascht, allerdings nicht unzufrieden angesichts dieser Einladung. "Sehr gerne."

Er wartete, bis sie sicher in der Bibliothek angelangt waren und sich die Tür hinter ihnen schloss. Das war nicht die Art von Geschäften, von denen die Dienstboten mitbekommen sollten. "Ich hoffe, es gab keine Unannehmlichkeiten in Meryton aufgrund des kleinen Skandals, den Wickham heraufbeschwören wollte."

Drew sah überrascht zu ihm auf. "Du hast davon gehört?" Er klang nicht beunruhigt darüber.

"Das ist die geschäftliche Angelegenheit, aufgrund derer ich abberufen wurde. Ich habe das Ende meiner Geduld mit Wickhams Mätzchen erreicht. Er sitzt jetzt im Schuldnergefängnis, und da ich auf seinem Namen ausgestellte Schuldscheine besitze, die mehrere Tausende wert sind, wird er dort auch bleiben."

"Ich kann nicht sagen, dass es mir leidtut, das zu hören. Zumindest wird er dort niemandem Schaden zufügen können."

"Das hoffe ich. Ich wünschte, ich hätte es früher getan, anstatt ihm so viele Chancen zu geben. Zu viele Menschen wurden verletzt, weil ich mich nicht dazu durchringen konnte, seiner Freiheit ein Ende zu setzen."

Drew nickte. "Jedoch auch verständlich. Er war viele Jahre lang dein Freund, und der alte Herr hatte eine Schwäche für ihn."

"Weil er dachte, Wickham sei der leibliche Sohn seines verstorbenen Bruders. Ich selbst bezweifle es, möglich ist es jedoch. Abgesehen von ihrem Charakter sind sie sich nicht sonderlich ähnlich. Onkel Charles war selbst ziemlich verschwenderisch, weshalb Vater ihn nach Jamaika schickte, um die Plantage zu verwalten, weil er dachte, dort könne er in weniger Schwierigkeiten geraten."

Drew versteifte sich. "Wickham hat immer behauptet, es sei wahr, aber das würde er natürlich auch dann tun, wenn er wüsste, dass dem nicht so ist."

"Wickham sonnt sich in jeder Lüge, die ihn in einem guten Licht dastehen lässt." Darcy wählte seine Worte mit Bedacht. "Aber jetzt ist er mir ausgeliefert. Unter den derzeitigen Umständen ließe er sich sicherlich dazu überreden, die guten Leute von Meryton davon zu überzeugen, dass er sich hinsichtlich eurer kompromittierenden Situation geirrt hat."

Drew ließ sich das einen Augenblick lang durch den Kopf gehen. "Ich sehe keine Notwendigkeit dafür. Niemand hat erwähnt, dass es Gerede gegeben habe, also hat er entweder nichts gesagt oder, falls er es getan hat, besteht kein Grund, es den Leuten erneut ins Gedächtnis zu rufen. Die Bennets haben genug durchgemacht."

Darcys Mund wurde trocken. "Was ist mit dir? Vielleicht möchtest du dich aus einer Verlobung befreien, zu der du gezwungen wurdest?"

Er sah ihn verwirrt an. "Es war vielleicht ein wenig überstürzt, aber ich stand ohnehin kurz davor, Elizabeth einen Antrag zu machen. Wickhams Possen haben die Sache einfach nur ein wenig schneller vorangebracht."

Darcy wurde schwer ums Herz. Es hatte nur eine geringe Möglichkeit bestanden, aber die war nun auch dahin. "Dann willst du sie also heiraten."

Sein Bruder drehte sich mit heftigem Gesichtsausdruck zu ihm um. "Überrascht dich das so sehr? Ich hatte sechs Jahre lang überhaupt keine Familie, und jetzt möchte ich eine eigene, aus der ich nicht ganz nach dem Gutdünken eines Mannes herausgeworfen werden kann. Elizabeth ist für mich eine gute Partie, auch wenn dir ihre Schwester nicht gut genug für Bingley war."

"Ich wollte damit nicht Miss Elizabeth kritisieren. Jeder Mann könnte sich glücklich schätzen, sie zu haben." Die Worte zerrissen ihm die Kehle. Aber er musste noch mehr sagen. "Aber du brauchst niemals Angst zu haben, deinen Platz in dieser Familie zu verlieren. Unser Vater hat dir Unrecht getan. Ich bedaure zutiefst, dass du so sehr darunter zu leiden hattest. Wenn es in meiner Macht stünde, rückgängig zu machen, was er getan hat, würde ich es tun, was mich das auch kosten möge."

Wie seltsam, dass er das überhaupt sagen musste. Sein Vater hatte ihm die Lektion immer wieder eingehämmert. Die Familie stand an erster Stelle. Seine Hauptaufgabe als Familienoberhaupt wäre es, sie zu beschützen, sogar noch vor Pemberley. Und dennoch hatte sich sein Vater Drews entledigt, als wäre er Unrat.

Drew schenkte sich ein Glas Brandy ein und nahm einen Schluck davon, bevor er antwortete. "Ich bin, was ich bin und die Vergangenheit kann nicht geändert werden. Ich weiß zu schätzen, was du getan hast, um mich hier willkommen zu heißen, einschließlich dessen, dass du Elizabeth trotz eurer Meinungsverschiedenheiten in der Vergangenheit zu einem Aufenthalt hier eingeladen hast. Ich möchte nichts, außer dass du dich nicht in meine Heiratspläne einmischst."

Es war wie ein Schlag vor die Brust, denn genau das hatte er natürlich versucht, allerdings nicht aus dem Grund, den Drew dachte. Er musste jedoch etwas sagen, sonst würde er all den Boden wieder verlieren, den er mit Drew gutgemacht hatte. "Verzeihung. Es war ein Missverständnis, nichts weiter. Als ich von Wickhams Hinterhalt hörte, dachte ich, du hättest dich vielleicht verpflichtet gefühlt, ihr gegen deinen Willen einen Antrag zu machen. Aber du sagst, dass dem nicht so ist und ich glaube dir und bin froh darüber." Auch wenn sein Mund nach Asche schmeckte.

"Ja. Ich möchte sie heiraten."

"Dann sollst du es auch." Er musste all seine Kraft zusammennehmen, um fortzufahren: "Habt ihr einen Hochzeitstermin festgelegt, als du in Hertfordshire warst?"

"Kurz nach Weihnachten. Ich werde über die Feiertage nach Longbourn fahren, während du und Georgiana in Matlock seid." Er lächelte leicht. "Keine Einladung, die mich einschließen würde."

Darcy stürzte sich auf den Themenwechsel, als wäre er ein Ertrinkender und er das Floß. "Ja, ich muss noch entscheiden, was ich dahingehend tun möchte. Diese Pläne wurden geschmiedet, bevor ich von Fredericas Situation erfuhr – noch bevor du die Pfarrei hier übernommen hattest – und ich vermute, ich könnte zu Weihnachten dort nicht mehr willkommen sein, wenn Lord Matlock erfährt, dass ich sie unterstützt habe. Konntest du in London mit ihrem zukünftigen Ehemann sprechen?"

"Ja, und er ist hocherfreut, zu wissen, dass ich und insbesondere du an der Hochzeit teilnehmen werden, wann immer sie stattfinden mag. Ich soll ihm schreiben, sobald wir wissen, wann Frederica auf Pemberley sein wird, dann wird er ebenfalls kommen."

"Sehr gut. Dann werde ich Lord Matlock schreiben und Frederica einladen, zu uns zu kommen."

Ein Lächeln breitete sich auf Drews Gesicht aus. "Während ich dies tue, um Frederica zu helfen, muss ich zugeben, dass ich eine gewisse Genugtuung verspüre, weil wir ihrem Vater damit bildlich gesprochen ein blaues Auge verpassen. Das und noch viel mehr hat er verdient."

# Kapitel 22

Trotz der Vorbereitungen für Janes und Bingleys Hochzeit kam Longbourn Elizabeth still vor, nachdem Andrew und Georgiana nach Pemberley abgereist waren. Sie hatte sich an mehr Gemeinschaft gewöhnt, zuerst auf der Reise mit den Gardiners und dann auf Pemberley. Da Jane oft mit ihrer Hochzeitskleidung und der Planung der Hochzeit beschäftigt war, verbrachte Elizabeth mehr Zeit damit, lange Spaziergänge alleine zu machen oder mit Mary und Kitty zu plaudern.

Nichts fühlte sich so an wie vor ihrer Reise nach Derbyshire. Oder vielleicht war auch alles wie zuvor, aber sie hatte sich verändert. Damals war ihr Herz noch ganz und sie sorglos gewesen, jetzt war sie an Andrew gebunden und kämpfte mit ihrer hoffnungslosen Besessenheit von seinem Bruder. Je mehr sie versuchte, ihn aus dem Kopf zu bekommen, desto mehr Raum nahm er in ihren Gedanken ein.

Nachdem vierzehn Tage auf diese Weise vergangen waren, arbeitete sie gerade an ihrer Stickerei und Kitty las aus ihrem neuesten Roman aus der Leihbibliothek vor, als das Geräusch von Pferdehufen und Rädern auf dem Kiesweg von draußen zu ihnen drang. Mary legte ihre Arbeit beiseite und eilte zum Fenster.

"Wer ist es denn?", fragte Jane.

Mary warf Elizabeth einen überraschten Blick zu. "Es ist Andrews Bruder! Mr. Darcy selbst! Was könnte ihn hierherführen? Ich hoffe, Andrew ist nichts zugestoßen."

Das Herz schlug ihr bis zu Hals, als Elizabeth rasch zu ihrer Schwester eilte, um sich neben sie zu stellen. Er war es, und sie hatte nichts von ihrem speziellen Bewusstsein für ihn verloren. "Ich kann mir nicht vorstellen, warum er hier ist. Er trägt keine Trauer und scheint auch nicht verzweifelt zu sein, also kann es nichts allzu Schlimmes sein." Aber ihr Puls flatterte.

Was hätte Darcy möglicherweise von Pemberley wegführen können? Andrew hatte in seinem letzten Brief nichts davon erwähnt.

Darcy schien es nicht eilig zu haben und blieb stehen, um eine Weile mit seinem Kutscher zu sprechen, bevor er sich dem Haus zuwandte. Dann hielt er inne, weil er sie im Fenster erblickt hatte und verbeugte sich. Elizabeth knickste als Erwiderung, obwohl er es vermutlich nicht einmal sehen konnte, studierte allerdings sein Gesicht. Er schien sie anzulächeln und trug nicht die Miene zur Schau, die er üblicherweise gezeigt hatte, als sie Zeit auf Pemberley verbracht hatte, aber vielleicht war das auch nur eine Verzerrung, die durch das wellige Glas hervorgerufen wurde. Ob es nun ein wahres Lächeln war oder nicht, er sah nicht wütend oder verzweifelt aus und ihr fiel das Atmen ein wenig leichter.

Er kam näher und klopfte an der Haustüre. Elizabeth setzte sich rasch und nahm ihre Arbeit wieder auf, ein wenig beschämt, dass sie erwischt worden war, als sie ihn anstarrte. Sie hörte, wie sich die Haustür öffnete und die getragene Stimme des Butlers drang zu ihr vor, gefolgt von Schritten. Aber sie hielten nicht vor dem Salon an, und als sie aufblickte, sah sie, dass seine Gestalt an der offenen Tür vorbeiging.

"Er muss zu unserem Vater wollen", sagte Mary. "Das klingt ernst."

Elizabeth kaute auf ihrer Lippe. Worüber um alles in der Welt könnte Darcy mit ihrem Vater sprechen wollen? Es ergab keinen Sinn. Darcy hatte kein Mitspracherecht darüber, ob Andrew in der Lage war, sie zu heiraten. Sie glaubte nicht, dass er draußen so entspannt gewesen wäre, wenn Andrew etwas Schreckliches zugestoßen wäre, aber wie sollte sie das mit Sicherheit wissen?

Oder hatte er etwas so Schreckliches über Andrew in Erfahrung bringen können, dass er der Meinung war, Mr. Bennet sollte informiert werden? Sie konnte sich nicht vorstellen, dass Andrew eine schockierende Sünde begangen hätte, und die Untreue seiner Mutter war irrelevant, zumindest vor dem Gesetz. Doch aus irgendeinem Grund hatte Mr. Darcy diesen langen Weg auf sich genommen. "Jane, ist es möglich, dass er Mr. Bingley besucht?"

"Bingley hat mir gegenüber nichts dergleichen erwähnt, aber ich nehme an, es ist möglich", sagte Jane. "Er würde sich freuen, ihn zu sehen, da bin ich mir sicher."

Angesichts von Bingleys offensichtlichem Streit mit Darcy, kurz bevor er Pemberley verlassen hatte, war Elizabeth sich dessen weniger sicher, aber sie sagte nichts, sondern kehrte einfach zu ihrer Stickerei zurück. Ihre Gedanken wirbelten wild durcheinander. Als Darcy und Mr. Bennet scheinbar im besten Einvernehmen aus der Bibliothek in den Salon kamen, hatte sie es geschafft, sich in einen ängstlich-erregten Zustand hineinzusteigern.

Darcy begrüßte sie alle höflich und berichtete, dass Andrew bei bester Gesundheit gewesen sei, als er in der vergangenen Woche aus Pemberley abgereist sei. Elizabeth war zu verlegen, um mehr als nur einen Blick auf ihn zu werfen und ein paar Worte zu erwidern, aber das Fensterglas hatte nicht gelogen. Er lächelte noch immer und schien guter Stimmung zu sein, selbst als Mrs. Bennet eintrat und begann, Aufhebens um ihn zu machen.

Nach ein paar Minuten wandte sich Darcy mit perfekter Höflichkeit an Elizabeth: "Miss Elizabeth, ich frage mich, ob Sie mir die Ehre erweisen würden, mit mir einen Spaziergang zu machen? Drew hat mich gebeten, Ihnen ein paar Nachrichten zu überbringen."

Sollte sie dieser neuen Leutseligkeit trauen? Oh, sie wollte es nur zu gerne, aber sie konnte sich nicht vorstellen, dass Drew seinem Bruder irgendwelche Nachrichten anvertraut hätte. Nicht, weil er ihm nicht vertraute, sondern weil es ihm missfallen würde, in Darcys Schuld zu stehen. Wenn er sie kontaktieren wollte, hätte er ihr einen Brief geschrieben, wie er es bereits zweimal getan hatte. Warum wollte Darcy also allein mit ihr sprechen?

"Das tue ich sehr gerne." Sie wusste nicht, ob sie hoffen sollte, dass diese Liebenswürdigkeit von Darcys Seite anhalten sollte, um ihr noch mehr Erinnerungen zu verschaffen, die ihr das Herz brechen könnten, oder ob sie sich stattdessen wünschen sollte, dass seine Kälte zurückkehrte. Aber sie konnte der Gelegenheit nicht widerstehen, auch nur ein paar Minuten mit ihm zu verbringen, und sie wollte herausfinden, worüber er mit ihrem Vater gesprochen hatte, deshalb eilte sie davon, um ihren Hut und ihre Handschuhe zu holen.

Als sie draußen waren und den Weg entlangschlenderten, schien Darcy jedoch nicht sprechen zu wollen. Sie ging einige Minuten lang schweigend neben ihm her, und in ihr baute sich eine unsichere Spannung auf.

Schließlich sagte sie verzweifelt: "Ich hoffe, deine Schwester ist bei guter Gesundheit."

Er wirkte überrascht. "Georgiana? Ja, es geht ihr durchaus gut."

"Das freut mich zu hören. Ich habe ihre Gesellschaft genossen, als sie in Netherfield war."

Er zögerte und sagte dann: "Ich schulde dir eine Entschuldigung für mein Verhalten, als du bei uns auf Pemberley warst. Du musst mich für höchst unhöflich gehalten haben, und das auch zurecht."

Sie blinzelte überrascht. Dies war das Letzte, was sie von ihm erwartet hatte. Vorsichtig sagte sie: "Ich habe keine besondere Aufmerksamkeit von dir erwartet, da ich in eure Hausgesellschaft hineingeplatzt bin." Es war unmöglich zu sagen, was sie wirklich meinte, ohne das Schweigen über ihre frühere Verbindung zu brechen.

"Ich habe dich eingeladen, aber ich habe dich nicht so willkommen geheißen, wie es von mir als Gastgeber zu erwarten gewesen wäre. Ich kann zu meiner Verteidigung nur ein falsches Verständnis der Art deiner Verlobung mit meinem Bruder vorbringen; aber während das meine Gefühle erklären könnte, ist es keine Entschuldigung für meinen Mangel an Manieren. Dafür muss ich mich demütig entschuldigen."

Ein falsches Verständnis? Was konnte er damit meinen? "Ich akzeptiere deine Entschuldigung und bin sehr dankbar, dass sich deine Meinung über mich verbessert hat, aber ich bin verwirrt darüber, welche Art von Verständnis das gewesen sein kann." Sie hielt den Atem an. Sie wünschte sich so sehr, dass er nicht zu seinem früheren Zorn zurückkehrte, aber sie konnte sich nicht für immer auf dünnem Eis mit ihm bewegen.

"Es steht dir zu, das zu erfahren, obgleich es mir peinlich ist, dass ich dir solche Motive unterstellt habe, wenn auch nur zeitweise. Als ich sah, dass du nicht in meinen Bruder verliebt zu sein schienst, konnte ich keine bessere Erklärung für eure Verlobung finden, als dass du dich an mir rächen wolltest, weil ich deiner Schwester Unrecht getan hatte und ich wusste, dass deine Ehe mit Drew-" Er brach abrupt ab, als beiße er sich auf die Zunge. Dann fuhr er mit leiser Stimme fort: "Ich hätte es besser wissen sollen. Ich wusste es besser, als zu glauben, dass diese Art von bitterer Rachsucht nicht deinem Charakter entspricht, aber es war einfacher zu glauben, ich hätte mich in dir getäuscht, als – nun, das spielt keine Rolle."

"Nein", sagte sie mit leiser Stimme. "Ich hege kein Verlangen, dich in irgendeiner Weise zu verletzen."

Er wurde rot. "Da bin ich froh. Sobald ich wusste, dass Wickham irgendwie involviert war, war es nur eine Frage der Zeit, bis ich die Wahrheit herausfand."

Ihr Mund wurde trocken. "Die Wahrheit?"

"Dass er dich zu dieser Verlobung gezwungen hat. Dass du Drew nicht heiraten wolltest. Dass du den Preis für Wickhams Hass auf mich bezahlst. Das tut mir sehr, sehr leid."

Tränen füllten ihre Augen, aber sie blinzelte sie zurück. "Du bist für sein Verhalten nicht verantwortlich."

"Nein. Wenn ich es wäre, lägen die Dinge ganz anders. Aber ich habe das Wenige getan, was mir möglich ist, um auszugleichen, was er dich gekostet hat."

"Was meinst du damit?" Sie hatte eine Gelegenheit verstreichen lassen, daran ließ sich nichts mehr ändern und sie konnte niemanden außer sich selbst die Schuld daran geben. Wenn sie nicht so blind gewesen wäre, wenn sie nur früher gesehen hätte, wer Darcy wirklich war.

"Du weißt zweifellos, dass mein Vater Drew enterbt hat. Ich habe gerade ein neues Testament aufgesetzt und ihn zu meinem Erben erklärt, außerdem habe ich eine Apanage für dich einrichten lassen. Dein Vater hat alle Details."

"Eine Apanage für mich? Das ist eine großzügige Geste, aber völlig unnötig. Andrews Gehalt wird uns sehr gut zum Leben reichen."

"Aber du verdienst etwas Besseres, und deinen Kindern darf es an nichts mangeln. Dein ältester Sohn wird eines Tages Pemberley erben, also müssen deine Kinder so erzogen werden, wie es sich in Erwartung dieses Lebensstandards gehört und das wäre mit dem Gehalt eines Pfarrers nicht möglich."

Sie starrte ihn an. "Das ist irrwitzig! Du wirst heiraten und eigene Kinder haben."

Er blieb abrupt stehen und betrachtete sie eingehend. "Nein, Elizabeth. Ich werde nicht heiraten." Seine Worte wogen schwer mit Gewissheit und Bedeutung.

Geschockt schüttelte sie den Kopf. "Du musst heiraten und eine Familie gründen." Selbst wenn der bloße Gedanke daran sie innerlich zerriss und dazu führte, dass sie schluchzen wollte wie ein Kind.

"Das kann ich nicht. Und es ist das Richtige. Drew wurde von meinem Vater schlecht behandelt, und du wurdest von Wickham um eine Zukunft deiner eigenen Wahl gebracht. Es ist nur recht und billig, dass dein Sohn Pemberley bekommen soll."

Ein Faden der Hysterie wickelte sich um ihren Hals. "Nein, es ist nicht richtig! Und Andrew will Pemberley nicht, nicht für sich selbst und nicht für seine Kinder! Er kann es kaum ertragen, die Schwelle zu überschreiten. Er würde es hassen!"

Darcy hob sein Kinn. "Für ihn war es der Schauplatz unangenehmer Erinnerungen, aber das kann mit der Zeit vergessen werden."

"Nein! Du verstehst nicht. Er würde kein Eigentum der Darcys erben wollen. Er hasst es sogar, den Namen zu tragen, auf den er kein Recht hat."

"Selbstverständlich hat er ein Recht darauf, ebenso wie auf Pemberley." Darcy klang verwirrt.

"Dem Gesetz nach schon, ja, aber das genügt ihm nicht und er hat das Gefühl, dass er das moralische Recht darauf nicht hat." Wie kam es, dass sie genau den Standpunkt einnahm, für den sie Andrew kritisiert hatte?

"Dass mein Vater ihn ausgestoßen hat, macht ihn noch lange nicht weniger zu einem Darcy. Er muss die Vergangenheit hinter sich lassen."

In plötzlicher Erkenntnis stockte ihr der Atem. War es möglich, dass sie von völlig unterschiedlichen Voraussetzungen ausgingen? Sie konnte es kaum glauben. "Du weißt es nicht, nicht wahr?", murmelte sie. "Er sagte, du wüsstest es, aber das tust du nicht."

"Was weiß ich nicht?"

Entsetzt drückte sie ihre behandschuhten Hände an den Mund. Sie wollte nicht diejenige sein, die es ihm sagte. Vielleicht sollte sie ihn bitten, mit Andrew zu sprechen, aber die Vorstellung, wie Andrew auf Darcys Fragen reagieren könnte, war besorgniserregend. Sicherlich wäre es für Darcy einfacher, die Wahrheit von ihr zu hören als von seinem defensiven und möglicherweise feindseligen Bruder.

"Was ist los?", forderte Darcy. "Geht es dir nicht gut? Du siehst so blass aus. Möchtest du dich setzen?"

"Nein." Sie kniff für einen Moment die Augen zusammen. Es war einfacher, wenn sie sein Gesicht nicht sehen konnte. "Ich fühle mich nur überrumpelt. Ich dachte, du wärst dir eines bestimmten schmerzhaften Umstandes bewusst. Andrew hat mir gesagt, dass du es bereits wüsstest. Und ich bin etwas nervös, diejenige zu sein, die dich darüber informiert."

Er runzelte die Stirn. "Du brauchst mich nicht zu fürchten. Niemals."

"Das ist es nicht." Sie rieb sich die Stirn unter dem Rand ihrer Haube. Wie konnte sie nur diejenige sein, die es ihm sagte? Es stand ihr nicht wirklich zu und was war, wenn er sie dafür hasste? "Es gibt keinen guten Weg, dir das zu sagen. Andrew ist nicht der Sohn deines Vaters."

Zu ihrem Erstaunen lachte er. "Dieses alte Ammenmärchen? Flüstern die Leute nach all den Jahren immer noch diesen Unsinn? Es ist eine Lüge, das kann ich dir versichern. Sicherlich kann Drew das nicht glauben."

"Er glaubt es." Sie schluckte schwer. Das war schlimmer als sie gedacht hatte. "Er glaubt es, weil es wahr ist."

"Es ist nicht wahr und es tut mir leid, dass Drew dir gegenüber diese alten Lügen wieder aufs Tapet gebracht hat. Du kannst dir sicher sein, dass ich mit ihm ein Wörtchen darüber sprechen werden."

"Er war nicht derjenige, der es mir erzählt hat. Ich habe die Wahrheit aus einem Brief erfahren, den deine Mutter zurückgelassen hat. Es tut mir leid. Ich wünschte, ich könnte glauben, dass es eine Lüge ist."

Er schüttelte den Kopf. "Wie kannst du einen Brief von meiner Mutter erhalten haben?"

"Sie hat ihn deiner Schwester überlassen, damit sie ihn an Andrews Braut übergibt."

"Das klingt eher nach einem weiteren von Wickhams Tricks. Es muss eine Fälschung sein. Ich versichere dir, meine Mutter war eine gute und treue Gattin." Seine Stimme war hart.

Oh, wie sie es hasste, diejenige zu sein, die ihm die Illusion nahm! Wenn er sein ganzes Leben lang die Wahrheit geleugnet hatte, musste ihm die Vorstellung davon übermäßig weh tun. "Wenn du möchtest, zeige ich dir den Brief und du kannst selbst entscheiden, ob es sich dabei um ihre Handschrift handelt. Aber das ist nicht alles. Andrew hat es bestätigt, und ich habe den Mann getroffen, der ... von dem er abstammt und habe die

Ähnlichkeit gesehen." Ihr ganzer Körper fühlte sich verkrampft an. Würde er wütend auf sie sein?

Sein Kiefer arbeitete. Das wühlte ihn auf, soviel war klar ersichtlich. Dass es ihn wütend machte, vermutete sie, aber das Schwerste für Elizabeth daran war, dem Drang, ihn zu trösten, nicht nachzugeben oder ihm zumindest zu sagen, dass es nicht der Wahrheit entsprach. Aber die Katze war aus dem Sack; sie konnte nicht ungeschehen machen, was sie gesagt hatte. Und sie schuldete es Andrew, für die Wahrheit einzutreten.

Darcy streckte seine Hand aus, spreizte seine Finger und brachte sie dann wieder und wieder zusammen, als ob die Gefühle in ihm sich nicht weiter anstauen könnten. "Bist du dir da sicher?", die Worte brachen aus seinem Mund hervor.

Plötzlich schien die schreckliche Spannung nachzulassen. "Ja. Es tut mir leid."

Der Atem schoss aus ihm heraus. "Es ist nicht so, als hätte niemand jemals versucht, es mir zu sagen. Aber meine Mutter war eine so sanfte Seele, und selbst jetzt kann ich nicht glauben, dass sie-"

Elizabeth konnte ihre Sehnsucht, seine Not zu lindern, nicht bekämpfen. "Wir kennen die Umstände nicht. Vielleicht war es wirklich nur das eine Mal."

Sein Mund verzog sich. "Selbst das ist kaum vorstellbar. Und du sagst, Drew weiß das?"

Nun waren sie auf sichererem Terrain zurück. "Er hat es immer gewusst, seit er ein Kind war. Er sagte, in Pemberley sei es allgemein bekannt, ob das stimmt kann ich nicht sagen. Etwas, das Mr. Wickham gesagt hat, ergibt im Nachhinein Sinn und lässt mich vermuten, dass er davon weiß."

"Das überrascht mich nicht. Wenn ein schändliches Geheimnis ans Licht kommt, ist Wickham stets der Erste, der davon erfährt", sagte Darcy angewidert. "Also kennt Drew diesen Mann?" Offensichtlich blieb ihm das Wort "Vater" im Halse stecken.

Nun musste sie behutsam vorgehen. "Er kennt seine Identität, weigert sich jedoch, mit ihm in irgendeiner Weise Kontakt aufzunehmen."

"Wer ist es?", fragte er harsch.

Sie kämpfte mit sich selbst. "Ich glaube, Andrew möchte nicht, dass ich das enthülle. Der Preis, den er für diese Geheimnisse aus der Vergangenheit gezahlt hat, ist schon hoch genug."

Darcys Miene wurde starr. "Guter Gott, das hat er wahrlich. Das erklärt Einiges. Unser Vater – mein Vater – muss es gewusst haben."

"Er hat dem armen Andrew eine Sünde nie vergeben, die er gar nicht begangen hatte."

Seine Miene verdüsterte sich. "Zeigst du mir den Brief?", fragte er barsch.

Was hatte sich verändert? Irgendetwas hatte ihn wieder verärgert. "Selbstverständlich. Sobald wir wieder im Haus sind."

ATMEN. ALLES, WAS ER tun musste, war atmen und einen Fuß vor den anderen setzen. Ganz einfach, wenn man von den Messern in seinem Bauch absah. Ein Messer war das Wissen, dass seine Mutter untreu gewesen war, die perfekte Ehe seiner Eltern alles andere als das war. Dann war da noch das Messer der Demütigung. Wie oft hatten Leute versucht, ihm das zu sagen, und er hatte sich geweigert, zuzuhören? Wie oft hatte er gedroht, einen anderen Jungen zu schlagen, weil er eine so himmelschreiend falsche Geschichte erzählt hatte? Für wie erbärmlich mussten sie ihn gehalten haben, weil er der Wahrheit nicht ins Auge sehen konnte!

Aber nicht so erbärmlich wie das dritte Messer, das größte und schärfste, ihn zurückgelassen hatte, und das war Elizabeths Sorge um den *armen Andrew* gewesen. Darcy war derjenige, dem gerade die Familie entrissen worden war. Ohne Vorwarnung zerstörte sie das Andenken an seine Mutter und seinen Vater und dachte dabei nur an den *armen Andrew*.

Einen Fuß vor den anderen setzen. Einatmen und wieder ausatmen.

Es war eine so tiefe, mitreißende Erleichterung gewesen, zu erfahren, dass Elizabeth Drew gar nicht heiraten wollte. Selbst wenn Darcy sie immer noch nicht haben konnte, musste er sich nicht länger mit der Frage quälen, ob sie Drew liebte oder ihn einfach nur verachtete. Sie heiratete Drew nur, weil sie musste. Das konnte er ihr vergeben und sich sogar eine Zukunft vorstellen, in der ihn ein ganz besonderes, wenn auch platonisches,

Band mit Elizabeth verband, ein Ausdruck der spirituellen Verbindung, die er immer zu ihr verspürt hatte. Sie konnte Drews Frau sein, aber ihr Herz könnte Darcy gehören und ihre Kinder wären Darcys Erben. Immerhin etwas.

Bis sie *den armen Andrew* erwähnte und all seine Fantasien zerschmetterte. Blut pochte in seinen Ohren und ihm wurde schlecht.

Atmen. Laufen. Weiteratmen. Denk an irgendetwas, nur nicht an eine Zukunft, in der Elizabeth ihre Aufmerksamkeit und Zuwendung dem *armen Andrew* schenkt.

# Kapitel 23

Darcy wartete schweren Herzens im Garten von Longbourn, während Elizabeth den Brief seiner Mutter und das Medaillon holte. Als er den Brief las, fielen auch noch die letzten Zweifel von ihm ab, denn er kannte die Handschrift seiner Mutter nur zu gut. Er konnte sich jedoch jetzt keine Gedanken über ihre Worte machen, nicht, wenn er sich noch Elizabeth stellen musste.

Als er das Papier schließlich wieder faltete und ihr hinhielt, sagte Elizabeth zögernd: "Mr. Bingley ist drinnen und Jane hat ihm bereits gesagt, dass du mit mir spazieren gegangen bist. Er hat mich nicht gesehen, als ich hineingegangen bin, aber ich glaube, er hofft vielleicht, dich zu sehen."

Genau das, was er jetzt nicht brauchen konnte – einen weiteren Streit mit Bingley nach Allem, was heute über ihn hereingestürmt war. Aber er hatte es überlebt, sich bei Elizabeth zu entschuldigen, und sie schien keinen Groll gegen ihn zu hegen, also würde Bingley ihm vielleicht ebenfalls vergeben. Mehr als er sich jemals selbst vergeben würde, da er durch die Trennung von Jane und Bingley seine eigenen Hoffnungen mit Elizabeth zunichtegemacht hatte. "Sollen wir dann reingehen?"

Sie sah zufrieden aus, das war immerhin schon etwas. "Also schön." Den verdammten Brief und das Medaillon verstaute sie in ihrer Tasche.

Drinnen wirkte Bingley durchaus erfreut, ihn zu sehen, tippelte aber nervös von einem Fuß auf den anderen. "Darcy. Bleibst du lange?"

"Nein. Ich bin nur vorbeigekommen, um mit Mr. Bennet zu sprechen, und ich hoffe, heute Abend noch Cambridge zu erreichen."

"Wirst du dort erwartet? Denn wenn nicht, würde ich mich freuen, wenn du dich mir in Netherfield anschließen würdest. Dort könntest du mich beim Billard haushoch schlagen und mir erzählen, wie deine

Forschung voranschreitet." Hinter Bingley rang sich Jane Bennet die Hände.

Darcy wollte nichts weiter als wegzurennen und sich in seiner Höhle die Wunden lecken, aber Bingley reichte ihm die Hand in Frieden und die konnte er wohl kaum ausschlagen. "Deine Einladung nehme ich gerne an. Ich habe es nicht besonders eilig, Cambridge zu erreichen. Und ich würde gerne mehr über eure bevorstehende Hochzeit erfahren. Ich freue mich sehr für euch beide."

Jane Bennet seufzte offensichtlich erleichtert, wenn auch still, und strahlte ihn an.

"Ich danke dir", sagte Bingley. "Ich bin natürlich der glücklichste Mann der Welt."

WENIG SPÄTER IN DER Kutsche, die sie nach Netherfield zurückbrachte, sagte Bingley: "Ist es nicht seltsam, dass Miss Elizabeth eine Schwester von uns beiden sein wird?"

Seltsam war nicht das Wort, das Darcy verwenden würde. Tragisch vielleicht. "Du scheinst sehr zufrieden mit deiner Miss Bennet zu sein."

"Oh, ich könnte nicht glücklicher sein! Ich weiß, du hattest anfangs Bedenken, was die Verbindung anbelangt, aber da du damit einverstanden bist, dass dein eigener Bruder Miss Elizabeth heiratet, gehe ich davon aus, dass du deine Meinung geändert hast." Bingley klang nervös. Hatte er Angst, Darcy würde seine Verlobung missbilligen?

Als würde er nicht alles dafür geben, Elizabeth seine Frau nennen zu dürfen! "Das stimmt, aber das lag nur daran, dass ich dachte, deine Miss Bennet habe nichts für dich übrig. Wenn von beiden Seiten echte Zuneigung herrscht, kann über einen gewissen Unterschied in Rang und Vermögen hinweggesehen werden." Wenn er selbst nur diese Lektion früher gelernt hätte!

Aber wenn Lord Matlock nach dieser Prämisse gelebt hätte, dann hätte seine Mutter ihre Jugendliebe geheiratet und Darcy wäre niemals geboren worden. Im Moment fühlte es sich so an, als wäre es eine Gnade gewesen, verglichen mit der Qual, die er jetzt durchlitt. Er hatte seine Mutter angebetet, und nun stellte sich heraus, dass er sie nie wirklich gekannt hatte. Er hatte seinen Vater respektiert, der Drew schäbig behandelt hatte. Er hatte sich hoffnungslos in Elizabeth verliebt und entdeckt, dass ihre Anwesenheit das einzige war, was Licht in seine Welt brachte und sie an seinen Bruder verloren. Ja, ihm wäre es lieber, wenn er niemals geboren worden wäre.

Und in diesem schrecklichen Moment, als Elizabeth ihm das Medaillon und den Brief seiner Mutter gezeigt hatte, als der Schock beim Anblick des geliebten Gesichts seiner Mutter neben einem zweiten Drew wie eine Musketenkugel durch ihn schoss und er den letzten Rest an Hoffnung verlor, dass das alles irgendwie, auf irgend eine Weise doch ein Missverständnis sein könnte – genau dann hatte Elizabeth ihm die Hand auf den Arm gelegt, um ihn zu trösten, da hatte er die Verbindung und die Anerkennung zwischen ihnen gespürt, sie war wie ein Strom durch ihn hindurchgeflossen. Es war real, diese Verbindung zwischen ihnen beiden, und sie würde Drews Frau sein.

"Hörst du mir überhaupt zu?", Bingley klang verletzt.

Darcy fuhr sich mit der Hand über die Stirn. "Verzeih bitte. Mich hat etwas beschäftigt, was Miss Elizabeth mir erzählt hat. Es war unentschuldbar unhöflich von mir. Bitte, was hattest du gesagt?" Vor einem Jahr hätte er Bingley zurechtgewiesen, anstatt seine Schuld zuzugeben. Das war, bevor sein Stolz ihn Elizabeth gekostet hatte.

Besänftigt lehnte sich Bingley auf der Kutschenbank zurück. "Es war nicht wichtig. Ist mit Miss Elizabeth alles gut gelaufen? Du wirkst sehr ernst, aber das warst du auf Pemberley auch schon, als würdest du ihre Gesellschaft nicht mehr genießen."

Verdammt. Bingley war zu scharfsinnig. Am Besten, Darcy erzählte Bingley gerade genug von der Wahrheit, dass er ihn nicht mehr wie ein Terrier verfolgte. Irgendwie brachte er ein leichtes Lachen zustande. "Du weißt, dass ich sie bewundert habe und nicht auf diese Weise, wie man an seine zukünftige Schwester denkt. Meine Beziehung zu Drew ist schwierig genug. Ich muss nun anders über Miss Elizabeth denken, aber dafür muss ich noch einen Weg finden."

"Ah, ja, ich verstehe, wo die Schwierigkeit liegt", sagte Bingley mit einem weisen Nicken. "Zumindest ging es nie weiter als Bewunderung. Was hattest du mit Mr. Bennet zu besprechen?"

"Wir haben nur über die Apanage gesprochen", sagte Darcy fest. So viel bekam Bingley sicherlich auch von Jane Bennet zu hören. "Nein, was mich so aufgewühlt hat, war etwas ganz anderes, etwas, das mit meinem Bruder zu tun hat."

"Ich hoffe, ihm ist nichts zugestoßen."

Plötzlich konnte Darcy es nicht mehr ertragen, es nicht rauszulassen. "Nichts Neues. Wie es scheint, hat mein Vater ihn verstoßen und enterbt, weil er das Kind eines anderen Mannes ist. Das wusste ich bisher nicht."

"Oh, das muss eine Überraschung gewesen sein", sagte Bingley. "Meine Mutter hatte nach meiner Geburt mehrere Liebhaber, und ich habe mich immer gefragt, wer Carolines wahrer Vater ist. Nicht, dass es von Belang gewesen wäre. Niemand hat jemals ein Wort darüber verloren. Ziemlich schlechtes Benehmen deines Vaters, so ein Aufheben darum zu machen."

Darcy starrte seinen Freund an und klappte den Mund zu, bevor die Worte ihm entwischen konnten. Bingleys Eltern waren nicht die Darcys von Pemberley. Wie konnte er es wagen, sie zu vergleichen? Bingleys Eltern hatten ihre Kinder auf Distanz gehalten, und Darcy hatte nie gehört, dass sein Freund auch nur die geringste Zuneigung für einen von ihnen ausgedrückt hätte.

Aber seine eigenen Eltern waren anders. Er war nie davon ausgegangen, dass sie aus Liebe geheiratet hatten, da das in ihrer Generation so selten vorkam, aber er hatte immer gedacht, dass sie sich gegenseitig respektierten. Was bedeutete das? Sein Vater hatte eine Geliebte, aber er hatte sie immer diskret vor seiner Frau verborgen, deshalb hatte das Darcy niemals geschockt. Nicht so sehr wie zu erfahren, dass seine Mutter einen anderen Mann geliebt hatte.

So wie er Elizabeth liebte, auch nachdem er sich im Klaren darüber war, dass sie Drew heiraten würde.

Es war unerträglich.

ALS DIE BEIDEN ÄLTESTEN Bennet-Töchter zur Schlafenszeit endlich allein waren, sagte Jane: "Du hast beim Abendessen traurig ausgesehen. Ich hoffe, Mr. Darcy hat dir heute keine Schwierigkeiten bereitet."

"Wir haben uns nicht gestritten", antwortete Elizabeth müde. "Tatsächlich war er viel freundlicher zu mir als in Pemberley, wo er es augenscheinlich nicht ertragen konnte, in meiner Gegenwart zu sein."

"Der arme Mann! Es muss so schwer für ihn gewesen sein, dich mit seinem Bruder verlobt zu sehen. Aber vielleicht haben seine Gefühle für dich bereits nachgelassen. Das hoffe ich jedenfalls für euch beide."

Warum hatte sie Jane jemals von Mr. Darcys Antrag in Hunsford erzählt? "Nein, ich fürchte, seine Gefühle sind so stark wie eh und je. Er ist nun netter, weil er mir vergeben hat, dass ich die Verlobung eingegangen bin, nachdem er erfahren hatte, dass es nicht freiwillig geschah. Oh, Jane, ich hasse es, dass meine Ehe ihm so viel Leid bereitet!" Ihr eigener Schmerz war etwas, das sie weder Jane, noch irgendjemand anderem gegenüber jemals eingestehen konnte. Das hatte Andrew nicht verdient.

"Es ist traurig, Lizzy Liebste, aber es ist nicht deine Schuld. Du hast ihn nicht darum gebeten, sich in dich zu verlieben."

"Nein, aber ich könnte sein Elend verhindern, indem ich meine Verlobung mit Andrew löse." Es war das erste Mal, dass sie sich erlaubte, auch nur daran zu denken.

"Oh nein, Lizzy! Du wärst töricht, wenn du Andrew aufgeben würdest. Du magst ihn und respektierst ihn, und er ist eine gute Partie. Und denk an den Skandal! Du würdest nie wieder einen Antrag von einem respektablen Mann bekommen, wenn du ihn sitzenlässt."

Elizabeths Hals wurde eng. "Als ich der Verlobung zustimmte, galt meine größte Sorge unserer Familie. Wenn ich Andrew nicht heiraten würde, hättet ihr alle darunter zu leiden, ganz besonders, wenn unser Vater stirbt. Jetzt bist du verlobt und mein Skandal würde nicht gar so sehr ins Gewicht fallen."

"Aber für dich wäre es schwerwiegend, du würdest alleine enden, ohne Ehemann oder Kinder. Du verdienst mehr als das." Jane senkte ihre Stimme. "Außerdem wird sich Mr. Darcy früh genug von seiner Enttäuschung erholen. Männer tun das immer. In ein oder zwei Jahren wird er es hinter sich gelassen und sich in jemand anderen verliebt haben, aber du hättest deine ganze Zukunft für ihn geopfert. Versprich mir, dass du das nicht tun wirst."

"Ich verspreche, nichts zu tun, ohne sorgfältig darüber nachzudenken, aber du hast da ein gutes Argument vorgebracht. Er könnte sich ebenso gut davon erholen." Aber Mr. Hadley trug Lady Anne Darcys Miniatur immer noch bei sich, auch dreißig Jahre nachdem er sie verloren hatte.

Und dann gab es da auch noch ihre eigenen Gefühle. Würde sie sich jemals erholen?

ELIZABETH SAH ÜBERRASCHT aus, ihn zu sehen, als Darcy am nächsten Morgen in Longbourn ankam. Oder vielleicht war sie einfach schockiert darüber, wie er aussah, mit diesen dunklen Ringen unter seinen Augen, die sein Spiegel ihm so schonungslos gezeigt hatte. Aber sie willigte dennoch ein, einen Spaziergang mit ihm zu machen.

Als sie den Weg entlanggingen, sagte er ernst: "Danke, dass du zugestimmt hast, mich zu sehen."

"Selbstverständlich. Kann ich dir irgendwie helfen?"

Oh, wie sehr er sich danach sehnte, ihr ehrlich zu sagen, was er sich wünschte! Dass er sich danach sehnte, ihre Hände zu halten und sie ihren Kopf an seiner Schulter ruhen zu lassen, wie sie es einmal so kurz auf Pemberley getan hatte. Aber das durfte nicht sein. Es durfte niemals sein. Stattdessen räusperte er sich. "Ich brauche deinen Rat. Ich habe lange gewusst, dass Drew sich nicht als Teil unserer Familie fühlt, aber ich dachte, es sei einfach eine Reaktion darauf, dass er verstoßen worden war. Was du mir gestern erzählt hast, verändert meine Sicht darauf, jedoch nicht mein Ziel, nämlich Drew wieder in die Familie zu holen und seine Rolle als Darcy zu akzeptieren. Die Frage ist, wie das erreicht werden kann."

Elizabeth schien ihre Worte mit Bedacht zu wählen. "Dann ändert das nichts an deiner Haltung ihm gegenüber?"

"Selbstverständlich nicht. Er ist mein Bruder, und ich möchte, dass er aufhört, vor seinem Erbe davonzulaufen."

Sie biss sich auf die Lippe. "Ich hoffe, du kannst das erreichen. Ich werde deine Bemühungen nach Kräften unterstützen."

Er sah sie gequält an. "Ich brauche deine Hilfe. Wie kann ich ihn dazu bringen, seinen Groll hinter sich zu lassen? Du kennst ihn besser als ich, so sehr es mich beschämt, das zuzugeben."

"Ich kenne ihn nicht gut."

"Und ich kenne ihn kaum. Ich kannte den kleinen Jungen, mit dem ich gespielt habe, aber danach mied er mich. Wir haben jahrelang kaum miteinander gesprochen, bis er die Stellung angenommen hat, und selbst jetzt scheint er jedes Wort, das er zu mir sagt, sorgfältig abzuwägen. Ich weiß nicht, wie ich mir sein Vertrauen verdienen soll."

Elizabeth strich mit den Fingern über die spitzen Blätter des Stechpalmenstrauchs. Stachen sie durch ihre dünnen Handschuhe hindurch in ihre zarten Finger? "Andrew ist getrieben von dem Wunsch, leidenden Menschen zu helfen. Er ist gerne für sie da. Wenn er das Gefühl hat, dass du seine Hilfe oder seinen Rat brauchst, könnte das hilfreich sein."

Aber er brauchte Drews Hilfe nicht. Und bei was konnte er sich wohl an ihn wenden, um seinen Rat einzuholen? Trotzdem vermutete er, dass sie Recht hatte. "Ich werde sehen, was ich tun kann."

Sie musste den Zweifel in seiner Stimme gehört haben. "Vielleicht könntest du ihm von den Dilemmata erzählen, denen du dich in Pemberley oder mit deiner Schwester konfrontiert siehst. Machst du dir Sorgen in Bezug auf ihr Debüt? Erzähl ihm davon. Zeig ihm, dass auch du ein Mensch mit Unsicherheiten bist."

Er hatte sein ganzes Leben lang gelernt, seine Unsicherheiten zu verbergen, um ein wahrhafter Herr für Pemberley zu sein, und jetzt wollte sie, dass er sie zugab? "Das wird mir nicht leichtfallen." Gelinde gesagt.

Sie bedachte ihn mit einem ihrer schelmischen Blicke. "Das kann ich mir vorstellen. Lass mich nachdenken – du hast eine Plantage in Westindien, nicht wahr, auf der du die Sklaven befreit hast? Könntest du ihn um Rat fragen, wie man eine Schule für die ehemaligen Sklaven gründet oder wie man sie ermutigt, ihr Schicksal in die Hand zu nehmen?"

"Das ist eine ausgezeichnete Idee", sagte er gedehnt. "Das würde Drew sicherlich gefallen. Und es würde uns ermöglichen, zusammenzuarbeiten."

"Es würde ihm auch zeigen, wie seine Verbindung zu dir ihn in seinen Bemühungen weiterbringen könnte."

"Das stimmt. Das ist eine gute Idee." Er hielt inne. Würde seine nächste Frage dieses fragile neue Verständnis zwischen ihnen brechen? "Ich habe noch eine Frage an dich und ich fürchte, dich damit nicht glücklich zu machen. Gestern hast du dich aus verständlichen Gründen geweigert, die Identität dieses ... Mannes preiszugeben. Aber ich bitte dich dennoch ganz egoistisch, dass du es dir noch einmal überlegst. Es gibt andere, die ich fragen könnte, wie etwa die Dienstboten auf Pemberley, aber ich möchte, dass diese ganze Geschichte in der Vergangenheit bleibt. Wenn es sich herumspricht, dass ich meine Bediensteten darüber ausfrage, wird die Geschichte wieder in aller Munde sein."

Elizabeth zögerte. "Das ist vermutlich richtig. Darf ich fragen, was du mit der Information zu tun gedenkst?"

Eine berechtigte Frage, noch dazu eine, für die er keine gute Antwort wusste, abgesehen von seinem eigenen verzweifelten Bedürfnis, die Antwort zu kennen. "Höchstwahrscheinlich gar nichts. Ich habe nicht vor, den Mann damit zu konfrontieren oder Ähnliches. Aber ich gehe davon aus, dass er und ich uns in den gleichen sozialen Zirkeln bewegen und möchte keine Aufmerksamkeit auf ihn lenken, weil ich es nicht besser wusste."

Sie nickte. "Als ich die Wahrheit erfuhr, habe ich mich wie eine Närrin gefühlt, weil ich eine lange Unterhaltung mit ihm geführt hatte, ohne Bescheid zu wissen. Nicht, dass es den geringsten Unterschied gemacht hätte, aber es ist eine unangenehme Erfahrung."

"Ich danke dir für dein Verständnis. Deshalb bitte ich dich nochmals, mir seine Identität offenzulegen, aber ein Wort von dir genügt und ich spreche es nie wieder an. Ich möchte dir kein Unbehagen bereiten."

Elizabeth schluckte schwer. "Ich kann deinen Standpunkt nachvollziehen, aber ich möchte nicht, dass Andrew denkt, ich hätte seine Geheimnisse preisgegeben."

Darcy nickte, um ihr zu zeigen, dass er verstanden hatte. "Ich werde ihm nicht erzählen, dass du daran beteiligt warst. Ich halte es für das Beste, wenn er weiterhin denkt, ich hätte es schon die ganze Zeit gewusst."

"Nun gut", sagte sie gedehnt. "Sein Name ist Hadley. Er ist ein Cousin auf der Fitzwilliamseite."

Darcys Augenbrauen schossen in die Höhe. "Der Anwalt? Der mit dem lächerlichen Bart?", fragte er ungläubig.

Sie warf ihm einen finsteren Blick zu. "Dieser lächerliche Bart verdeckt ein Kinn, das beinahe genauso aussieht wie Andrews. Du hast sein Portrait gesehen."

Er blinzelte. "Das hatte ich nicht bedacht. Ich bin ihm natürlich schon begegnet, wenngleich ich nicht behaupten kann, ihn gut zu kennen."

"Er wünscht sich, euch besser zu kennen. Ich habe mit ihm auf dem Ball im Allston House gesprochen, bevor ich von alldem wusste, und ihn dürstete es danach, alles über Lady Annes Kinder zu erfahren. Der arme, einsame Mann." Sie zupfte ein Blatt von einem Busch, an dem sie gerade vorbeikamen. "Und armer Andrew."

Ihre Worte, die ihm in der vorigen Nacht nicht aus dem Kopf gehen wollten, trafen ihn erneut. "Armer Andrew! Du scheinst ja ganz schön viel Mitgefühl mit ihm zu haben!"

Elizabeth begann, das Blatt in scharfen, abgehackten Bewegungen zu zerrupfen. "Das habe ich", sagte sie mit leiser Stimme. "Er wurde um so viel gebracht. Zuerst um die Liebe seiner Eltern, dann um sein Zuhause und nun um..."

Darcy konnte kein Mitleid für Andrew empfinden. "Und was nun? Er heiratet dich."

Sie neigte den Kopf, daher konnte er nicht mehr als den Rand ihrer Haube sehen. "Er verdient eine Frau, die ihn liebt, eine, die nichts anderes will, als ihr Leben mit ihm zu gestalten, und die ihn glücklich machen möchte. Stattdessen bekommt er mich." Ihre Stimme klang erstickt.

Für einen Moment verstand er nicht, worauf sie hinauswollte und dann stockte ihm der Atem. Könnte sie möglicherweise sagen, wonach er sich so sehr sehnte? Lieber Gott, sein Herz wollte vor Freude zerspringen! "Elizabeth", flüsterte er.

"Ich weiß", rief sie. "Ich weiß, ich sollte es nicht. Ich hätte nichts sagen sollen. Bitte, vergiss es, jedes Wort davon, ich bitte dich."

"Elizabeth", sagte er erneut, seine Stimme war jetzt fester und voller leidenschaftlicher Liebe, die ihn erfüllte. "Bitte mich nicht, das zu vergessen. Was auch immer sonst geschehen mag, gib mir diesen einen Moment, bevor ich in die Realität zurückkehren muss."

Sie schniefte. "Ich *hasse* die Realität. Und ich weiß, ich bin der verwöhnteste, schrecklichste Mensch der Welt, der weint und jammert, weil ich nicht das eine haben kann, was ich mehr als alles andere will, obwohl es doch so viel gibt, wofür ich dankbar sein kann."

Sie liebte ihn. Es war wahr. Und er konnte nichts tun, um den Schmerz zu lindern, den es ihr verursachte. "Du bist das exquisiteste und wundervollste Wesen der Welt", sagte er mit leiser Stimme und wünschte, er könnte ihr seine Liebe zu Füßen legen. Aber sie war zu treu, um so etwas gutzuheißen, wenn sie mit einem anderen Mann verlobt war und für diese Aufrichtigkeit liebte er sie sogar noch mehr.

Elizabeth schnappte zweimal nach Luft, dann wandte sie sich ihm zu, um ihn anzusehen und in ihren schönen Augen schimmerten ungeweinte Tränen. "Wir sollten zum Haus zurückkehren."

"Ja, natürlich." Die Worte strömten aus ihm heraus, ohne dass er darüber nachgedacht hätte, doch er wusste, dass sein Gesichtsausdruck ihn verriet. Aber sie beide schuldeten Drew, es besser zu wissen, deshalb riss er seinen Blick von ihr los und begann zu laufen.

Schließlich brach sie die Stille und fragte: "Wann wirst du nach Pemberley aufbrechen?" Ihre Stimme zitterte nur ein wenig.

Zumindest das war eine Frage, die er beantworten konnte. "Erst nach Bingleys Hochzeit. Er hat mich gebeten, sein Trauzeuge zu sein."

Ein trauriges Lächeln umspielte ihre rosigen Lippen. "Dann werde ich dich dort sehen. Vielleicht schreibe ich deiner Schwester einen Brief, den du ihr überbringen könntest."

"Sehr gerne, wobei ich ein paar Tage in Cambridge bleiben werde, wenn ich schon einmal in der Nähe bin und die Gelegenheit ergreifen werde, neue Arten abzuholen und meine Untersuchungen mit den Naturforschern dort zu besprechen."

"Oh, nun da du davon sprichst: Ich muss dir etwas gestehen. Nachdem du Pemberley verlassen hattest, nutzte ich jede Gelegenheit, um mich in deine Orangerie zu stehlen und deinen Dschungel zu besuchen. Ich hoffe, du hast nichts dagegen. Näher werde ich meinem irrwitzigen Kindheitstraum, unerforschte Länder zu entdecken, niemals kommen." Sie

241

sagte es leichthin, beinahe neckend, aber er konnte die Trauer hinter ihren Worten spüren.

"Du bist stets willkommen in der Orangerie. Hätte ich gewusst, wie sehr es dir dort gefallen hat, hätte ich dich ermutigt, dorthin zu gehen. Ich hoffe, du kehrst oft dorthin zurück, wenn du in Kympton bist." Er hielt sich gerade noch davon ab ,zu sagen, dass ihr alles gehörte, was auch ihm gehörte. Es hob seine Trauer auf eine ganz andere Ebene, zu entdecken, dass sie an seiner Forschung interessiert war, die sonst niemanden kümmerte. Sie wäre perfekt für ihn gewesen.

"Ich fürchte, ich werde nicht widerstehen können, meinen kindlichen Träumen nachzuhängen, nun, da ich weiß, dass ein solch wunderbarer Ort existiert. Meine Mutter würde dir niemals vergeben, wenn sie es wüsste, nach all den Jahren, in denen sie versucht hat, mich davon zu überzeugen, dass junge Damen niemals solchen Ideen nachhängen sollten. Wusstest du, dass ich mich in die Bibliothek meines Vaters geschlichen habe, um die Tagebücher von Captain Cook zu lesen? Schockiert Sie das nun, Sir?" Diesmal neckte sie ihn definitiv.

"Ich bin schockiert und bestürzt, aber nur, dass sich mir nicht die Gelegenheit bot, mit dir über seine Erkundungen zu sprechen." Wie konnte ihm diese Seite von Elizabeth entgangen sein? Sie war perfekt für ihn. Perfekt. Abgesehen davon, dass sie Andrew heiratete. "Eines Tages muss ich dir meine anderen liebsten Reiseberichte in der Bibliothek von Pemberley zeigen." Er tat natürlich so, als könnten sie eines Tages trotz Andrew gute Freunde sein. Aber im Moment konnte er den Traum nicht aufgeben.

# Kapitel 24

"Jetzt komm schon, Darcy! Wir dürfen nicht zu spät zur Kirche kommen!" rief Bingley.

Es war noch genug Zeit, bevor die Trauung beginnen sollte, dass sie den ganzen Weg auf Händen und Knien hätte kriechen können und immer noch pünktlich gewesen wären, aber Darcy ließ sich von ihm zur Kutsche drängen.

Bingley hopste geradezu erwartungsvoll auf der Bank herum. "Ich kann nicht glauben, dass es nun endlich geschieht! Sitzt meine Krawatte gerade?"

"Vollkommen. Und deine Hochzeit wird makellos sein, genauso wie deine Braut." Darcy ließ nicht zu, dass die Leere, die er fühlte, sich in seine Stimme schlich. Es war nicht Bingleys Schuld, dass Darcy seine eigene Chance ruiniert hatte, jene Freude und Erfüllung zu erleben, die es brachte, wenn man die Frau heiratete, die man liebte.

Sie erreichten die Kirche mehr als eine halbe Stunde zu früh. Darcy verbrachte die Zeit damit, Bingleys Ängstlichkeit in Schach zu halten, aber eigentlich konnte er nur daran denken, dass Elizabeth bald da sein würde.

Gestern hatte er es irgendwie fertiggebracht, Longbourn fernzubleiben, da er gewusst hatte, dass es nur zu leicht wäre, wieder mit Elizabeth zu scherzen und von diesem Punkt nur allzu leicht überzugehen in sehnsüchtige Blicke und Sätze, die schwer wogen mit verstecktem Verlangen. Er sehnte sich nach diesem Moment der Nähe zu ihr, wollte noch einmal hören, wie sie quasi zugab, Gefühle für ihn zu haben, und doch war das nicht richtig. Es war mehr als falsch. Drew war sein Bruder. Es wäre nicht schwer, sich einzureden, dass er und Elizabeth nichts falsch machten, solange sie sich nicht berührten, aber das stimmte nicht.

Hatte seine Mutter so für Andrews Vater empfunden? Hatten die beiden ebenfalls gedacht, dass sie den Abstand wahren könnten, während sie sich gegenseitig erlauben, ihre Gefühle zu sehen? Beim bloßen Gedanken daran wurde ihm übel.

Gleichzeitig badete er förmlich in der Vorstellung, dass er Elizabeth bald wiedersehen würde und dass sein Körper und sein Geist in ihrer Gegenwart wieder zum Leben erweckt würden. Und es war falsch, falsch, falsch.

Es war genauso, wie er es vorausgesehen hatte, als Elizabeth den Mittelgang der Kirche hinunter auf ihn zuschwebte. Ein vages Bewusstsein wies ihn darauf hin, dass ihre Schwester, die wahre Braut, am Arm ihres Vaters hinter ihr ging. Alles, was er sehen konnte, war Elizabeth in ihrem schönsten Kleid, die auf ihn am Altar zuschritt und sein Herz schlug protestierend, weil es nur ein trüber Schatten jener Realität war, die er sich wünschte.

Bingley stand direkt vor dem Altar an der Stelle, die Darcy innehaben sollte. Jane Bennet würde bald neben ihm stehen, und der Geistliche würde die Zeilen des Gelübdes für sie lesen, nicht für Elizabeth und Darcy. Die Ehe, die er einst hatte verhindern wollen, würde heute Nacht vollzogen werden, doch er selbst würde niemals die Frau haben, die er liebte. Stattdessen würde Drew für immer zwischen ihnen stehen.

Aber jetzt nahm Elizabeth ihren Platz ihm gegenüber ein, ihre Augen waren gesenkt und ihre Wangen hübsch gerötet. Lag es daran, dass sie vor der gesamten Gemeinde stand oder daran, dass er anwesend war?

Für einen Moment war sie hinter ihrem Vater und ihrer Schwester versteckt, als diese an ihr vorbeiliefen. Dann nahm er ihr Bild in sich auf wie ein Verdurstender das Wasser und verlor sich so sehr in ihrer Anwesenheit, dass die Stimme des Pfarrers ihn erschreckte, als er anhob: "Verehrte Liebende, wir haben uns heute hier vor Gott versammelt..."

Die vertrauten Worte der Hochzeitszeremonie glitten über ihn hinweg, aber alles, was in sein Bewusstsein vordrang, war die Frau, die ihm gegenüberstand.

Elizabeth, ein Spitzentaschentuch in der Hand, hatte ihre Aufmerksamkeit auf den Bräutigam gerichtet. Darcy, fasziniert von einer kastanienbraunen Locke, die im Sonnenlicht, das durch die hohen

244

Kirchenfenster strömte, über ihren Wangenknochen tanzte, bemerkte es kaum. Würde diese Locke sich seidig in seinen Fingern anfühlen? Würde sie zurückspringen, wenn er daran zog? So oft hatte er sich Elizabeth schon vorgestellt, mit ihrem dunklen, gelösten Haar, das ihre Schultern umspielte und einem neckischen Schalk im Blick, der sich in einer heftigen Begierde entlud.

Verdammt, was stimmte nicht mit ihm? Er befand sich in einer Kirche und sie war mit seinem Bruder verlobt, aber er konnte einfach nicht aufhören zu glauben, sie wäre die Seine.

Der Geistliche wandte sich an Bingley. "Nimmst du diese Frau zu deinem angetrauten Weibe, um nach Gottes Vorgaben mit ihr zu leben im heiligen Stand der Ehe? Wirst du sie lieben, trösten, ehren und sie in Gesundheit wie Krankheit bei dir behalten, allen anderen entsagen, dich für sie aufsparen, bis dass der Tod euch scheidet?"

Ja. Ja, das würde er. Für immer. Der Gedanke machte ihn beinahe schwindelig, als er Elizabeth anstarrte, und jetzt blickte auch sie ihn an, das Herz in den Augen, während der Pfarrer Jane dieselbe Frage stellte. Fühlte sie dasselbe wie er?

Er konnte nicht von ihr wegsehen, selbst als der Geistliche Bingley und Jane Bennet dazu aufforderte, sich bei den Händen zu halten. Das Band, das ihn mit Elizabeth verband, war so real, er wunderte sich, dass die versammelte Gemeinde es nicht sehen konnte.

Dann sprach Bingley und die Worte hallten in Darcys Kopf wider, allerdings mit veränderten Namen. *Ich, Fitzwilliam, nehme dich, Elizabeth, von diesem Tag an zu meinem angetrauten Weibe, in guten wie in schlechten Tagen, in Reichtum wie in Armut, in Gesundheit und Krankheit, um dich zu lieben und dich zu schätzen, bis dass der Tod uns scheidet, nach Gottes Gesetz, das gelobe ich. Ja. Ja.*

Sie brach den Blickkontakt nicht ab, Tränen liefen aus ihren schönen Augen, als Jane ihre Antwort gab und Darcy hörte in seinem Herzen, wie Elizabeth mit ihrer wohlklingenden Stimme dasselbe zu ihm sagte.

Er durfte sie nicht berühren, sie niemals berühren, keinen Ring an ihren Finger stecken, nie, niemals. Aber er sprach die Worte in seinem Herzen. *Mit diesem Ring nehme ich dich zur Frau, mit meinem Körper ehre ich dich und all meine weltlichen Güter sollen auch dir gehören: Im Namen des Vaters, des Sohnes und des Heiligen Geistes. Amen.*

Der Priester sagte: "Lasst uns beten."

Ein hektischer Wahnsinn schien seine Gedanken zu erfüllen. Darcy brauchte alle Gebete der Welt, weit mehr als der alte Mann mit dem Gebetsbuch in Händen und seine Gemeinde zu bieten hatten. Was hatte er getan? Sich mit Elizabeth im Herzen verheiratet, direkt vor dem Altar? Sie war nicht die Seine und würde es niemals sein. Und dennoch wusste er, bis in die letzte Faser seines Körpers, dass das Gelübde, das er stillschweigend abgelegt hatte, wahr war und er es niemals vergessen würde. Wie konnte sich etwas, das so, so falsch war, so richtig anfühlen?

Hatte seine Mutter Hadley einmal ein stilles Gelübde abgelegt, als sie Darcys Vater geheiratet hatte?

Für einen Moment befürchtete er, dass ihm genau dort in der Kirche neben dem frisch verheirateten Paar übel werden würde. Er sollte den freudigsten Tag ihres Lebens feiern, und stattdessen sündigte er schwer in seinem Herzen.

Elizabeth war diejenige, die den Blickkontakt zwischen ihnen brach, und es war beinahe eine Erleichterung. Beinahe. Er musste seine eigenen Augen schließen, in sich gehen und sich daran erinnern, wer er war und wer er sein musste.

Die Geschichte durfte sich nicht wiederholen. Er musste damit aufhören und zwar jetzt.

Wie konnte Elizabeth lernen, Drew zu lieben, wenn Darcy immer im Hintergrund war und ihr sein Herz zu Füßen legte? Er wusste es besser als zu glauben, dass er aufhören könnte, sie zu lieben. Nach Hunsford hatte er es mit aller Kraft versucht und heute war seine Liebe für sie sogar noch tiefer als an jenem Abend, als er es für das mächtigste Gefühl gehalten hatte, das er jemals erlebt hatte.

Er war der Herr von Pemberley, verdammt noch mal, und er hatte eine Verantwortung gegenüber seiner Familie, gegenüber den Menschen, die er liebte. Wenn ihm Drew wirklich etwas bedeutete, wenn er Elizabeth wirklich liebte, dann gab es nur eine Lösung. Er musste gehen.

Ja, verlass Pemberley, verlass Elizabeth, verlass Drew. Gib ihnen eine Chance, zusammenzuwachsen, sich zugeneigt zu sein, und dieser unausgesprochenen, verbotenen Leidenschaft eine Chance, zu verblassen. Wenn sich noch ein Funken Anstand in ihm befand, war es das Einzige, was er tun konnte.

Wäre London weit genug weg? Dann würde er sie immer noch von Zeit zu Zeit sehen. Sie würden ihn zu Weihnachten in Pemberley erwarten, und Drew hatte davon gesprochen, seine Londoner Freunde zu besuchen. Nein, ein Umzug nach London würde nichts geraderücken. Es würde nur bedeuten, dass sich seine Gefühle monatelang anstauen konnten, während er darauf wartete, sie wiederzusehen. Es musste eine vollständige Trennung sein. Er wusste nicht wie, aber er musste einen Weg finden.

HURRICANE WARF DEN Kopf zurück, als Darcy von der Hauptstraße nach Pemberley abbog. Er war der Kutsche mit Wilkins und seinem Gepäck vorausgereist, und der lange Ritt hatte selbst den kräftigen Hurricane ermüdet. Darcy beugte sich vor und tätschelte seinen Hals. "Nicht mehr lange", raunte er dem Pferd zu. "Nur ein kurzer Halt in Kympton und dann darfst du heim in deinen Stall."

Drew würde ihn nicht erwarten, aber Darcy musste dieses Gespräch führen, bevor er Pemberley erreichte und Georgiana seine neuen Pläne erklären musste. Er hoffte, dass Drew nicht außer Haus sein würde. Er hatte dieses Gespräch gefürchtet, seit er Cambridge verlassen hatte, und es wäre nicht hilfreich, wenn er auf die Rückkehr seines Bruders warten müsste. Glücklicherweise sagte das Dienstmädchen, er sei zu Hause und führte ihn in Drews Arbeitszimmer.

Die unmittelbare Reaktion seines Bruders auf seine Ankunft bestand in einem vorsichtigen Blick, ein Ausdruck, den Darcy nur allzu gut kannte. "Fitzwilliam, ich hatte nicht gehört, dass du zurück bist."

"Gerade angekommen. Ich war noch nicht in Pemberley. Ich habe hier auf dem Weg angehalten, in der Hoffnung, mit dir über meine Pläne sprechen zu können."

"Pläne?" Der vorsichtige Blick verstärkte sich zu einem geradezu misstrauischen Ausdruck.

"Ja. Du weißt vielleicht, dass ich vor Jahren an einer wissenschaftlichen Expedition nach Peru teilnehmen wollte, aber das musste ich aufgeben, weil unser Vater mir seine Zustimmung verweigerte und dann einen Schlaganfall erlitt. Als ich in Cambridge vorbeigeschaut habe, um meinen alten Tutor auf dem Heimweg zu besuchen, erfuhr ich, dass sie eine zweite Reise planen, die sie im Frühjahr nach Surinam führen soll, und sie haben mich gebeten, mich ihnen anzuschließen." Er versuchte, begeistert zu klingen. Und in gewisser Weise war er das auch. Er wusste, dass er unter gleichgesinnten Naturforschern wäre und Entdeckungen machen würde und das war besser, als sich auf dem Kontinent zu verstecken oder jede andere Option, um sich für lange Zeit aus dem Weg zu räumen. Aber es war schwer, Begeisterung für irgendetwas aufzubringen, wenn es bedeutete, Elizabeth zurückzulassen.

Drew runzelte die Brauen. "Wie lange wärst du weg?"

"Drei Jahre, deshalb könnte ich es nicht ohne deine Unterstützung tun." Drei Jahre weg von Pemberley, aber es war das Richtige. Drei Jahre sollten lang genug sein, damit Elizabeth lernen konnte, Drew zu lieben, und Darcy lernen konnte, sie nicht zu lieben.

"Meine Unterstützung? Was habe ich damit zu tun?"

"Wärst du bereit, als Georgianas Vormund zu fungieren, während ich weg bin?" Er hatte dieses Gespräch sorgfältig geplant, und dies war der Teil, von dem er glaubte, dass Drew am leichtesten zustimmen würde.

Drew dachte darüber nach. "Ich nehme an, das könnte ich, wenn du dir sicher bist, dass du das wünschst."

"Wer wäre geeigneter als ihr Bruder? Ich bezweifle, dass es eine lästige Aufgabe wäre, zumal Georgiana Miss Elizabeth Bennet so gern mag. Richard Fitzwilliam ist ebenfalls ihr Vormund, aber ich würde mich besser fühlen, wenn sie sich direkt unter deiner Obhut befände und ich bin mir sicher, dass es ihr ebenfalls lieber wäre."

"Du müsstest mir mehr darüber erzählen, was das alles beinhaltet. Möchtest du, dass sie bei mir lebt?"

"Das dürftest du entscheiden. Sie hatte ihren eigenen Hausstand in London, und es gibt keinen Grund, warum sie das nicht fortsetzen könnte, wenn du es wünschst."

"Du hast keine Präferenz?" Drew klang überrascht.

"Wenn du ihr Vormund sein sollst, muss es deine Wahl sein. Außerdem sind deine Umstände anders als meine, da du ein verheirateter Mann sein wirst, wenn ich abreise." Ein scharfer Stich durchfuhr seine Brust und engte sie ein. "Die Leute können ein junges Mädchen, das allein mit ihrem viel älteren unverheirateten Bruder lebt, schief ansehen, daher ihre aktuelle Situation. Aber du solltest selbst entscheiden, was für dich am besten funktioniert."

Drew untersuchte diese Aussage, als suche er nach einem Fallstrick. "Also schön. Ich bin bereit, diese Rolle zu übernehmen, wenn dir das hilft."

"Das weiß ich zu schätzen." Darcy nahm einen tiefen Atemzug. Nun kam er zum schwierigen Teil, aber, wenn er wollte, dass Drew seine Abneigung gegen Pemberley überwand, war der entscheidend. "Da wäre noch etwas. Mein Verwalter auf Pemberley kümmert sich kompetent um das tägliche Geschehen auf dem Anwesen, aber er braucht jemanden, der ihn beaufsichtigt und leitet, im Wesentlichen, wenn unvorhergesehene Situationen auftreten sollten. Darf ich ihm sagen, dass er sich in allen dringenden Fragen an dich wenden kann?"

Drews Augen verengten sich. "Ich weiß nichts über die Verwaltung von Anwesen oder was Pemberley braucht."

"Hauptsächlich bedarf es dafür eines gesunden Menschenverstandes und der Fähigkeit, für mich zu sprechen. Was langfristige Planungen anbelangt, kann er mir schreiben, aber sollte, sagen wir mal, eine Epidemie im Dorf ausbrechen oder es eine ungewöhnlich schlechte Ernte geben, bräuchte er die Erlaubnis, sich um die Bedürftigen zu kümmern." Das sollte Drews Bedürfnis, Notleidenden zu helfen, entgegenkommen.

Sein Bruder sah versucht aus, aber er biss sich auf die Lippe. "Es wäre nicht angemessen für mich, Entscheidungen in Bezug auf Pemberley zu treffen."

Jetzt. Es war so weit. "Sagst du das wegen all dem Unsinn über unsere Mutter?"

Drew runzelte die Stirn und nickte in einer abgehackten Bewegung mit dem Kopf, aber er schaute Darcy nicht in die Augen.

"Verzeih mir, aber es ist an der Zeit, all diesen Unfug loszulassen", sagte Darcy. "Mein Vater war irrational und kurzsichtig, als er zuließ, dass es Auswirkungen auf sein Verhalten hatte, anstatt es einfach zu ignorieren."

"Es ist die Wahrheit", knurrte Drew halb und zog die Schultern hoch.

"Die Wahrheit ist, dass du mein Bruder bist und dem Gesetz nach bist du ein Darcy. Wenn du dich weigerst, die Rolle eines Darcys zu übernehmen, wirst du den Skandal damit am Leben halten. Deinen zukünftigen Kindern zuliebe, wenn schon nicht aus einem anderen Grund, müssen wir das in der Vergangenheit lassen."

"Meine Kinder? Was haben sie damit zu tun?"

"Alles. Wenn du die Menschen weiterhin an den Skandal erinnerst, welche Auswirkungen wird das auf die Heiratsaussichten deiner Töchter haben? Möchtest du, dass deine Söhne nur halbe Darcys sind? Wenn du mich allerdings in meiner Abwesenheit vertrittst und den Mantel eines Darcys akzeptierst, wird alles bald schon vergessen sein. Mein Vater ist tot. Du gewinnst nichts, wenn du weiterhin darauf bestehst, dass du nichts mit dem Erbe der Darcys zu tun haben willst, sondern hast nur eine ganze Menge zu verlieren."

"Aber es ist nicht recht, dass ich das Darcy-Erbe für mich beanspruche."

"Da muss ich leider widersprechen. Vor dreißig Jahren war Pemberley mit Schulden belastet und in einem schlechten Zustand. Mein Vater heiratete unsere Mutter ihrer enormen Mitgift wegen. Das ganze Geld wurde eingesetzt, um Pemberleys Schulden zu begleichen und in das Anwesen zu investieren. Sicherlich kannst du nicht leugnen, dass das auch dein Erbe ist. Und das deiner Kinder."

"Nein", sagte Drew gedehnt. "Aber weshalb kümmert es dich?"

"Weil du mein Bruder bist und genau wie du das Unrecht des Sklavenhandels korrigieren willst, möchte ich das Unrecht korrigieren, das mein Vater begangen hat. Und ja, es wäre von Vorteil für mich, wenn ich mich darauf verlassen könnte, dass du dich um Pemberley kümmerst, während ich weg bin. Aber darüber hinaus möchte ich, dass unsere Familie wieder so wird, wie sie einmal war, bevor mein Vater dich als Waffe benutzt hat, um unsere Mutter zu bestrafen. Erinnerst du dich, als wir durch die Gänge von Pemberley gerannt sind und gelacht haben? Ich möchte, dass deine Kinder Teil meiner Familie sind. Unsere Mutter hat eines Nachts vor vielen Jahren einen Fehler gemacht, und ich möchte, dass diese Nacht aufhört, unsere Gegenwart zu beeinflussen." Er hatte nicht vorgehabt, so viel zu sagen, aber es war aus ihm herausgebrochen.

"Wenn es tatsächlich nur eine Nacht war und ich habe keinen Grund, das zu glauben. Aber dann war es immer noch Ehebruch, ganz gleich, wie wenig du daran Anstoß nimmst."

"Oh, ich nehme Anstoß. Ich hasse den Gedanken daran. Aber es war nicht deine Schuld. Warum sollte ich dich dafür ablehnen, wenn mein Vater stets eine Geliebte hatte, selbst dann noch, als er frisch verheiratet war? Als er den angeblichen Bastard seines eigenen Bruders neben mir erziehen ließ? Mein Vater hatte kein Recht, mit Steinen zu werfen."

"Vermutlich nicht." Aber er sah nicht überzeugt aus.

Er erinnerte sich an den Brief, den Elizabeth ihm gezeigt hatte, und stieß weiter vor. "Ganz zu schweigen von seiner Grausamkeit gegenüber unserer Mutter. Erinnerst du dich, wie sehr es ihr das Herz gebrochen hat nach jeder Totgeburt und jedem Baby, das nach ein oder zwei Monaten starb? Acht an der Zahl, eines nach dem anderen, und nur du und Georgiana habt überlebt. Und dann hat sie dich seinetwegen auch noch verloren. Sie würde wollen, dass du das hinter dir lässt und dein Leben lebst. Lass mich ihr Andenken ehren, indem ich dich in die Familie zurückbringe, in der du schon immer einen Platz verdient hattest."

Drew rieb sich langsam die Stirn. "Ich werde darüber nachdenken", sagte er widerwillig.

"Das hoffe ich, auch für mich. Die Expedition vor fünf Jahren wäre der Höhepunkt von allem gewesen, wofür ich gearbeitet hatte, und ich musste sie aufgeben, weil unser Vater sich weigerte, es zuzulassen. Das habe ich immer bereut. Dies ist meine zweite Chance, aber ohne deine Hilfe schaffe ich das nicht." Wenn ihn das nicht überzeugte, dann gar nichts.

Sein Bruder sah schließlich auf. "Also schön. Ich werde es tun, dir zuliebe."

# Kapitel 25

Vierzehn Tage später traf ein Brief von Andrew für Elizabeth ein. Wirklich überraschend kam das nicht, er hatte seit seiner Rückkehr nach Derbyshire wöchentlich geschrieben. Normalerweise enthielten seine Nachrichten relativ kurze Beschreibungen lokaler Ereignisse, seiner Predigt und wie die Restaurierung des Hauses voranschritt. Dieser Brief war jedoch drei Seiten lang und eng beschrieben.

Elizabeths Augenbrauen hoben sich, als sie mit der ersten Seite durch war, und den letzten Absatz las sie gleich zweimal.

Mary sagte: "Ich hoffe, es ist nichts Ernstes."

Langsam schüttelte sie den Kopf. "Nein, gar nicht, ich bin nur überrascht. Seine Tante in Bath möchte mich kennenlernen, deshalb bin ich eingeladen, dort vierzehn Tage zu verbringen." Eigentümlich war es allein deshalb schon, weil er seine Tante ihr gegenüber bisher noch nie erwähnt hatte, aber das war nur ein Teil dessen, was den Brief seltsam machte. Besonders merkwürdig war der letzte Abschnitt:

*Die Bedeutung dieser Reise liegt jedoch in einer anderen Angelegenheit, die ich nur ungern zu Papier bringen möchte. Möglicherweise erinnerst du dich an einen unerwarteten Besuch im Pfarrhaus, eine junge Lady in Trauerkleidung und solltest du dich entschließen, diese Reise zu unternehmen, wäre das durchaus hilfreich, um einige der Probleme zu lösen, die sie beschäftigen.*

Nun, das war mysteriös, aber sie liebte es, auf Reisen zu gehen und Bath wollte sie immer schon einmal gerne sehen und wenn sie Lady Frederica damit behilflich wäre, nahm Elizabeth das gern als Vorwand. "Mama, darf ich fahren? Er sagt, er wird mir eine Kutsche schicken, und er schlägt vor, dass ich Mary als meine Anstandsdame mitbringe. Wir würden zusammen mit Miss Darcy und ihrer Cousine Lady Frederica Fitzwilliam im Haus seiner Tante in Bath wohnen. Andrew wird in einem Hotel übernachten, um die Schicklichkeit zu wahren." Darcy wurde in dem Brief nicht erwähnt, daher sollte es für sie sicher genug sein.

"Selbstverständlich solltest du fahren", rief Mrs. Bennet, "und du musst besonders achtgeben, Mary in Bath einigen wohlhabenden Herren vorzustellen. Das könnte ein ausgezeichneter Ort sein, um sich einen Ehemann zu ergattern!"

Mary sagte pikiert: "Ich habe kein Interesse daran, auf die Jagd nach einem Ehemann zu gehen, aber ich würde mich sehr über die Gelegenheit freuen, Georgiana und Andrew wiederzusehen."

"Törichtes Mädchen, es gibt keinen Grund, warum du nicht beides tun kannst!" Mrs. Bennet fächelte sich aufgebracht Luft zu.

Elizabeth sagte beruhigend: "Ich kann mir vorstellen, dass sich uns in Bath viele Gelegenheiten bieten werden, neue Bekanntschaften zu schließen. Welch glücklicher Zufall, dass Jane unserer Mary so viele ihrer alten Kleider schenkte, als sie ihre neue Garderobe erworben hat! Mary wird mit Sicherheit eine gute Figur machen."

Mrs. Bennet riss die Augen auf. "Ganz richtig, Lizzy! Ich werde sie sofort überprüfen. Vielleicht helfen ein bisschen mehr Spitze oder ein paar frische Bänder, um sie auf den neuesten Stand zu bringen." Eifrig wuselte sie aus dem Raum.

"Aber es ist mir gleichgültig, ob ich modisch aussehe", rief Mary ihr nach.

Elizabeth legte demonstrativ einen Finger an ihre Lippen. "Sssch. Lass sie träumen. Auf diese Weise wird sie dir erlauben, mich zu begleiten, aber wenn sie glaubt, dass du nicht das Beste aus dieser Gelegenheit machen wirst, wird sie darauf bestehen, dass Kitty deinen Platz einnimmt."

Marys Augen wurden rund. "Aber hättest du nicht lieber Kitty dabei?"

Elizabeth schüttelte mit einem Lächeln den Kopf und sagte: "Hast du nicht bemerkt, dass ich seit Kurzem mehr Zeit mit dir verbringe? Ich gebe zu, dass ich von deiner Phase, in der du unentwegt Foryces Predigten gelesen hast, nicht allzu angetan war, aber ich höre gerne zu, wenn du erzählst, was du aus Andrews Büchern gelernt hast. Und er hat ausdrücklich darum gebeten, dass du als meine Anstandsdame fungierst."

Die Wangen ihrer Schwester röteten sich. "Du hast so ein Glück, das Interesse eines so hervorragenden Mannes geweckt zu haben. Janes Ehemann ist reich und eine Frohnatur, aber er kann Andrew nicht das Wasser reichen, der so weise, gut und großzügig ist. Und aufmerksam – es war sehr nett von ihm, an mich zu denken."

Es war in der Tat rücksichtsvoll von Andrew gewesen, Mary einzuladen, die sonst niemals eine solche Gelegenheit erhalten hätte. Elizabeth musste sich an Andrews Tugenden erinnern, anstatt sich auf seine gelegentliche Gereiztheit und Sturheit zu konzentrieren. Aber tief im Inneren wusste sie, dass das eigentliche Problem bei ihr lag, nicht bei ihm. Sie hätte lernen können, mit Andrew glücklich zu sein, wenn sie Darcy nie wiedergesehen hätte. Irgendwie musste sie diese unangemessenen Gefühle begraben, die er in ihr hervorrief.

Vielleicht wäre diese Reise nach Bath ihre Chance, Andrew näherzukommen. Vierzehn Tage in seiner Gesellschaft ohne Darcys Anwesenheit könnten genau das sein, was sie brauchte, um ihr widerspenstiges Herz davon zu überzeugen, sich Andrew zuzuwenden.

ELIZABETHS ENTSCHLOSSENHEIT, auf ihrer Reise nach Bath nicht an Darcy zu denken, überdauerte nicht einmal die Ankunft der Kutsche in Longbourn. Ein Blick auf ihre elegante Linienführung und den livrierten Kutscher genügte, um sie davon zu überzeugen, dass Darcy und nicht Andrew die Rechnung für ihren privaten Transport übernahm. Kein Wunder, dass Andrew ihr Angebot abgelehnt hatte, sie und Mary könnten mit der Postkutsche reisen!

Darcy würde zweifellos sagen, dass dies seine Art war, Lady Frederica zu helfen, wenngleich sich Elizabeth immer noch fragte, wie sie durch ihre Reise der Lady in ihrem Dilemma helfen könnte. Aber den Gedanken, dass er es für sie getan hatte, konnte sie nicht beiseiteschieben.

Während der zweitägigen Reise blieb insgesamt zu viel Zeit zum Nachdenken. Die Landschaft der Berkshire Downs bot eine angenehme Abwechslung, und ein nächtlicher Zwischenstopp in einer Poststation erinnerte sie an ihre Reise nach Derbyshire mit den Gardiners. Dennoch stellte sie fest, dass Darcys dunkle Augen viel häufiger vor ihrem inneren Auge auftauchten als Andrews grüne.

Am zweiten Tag erreichten sie Bath spät und fuhren einen steilen Hügel hinunter, von dem aus sich ihnen eine pittoreske Szenerie moderner Gebäude aus aufeinander abgestimmtem, honigfarbenem Stein auftat. Elizabeth und Mary blickten beide staunend aus den Fenstern, bis die Kutsche einen weiteren Hügel hinaufrollte und vor einem der Stadthäuser zum Stehen kam, die sich um einen kreisförmig angelegten Garten aufreihten, den sich alle teilten.

Der Diener half ihnen heraus und Elizabeth beschattete ihre Augen, als sie zu den hohen Gebäuden aufblickte, die einen Kreis um sie bildeten. "Oh. Ich glaube, wir sind im vornehmen Teil der Stadt."

"Das seid ihr, in der Tat!" Das war Andrews Stimme, in der ein Lachen mitschwang. "Dies ist der Royal Circus, eine der besten Adressen. Willkommen in Bath, meine Liebe."

"Gütiger Himmel, woher bist du denn aufgetaucht?" rief Elizabeth aus.

"Ich habe mich im Garten herumgedrückt, in der Hoffnung, euch zu erwischen bevor ihr hineingeht." Er nahm die Hand, die sie ihm verspätet darbot und küsste sie leicht. "Ich hoffe, deine Reise ist gut verlaufen. Miss Mary, ich bin so froh, dass Sie sich uns anschließen konnten."

"Ich danke Ihnen für die Einladung", sagte Mary ernst.

Elizabeth lächelte Andrew an und freute sich, ihn trotz der Schwierigkeit ihres letzten Treffens in so guter Stimmung zu sehen. "Die Kutsche, die du uns geschickt hast, war sehr komfortabel und der Zustand der Straßen war gut."

"Das war Darcy. Also, die Kutsche, nicht die Straßen", sagte er. "Wenn ihr nicht zu müde seid, gibt es hier, ähm, etwas in der Nähe, das ich euch sehr gerne zeigen würde, bevor wir hineingehen." Andrew war genauso schlecht darin, sich Ausreden einfallen zu lassen wie sein Bruder.

"Ich würde mich sehr über ein wenig Bewegung freuen, nachdem ich den ganzen Tag in der Kutsche gesessen habe. Meinst du nicht auch, Mary?"

"In der Tat", sagte Mary ein wenig verwirrt.

"Sehr gut." Andrew wies den Diener an, ihre Koffer hineinzutragen, und bot Elizabeth dann seinen Arm an. "Wenn du so freundlich bist, dich mir anzuschließen, zeige ich dir die vornehmste Adresse von allen, den Royal Crescent."

"Davon habe ich einen Kupferstich gesehen", sagte Elizabeth und versuchte, ihre Neugier über sein ungewöhnliches Verhalten zu verbergen.

Als er sie eine der anderen Straßen hinabführte, die auf das Rondell zuliefen, und Mary ihnen folgte, wisperte er ihr zu: "Vielen Dank, dass du mitgespielt hast. Ich muss dir das ein- oder andere erklären, das nicht für die Ohren der Dienstboten bestimmt ist, da einige von ihnen von Lord Matlock bezahlt werden."

"Genau wie auf Pemberley?", fragte Elizabeth.

"Das ist so eine Marotte von ihm, und es ist wichtig, dass kein Sterbenswörtchen von Lady Fredericas eigentlichen Motiven für eine Reise hierher ihn erreicht."

"Das ist etwas, worauf ich ziemlich neugierig bin! Wie hilft meine Anwesenheit in Bath Lady Frederica?"

"Ah, ja. Es ist ziemlich kompliziert, aber Matlock vermutete, dass Frederica etwas plante und wollte sie deshalb nicht nach Pemberley kommen lassen, da er meinem Bruder nicht traut. Er sagte, wenn sie einen Tapetenwechsel wünsche, wäre ihre einzige Option, hier in Bath unsere Tante, Lady Margaret, zu besuchen. Sie ist ein wahrer Drachen, wenn es um Anstand geht. Frederica hat den Plan ausgeheckt, hier heimlich zu heiraten. Sie möchte allerdings immer noch, dass ich an ihrer Hochzeit teilnehme, also brauchte ich eine Ausrede, um nach Bath zu kommen. Und hier kamst du ins Spiel, da meine Tante bereits darauf bestanden hatte, dir vorgestellt zu werden, als sie von meiner Verlobung hörte. Eigentlich hatte ich vor, das zu ignorieren, wie ich über die Jahre hinweg jede andere ihrer Forderungen ignoriert habe, doch in diesem Fall diente es meinem Zweck. Aber die Hochzeit muss ein Geheimnis vor Lady Margaret bleiben."

"Ich verstehe. Ich gehe also davon aus, dass ich so tun sollte, als wäre ich Lady Frederica noch nie begegnet?"

Er schürzte die Lippen. "Das hatte ich noch gar nicht bedacht, aber eure Bekanntschaft wäre nur schwer zu erklären. Vermutlich wirst du ohnehin keine Gelegenheit haben, irgendetwas zu erklären, da Lady Margaret jegliche Konversation dominiert. Glücklicherweise kann sie das Haus ihrer Gicht wegen nicht verlassen, und wir haben für jeden Tag

Ausflüge geplant. Ich hoffe, sie wird sich nicht als zu schwierige Gastgeberin erweisen."

Elizabeth sagte: "Ich habe ihre Schwester, Lady Catherine de Bourgh, ertragen, also denke ich, dass ich auch mit Lady Margaret umgehen kann."

Er nickte und sagte: "Dann weißt du ja, was dir bevorsteht. Die beiden sind vom gleichen Schlag."

"Wann soll Lady Fredericas Hochzeit stattfinden?"

"Das steht noch nicht fest. Farleighs Familie sollte uns hier treffen, aber sein Vater hat sich verkühlt, daher hat sich ihre Anreise verzögert." Er blickte auf Mary zurück, die ihnen immer noch folgte, um ihnen Privatsphäre zu gewähren, und sagte mit noch leiserer Stimme: "Es gibt eine andere Sache, derer du dir bewusst sein solltest. Was ich dir jetzt sage, ist kein Geheimnis, aber ich möchte nicht, dass du überrascht wirst, falls Georgiana es erwähnen sollte."

Elizabeth neigte neugierig den Kopf und fragte: "Worum geht es denn?"

"Ich werde ihre Vormundschaft übernehmen, während mein Bruder fort ist und sie hat gefragt, ob sie in dieser Zeit bei uns leben könnte. Natürlich habe ich ihr gesagt, dass ich das mit dir besprechen müsste, insbesondere da es sich um mehrere Jahre handeln würde. Sie wartet sehnsüchtig auf eine Antwort und könnte dich dazu drängen, obwohl ich sie gebeten habe, das nicht zu tun."

Elizabeth stockte der Atem. "Dein Bruder geht fort?"

"Auf eine wissenschaftliche Expedition nach Südamerika – ausgerechnet! Zuerst dachte ich, es sei nur eine Laune und er würde seine Meinung ändern, aber wie es scheint, ist er entschlossen", sagte Andrew mit einem Lachen. "Frag' mich nicht warum – mir würde so etwas nicht im Traum einfallen!"

Die Reihenhäuser zu beiden Seiten der Straße schienen sich auf Elizabeth zuzubewegen, und für einen Moment wurde ihr schwarz vor Augen. Darcy ging weg? Ihr Herz klopfte. Sie brauchte nicht nach seinen Gründen zu fragen; es war ihretwegen. Darcy verließ sein Zuhause und seine Familie für Jahre, weil sie Andrew heiratete. Ihr Magen verkrampfte sich.

Andrew musste ihr etwas angesehen haben. "Wenn du dagegen bist, dass Georgiana bei uns lebt, brauchst du das nur zu sagen. Ich habe ihr keine Versprechungen gemacht."

Sie versuchte, sich und ihren Verstand zu sammeln. "Nein, das kam nur sehr überraschend und es gibt so Vieles zu bedenken." Aber ihr Herz schmerzte erneut.

Nachdem sie einige Minuten damit zugebracht hatten, den weiten Bogen der palladianischen Stadthäuser zu bewundern, aus denen der Royal Crescent bestand, sagte Andrew: "Lady Margaret fragt sich wahrscheinlich bereits, was ich mit dir gemacht habe, wir sollten also zurückgehen."

Elizabeth stimmte zu und sie gingen die Brock Street wieder hinunter zum Royal Circus zurück, wo ein biederer Butler sie in ein mit Dekoration überladenes Wohnzimmer führte. Eine ältere Dame, die in eine geradezu lächerliche Menge schwarzer Spitze gehüllt war, saß in einem großen vergoldeten Stuhl über dem Rest des Raumes, als wäre es ein Thron. "Es ist an der Zeit, junger Mann!", schnauzte sie Andrew an. "Weißt du nicht, was sich gehört?"

Aber Elizabeth konnte keinen Gedanken an die Tirade erübrigen, die sicherlich auch ihr gleich zuteilwerden würde, da direkt hinter Lady Margaret Fitzwilliam Darcy saß.

"JEDER IN BATH, DER etwas auf sich hält, muss jeden Morgen den Pump Room aufsuchen", sagte Lady Frederica am nächsten Morgen zu Elizabeth, als sie in Begleitung von Andrew den steilen Hügel hinunter ins Zentrum von Bath liefen. "Er ist Dreh- und Angelpunkt der guten Gesellschaft von Bath."

Elizabeth beschloss, nicht zu erwähnen, dass Darcy zweifellos etwas darstellte und sich entschlossen hatte, bei Georgiana und Mary zurückzubleiben. "Aber was macht man dort?", fragte Elizabeth.

Lady Frederica winkte ab. "Man spricht mit denen, die man kennt, und lässt sich mit jenen bekannt machen, die man noch nicht kennt. Man promeniert den Raum auf und ab. Theoretisch trinkt man auch das

Heilwasser, aber davon rate ich ab, solange du nicht krank bist. Der Geschmack ist unbeschreiblich." Sie schauderte ein wenig.

"Es ist ähnlich wie zur besten Zeit im Hyde Park", sagte Andrew. "Man geht hin, um zu sehen und gesehen zu werden, nicht, um etwas zu tun."

Nicht, dass sie jemals zur besten Zeit im Hyde Park gewesen wäre, aber dies war nicht der rechte Moment, um das zu erwähnen. "Ich werde versuchen, euch keine Schande zu machen", scherzte sie mit einem Lachen.

Lady Frederica sagte lebhaft: "Keine Sorge, du wirst sehr beliebt sein. Das sind Neulinge immer. Wir werden meinen Evan dort treffen, und er wird ein besonderes Augenmerk darauf legen, dich zu umgarnen. Das ist alles Teil des Plans, um meine Beziehung zu ihm nicht durchblicken zu lassen."

Offensichtlich hatte Lady Frederica alles bereits geplant, also sagte Elizabeth: "Wie herrlich! Was kann es Schöneres geben, als Gelegenheit zu bekommen, mit einem feinen Herrn zu tändeln, ohne sich über die Konsequenzen Gedanken machen zu müssen. Andrew, ich hoffe du wirst nicht eifersüchtig sein", neckte sie.

Sein Mund verzog sich. "Ich werde es schaffen, mich zu beherrschen. Schließlich vertraue ich dir."

Elizabeth brachte ein künstliches Lächeln zustande. Sie hatte Andrews Vertrauen nicht verdient, nicht, wenn ihr Herz von seinem Bruder ausgefüllt wurde.

Die Trinkhalle stellte sich als großer, von Säulen gesäumter Raum voller elegant gekleideter Menschen heraus. Viele davon waren schon älter, manche saßen, während andere auf und ab schlenderten. Auf einer Galerie an einem Ende befanden sich Musiker, die leise genug spielten, um Gespräche zu ermöglichen, und eine Marmorvase an einer Wand diente als Brunnen für das berühmte Heilwasser.

Ein gutaussehender, dunkelhaariger junger Mann kam auf sie zu, sobald sie den Raum betraten. Aus der Art, wie Lady Fredericas Gesichtsausdruck weicher wurde, als sie ihn entdeckte, schloss Elizabeth, dass dies ihr verbotener Verehrer sein musste. Er begrüßte Andrew mit Namen und verbeugte sich vor Lady Frederica, ehe er sagte: "Wahrlich, darf ich es wagen, euch darum zu bitten, mich dieser liebreizenden jungen Dame vorzustellen?"

Lady Fredericas Lippen verzogen sich zu einem Strich. "Miss Bennet, darf ich Ihnen Mr. Farleigh von Edington Manor vorstellen? Mr. Farleigh, Miss Bennet von Longbourn in Hertfordshire."

Elizabeth bot ihm ihre Hand mit einem Lächeln an. "Es ist mir ein Vergnügen, Mr. Farleigh."

Er küsste demonstrativ ihre Hand, was peinlich gewesen wäre, wenn da nicht eine gewisse stille Belustigung in seinen Augen gelegen hätte. "Das Vergnügen ist ganz auf meiner Seite. Würden Sie mit mir eine Promenade durch den Raum vornehmen?"

Sie warf Andrew einen lachenden Seitenblick zu, ehe sie zustimmte. Als sie den Raum hinuntergingen und Andrew und Lady Frederica zurückließen, sagte Mr. Farleigh leise: "Ich danke Ihnen. Sobald wir von einigen Leuten zusammen gesehen wurden, ist es sicher, zu den anderen zurückzukehren."

"Ich stehe zu Ihrer Verfügung, Sir." Sie klimperte mit ihren Wimpern und versuchte, ein gutes Schauspiel zu bieten, wie sie ihm schöne Augen machte.

"Sie sind sehr freundlich." Als sie so dahinschritten, nickte er ein paar Leuten zu, an denen sie vorbeikamen, stellte sie einem älteren Herrn vor, der ziemlich taub zu sein schien und sie Miss Pennet nannte und wies sie auf den Zeremonienmeister hin. Dann schien er jemanden auf der anderen Seite des Raumes zu entdecken und murmelte: "Genau das Richtige. Eine von Matlocks Verwandten. Es ist nahezu perfekt, wenn sie uns zusammen sieht." Er führte Elizabeth zu einem kleinen Tisch, an dem eine ältere Dame mit krallenartigen Fingern in einem Rollstuhl saß. "Mrs. Todd, erweisen Sie mir die Ehre, Ihnen Miss Bennet vorzustellen? Sie ist ganz frisch hier eingetroffen und kennt fast niemanden."

"Ich bin entzückt, Miss Bennet. Setzen Sie sich bitte, andernfalls werde ich einen steifen Nacken bekommen. Mr. Farleigh, ich hoffe, es geht Ihnen gut."

"Wie kann es mir anders als gut gehen, wenn ich das Glück habe, eine schöne Frau zu begleiten? Darf ich zu hoffen wagen, dass das Heilwasser bei Ihrer Arthritis geholfen hat?", fragte Mr. Farleigh.

"Die heißen Bäder haben für Erleichterung gesorgt, ich danke Ihnen. Ich bin an wärmere Gefilde gewöhnt und spüre die kalte englische Luft in meinen Knochen."

"Ah, ja. Miss Bennet, Mrs. Todd lebte bis vor Kurzem in Jamaika und wird nicht müde, uns zu erzählen, wie sehr sie die Palmen vermisst."

Die ältere Frau sagte: "Als ich dort war, habe ich natürlich unsere englischen Kastanien ebenso sehr vermisst. Ich bin einfach nie zufrieden!"

"Ich habe gehört, dass Jamaika sehr schön sein soll", sagte Elizabeth diplomatisch und fragte sich, wie sie sich von ihr loseisen sollte, ehe Andrew sie einholte. Eine wohlhabende Person aus Jamaika hatte mit ziemlicher Sicherheit Verbindungen zum Sklavenhandel, auch wenn sie selbst keine Sklavenhalterin gewesen sein mochte. Eine Verwandte von Lord Matlock war höchstwahrscheinlich jedoch letzteres.

"Unvergleichlich", sagte Mrs. Todd. "Wenn es die anhaltende Tragödie der Sklaverei nicht gäbe, wäre es das Paradies."

Elizabeth stieß einen Seufzer tiefer Erleichterung aus. "Das kann ich mir vorstellen! Allein schon Bath zu besuchen, ist für mich bereits ein gewaltiges Abenteuer. Ich war zuvor noch nie in diesem Teil Englands."

Das gab Mrs. Todd die Gelegenheit, sie nach Longbourn zu fragen, und sie plauderten einige Minuten, bis die ältere Dame plötzlich verstummte und mit starrem Blick über Elizabeths Schulter spähte.

Instinktiv schaute Elizabeth auf und sah Andrew mit fragendem Blick hinter sich stehen. Wenn Mrs. Todd mit Lord Matlock verwandt war, dann kannte er sie vermutlich bereits, es sei denn, sie wäre sein ganzes Leben lang in Jamaika gewesen, aber es stand Elizabeth nicht zu, sie einander vorzustellen.

Mrs. Todd klang ein wenig zögerlich als sie sagte: "Miss Bennet, wären Sie so freundlich, mich Ihrem Freund vorzustellen?"

"Selbstverständlich. Darf ich Ihnen Mr. Andrew Darcy, den Vikar von Kympton in Derbyshire, vorstellen? Andrew, das ist Mrs. Todd."

"Derbyshire ... Dann haben Sie wohl eine Verbindung zu Mr. Darcy von Pemberley?", fragte Mrs. Todd.

Andrew verneigte sich. "Ich bin sein Bruder." Er sagte es ohne die Kälte, die sie vor ein paar Monaten erwartet hätte. Vielleicht hatten sie tatsächlich Fortschritte gemacht.

Mrs. Todd lächelte mit einem plötzlich verständnisvollen Blick. "Und hier ist *mein* Bruder, den Sie vermutlich bereits kennen."

Elizabeths einladendes Lächeln verblasste, als sie das vertraute, bärtige Gesicht von Mr. Hadley erkannte. Andrews Vater. Oje! Kein Wunder, dass Mrs. Todd Andrew angestarrt hatte, angesichts dessen, wie ähnlich er ihrem Bruder in jungen Jahren sah. Elizabeth hätte erkennen müssen, dass es eine Verbindung geben könnte, als Mr. Farleigh gesagt hatte, Mrs. Todd sei mit Lord Matlock verwandt.

Andrew wurde schneeweiß. Dann sagte er abrupt: "Bitte entschuldigen Sie." Ohne sich zu verbeugen schlängelte er sich zwischen mehreren Spaziergängern hindurch und eilte zur Tür.

Elizabeth zwang sich, ihm nicht nachzustarren. Sie musste einen Weg finden, sie von seinem Verhalten abzulenken. Mit einem gezwungenen Lächeln sagte sie: "Mr. Hadley, das ist aber eine Überraschung!"

"Sie kennen sich?", fragte Mr. Farleigh eindeutig bemüht, Andrews seltsames Verhalten zu überspielen.

"Ja, ich habe diesen Sommer mit ihm auf einem Ball in Derbyshire getanzt. Wie klein die Welt doch ist!"

Spannung zeichnete sich in den Fältchen um Mr. Hadleys Augen ab und seine Hand packte die Rückenlehne eines Stuhls so fest, dass seine Handschuhe darüber spannten. "Miss Bennet, es ist mir ein unerwartetes Vergnügen. Und Farleigh, schön Sie wiederzusehen."

Mrs. Todd sagte langsam: "Dieser junge Mann, Mr. Andrew Darcy. Ich hoffe, ihm ist nicht unwohl."

Elizabeth sagte leichthin: "Überhaupt nicht. Er hatte vorhin bereits erwähnt, dass er möglicherweise in einer dringenden Angelegenheit rasch gehen müsse." Natürlich wussten Mr. Farleigh und Mrs. Todd genau, dass Andrew nicht gegangen wäre, ohne etwas zu sagen, etwas Besseres war ihr jedoch spontan nicht eingefallen. "Mr. Hadley, ich hatte nicht erwartet, Sie in Bath zu treffen." Es war eine recht plumpe Bitte um Information, aber sie musste das Gesprächsthema wechseln.

Mr. Hadley ließ von dem armen, geplagten Stuhl ab und legte seine Hand auf Mrs. Todds Schulter, zweifelsohne wollte auch er ihr damit etwas vermitteln. "Ich hatte nicht erwartet, die Reise hierher zu machen, als wir uns das letzte Mal trafen, aber als der Arzt meiner lieben Schwester empfahl, Heilbäder zu nehmen, konnte ich sie nicht alleine kommen lassen." Er beugte sich vor und sagte etwas in Mrs. Todds Ohr, aber Elizabeth konnte es über das Summen der Gespräche und Musik hinweg nicht ausmachen. Dann wandte er sich zu ihr um und verbeugte sich. "Miss Bennet, darf ich zu hoffen wagen, dass sie mich mit Ihrer Gesellschaft beehren und mit mir eine Runde durch den Raum gehen?"

Überrascht sagte Elizabeth: "Es wäre mir ein Vergnügen, Sir." Sie hakte sich an dem ihr angebotenen Arm unter, und sie folgten den vielen anderen spazierenden Grüppchen die Halle hinunter. Wieder einmal wollte er Zeit mit ihr allein verbringen, und diesmal wusste sie warum.

"Nun, Miss Bennet, ich entschuldige mich, wenn die Einladung, ein Stück mit mir zu gehen, Sie in eine schwierige Lage gebracht hat", sagte er, als sie eine Lücke in der Menge erreichten. "Darf ich aus Ihrer Reaktion auf mich schließen, dass Sie mehr über mich wissen als bei unserem ersten Treffen?"

Im Bewusstsein, dass sie die Schicklichkeit wahren musste, sagte sie vorsichtig: "Ich habe ein wenig mehr über Ihre Verbindungen zur Darcy-Familie erfahren, ja."

"Dann kann ich nur dankbar sein, dass Sie weiterhin bereit sind, sich mit mir zu unterhalten", sagte er mit einem Anflug von Traurigkeit. "Ich habe dieses private Gespräch nicht gesucht – insofern ein Gespräch hier als privat bezeichnet werden kann – um Sie in Verlegenheit zu bringen, sondern um Sie um Hilfe zu bitten, da ich weitere unangenehme Begegnungen verhindern möchte. Mir ist bewusst, dass Ihr Verlobter es vorzieht, mich zu meiden. Aus diesem Grund habe ich Derbyshire nach dem Ball im Allston House verlassen. Leider kann ich, da ich um meiner Schwester willen in Bath bin, derzeit nicht abreisen, aber wenn ich auf irgendeine Weise über seine Pläne informiert werden könnte, werde ich mein Möglichstes tun, um die Orte zu meiden, die er aufzusuchen gedenkt."

Das hatte sie nicht erwartet. Sie zog sich ein wenig zurück. "Sie möchten ihn meiden?"

Seine Wangen wurden blass. "Nein, überhaupt nicht, aber meine Wünsche sind in dieser Angelegenheit nicht von Bedeutung. Er möchte mich meiden, und da dies das Einzige ist, was ich für ihn tun darf, werde ich mein Möglichstes geben, um seine Entscheidung zu achten."

Ihr Herz erweichte sich für den alten Mann, dessen Ehebruch mit Lady Anne ihm so viel Schmerz gebracht hatte. "Ich verstehe", sagte sie vorsichtig.

Er warf einen Blick auf die Gruppe älterer Damen, deren Lauftempo sie immer rascher in Hörweite brachte. "Ich werde mich kurzfassen. Er sollte sich hier in Bath frei bewegen können und hingehen, wo immer er will, ohne sich meiner Anwesenheit wegen Gedanken machen zu müssen. Richten Sie ihm bitte aus, dass ich vorgeben werde, eine leichte Krankheit zu haben, wegen derer ich das Haus nicht verlassen kann."

"Solche Maßnahmen sollten Sie nicht ergreifen müssen", widersprach sie.

Er hielt einen Finger an die Lippen, als eine der älteren Damen auf ihn zukam, um sich nach der Gesundheit seiner Schwester zu erkundigen, ihre Neugier über die junge Frau an seinem Arm kaum verschleiert. Kaum war sie gegangen, nahm ein älterer Herr ihren Platz ein.

Es verging ein wenig Zeit, ehe sie mit Mr. Hadley wieder allein war oder mindestens so allein, wie zwei Personen in der überfüllten Trinkhalle sein konnten, und jetzt war sie sich sicher, dass seine Geschichte mehr enthielt, als sie wusste. Sie nutzte den Moment und sagte: "Wenn Sie dazu bereit wären, würde ich mich über eine Gelegenheit freuen, dies an einem privateren Ort weiter zu besprechen."

Seine Augen weiteten sich. "Ich stehe Ihnen stets zu Diensten. Jederzeit. Sagen sie mir, wo und wann und ich werde dort sein."

Sie hatte sich nicht geirrt. Er sehnte sich verzweifelt nach jeglicher Art von Verbindung zu Andrew. "Ich kenne Bath nicht besonders gut. Ein Park, vielleicht am frühen Morgen, bevor die Massen sich dort bewegen?"

Er nickte. "Wo logieren Sie?"

"Im Royal Circus."

"Dann wäre der Gravel Walk praktisch für Sie und vergleichsweise privat. Jeder kann Ihnen sagen, wie Sie dorthin kommen. Ich kann morgen früh dort sein, wenn Sie wünschen."

Ja, ein Spaziergang am frühen Morgen wäre der günstigste Zeitpunkt, um sich davonzustehlen. "Ich werde mich Ihnen anschließen, wenn ich kann. Wie kann ich Sie kontaktieren, falls mich etwas verhindern sollte?"

Er zog eine silberne Visitenkartenhülle hervor und reichte ihr eine Karte. "Meine Unterkunft befindet sich in der Great Pulteney Street."

Sie schob die Karte gerade in ihr Retikül, als Lady Frederica und Mr. Farleigh sich ihnen näherten. "Ich danke Ihnen."

# Kapitel 26

"Wo Andrew wohl hingegangen ist, was denkt ihr?", fragte Lady Frederica, als sie im Begriff waren, die Trinkhalle zu verlassen. Elizabeth hatte sich das Gleiche gefragt.

"Sicherlich ist er zu seinem Hotel zurück gegangen", sagte Mr. Farleigh und warf Elizabeth einen seltsamen Blick zu, sodass sie sich fragte, wieviel er wusste.

Ins Hotel zurückzukehren wäre sinnvoll gewesen, wenn Andrew Aufhebens hätte vermeiden wollen, doch Elizabeth erinnerte sich daran, dass er nach dem Ball im Allston House in der Kutsche gewartet hatte, als hätte er Aufmerksamkeit auf seinen abrupten Aufbruch ziehen wollen. Und tatsächlich, als sie nach draußen trat, entdeckte sie ihn, wie er auf einer Bank auf dem Kirchhof der Abtei saß.

Andrew stand auf und näherte sich ihnen mit festem Gesichtsausdruck, als erwarte er Ärger. "Dann seid ihr also fertig?"

Lady Frederica fragte wie immer unverblümt: "Warum bist du einfach so gegangen, Andrew?"

Er wurde rot. "Es gab da jemanden, den ich nicht sehen wollte."

Lady Frederica hob die Brauen, als ob sie diesen Grund für unzureichend hielt. Dann zuckte sie leicht mit den Schultern. "Ich ziehe es vor, alte Skandale in der Vergangenheit zu lassen, wo sie hingehören."

Elizabeth zuckte zusammen und vermutete, dass Andrew diese Reaktion verletzen würde. "Andrew, die Abtei sieht äußerst beeindruckend aus. Darf ich mich dir aufdrängen, sie mit mir zu erkunden?"

Nach einem kurzen, bösen Blick in Lady Fredericas Richtung bot Andrew ihr seinen Arm an. "Sehr gerne, meine Liebe, wenn Farleigh so lieb wäre, Lady Frederica zum Haus zurückzugeleiten."

Mr. Farleigh zog amüsiert eine Augenbraue hoch. "Nichts könnte mich glücklicher machen, wie du sehr wohl weißt. Es sei denn natürlich, ich bringe es unterwegs fertig, mich zu verirren."

Elizabeth, die sich Andrews Anspannung bewusst war, drückte sanft seinen Arm, während sie zu der hoch aufragenden gotischen Pracht vor ihnen schlenderten.

Als sie sich dem Eingang der Abtei näherten, zeigte er auf die Seiten des Torbogens und sagte leidenschaftslos: "Das ist die berühmte Bildhauerarbeit von Engeln, die in den Himmel aufsteigen. Ich fürchte, das erschöpft mein Wissen über die Abtei. Ich habe Bath seit meiner Kindheit nicht mehr besucht, und damals war ich mehr daran interessiert, auf dem Paradeplatz herumzurennen als an der Architektur, nicht, dass ich das lange gedurft hätte."

Oh ja, er steckte tief in seinen schmerzhaften Erinnerungen an die Vergangenheit.

"Schau dir die Details an dem Relief an!", stieß sie hervor. "Jeder Engel hat ein anderes Gesicht und wie realistisch ihre Körper erscheinen, wie sie da emporklettern! Oh, aber einige klettern auch herunter, nicht wahr? Das sieht ziemlich unangenehm aus. Ja, es ist genau wie die Jakobsleiter in der Bibel, aber ich muss sagen, ich habe nie ganz verstanden, warum einige dieser Engel auch herabstiegen." Nun, das sollte ihm eine Gelegenheit geben, auf Theologie zu sprechen zu kommen. Und die Bildhauerarbeit war wirklich faszinierend.

"Dazu gibt es viele Theorien. Einige sagen, sie seien herabgestiegen, um uns zu helfen. Aus dem leidenden Ausdruck auf ihren Gesichtern schließe ich jedoch eher, dass sie für ihre Sünden bestraft wurden." Seine Stimme war zu flach. "Wenn wir gerade von Sündern sprechen, hat *er* sich wieder an dich gewandt?"

"Er hat mich gebeten, mit ihm zu promenieren."

Seine Lippen verzogen sich zu einer dünnen Linie. "Ich hoffe, du hast dich geweigert."

Sie atmete durch. Würde er wütend sein? "Ich hielt es für das Klügste, ihn wie jede andere Zufallsbekanntschaft zu behandeln. Andernfalls besteht die Gefahr, dass mehr Aufmerksamkeit auf einen Skandal gelenkt wird, den jeder längst vergessen hat. Deshalb habe ich zugestimmt."

Seine Miene verfinsterte sich. "Ich möchte nicht, dass du mit ihm sprichst, das wusstest du."

Als ob das ihr einziges Motiv sein sollte! "Das hatte ich vermutet, aber ich habe noch nicht geschworen, dir zu gehorchen und bis zu diesem Zeitpunkt werde ich tun, was ich für richtig halte. Ist dir nicht aufgefallen, dass Lady Frederica deine Beziehung zu ihm vollkommen vergessen hatte, bis du dich geweigert hast, im selben Raum mit ihm zu sein? Eines Tages werden wir Kinder haben, und mir wäre es lieber, wenn kein Skandal wie ein Damoklesschwert über ihren Köpfen hinge. Deshalb werde ich ihn genauso behandeln wie jeden anderen entfernten Verwandten deiner Mutter." Würde er ihre stille Kritik an seinem eigenen Verhalten wahrnehmen?

Jetzt wirkte er wütend. "Hier geht es nicht nur um Klatsch. Er ist ein Ehebrecher. Ich bleibe nicht am selben Ort wie er, und ich möchte auch nicht, dass du dich mit ihm abgibst."

Ihr Temperament begann zu brodeln. Zuerst hatte er sie verlassen und es ihr überlassen, die Wogen zu glätten und nun dies! "Wenn das dein wahrer Grund wäre, dann würdest du niemals eine Trinkhalle oder irgendeinen anderen öffentlichen Ort aufsuchen. Du weißt ebenso gut wie ich, dass die Hälfte aller angesehenen Herren dort Ehebrecher sind und einige der Damen ebenfalls. So sehr es uns auch missfallen mag, ist es dennoch eine Tatsache unserer Gesellschaft. Aber du musst dir keine Sorgen machen, ihm zu begegnen, er hat mir gesagt, er wisse, wie unwohl du dich mit seiner Anwesenheit fühlst und deshalb würde er vorgeben, krank zu sein, wodurch er während unseres Aufenthaltes hier das Haus nicht verlassen würde."

Andrew sah erstaunt aus, aber dann kehrte der verkniffene Ausdruck auf seine Stirn zurück. "Siehst du, er weiß ganz genau, dass er sich nicht mit anständigen Menschen abgeben sollte."

Elizabeth wartete einige Sekunden ab, bevor sie sich ruhig genug fühlte, um zu antworten. "Nicht im Geringsten. Ich glaube, ihm liegt nur dein Wohlergehen am Herzen."

Ihr Verlobter drückte mit einem Schnauben aus, dass er nicht ihrer Meinung war. "Dies ist eine persönliche Angelegenheit. Ich werde weder seine Anwesenheit tolerieren, noch, dass du irgendeine Verbindung zu ihm hast."

Sie bohrte ihre Fingernägel in ihre Handfläche und versuchte, die Kontrolle wiederzuerlangen. Wie sie es hasste, gesagt zu bekommen, was sie zu tun habe, ohne eine rationale Erklärung dafür zu erhalten. Dies war die Art von Verhalten, die sie von dem stolzen Mr. Darcy erwartet hätte, den sie zuerst in Meryton kennengelernt hatte, nicht von Andrew, dem sie in nicht allzu ferner Zukunft schwören würde, ihn zu lieben und ihm zu gehorchen.

Dann durchfuhr die Erkenntnis sie wie ein Blitz. Mr. Darcy hatte tatsächlich genau dasselbe getan und sie gewarnt, sich von Wickham fernzuhalten, ohne ihr einen Grund dafür zu nennen, der über seine Meinung, sie solle es tun, hinausgegangen wäre. Natürlich hatte sie seine Warnung missachtet und war stolz darauf gewesen, sich mit Wickham angefreundet zu haben und Darcys Abneigung gegen ihn als Standesdünkel abgetan. Aber sie hatte sich geirrt, oh, so sehr geirrt und zugelassen, dass ihr Vorurteil sie blind machte.

Im Nachhinein war völlig klar, warum Darcy ihr zu diesem Zeitpunkt seine Gründe nicht genannt hatte. Wickham hatte ihn und seine Schwester auf zutiefst persönliche Weise verletzt, mit einem Verhalten, das weitaus schlimmer war als alles, was Elizabeth sich damals hätte vorstellen können. Könnte dies eine ähnliche Situation sein, in der Elizabeth es zuließ, dass Mr. Hadleys angenehme Art sie davon abhielt, seine Fehler zu sehen?

Nein, das hier war etwas ganz Anderes. Wickham hatte Darcy ihr gegenüber schlechtgemacht, während Hadley kein böses Wort über Andrew verloren hatte und sich Sorgen um sein Wohlergehen gemacht hatte. Dennoch musste sie sich vor Augen rufen, ihren ersten Eindrücken nicht wie bei Wickham zu vertrauen oder anzunehmen, dass seine Motive gut seien. Sie hatte immer noch die Absicht, Mr. Hadley privat zu treffen, aber lediglich, um Informationen zu erhalten und nicht, um ihn als Freund zu behandeln.

ELIZABETH STAND AM nächsten Morgen früh auf und wollte unbedingt das Haus verlassen, bevor Georgiana oder Lady Frederica wach waren. Es wäre gar nicht gut, wenn sie vorschlagen würden, sich ihr auf ihrem Spaziergang anzuschließen. Das brachte sie jedoch in ein Dilemma, da sie weder alleine in einer fremden Stadt umherlaufen, noch eines von Lady Margarets Dienstmädchen mitnehmen konnte, nicht nach Andrews Warnung, dass ein Teil der Dienstboten für Lord Matlock spionierte. Schließlich bat sie Myrtilla, die Andrew als Dienstmädchen für Elizabeth und Mary mitgebracht hatte, sie zu begleiten. Das Risiko, dass die schweigsame Myrtilla Andrew von ihrem Treffen mit Mr. Hadley erzählte, schien weniger besorgniserregend, als dass Lord Matlock es herausfand.

Wie sich herausstellte, lag der Gravel Walk direkt hinter der gegenüberliegenden Seite des Royal Circuses, deshalb kam sie dort früher als erwartet an. Mr. Hadley war schon da und saß auf einer Bank, als warte er bereits einige Zeit dort.

Der bärtige Herr trat vor, und kam auf sie zu. "Miss Bennet, wie schön ist es, so früh am Morgen ein bekanntes Gesicht zu sehen." Seine Augen wanderten nervös zu Myrtilla.

Für Myrtillas Ohren sagte Elizabeth: "Lady Frederica erwähnte, wie erfreut sie sei, dass noch mehr Verwandtschaft Bath besuche. Myrtilla, ich werde eine Weile mit diesem Herrn spazieren gehen." Oh, warum hatte sie es so ungeschickt ausgedrückt? Er hatte sie nicht einmal darum gebeten, mit ihr spazieren zu gehen.

Myrtilla knickste, aber ihr Gesichtsausdruck machte deutlich, dass ihren scharfen Augen nichts entgangen war. "Ja, Miss Bennet." Sie trat einige Meter zurück und wartete unterwürfig mit gesenktem Kopf.

Elizabeth zögerte, aber sie konnte nichts gegen Myrtillas Verdacht tun, der schließlich nicht ganz unbegründet war. Zumindest würde sie dies angesichts des Alters von Mr. Hadley wahrscheinlich nicht für ein romantisches Stelldichein halten.

Als sie sich auf den Weg machten, sagte Mr. Hadley: "Ich danke Ihnen für diesen Vorschlag. Ich freue mich über die Gelegenheit, weiter mit Ihnen zu sprechen." Er wirkte jedoch besorgt.

Wahrscheinlich sah sie mindestens ebenso besorgt aus. "Ich ebenfalls. Vergeben Sie mir, wenn es so wirkt, als würde ich mich unwohl fühlen. Für gewöhnlich treffe ich mich nicht heimlich mit jemandem."

Er räusperte sich unbehaglich. "Ah, ja, selbstverständlich. Ich nehme an, Ihr Verlobter weiß nichts davon."

Sie musterte ihn nachdenklich. "Ich habe es nicht mit ihm besprochen, aber er hat den Wunsch geäußert, die Vergangenheit ruhen zu lassen. Damit mag er Recht haben, aber ich finde, ich solle die Vergangenheit zunächst verstehen, ehe ich sie ruhen lassen kann. Sie sind die einzige noch lebende Person, der ich dazu Fragen stellen darf, deshalb hoffe ich, die Gelegenheit nutzen zu können. Wenn Sie jedoch meine Nachfragen als unverschämt empfinden, werde ich es nicht als Beleidigung auffassen, wenn Sie sich weigern, mir zu antworten."

Er schüttelte den Kopf. "Ich helfe Ihnen sehr, sehr gern, in jeder Hinsicht. Ich würde alles in meiner Macht Stehende tun, um zu Andrews Glück beizutragen. Für viele Jahre bedeutete das, mich nicht in seine Nähe zu begeben, aber das habe ich nur getan, weil es sein Wunsch war, nicht, weil ich es selbst gewollt hätte."

So wie sie es vermutet hatte. "Ich kann Ihnen wenig Hoffnung machen, dass sich dieser Umstand jemals ändern sollte. Ich versuche nur, mein eigenes Verständnis der Situation zu verbessern."

Seine Augenlider senkten sich ein Stück. "Das verstehe ich. Darf ich fragen, wie Sie die Wahrheit herausgefunden haben? Hat er es Ihnen erzählt?"

Sie verzog das Gesicht. "Nein, das geschah auf seltsamere Weise. Auf indirektem Weg erhielt ich ein Paket, das Lady Anne Darcy für Andrews zukünftige Braut hinterlassen hatte. Es enthielt den Zwilling des Medaillons, das Sie mir einmal gezeigt haben, und einen Brief."

Sein Gesichtsausdruck hellte sich auf. "Ein Brief von Lady Anne?"

Sie hasste es, ihn zu enttäuschen. "Darin ging es nur um Andrew und bestimmte Nachrichten, die ich ihm überbringen sollte. Es war eine kurze Botschaft von einer sterbenden Frau an eine völlig Fremde. Er hat ein wenig Licht ins Dunkel gebracht, aber dennoch bleiben einige Fragen unbeantwortet, wie etwa, warum Lady Anne Darcy, die Tochter eines Earls, so sehr in der Macht ihres Ehemannes stand, dass ihr keine andere Möglichkeit blieb, um ihren Sohn zu kontaktieren."

Er fuhr zusammen. "Ich kann Ihnen wenig darüber erzählen, was sich zugetragen hat, nachdem Andrew sechs Jahre alt war, denn als Darcy die Wahrheit entdeckte, schränkte er Lady Annes Freiheit drastisch ein. Pemberley verließen keinerlei Briefe mehr, die er nicht guthieß. Sie durfte keine Besucher mehr alleine empfangen. Ein paar Mal hat sie es geschafft, mir heimlich Nachrichten zu schicken, aber das war alles."

"Sicherlich hatte der *ton* etwas dazu zu sagen. Sie sind dafür berüchtigt, Geheimnisse hinter vorgehaltener Hand zu verbreiten."

Er sah sie verwirrt an. "Aber Lady Anne wurde von den Mitgliedern des *ton* nicht mehr empfangen."

Elizabeth blieb der Mund offenstehen. "Nicht mehr empfangen? Die Tochter eines Earls?"

Sein Mund verzog sich. "Die gefallene Tochter eines Earls. Nachdem wir versucht hatten, miteinander durchzubrennen, war sie nirgends mehr willkommen."

Ihr stockte der Atem. "Ich weiß nichts über diese Flucht."

Sein Gesicht lief über seinem ergrauten Bart rot an. "Es war ein schrecklicher Fehler. Wenn ich auch nur geahnt hätte, welchen Preis sie dafür bezahlen würde – aber wir waren jung und verliebt und ihr Bruder hat sie dazu gezwungen, Darcy zu heiraten. Er hat uns erwischt, bevor wir die Grenze erreichten, hat sie zurückgeschleift und mit Darcy verheiratet. Aber der Schaden an ihrem Ruf war bereits angerichtet. Ihr Bruder musste ihre Mitgift verdoppeln, um Darcy dazu zu bringen, sie zu nehmen, und er sprach nie wieder mit ihr."

"Aber sie hat der Ehe zugestimmt?"

Er sah sie mit schmerzvollem Blick an. "Nachdem ihr Bruder gedroht hatte, mich zu ruinieren, falls sie es nicht täte. Gott im Himmel, wie ich wünschte, sie hätte ihm gesagt, er könne mit mir umspringen wie er wolle! Aber so war sie nicht. Sie konnte es nicht ertragen, jemandem Schaden zuzufügen, den sie liebte."

Dennoch hatte sie sich entschieden, eine Affäre einzugehen, aber danach konnte Elizabeth nicht fragen, ohne den Anstand außer Acht zu lassen. "Ich verstehe."

"Sie war entschlossen, das Beste daraus zu machen. Sie ließ einen Brief zu mir hinausschmuggeln, der besagte, dass sie den Mann, den sie liebe, nicht haben könne und deshalb würde sie ihr Bestes geben, eine gute Ehefrau zu werden. Sie bat mich darum, mich von ihr fernzuhalten, damit sie vergessen könne, was aus uns hätte werden können."

"Doch das taten Sie nicht." Die Worte entschlüpften ihrem Mund, ehe sie sie zurücknehmen konnte.

"Doch, das tat ich. Fünf Jahre lang habe ich es getan. Dann kreuzten sich unsere Wege bei einer Hausgesellschaft. Ich hatte nicht gewusst, dass sie kommen würde. Darcy war nie gesagt worden, mit wem sie durchgebrannt war. Das war Teil des Handels gewesen, den Lady Anne mit ihrem Bruder geschlossen hatte, um mich zu schützen. Ich habe nie aufgehört, sie zu lieben, aber sie dachte, wir könnten vielleicht Freunde sein, und ich war bereit, alles zu akzeptieren. Sie erzählte mir von ihrer Trauer, ihren beiden verstorbenen Babys, ihrer Einsamkeit. Aus ihrer Familie und von all ihren Freunden besuchte sie nur noch ihre Schwester. Sie hatte nur wenige neue Freunde gefunden und ihr Geheimnis immer vor ihnen verborgen gehalten. Eines führte zum anderen und eines Nachts waren wir beide schwach. Nur eine einzige Nacht!" Seine Stimme zitterte und er schüttelte den Kopf.

Es war also keine Affäre von Dauer gewesen. "Wurden Sie entdeckt?"

"Damals nicht. Es war Jahre später, als ihr Mann mich bei einem Ball wiedersah. Ich hatte mich ein wenig gewundert, als ich hörte, dass Lady Anne einen Sohn zur Welt gebracht hatte, aber es war nur eine Nacht gewesen, und ich hatte keine Ahnung, dass er mir so ähnlich sah. Darcy hat sich nichts dabei gedacht, bis er mir von Angesicht zu Angesicht begegnet ist, als ich mit seiner Frau getanzt habe." Seine Augenlider senkten sich wieder ein Stück. "Das war das letzte Mal, dass ich sie gesehen habe."

"Was ist dann geschehen?"

Er zuckte unglücklich die Achseln. "Ich habe durch einen gemeinsamen Bekannten einen Brief von ihr erhalten. Sie bat darin, mich von ihr fernzuhalten, um ihretwillen und Andrew zuliebe. Das habe ich getan. Ich ließ mir diesen Bart wachsen, um die Ähnlichkeit zwischen uns zu verschleiern. Einmal habe ich es geschafft, einen Blick auf den Jungen zu erhaschen als er in Eton war – oh, wir haben nicht miteinander gesprochen, ich habe ihn nur am anderen Ende einer Kapelle gesehen. Ich wusste, ich sollte mich fernhalten, aber ich musste ihn irgendwie sehen. Als er von zu Hause wegging, versuchte ich, von Mann zu Mann mit ihm zu sprechen, aber sobald er meinen Namen erfuhr, weigerte er sich, etwas mit mir zu tun zu haben. Das kann ich ihm nicht verübeln, dennoch wünschte ich... aber es spielt keine Rolle, was ich mir wünsche. Ich meide Ereignisse, bei denen er zugegen sein könnte. Ich wäre nicht in die Trinkhalle gegangen, hätte ich gewusst, dass er in Bath ist."

Sie konnte ihm keinen Trost bieten. Wenn es nach Andrew ginge, würde sich nie etwas ändern. "Sie hatten dann also keinen weiteren Kontakt mit Lady Anne?"

"Ein paar Briefe im Laufe der Jahre, aber darin konnte sie mir nicht viel mitteilen, weil ihre Schwester, Lady Catherine, diejenige war, die sie überbrachte und die Briefe kamen stets geöffnet bei mir an. Aber für mich sind sie wie ein Schatz." Er zögerte, Linien bildeten sich um seine Augen. "Es gibt noch etwas, das ich in Ehren halten würde, wenn ich Sie darum bitten darf. Könnten Sie, würden Sie... mir etwas von ihm erzählen? Nichts Privates, nur etwas, das jeder wissen könnte. Wie ist er so? Was bringt ihn zum Lächeln? Reitet oder jagt er gerne? Ich würde mich sogar freuen zu wissen, was seine Lieblingsmarmelade ist, damit ich an ihn denken kann, wenn ich sie zum Frühstück esse."

Elizabeths Herz flog dem armen alten Gentleman zu, und sie verwarf ihren Plan, Vorsicht walten zu lassen, falls er sich als zweiter Wickham entpuppen sollte. "Ich kenne seine Lieblingsmarmelade noch nicht, aber vielleicht kann ich Ihnen ein paar Geschichten erzählen. Soll ich Ihnen berichten, wie wir uns kennengelernt haben?"

Sein Lächeln erhellte sein Gesicht. "Das wäre sehr schön."

Sie erzählte ihm, wie Andrew sie vor dem ungenießbaren Kuchen und dem bitteren Tee in Mr. Morris' Pfarrhaus gerettet hatte, ließ die Geschichte drollig klingen und rückte Andrew ins beste Licht. Dann, als sie auf dem Gravel Walk eine Biegung umrundeten, erhaschte sie einen Blick auf Myrtilla, die hinter ihr herlief, und begann die Geschichte zu erzählen, wie sie Andrews Pfarrhaus mit Mrs. Gardiner besucht hatte, um ihm bei der Haushaltsführung zu helfen.

Mr. Hadley sog jedes Wort in sich auf. "Ich freue mich zu hören, dass er sich so um seine Angestellten kümmert. Darin gleicht er seiner Mutter. Sie war immer besorgt um ihre Diener, selbst um die niedersten."

Was konnte sie ihm noch sagen? "Eines der Dinge, die ich an ihm bewundere, ist, dass er immer bemerkt, wer Zuwendung braucht." Sie erzählte, wie er ihre Mutter für sich gewonnen hatte und wie sich ihre jüngeren Schwestern unter seinem Einfluss zum Besseren verändert hatten, und Mr. Hadley begann bei ihren Worten vor Stolz zu strahlen und so fügte sie hinzu: "Ich kenne ihn erst kurz, aber an ihm gibt es viel Bewundernswertes."

Er lächelte. "Sie haben in ihm so schnell den Mann gesehen, den Sie heiraten wollten?"

Sie öffnete den Mund, um zuzustimmen, aber die Worte wollten nicht herauskommen. Irgendwie brachte sie es nicht übers Herz, diesen freundlichen, einsamen Mann anzulügen. Mit leiser Stimme sagte sie: "Nein. Wir wurden von einem Mann, der Rache suchte, zu dieser Verlobung gezwungen. Er hat bewusst eine kompromittierende Situation inszeniert."

Er starrte sie an. "Jemand wollte sich an Andrew rächen?"

"Nein. Oder ja, aber das war nur ein kleiner Teil davon. Wenngleich ich es damals noch nicht wusste, war ein anderer Mann, der mich liebte, das wahre Ziel, weil es ihm weh tun würde, mich entweder ruiniert oder mit Andrew verheiratet zu sehen." Zu ihrer Bestürzung zitterte ihre Stimme ein wenig.

Mit besorgtem Blick fragte er: "Was hält Andrew davon?"

Sie ließ den Kopf hängen. Warum hatte sie ihm so viel erzählt? "Er weiß nichts von dem anderen Mann. Es ist besser, wenn er denkt, dass es nur eine kleinliche Rache an ihm war."

"Ich denke, in dieser Situation steckt mehr, als Sie mir sagen", begann er vorsichtig.

"Natürlich! Aber das Wichtige ist, dass ich Andrew sehr mag und ihm eine gute Frau sein werde", sagte sie erbittert.

Seine Stirn zog sich in Falten und sie gingen einige Minuten lang schweigend nebeneinander her. Elizabeths Herz pochte. Warum hatte sie etwas gesagt? Was er nun von ihr halten musste?

Schließlich sagte er: "Es ist nichts Falsches daran, jemanden zu heiraten, den man nicht liebt, solange Respekt und irgendeine Art von Zuneigung vorhanden sind, die Sie eindeutig für Andrew empfinden. Aber wenn Sie diesen anderen Mann lieben, bitte ich Sie, sorgfältig darüber nachzudenken, was Sie tun, nicht um Andrews willen, sondern um Ihrer selbst willen. Mit einem Skandal oder in Armut leben zu müssen ist zweifelsohne sehr schwierig, aber das zerstört Ihr Herz und Ihre Seele nicht so, wie sich einem Mann hinzugeben, während Sie einen anderen lieben."

Elizabeth starrte ihn geschockt an, und ihr Herz zog sich schmerzhaft in ihrer Brust zusammen. Wie konnte er es wagen, einen solchen Vorschlag zu machen? Er kannte sie kaum, und dennoch dachte er, er habe das Recht, ihr zu empfehlen, dass sie ihre Verlobung beenden sollte? "Ich sagte, er liebte mich, nicht, dass ich ihn liebte."

"Wenn Sie ihn nicht lieben, dann habe ich meine Grenzen furchtbar überschritten. Nicht zum ersten Mal, denn manchmal muss ich sagen, was ich für richtig und wahr halte, auch wenn es in der Gesellschaft möglicherweise nicht auf Zustimmung trifft. Vergeben Sie mir."

Sie machte den schwachen Versuch, zu lächeln. "Dann haben Sie und Andrew etwas gemeinsam."

"Er tut das auch?" Sein Blick wanderte für einen Moment in die Ferne. "Dann werde ich mich dessen nicht schämen und sage nur so viel: Wenn Sie diesen Mann nicht lieben, dann können Sie getrost ignorieren, was ich gesagt habe. Aber ich glaube nicht, dass es Ihnen so nahegehen würde, wenn Sie nichts für ihn empfänden. Wenn Lady Anne am Leben wäre, würde sie Ihnen sagen, wie bitter sie es bereut hat, eine erzwungene Ehe statt Ruin und den Verlust der Familie zu wählen, trotz ihres wunderschönen Zuhauses, der Kinder, die sie liebte und einem anständigen und respektablen Gatten."

Ihre Kehle schmerzte von unvergossenen Tränen. "Ah, aber sie hätte Sie gehabt, der sie über ihren Verlust hätte hinwegtrösten können. Sie hätte vielleicht anders gefühlt, wenn ihre einzige Wahl darin bestanden hätte, allein zu bleiben." Er hatte keine Ahnung, was es sie kosten würde, wenn sie ihre Verlobung löste. Ein Leben als Dienstbotin, fernab von allen, die sie liebte, während ihre Familie ihretwegen in Ungnade fiel. Nein, der Preis wäre zu hoch.

Er musterte sie genau. "Er könnte Sie dann also nicht heiraten? Das tut mir leid. Ich glaube jedoch nicht, dass das ihre Meinung geändert hätte, denn sie hatte in Betracht gezogen, davonzulaufen, selbst dann noch, als sie dachte, ich habe sie schon lange vergessen. Das Einzige, was sie aufhielt, war der Gedanke daran, ihre Kinder zu verlieren." Dann fügte er sanft hinzu: "Aber Sie sind nicht Lady Anne, und Sie müssen tun, was Sie für richtig halten. Sie müssen nicht auf das hören, was ein alter Mann vor sich hin sinniert, der nichts über Ihre Umstände weiß."

Es gelang ihr nur schwer, zu schlucken. "Sie müssen mich für eine sehr seltsame Person halten."

"Ich halte Sie für eine erfrischend ehrliche und aufrichtige junge Dame, und ich glaube, Sie werden Andrew eine ausgezeichnete Frau sein."

"Sie sind sehr freundlich." Ihre Stimme zitterte kaum merklich.

"Und ich vertraue darauf, dass Andrew genug Sohn seiner Mutter ist, dass er Sie mit aller Freundlichkeit behandeln wird, selbst wenn diese Verlobung Ihnen beiden aufgezwungen wurde."

"Darüber brauchen Sie sich keine Sorgen zu machen", sagte sie überzeugt. "Er ist zufrieden mit der Verbindung. Mir wurde gesagt, dass er bereits in Betracht zog, mir einen Antrag zu machen, bevor seine Ehre ihn dazu gezwungen hat, wenngleich ich mir dessen nicht bewusst war. Wenn Ihre Schwäche darin liegt, zu viel zu sagen, wenn Sie etwas stark empfinden, dann ist meine, vollkommen ahnungslos zu sein, wenn ein Gentleman mich bewundert. Das geht sogar soweit, dass ich vollkommen erstaunt bin, wenn er mir einen Antrag macht."

Das brachte ihn zum Lachen, wie sie es beabsichtigt hatte. "Wie beunruhigend das sein muss!"

"Sie haben keine Vorstellung davon, wie sehr! Glücklicherweise bin ich dank Andrew nun immun gegen dieses spezielle Dilemma. Es ist eine große Erleichterung, das versichere ich Ihnen." Sie brachte ein schwaches Lächeln zustande.

"Das mag Ihnen vielleicht unerwünschte Anträge ersparen, aber ich gehe davon aus, dass Sie dennoch von vielen jungen Männern bewundert werden. Welch Glück, dass Sie sich dessen nicht gewahr sein können!", scherzte er.

Sie waren nun am Ende des Gravel Walks angekommen und spazierten die gesamte Rasenfläche vor dem Royal Crescent entlang, deshalb sagte Elizabeth: "In der Tat! Ich fürchte, ich muss jetzt umkehren, sonst komme ich zu spät zum Frühstück, und Lady Margaret wird mich schelten."

Er lachte. "Das glaube ich gerne, denn sie war als Kind schon sehr gut im Schelten. Ich konnte nie verstehen, wie eine solch liebliche Person wie Lady Anne zwei Schwestern haben konnte, die solche Furien waren wie Lady Catherine und Lady Margaret."

Mit Erleichterung nahm sie diesen Gesprächsfaden auf, der ihnen ein harmloses Gesprächsthema ermöglichte, und sagte: "Würden Sie mir mehr über Lady Annes Jugend erzählen? Eines Tages möchte ich meinen Kindern etwas über ihre Großmutter erzählen können."

"Aber sehr gerne doch!" Mit diesem angenehmen Gesprächsthema gingen sie auf demselben Weg zurück, den sie gekommen waren.

Als sie das Ende des Kiesweges erreichten, sagte Elizabeth zögernd: "Ich danke Ihnen nochmals dafür, dass Sie meine Fragen beantwortet haben. Ich habe keine große Hoffnung, aber ich werde Andrew fragen, ob er in Betracht ziehen würde, sich mit Ihnen zu treffen."

Er hielt den Atem an. "Ich möchte nicht die Ursache für Zwist zwischen Ihnen beiden sein." Aber die Sehnsucht in seiner Stimme verriet ihn.

Sie lächelte. "Ich gebe zu, mein Motiv liegt nicht darin, Ihnen zu gefallen, sondern dass ich denke, Andrew würde davon profitieren, sich den Geistern der Vergangenheit zu stellen."

"Ich werde Ihnen in dieser Hinsicht vertrauen und danke Ihnen für heute. Auch wenn nichts weiter daraus wird, war dieses Gespräch ein großes Geschenk für mich. Und ich hoffe, Sie wissen, dass ich die persönlichen Angelegenheiten, die Sie mir mitgeteilt haben, streng vertraulich behandeln werde. Ich bin sehr geübt darin, Geheimnisse zu bewahren."

Myrtilla schloss in diesem Moment zu ihnen auf, sodass Elizabeth nur noch knickste und ihm einen schönen Tag wünschte.

Sie waren sich der späten Stunde bewusst und eilten zurück zum Royal Circus. Elizabeth verdrängte seinen seltsamen Vorschlag aus ihren

Gedanken. Als sie bei Lady Margarets Haus ankamen, war das Frühstück bereits vorüber und die Herren schon eingetroffen.

Darcys Augen richteten sich augenblicklich auf sie, als sie in den Salon schlenderte, wie es seit ihrer Ankunft in Bath bereits der Fall war. Es schien, als hätte er beschlossen, dass ihm die Jahre, die er sie nun verlassen würde, das Recht verliehen, sich zuvor an ihr sattzusehen. Hitze durchströmte sie und mit ihr strömten Mr. Hadleys Worte zurück in ihren Kopf.

Andrew, der sich leise mit Mary unterhalten hatte, begrüßte sie ein wenig steif. War er immer noch wütend über ihre Worte vom Vortag? Wenn ja, wäre er mehr als wütend, wenn er herausfände, dass sie sich mit Mr. Hadley getroffen hatte. "Wenn ich recht verstehe, hast du bereits einen Ausflug gemacht", sagte er mit einem Hauch Missbilligung in der Stimme.

"Ja. Ich bin früh aufgewacht, und wie Mary dir zweifellos sagen kann, mache ich häufig morgendliche Spaziergänge", sagte sie.

"Alleine?" Er klang ein wenig schockiert.

Vielleicht wäre es besser, nicht auf die Tatsache einzugehen, dass sie für gewöhnlich durchaus alleine spazieren ging, zumindest nicht vor den anderen. "Ich habe eine Zofe mitgenommen und bin lediglich den Gravel Walk hinunter bis zum Royal Crescent gelaufen. Das kann man kaum als Ausflug bezeichnen."

Lady Frederica verkündete: "Vollkommen respektabel, würde ich sagen. Wir haben gerade Pläne für den Tag geschmiedet. Zuerst die Trinkhalle für alle, die wollen, gefolgt von einer Fahrt nach Lansdown Hill. Bis dorthin sind es nur ein paar Meilen und die Aussicht ist spektakulär. An einem klaren Tag wie diesem können wir möglicherweise bis zum Bristolkanal sehen. Ist dir das genehm?"

"Hervorragend." Es war einfacher vorzutäuschen, dass Andrews Gereiztheit keinen Eindruck auf sie hatte, als sich einzureden, Darcys Blick habe nicht dafür gesorgt, dass ihr warm wurde.

# Kapitel 27

Die Gesellschaft teilte sich für die Reise nach Lansdown Hill in zwei Gruppen auf. Lady Frederica und Mr. Farleigh machten sich zu Pferd auf den Weg, während der Rest der Gruppe in der Kutsche der Darcys reiste. Elizabeths Gedanken waren so in ihre Diskussion mit Mr. Hadley verwickelt, dass sie, wenn überhaupt, abwesend auf die anderen reagierte. Ihre Gedanken drehten sich im Kreis und reichten von Mitgefühl für den einsamen alten Mann, der den Sohn liebte, den er niemals kennenlernen durfte, bis hin zu Wut über seinen gewagten Vorschlag sie solle ihre Verlobung lösen. Ihre Augen wandten sich immer wieder Darcy zu, der sie erneut mit besorgtem Blick beobachtete, worauf ihr Magen augenblicklich reagierte.

Glücklicherweise war ihr Schweigen für die anderen weniger offensichtlich, da Andrew die Geschichte der Schlacht von Lansdown dramatisch zum Besten gab und Mary und Georgiana an seinen Lippen hingen und ihn mit Fragen überhäuften. Er schien unter ihrer Bewunderung förmlich aufzuleben und wurde umgänglicher und lebhafter. Ihre Schwester sah heute besonders gut aus. Georgiana hatte sie dazu überredet, sich von ihrer Zofe die Haare frisieren zu lassen, und falls Elizabeth sich nicht irrte, hatte diese ebenfalls ihren Wangen eine zarte, subtile Röte verliehen. In Kombination mit den vorteilhaften Kleidern, die Jane an ihre jüngere Schwester weitergegeben hatte und die ihre üblichen tristen Kleider ohne jeden Zierrat ersetzten, hatte sich Mary von der schlichten Bennet-Tochter in eine attraktive junge Dame verwandelt.

Nach einem langen Aufstieg in die Hügel, hielt die Kutsche am Wegesrand einer Landstraße an. Elizabeth war nicht überrascht, Lady Frederica und Mr. Farleigh nirgends zu entdecken, obwohl sie zuerst hätten ankommen sollen. Zweifellos hatten sie einen Umweg genommen, um ein wenig Privatsphäre zu genießen.

"Das letzte Stück des Weges müssen wir gehen, aber es ist nicht weit", sagte Mr. Darcy und deutete auf einen Trampelpfad durch das Feld. "Hier entlang geht es zum Aussichtspunkt."

"Wo ist das Denkmal von Sir Basil Grenville?", erkundigte sich Georgiana.

Darcy konsultierte eine kleine Karte. "Da müssen wir noch weitergehen, aber es gibt eine Abkürzung über das Feld."

Georgiana zupfte an Andrews Ärmel. "Lass uns zuerst dorthin gehen, damit du die Geschichte zu Ende erzählen kannst."

Andrew lächelte seine Schwester an. "Sicher, wenn du willst." Sein Kopf neigte sich zu Marys, als die drei zusammen aufbrachen und Elizabeth hinter sich ließen, um mit Mr. Darcy zu gehen. Anscheinend machte ihr mangelndes Interesse am Schlachtfeld ihre Gesellschaft weniger interessant. Oder vielleicht lag es daran, dass ihre Augen nicht aufleuchteten, wenn er sie ansah, wie es Georgianas und Marys taten.

Jetzt war sie allein mit Darcy. Auch wenn ihr Puls eine deutliche Tendenz zeigte, zu schnell zu schlagen, lag nichts Ungebührliches darin. Darcy würde ihr Schwager sein, wenn sie Andrew heiratete, und trotz alldem, was Mr. Hadley gesagt hatte, war dies ihre einzige Wahl. Aber er sah sie so aufmerksam an, dass ihr Magen verrücktspielte.

Sie musste an Andrew denken. "Die drei geben ein hübsches Gespann ab, nicht wahr?"

"Wahrlich."

"Deine Schwester hat einen wundervollen Einfluss auf Mary, sie hat sie davon überzeugt, dass eine versierte, tugendhafte junge Dame ebenfalls ansehnlich, modisch und elegant zugleich sein kann."

Es war jedoch Andrew gewesen, der Mary während seines Besuchs in Longbourn zum ersten Mal aus ihrem Schneckenhaus gelockt hatte. Er hatte mit ihr gesprochen und ihre Ideen ernst genommen, anstatt einfach die Augen zu verdrehen, wie es die Bennets stets zu tun pflegten. Es beschämte Elizabeth, zu sehen, wie wenig Aufmerksamkeit es gekostet hatte, Mary zum Besseren zu verändern. Andrew war ein guter Mann, dem Bedürftige wirklich am Herzen lagen. Das musste sie sich vor Augen führen.

Sie kamen zu einem Zauntritt mit Blick über das weite Tal. Andrew und die anderen waren bereits weit voraus, aber Elizabeth hielt inne, um den spektakulären Blick über die Landschaft und die Hügel zu genießen. Die goldenen Gebäude von Bath füllten die Mulde hinter ihnen. "Ist es nicht erstaunlich, wie anders die Welt von oben aussieht? Wenn ich über ein Feld laufe, wirkt es, als wäre es die ganze Welt, doch von hier oben kann ich sehen wie jedes sich ins andere fügt, wie bei einem Puzzle."

"Wir haben Glück, an einem solch klaren Tag gekommen zu sein. Siehst du diesen Glanz, die Reflexion ganz hinten, hinter den Hügeln? Wenn ich mich nicht irre, ist das der Bristolkanal."

"So ein riesiges Gewässer voller Stürme und Schiffswracks, und doch sieht es von hier aus winzig und friedlich aus." Wenn ihr nur ihre eigenen Probleme so winzig und weit entfernt erscheinen könnten!

Plötzlich sagte Darcy mit leiser, angespannter Stimme: "Stimmt etwas nicht? Hast du dich mit Drew gestritten?"

Verblüfft bemühte sie sich, eine Antwort zu finden, und wollte schon abwiegeln. Aber Darcy hatte sie seit ihrer Ankunft so genau beobachtet, und er musste die Veränderung in ihr nach ihrem Besuch in der Trinkhalle bemerkt haben. Sollte sie sagen, dass es eine private Angelegenheit war oder irgendetwas Törichtes, das leicht gelöst werden konnte? Das wäre wohl das Beste. Aber dafür war es bereits zu spät. Ihr Schweigen hatte sie längst verraten.

Und ihn konnte sie nicht anlügen.

"Es entstand eine Situation, bei der wir unterschiedlicher Ansicht sind", sagte sie widerwillig. "Zweifellos werden wir irgendwann einen gemeinsamen Standpunkt dazu finden."

Er betrachtete sie eingehend. "Ist es ernst?"

Der Streit mit Andrew nach dem Besuch der Trinkhalle? Vermutlich nicht. Aber was Mr. Hadley an diesem Morgen zu ihr gesagt hatte – oh ja, das war durchaus ernst. Seine Worte hallten in ihren Ohren nach. Und hier war sie und ging alleine mit Darcy, während Andrew mit Mary und Georgiana lachte. Und sie war auch noch froh darüber.

"Nein, wir gehen nur unterschiedlich an die Sache heran." Dabei sollte sie es belassen. Das wusste sie. Aber sie wollte es ihm unbedingt sagen, um zu wissen, ob sie mit ihrer Einschätzung, dass er ihre Ansichten teilen würde, richtig lag. "Wie sich herausstellte, weilt Mr. Hadley gerade in Bath. Andrew hat ihn gestern in der Trinkhalle geschnitten, was er zuvor auch schon einmal getan hatte. Andrew ist mir gram, weil ich mit Mr. Hadley gesprochen habe, obwohl ich wusste, dass er das nicht wollte."

Darcy beobachtete sie genau. "Ihn zu schneiden lenkt nur die Aufmerksamkeit auf diese Geschichte und wir wollen doch eher, dass alle es vergessen."

Ein Rinnsal der Erleichterung schlängelte sich durch sie hindurch. "Das war auch mein Standpunkt."

"Soll ich mit Drew darüber sprechen?"

"Nein! Ich bitte dich, tu es nicht. Ich hätte es dir gar nicht sagen sollen."

Sein Mund arbeitete. "Dann werde ich es auch nicht tun. Aber ich würde mir wünschen, dass du mir immer alles sagen kannst." Seine Stimme war tief und kam von Herzen.

Hitze brannte in ihrer Brust. Sie wusste, was er damit sagte, und ihr Herz zog sich zusammen und ihre Haut schmerzte von dem Wunsch, ihn zu berühren. Aber sie gehörte seinem Bruder.

Was würde Darcy sagen, wenn er wüsste, dass Mr. Hadley ihr geraten hatte, ihre Verlobung seinetwegen zu lösen? Oder wie sehr sie die Aussicht darauf reizte, so töricht das auch sein mochte?

Nein. Er war genau die eine Person, der sie niemals davon erzählen konnte, weil er unvernünftig genug sein könnte zu denken, sie hätten eine Zukunft miteinander und das war unmöglich. Diese Option hatte sich an dem Tag in Luft aufgelöst, als sie Andrews Antrag angenommen hatte. Ein Gentleman von Darcys Rang konnte niemals eine Frau heiraten, die eine Verlobung gelöst hatte, und ganz besonders keine, die seinen Bruder verschmäht hatte. Das war die Realität. Für sie gab es kein gutes Ende.

Entschlossen sagte sie: "Andrew ist mit meiner Meinung unzufrieden und ich möchte nicht der Grund für einen Konflikt zwischen euch beiden sein, ganz besonders, da du so bald schon nach Südamerika aufbrichst. Er schätzt deine gute Meinung mehr als dir vielleicht bewusst ist."

"Er war in letzter Zeit entspannter im Umgang mit mir", gab Darcy zu und fügte dann mit leiser, intensiver Stimme hinzu: "*Du* weißt, weshalb ich gehen muss."

Sie blinzelte heftig und kämpfte gegen die plötzlich aufsteigenden Tränen an. Sie hatte es natürlich gewusst, es ihn sagen zu hören war jedoch noch einmal etwas ganz anderes. "Ich kann dir nicht sagen, wie leid es mir tut, dass du dein Zuhause verlassen musst, um zu vermeiden ..." Sie konnte sich nicht dazu bringen, den Satz zu beenden.

"Das ist es nicht allein. Es ist meine Pflicht meiner Familie gegenüber. Drew muss sich damit anfreunden, die Verantwortung für Pemberley zu übernehmen, und das wird er nur in meiner Abwesenheit tun. Ihr beide braucht Zeit miteinander alleine, ohne dass ich auch anwesend bin. Mein Vater hatte seine Fehler, aber er lehrte mich, dass meine Verantwortung für meine Familie an erster Stelle steht. Er hat Drew vielleicht nie als Teil unserer Familie angesehen, ich allerdings schon."

"Trotzdem zahlst du damit, drei Jahre weg zu sein, einen hohen Preis." Zweifellos würde es ihr das Leben leichter machen, aber sie würde ihn furchtbar vermissen.

Er leugnete es nicht. "Ich habe auch etwas davon. Ich werde die Tropen mit eigenen Augen sehen, neue Pflanzen und Tiere kennenlernen, wissenschaftliche Erkenntnisse gewinnen, meinen Horizont erweitern."

Gelbfieber, Malaria, und er riskierte sein Leben durch Krankheiten oder Unfälle. Was, wenn er dort starb und sie ihn nie wiedersah? Schmerz erfüllte ihre Brust und stahl die Worte aus ihrer Kehle. Schließlich fragte sie: "Was wird in deiner Abwesenheit mit deiner Pflanzensammlung geschehen?"

"Ich habe einen Botaniker engagiert, der sich auf tropische Pflanzen versteht und sich um sie kümmert." Mit einem kleinen, reumütigen Lächeln fügte er hinzu: "Vielleicht wärst du so freundlich, gelegentlich nach der Orangerie zu sehen, da du meinen Dschungel so sehr genießt."

"Wenn das dein Wunsch ist, werde ich es gerne tun." Selbst als sie es sagte, stieg ein Bild in ihrem Kopf auf und sie konnte sehen, wie es sein würde. Es würde darin enden, dass sie, wann immer sie es wagte, versuchen würde, dem Pfarrhaus zu entkommen, um sich zwischen den tropischen Pflanzen zu verstecken und von Darcy zu träumen. Sie würde

284

# DER PREIS DES STOLZES

Andrew körperlich treu bleiben, aber in ihrer Seele nicht, selbst wenn Darcy sich auf der anderen Seite der Welt befand. Was würde geschehen, wenn er endlich zurückkam? Wäre es so wie jetzt, wo sie sich über Andrews Einschränkungen ärgerte und sich nur dann wirklich lebendig fühlte, wenn sie bei Darcy war?

Andrews Lachen wehte zu ihnen hinüber, obwohl die drei ihnen weit voraus waren. Mit Elizabeth lachte er selten so ausgelassen. Mary mochte die unscheinbarere Schwester sein, aber sie weckte Andrews Zärtlichkeit und brachte ihn zum Lachen. Andrew mochte in Derbyshire vielleicht den Wunsch gehegt haben, Elizabeth zu heiraten, als er dachte, dass es an der Zeit war, sich eine Frau zu suchen, die nicht von dort stammte, weil sie besser zu ihm passen würde. Würde er jedoch heute vor die Wahl gestellt werden, würde er sich möglicherweise für eine andere Bennet-Schwester entscheiden, eine, die seine Interessen teilte und ihn verehrte, wie Elizabeth es niemals könnte? Nein, sie tat Andrew keinen Gefallen, indem sie ihn an ein Eheversprechen band, dem er entwachsen war. Er wäre glücklicher mit einer Frau, die seine Meinung nie infrage stellte und sich nichts Schöneres im Leben vorstellen konnte, als die Frau eines Geistlichen zu sein. Stattdessen würde er sich bis an sein Lebensende mit Elizabeth streiten, niemals ganz zufrieden sein, sich das aber nicht eingestehen wollen, während Darcy, der sie beide liebte, schon bei ihrem bloßen Anblick leiden würde und ihre Kinder als seine Erben einsetzte, da er selbst niemals leibliche Kinder haben würde. Bis an ihr Lebensende.

Mr. Hadley hatte recht. Es wäre besser, allein zu sein, als ständig eine Lüge zu leben und hilflos mitansehen zu müssen, welchen Schmerz ihre Anwesenheit auslöste. Dieses Opfer konnte sie nicht bringen, selbst wenn ihre Familie darunter litt.

Und vielleicht – vielleicht könnte sich Andrew dazu überreden lassen, Mary an ihrer Stelle zu nehmen, dann wäre der Ruf ihrer Familie gerettet, oder zumindest nicht gar so schlimm geschädigt.

"Was ist denn? Stimmt irgendetwas nicht?", fragte Darcy und unterbrach ihr Gedankenspiel.

Abrupt kehrte sie zu sich zurück und stellte fest, dass sie plötzlich stehen geblieben war. Sie machte einen Schritt und dann noch einen in einem Körper, der auf neue Weise zu erwachen schien, und sagte: "Nein, überhaupt nichts. Mir ist nur ein Gedanke gekommen." Sogar ihre Stimme klang kräftiger, als sich das Gewicht ihrer Verlobung von ihren Schultern hob.

Ja. Sie tat das Richtige. Sie hatte keine Ahnung, was sie tun und schon gar nicht, wie sie sich in der Welt zurechtfinden würde, aber sie würde Andrew nicht heiraten. Zum ersten Mal seit Wochen fühlte sie sich frei.

BENOMMEN LIEF SIE WEITER und ging auf den Fußwegen neben Darcy her, war sich seiner mehr als bewusst und befand sich gleichzeitig in ihrer eigenen Welt, als sie versuchte, sich ihre Zukunft auszumalen. Flüchtig bewunderte sie die Aussicht von verschiedenen Stellen aus und das Denkmal auf dem Schlachtfeld. Doch sobald es Zeit war, zur Kutsche zurückzukehren, wusste sie, dass es ebenso an der Zeit war, Pläne zu schmieden.

Es war eine Sache, sich zu entscheiden, ihre Verlobung zu lösen. Wie und wann sie dies tun würde, war eine ganz andere Frage, insbesondere, wenn sie und Mary Gäste bei Andrews Familie und weit von zu Hause weg waren. Bei ihnen zu bleiben, nachdem sie Andrew zurückgewiesen hatte, würde sich äußerst unangenehm gestalten, es wäre also das Beste, wenn sie hinterher unmittelbar aufbrächen.

Sie riskierte einen Blick auf Mr. Darcy. Ja, es wäre gar nicht gut, ihn danach wiederzusehen. Er könnte denken, dass sie es auf einen weiteren Antrag von ihm abgesehen hatte, selbst wenn das unmöglich war. Ihr Abschied von Andrew müsste auch ihr letzter Abschied von Mr. Darcy sein. Aber, oh, das würde wehtun, sein Gesicht nie wiederzusehen, nie wieder diese lebensnotwendige Verbindung zu spüren, nach der sie sich so sehr sehnte. Sie würde niemals erfahren, was aus ihm geworden war, niemals wissen, ob er und Andrew es geschafft hatten, ihre Beziehung aufrechtzuerhalten, und niemals miterleben, wie Georgiana sich zur Frau entwickelte.

Lady Frederica und Mr. Farleigh holten sie vor der Kutsche ein. Das Gesicht ihrer Ladyschaft leuchtete vor Freude und sie sagte: "Darcy, Evan hat mir erzählt, dass seine Familie am Dienstag hier sein wird, also dachte ich mir, wir dinieren am Mittwoch mit der Familie und die Hochzeit findet dann am Donnerstag statt. Wäre dir das recht?"

Er schenkte ihrem Enthusiasmus ein schwaches Lächeln. "Ich habe keine festen Verpflichtungen."

"Großartig! Ich kann nicht glauben, dass es nach all dieser Zeit wirklich geschieht. Evan, wirst du die Vorkehrungen in der Abtei treffen?"

Er verneigte sich. "Sehr gern. Die Lizenz habe ich bereits. Das wird der glücklichste Tag meines Lebens werden."

Elizabeth beobachtete ihre Unterhaltung und das Atmen fiel ihr schwer. Diesen Moment würde sie niemals erleben, und mit ihrer frisch getroffenen Entscheidung wäre sie nicht mal mehr zu ihrer Hochzeit anwesend.

Oder war das Lady Frederica gegenüber ungerecht? Ihre Verlobung mit Andrew nur Tage vor der Vermählung zu lösen, würde sicherlich einen Schatten über dieses Ereignis werfen und dem Skandal möglicherweise eine ganz neue Dynamik verleihen, wo doch die Angelegenheit ohnehin schon unter keinem guten Stern stand. Wäre es nicht freundlicher, bis nach Lady Fredericas Feierlichkeiten zu warten, um ihre Verlobung aufzugeben? Immerhin handelte es sich nur um ein paar Tage.

Und sie würde sich damit einen wohltuenden Aufschub gönnen. Noch ein paar Tage mehr, bevor sie sich für immer von Darcy verabschieden musste.

Vor sich hörte sie Mary lachen. Ja, und noch ein paar Tage für Mary in dieser Gesellschaft, die ihr so guttat. Und vielleicht reichte das ja aus, um Andrew und Mary ein glückliches Ende zu ermöglichen.

# Kapitel 28

Zurück in Lady Margarets Stadthaus entschied sich Elizabeth, in der Nähe der anderen Damen zu bleiben, anstatt sich zu Andrew zu setzen. Wenn sie noch warten musste, um die Verlobung zu lösen, wäre es einfacher, wenn sie Andrew so oft wie möglich aus dem Weg gehen würde. Außerdem lenkte es sie ab, Georgianas fröhlichem Geplauder über ihr Debut zuzuhören, bis zu dem nur noch ein Jahr vergehen würde. Lady Frederica hatte zugestimmt, das Mädchen zu unterstützen, daher wurden viele Pläne für neue Kleider, Bälle, venezianische Frühstücke und ihre Vorstellung bei Hofe geschmiedet. Das war meilenweit von Elizabeths eigenem Debut entfernt, das aus nichts weiter bestanden hatte, als der Verkündung ihrer Mutter, sie sei nun alt genug, um an den öffentlichen Tanzveranstaltungen in Meryton teilzunehmen. Doch dieser Umstand erinnerte sie gerade zur rechten Zeit daran, dass zwischen ihr und den Darcys von Pemberley Welten lagen.

Sie bemerkte kaum, als Andrew sich für ein paar Minuten entschuldigte, aber bei seiner Rückkehr runzelte er die Stirn und bat darum, unter vier Augen mit ihr zu sprechen. Nervös erhob sie sich und folgte ihm in einen kleinen Vorraum. Sicherlich konnte er nicht erraten haben, woran sie gerade gedacht hatte! Aber ihr schlechtes Gewissen führte dazu, dass sie sich diese Gedanken machte. "Stimmt irgendetwas nicht?", fragte sie ihn.

Er betrachtete sie einen Moment lang schweigend. Oh ja, etwas beunruhigte ihn. "Ich habe gerade mit Myrtilla gesprochen, weil ich möchte, dass mindestens zwei Dienstmädchen dich begleiten, selbst wenn du darauf bestehst, alleine spazieren gehen zu wollen. Weißt du, was sie mir erzählt hat?"

Oje. Ihre andere große Sünde des Tages hatte sie schon beinahe wieder vergessen. Vielleicht war es jedoch das Beste, es aufs Tapet zu bringen. Sie schuldete ihm die Wahrheit über das Treffen mit Mr. Hadley, und vielleicht, vielleicht, könnte sich etwas Gutes daraus entwickeln. Nun, da sie sich keine Sorgen mehr darüber zu machen brauchte, dass Andrew weiterhin gut über sie dachte, könnte sie ein paar Risiken eingehen, die es wohl wert waren. Um seinetwillen und um Darcys willen. "Ich nehme an, sie hat dir gesagt, dass ich Mr. Hadley getroffen habe. Ich hatte vor, dir das selbst mitzuteilen, wenn sich die Gelegenheit ergeben sollte."

Er verzog sein Gesicht zu einer Grimasse. "Sie sagte, du hättest dich mit einem Mann mit Bart getroffen und ausführlich mit ihm gesprochen."

Sie hob das Kinn. "Das stimmt, wenngleich ich mir denken kann, dass du nicht glücklich darüber bist. Du möchtest, dass ich ihm aus dem Weg gehe, das weiß ich, aber es gab Fragen, auf die ich eine Antwort haben wollte. Außerdem möchte ich dir sagen, was ich erfahren habe."

Er stieß scharf die Luft hervor. "Als ob ich irgendetwas von dem glauben könnte, was dieser Mann sagt!"

"Es ist schwer zu beurteilen, ob man einem Mann glauben soll, mit dem man noch nie gesprochen hat, aber da ich es nun getan habe, halte ich ihn für aufrichtig. Jedenfalls hat er mir gegenüber seine Fehler zugegeben. Darf ich dir erzählen, was er gesagt hat?"

"Ich nehme an, du wirst es mir sagen, ob ich nun damit einverstanden bin oder nicht", brummelte er.

"Nein, wenn es dir lieber ist, dann sage ich nichts."

Er bedachte sie mit einem finsteren Blick, drehte sich dann um und starrte aus dem Fenster. "Du kannst es mir sagen, wenn du es dir so sehr wünschst", sagte er widerstrebend.

Sie lächelte fast über diese widerwillige Anerkennung seiner eigenen Neugier. Schnell wiederholte sie den Kern ihres Gesprächs mit Mr. Hadley und ließ nur die Teile weg, die ihre eigenen Gefühle betrafen.

Als sie schließlich zum Ende gekommen war, sagte er schroff und weiterhin ohne sie anzusehen: "Was noch?"

"Das ist alles, aber er hat angeboten, sich direkt mit dir zu treffen, falls du Fragen an ihn hast oder ihn aus einem anderen Grund sehen möchtest."

Seine Hände ballten sich an beiden Seiten seines Körpers zu Fäusten. "Nein. Ich werde nicht mit ihm sprechen."

Vor ein paar Tagen hätte sie es vielleicht dabei belassen, aber nun hatte sie nichts mehr zu verlieren. "Das ist natürlich deine Entscheidung. Ich wundere mich nur über deine Annahmen. Eines der Dinge, die ich am meisten an dir bewundere, ist dein Wunsch, jedem eine Stimme zu geben, sei er nun Diener oder Sklave. Jedem, außer diesem einen Mann. Du glaubst an Vergebung und dass man auch die andere Wange hinhalten soll, aber nicht für diesen Mann. Ja, er hat gesündigt und du hattest deshalb zu leiden – wenngleich er selbst nicht die Quelle deines Leidens war. Auf mich wirkt es so, als würdest du ihn für die Sünden des Gatten deiner Mutter verantwortlich machen und wenn du das tust, dann folgst du deinen eigenen Grundsätzen nicht."

Er versteifte sich. "Ich glaube, ich kann meine eigenen Grundsätze am besten beurteilen, vielen Dank."

Sie war zu weit gegangen. "Natürlich kannst du das. Aber darf ich dich bitten, dir etwas anderes durch den Kopf gehen zu lassen? Welchen Rat würdest du einem anderen in dieser Lage geben, jemandem, der eine ungewollte Verbindung zu einem Mann hat, der vor langer Zeit eine Sünde begangen hat, sich aber seitdem bemüht, ein aufrechtes Leben zu führen?"

Seine Schultern senkten sich und er sah weg. "Ich habe nur dein Wort, dass er nicht weiter gesündigt hat", grummelte er.

Sie spürte Schwäche und ging noch einen Schritt weiter. "Stimmt, und ich weiß auch nur, was er gesagt hat, was noch kein Beweis ist. Reicht es dennoch aus, ein einziges Gespräch zu rechtfertigen, damit du seine Reue selbst beurteilen kannst? Hinterher könntest du dich immer noch entscheiden, die Bekanntschaft nicht weiter fortzusetzen."

Er rieb seine Hand mit gesenktem Kopf über den Kaminsims. "Nur Gott kann ihn richten, nicht ich", sagte er mit erstickter Stimme.

Ihr stockte der Atem. Hatte sie ihn völlig missverstanden? Sie drückte ihre Finger an die Stirn, alle ihre Annahmen stellten sich auf den Kopf. Andrew *wollte* seinen Vater treffen, sehnte sich wahrscheinlich danach, ihn zu treffen und seine Liebe zu empfangen, glaubte aber, er sollte es sich selbst verweigern, dass er den Mann verachten sollte. Und Elizabeth überredete ihn nicht, sondern führte ihn in Versuchung. Sie sagte vorsichtig: "Es ist sicherlich deine Entscheidung, und ich werde dich nicht weiter drängen. Ich sagte ihm bereits, dass du einem Treffen wahrscheinlich nicht zustimmen würdest. Er wird enttäuscht, aber nicht überrascht sein, wenn er nichts von mir hört."

Andrews Gesicht verzog sich. "Also gut. Ich werde ihn dieses eine Mal treffen, aber mehr kann ich nicht versprechen."

Sie lächelte. "Ich danke dir."

Er hob die Hand. "Eines noch. Ich möchte, dass Fitzwilliam uns begleitet."

Überrascht fragte sie: "Dein Bruder?"

"Ja. Ich werde das nicht hinter seinem Rücken tun."

"Ein guter Gedanke." Sie bemühte sich, ihre Freude zu verbergen. Zumindest schien Andrews Bindung zu Darcy zu wachsen. Eines Tages würde es für sie ein Trost sein, zu wissen, dass sie zumindest dabei geholfen hatte, ihre Wunden zu heilen.

"DU WILLST, DASS ICH mit dir komme?" Darcy blinzelte erstaunt und sah von Andrew zu Elizabeth und zurück. Das war offensichtlich ihre Idee. "Ich kenne Hadley kaum." Und wenn er ehrlich mit sich war, hegte er auch nicht den übermäßigen Wunsch, sich mit dem Geliebten seiner Mutter zu treffen. Allein schon beim Gedanken daran juckte seine Haut.

"Du bist mein Bruder und das steht über jedem Anspruch, den er auf mich hat. Und ich möchte bei diesem Treffen unmissverständlich klarmachen, dass ich meine Verbindung zu den Darcys nicht verleugnen werde."

Darcy drehte den Siegelring an seinem kleinen Finger. "Wenn es dein Wunsch ist, dass ich mich dir anschließe, dann fühle ich mich geehrt, das zu tun. Ich muss zugeben, dass ich den Zweck dieses Treffens nicht vollkommen verstehe, aber ich werde mein Bestes geben, um dich zu unterstützen." Weil Elizabeth wollte, dass es geschah.

Andrew verzog den Mund. "Elizabeth glaubt, dass ich eine Verbindung zu ihm haben sollte."

"Ich weiß nicht, ob es eine Verbindung geben sollte", sagte sie schnell. "Ich möchte nur nicht, dass ein einsamer, trauriger alter Herr – der noch dazu der Cousin eurer Mutter ist – wie ein Aussätziger behandelt wird."

Darcy nickte. "Einen höflichen Umgang mit ihm zu pflegen, könnte von Vorteil sein, wenn er dazu bereit ist."

"Oh, er ist bereit", sagte Elizabeth, ohne darüber nachzudenken. "Er sehnt sich verzweifelt nicht nur nach jedem Detail über Andrew, von seinen Vorlieben beim Lesen bis hin zu seiner Lieblingsmarmelade, sondern auch nach einer Verbindung zu Lady Annes Kindern. Er gedenkt ihrer noch immer in Liebe."

Andrew rieb sich mit dem Daumenballen über die Stirn, als ob er Schmerzen hätte. Darcy hoffte, Elizabeth wusste, was sie tat. Aber er musste darauf vertrauen, dass sie Andrew besser kannte und er würde Hadley treffen, auch wenn sein Magen bei dem Gedanken rebellierte.

DAS TREFFEN MIT MR. Hadley war auf dem neutralen Grund der Sydney Gardens vereinbart worden. Darcy fragte sich, wessen Vorschlag es gewesen war, Elizabeths, Andrews, oder Mr. Hadleys, und wie Elizabeth den anderen erklärt hatte, warum sie allein mit Andrew und Darcy ausgehen musste.

Es war einige Jahre her, dass Darcy die Gärten besucht hatte, erinnerte er sich wieder, als sie durch das Sydney Hotel zu deren Eingang gingen. Als er ihre Eintrittskarten für den Vergnügungsgarten kaufte, entdeckte er Mr. Hadley, der direkt vor der Teestube des Hotels auf sie wartete. Gütiger Gott, der Mann sah aus wie Drew, ob nun mit oder ohne Vollbart.

"Oh, lasst uns Tee trinken, ehe wir in die Gärten gehen", sagte Elizabeth fröhlich. "Ich fühle mich nach unserem Spaziergang hierher völlig ausgetrocknet."

Darcy wusste genau, dass Elizabeth an viel längere Spaziergänge als den heutigen gewöhnt war, der sie zu den Gärten gebracht hatte, aber er würde ihrem Urteilsvermögen vertrauen. Wenn sie dachte, dass sich auf einen Tee hinzusetzen besser als laufen war, dann würden sie das tun. Es war offensichtlich, dass Drew nervös war; Darcy hatte ihn seit seinen ersten

Besuchen in Pemberley nicht mehr so steif gesehen. "Tee wäre genau das Richtige", sagte er.

Elizabeth warf ihm einen dankbaren Blick zu und Darcy folgte dem fast unmerklichen Nicken ihres Kopfes, das andeutete, dass er sich ihr gegenübersetzen sollte, damit Drew und Hadley nicht nebeneinander sein würden.

Sie verwickelte sie in ein oberflächliches, leutseliges Gespräch, teilte ihnen mit, was sie von Bath hielt und fragte Mr. Hadley nach seinen Lieblingsorten der Stadt. Ob er eine Kirche gefunden habe, die er für Sonntagsgottesdienste empfehlen könne, da die nächstgelegene zu ihren Unterkünften für ihren Geschmack zu traditionalistisch schien?

Darcy konnte nur bewundern, wie sie Hadley die Möglichkeit eröffnete, mit seinem Wissen über nonkonformistische Priester zu glänzen, bevor sie das Gesprächsthema auf sein Haus in London und seine Arbeit als Strafverteidiger verlagerte.

Drew saß steif und hölzern da und rührte seinen Tee kaum an, obwohl Elizabeth versuchte, ihn aus seinem Schneckenhaus zu locken. Darcy tat sein Bestes, um die Lücken zu schließen, und endlich kam ihm, Hadley nach ihren gemeinsamen Verwandten aus der Fitzwilliam-Familie zu fragen.

Hadley sagte: "Ich war überrascht, Lady Frederica hier zu sehen. Dass Bath ihrem Geschmack entspricht, hätte ich nicht gedacht."

"Tut es auch nicht", sagte Drew abrupt. "Sie wollte von ihrem Vater weg und hierher hat er ihr erlaubt zu reisen."

"Sie meidet Matlock also? Weises Mädchen", sagte Hadley.

"Er ist *Ihr* Cousin", entgegnete Andrew mit einem Stirnrunzeln.

Hadleys Lippen pressten sich aufeinander, was seine Ähnlichkeit mit Andrew noch verstärkte. "Matlock und ich gehen auch zum selben Schneider. Ich glaube, damit haben wir jedoch die Liste all unsere Gemeinsamkeiten bereits erschöpft."

Die Linien um Drews Augen entspannten sich ein wenig. "Er hat mich vor Jahren wegen meiner Arbeit mit Wilberforce verstoßen. Nannte mich einen Verräter an der Familie."

Ein Anflug von Wut huschte über Hadleys Gesicht. "Das tut mir leid, wenngleich ich nichts Besseres von ihm erwartet habe. Schon als Junge machten ihn Abolitionisten wütend. Er konnte die Schuld nicht ertragen. Einst war das ein Streitpunkt zwischen deiner Mutter und ihm."

Drew sah plötzlich interessiert aus. "Meine Mutter hat sich mit ihm wegen der Sklaverei gestritten?"

"Nur ein paar Mal. Er tolerierte keinen Widerspruch und sie wurde dafür bestraft. Danach hielt sie ihre Überzeugungen vor ihm verborgen, hat aber einen großen Teil ihrer Apanage für abolitionistische Zwecke gestiftet. Es war ihr auch verboten, mich zu sehen, da Matlock – durchaus zurecht, wie ich hinzufügen möchte – glaubte, mein Einfluss habe sie diesem inakzeptablen Gedankengut ausgesetzt."

Elizabeth fragte: "Dann waren Sie also schon in jungen Jahren an einer Abschaffung des Sklavenhandels interessiert?"

"Es war meinem Vater ein großes Anliegen und mein Kindermädchen, das ich sehr liebte, war eine befreite Sklavin, deshalb kam es mir ganz natürlich vor. Im Gegensatz zu Lady Anne wurde ich für meine Überzeugungen nie bestraft."

Darcy sagte: "Es ist leicht, gegen die Sklaverei zu sein, aber es braucht eine ganz besonders mutige Seele, um diese Überzeugungen in einer Familie offen zu vertreten, deren Vermögen vom Handel abhängt. Ich bin froh zu wissen, dass meine Mutter, wie Drew ebenfalls, mutig genug war, dieses Risiko einzugehen." Und er musste zugeben, dass es nicht leicht war, Hadley nicht zu mögen, ganz gleich, was er in der Vergangenheit getan hatte.

Drew errötete vor Stolz und Elizabeth lächelte. Es war genug.

NACHDEM SIE IHREN TEE beendet hatten, ging die Gruppe die breite Allee entlang, die den Vergnügungsgarten in zwei Hälften teilte. Drew und Mr. Hadley waren in ein Gespräch über Abolitionismus vertieft, zu dem Elizabeth und Darcy nur selten etwas beitrugen. Das passte Darcy ganz gut, zumal die beiden anderen Männer ein wenig zurückfielen. Hier, wenn er mit Elizabeth spazieren ging, konnte er sich vorgaukeln, sie wären allein.

Oder auch nicht.

"Das scheint gut zu laufen", sagte sie leise. "Vor allem, wenn man bedenkt, wie sehr ich Andrew dazu drängen musste, hier zu erscheinen."

"Das hast du getan?"

"Ja, ich gestehe es." Sie faltete die Hände hinter ihrem Rücken. "Ich ziehe es vor, mich der Wahrheit zu stellen, anstatt mich davor zu verstecken."

Er wusste nicht, was er dazu sagen sollte. Sie kannte seine Wahrheit.

Sie erhöhte ihr Tempo und er machte größere Schritte, um mit ihr mitzuhalten. Dann deutete sie auf die Laternen am Wegesrand und sagte: "Das muss sehr schön aussehen, wenn sie abends leuchten."

"Das ist es, wenngleich nicht für vertrauliche Gespräche geeignet. Hier kann es ziemlich voll werden. Gibt es etwas, das du gerne sehen würdest, während du hier bist? Das Labyrinth ist dort drüben und hat einige hübsche Grotten zu bieten."

Elizabeth beschattete ihre Augen. "Nicht heute, denke ich. Während ich Labyrinthe im Allgemeinen mag, habe ich unlängst zu viel Zeit damit verbracht, den Weg aus dem Labyrinth meiner Gedanken zu finden, um es genießen zu können, mich in einem realen zu befinden."

Sein Herz begann zu pochen. Sie musste es ebenfalls fühlen, sich ebenso verloren wie er fühlen, keinen Ausweg sehen und immer wieder um die falsche Ecke zu biegen, nur um sich in einer Sackgasse wiederzufinden. Sie verstand. Aber sie heiratete dennoch Andrew.

Und er musste sich wie ein ehrenwerter Gentleman benehmen, auch wenn er nichts weiter wollte, als in ihre schönen Augen zu schauen. Worüber hatten sie gesprochen? Oh ja, die Gärten. "Vielleicht dann die Zierbrücken über den neuen Kanal. Sie sind pittoresk."

Sie senkte den Kopf. "Die würde ich gerne sehen."

Nachdem sie Rücksprache mit Drew und Hadley gehalten hatten, führte Darcy sie in einen Seitenweg, der auf den Kanal zu und an Blumenbeeten und Gebüschen vorbeiführte. Er warf Elizabeth einen Blick zu, aber die Krempe ihres Hutes schirmte ihr Gesicht vor ihm ab. Durch eine Lücke zwischen den Bäumen erhaschten sie den ersten Blick auf das Wasser und da war sie auch schon, die anmutig geschwungene Brücke, die über den Kanal führte. Sie schlenderten zum höchsten Punkt des Bogens, wo sich Elizabeth umwandte und ihre Hände auf das schmiedeeiserne

Geländer legte. Unter ihnen bewegten sich Kähne langsam vorwärts, die von einem Pferd auf dem Treidelpfad gezogen wurden.

Elizabeth seufzte. "Man möchte kaum glauben, dass wir uns hier mitten in der Stadt befinden."

"Oder dass der Kanal so neu ist. Es sieht so aus, als wäre er schon immer hier gewesen und kein modernes Wunder, das sich durch ganz England zieht."

Ein Kahnführer auf einem schmalen Boot nahm seine Mütze ab und nickte Elizabeth bewundernd zu, brachte sie zum Lächeln und sie hob eine Hand zum Gruß.

"In der Tat", sagte sie zu Darcy. "Es muss eine aufregende Reise sein, den ganzen Weg durch England zu machen, ohne das Wasser zu verlassen, obwohl es wohl nichts im Vergleich zu der Reise ist, die du bald unternehmen wirst." In ihrer Stimme lag eine gewisse Wehmut.

Er schaute sich um, aber Drew und Hadley waren nirgends zu sehen. "Unsere Freunde scheinen verschwunden zu sein."

Sie lächelte. "Sie haben sich vor einiger Zeit auf eine Bank gesetzt. Ich denke, wir waren ein wenig *de trop*, aber genau das hatte ich mir gewünscht."

"Du klingst zufrieden."

Sie überlegte. "Ich mag mich irren, aber ich glaube, Mr. Hadley ist ein guter Mann und dass Andrew davon profitieren kann, ihn besser zu kennen. Er scheint jetzt zufriedener zu sein, und ich frage mich, wie viel das mit dem Brief eurer Mutter zu tun hat."

"Ich stimme zu, dass er mehr in sich zu ruhen scheint", gab Darcy zu. Dann, weil er einfach gar nicht anders konnte, fügte er hinzu: "Und du? Du wirkst auch verändert, als ob sich für dich ebenfalls etwas gewandelt hätte."

Sie zuckte zusammen, warf ihm einen beinahe verängstigten Blick zu und lächelte dann reumütig. "Ich habe wohl meinen eigenen Frieden gefunden. Mir ist klargeworden, dass manche Schlachten es nicht wert sind, geschlagen zu werden und dass ich gewisse Wahrheiten akzeptieren muss. Das hat etwas Befreiendes an sich."

"Welche Wahrheiten sind das?" Er hatte kein Recht, das zu fragen, aber er zitterte, so sehr verspürte er das Bedürfnis, es zu wissen.

## DER PREIS DES STOLZES

Sie schlang die Finger um das Geländer und blickte ins dunkle Wasser hinunter. "Dass du drei Jahre weg sein wirst und wenn du zurückkommst, wirst du ein anderer Mensch sein, einer, der eine neue Welt erforscht hat und sich in der Gesellschaft von Naturforschern bewegt hat und nicht im *ton*. Ich werde auch eine andere Person sein, mit drei Jahren Erfahrung damit, ... nun, das spielt keine Rolle. Du wirst diese Erfahrungen nicht geteilt haben. Wir werden einander fremd sein."

Es tat weh, sie das sagen zu hören, auch wenn er genau deshalb beschlossen hatte, wegzugehen. "Und das gibt dir Frieden?" Ein bitterer Geschmack lag in seinem Mund.

"Nein. Es gibt mir Freiheit. " Jetzt sah sie zu ihm auf, ihre Augen waren tief genug, um darin zu versinken. "Die Freiheit, mich fühlen zu lassen, was ich fühle, anstatt zu versuchen, jede Minute dagegen anzukämpfen. Die Freiheit, für diese kurze Zeit hier in Bath in der Gegenwart zu leben, mit Ehrlichkeit in meinem Herzen. Denn ich weiß, dass es bei der Rückkehr von deiner Expedition keine Rolle mehr spielen wird. Das hat mir Frieden gegeben."

Sein Herz füllte seine Kehle. Konnte er seinen Ohren trauen oder täuschte er sich, und hörte nur, was er sich wünschte? Ohne nachzudenken bewegte sich seine Hand, und legte sich auf ihre, die auf dem Geländer lag. Und dann umfingen ihre Finger seine.

Es war wie ein Wunder. Ein stilles Wunder, das ihn mit Gefühlen überflutete und die ganze Welt verblassen ließ, bis auf die wenigen Zentimeter Haut, auf denen er den Druck ihrer Hand durch die Handschuhe spüren konnte, die sie beide trugen. Es war erschreckend intim, als wäre er vor ihr vollkommen entblößt.

Oh Gott, Elizabeth!

Selbst wenn sie Andrew heiratete, würde dieser Moment immer noch ihm gehören. Dieser kurze Moment, in dem sie ihn in ihrem Herzen hielt.

"Da seid ihr ja!" Es war Drews Stimme, die sowohl erfreut als auch energiegeladen klang. Hadley stand neben ihm.

Darcy wollte ihre Hand umklammern, wollte Drew sagen, dass Elizabeth zu ihm gehörte, aber stattdessen hob er mit unendlichem Bedauern seine Hand und spürte den schmerzhaften Verlust von etwas Kostbarem. Aber wie ein Magnet zog sie ihn an und überwand jegliche

Willenskraft, also schob er seine Hand ganz nah an ihre heran, bis er den Druck ihres kleinen Fingers an seiner spüren konnte. Es sah unschuldig aus, aber selbst diese leichte Berührung ließ Verlangen durch ihn hindurchströmen.

Neben ihm schloss Elizabeth die Augen, ihre Wangen waren gerötet. Aber sie sagte: "Ja, wir sind hier. Ich glaube, dieser Kahnführer auf dem schmalen Boot hat mir schöne Augen gemacht." Sie bewegte ihre Hand jedoch nicht.

"Wie konnte er es wagen!" Aber Drew sagte es mit neckender Stimme. "Ich nehme an, er konnte dir nicht widerstehen."

Darcy konnte Elizabeth ganz bestimmt nicht widerstehen.

Drew schob sich neben ihn und sagte leise: "Glaubst du, wir könnten Hadley und seine Schwester einladen, mit uns zu dinieren? Er sagt, sie würde mich gerne richtig kennenlernen."

Seine Pflicht gegenüber seiner Familie musste an erster Stelle stehen. Irgendwie brachte er es fertig, sich einen Schritt von Elizabeth zu entfernen. "Hadley, es war mir eine Freude, Sie besser kennenzulernen. Darf ich zu hoffen wagen, dass Sie und Ihre Schwester mit uns im York House dinieren werden?"

Hadley wurde rot und strahlte. "Darüber würden wir uns ganz besonders freuen. Ganz besonders. Ich danke Ihnen."

Elizabeth stupste Darcy mit ihrem Ellbogen an. Er blickte fragend auf sie hinunter und sah ihren besorgten Blick. Was war falsch daran? Hatte sie sich nicht gewünscht, dass Drew Hadley besser kennenlernte?

Sie hustete. "Da gibt es noch eine Kleinigkeit. Wenn Sie mit uns speisen, werden Sie höchstwahrscheinlich feststellen, mit welchem Hintergedanken wir hier nach Bath gereist sind, doch das muss für den Moment noch ein Geheimnis bleiben. Es ist von größter Wichtigkeit, dass Lord Matlock keinen Wind von unseren Plänen bekommt."

Frederica. Er hatte Frederica ganz vergessen. Ihr ursprünglicher Plan, im York House statt bei Lady Margaret zu speisen, war geschmiedet worden, damit Farleigh sich ihnen anschließen konnte.

"Ich habe kein Problem damit, Geheimnisse vor Matlock zu haben, worum auch immer es sich handeln mag", sagte Hadley.

Mit einem schelmischen Lächeln trat Elizabeth vor und flüsterte dem alten Herrn etwas ins Ohr.

Ein grimmiger Ausdruck trübte sein Gesicht. "Ihr könnt euch auf mich verlassen. Matlock hat unsere Flucht vereitelt und Lady Anne zu einem Leben im Unglück verurteilt. Nur über meine Leiche wird er seiner Tochter dasselbe antun."

"Dazu wird es hoffentlich nicht kommen", sagte Elizabeth leichthin. "Aber ich bin froh, Sie als Verbündeten zu haben."

# Kapitel 29

Das Abendessen im York House verlief gut. Lady Frederica und Mr. Farleigh hatten nur Augen füreinander, während Andrew, Mr. Hadley, Mrs. Todd und Darcy hauptsächlich miteinander sprachen. Die Gesprächsthemen waren jedoch aufgrund der Anwesenheit von Georgiana und Mary, die beide nichts von Andrews Abstammung wussten, etwas begrenzt. Elizabeth nahm sich daher vor, sie so gut zu unterhalten, dass sie höchstwahrscheinlich gar nichts Ungewöhnliches bemerken würden. Das ermöglichte ihr, die warmen, weichen Blicke zu beobachten, die Andrew ihrer Schwester gelegentlich zuwarf und die sich so sehr davon unterschieden, wie er sie ansah.

Am Ende des Abends suchte Mr. Hadley sie auf und nahm ihre Hand zwischen seine. "Dies war einer der schönsten Tage meines Lebens, und das habe ich Ihnen zu verdanken", sagte er leise. "Wenn ich jemals etwas für Sie tun kann, was es auch sein mag, dann hoffe ich, dass Sie es mir mitteilen. Ich schulde Ihnen mehr als ich auszudrücken vermag."

Elizabeth warf einen Blick zur Seite, wo Georgiana sich ihr näherte. "Ich bin so froh, dass Sie zu uns stoßen konnten. Ich hoffe, das ist nur der Beginn von vielen ähnlichen Treffen." Es war die Wahrheit, auch wenn sie dann nicht anwesend sein würde.

Seine Augen funkelten. "Nun, ich wurde am Donnerstag zu einem bestimmten Anlass in die Abtei von Bath eingeladen, also werden wir uns dort wiedersehen."

ES WAREN NUR NOCH ZWEI Tage, und Elizabeth hatte während dieser Zeit viel zu tun. Sie hatte ihre Sachen gepackt und dann noch einmal neu gepackt, bis sie in eine kleine Truhe und eine Tasche passten, die sie tragen konnte. Was dort nicht hineinpasste, musste mit Mary nach Longbourn zurückkehren. Glücklicherweise hatte Mary ein separates Schlafzimmer und bemerkte ihre Vorbereitungen nicht.

Der beste Weg schien zu sein, ihre Arbeitssuche in London zu beginnen. Sie hatte gerade genug Geld für eine Fahrt mit der Postkutsche, deshalb hatte sie vor, sich der Gnade der Gardiners auszusetzen. Sie wollte sie bitten, ihr Geheimnis zu wahren und ihr Geld für eine Unterkunft zu leihen, bis sie eine Stellung gefunden hatte. Vielleicht kannten sie sogar jemanden, der eine Gesellschaftsdame oder eine Gouvernante suchte.

In der Zwischenzeit hatte sie die Londoner Zeitungen durchstöbert, die Lady Margaret zugestellt wurden, die nichts weiter als die Gesellschaftskolumne las und mehr als bereit war, sie danach Elizabeth zu überlassen, jedoch nicht ohne die Warnung, dass zu viel Nachrichten das Gemüt einer jungen Dame aus dem Gleichgewicht bringen konnten. Elizabeth machte eine Liste von Agenturen, die Arbeit anboten, aber das Durchsuchen der Anzeigen hatte ihr aufgezeigt, welche große Lücke ihr Plan noch aufwies. Jede inserierte Stellung schien ein Arbeitszeugnis von einem früheren Arbeitgeber zu verlangen und sie hatte keines vorzuweisen.

Sie kaute an ihrem Fingernagel, eine alte Gewohnheit, die sie sich eigentlich schon abgewöhnt hatte, und die nun mit ihren Sorgen zurückgekehrt war, da sie nicht wusste, was sie als nächstes tun sollte. Offensichtlich eignete sie sich nicht für die besseren Stellungen, wenn sie keine Referenzen vorweisen konnte, was eigentlich auch wenig überraschend war. Warum sollte jemand ein Mädchen ohne Referenzen einstellen, eines, das davongelaufen war und wer weiß was für eine Kriminelle sein konnte?

Es musste doch etwas geben, was sie tun konnte. Vielleicht kannte ihre Tante ja jemanden, der willens wäre, ihr ein Zeugnis auszustellen. Aber nein – es gab da jemanden, den sie fragen konnte, jemanden, der angeboten hatte, ihr zu helfen, falls sie es jemals brauchte, und der wie kein anderer verstehen konnte, warum sie das tat.

Mit plötzlicher Entschlossenheit durchsuchte sie ihr Retikül und fand schließlich die Visitenkarte, die Mr. Hadley ihr in der Trinkhalle gegeben hatte. Ja, da war sie.

Am nächsten Morgen entschuldigte sie sich, dass sie nicht an Lady Fredericas geplanter Exkursion in das altrömische Bath teilnehmen könne, weil sie unter Kopfschmerzen leide. Nachdem die anderen aufgebrochen waren, schlich sie hinaus und machte sich auf den Weg zur Great Pulteney Street.

An der Tür sagte sie dem Butler, sie wolle privat mit Mr. Hadley sprechen. Der verächtliche Blick, den er ihr zuwarf, war vollends verdient – keine Frau aus gutem Hause verlangte, einen Gentleman alleine zu sprechen. Aber Elizabeth hatte nichts mehr zu verlieren. Sobald sie Bath verlassen würde, hätte sie keinen Ruf mehr, über den sie sich Sorgen machen musste.

Nach ein paar unangenehmen Momenten des Wartens in der Eingangshalle, während derer sie betete, dass Mrs. Todd sie dort nicht entdecken würde, sah Elizabeth Mr. Hadley mit besorgter Miene auf sich zukommen. Er musste wissen, dass dieser Besuch ihren Ruf ruinieren könnte, also nahm er an, dass es schlechte Nachrichten sein mussten.

"Meine liebe Miss Bennet, ist etwas geschehen? Soll ich meine Schwester holen?"

"Nein, danke. Ich muss darum bitten, unter vier Augen mit Ihnen zu sprechen."

Seine Augen weiteten sich und seine Wangen wurden blass. "Nicht Andrew?", fragte er praktisch flüsternd.

Natürlich war seine erste Sorge, dass sie schlechte Nachrichten überbrachte. "Andrew geht es gut, aber ich beende mein Verlöbnis mit ihm."

"Sie lösen Ihre Verlobung? Aber warum?" Er sah am Boden zerstört aus. "Hier, kommen Sie in mein Arbeitszimmer."

Sie folgte ihm in einen kleinen Raum und wartete, bis er die Tür schloss. "Ich habe viele Gründe. Waren Sie nicht derjenige, der mir sagte, ich solle ihn nicht heiraten, wenn ich einen anderen Mann liebe? Zu der Zeit war ich bereit, das Risiko einzugehen, aber es hat sich herausgestellt, dass Andrew zärtliche Gefühle für meine Schwester entwickelt hat, die sie erwidert. Nun ist es an der Zeit, mich zurückzuziehen und ihnen ihr Glück zu gestatten."

Er blinzelte mehrmals. "Ihre Schwester, Miss Mary?"

"Sie passt besser zu Andrew als ich."

"Aber was ist mit Ihnen? Wenn Sie Ihre Verlobung lösen-"

"Werde ich entehrt sein", unterbrach sie ihn. "Das habe ich alles bedacht. Ich werde mein Zuhause verlassen müssen und ein neues Leben beginnen. Seit ich gezwungen war, mich zu verloben, um keine Schande über meine Familie zu bringen, blieb mir keine freie Wahl mehr."

"Aber was haben Sie vor?"

"Ich beabsichtige, eine Stellung als Gouvernante oder Gesellschafterin zu suchen." Sie erlaubte sich den Gedanken daran nicht, wie sehr sie es hassen würde, im Dienste anderer zu stehen. "Aber um das tun zu können, muss ich Sie um einen kleinen Gefallen bitten."

"Jeden, gerne doch. Wenn Sie Geld brauchen ..."

Sie schüttelte den Kopf. "Das kann ich nicht annehmen. Alles, worum ich Sie bitte, ist ein Empfehlungsschreiben, wenn Sie mir das ausstellen könnten. Ohne eines werde ich wahrscheinlich keine respektable Position finden. Ich weiß, dass Sie meine Fähigkeiten nicht kennen, aber ich verspreche Ihnen, dass ich hart arbeiten werde, um Ihnen Ehre zu machen."

Er musterte sie mitfühlend. "Diesen Dienst würde ich Ihnen sehr gerne erweisen."

Sie stieß einen langen Atemzug aus. "Vielen, vielen Dank. Das wird einen großen Unterschied machen."

"Aber mir wäre es am liebsten, noch weiter zu gehen. Sie haben meine Schwester kennengelernt, die mir den Haushalt führt. Wie Sie gesehen haben, lähmt ihre Arthritis sie und sie könnte von einer Gesellschaftsdame profitieren, die ihr helfen würde. Würden Sie eine solche Position in Betracht ziehen? Das würde Ihnen einen sicheren Ort verschaffen, an dem Sie Zuflucht fänden und falls Sie feststellen sollten, dass es Ihnen nicht zusagt, werde ich Ihnen sehr gerne ein Empfehlungsschreiben ausstellen, damit Sie sich eine Stellung suchen können, die besser zu Ihnen passt."

Elizabeth hielt den Atem an. "Das ist nichts weniger als Mildtätigkeit von Ihrer Seite, und so kann ich Sie nicht ausnutzen."

Er lächelte. "Teilweise vielleicht schon, wenngleich ich schon seit einiger Zeit darüber nachgedacht habe, eine Gesellschafterin für sie einzustellen. Sie braucht eine, auch wenn sie es nicht zugeben will. Aber, Miss Bennet, Sie haben mir meinen Sohn gegeben. Es gibt nichts, was ich

Ihnen angedeihen lassen könnte, das Ihnen das auch nur im Mindesten vergelten würde."

"Das habe ich für Andrew getan. Obwohl er es bestritt, konnte ich sehen, wie sehr er es brauchte, Sie kennenzulernen."

"Sie haben ein Problem gesehen, das ihn verletzt hat, und Sie haben sich angeschickt, es zu lindern. Gestatten Sie mir nicht, dasselbe zu tun, indem ich Ihnen helfe?"

Tränen flossen in ihre Augen, Tränen der Erleichterung. "Vielen Dank. Vielen Dank. Ich werde Ihr großzügiges Angebot annehmen."

"Gott-sei-Dank!", stieß er hervor, "ich werde mich viel besser fühlen, wenn ich weiß, dass Sie in Sicherheit sind, besonders, da Sie so viel für Andrews Glück opfern."

Ein Zuhause bei Mr. Hadley, dem sie vertraute und für die fröhliche Mrs. Todd zu arbeiten. Das war mehr als sie sich erhofft hatte. "Ich habe vor, es Andrew erst nach Lady Fredericas Hochzeit zu erzählen. Ich bin schon vor einigen Tagen zu dem Schluss gekommen, wollte aber nicht, dass meine Entscheidung ihren Tag des Glücks überschattet."

"Wann möchten Sie dann anfangen? Sie können hierherkommen, wann immer Sie wollen."

Sie schluckte schwer. "Dann also am Tag nach der Hochzeit. Ich werde es Andrew mitteilen und dann direkt aufbrechen. Ich denke, es wäre besser, wenn er nicht wüsste, wohin ich gegangen bin." Weil Darcy es nicht wissen durfte. Ihre Stimme zitterte und das Tränenfass lief über.

Er bot ihr sein Taschentuch an. "Das verstehe ich. Und ob es nun hilfreich sein mag oder nicht, Sie haben dennoch meine Unterstützung."

LADY FREDERICA FARLEIGH, *geborene* Fitzwilliam, küsste Darcy auf die Wange, kurz bevor sie die Abtei nach ihrer Hochzeit verließen. "Nochmals vielen Dank, dass du eingesprungen bist, um mich zu übergeben, auch wenn dir das den Unmut meines Vaters einbringen wird."

"Ich war stolz, dass ich es tun konnte und mache mir keine Sorgen um deinen Vater. Früher oder später wäre es ohnehin zum Bruch mit ihm gekommen", sagte Darcy. "Ich bin nur erleichtert, dass wir es heute ohne Einmischung von ihm geschafft haben."

"Nun, das Feuerwerk wird beginnen, sobald ich Lady Margaret sage, dass ich verheiratet bin. Ich gehe davon aus, dass es eine ziemlich unangenehme Szene werden wird, und ihre Wortwahl wird uns in Erinnerung bleiben."

Er lachte. "Da hast du wohl recht."

Als sie das York House erreichten, wo das Hochzeitsfrühstück stattfinden sollte, nahm Darcy Drew beiseite. "Ich denke, es wäre am klügsten, wenn wir die jungen Damen davon abhalten würden, heute zu Lady Margarets Haus zurückzukehren. Es hat keinen Sinn, sie Zeuge des Streits werden zu lassen, der zwangsläufig folgen wird, wenn sie von Fredericas Ehe erfährt."

"Ganz richtig", sagte Andrew. "Wir könnten auf dem Paradeplatz spazieren gehen, bis es Zeit für das Konzert heute Nachmittag ist."

"Ein ausgezeichneter Plan." Und vielleicht konnte Darcy es wieder schaffen, mit Elizabeth zu gehen. Da ihnen nur noch zwei Tage blieben, bevor sie Bath verlassen sollten, wollte er sich so viel Zeit wie möglich mit ihr stehlen, um mehr Erinnerungen zu haben, die ihn in den einsamen Jahren im Dschungel Südamerikas wärmen würden.

Aber Elizabeth blieb beim Hochzeitsfrühstück in der Nähe ihrer Schwester und sah blass und matt aus. Er hoffte, dass es ihr nicht schlecht ging. In der Abtei hatte sie ein wenig geweint, doch das hatte ihm nicht zu denken gegeben, da Frauen bei solchen Gelegenheiten häufig weinten.

Auf dem Weg zum Paradeplatz gelang es ihm, neben ihr zu gehen. Die belebten Straßen von Bath ließen keine privaten Gespräche zu, aber dennoch war etwas an ihr anders. Dessen war er sich sicher. Die Wärme, das Necken, die geheimen Blicke und die doppeldeutigen Bemerkungen der letzten Tage waren verschwunden.

Sie nahm seinen Arm, als sie die Stufen in den kleinen Vergnügungsgarten an der Nordseite des Paradeplatzes hinuntergingen und Wärme durchflutete ihn. Eine weitere Gelegenheit, für einen Moment so zu tun, als könne er der Mann in ihrem Leben sein und nicht Drew. Trotzdem wirkte sie düster.

"Du wirkst heute so still", sagte er schließlich. "Dir fehlt hoffentlich nichts."

Sie warf ihm einen besorgten Blick unter der Krempe ihres Hutes zu und sah dann weg, als würde sie das Blumenbeet bewundern, das den Weg säumte. "Nichts Besonderes. Ich habe letzte Nacht nicht gut geschlafen."

War das wirklich alles? "Hast du dir Sorgen der Hochzeit wegen gemacht? Ich muss zugeben, dass ich es nicht gewagt habe zu atmen, bis sie zu Mann und Frau erklärt wurden. Ich habe immer erwartet, dass Lord Matlock hereingestürmt kommt und alles stört."

"Diese Möglichkeit war mir gar nicht in den Sinn gekommen", sagte sie. "Vielleicht liegt wirklich ein Segen in der Unwissenheit." Aber sie hatte nicht gesagt, was sie beunruhigte.

Georgiana schloss zu ihnen auf, um an seiner anderen Seite zu gehen, und machte damit jede Möglichkeit zunichte, persönlichere Fragen zu stellen. Stattdessen fragte Darcy: "Freust du dich auf das heutige Konzert? Ich habe George Bridgetower vor Jahren in London spielen gehört. Sein Talent ist bemerkenswert."

"Das tue ich", sagte Georgiana. "Stimmt es, dass sein Vater ein afrikanischer Prinz ist?"

Darcy lächelte. "Er behauptet es zumindest, andere wiederum sagen, er sei ein Sklave in Westindien gewesen. Aber er selbst war so ein Wunderkind an der Geige, dass der Prinzregent ihn als Kind in seinen Haushalt aufgenommen hat, und seitdem ist er nur noch besser geworden."

Aber Elizabeth sagte nichts.

Beim Konzert in Baths Versammlungshalle saßen Drew und Georgiana zwischen ihnen, sodass Darcy nichts von Elizabeth sehen konnte, außer einer gelegentlichen Bewegung. Doch nachdem Mr. Bridgetower das Konzert mit einer virtuosen Aufführung einer Sonate von Beethoven beendet hatte, die niemanden unberührt lassen konnte, schloss sich Elizabeth dem allgemeinen Lob mit leuchtenden Augen an. Das Atmen fiel Darcy daraufhin ein wenig leichter und er lehnte sich zufrieden zurück und betrachtete sie nach Herzenslust.

Sie schien glücklich zu sein, als sie sich unter die anderen Konzertbesucher mischten. Andrew hatte einen Freund aus London entdeckt und war losgezogen, um ihn zu begrüßen, was Darcy den begehrten Platz neben Elizabeth einbrachte. Es fühlte sich so richtig an, Bekannte mit ihr an seiner Seite zu begrüßen. Wenn es nur immer so sein könnte!

Aber bald schon näherte sich Andrew ihnen mit einem breiten Grinsen, begleitet von einem dunkelhaarigen Paar. "Mr. und Mrs. Genova, darf ich Ihnen Miss Elizabeth Bennet, meine Verlobte, von der ich Ihnen bei meinem Besuch im letzten Monat erzählt habe, und meinen älteren Bruder, Mr. Darcy von Pemberley, vorstellen? Die Genovas stammen ursprünglich aus Parma, befinden sich jedoch im Exil, seit Napoleon es annektiert hat, und sind große Unterstützer unserer abolitionistischen Gemeinschaft."

Mrs. Genova, eine beeindruckende Frau, die nicht viel älter als Darcy war, klopfte mit ihrem Fächer auf Elizabeths Arm. "Welch eine Ehre das ist, die junge Dame zu treffen, die das Herz von Mr. Andrew Darcy erobert hat, der für keine andere Dame greifbar war! Ich kann Ihnen nicht sagen, Miss Bennet, wie viele Mädchen in London sein strenges, gutaussehendes Gesicht bewunderten und es sich in den Kopf gesetzt hatten, ihn für sich zu gewinnen, aber es schien, als würde er nicht einmal bemerken, dass sie existierten."

Drew lachte. "Sie übertreibt natürlich maßlos, aber sie tut es so charmant, dass ich mich kaum beschweren kann!"

Elizabeths strahlendes Lächeln verbarg beinahe die Tatsache, dass sie blass geworden war und ihre Augen ihren Glanz verloren hatten. "Ich kann mir gut vorstellen, dass er sehr viele Verehrerinnen hatte."

Mrs. Genova schien sehr zufrieden damit zu sein und gab ihrer Hoffnung Ausdruck, dass Elizabeth und Drew bei ihrem nächsten Besuch in London bei ihnen speisen würden. Elizabeth gab all die richtigen Antworten, aber auf Darcy wirkte es, als fehlte ihr ihre übliche Lebhaftigkeit.

Mr. Hadley und seine Schwester schlossen sich ihnen an und lobten die Musik. Elizabeth lächelte sie an, aber wenn überhaupt, wurde sie noch blasser.

Besorgt sagte Darcy leise und nur für ihre Ohren bestimmt: "Bist du sicher, dass es dir wirklich gut geht?"

Elizabeth sah zu Boden. "Nur ein bisschen müde. Vielleicht sollte ich ins Stadthaus zurückkehren, um mich auszuruhen."

Zumindest das konnte er ihr leichter machen. "Soll ich es Drew sagen? Ich werde dich zurückbegleiten."

Sie warf ihm einen amüsierten, klaren Blick zu. "Ich werde nicht mehr als vier Minuten brauchen, um dorthin zu gelangen, wenn ich mir Mühe gebe, ganz besonders langsam zu gehen und es ist immer noch helllichter Tag."

"Trotzdem bestehe ich darauf. Ich spreche lieber selbst mit Lady Margaret, bevor sie die Gelegenheit hat, dich wegen Fredericas Hochzeit zu schelten. Ich möchte ihr mitteilen, dass du nichts davon gewusst hattest, bis Drew und ich dich in die Kirche bugsiert haben." Er lächelte und hoffte, es als Geheimnis erscheinen zu lassen, das sie teilen konnten.

"Ich werde Ihnen nicht widersprechen, Sir, wenn Sie die ganze Schuld dafür auf sich nehmen wollen."

Aber als sie den Royal Circus erreichten, biss sie sich wieder auf die Lippe. Im Haus angekommen, drehte sie sich zu ihm um, als wollte sie etwas sagen, schwieg dann aber. Schließlich sagte er leise: "Geh hoch in dein Zimmer, und ich werde Lady Margaret ablenken."

Sie nickte ruckartig. "Ich danke dir. Und außerdem..." Sie sah zu ihm auf.

Gott, wie sehr er ihre Augen liebte! Wie konnte er drei Jahre leben, ohne sie zu sehen? "Ja?"

"Danke", sagte sie und fügte dann eilends hinzu, "ich danke dir für alles. Alles."

Sprach sie von dem Konzert? "Gern geschehen", sagte er leise und ließ seine Liebe in seine Worte einfließen.

Sie holte zitternd Luft. Plötzlich standen ihre Augen voller Tränen, und dann drehte sie sich um und rannte die Treppe hinauf.

"Elizabeth!", rief er ihr nach, aber sie drehte sich nicht um.

War es einfach ihre Müdigkeit oder eher die seltsame Stimmung, die sie den ganzen Tag geplagt zu haben schien? Er konnte ihr kaum in ihr Schlafzimmer folgen, also musste es warten, bis er am Morgen mit ihr sprechen konnte. In der Zwischenzeit musste er sich noch Lady Margaret stellen.

# Kapitel 30

E ine Hand rüttelte an Darcys Schulter und riss ihn grob aus seinem Traum, in dem er Elizabeth gerade im Mondschein geküsst hatte. "Geh weg", murmelte er.

"Sir, Sie müssen aufwachen." Es war Wilkins' Stimme, und sein Kammerdiener klang besorgt. Er rüttelte noch einmal an Darcys Schulter.

Darcy rieb sich mit dem Handrücken über die Augen. Das Licht, das durch das Fenster hereindrang, war blass und grau, Regentropfen rannen die Scheiben hinunter. "Was ist los?"

"Es geht um Miss Bennet, Sir. Sie verließ Lady Margarets Haus kurz nach Sonnenaufgang allein, nur mit einer Truhe und einer Tasche. Sie ist in eine private Kutsche gestiegen."

"Was?" Darcy, jetzt ganz wach, schob sich in eine sitzende Position hoch. "Woher wissen Sie das?"

"Der Mann, der das Haus beobachten sollte, falls Lord Matlock dort eintrifft, hat sie gesehen. Er ist gekommen und hat es gemeldet." Wilkins zögerte. "Und während er es mir erzählte, sah ich Miss Bennet ins Hotel kommen und darum bitten, mit Mr. Drew zu sprechen. Sie sagte, es sei dringend und könne nicht warten. Der Portier schickte nach ihm. Ich habe über sie gewacht, bis er herunterkam, und dann bin ich zu Ihnen gekommen, Sir."

Was könnte Elizabeth dazu veranlasst haben, vor Lady Margaret zu fliehen? Seine Tante hatte eine grausame Zunge, aber Elizabeth hatte sich ohne Schwierigkeiten Lady Catherine de Bourgh gestellt. Und warum hätte sie ihre Sachen mitnehmen sollen?

Vielleicht war sie deshalb gestern in einer solch seltsamen Stimmung gewesen. Hatte jemand ihr Angst gemacht? Matlock vielleicht, aber warum? "Zumindest hatte sie die Geistesgegenwart, hierher zu kommen", sagte er mehr zu sich selbst als zu Wilkins, der bereits den Kleiderschrank geöffnet hatte, um seine Kleidung für den Tag auszuwählen.

Wilkins drehte sich wieder zu ihm um. "Ich entschuldige mich, Sir. Ich habe mich nicht klar ausgedrückt. Der Portier fragte, ob sie einen privaten Salon oder einen Tee möchte, und sie sagte, dass sie nur ein paar Minuten hier sein würde und ihre Kutsche auf sie warte."

Irgendetwas war ganz und gar nicht in Ordnung.

Darcy schwang seine Beine aus dem Bett und stand auf. "Dann bleibt keine Zeit für eine vollständige Garderobe. Nur meinen Hausmantel und meine Hose."

Wilkins sah entsetzt aus. "Lassen Sie sich wenigstens von mir rasieren, Sir."

Er zögerte. Er würde Elizabeth nicht helfen, wenn er wie ein ungepflegter Freibeuter zu ihr stürmte. "Dann aber rasch. Kaltes Wasser genügt."

"Wie Sie wünschen, Sir." Wilkins Tonfall drückte seine Missbilligung aus. Er war der festen Überzeugung, dass man keine halben Sachen machte.

Darcy saß auf heißen Kohlen, während Wilkins vorsichtig seine Stoppeln abkratzte. Sobald sich sein Diener abwandte, um das Rasiermesser abzulegen, sprang Darcy auf, wischte sich das Gesicht selbst ab und zog seinen Hausmantel direkt über sein Nachthemd.

Ein plötzliches Klopfen an der Tür erregte seine Aufmerksamkeit. Wilkins öffnete sie und zum Vorschein kam ein Junge in der Uniform des Hotels. "Diese Dame – sie geht", sagte er mit einem nervösen Blick auf Darcy. "Und weint."

Elizabeth weinte in der Öffentlichkeit? Was in Gottes Namen hatte Drew zu ihr gesagt? Darcy schob sich an Wilkins und dem Jungen vorbei, rannte zur Treppe und hastete immer zwei Stufen auf einmal hinunter, dass er nur Socken trug, kümmerte ihn nicht.

Auf dem Marmorboden der Eingangshalle kam er abrupt zum Stehen. Leer, bis auf den Portier an der Rezeption und ein Dienstmädchen, das ein Tablett trug. Er eilte zum Portier. "Hier war eine Dame, Miss Bennet", presste er hervor.

Der Portier machte eine Kopfbewegung in Richtung Tür. "Gerade gegangen, Sir, vor nicht einmal fünf Minuten, und -"

## DER PREIS DES STOLZES

Darcy wartete nicht ab, den Rest zu hören. Er eilte auf die Straße und rannte dabei fast einen Jungen um, der draußen stand. Regen tropfte auf seinen Kopf und eine Pfütze durchtränkte seine Strümpfe, aber das war ihm egal. Er spähte die Straße auf und ab, sah sie aber nicht. Nein, Wilkins hatte gesagt, ihre Kutsche warte. Da drüben – da stand eine bescheidene Kutsche auf der gegenüberliegenden Straßenseite. Ohne sich umzusehen, stürmte Darcy über die Straße und stürzte sich davor, was ihm einen wütenden Schrei von einem Reiter einbrachte, der an ihm vorbeiritt.

Die Tür der Kutsche schloss sich gerade, als er den Bürgersteig auf der gegenüberliegenden Seite erreichte. Ohne Rücksicht auf schickliches Verhalten packte er den Griff und riss die Tür auf.

Eine Welle der Erleichterung rollte über ihn hinweg beim Anblick von Elizabeth. Ihre geröteten Augen weiteten sich und sie drückte sich ein zusammengeballtes Taschentuch an den Mund, als sie sich wieder auf den Sitz fallen ließ.

"Elizabeth, was ist geschehen?", fragte er.

"Ni ... nichts", stammelte sie und verdrehte dann die Augen angesichts dieser offensichtlichen Unwahrheit. "Frag Andrew. Er wird es dir sagen. Ich muss gehen."

"Ich möchte, dass du es mir erzählst. Hat dich jemand verletzt? Oder dir Angst gemacht?"

Sie befeuchtete ihre Lippen mit der Spitze ihrer Zunge. "Nein. Nichts dergleichen."

Ein schrecklicher Gedanke erschütterte ihn. "Hat Drew dir etwas angetan?"

"Nicht im Geringsten!" Sie klang schockiert. "Ich muss jetzt gehen. Andrew wird alles erklären."

Was konnte er sagen, damit sie ihm anvertraute, was los war? Irgendetwas musste es doch geben. "Wo fährst du hin? Longbourn?"

Sie schloss die Augen, als habe sie Schmerzen. "Ja. Longbourn." Sie klang nun ruhiger, aber auch abwesender.

"Dann werde ich dich dorthin begleiten. Du solltest nicht alleine reisen." Konnte sie nicht sehen, wie besorgt er war?

Sie biss sich auf die Lippe. "Ich danke dir für deine Sorge, aber es besteht keine Notwendigkeit." Plötzlich entschlossen, beugte sie sich zu ihm. "Mr. Darcy, wenn ich Ihnen jemals etwas bedeutet habe, dann bitte ich Sie, mich nun gehen zu lassen."

Ihre schönen Augen waren voller Tränen, aber er konnte nicht bezweifeln, dass sie es ernst meinte, selbst wenn das Wissen darum ihn wie ein Messer durchfuhr. Sie wollte seine Hilfe nicht.

Langsam zwang er seine Finger, sich vom Türgriff zu lösen. Er konnte sie auf einer öffentlichen Straße nicht wie eine Gefangene festhalten. "Wenn es das ist, was du wünschst, dann kann ich dir nicht mehr anbieten, als zu hoffen, dass du bald schon erlöst wirst von dem, was dich so quält. Aber ich flehe dich an..."

Ihre Stimme brach, als sie sagte: "Ich danke Ihnen. Leben Sie wohl, Sir." Sie streckte ihre Hand aus und für einen Moment dachte er, sie würde nach ihm greifen, aber sie wollte lediglich die Tür schließen.

Das Klicken des Riegels klang seltsam endgültig. Sobald Darcy zurücktrat, ließ der Kutscher die Zügel locker, und die Kutsche ruckelte die Straße hinunter. Er starrte ihr nach und spürte plötzlich, wie der kalte Regen seinen Hals und seine durchnässten Füße hinunterrann. Aber das war nichts gegen den Anblick ihrer Tränen, der ihm ins Herz geschnitten hatte.

Er musste einen Weg finden, ihr zu helfen, was auch immer das Problem sein mochte. Sobald Andrew ihm erzählte, was passiert war, würde er sich anziehen und ihr nachreiten, ob es nun regnete oder nicht. Selbst wenn er sie auf der Straße verpasste, würde er sie bis Longbourn einholen.

Auf den Stufen des Hotels hielt er plötzlich inne. Longbourn. Elizabeths Schwester war hier in Bath. Warum sollte Elizabeth nach Hause zurückkehren und Mary hierlassen? Es konnte nicht die Wahrheit sein. Aber warum hatte sie ihm das dann erzählt? Oder war das eine Annahme seinerseits gewesen und sie hatte lediglich zugestimmt? Aber, wenn sie nicht Richtung Longbourn unterwegs war, dann hatte er keine Ahnung, wohin sie fuhr.

Drew musste es wissen. Er raste die Stufen nach oben und hämmerte gegen die Tür seines Bruders.

"Nicht jetzt." Drews flache Stimme drang durch die Tür. "Kommen Sie später zurück."

"Ich muss mit dir sprechen. Es ist dringend, sehr dringend."

Die Tür flog auf und zum Vorschein kam sein Bruder. Drews Haare wirkten unordentlich und standen wild von seinem Kopf ab, als wäre er sich mehrfach mit den Fingern durchgefahren. "Was ist los?", forderte er.

"Ich sah eben, wie Elizabeth gegangen ist. In Tränen. Sie wollte mir nicht sagen, weshalb, nur, dass ich dich fragen solle."

Drew machte ein finsteres Gesicht, trat jedoch einen Schritt zurück. "Ich denke, dann ist es wohl besser, wenn du reinkommst. Ich will nicht, dass es die ganze Welt erfährt. Gütiger Gott, du bist ja vollkommen durchnässt!"

Das war die geringste seiner Sorgen. "Weißt du, weshalb sie gegangen ist?"

"Sie hat mich sitzengelassen, deshalb!", knurrte Drew. "Stellt dich das jetzt zufrieden?"

Darcys Kinnlade fiel herunter. "Was?"

"Ja, sie hat die Verlobung gelöst. Sagte, es sei ein Fehler gewesen. Ein Fehler!"

Er fühlte sich, als wäre er in einen Wirbelwind hineingezogen worden, der von gegensätzlichen Gefühlen angefacht wurde. Elizabeth war frei – aber Drew hatte die Frau verloren, die er liebte. Irgendwie gelang es ihm zu sagen: "Das tut mir sehr leid. Ich hatte nicht die leiseste Ahnung."

Drew lachte hart. "Ich ebenfalls nicht. Ich Narr habe gedacht, sie wäre glücklich! Nein, lieber ist sie ruiniert als ihr Leben mit mir zu verbringen. Und ich dachte, sie mag mich."

Ruiniert. Das Wort hallte durch ihn hindurch. Mit einer gescheiterten Verlobung in ihrer Vergangenheit wäre das zutreffend, aber dem würde er ein Ende setzen, sobald er sie fand. Im Moment brauchte Drew ihn. "Hat sie dir einen Grund genannt?"

"Ist meine Abstammung nicht Grund genug?" Drew schleuderte ihm die Worte entgegen, als wären sie Messer. "Wer würde einen Bastard heiraten wollen?"

Darcy blinzelte. "Nein, das kann ich nicht glauben."

Drew schob sein Kinn nach vorn. "Sie wollte mich liebend gern heiraten, bis sie die Wahrheit herausgefunden hat und dann war alles anders. Das ist Beweis genug für mich."

"Das ergibt keinen Sinn. Sie war diejenige, die wollte, dass du Hadley kennst. Sie muss einen anderen Grund gehabt haben." Und er kannte ihn. Aber hatte sie Drew von ihm erzählt?

Drew starrte Darcy an wie ein wildes Reh, das auf seinen Jäger starrte und dann ließ er sich auf einen Stuhl fallen, sackte förmlich in sich zusammen und bedeckte seine Augen. "Nein. Ich habe sie im Stich gelassen. Es ist meine eigene Schuld." In seiner gedämpften Stimme schwang Verzweiflung mit.

Darcy versteifte sich. Wenn Drew Elizabeth verletzt hätte, würde er ... Er hatte keine Ahnung, was er tun würde. "Was meinst du damit?"

Drews Worte waren kaum hörbar. "Ich war ihr nicht treu. In meinem Herzen."

Untreu in seinem Herzen? Manchmal konnte man Drew einfach nicht verstehen. "In welcher Hinsicht?"

"Sie sagte... Sie sagte, es sei eine Sache, gezwungen zu sein, zu heiraten, wenn keiner von uns eine andere Bindung hätte, aber sie glaube nicht mehr, dass dies bei mir der Fall sei. Ich bestritt es natürlich, aber dann fragte sie mich, ob ich bei meiner Ehre schwören würde, dass ich niemals daran gedacht hätte, dass Mary mir eine bessere Frau abgeben würde als sie. Was konnte ich darauf schon erwidern? Ihre eigene Schwester!" Er nahm ein Kissen und warf es quer durch den Raum.

"Mary Bennet?" Darcy konnte seinen Unglauben nicht verbergen. Es war ihm schleierhaft, wie jemand Mary Elizabeth vorziehen könnte.

"Oh, ich weiß, Lizzy ist hübscher und charmanter, aber Mary brennt für dieselben Dinge, die auch mir wichtig sind. Sie ist begeistert von dem, was ich ihr beibringe. Sie sucht meine Gesellschaft. Lizzy wird mir in vielen Dingen zustimmen, aber in Mary brennt ein Feuer dafür. Aber es ist falsch, falsch, falsch. Ich hätte mein Herz vor ihr verschließen sollen."

Diesen einen Gedanken konnte Darcy nur allzu gut verstehen. "Das ist einfacher gesagt als getan. Das Herz folgt seinen eigenen Regeln." Wie er selbst gelernt hatte, auf die härteste Art und Weise. Aber jetzt gab es zum ersten Mal Hoffnung für ihn. Drew konnte Mary Bennet heiraten, und dann, nachdem sie eine vernünftige Zeitspanne hatten vergehen lassen, konnte Darcy sich Elizabeth nähern und dieses Mal würde sie seinen Antrag annehmen. Aufbrandender Triumph erfüllte seine Brust.

"Das wusste ich nicht. Ich bin nicht wie du. Ich habe den Kontakt mit jungen Frauen immer vermieden, weil ich nichts weiter als eine Ehe in Betracht ziehen wollte, deshalb war Lizzy die erste junge Frau, mit der ich mich jemals länger unterhalten habe. Ich dachte, es wäre sicher, ihre Schwestern an mich heranzulassen, aber meine sündige Natur war zu stark."

"Du hast nichts Sündhaftes getan. Vielleicht ist das alles besser so. Jetzt kannst du mit Miss Mary zusammen sein." Und er könnte Elizabeth haben und eine Zukunft, über die er sich freuen könnte.

"Nur auf Kosten von Lizzys Zukunft, weil ich einen Fehler gemacht habe."

"Es mag ein wenig Klatsch geben, aber das ist kaum das Ende der Welt."

Drew sah ihn gequält an. "Du verstehst mich nicht. Lizzy verlässt ihre Familie und Freunde und sucht sich Arbeit. Sie sagt, sie könne wegen des Skandals niemals nach Hause zurückkehren. Das ist der Preis für meinen Fehler."

Die Worte erdolchten ihn. Durch taube Lippen zwang er hervor: "Sie sucht sich eine Arbeit?"

"Sie hat bereits eine Stelle als Lehrerin in einer Mädchenschule angenommen."

Elizabeth musste sich ihren Unterhalt verdienen? Nein. Niemals. "Wo? Wie ist der Name der Schule?"

Drew sah weg. "Sie hat sich geweigert, es mir zu sagen, nur, dass es für ihre Familie am besten ist, wenn sie einfach verschwindet. Als ich darauf bestehen wollte, sagte sie, das läge nicht länger in meiner Verantwortung."

Und Andrew hatte zugelassen, dass sie ging? "Das spielt jetzt keine Rolle. Wir werden sie finden."

Drews Kopf schwang langsam herum, um ihn anzusehen. "Aber weshalb? Mir die Heirat zu verweigern ist ihr gutes Recht."

Weil er sie selbst heiraten wollte. Aber das konnte er Drew wohl kaum sagen. Sein Bruder war noch nicht bereit, das zu hören. "Um sicherzugehen, dass sie in Sicherheit ist."

"Sie weiß, dass sie mich kontaktieren kann, wenn sie in Not ist. Das habe ich ihr gesagt. Außerdem hat sie auch Familie, die ihr helfen kann." Drew klang erschöpft.

Elizabeth würde nicht um Hilfe bitten, es sei denn, sie wäre verzweifelt. "So einfach ist es nicht. Nicht, wenn sie sich Sorgen um ihre Familie macht."

Die Augen seines Bruders drückten seine Qual aus. "Es ist ihre Wahl, nicht meine. Wenn es eine Sache gibt, die ich in meinem Leben gelernt habe, dann, dass man niemanden dazu zwingen kann, einen zu lieben. Sie möchte fort. Lass sie ziehen."

Die Worte raubten Darcy den Atem. Woher wusste Drew es? Dann erkannte er die Wahrheit. Drew sprach von sich selbst, nicht von Darcy. Aber Elizabeth hatte auch Darcy verlassen.

Hatte er all die Gesten in letzter Zeit falsch interpretiert? Nein, er war sich sicher, dass er ihr etwas bedeutete. Vielleicht war es keine Liebe, aber sie hatte Gefühle für ihn. Warum hatte sie sich jetzt nicht an ihn gewandt?

Drew mochte bereit sein, sie gehen zu lassen, aber Darcy war es nicht. Zumindest nicht ohne die Möglichkeit zu fragen, weshalb. Und er hatte keine Zeit zu verlieren.

DARCY MARSCHIERTE SO schnell er konnte in seinen tropfenden Strümpfen zurück in sein Zimmer. "Wilkins!"

"Ja, Sir?" Sein Leibdiener trat aus dem Ankleidezimmer, warf einen entsetzten Blick auf ihn und holte ein Handtuch.

"Lassen Sie's gut sein", bellte Darcy. "Sie müssen für mich herausfinden, wohin Elizabeth Bennet gegangen ist. Ihre Kutsche ist vor nicht einmal zehn Minuten abgefahren. Sie hat irgendwo eine Anstellung an einer Mädchenschule angenommen. Überprüfen Sie die Poststationen, ob sie in eine andere Kutsche umgestiegen ist oder auf eine wartet."

Wilkins sah missbilligend drein. "Sir, Sie sind triefnass. Bitte gestatten Sie mir, Ihnen zuerst behilflich zu sein."

"Augenblicklich, Wilkins. Wir haben keine Zeit zu verlieren."

Wilkins nahm Haltung an. "Ja, Sir." Er verschwand wieder im Ankleideraum, tauchte in einem Mantel und mit Regenschirm wieder auf und hielt auf die Tür zu.

"Heuern Sie so viele Leute an, wie Sie brauchen. Scheuen Sie keine Kosten."

Wilkins verneigte sich. "Ja, Sir." Sobald sich die Tür hinter ihm schloss, entledigte sich Darcy seines triefenden Hausmantels und setzte sich, um sich die durchnässten Strümpfe von seinen kalten Füßen zu ziehen.

Weshalb? Weshalb war Elizabeth geflohen? Um ihre Verlobung zu lösen, ja, aber sie musste doch wissen, dass er sie wollte! Hatte sie Angst vor einem Skandal? Oder gab es jemanden, dem die Verbindung so sehr ein Dorn im Auge wäre, dass er ihr drohte? Der einzige Weg, das zu erfahren, lag darin, sie zu fragen.

Aber wohin konnte sie gegangen sein? Wie hatte sie eine Stelle finden können, ohne dass jemand es bemerkte? Jemand musste ihr geholfen haben. Oder nein – hier in Bath gab es Schulen. Sie hätte direkt in eine hineinmarschieren und sich um eine Stellung bewerben können. Und es gab Agenturen, nicht wahr? Wenn Wilkins Elizabeth nicht fand oder nicht herausfand, wohin sie gegangen war, würde Darcy ihn losschicken, um die Agenturen zu überprüfen. Die Schulen konnte er selbst abklappern. Alles, was er tun musste, war zu sagen, dass er eine Schule für sein junges Mündel suche, sich das Gewäsch des Direktors für eine Weile anhören und dann verlangen, alle Lehrer kennenzulernen.

Das und er musste mit Mary Bennet sprechen, um herauszufinden, ob sie etwas wusste. Sicherlich musste Elizabeth sich ihrer Schwester anvertraut haben.

Nun, da er ansatzweise einen Plan hatte, ließ die Übelkeit in seinem Magen ein wenig nach. Er nahm das Handtuch und rubbelte kräftig durch seine nassen Haare, um sie zu trocknen. Kleidung. Das war der nächste Schritt.

NACHDEM ER SICH ANGEZOGEN hatte, lief Darcy zum Royal Circus. Der Regen hatte sich zu einem Nieseln abgeschwächt, sodass ein Regenschirm ausreichend Schutz für den kurzen Spaziergang bot.

Er fand Drew bereits dort, der sich mit einer blassen, rotäugigen Mary Bennet und Georgiana zurückgezogen hatte. Als Darcy versuchte zu fragen, was Miss Mary wohl wusste, unterbrach ihn Drew.

"Das haben wir schon durch", sagte Drew. "Lizzy hat Mary einen Brief hinterlassen, der allerdings nicht mehr aussagt, als sie mir auch gesagt hat."

"Sie entschuldigte sich dafür, mich hier zurückzulassen und hat mir Geld für die Postkutsche dagelassen", sagte Mary leise.

Darcy fragte: "Haben Sie irgendeine Idee oder auch nur eine Vermutung, wohin sie gegangen sein könnte?"

"Gar nichts. Das ist ein völliger Schock für mich. Ich kann mir nicht vorstellen, warum sie etwas so Schreckliches tun sollte." Marys Stimme zitterte.

"Hat sie jemals mit Ihnen darüber gesprochen, dass sie sich eine Arbeit suchen könnte, vielleicht irgendwann in der Vergangenheit?"

Mary schüttelte den Kopf. "Niemals. Wir standen uns bis vor Kurzem nicht so nahe. Aber ich nehme an, dass wir uns überhaupt nicht nahestanden, wenn sie mir gegenüber nicht ein Wort erwähnt hat." Aufgewühlt tupfte sie sich die Augen trocken.

"Was ist mit-"

Drew unterbrach ihn: "Fitzwilliam, ich werde es nicht zulassen, dass du Mary mit deinen Fragen quälst. Das ist ein schlimmer Schock für sie."

Darcy schluckte schwer. Drew hatte das Recht darauf; er sollte nicht zulassen, dass seine Ungeduld die Höflichkeit besiegte. "Ich entschuldige mich, Miss Mary." Er verneigte sich steif.

"Ich werde Miss Mary nach Longbourn zurückbringen", sagte Drew. "Ich habe Georgiana gebeten, uns zu begleiten, da es für Miss Mary unangemessen wäre, allein mit mir zu reisen, selbst mit einem Dienstmädchen. Ich muss mich auch Mr. Bennet gegenüber wegen Lizzys Verschwinden verantworten."

"Ich sollte derjenige sein, der das tut", sagte Darcy.

Drew eiste sich los und stand auf, Empörung stand ihm ins Gesicht geschrieben. "Ich bin kein Kind. Sie war meine Verlobte und war auf meine Einladung hier. Das geht dich nichts an. Nur weil Lizzy mich verlassen hat, bin ich nicht inkompetent."

Nichts mit ihm zu tun? Das war plötzlich mehr als er ertragen konnte. "Das alles hat sehr wohl mit mir zu tun. Der einzige Grund, warum Wickham euch zu dieser Verlobung gezwungen hat, war, um mich zu verletzen. Wenn es mich nicht gegeben hätte, säße Elizabeth nun zu Hause bei ihrer Familie und ihr Ruf wäre nicht dahin."

"Was ist das für ein Unsinn?", forderte Drew und errötete. "Ich war derjenige, den Wickham in Verlegenheit bringen wollte."

Darcy spürte, wie seine Hände zitterten. "Wickham warst du gleichgültig. Es ging nur um mich. Er dachte, nichts könnte mich schlimmer verletzen, als die Frau, die ich liebte, von meinem eigenen Bruder ruiniert zu sehen. Was er allerdings nicht erwartet hatte, war, dass du ihr die Ehe anträgst. Das hat die Rache perfekt gemacht."

"Die Frau, die du geliebt hast?" Drew lachte verächtlich. "Was ist los mit dir? Du mochtest sie nicht einmal. Sie hat mir von eurem Streit erzählt."

"Aber nicht das, was davor geschehen ist, nämlich, dass sie meinen Heiratsantrag abgelehnt hatte." Darcys Worte prallten wie ein Schuss durch den Raum und ließen schockierte Stille zurück.

"Du hast Lizzy einen Antrag gemacht?" Drews Stimme pochte ungläubig. "Erzähl mir doch keine Märchen."

"Ja, ich habe sie gebeten, meine Frau zu werden", sagte Darcy heftig. "Noch bevor du sie kennengelernt hast."

Schließlich leckte sich Drew die Lippen. "Das ergibt keinen Sinn. Warum hätte sie dich ablehnen sollen, um dann meinen Antrag anzunehmen?"

"Weil sie dich leiden konnte und weil Wickham ihr Lügen über mich erzählt hatte." Darcy konnte seine Bitterkeit nicht zurückhalten.

"Es ist wahr, Drew." Es war Georgiana, die mit leiser Stimme sprach. "Ich wusste davon. Zumindest wusste ich, dass Fitzwilliam ihr im Frühjahr einen Antrag machen wollte. Deshalb war ich so schockiert, als ihr verkündet habt, dass sie mit dir verlobt ist."

Drew starrte Darcy an. "Warum hast du mir das nie erzählt?" Seine Stimme war voller Schmerz.

Darcys Atem kam nicht gleichmäßig durch seine Kehle. Er hatte so hart daran gearbeitet, Drews Vertrauen zu gewinnen, und das könnte alles ruinieren. "Weil du sie geliebt hast und ich wollte, dass du glücklich bist. Ihr beide."

Seltsamerweise war es Mary Bennet, die den endgültigen Schluss daraus zog. "Haben Sie sich deshalb entschieden, nach Südamerika zu gehen?"

Er wollte sich weigern zu antworten, seinen privaten Schmerz verbergen, aber es hatte zu viele Geheimnisse gegeben, und jetzt war Elizabeth weg. Er nickte einmal ruckartig.

Sie bohrte weiter. "Wusste Lizzy, dass Sie ihretwegen fortgehen würden?"

Seine Fingernägel bohrten sich in seine Handflächen. "Sie hat es erraten."

Drew rieb sich den Nasenrücken, als könne er nichts davon fassen. Schließlich sagte er: "Dessen ungeachtet muss ich Miss Mary dennoch nach Longbourn zurückbringen und ich sehe keinen Vorteil darin, wenn du uns begleitest. Du magst es vorziehen, dir selbst die Schuld zu geben, aber Lizzys Ruf wird nur noch mehr geschädigt, wenn du irgendetwas davon nach außen dringen lässt."

In dem Punkt konnte Darcy ihm nicht widersprechen. "Dann steht euch die Kutsche zur Verfügung." Und weil er Drews verletzten Gesichtsausdruck keine weitere Minute ertragen konnte, schritt er ohne ein weiteres Wort hinaus. Elizabeth war fort und Drew würde ihm das vielleicht niemals vergeben.

ER HIELT ES NICHT AUS, ins Hotel zurückzukehren, nur um allein in seinem Zimmer zu sitzen und auf Neuigkeiten von Wilkins zu warten. Stattdessen streifte er ziellos durch Bath und bemerkte kaum, wo er sich gerade befand. Es waren zu viele Menschen auf den Straßen, zu viele Zeugen seiner Qual, und so fanden seine Füße schließlich den Weg zum weniger befahrenen Treidelpfad des *Kennet-und-Avon-Kanals*. Aber dieser Weg führte ihn unter der Brücke hindurch, auf der er erst drei Tage zuvor mit Elizabeth gestanden hatte, und solch unbändige Freude empfunden hatte, als ihre Hand seine berührte und sie ihre Gefühle ihm gegenüber eingestanden hatte.

Und jetzt war sie weg, ohne ein Wort zu ihm. Hatte sie gedacht, es wäre ihm gleichgültig? Irgendwie musste er mit ihr sprechen. Dies konnte nicht das Ende für sie sein!

Langsam stapfte er zurück zum York House. Er blieb am Tresen stehen und bat den Portier, ihm eine Liste der Schulen von Bath und der näheren Umgebung zu erstellen. Bevor er die Worte herausbringen konnte, sagte der ältere Mann: "Ah, Mr. Darcy, für Sie ist etwas angekommen." Er spähte in eine Schreibtischschublade. "Hier, bitteschön."

Darcy erkannte sofort die weibliche Schrift, die er gesehen hatte, als sie Briefe auf Pemberley verfasst hatte und nahm den Brief mit zitternder Hand entgegen. Elizabeth hatte ihm geschrieben.

Er eilte in sein Zimmer, und ohne sich die Mühe zu machen, seinen Hut oder Mantel abzulegen, brach er das Wachssiegel. Dem Schriftstück fehlte die übliche Ordentlichkeit, die er in ihren Briefen gesehen hatte, als ob es in großer Eile verfasst worden wäre. Dafür sprach auch, dass die Nachricht ohne Anrede begann.

*Ich habe am letzten Tag so viele Briefe geschrieben, in denen ich meine Handlungen erklärt habe, aber keinen an dich. Ich dachte, du wärst der Einzige, dem ich meine Entscheidung, die Verlobung zu lösen, nicht erklären müsste. Aber unser kurzes Gespräch vorhin hat mir gezeigt, dass es immer noch Raum für Fehlinterpretationen gibt, und ich möchte dir weder einen falschen Eindruck hinterlassen, noch möchte ich versehentlich einen erneuten Bruch zwischen dir und deinem Bruder verursachen.*

*Andrew trägt keinerlei Schuld an meiner Entscheidung. Er hat mich stets mit Respekt und Anstand behandelt. Der Fehler liegt gänzlich bei mir und meinem eigenen Unwillen, eine Quelle des Unglücks zu sein. Hier in Bath war ich gezwungen, den wahren Preis zu verstehen, den deine Mutter für eine gute, praktische Verbindung gezahlt hat, während sie einen anderen Mann in ihrem Herzen hielt. Mit dem Wissen darum konnte ich mich nicht dazu durchringen, diesen Weg einzuschlagen, insbesondere, als mir deutlich wurde, dass Andrew mit meiner Schwester viel glücklicher wäre, von der ich glaube, dass auch sie zärtliche Gefühle für ihn entwickelt hat. Dies ist meine einzige Motivation. Es gab keinerlei Misshandlungen.*

Einige Zeilen danach waren ausgestrichen.

*MEINE EINZIGE HOFFNUNG bei alledem ist, dass dein Bruder und meine Schwester irgendwie zueinander finden werden, nicht nur, um meine Familie vor dem schlimmsten Skandal wegen meiner gelösten Verlobung zu schützen, sondern weil ich glaube, dass es im besten Interesse der beiden läge. Ich habe gesehen, wie ihre Zuneigung zueinander wuchs, aber ich fürchte, dass Andrew irgendwie glauben könnte, er solle dem nicht nachgeben. Ich habe mein Bestes getan, um ihn zu überzeugen, aber er braucht ebenfalls dich. Deine gute Meinung ist ihm sehr wichtig.*

*Ansonsten kann ich nur hoffen, dass deine Expedition dir Ablenkung und ein neues Ziel beschert. Ich werde stets an dich denken. Gott segne dich.*

*E. Bennet*

Ein runder Fleck verunzierte den letzten Absatz.

Ein Wirbelwind von Emotionen durchfuhr ihn: Zum einen die schmerzliche Erleichterung bei der indirekten Anerkennung dessen, was sie verband, Dankbarkeit für die Bestätigung, dass Drew nicht schuld war, und Wut über den Mangel an Antworten auf einige der Fragen, die ihn plagten.

Teufel nochmal! Er musste mit ihr reden. Sie sehen. Sie in seine Arme nehmen und ihr sagen, dass er sie liebte.

Und zumindest für den Moment war das unmöglich.

DARCY STARRTE DREW ungläubig an. "Nein, ich werde keine zwei Stunden damit verschwenden, mit Lady Margaret zu speisen und mir anzuhören, wie sie über Elizabeth herzieht."

Drew blickte ihn finster an. "Doch, das wirst du, denn das ist der Preis für den Schutz von Lizzys gutem Namen."

"Was meinst du damit?"

"Lady Margaret kennt die Wahrheit noch nicht. Ich möchte nicht, dass sie die Nachricht von meiner zerbrochenen Verlobung auf ihre eigene unangenehme Weise verbreitet, also sagte ich ihr, Lizzy habe Kunde erhalten, dass ihr Vater schwer verletzt sei und sie deshalb mit der ersten Postkutsche aufgebrochen sei, aber dass Mary krank sei und nicht mit ihr habe reisen können. Es ist leicht zu glauben, da Mary eindeutig aufgewühlt ist. Ich denke, es ist besser abzuwarten, um die Auflösung des Verlöbnisses zu verkünden, bis wir uns entschieden haben, welchen Kurs wir einschlagen möchten."

Darcy war nicht einmal in den Sinn gekommen, den Skandal zu minimieren. Wieder einmal dachte Drew klarer als er. "Was hältst du für den besten Kurs?"

Andrew wurde rot. "Wir sollten den Klatsch so gut als möglich minimieren. Wir können es uns nicht leisten, dass mein Skandal wie ein Damoklesschwert über Georgianas Kopf hängt, wenn sie ihr Debut gibt. Vorausgesetzt, Mary ist bereit, werden wir rasch heiraten. Das sollte den besten Schutz für die Bennets bieten, und es wird zeigen, dass ich der Familie keine Schuld gebe. Ich möchte den schlimmsten Schaden verhindern, genug, dass Lizzy irgendwann ihre Familie ohne Scham besuchen kann."

Dass Elizabeth auf die Hoffnung reduziert werden sollte, ihre Familie nicht zu beschämen! Dann kam ihm ein Gedanke. "Hast du ihr jemals gesagt, dass Wickham im Gefängnis sitzt?"

"Nein. Es schien nicht notwendig zu sein." Aber in Drews Wangen stieg wieder Farbe auf.

Selbstverständlich. Elizabeth hatte zugestimmt, Drew zu heiraten, weil sie erpresst wurden und Drew hatte befürchtet, dass Elizabeth ohne diesen Druck das Verlöbnis lösen könnte. Sie zu heiraten war ihm so wichtig gewesen, dass er dieses Risiko nicht hatte eingehen wollen.

Aber wenn Elizabeth nicht wusste, dass Wickham keine Bedrohung mehr darstellte, dachte sie, dass das Ende ihres Verlöbnisses ihren völligen Ruin bedeutete. Eine gelöste Verlobung war an sich schon skandalös genug, aber dies zu tun, solange Wickham bereit war, Gerüchte zu verbreiten, dass sie und Drew intim gewesen seien – das wäre katastrophal. Alle in Meryton würde sie meiden und ihre ganze Familie wäre beschämt. Niemand würde sie mehr heiraten. Aber das war nicht der Fall und sie wusste es nicht.

Plötzlich verstand er und rieb sich die Hände übers Gesicht. Deshalb war sie verschwunden. Nicht, weil sie ihm nicht genug vertraute oder ihn nicht liebte, sondern weil sie es für unmöglich hielt, eine Zukunft mit ihm zu haben, wenn sie als unkeusch und noch dazu als treulos angesehen wurde. Kein Wunder, dass sie geflohen war.

Aber das könnte behoben werden. Er würde sie finden, ihr sagen, dass Wickham keine Bedrohung mehr darstellte, und sie davon überzeugen, dass sie zusammengehörten.

Plötzlich fühlte er sich in der Lage, es mit der Welt aufzunehmen. Beginnend mit dem Abendessen mit Lady Margaret. Und dann würde er Elizabeth finden.

# Kapitel 31

Nachdem er über einen Monat nach Elizabeth gesucht hatte, war Darcys Selbstsicherheit dahin, erschöpft von einer falschen Spur nach der anderen. In Bath war Wilkins nicht in der Lage gewesen, eine Poststation ausfindig zu machen, die eine Fahrkarte an eine junge Dame verkauft hatte, auf die Elizabeths Beschreibung passte. Darcys Hoffnungen waren durch die Nachricht geweckt worden, dass eine Vermittlungsagentur in Bath ein dunkelhaariges Mädchen als Lehrerin vermitteln konnte, aber wie sich herausstellte, handelte es sich dabei um eine junge Frau mit kantigem Gesicht aus Devon. Er besuchte jede Schule im Umkreis von ein paar Meilen um Bath und gab vor, einen Platz für sein fiktives Mündel zu suchen, und bestand darauf, jede einzelne Lehrerin kennenzulernen. Keine von ihnen war Elizabeth.

Nachdem er alle Möglichkeiten in Bath ausgeschöpft hatte, war er nach London zurückgekehrt. Sein Gespräch mit Elizabeths Tante und Onkel brachte ihm keine neuen Informationen, und er hatte keinen Grund, an ihnen zu zweifeln, da sie ihre eigene Besorgnis über das Verschwinden ihrer Nichte zum Ausdruck brachten. Einen Ermittler hatte er damit beauftragt, weiter entfernte Schulen zu überprüfen.

Seine erfolgversprechendste Hoffnung bestand darin, etwas herauszufinden, wenn er für Drews Hochzeit nach Netherfield zurückkehrte, aber sein Bruder informierte ihn sogleich, er wünsche um seiner Braut willen nicht, dass Elizabeths Name während der Festivitäten genannt wurde. Darcy würde warten müssen.

Nach der Hochzeit, als er vor Longbourns Kirche stand, kam Sir William Lucas auf ihn zu und sagte freundlich: "Was für ein glücklicher Tag für die Familie Bennet, als Mr. Bingley nach Netherfield Park kam. Nun sind zwei Töchter innerhalb so kurzer Zeit verheiratet und Sie hatten das Privileg beiden Bräutigamen als Trauzeuge zur Seite zu stehen! Die Bennets können sich wirklich glücklich schätzen."

Darcys Kiefer spannte sich an. Er brauchte den guten Willen der örtlichen Nachbarschaft, wenn er hoffte, ihre Hilfe bei der Suche nach Elizabeth zu erhalten, und zwang sich daher, mit oberflächlicher Liebenswürdigkeit zu antworten: "Ich war äußerst privilegiert." Angesichts der Anstrengung, den alten Narren nicht zu erwürgen, weil er die Bennets als glücklich bezeichnet hatte, konnte man dies sogar als Höflichkeit durchgehen lassen. Der Preis für die Heirat ihrer dritten Tochter war der Verlust der zweiten gewesen. Litt Elizabeth unter ihrer Arbeit? Wie kam sie mit ihrer impertinenten, fröhlichen Art mit den Fesseln der Dienstbarkeit zurecht?

Sir William rieb seine Hände aneinander. "Famos, famos. Wahrlich ein schöner Tag."

Darcy schaffte es, während des langwierigen Hochzeitsfrühstücks in Longbourn wohlgestimmt und zugänglich zu wirken, und gab vor, nicht zu bemerken, dass Drews und Marys Hochzeit nicht denselben Grad an Gastfreundschaft und üppigen Speisen verdient hatte wie Bingleys Aufnahme in die Familie. Drew, dem ein eigenes Vermögen fehlte, wurde von Mrs. Bennet weniger geschätzt, so sehr sie ihn auch zu mögen schien. Schwieriger war es jedoch, das überraschte Geflüster zu überhören, dass die unscheinbare Mary Bennet es irgendwie geschafft hatte, Elizabeth auszustechen. Stattdessen versuchte er sich darauf zu konzentrieren, wie glücklich Drew aussah. Wenn er dieses Glück nur teilen könnte.

Sobald Drew und Mary zu ihrer Hochzeitsreise aufbrachen, machte sich Darcy auf den Weg zurück nach Netherfield und plante, wie er ein privates Gespräch mit Jane Bingley arrangieren könnte. Er war erst drei Tage dort gewesen, doch in den seltenen Momenten, in denen Mrs. Bingley nicht vollauf damit beschäftig gewesen war, die Hochzeit ihrer Schwester zu planen, war ihr immer noch schwer verliebter Gatte nicht von ihrer Seite gewichen. Wenn nötig, würde Darcy den beiden seine Fragen gemeinsam vorlegen, aber er vermutete, dass Jane sich sein Ansinnen wohlgesonnener anhören würde. Neue Sorgenfalten hatten sich um ihre Augen gebildet und er vermutete, dass sie genauso besorgt um Elizabeth war wie er.

## DER PREIS DES STOLZES

Am nächsten Morgen erwischte er sie schließlich, als sie Blumen im Esszimmer arrangierte. "Mrs. Bingley, Sie geben ein bezauberndes Bild ab", sagte er mit einer Verbeugung. "Ich muss mich noch einmal bei Ihnen bedanken, dass Sie mich hier aufgenommen haben."

Sie drehte sich mit einem verlegenen Lächeln zu ihm um. "Sie sind sehr freundlich, aber ich komme nicht umhin, mich an etwas zu erinnern, das Lizzy mir einmal über Sie erzählt hat."

Erstaunt fragte er: "Was war das?"

"Sie sagte, es sei leicht herauszufinden, wann Sie die Wahrheit gesagt haben, weil Ihnen das Talent fehle, Ihre Motive zu verschleiern. Gibt es etwas, das Sie mir sagen möchten?"

Die ruhige Jane Bennet war nun, da sie verheiratet war, also selbstbewusster geworden! Er verneigte sich wieder. "Da haben Sie vollkommen recht. Ihre Schwester ist es, über die ich mit Ihnen sprechen möchte. Ich habe versucht, sie zu finden, und ich hoffte, dass Sie mir dabei helfen können."

"Das habe ich mir schon gedacht. Ich bezweifle, dass ich Ihnen eine große Hilfe sein kann, so sehr ich Ihnen Erfolg wünschen würde. Ich mache mir solche Sorgen um sie." Sie biss sich auf die Lippe, als sie eine rosa Treibhausblume in eine Seite ihres Arrangements steckte.

Er stieß einen langen Seufzer aus. "Wie ich. Darf ich fragen, ob sie mit Ihnen in Kontakt stand?" Bitte Gott, lass sie ihrer Schwester etwas erzählt haben, denn ihm gingen so langsam die Ideen aus, wo er noch nach ihr suchen sollte.

Mrs. Bingley runzelte die Stirn. "Wie meine Eltern auch habe ich einen Brief erhalten, aber sie hat mich gebeten, ihnen nichts von meinem zu erzählen. Die Nachricht von ihrer gelösten Verlobung schockierte mich nicht, denn sie hatte mir gegenüber einmal etwas Derartiges erwähnt. Ich dachte, sie hätte den Gedanken verworfen. Aber da habe ich mich geirrt."

Er hielt den Atem an. "Hat sie Ihnen einen Grund genannt?"

Sie schien etwas oberhalb seiner Schulter zu studieren, und dann fokussierten sich ihre Augen langsam auf ihn. "Als wir darüber sprachen, machte sie sich Sorgen um Sie", sagte sie fast entschuldigend. "Andernfalls würde ich Ihnen nichts darüber sagen. Vor langer Zeit, als sie nicht davon ausgegangen war, Sie jemals wiederzusehen, hat sie mir anvertraut, was in Kent geschehen ist."

Früher wäre es ihm peinlich gewesen, wenn sie über seinen gescheiterten Antrag Bescheid gewusst hätte, aber jetzt fühlte er Erleichterung, weil er ihr seine Sorge nicht erklären musste. "Ich bin dankbar, dass Sie meine Lage verstehen. Kann ich zu hoffen wagen, dass Miss Elizabeth Ihnen etwas über ihre gegenwärtige Situation erzählt hat?"

"Nur, dass sie die Gesellschaftsdame einer älteren Dame ist, die sie mag, und dass sie sich sehr glücklich schätzt, diese Stellung gefunden zu haben, nichts darüber, wer ihr ... Dienstherr sein könnte oder wo sie lebt." Sie stolperte ein wenig über das Wort, als würde sie zögern zuzugeben, dass ihre Schwester in Diensten stand.

"Eine Gesellschaftsdame? Drew hat sie erzählt, sie habe eine Stellung als Lehrerin angenommen."

Mrs. Bingleys Wangen färbten sich zart. "Sie erwähnte in ihrem Brief, dass sie ihm etwas Irreführendes erzählen würde, für den Fall, dass er es sich in den Kopf setzen sollte, nach ihr zu suchen."

All die Tage, die er damit zugebracht hatte, Schulen zu besuchen, waren umsonst gewesen, während die Spur kalt geworden war. Eine Gesellschafterin zu finden würde noch schwieriger werden als eine Lehrerin. "Wissen Sie zufällig, ob sie sich Stellenanzeigen angesehen hat, als sie noch hier war?"

"Nicht, dass ich wüsste. Ich wünschte, ich könnte Ihnen mehr sagen. Ich würde alles tun, um sie wieder nach Hause zu holen."

"Zumindest habe ich nun eine genauere Vorstellung davon, wonach ich jetzt suchen soll", sagte er. "Ich möchte nichts unversucht lassen. Haben Sie irgendwelche Hinweise für mich, wer mehr über ihren Aufenthaltsort wissen könnte?"

Sie schüttelte den Kopf. "Ich denke, wenn überhaupt, würde sie sich mir anvertrauen. Sie sagte, dass sie mir irgendwann eine Adresse geben würde, an die ich ihr schreiben könnte, falls ich das wolle – *falls* ich wolle! – aber ich weiß nicht, ob sie damit nächsten Monat oder in zehn Jahren meint." Ihre Stimme zitterte.

"Ich brauche Ihnen vermutlich kaum zu sagen, dass ich es wissen möchte, wenn dem so sein sollte, aber falls Sie sich nicht in der Lage sehen sollten, es mir mitzuteilen, weil sie Sie möglicherweise bittet, es geheim zu halten, dürfte ich Sie dann bitten, ihr eine Nachricht von mir zukommen zu lassen?"

Mrs. Bingley fischte ein Taschentuch hervor und betupfte sich damit die Augenwinkel. "Das würde wohl von der Botschaft abhängen."

"Sie besteht aus zwei Teilen: Der erste ist, dass ich mit ihr sprechen möchte. Und der zweite, dass George Wickham keine Gerüchte mehr über sie verbreiten kann. Ich nehme an, Sie wissen von seinen Drohungen, die zu ihrer Verlobung geführt haben, und ich fürchte, sie ist geflohen, um zu vermeiden, dass er den Leuten sagt, sie und Drew hätten sich unschicklich verhalten. Zufällig befindet er sich im Schuldnergefängnis, um zu verhindern, dass er auch noch das Leben anderer ruiniert, sie ist also vor ihm sicher. Wenn sie das weiß, wird sie sich möglicherweise in der Lage sehen, zu ihrer Familie zurückzukehren, wenn der Skandal nichts weiteres als eine gelöste Verlobung ist. Aber ich habe keine Möglichkeit, ihr das mitzuteilen."

"Oh! Das wäre so eine Erleichterung! Sie können sicher sein, dass ich ihr das sagen werde, sollte ich die Gelegenheit dazu haben." Sie drückte ihre Hand gegen ihre Brust. "Ich danke Ihnen, dass Sie mir Hoffnung geben."

Er verneigte sich vor ihr und versuchte zu lächeln. Er wusste kaum mehr als zuvor, aber jetzt musste er seine Suche von vorne beginnen.

ZWEI LANGE MONATE SPÄTER, Monate schlafloser Nächte, hatten seine Ermittler immer noch keine Spur von Elizabeth gefunden. Darcy zwang sich, die notwendigen Aufgaben zu erledigen, um Pemberley und seine Forschungen zu leiten, obwohl er sich oft kaum auf das Nötigste konzentrieren konnte. Schließlich konnte er es nicht länger ertragen zu warten, also ritt er zum Pfarrhaus, um mit seinem Bruder zu sprechen.

Drew sah von der Predigt auf, an der er arbeitete, als Darcy auftauchte, und Mary legte ihr Flickwerk beiseite. Wenn Darcy sich über irgendetwas hätte freuen können, dann sicherlich darüber, wie gut Drew die Ehe zu tun schien, aber stattdessen versetzte ihm der Anblick der ehemaligen Mary Bennet wie immer einen Stich, weil sie ihn an Elizabeth erinnerte.

Sein Bruder begrüßte ihn herzlich, ganz anders als noch vor einem halben Jahr, als er ihm mit Misstrauen begegnet war. Mary entschuldigte sich rasch und ließ die beiden allein.

"Ich hoffe, auf Pemberley ist alles gut", sagte Drew.

"Gut genug", antwortete Darcy. Aber höfliches Geplänkel fiel ihm derzeit ebenfalls schwer, also versuchte er es erst gar nicht. "Ich habe vor, nach London zu reisen. Die Teilnehmer der Expedition brechen nächste Woche auf."

Sein Bruder sah ihn scharf an. "Hast du deine Meinung geändert und beschlossen, doch mit ihnen zu gehen?"

"Selbstverständlich nicht. Aber ich werde sie verabschieden und ihnen bei einigen Schwierigkeiten mit ihrer Ausrüstung helfen."

"Wenn du immer noch ein Teil davon sein möchtest, ist es noch nicht zu spät", sagte Drew vorsichtig.

"England für Jahre verlassen, während Elizabeth immer noch vermisst wird? Ich denke nicht", schnauzte Darcy. Aber es war nicht Drews Schuld, also fügte er hinzu: "Verzeih mir. Ich weiß nicht, wie lange ich in der Stadt sein werde. Wärst du also so freundlich, Pemberley und Georgiana im Auge zu behalten, während ich weg bin?"

Drew musterte ihn mit zusammengezogenen Brauen. "Ich helfe zwar gerne, aber dazu besteht kein Grund. Dein Verwalter hatte schon oft in deiner Abwesenheit die Aufsicht und ich weiß so wenig darüber, wie ein Gut verwaltet wird, dass es besser wäre, wenn er dir nach London schreiben würde als mich zu fragen."

"Trotzdem würde sich Georgiana besser fühlen, wenn sie wüsste, dass du das Kommando übernimmst."

Sein Bruder hielt inne und überlegte. "Nein, sie würde sich besser fühlen, wenn ich mit dir nach London fahren würde, und ich muss dort ohnehin noch einige Leute sprechen."

Das hatte er vermeiden wollen. "Verdammt, Drew, ich brauche kein Kindermädchen! Ich werde nur beim Start der Expedition helfen."

"Du brauchst kein Kindermädchen, aber vielleicht brauchst du einen Bruder. Oder kannst du mir dein Wort geben, dass dies der einzige Grund ist, weshalb du gehst, und nicht, weil du vorhast, selbst nach Elizabeth zu suchen?" Wann hatte Drew diesen herrischen Tonfall gelernt?

Er versuchte es mit seinem hochmütigsten ich-bin-der-Herr-von-Pemberley-Blick, aber der schien zusammen mit Elizabeths Verschwinden seine Kraft verloren zu haben. "Ich habe natürlich vor, mit den Ermittlern zu sprechen, und es gibt noch viele andere Dinge, die ich in London tun möchte."

"Ich bin nicht dumm genug zu glauben, dass du der Gesellschaft wegen dorthin fährst. Du hast seit Monaten kaum mit jemandem gesprochen. Du isst nur, wenn du weißt, dass Georgiana dich beobachtet." Drew fuhr sich mit der Hand durchs Haar. "Fitzwilliam, du kannst meine Hilfe ebenso gut in Würde annehmen, da die andere Option darin besteht, dass Georgiana so lange weinen wird, bis du zustimmst, dass sie dich begleiten darf. Auf diese Weise kann Mary bei Georgiana bleiben, und im Gegensatz zu unserer Schwester werde ich zumindest nicht jede Minute an dir kleben."

Das Schlimmste daran war, dass Drew Recht hatte – Georgiana würde genau das tun. Wie hatte er die Kontrolle über seine Familie in dem Maße verlieren können, dass sie glaubten, man könne ihm nicht zutrauen, allein nach London zu reisen? "Du würdest deine junge Braut zurücklassen?"

Drew zuckte die Achseln. "Ich werde Mary vermissen, aber es würde ihr guttun, eine Zeit lang ohne mich hier zu sein. Sie muss als Hausherrin hier Fuß fassen, ohne sich ständig Sorgen darüber zu machen, was ich von jeder ihrer Entscheidungen halte."

Darcy sollte Drew übelnehmen, dass er sich in seine Angelegenheiten einmischte, aber das kostete ihn zu viel Kraft, wie alles andere dieser Tage. Außerdem wäre er froh, nicht allein zu sein.

# Kapitel 32

Mr. Hadley betrat das Wohnzimmer und trug noch immer seinen Mantel und Hut. Elizabeth legte den Roman beiseite, den sie Mrs. Todd vorlas. Er weckte ohnehin nicht ihr Interesse, wobei nur wenig das in letzter Zeit vermochte, und der Buchgeschmack ihrer Dienstherrin entsprach nicht ihrem eigenen. Aber das war die Realität ihres neuen Lebens als Gesellschafterin.

"Guten Tag, meine Damen", sagte er und wandte sich dann an seine Schwester. "Meine Liebe, darf ich Elizabeth für den Nachmittag borgen? Ich brauche ihre Hilfe für eine Mission der Barmherzigkeit."

"Sicher, wenn Lizzy keine Einwände hat", sagte Mrs. Todd. "Was ist geschehen?"

Er hob die Hand. "Dazu bleibt jetzt keine Zeit, aber ich verspreche, dir die Details später zu erläutern. Die Kutsche wartet."

Überrascht, aber einem Ausflug nicht abgeneigt, holte Elizabeth ihren Mantel und Hut. Als sie in der Eingangshalle wieder auf Mr. Hadley traf, fragte sie: "Wohin gehen wir?"

Er hielt ihr die Haustür auf, seine Art so ruhig und höflich wie immer. "Das erkläre ich unterwegs."

Ihre Neugier war geweckt und sie senkte den Kopf, als sie in den Wagen stieg. Warum trieb er sie zur Eile, zeigte aber keinerlei Anzeichen von Bestürzung? Vielleicht wollte er ihre Fragen einfach nicht beantworten, und natürlich sah er auch keine Notwendigkeit dazu. Nur weil er sie normalerweise eher wie ein Familienmitglied denn wie eine Dienstbotin behandelte, änderte dies nichts an der Tatsache, dass er ihr Dienstherr und somit in der Lage war, ihr Anweisungen zu erteilen. Nun, er würde es ihr erklären, wenn er dazu bereit war. In den Monaten, die sie nun in seinem Haushalt lebte, hatte sie gelernt, ihm zu vertrauen.

Schließlich war es auch nicht von Belang, wohin sie fuhren. Sie brauchte die Ablenkung. Seit sie in der Zeitung der letzten Woche einen Bericht über den Start der Südamerikaexpedition gelesen hatte, hatte eine seltsame Leere von ihr Besitz ergriffen. Darcy war fort. Er atmete nicht mehr die gleiche Luft Englands wie sie. Es sollte keinen Unterschied machen, da sie ihn ohnehin nicht sehen konnte, aber das tat es dennoch. Sogar ihr Essen hatte seinen Geschmack verloren.

Der Wagen setzte sich in Bewegung, nachdem Mr. Hadley sich ihr gegenüber niedergelassen hatte. Sie faltete die Hände in ihrem Schoß, hob aber fragend eine Augenbraue.

Er streichelte über den Knauf seines Spazierstocks. "Ich danke Ihnen dafür, dass Sie sich mir anschließen. Eine ziemlich unerwartete Situation ist aufgetreten. Ich glaube, ich habe Ihnen gesagt, dass Andrew Darcy in London weilt."

Sie schaute demonstrativ aus dem Fenster. "Ja, und dass Sie ihn vor zwei Wochen gesehen haben und es ihm gut ging." Er wusste, dass sie nicht in seinen Umgang mit Andrew involviert sein wollte, insbesondere da seine Anwesenheit in London bedeutete, dass sie nicht weit von zu Hause fortkonnte, um ein Aufeinandertreffen mit ihm zu vermeiden.

"Ich habe ihm heute schon einen Besuch abgestattet, nur um ihn in einer gewissen Notlage vorzufinden. Ein Unfall mit einem außer Kontrolle geratenen Pferd und einer Kutsche vor zwei Tagen hat ihn leicht verletzt-"

Sie unterbrach ihn: "Es tut mir leid, das zu hören, aber Andrew geht mich nichts mehr an. Ich verspüre kein Verlangen, ihn zu sehen, und ich verstehe nicht, warum Sie mich zu einer Mission der Barmherzigkeit mitnehmen, um ihn zu sehen!"

Er hob die Hand. "Das war noch nicht alles. Drew wäre viel schwerer verletzt worden, wenn sich sein Bruder nicht absichtlich zwischen das durchgegangene Pferd und Andrew gestellt hätte. Seine Verletzungen sind wesentlich schwerer."

Sie schlug entsetzt die Hände vor den Mund, plötzlich nicht mehr in der Lage zu atmen. "Nicht Mr. Darcy? Aber er ist auf dem Weg nach Südamerika!"

"Er hat sich gegen die Expedition entschieden. Es tut mir leid zu sagen, dass er durch diesen Unfall in Gefahr ist. Natürlich ist Andrew verzweifelt, nicht zuletzt, weil sein Bruder sich aufgegeben zu haben scheint und die Anweisungen seines Arztes nicht befolgt."

"Nein", flüsterte sie und Tränen sammelten sich in ihren Augenwinkeln. Plötzlich würde sie alles geben, um zu wissen, dass er auf einem Schiff in Sicherheit war, selbst wenn es ihn für Jahre von ihr fortbrachte, solange er am Leben und in Sicherheit war.

"Andrew sagt, Darcy hat nach Ihnen gefragt und wird ziemlich unruhig, wenn Sie nicht auftauchen. Ich weiß, dass Sie nichts mit der Familie zu tun haben möchten, aber wenn Ihre Anwesenheit ihn beruhigen und die Chancen auf seine Genesung verbessern kann, hoffe ich, dass Sie nichts dagegen haben, es zu versuchen."

"Ich werde alles tun, was ich kann, um zu helfen." Ihre Stimme zitterte. "Was ist mit ihm geschehen?"

"Er wurde von dem Pferd niedergetrampelt. Ich kenne seine genauen Verletzungen nicht, aber er ist sehr schwach."

Ihr Herz schmerzte bei dem Gedanken an den starken, stolzen Darcy, der gebrochen und verwirrt darniederlag. Und sie hatte nichts davon gewusst, sondern ihr Tagwerk verrichtet, als ob ihre Welt nicht in winzige Stücke zerbrochen wäre. Sie holte tief Luft und stieß sie zusammen mit einem stillen Gebet wieder aus. Er musste leben. Er musste! Andernfalls könnte sie es nicht ertragen.

Warum waren die Pferde so langsam? Was, wenn sie nicht schnell genug dort ankam? Sie wusste nicht einmal, wie weit es war, da sie es seit ihrer Ankunft in London vermieden hatte, sich nach Mayfair zu begeben, falls auch nur die Chance bestand, dass er dort wäre. Nun konnte sie nicht verstehen, warum sie ihn überhaupt verlassen hatte.

Die Kutsche hielt vor einer Reihe von Stadthäusern. Elizabeth stieg aus, sobald der Stallbursche die Stufen hinuntergeklappt hatte und wartete nicht ab, bis Mr. Hadley ihr die Hand reichte, ihre Umgebung nahm sie kaum wahr.

Der Butler hatte sie eben erst in ein elegantes Reihenhaus hereingebeten, als Andrew die Treppe in den Flur hinunterstürmte. Einer seiner Arme war in einer Schlinge, seine Krawatte saß schief und sein Haar war durcheinander, als hätte er sich mit der Hand hindurchgefahren.

Er kam rutschend vor ihr zum Stehen. "Elizabeth, dem Himmel sei Dank! Er fragt unentwegt nach dir."

Ihr Herz setzte einen Schlag aus. "Ist sein Zustand dann so schlecht?"

Andrew verzog das Gesicht. "Der Arzt sieht Anzeichen von inneren Blutungen und wir können nur beten, dass es aufhört. Aber er fürchtet um seine Genesung, vor allem, weil er sich weigert, etwas zu sich zu nehmen."

"Darf ich ihn sehen?" Sie reichte dem wartenden Diener ihren Hut und bemerkte kaum den Luxus, der sie umgab.

"Selbstverständlich. Hier entlang."

Er führte sie die Treppe hinauf und öffnete die Tür zu einem großen Schlafzimmer. Die Vorhänge waren zugezogen, was den Raum in trübes Licht tauchte, aber Elizabeth sog scharf die Luft ein, als sie die regungslose Gestalt im Bett erblickte.

Andrew eilte zum Bett. "Sieh nur! Wir haben sie gefunden."

Darcy, so blass, dass er kaum lebendig aussah, hob Kopf und Schultern, und seine Lippen bewegten sich lautlos.

Eine Stimme in der Dunkelheit hinter ihm sprach. "Sir, Sie müssen sich zurücklehnen." Es war Darcys Kammerdiener, der die Schultern seines Herrn drückte, bis er auf das Kissen zurücksank.

Sie konnte sich nicht entsinnen, sich bewegt zu haben, aber irgendwie fand sie sich mit klopfendem Herzen auf Knien neben ihm wieder. "Ich bin hier", sagte sie mit zitternder Stimme.

Er drehte den Kopf, als würde es ihm Schmerzen bereiten. "Elizabeth?" Es war kaum mehr als ein heiseres Flüstern, in dem der Unglaube mitschwang.

"Ja, ich bin hier." Ohne sich darum zu kümmern, wer es sehen könnte, griff sie nach seiner Hand, die schlaff auf der Bettdecke lag. Seine Haut fühlte sich trotz der Wärme des Raumes kühl an, und sie drückte ihre Lippen auf seinen Handrücken, ehe sie ihn gegen ihre Wange hielt. Er konnte nicht sterben; sie würde es nicht zulassen.

Seine Finger umschlangen ihre fester und sein Mund bewegte sich für einen Moment, ehe er die Worte herausbrachte: "Wo? Wie?"

Elizabeth schüttelte den Kopf. "Ich weiß nicht, was du meinst."

Andrews leise Stimme drang von hinten zu ihr durch. "Er hat sich Sorgen um dich gemacht. Das haben wir alle."

Ihr Blick wich nicht von Darcys dunklen Augen. "Ich habe eine Stellung als Gesellschaftsdame von Mrs. Todd, Mr. Hadleys Schwester. Er hat mich heute hierhergebracht, nachdem Andrew ihm gesagt hatte, dass du nach mir gefragt hattest. Mir geht es sehr gut."

Er schloss für einen Moment die Augen, streckte dann zitternd seine andere Hand aus und berührte ihr Haar, als müsse er sich selbst beweisen, dass sie echt war. "Bleib. Ich bitte dich."

Sie spürte seine Worte mehr als sie sein kaum wahrnehmbares Flüstern hörte. Tränen füllten ihre Augen. "Das werde ich."

Sein Kammerdiener sagte: "Mr. Darcy, nun, da Miss Bennet hier ist, müssen Sie trinken." Er klang erschöpft. In der ganzen Zeit, die Elizabeth auf Pemberley verbracht hatte, hatte sie Wilkins nie sprechen hören, abgesehen von der Bestätigung eines Befehls, viel weniger noch hatte er ein Gespräch unterbrochen. Er musste verzweifelt sein.

Darcy ignorierte ihn.

Was hatte Andrew gesagt? Dass Darcys Weigerung, etwas zu sich zu nehmen, ihn in Gefahr brachte? Entschlossenheit erfüllte sie. "Ja, sie sagen, ich kann nur bleiben, wenn du etwas trinkst. Wirst du das für mich tun?"

Sein Mund verzog sich, aber er nickte, eine kaum wahrnehmbare Bewegung seines Kopfes. Ein Diener eilte auf sie zu, um neben Elizabeth zum Stehen zu kommen und hielt eine Art Tasse. Auf der anderen Seite des Betts schob Wilkins seine Hände unter Darcys Schultern und hob ihn leicht einige Zoll an. Ihre Eilfertigkeit zeigte Elizabeth, wie bedeutend dies war.

Als sie aufstand, um dem Diener Platz zu machen, umklammerte Darcy ihre Hand. "Ich gehe nicht fort", versprach sie, "trink jetzt."

Als Darcy einige Schlucke trank, sagte der Leibdiener drängend zu jemandem: "Hol mehr warme Rindfleischbrühe." Ein weiterer Dienstbote hastete aus dem Raum.

Darcy zuckte zusammen, als er schluckte. Seine Augen waren eingesunken, und seine Wangenknochen stachen so hervor, wie sie es nicht getan hatten, als sie ihn zuletzt gesehen hatte. Sie studierte seine Hand – ja, auch sie war dünner. Das konnte nicht an seiner Verletzung liegen, die war erst zwei Tage her. Er hatte abgenommen. Hatte sein Appetit ihn ebenso verlassen wie ihrer, nachdem sie in Bath auseinandergegangen waren?

## DER PREIS DES STOLZES

Ihr Herz schmerzte bei seinem Anblick. Es war qualvoll genug gewesen, zu glauben, dass sie ihn nie wiedersehen würde; aber sie hatte gewusst, dass er immer noch da war, irgendwo auf dieser Welt. Der Gedanke, er könne sterben, und sie müsse in der Gewissheit weiterleben, dass er nicht mehr existierte, dass die Flamme seines Lebens erloschen war, weckte in ihr den Wunsch, sich auf den Boden sinken zu lassen und wie ein verlassenes Tier zu heulen.

Tränen liefen aus ihren Augen. Er lebte noch, seine Hand lag in ihrer, und sie würde kämpfen, damit das so blieb. Sie flüsterte ein Gebet.

Er wandte sich von der Tasse ab. "Nicht mehr."

Sie drückte seine Hand. "Noch ein Schluck, ich bitte dich, mir zuliebe. Nur einen einzigen."

Er seufzte, ließ aber zu, dass der Diener die Tasse wieder an seine Lippen hob.

"Ich danke dir", sagte sie herzlich. Es spielte keine Rolle, dass Tränen über ihre Wangen liefen. Er würde sie verstehen.

Und sie konnte ihm helfen. Eine ihrer Aufgaben bei Mrs. Todd bestand darin, die ältere Frau an jenen Tagen zum Trinken zu überreden, an denen ihre Schmerzen zu stark waren. Elizabeth war ziemlich gut darin geworden, und für Darcy konnte sie dasselbe tun.

Für ihn würde sie alles tun.

Ein Diener erschien neben ihr und stellte einen kleinen Stuhl neben Darcys Bett. Elizabeth ließ sich dankbar darauf sinken.

Sein Diener legte ihn sanft wieder auf dem Kissen ab und Darcy wandte ihr sofort wieder sein Gesicht zu. "Sag mir ..." Seine Kraft schien ihn bei dieser Anstrengung zu verlassen.

Ihm was sagen? Plötzlich war sie sich ihrer Umgebung bewusst und dass Andrew und Mr. Hadley sie beobachteten und so fragte sie: "Ich soll dir sagen, was ich gemacht habe?"

Er nickte, doch seine Augen sprachen eine andere Sprache, eine von Sehnsucht und Bedürfnis, die tief in ihr widerhallte. Was, wenn sie ihn verlieren würde? Eisige Angst engte ihre Brust ein. Sie wollte schluchzen wie ein Kind, keine Unterhaltung führen. Aber er wollte von der Reise wissen, die hinter ihr lag und sie konnte ihm nichts abschlagen, nicht jetzt, wo jeder Moment sein letzter sein könnte.

Um seinetwillen zwang sie sich, ihre Angst und Verzweiflung beiseite zu schieben, und bemühte sich, ruhig zu sprechen. "Nun, ich war mit Mrs. Todd zusammen, die mich ziemlich verwöhnt und mich eher wie eine Lieblingsnichte denn wie eine Gesellschafterin behandelt. Wir blieben fast einen Monat in Bath, bis sie mit ihrer Wasserkur fertig war. Da Mrs. Todd nichts lieber mag, als vorgelesen zu bekommen, hatte ich Gelegenheit, die Hälfte der Leihbibliothek in Bath zu erschöpfen, bevor wir abreisten." Und diese Ablenkung hatte sie auch dringend gebraucht, weil sie so sehr um alles, was sie hatte zurücklassen müssen, getrauert hatte und ebenso viel Angst davor hatte, entdeckt zu werden. Jetzt erschien ihr diese Trauer im Vergleich wie eine Kleinigkeit.

Seine Augenlider waren langsam zugefallen, während sie erzählte, aber sie öffneten sich augenblicklich wieder, sobald sie zu sprechen aufhörte, und so fuhr sie fort. "Dann reisten wir für einen Monat nach Lyme und, oh, was für ein Vergnügen das für mich war! Ich hatte das Meer noch nie zuvor gesehen und habe mich ganz schön verliebt, in den Duft des Salzes und in seine unermessliche Größe. Mr. Hadley sagte immer wieder, er würde mich einsperren, damit ich nicht auf einem der Schiffe anheuere – nicht wahr, Sir?" Sie hatte ihm jedoch nie ihren geheimen Traum erzählt; dass sie eines Tages mit Darcy an ihrer Seite wegsegeln könnte, weg von all den Klatschmäulern und nach Skandalen lechzenden, in ein Land, wo sie ihn von ganzem Herzen lieben konnte.

Mr. Hadley lachte. "Ich bin immer noch erstaunt, dass wir es geschafft haben, Sie da wieder wegzubekommen, aber nun da es mir wieder in den Sinn kommt – ich erinnere mich daran, dass Sie mir das Versprechen abgenommen haben, im nächsten Sommer wiederzukommen, damit Sie ausprobieren können, wie es ist, im Meer zu baden."

"Siehst du?", fragte Elizabeth mit mehr Fröhlichkeit als sie empfand. "Ich werde ziemlich verwöhnt."

"Nein, meine Schwester wird verwöhnt", gab Mr. Hadley zurück. "Ich habe sie selten so gut gelaunt gesehen wie sie es ist, seit Sie sich unserem Haushalt angeschlossen haben."

Darcys Mund verzog sich nach unten. Zu hören zu bekommen, dass Mrs. Todd sie brauchte, schien ihm nicht zu gefallen. Dies war nicht der rechte Zeitpunkt, ihn zu verärgern, und sie fügte rasch hinzu: "Seitdem sind wir in London. Mr. Hadleys Haus befindet sich in der Nähe des Bedford Square, daher habe ich mehrere Nachmittage damit verbracht, durch das Montagu House zu wandern und mir die Wunder dort anzusehen." Sie hatte die großen Parks gemieden, um nicht auf jemanden zu treffen, den sie von früher kannte, besonders nicht auf einen der Darcys. Und jetzt war sie hier in Darcys eigenem Haus, in seinem Schlafzimmer. Und er könnte sterben.

Seine Augen bohrten sich in ihre. "So nah..."

In der Tat nah, und hätte sie gewusst, dass er in London war, hätte es ihr keine Ruhe mehr gelassen. "Ich habe jeden Tag an dich gedacht", gestand sie mit leiser Stimme. Jede Stunde wäre präziser gewesen, aber das konnte sie nicht zugeben. Vor Andrew und den Dienern hätte sie nicht einmal das sagen sollen. Für ihre Ohren fügte sie hinzu: "Ich habe euch alle vermisst – Andrew und Georgiana auch – und ich habe mich gefragt, wie es Lady Frederica und Mr. Farleigh geht."

"Ganz großartig", sagte Andrew gedehnt. "Hat Hadley es dir nicht gesagt?"

Mr. Hadley räusperte sich. "Das war ein vertrauliches Treffen."

Elizabeth drehte sich um und starrte sie an, gerade rechtzeitig, um zu sehen, wie Andrews Wangen rot wurden.

"Diesen Aspekt hatte ich nicht berücksichtigt", sagte Andrew steif. "Lady Frederica spricht so offen darüber. Verzeihung."

"Keine Entschuldigung vonnöten", sagte Mr. Hadley leichthin mit seiner charakteristischen Wärme. "Ich habe nur erklärt, warum ich Miss Bennet nichts davon erzählen konnte. Du hingegen darfst das sehr gerne tun."

"Oh, ich verstehe", sagte Andrew. "Nun, Hadley hat ein Treffen zwischen Lady Frederica und ihrem Bruder, Viscount Smithfield, arrangiert und ihn davon überzeugt, dass es ihm in Zukunft nützlich sein könnte, familiäre Beziehungen zu den Whigs zu haben. Er sagte ihm, dass sich das Blatt im Sklavenhandel gewendet habe und auch wenn es Matlock gelänge, diesen Wandel zu verzögern, könne er ihn doch nicht mehr aufhalten. Er überzeugte Smithfield, dass er Verbündete, die frei vom Schandfleck der Sklaverei sind, zu schätzen wissen könnte, sobald er einmal erben würde. Smithfield hat Lady Fredericas Ehe anerkannt. Matlock weigert sich immer noch, privat Kontakt mit ihr aufzunehmen, aber in der Öffentlichkeit spricht er mit ihr, was mehr ist, als wir uns erhofft hatten."

Elizabeths Blick wanderte zu Mr. Hadley. "Wie ähnlich Ihnen das sieht, ein Problem zu entdecken und nach einer Lösung zu suchen, ganz gleich wie weit es von Ihrem Zuständigkeitsbereich entfernt sein mag." Es war genau diese Neigung seinerseits, die sie an Darcys Bett gebracht hatte.

Er nickte. "Ich glaube, bis zu einem gewissen Grad teilen Sie diese Neigung mit mir, meine Liebe."

Der Butler erschien im Türrahmen. "Dr. Hackforth-Jones", kündigte er an.

Elizabeth wandte sich wieder Darcy zu. "Ich nehme an, das ist mein Stichwort, um hinauszugehen."

Seine Hand ballte sich fest um ihre. "Komm zurück", flüsterte er.

"Ich verspreche, ich werde dieses Haus nicht verlassen, ohne vorher mit dir zu sprechen", sagte sie beruhigend. Aber sobald sie seine Hand losließ, schob Darcys Kammerdiener ihr mit flehendem Blick eine Tasse in die Hand. "Ah, ja", fügte sie hinzu. "Tust du mir den Gefallen und trinkst noch ein wenig, bevor ich gehe? Ich werde sie für dich halten."

Bei seinem leichten Nicken beugte sie sich vor, um die Tasse an seine blassen Lippen zu legen. Solch ein intimer Dienst, so nah bei ihm, dass sie sehen konnte, wie sich sein Hals bewegte, als er schluckte. Sie spürte die Wärme seines Atems über ihre Finger hinweggleiten, doch es fühlte sich so richtig an. Als er fertig war, legte sie aus einem Impuls heraus ihre Hand auf seine Wange. Warum auch nicht? Sie hatte keinen Ruf mehr, den es zu schützen galt und er könnte sterben. Was spielte es also für eine Rolle?

Zumindest hätte sie dann die Erinnerung an diesen Moment, an seine Augen, die ihr mit warmem Blick dankten und sie fühlte seine Bartstoppeln, die in die zarte Haut ihrer Finger stachen. Sie beide befanden sich in ihrer eigenen kleinen Blase.

"Werde rasch gesund, ich flehe dich an", flüsterte sie.

Er drehte seinen Kopf so, dass seine Lippen ihre Handfläche berührten. Ein Schauer durchlief sie. Aber nur ein Moment verging, ehe er wieder wegsah, offensichtlich war er sich ihrer Umgebung bewusster als sie.

# DER PREIS DES STOLZES

Sie stellte die Tasse ab, stand auf und zwang ihre Füße, sie zur Tür hinauszutragen, ohne einen von ihnen anzusehen. Sie hatte keine Zeit für Verlegenheit, nicht, wenn Darcy sie brauchte.

# Kapitel 33

Als sie den Salon erreichten, schenkte Andrew Elizabeth Wein ein, ohne zu fragen, ob sie welchen wollte, aber sie war froh darum, sowohl um ihre Nerven zu beruhigen als auch weil es ihren Händen etwas zu tun gab. Dies war ein unangenehmes Treffen, auch ohne ihre Sorge um Darcys Verletzungen. Warum hatte Andrew keine Überraschung angesichts ihrer offensichtliche Nähe zu Darcy gezeigt? Hatte sein Bruder ihm von ihrer Vergangenheit erzählt? Aber dies war nicht die rechte Zeit, um ihm Fragen zu stellen. Sie nippte vorsichtig an ihrem Wein und schmeckte ihn kaum.

Er reichte Mr. Hadley ein zweites Glas und sagte: "Vielen Dank, dass du Elizabeth mitgebracht hast. Fitzwilliam hatte uns zuvor kaum angesehen und alles abgelehnt. Ich befürchtete, er hätte ganz aufgegeben."

"Sicher nicht", sagte Mr. Hadley und seine Augen richteten sich auf Elizabeth.

"Ihr habt ihn in den letzten Monaten nicht gesehen. Er war nicht er selbst. Deshalb habe ich ihn in die Stadt begleitet; Georgiana und ich befürchteten, er würde sonst nicht auf sich selbst achtgeben. Dann ist dies passiert." Andrew ließ sich auf einen Stuhl fallen. "Er hat sich in Gefahr gebracht, um mich zu retten, in dem Wissen, dass er dem nicht entkommen konnte und während ich niemals sagen würde, er habe vorgehabt, sich etwas anzutun, hat er auch keine große Anstrengung unternommen, um es zu verhindern."

"Es klingt, als ob alles ziemlich schnell gegangen ist", sagte Mr. Hadley. "Zweifellos hat er aus reinem Instinkt gehandelt. Du bist sein Bruder, natürlich würde er sein Leben aufs Spiel setzen, um dich zu retten."

"Ich denke, es war ihm egal, was mit ihm geschieht", sagte Andrew traurig.

Elizabeth nahm einen großen Schluck Wein, ihr Herz schmerzte.

Mr. Hadley sagte: "Er hat das Glück, dass du hier warst, um über ihn zu wachen. Ist Miss Darcy ebenfalls in London?"

"Noch nicht." Andrew trank seinen Wein zu hastig aus und hustete. "Sie und meine Frau sind in Derbyshire geblieben. Ich habe einen Eilboten zu ihnen geschickt, und ich gehe davon aus, dass sie auf dem Weg hierher sind."

Elizabeth hob den Kopf. Mary. Ihre Schwester würde bald hier sein. Vor einer Stunde wäre sie von der Vorstellung, sie zu sehen, begeistert gewesen, aber nun lähmte die Angst um Darcy alles andere in ihrem Kopf.

"Deine Frau wird sich zweifellos freuen, ihre Schwester zu sehen", sagte Mr. Hadley.

Andrew wirkte, als hätte er diese Verbindung völlig vergessen. "Guter Gott, ja. Wir waren so in Sorge."

"Wie du sehen kannst, war ich in hervorragenden Händen", sagte sie. "Trotz der Umstände werde ich froh sein, sie wiederzusehen. Ich kann dir nicht sagen, wie glücklich ich war, von eurer Ehe erfahren zu haben."

Andrew rieb die Spitze seines Stiefels gegen den Teppich. "Du hattest Recht, dass Mary und ich gut zueinander passen würden."

Sie hatte keine Energie, um den heißen Brei herumzureden. "Dessen bin ich mir sicher. Ebenso wie ich mir sicher bin, dass du und ich besser Freunde sind." Sie fügte mit neckender Miene hinzu: "Auf diese Weise kannst du einfach weggehen, wenn ich zu zänkisch werde."

Sein verlegenes Lächeln verriet ihn. "Nun, da du davon sprichst."

"Ich bin froh zu hören, dass du mit deiner Ehe zufrieden bist." Genug von dem schwierigen Thema ihrer gelösten Verlobung. "Darf ich dich bitten, mir eine weniger dringliche Frage zu beantworten, die mir Kopfzerbrechen bereitet hat? Mein Welpe, Sir Galahad – weißt du zufällig, was aus ihm geworden ist? Hat Mary ihn behalten oder ist er noch in Longbourn?" Das war einer der schwierigsten Teile daran gewesen, ihr Zuhause zu verlassen, insbesondere, da sie wusste, dass niemand auf Longbourn sich besonders um ihn scherte.

Andrews Miene hellte sich auf. "Weder noch. Mein Bruder fragte, ob er ihn haben könne. Er nimmt ihn überall hin mit. Er ist jetzt im Stall, damit er Fitzwilliam in seiner Rekonvaleszenz nicht stört."

Sie erhob sich halb von ihrem Stuhl. "Sir Galahad ist hier?" Oh, wie sehr sie sich nach dem Trost sehnte, den der Welpe ihr spenden könnte! Aber würde er sich überhaupt an sie erinnern? Es waren drei Monate vergangen, die Hälfte seines kurzen Lebens. Langsam ließ sie sich wieder sinken.

"Ja. Wenn du möchtest, könnte ich ihn holen."

"Oh, ja, bitte!"

"Also schön. Ich bin gleich wieder da." Andrew verneigte sich und verließ den Raum.

Nachdem seine Schritte verklungen waren, sagte Mr. Hadley: "Ich hoffe, es war nicht falsch von mir, Sie hierher zu bringen, aber wenn es Ihr Wunsch ist, können wir jederzeit wieder aufbrechen."

Sie schaute auf ihre Hände hinab. "Nein, Sie hatten Recht. Ich muss hier sein." Ihre Stimme war nicht so ruhig, wie sie es gerne gehabt hätte. "Zumindest zunächst. Ich weiß, ich habe Verantwortung gegenüber Ihrer Schwester."

"Unfug. Sie kommt eine Zeit lang sehr gut ohne Sie zurecht und sie würde wollen, dass Sie hier sind, wo Sie gebraucht werden." Sympathie erfüllte seine Worte. "Ich kann nur vermuten, wie schwierig das für Sie sein muss."

"Glauben Sie, es ist wahr, was Drew gesagt hat? Dass er nicht versucht hat, seine Verletzungen zu vermeiden?" Die Worte sprudelten aus ihr heraus.

Mr. Hadley seufzte und setzte sich neben sie. "Haben Sie jemals eine Zeit durchgemacht, während derer Ihre Stimmung sehr gedrückt war, während derer es sich anfühlte, als würde selbst die einfachste Aufgabe Ihnen übermenschliche Kräfte abverlangen und es sich anfühlte, als würden Sie durch Morast statt Luft waten? Nach Andrews Beschreibung klingt es so, als ob Darcy sich in einem solchen Zustand befunden hätte. Ich vermute eher, dass Andrew zu retten alles war, wozu Darcy imstande war und dass Andrews Schuldgefühle ihn mehr darin sehen lassen als es eigentlich ist."

"Selbstverständlich." So war es ihr viel zu viele Tage lang ergangen, nachdem sie ihre Verlobung gelöst hatte, wie Mr. Hadley auch schon vermutet haben musste. Und hatte Bingley nicht eine Zeit nach Hunsford beschrieben, in der Darcy schwermütig gewesen war? Nun befand er sich wieder an diesem Punkt und erneut war sie die Ursache dafür. Diesmal könnte er daran sterben. Ihr Hals schnürte sich zu.

Dann raste Sir Galahad in den Raum, eine schlaksige Kreatur, die fast doppelt so groß war wie sie, aber immer noch derselbe vertraute Welpe, mit demselben dunklen kreisförmigen Fleck um sein linkes Auge und der Zunge, die ihm aus dem Maul hing, ganz wie sie es in Erinnerung hatte. Er stürmte direkt auf sie zu, schob seine nasse Nase eifrig in ihre Hände und hüpfte auf und ab, als könne er sich kaum davon abhalten, sie anzuspringen.

Doch das war gar nicht nötig, denn Elizabeth fiel sofort vor ihm auf die Knie, warf ihre Arme um seinen Hals und ließ zu, dass er ihr zum Gruß über die Nase leckte, wie sie es ihm beigebracht hatte. "Oh, Liebling, du erinnerst dich an mich!" Sie umarmte ihn fest und vergrub ihr Gesicht in seinem weichen Fell, getröstet von dem vertrauten Geruch von Sir Galahad.

Sie hätte ihn stundenlang umarmen können, aber er konnte es nicht ertragen, lange stillzuhalten, und bald steckte er seine Nase in ihr Gesicht und leckte ihr über die Ohren, über ihre Wangen und auch sonst über alles, was er erreichen konnte. Aber sie konnte ihn nicht schelten, nicht, wenn sie endlich ihren Welpen zurückhatte. Er hätte ihr die ganze Haut mit seiner rauen Zunge abreiben können und sie hätte sich nicht beschwert. Sein enthusiastisch wedelnder Schwanz schlug gegen ein Tischbein.

Er brach nur ab, um in engen Kreisen Runde um Runde um sie herumzurennen, bis er sein Gesicht wieder in ihre Arme drücken konnte. Schließlich machte er eine kurze Pause, um an Mr. Hadley zu schnüffeln, der darauf reagierte indem er seine Ohren kraulte, ehe der Welpe sich auf Elizabeths Knie fallen ließ und glücklich keuchte.

"Oh, du wundervoller, wundervoller Hund", sagte sie zu ihm und rieb seinen Kopf so, wie er es mochte.

Mr. Hadley lachte. "Ich denke, es ist nun mehr als deutlich geworden, dass er sich an Sie erinnert."

Andrew stand an der Tür, wo er Sir Galahads Leine fallen gelassen hatte. "Für gewöhnlich benimmt er sich besser. Pemberleys Zwingermeister hat ihn erzogen."

Sir Galahad rollte sich auf den Rücken und bettelte darum, den Bauch gekrault zu bekommen. Als Elizabeth ihm nachgab, sagte sie: "Ich finde, er ist perfekt."

Darcys Kammerdiener trat ein. "Mr. Andrew, Dr. Hackforth-Jones ist im Begriff zu gehen."

Andrew warf Elizabeth einen Blick zu. "Verzeih bitte. Ich muss mit ihm sprechen." Er eilte aus dem Raum.

Wilkins verneigte sich vor Elizabeth. "Miss Bennet, Mr. Darcy fragt nach Ihnen, obwohl der Doktor vorhat, Mr. Andrew zu unterweisen, dass kein Besuch erlaubt sein sollte."

Elizabeths Augen weiteten sich angesichts dieses offensichtlichen Ungehorsams. Anscheinend überwog ihre Fähigkeit, Mr. Darcy zum Trinken zu überreden, Andrews Autorität, zumindest in Wilkins' Augen. "Dann können wir von Glück sprechen, dass ich kein Besuch, sondern eine bezahlte Gesellschaftsdame bin, die in Mr. Hadleys Diensten steht. Vielleicht sollten Sie mich jetzt zu Mr. Darcy bringen."

Die Miene des Kammerdieners wirkte zufrieden, als er sich vorbeugte, um Sir Galahads Leine aufzusammeln. Ein Schnippen seiner Finger brachte den Hund dazu, sich an seine Seite zu setzen. Der schnelle Gehorsam des Welpen machte seinen neuen Status als Darcys Hund noch greifbarer, eine Erinnerung daran, dass Darcy darauf bestanden hatte, ihren Mischling zu adoptieren.

Diesmal war sie besser auf den Anblick von Darcy vorbereitet, aber nicht darauf, wie sehr ihr Herz ihm zuflog, als sie sich ihm näherte. Das sagte ihr, dass dies der Ort war, an den sie gehörte. Sie wusste nicht, wie sie jemals wieder fortgehen sollte.

Wilkins winkte den Diener aus dem Raum und ließ nur die beiden bei Darcy. Er beugte sich über das Bett und sagte deutlich: "Dr. Hackforth-Jones sagt, dass Sie keinen Besuch haben dürfen. Ist es Ihre ausdrückliche Anweisung, dass Miss Bennet bleiben darf?"

"Ja." Darcys Stimme war heiser, aber eindeutig. Er hustete und fügte dann hinzu: "Ein Dienstmädchen."

"Kommt sofort, Sir." Wilkins trat zurück.

Elizabeth kehrte zu dem Stuhl neben seinem Bett zurück und der Welpe lehnte sich augenblicklich an ihr Bein. "Du musst dich schon besser fühlen, wenn du wieder über Anstandsdamen nachdenken kannst", neckte sie. "Nicht, dass ich eine brauche, nun da Sir Galahad hier ist." Sie kraulte die Ohren des Hundes. "Ich freue mich so sehr, dass er sich an mich erinnert. Und ich danke dir, dass du ihn aufgenommen hast, als ich gegangen bin. Das bedeutet mir sehr viel."

Darcy griff nach ihrer Hand und nahm sie, froh über den Kontakt. Sie fügte hinzu: "Und ich freue mich, dich wiederzusehen. Gestattest du mir, dass ich dir noch ein wenig Brühe gebe?"

Er nahm nur ein paar Schlucke und kurz darauf ließ der Griff seiner Hand in ihrer unvermittelt nach, als er in den Schlaf hinüberglitt. Ein Teil der Anspannung verließ Elizabeths Schultern, als sie zuließ, dass sich ihre Augen an seinem Gesicht sattsahen, nun, da sie sich keine Gedanken mehr über seine Reaktion machen musste. Wie sie ihn vermisst hatte! Mit ihrem Blick zeichnete sie die Konturen seines geliebten Gesichts nach. Die Furchen des Schmerzes hatten noch nicht nachgelassen und es tat ihr in der Seele weh, dass sie sein Leid nicht lindern konnte.

DARCY WURDE AN DIESEM Abend noch zweimal wach, sprach nur ein paar Worte und klammerte sich an Elizabeths Hand. Jedes Mal gelang es ihr mit einer Kombination aus Necken und Überredungskunst, ihn zu überzeugen, etwas Brühe zu sich zu nehmen.

Schließlich, weit nach Mitternacht, ließ sie sich ins Bett schicken. Ihr Zimmer nahm sie kaum wahr, bevor sie aufs Bett fiel und in einen traumlosen Schlaf sank, nur um vor dem Morgengrauen urplötzlich aufzuwachen und sich irgendwie sicher zu sein, dass Darcy in Gefahr war. Sie wickelte sich in einen Hausmantel und ging zu seinem Schlafzimmer, wo der Diener berichtete, sein Zustand habe sich nicht verändert. Trotzdem ließ sie der Schreck des Augenblicks nicht los und so kehrte sie zu ihrem Zimmer zurück, um sich rasch umzuziehen, ehe sie wieder an Darcys Bett eilte.

Während seiner Wachphasen versuchte sie, Hinweise auf Besserung auszumachen. Er trank ein bisschen mehr und aß sogar ein paar kleine Bissen Brot und Marmelade, die Elizabeth ihm von ihrem Frühstücksteller fütterte. Er lächelte sie schwach an und legte ihre Hand an seine Wange und Hitze stieg in ihr auf. Es war nicht viel, an dem sie sich festhalten konnte, wenn er nur ein paar Worte am Stück sprechen konnte, aber es war genug. Mehr als genug, nachdem sie monatelang ausgehungert war, was seine Gesellschaft anbelangte.

Es gelang ihr, Wilkins, der seit dem Unfall seines Herrn wenig geschlafen zu haben schien, zu überzeugen, sich eine Zeit lang auszuruhen. Andrew und Mr. Hadley kamen beide, um nach ihr zu sehen, aber sie schickte sie nach einer kurzen Begrüßung weg. Darcy wollte niemand außer sie an seiner Seite haben, und in ihrem Herzen fühlte sie dasselbe. Sie hielt seine Hand und sprach mit ihm, wenn er wach war, und las Bücher, während er schlief.

Am späten Nachmittag hörte sie unten ein Geräusch, schenkte dem aber keine besondere Beachtung. Darcy war gerade wieder in den Schlaf abgedriftet und sie fühlte, wie sehr sie der lange Tag angestrengt hatte. In diesem Moment öffnete sich die Schlafzimmertür und zum Vorschein kam Georgiana, die offensichtlich gerade angekommen war und immer noch ihren Hut und die Handschuhe trug. Sie trat auf Zehenspitzen ein, in ihrem Gesicht zeichneten sich Sorgenfalten ab.

Wilkins bewegte sich schnell, um sie abzufangen, einen Finger an seinen Lippen, aber es war zu spät. Darcy rührte sich bereits.

"Fitzwilliam? Ich bin so schnell gekommen, wie ich konnte." Sie setzte sich auf die Seite des Bettes, die der Tür am nächsten war, gegenüber von Elizabeth, deren Anwesenheit sie nicht zu bemerken schien. "Ich war so in Sorge."

Darcy blinzelte sie an und schien verwirrt zu sein. Wilkins sagte: "Mr. Darcy geht es heute besser und der Arzt hofft, dass er bald wieder ganz der Alte sein wird, aber er ist müde und schwach aufgrund des großen Blutverlusts. Er kann Sie verstehen, aber das Sprechen fällt ihm schwer."

"Oh mein armer Bruder!" Georgiana nahm Darcys Hand zwischen ihre beiden. "Ich hoffe du hast nicht zu große Schmerzen."

"Nicht große", sagte er. "Es tut mir leid, dich zu beunruhigen." Auf jeden Fall fiel ihm das Sprechen heute schon leichter als gestern.

"Sei nicht albern", tadelte das Mädchen. "Wie könnte ich wegbleiben?"

Georgiana hatte Elizabeths Anwesenheit immer noch nicht bemerkt, was sie nicht wirklich überraschte, da sie im Schatten saß und zwar nicht wie eine Dienstbotin, aber ganz sicher auch nicht wie eine Lady gekleidet war. Elizabeth fühlte sich wie ein Eindringling und wollte keine Aufmerksamkeit erregen und so stand sie auf und ging schweigend zur Tür.

Sie hatte sie beinahe erreicht, als sie draußen die Stimme ihrer Schwester Mary hörte. "Bitte, zeig mir stattdessen unser Zimmer. Ich kann mir nicht vorstellen, dass er mich wirklich sehen möchte."

"Er ist krank genug, dass er wahrscheinlich keine Lust hat, sich zu unterhalten, aber jemand anderes ist da drin, deren Anblick dich sehr freuen wird", sagte Andrew und klang freudiger als zuvor.

"Was meinst du -" begann Mary.

Aber zu diesem Zeitpunkt war Elizabeth bereits im Vorraum, eilte an die Seite ihrer Schwester und rief ihren Namen.

Mary blieb der Mund offen stehen. "Lizzy!" Sie warf ihre Arme um sie und drückte sie fest. "Du bist in Sicherheit!"

"Vollkommen sicher und sehr glücklich, dich zu sehen, trotz der Umstände."

Die Ehe schien Mary gut zu bekommen, die verkniffenen Falten zwischen ihren Augen, die ihre ständigen Begleiter gewesen waren, schienen sich geglättet zu haben und die Anspannung um ihre Lippen war verschwunden.

Mary wandte sich an Andrew. "Das ist so eine Überraschung! Du hast nichts davon in deinem Brief erwähnt. Wie hast du sie gefunden?"

Elizabeth schmunzelte, weil Ihre Schwester so rührend an ihren Mann glaubte. "Er hat erst gestern von meiner Anwesenheit in London erfahren."

Andrew sagte: "Sie war die ganze Zeit bei Hadley und seiner Schwester und er hatte keine Ahnung, dass wir nach ihr suchten. Kannst du dir das vorstellen? Aber nun bringe ich dich auf dein Zimmer und dann lasse ich dich allein, damit du dich deiner Schwester widmen kannst. Ich kann mir vorstellen, dass ihr viel zu besprechen habt."

"Ja", sagte Elizabeth. "Ich möchte alles über eure Hochzeit hören, was du von Kympton hältst und all die Neuigkeiten aus unserer Familie!" Und es hatte keinen Sinn, in Darcys Zimmer zu bleiben, während Georgiana dort war. Ihre Anwesenheit würde das Mädchen nur in Verlegenheit bringen. "Und du musst dir keine Sorgen machen, meinen Aufenthaltsort geheim halten zu müssen. Ich habe gestern Abend an unsere Eltern und an Jane geschrieben und ihnen die Anschrift von Mr. Hadleys Haus gegeben, wo ich wohne."

"Sie werden sich so freuen, von dir zu hören", sagte Mary.

Andrew führte sie in ein geräumiges Schlafzimmer. "Ich hoffe, du findest es hier behaglich, Mary. Ich werde entweder in Darcys Zimmer oder unten sein, wenn du mich brauchst."

"Ich danke dir." Mary sah sich um, als Andrew sie verließ. "Welch Eleganz! Ich bin immer noch nicht an das Ausmaß der Pracht in Pemberley gewöhnt, und hier sieht es nicht anders aus. Aber wie geht es dir, Lizzy?"

"Ganz gut und ich bin gespannt darauf, alles über dich zu hören! Aber darf ich dir zuvor eine Frage stellen, die mich beunruhigt hat? Als ich Bath verließ, dachte ich, weder du noch Andrew wüssten etwas von Mr. Darcys Verbundenheit zu mir, doch nun scheint Andrew alles darüber zu wissen. Es war mir zu peinlich, ihn zu fragen, was geschehen ist."

Mary zog ihre Handschuhe aus und legte sie neben der Garderobe ab. "Oh, Fitzwilliam hat es uns am selben Tag erzählt, an dem du auch verschwunden bist. Es war ein ziemlicher Schock, besonders für den armen Andrew, aber seitdem gehört es zum Alltag, da fällt es schwer, sich ins Gedächtnis zu rufen, dass man es jemals nicht wusste."

"Es gehört zum Alltag? Was meinst du damit?" Elizabeths Hals wurde eng.

"Na, nur, dass wir es nicht vergessen konnten, weil Fitzwilliams Stimmung so gedrückt war, als würde dein Geist Pemberley heimsuchen. Er erträgt es kaum, in meiner Nähe zu sein, weil meine Anwesenheit ihn an das erinnert, was er in dir verloren hat. Oh, er versucht es zu verbergen und mich willkommen zu heißen, und ich glaube nicht, dass er mich nicht mag, aber er kann mich nicht ansehen, ohne dich zu sehen." Sie sagte es, als sei es eine Tatsache, anstatt etwas, das sie verletzte.

Aber Elizabeth tat es weh. "Ich hatte keine Ahnung."

Mary goss Wasser aus dem Krug und spritzte es sich ins Gesicht. "Oh, das ist besser. Der Straßenstaub, weißt du." Sie tupfte sich ihr Gesicht trocken. "Am Anfang war es schlimmer, als er absolut entschlossen war, dich zu finden und zu heiraten, bevor ihm bewusstwurde... Oh. Ich bin taktlos."

"Bevor ihm bewusstwurde, dass es unmöglich ist?", fragte Elizabeth hart. "Bevor er überzeugt werden konnte, den guten Namen Darcy nicht durch die Heirat mit einer ruinierten Frau zu zerstören? Bevor er anerkannte, dass dies Georgianas Zukunft ruinieren würde? Mir musst du nichts vorspielen. Ich weiß das alles nur zu gut. Deshalb bin ich gegangen."

Marys frisch geschrubbtes Gesicht nahm rote Flecken an, als sie anfing zu schluchzen, sich verschluckte und sich ihre Schultern von Schluchzern hoben. "Es tut mir so leid. Bitte hasse mich nicht, Lizzy!"

"Dich hassen?" Elizabeth starrte sie erstaunt an. "Niemals! Warum solltest du so etwas denken?"

"Weil ich alles habe, was dir gehören sollte! Andrew, dieses schöne Pfarrhaus, ein unabhängiges Leben. Ich habe das Gefühl, als hätte ich dir alles gestohlen."

Elizabeth legte ihren Arm um ihre Schwester. "Du hast nichts dergleichen getan. So sehr ich Andrew auch respektiere, ich wollte ihn nicht heiraten."

"Aber wie könntest du ein Leben in Diensten einem eigenen Zuhause vorziehen? Selbst wenn es bedeutete, uns alle zurückzulassen?"

Könnte sie es jemals so erklären, dass es für Mary Sinn ergab? "Natürlich war es nicht das, was ich wollte, aber es war meine einzige andere Wahl. Ich habe euch alle vermisst, aber es hat mich getröstet zu wissen, dass du und Andrew glücklich zusammen sein würdet."

"Nicht so glücklich, wie er mit dir gewesen wäre. Ich weiß, dass er mich nur als Ersatz genommen hat. Ich bin entschlossen, die beste Frau zu sein, die ich abgeben kann, damit er es niemals bereut, aber ich bin kein Dummkopf. Kein Mann hat mich dir jemals vorgezogen."

Elizabeth legte ihre Hände auf Marys Schultern und zwang ihre Schwester, sie direkt anzusehen. "Andrew tut es. Er hat mir gegenüber in Bath zugegeben, dass er lieber dich als mich heiraten würde. Er mochte mich ganz gern, aber dich liebt er."

Ihre Augen weiteten sich, immer noch voller Tränen. "Das hat er gesagt?"

"Ja, das hat er."

Mary wischte sich die Augen ab und ihre Brust hob sich. "Das wusste ich bisher nicht. Aber warum sollte er mich wollen, wenn du so viel hübscher und lebendiger bist?"

"Du unterschätzt dich. Das, was ich an Andrew am meisten bewundere, ist seine Fähigkeit, Menschen so zu sehen, wie sie wirklich sind. Ich war so besorgt, als er unsere Mutter kennenlernen sollte, doch anstatt ihre Albernheit und ihre schlechten Manieren zu bemerken, sah er ihre Ängste und dass sie jemanden brauchte, der ihr zuhört. Du und ich – nun, es ist nicht einfach, eine jüngere Schwester des schönsten Mädchens der ganzen Grafschaft zu sein! Wir konnten da nicht mithalten. Da wir Jane in Sachen Schönheit immer nachstehen würden, habe ich gelernt, geistreich zu sein und du hast gelernt, tugendhaft zu sein. Aber Andrew kam und sah dich als Person, nicht als eine Liste von Errungenschaften oder wie du im Vergleich zu anderen wirkst. Und er liebte, was er sah."

Ihre Schwester schien darüber nachzudenken. "Ja, er hat diese Fähigkeit, und ich hoffe, dass es wahr ist, denn ich liebe ihn sehr. Er ist der beste Mann, den ich kenne. Und ich bin sehr froh, dass du mich nicht dafür hasst."

"Überhaupt nicht", beruhigte Elizabeth sie. "Und jetzt, fürchte ich, musst du dein Gesicht erneut waschen." Zumindest hatte Mary sie nicht nach ihren Gefühlen für Darcy gefragt, weil Elizabeth noch nicht glaubte, dass sie es ertragen könnte, darüber zu sprechen.

ELIZABETHS FREUDE AN der Gesellschaft ihrer Schwester hielt nur so lange an, bis ihr klar wurde, wie sehr die Anwesenheit von Mary und Georgiana ihre Stellung im Haushalt verändern würde. Nun, da Damen anwesend waren, musste wieder die Schicklichkeit gewahrt werden und sie wünschte sich von Herzen, dass beide wieder in Derbyshire wären.

"Lizzy, es gehört sich, dass du mit uns speist", wiederholte Mary zum dritten Mal. "Denkst du nicht auch, Georgiana?"

Georgiana zog die Schultern hoch und murmelte etwas. Elizabeth hatte Mitleid mit dem Mädchen. Sie hatte es kaum gewagt, Elizabeth direkt anzusehen, seit sie ihre Anwesenheit hier bemerkt hatte. Die arme

Georgiana musste ihr ganzes Leben lang angewiesen worden sein, sich nicht mit gefallenen Frauen abzugeben, und sie bemühte sich so sehr, ihren beiden Brüdern zu gefallen. Was sollte sie von einer Frau halten, die der eine Bruder liebte und die den anderen verschmäht hatte?

Elizabeth sagte fest: "Ich bevorzuge es, Mr. Darcy beim Abendessen zu helfen."

"Das können die Diener übernehmen", erwiderte Mary.

Wilkins, der auf magische Weise hinter ihr aufgetaucht war, sagte ehrerbietig: "Es ist ein Dilemma, Mrs. Andrew. Das Personal ist natürlich in der Lage, Mr. Darcy zu unterstützen, aber er weigert sich, zu essen, es sei denn, Miss Bennet ist anwesend. Der Arzt machte sich Sorgen um sein Überleben, bis Miss Bennet eintraf und ihn zum Essen überredete. Es war äußerst knapp."

Georgiana hob den Kopf. "Dann muss Elizabeth bei Fitzwilliam bleiben", sagte sie fest. "Seine Gesundheit muss an erster Stelle stehen."

Elizabeth war bereits länger von Darcy getrennt gewesen, als sie ertragen konnte, deshalb wandte sie sich augenblicklich in Richtung seiner Gemächer um. Aber dann kam ihr ein Gedanke und sie sagte: "Mary, bitte sag Andrew, dass ich darauf bestanden habe." Ihrer Schwester gebührte die Anerkennung dafür, dass sie versucht hatte, sie zum rechten Benehmen anzuhalten.

Sie blieb an der Tür seines Schlafgemachs stehen, um sich zu sammeln, und setzte um Darcys Willen ein fröhlicheres Gesicht auf, ehe sie eintrat.

Er war wach, sein Gesicht vor Schmerz angespannt, aber sein Gesichtsausdruck hellte sich bei ihrem Anblick auf und er streckte seine Hand aus. Sie zitterte nur leicht.

Als sie sie in ihre nahm, verschwand das unruhige, leere Gefühl in ihr und wurde durch eine warme Sehnsucht ersetzt. Oh, es war so richtig, mit ihm zusammen zu sein! Sie trat vor und hielt seinen Handrücken an ihre Wange, ohne sich darum zu kümmern, wie unpassend es sein könnte. Sie wollte, dass er wusste, wie gut es sich anfühlte, ihn zu berühren. Und das Gefühl seiner Haut auf ihrem Gesicht ließ Hitze durch sie hindurchströmen. Wenn sie nur in dieses Bett kriechen und ihn an sich drücken könnte.

Sie wünschte, sie könnte es ihm sagen. Stattdessen begann sie spielerisch: "Nun, jetzt sitzt du hier für ein paar Stunden mit mir fest. Ungnädig wie ich war, habe ich mich geweigert, mit den anderen zu speisen, um dich davon zu überzeugen, mehr Rinderbrühe zu trinken. Klingt das nicht über alle Maßen aufregend?"

"Über alle Maßen." Sein süßes Lächeln brachte ihr Herz zum Flattern.

Wie hatte sie ihn jemals für übellaunig halten können? Da er ihre Neckerei zu genießen schien, fügte sie hinzu: "Nun, da Mary und Georgiana hier sind, kehren Mr. Hadley und Mrs. Todd nach Hause zurück, aber ich fürchte, ich habe meine allzu lockeren Aufsichtspersonen gegen strengere eingetauscht. Glücklicherweise hilft Wilkins dabei, unsere Schwestern in Schach zu halten. Er scheint zu glauben, dass sie deinen Konsum von Rinderbrühe beeinträchtigen werden, was, wie du sicherlich weißt, Wilkins wichtigstes Ziel im ganzen Universum ist."

Wilkins' Lippen zuckten. "Nur, weil Mr. Darcy Gerstenwasser nicht ausstehen kann, was der Arzt ihm verordnet hat. Rinderbrühe ist ein Kompromiss", sagte er streng. Gütiger Gott, hatte der Kammerdiener tatsächlich einen Scherz gemacht?

"Ein weiser", sagte Elizabeth. "Ich würde lieber verdursten, als nichts anderes als Gerstenwasser zu trinken."

"Toast und Marmelade" Darcy sprach langsam und mit offensichtlicher Anstrengung. "Und Abendessen für Miss Bennet." Er schloss die Augen, anscheinend erschöpft von der Anstrengung.

Ein ungewöhnliches Grinsen breitete sich auf Wilkins' Gesicht aus. "Kommt sofort, Sir!"

# Kapitel 34

Am nächsten Morgen wurde Elizabeth an Darcys Tür abgewiesen, mit der Nachricht, Darcy würde sich freuen, sie zu sehen, wenn er mit der Rasur fertig sei.

"Rasur?" Sie strahlte den Diener an, der ihr die Nachricht überbracht hatte. "Das sind wundervolle Neuigkeiten! Dann muss er sich besser fühlen."

"Scheint so, Miss", sagte er. "Sehr froh, das zu sehen."

"Bitte informieren Sie mich, wenn er bereit ist", sagte sie. Sie wollte tanzen, singen, die guten Nachrichten aus dem Fenster schreien und hatte gleichzeitig den seltsamsten Drang zu weinen.

Da kein Grund zur Eile bestand, beschloss sie, den Frühstücksraum zu finden, statt ein Tablett zu bestellen. Eines der Dienstmädchen wies ihr den Weg. Wie seltsam, mehrere Tage im Haus gewesen zu sein und doch noch fast nichts davon gesehen zu haben, außer Darcys Schlafzimmer und seiner Bibliothek, in der sie ein Buch gefunden hatte!

Als sie näherkam, hielt sie inne, als sie Andrew sagen hörte: "Wir werden nach dem Frühstück ausgehen. Möchtest du lieber Einkäufe machen oder eines der Museen besuchen? Danach können wir Lady Frederica einen Besuch abstatten. Sie wird deine Anwesenheit in der Stadt nutzen wollen, um euch auf die kommende Saison vorzubereiten."

"Weder noch." Das war Georgianas Stimme. "Ich möchte bei Fitzwilliam bleiben. Ich bin nicht den ganzen Weg gekommen, um unterhalten zu werden."

Andrew räusperte sich. "Ich weiß, dass du mit ihm zusammen sein möchtest, aber wir können ihn am besten unterstützen, indem wir wegbleiben. Er liebt dich, aber gerade will er mit Elizabeth zusammen sein und ihre Anwesenheit hilft ihm, sich zu erholen. Sobald es ihm besser geht..." Seine Stimme verstummte, als wäre er sich über dieses Ergebnis nicht sicher. "Während er verletzt ist, kann sie bei ihm sein. Er braucht diese Zeit mit ihr." Er ließ den Rest unausgesprochen, dass Elizabeth gehen müsste, wenn es Darcy wieder besserginge.

Georgianas Stimme klang gedämpft. "Könnte ich ihn wenigstens kurz sehen, bevor wir gehen?"

"Darüber würde er sich sicher freuen", sagte Andrew.

Unerklärlich erfreut über den Gedanken, dass die anderen den Tag auswärts verbringen würden, gab Elizabeth ihre Lauschstellung auf und schlenderte hinein, um dort nur Georgiana und Andrew vorzufinden. "Guten Morgen", sagte sie.

Georgianas Wangen färbten sich bei ihrem Anblick ein wenig.

"Guten Morgen", antwortete Andrew mit einer Verbeugung. "Ich hoffe, du hast gut geschlafen."

"Einigermaßen. Ich war zufrieden mit Mr. Darcys Bemühungen, zu essen und zu trinken, gestern Abend und wie ich verstehe, fühlt er sich heute Morgen auch besser." Sie würde seiner Schwester und seinem Bruder nicht auf die Nase binden, dass sie ihn mit einem Kuss auf die Wange bestochen hatte, um dafür zu sorgen, dass er eine ganze Schüssel Rinderbrühe aß. In Wahrheit hätte sie ihm gerne den Kuss nur um des Vergnügens wegen gegeben, aber sein Essen in einen Wettbewerb zu verwandeln schien seine Stimmung zu heben. Und es hatte sich so richtig angefühlt. "Ist Mary noch im Bett?"

Eine schwache Röte stieg in Andrews Wangen auf. "Sie fühlt sich manchmal ein wenig unwohl zur Frühstückszeit, und die Reise ermüdete sie."

Über Marys gesunden Appetit hatte die Familie immer gescherzt, und sie war stets die Erste am Frühstückstisch in Longbourn gewesen. Wenn sie es nun mied, vermutete Elizabeth, dass es einen Grund dafür geben könnte. Der Gedanke daran war eine Erinnerung, dass doch noch die Möglichkeit des Glücks bestand.

# DER PREIS DES STOLZES

ANDREW UND GEORGIANA begleiteten sie zu Darcys Gemach, wo sie den frisch rasierten Patienten aufrecht im Bett sitzend vorfanden. Er trug einen dunklen Hausmantel über seinem Nachthemd, der seine Blässe und die Ringe unter seinen Augen betonte. "Guten Morgen", sagte er und seine Stimme klang klarer.

Georgiana küsste ihn auf die Wange. "Wie geht es dir?"

"Besser, ich danke dir. Es tut mir leid, dass ich dir einen solchen Schrecken eingejagt habe."

"Ich bin so froh, dass es dir bessergeht! Ich werde aber nicht bleiben und dich ermüden. Drew nimmt mich zu einem Besuch bei Lady Frederica mit, es sei denn, dir ist es lieber, wenn ich hierbleibe." Sie klang, als hoffe sie, dass er Einwände erheben würde.

"Eine gute Idee. Zweifellos wird sie dich zu ihrer Schneiderin mitnehmen wollen. Sie hat mir letzte Woche von den vielen Vorbereitungen für dein Debut erzählt", sagte Darcy.

Ein Gewicht hob sich von Elizabeths Brust, da ihm das Sprechen so leichtfiel. Es musste ein gutes Zeichen für seine Genesung sein. Sie blieb im Hintergrund, als die anderen mit ihm plauderten, aber ihr entging nicht, wie seine Augen immer wieder zu ihr wanderten. Und als Georgiana und Andrew gingen, galt sein Lächeln nur ihr allein.

Ihr Magen schien Purzelbäume zu schlagen. "Ist dir heute Morgen nach Gesellschaft?", fragte sie. Nun, da sich sein Gesundheitszustand verbesserte, schien es irgendwie so, als ob die Regeln des Anstands ebenfalls zurückkehren sollten, aber das gefiel ihr nicht.

"Mir würde das Herz brechen, wenn ich deiner Gesellschaft beraubt würde", sagte er ernst. "Komm, setz dich zu mir, ich bitte dich."

Es war beschämend, wie viel es ihr bedeutete. Sie eilte zu dem Stuhl, den sie bereits für ihren hielt.

Als Darcy nach ihrer Hand griff, nahm sie sie, allerdings mit einem Blick auf das Dienstmädchen, das sich auf dem Stuhl der Anstandsdame niedergelassen hatte. Nicht, dass es sie gestern beunruhigt hätte, aber heute schien alles anders zu sein. Sie würde sich jedoch nicht davon abhalten lassen. Es bedeutete zu viel. "Bitte sag mir, ob ich dich ermüde."

"Deiner werde ich niemals müde werden. Und ich danke dir noch einmal, dass du hergekommen bist." In seiner Stimme schwang so viel mehr

Bedeutung mit. "Hätte ich gewusst, dass es dich an meine Seite bringt, wenn ich mich von einem Pferd niedertrampeln lasse, dann hätte ich mich schon viel früher vor eines geworfen."

"Mir gefällst du unzertrampelt besser, falls es dir nichts ausmacht." Sie sah auf ihre Hände hinab und wollte mehr sagen, aber diese Diskussion war vor einer Aufsichtsperson definitiv nicht angebracht. "Es war eine ziemliche Überraschung, als ich herausfand, dass du in London bist, wo ich doch gedacht hatte, du befändest dich auf einem Schiff irgendwo auf dem Atlantik. Es tut mir leid, dass du nicht auf deine Expedition gehen konntest."

"Wie könnte ich, solange du vermisst wirst?" Er klang überrascht.

Sie warf ihm einen neckenden Blick zu. "Ich war nicht vermisst. Ich hatte dir gesagt, dass ich in Sicherheit war und eine anständige Stellung gefunden hatte."

"Hättest du nicht dasselbe gesagt, wenn du nicht in Sicherheit gewesen wärst? Selbst wenn deine Stellung keine geeignete gewesen wäre?"

"Aber so *war* es nun mal."

"Das konnte ich nicht wissen. Ich war außer mir vor Sorge, habe mich gefragt, wo du bist, unter welchen Umständen du Arbeit verrichtest und ob du in Gefahr warst. Wie könnte ich auf die andere Seite der Welt reisen, und mir nicht sicher sein, was mit dir geschehen ist? Was, wenn du Hilfe bräuchtest und ich erst drei Jahre zu spät käme?" Er klang aufgewühlt und er verstärkte seinen Griff um ihre Hand.

Wilkins runzelte die Stirn und machte sich an seinem Kissen zu schaffen. "Sie dürfen sich nicht erschöpfen, Mr. Darcy."

Elizabeth nahm einen tiefen Atemzug. Wie konnte sie ihr Handeln erklären, ohne ihn aufzuwühlen? Mit einem beruhigenden Lächeln sagte sie: "Ich bedauere, dass du dir solche Sorgen gemacht hast, aber ich bin nicht ohne Ressourcen. Ich hätte mich jederzeit an meine Schwester oder meine Tante wenden können, um mir Erleichterung zu verschaffen."

"Trotzdem vermute ich, dass du dich dazu entschieden haben könntest, einiges zu ertragen, ehe du dich an sie wendest. Deine Starrköpfigkeit habe ich bereits kennengelernt."

Sie konnte nur lachen. "Du kannst es auch Sturheit nennen, und ich glaube, ich bin nicht die einzige anwesende Person, die darunter leidet."

Leiser sagte er: "Oh ja, Elizabeth, ich kann ganz herrlich stur sein."

Ihr Puls fing bei dieser Andeutung an zu flattern. "Zuerst musst du diese Sturheit einsetzen, um wieder gesund zu werden und dann reden wir weiter!" Und sie musste das Thema wechseln. "Ich kann immer noch nicht glauben, dass du dich entschieden hast, nicht auf deine Expedition zu gehen. Was ich für eine solche Gelegenheit getan hätte, wenn ich nur ein Mann wäre!"

Er lachte. "Es tut mir leid, dass ich sie verpasst habe, aber ich bin mehr als dankbar, dass du kein Mann bist."

Sie schlug ihm spielerisch aufs Handgelenk. "Das einzige Mal, dass ich mir jemals gewünscht hatte, ein Mann zu sein, war, als ich zwölf Jahre alt war und mir bewusstwurde, dass mir nie gestattet sein würde, unerforschte Länder zu entdecken, weil ich weiblichen Geschlechts bin. Das hat mir das Herz gebrochen."

Er lehnte sich in seine Kissen zurück. "Du hattest schon einmal erwähnt, dass du in den Dschungel reisen möchtest. Wie kommt es, dass du dich für so etwas interessierst?"

Gut. Dies war ein sicheres Thema. "Es begann mit meinem Vater. Nicht, dass er das Bedürfnis verspürt hätte, zu reisen, es sei denn, er konnte es aus seinem komfortablen Lehnstuhl heraus über die Seiten eines Buches tun, aber er liebte es, von Entdeckern zu lesen. Als ich jung war, erzählte er uns Geschichten von Captain Cooks Reisen. Nicht ganz die übliche Kost für kleine Mädchen, aber ich habe es geliebt. Ich habe es geliebt, von seiner Zeit auf Tahiti für den Transit der Venus zu hören. Sobald ich gut genug lesen konnte, bestand ich darauf, dass er mir erlaubte, mich selbst an dem Buch zu versuchen, wenngleich ich bezweifle, dass ich auch nur die Hälfte davon verstanden habe. Aber meine Fantasie war bereits beflügelt."

Er lächelte. "So hast du also Captain Cook entdeckt. Und du hast davon geträumt, ein Entdecker zu sein?"

"Oh, ja! Zu dieser Zeit begann ich damit, lange Spaziergänge zu machen und tat so, als würde ich mir einen Weg durch einen riesigen Dschungel bahnen. Ich bat meinen Vater, mir das Schießen beizubringen, damit ich mich gegen Jaguare und Tiger verteidigen konnte, die, wie du möglicherweise gehört hast, in Hertfordshire selten anzutreffen sind. Zuerst spielten meine Schwestern mit mir Entdecker, aber sie gaben es als zu knabenhaft auf. Mary blieb länger dabei als die anderen, wenngleich sie immer eine Missionarin sein wollte, die die Wilden bekehrt, und wütend auf mich wurde, wenn ich sagte, dass die Eingeborenen ohne uns oder unseren Gott ganz gut zurechtkämen."

"Wie außerordentlich radikal von dir! Schade jedoch um den Mangel an Tigern und Jaguaren."

"In der Tat! Ich hätte sie so gerne gesehen, selbst, wenn das bedeutete, bei lebendigem Leib gefressen zu werden. Ich habe mich in all die fremdartigen Pflanzen und Tiere verliebt, als ich Sir Joseph Banks' Tagebücher von seinen Unterfangen gelesen habe. Mit ihm zu reisen war mein Traum."

Darcy lachte. "Das solltest du nicht sagen, sonst werde ich eifersüchtig. Sir Joseph ist ein Freund von mir, wenngleich er inzwischen siebzig Jahre alt und von der Gicht verkrüppelt sein muss. Trotzdem ist sein Geist noch so scharf wie eh und je."

Ihr fiel die Kinnlade herunter. "Du kennst Sir Joseph Banks?"

"Selbstverständlich. Er half sowohl bei der Planung dieser als auch bei der ersten Expedition, zu der ich eingeladen wurde. Viele der Pflanzen in meinem Gewächshaus sind Ableger von jenen, die er gesammelt hat."

"Das wird ja immer schlimmer!" neckte sie, wenn auch nicht ganz ohne einen Stich des Neids. "Zuerst weigerst du dich, die Chance auf eine Expedition zu ergreifen, und nun kennst du auch noch Sir Joseph Banks höchstpersönlich! Ich werde dir niemals vergeben."

"Ich würde mich freuen, dich eines Tages mit ihm bekannt zu machen. Er ist sehr charmant."

Sie schüttelte nur den Kopf und zwang sich, ein Lächeln auf ihrem Gesicht zu behalten. Vielleicht hätte sie dies einmal tun können, als sie eine respektable Tochter eines Gentlemans war, doch nun war sie eine Dienerin mit einem fragwürdigen Ruf. Aber ihre Aufgabe war es, Darcy zufrieden und kooperativ zu halten, deshalb sagte sie nur: "Ich sollte nachsehen, ob sie eines seiner Tagebücher in der Leihbücherei hier haben. Sie ist so viel größer als die in Meryton, wo es nur zwei davon gab."

Er lächelte, aber seine Augenlider begannen bereits wieder schwer zu werden. "In meiner Bibliothek befindet sich die komplette Reihe, zusammen mit – wie man mir mitteilte – einer irrwitzigen Anzahl von Büchern über die exotische Flora und Fauna."

"Dann werde ich genug haben, um mich zu unterhalten! Aber ehe ich dich um deiner Bibliothek willen verlasse, muss ich dich fragen, ob du schon deine morgendliche Fleischbrühe genossen hast oder ob dir bereits ein richtiges Frühstück vergönnt war?"

Wilkins murmelte: "Ich freue mich, berichten zu können, dass Mr. Darcy seine gesamte Brühe und etwas Ei zu sich genommen hat."

Darcy schnaubte. "Nur, weil Sie sich geweigert haben, Elizabeth zu sagen, dass ich bereit war, sie zu sehen, ehe ich fertig war."

Wilkins sah auf seinen Dienstherren über seine nicht unerheblich große Nase herab. "Ihnen mag möglicherweise entgangen sein, wie sehr sich Ihr Zustand verbessert hat, seit Miss Bennet Sie überzeugt hat, Ihre Brühe zu trinken, *mir* allerdings nicht."

Elizabeth kicherte. "Ich bin froh zu wissen, dass Mr. Darcy in so guten Händen ist."

# Kapitel 35

Darcy erwachte erneut und drehte sich augenblicklich zu Elizabeths Stuhl um, der allerdings leer war. Das musste er besser machen. Er konnte es sich nicht leisten, nach ein paar Minuten des Gesprächs wieder einzuschlafen. Die Zeit zerrann ihm zwischen den Fingern, er wusste ganz genau, dass sie gehen musste, sobald man dächte, er wäre außer Gefahr. "Wo ist sie?", fragte er Wilkins.

Sein Diener sah vom Kleiderschrank auf, was auch immer er dort getan haben mochte. "Lediglich ein neues Buch holen. Sie sollte in Kürze zurück sein."

"Ich muss mit ihr reden." Die Worte verließen ganz von allein seinen Mund.

"Ja, Sir." sagte Wilkins, als hätte er in irgendeiner Weise Kontrolle darüber. "Haben Sie sonst noch einen Wunsch, Sir?" Er kam mit einem Kamm herüber und brachte Darcys Haare in Ordnung.

"Nichts. Oder besser gesagt, Wein und etwas zu essen." Es würde Elizabeth gefallen, auch wenn er immer noch keinen Appetit hatte.

"Kommt sofort, Sir."

Darcy hatte gerade begonnen, von dem Tablett zu essen, als Elizabeth mit einem Buch und gefolgt von ihrer Anstandsdame zurückkehrte, die, auf die Darcy bestanden hatte und die er seither verabscheute. Nicht das Mädchen selbst, sondern wie ihre Anwesenheit ihn davon abhielt, zu sagen, was in seinem Herzen war. Aber Elizabeths Ruf oder was davon übrig war, musste geschützt werden, wenn er sie zu seiner Frau machen wollte.

Sein Herz blieb fast stehen bei dem strahlenden Lächeln, das sie ihm schenkte.

"Ich bin froh zu sehen, dass du isst", sagte sie.

"Alles, was dir Freude bereitet." Mit Freuden würde er sein Kissen essen, wenn sie ihm dann ein solches Lächeln schenkte.

Wilkins sagte: "Sir, wenn Sie mich kurz entschuldigen würden?"

Darcy entließ ihn mit einer Handbewegung. Elizabeth war alles, was er brauchte.

Sie hielt das Buch hoch, als Wilkins ging. "Schau, was ich gefunden habe – ein weiteres Tagebuch von Sir Joseph Banks! Ich werde mich zurückhalten müssen, andernfalls werde ich die ganze Nacht wach bleiben, um es zu lesen. Oder vielleicht lese ich es auch dir vor, wenn mir der Gesprächsstoff ausgeht, wenngleich ich denke, dass wir heute schon mehr geredet haben, als in den letzten eineinhalb Jahren, seit wir uns begegnet sind. Du wirst es leid werden, mich weiter plaudern zu hören."

"Niemals", sagte er. "Welcher Band ist es?"

Sie gab ihm das Buch und er öffnete es, um zum Titelbild zu gelangen. "Ah, seine Reise nach Island und auf die Hebriden. Nicht tropisch, aber dennoch interessant."

"Ich würde den eisigen Norden ebenso gerne erkunden wie die Tropen, wenn mir dabei vielleicht auch nicht ganz so warm wäre", sagte sie.

"Du wirst seine Beschreibungen von Island genießen, das viel weniger eisig ist als sein Name vermuten lässt." Er könnte den ganzen Tag dort sitzen und das Funkeln in ihren schönen Augen bewundern.

"Zweifellos, aber lass dich durch mich nicht von deiner Mahlzeit ablenken", sagte sie spitz.

Er lachte, gestattete ihr jedoch, das Tablett vor ihm auszutauschen.

Wilkins kehrte zurück, gefolgt von Mrs. Smith, der Assistentin der Haushälterin, die hereinschlurfte und einen Korb trug. Sie nahm in der Ecke Platz, nickte Darcy zu und holte eine Flickarbeit heraus. Der Kammerdiener flüsterte Elizabeths Anstandsdame etwas zu, die ihm aus dem Raum folgte.

Ein ungläubiges Lächeln zog Darcys Mundwinkel nach oben. "Ich bezahle Wilkins nicht gut genug", sagte er leise.

Elizabeth hob ihre Augenbrauen. "Er hat sich bis zur Erschöpfung um dich gekümmert. Ich habe es geschafft, ihn einmal zur Ruhe zu schicken, indem ich versprochen habe, dich dazu zu bringen, deine ganze Brühe zu trinken."

"Er muss dich gutheißen, um so etwas zuzulassen", neckte er.

Sie lachte. "Ich bin mir ziemlich sicher, dass er mich nicht gutheißt, mich jedoch ganz nützlich findet, was aus seiner Sicht gesehen, und das wage ich zu sagen, wichtiger ist! Ich habe dich davon überzeugt, zu trinken, und deshalb habe ich mich des Bleibens als würdig erwiesen."

"Nein, er muss etwas von dir halten, andernfalls hätte er deine Anstandsdame nicht durch Mrs. Smith ersetzt." Er tippte sich gegen das Ohr und zuckte zusammen, weil diese Bewegung an seinen Rippen zog. "Beinahe taub. Deshalb hat er eine Gehaltserhöhung verdient."

Ihre Wangen wurden rosa. "Ich verstehe", sagte sie. "Dann können wir also frei sprechen?"

"Zumindest bis jemand anderes hereinkommt." Aber nun, da er mit ihr reden konnte, gab es so viel zu sagen, dass es ihm im Halse stecken zu bleiben drohte. "Elizabeth, versprich mir eins, ich bitte dich. Falls du das Gefühl haben solltest, dass du wieder gehen musst, wirst du mir zuvor Bescheid sagen? Wenn du willst, dass ich Abstand halte, werde ich das respektieren, aber ich bitte dich, lass mich nicht nochmals in Unkenntnis über deinen Aufenthaltsort."

Ihr Lächeln verblasste. "Wenn du es wünschst. Es schien damals das Beste zu sein."

Er zwang sich, einen zwangloseren Tonfall anzuschlagen. "Ich danke dir. Und ich hoffe, du wirst nicht das Bedürfnis verspüren, wieder fortzugehen, aber ich werde besser schlafen können, wenn ich weiß, dass du nicht ohne ein Wort fortgehen wirst."

Sie drehte ihre Finger im Stoff ihres Rocks. "Ich wollte dich nie verlassen, aber ich sah keine andere Wahl."

"Wusstest du nicht, dass ich eine Zukunft mit dir haben möchte?" Er hatte gedacht, seine Gefühle seien so offensichtlich, aber sie war dennoch gegangen.

Sie schaute weg und sagte: "Ich dachte, du könntest dir das wünschen, aber das bedeutete nicht, dass es auch möglich wäre. Wenn du ein Mann von geringer Bedeutung wärst, dann hätte es keine so große Rolle gespielt, aber du bist der Herr von Pemberley."

"Pemberley hat schon einmal einen Skandal überlebt, wie du weißt", sagte er mit leiser Stimme. "Und der Skandal ist möglicherweise wesentlich geringer als du denkst. George Wickham war nicht in der Lage, Gerüchte über dich zu verbreiten oder dir in irgendeiner Weise zu schaden. Du bist vor seinen Machenschaften sicher."

Sie sah fassungslos aus. "Aber wie? Ich dachte, sobald die Nachricht von meiner gelösten Verlobung allgemein bekannt ist, würde er schon dafür sorgen, dass alle in Lambton von meiner Kompromittierung wüssten. Hast du ihm Geld gegeben?"

"Nein. Ich habe ihn seiner Schulden wegen inhaftieren lassen, sobald ich die Wahrheit über eure Verlobung erfahren hatte. Nach ein paar Monaten war er bereit, meine Bedingungen zu akzeptieren, und nun befindet er sich auf dem Weg nach Indien, wo er in der Ostindischen Armee dienen wird, um niemals nach England zurückzukehren."

"Dann ist er jetzt Indiens Problem."

"Er wird überall Ärger machen, wohin er auch geht, aber er wird seinen Charme dort nicht mehr an den Damen spielen lassen können. Im Marshalsea Schuldnergefängnis hat er an einem der Insassen seine üblichen Tricks versucht, der sich mit einem Messer an seinem Gesicht gerächt hat. Nun ist es stark vernarbt. Das hätte ich niemandem gewünscht, aber es hat mir eine gewisse Genugtuung verschafft, dass er nun keine Frauen mehr hinters Licht führen kann, das kann ich nicht leugnen."

Sie schauderte. "Das hat er sich selbst zuzuschreiben."

"Stimmt, und jetzt bist du vor dem Skandal sicher, den er verursachen würde." Er senkte seine Stimme und starrte in ihre Augen. "Aber selbst wenn dem nicht so wäre, unterschätze nicht meine Bereitschaft, mich dem Schlimmsten, was die Gesellschaft einem antun kann, zu stellen, wenn das bedeutet, dass ich dich haben kann."

Nun wirkte sie unglücklich. "Wenn es dabei nur um dich ginge, dann vielleicht. Aber was ist mit deiner Schwester? Sie gibt nächstes Jahr ihr Debut. Selbst wenn es sich nur um eine gelöste Verlobung handelt, würde das ihre Chancen schmälern. Sollten wir nach unserem eigenen Glück greifen, in dem Wissen, dass sie deshalb verspottet, beschämt und zurückgewiesen wird? Dass ihre Auswahl an Ehemännern sich auf die Mitgiftjäger beschränken wird, weil wir beschlossen haben, alle Vorsicht in den Wind zu schießen?"

Plötzlich erschöpft, schloss er die Augen. Es war wahr. Andrew hatte ihm immer wieder dasselbe gesagt. "Ich weiß nicht einmal, ob sie wirklich eine Saison mitmachen möchte, oder ob sie es nur tut, weil es von ihr erwartet wird."

"Spielt das eine Rolle? Georgiana ist zu jung, um diese Wahl zu treffen. Zumal sie immer so bemüht ist, dir und Drew zu gefallen. Wenn sie dächte, du wärst glücklicher, wenn sie nur eine Hand statt zwei hätte, würde sie ein Messer herausholen und sich eine abschneiden. Natürlich wird sie sagen, dass sie keine Saison will oder sogar, dass sie nicht heiraten möchte, wenn sie auch nur den Verdacht hegt, dass dir das im Weg stehen könnte. Ich werde ihre Zukunft nicht für meine eigene opfern."

"Wie unerbittlich du bist." Da war es wieder: die Pflicht gegenüber seiner Familie, die im Widerstreit mit dem stand, wonach sich sein Herz sehnte. Er könnte niemals mit sich selbst leben, wenn er Georgiana opfern würde. "Und zu meinem unendlichen Bedauern kann ich deinem Standpunkt nichts entgegensetzen."

"Ich bin unerbittlich, weil ich das so oft durchdacht habe und stets zur selben Antwort gelangt bin", sagte sie scharf. Dann fügte sie murmelnd etwas hinzu.

"Was war das? Ich konnte dich nicht hören."

Ihre Lippen zuckten. "Ich sollte es nicht wiederholen, aber ich sagte: 'Zumindest für den Moment.' Diese Worte waren mir in den letzten Monaten ein kleiner Trost."

Ein kleiner Funken Hoffnung entzündete sich in seiner Brust. "Was meinst du damit?"

Ihr Lächeln durchbohrte ihn mit seiner süßen Traurigkeit. "Das ist es, was ich mir spätnachts gesagt habe, wenn ich die Vorstellung davon, dich nie mehr wiederzusehen, nicht ertragen konnte. Dass ich dir eines Tages, wenn Georgiana längst verheiratet ist, und du von deiner Expedition zurückkehrst, schreiben würde. Falls dir dann immer noch etwas an mir läge und falls du willens wärst, den Skandal meiner gelösten Verlobung und dass ich in Diensten stehe, zu tolerieren, und falls du keine andere geheiratet hättest – ganz schön viele 'falls', das gestehe ich dir zu – dann könntest du mich vielleicht aufsuchen. Wie töricht von mir! Aber es hat mir Trost gespendet, wenn nichts Anderes das vermochte."

Sein Herz schien einen Purzelbaum in seiner Brust zu schlagen. "Du hattest vor, mir zu schreiben?" Er konnte es nicht glauben.

"Bist du schockiert, dass ich etwas so Unschickliches tun würde?", fragte sie mit diesem schelmischen Blick, der zuerst sein Herz erobert hatte und ihn nun in seinen Träumen heimsuchte.

"Nein", sagte er und spürte, wie sich ihr Blick wie geschmolzenes Feuer durch seinen Körper bewegte. "Erstaunt, nein, verblüfft, dass ich dir so viel bedeute."

Unsicherheit flatterte über ihr Gesicht. "Ich denke, du bist immer noch wegen deiner Verletzung verwirrt. Ich habe meine Verlobung für dich gelöst, meinen Ruf für dich aufgegeben und meine Freunde und Familie für dich verlassen. Warum um Himmels Willen sollte ich zögern, dir einen Brief zu schreiben?"

"Verwirrt, ja, aber nicht von meiner Verletzung." Irgendwie musste er das erklären, und zwar schnell, bevor ein weiterer Diener hereinkam. "Ich wusste, dass du mir gegenüber eine gewisse Wärme empfandst, so wenig ich das auch verdient hatte, und dass du dich schuldig fühltest, weil deine Verlobung mich zwang, England zu verlassen."

"Schuldig?", stieß sie hervor. "Ich war eifersüchtig! Ich wollte mit dir gehen!"

"Ich weiß, dass du das gesagt hast, aber ich kann nicht glauben ...", er verlor den Faden und rieb sich mit der Hand über den trockenen Mund.

Elizabeth griff sofort nach dem Weinglas und hielt es für ihn. "Du musst trinken. Trinken und ruhen."

Er nahm einen Schluck und dann noch einen, als sie das Glas nicht wegbewegte. "Nein, ich muss sprechen, solange ich kann. Wir wissen beide, dass du mich nicht gemocht hast, als ich dir das erste Mal einen Antrag gemacht habe. Dann bist du nach Pemberley gekommen, mit Andrew verlobt, und hast mich von meiner schlimmsten Seite erlebt – wütend, eifersüchtig und nicht wirklich gastfreundlich. Du hattest allen Grund, mich zu hassen. Dass du mir überhaupt noch vertraut hast, war ein Geschenk, das ich nicht verdient habe. Als du mir in Longbourn und in Bath Zuneigung gezeigt hast, war ich dankbar, überaus dankbar. Dass ich dir mehr bedeute – das mag ich mir vielleicht wünschen, davon träumen, aber ich wage es nicht einmal zu hoffen. Besonders, nachdem du verschwunden bist."

Ihre Augen wurden rund. "Ich konnte es damals nicht sagen. Du weißt, dass ich das nicht konnte. Es bedeutete nicht, dass ich es nicht fühlte. Ich hätte meine Verlobung nicht wegen einer kleinen Vorliebe für dich gelöst. So edelmütig bin ich nicht! Ich habe Andrew verlassen, weil die Bindung, die ich zwischen uns fühlte, so stark war. Ich wusste, dass sie mich für den Rest meiner Tage verfolgen würde. Und früher oder später, ganz gleich, wie keusch wir auch sein mochten, hätte Andrew einen Blick oder vielleicht eine Berührung bemerkt und alle wären in ein höllisches Elend gestürzt, das sowohl meine Ehe als auch deine Familie zerstört hätte."

Er wollte aufstehen und tanzen und gleichzeitig wollte er weinen. "Aber weshalb? Warum solltest du etwas für mich übrighaben, wo ich dir mit nichts als Verachtung und Kälte begegnet bin?"

Ein süßes Lächeln blühte auf ihren verlockenden Lippen. "Weil du mir so viel mehr als das gezeigt hast. Du hast mir einen Mann gezeigt, der trotz der Bitterkeit angesichts meiner Ablehnung und meiner unerklärlichen Verlobung mit seinem Bruder immer noch etwas für mich empfand. Einen Mann, der entschlossen war, seine eigenen Bedürfnisse und Wünsche zu überwinden, koste es, was es wolle, weil er Verantwortung für seine Schwester und seinen Bruder trug. Du hast mir einen Mann gezeigt, der einen Dschungel geschaffen hat und eine Bibliothek voller Bücher hat, die ich liebe." Die Worte hörten auf, aus ihr herauszusprudeln, als sie nach Atem rang. "Und du hast dich ganz nett entschuldigt", fügte sie mit einem neckenden Blick hinzu.

"So viel Anerkennung verdiene ich nicht."

Sie klopfte in gespieltem Vorwurf auf seinen Arm. "Das zu entscheiden liegt bei mir, Sir! Und ich bin mir ziemlich sicher, dass du es verdienst."

"Wirst du dann ..." Konnte er es nach seinem gescheiterten Antrag wagen, das zu fragen? Sollte er warten, bis er gesünder und sich seiner selbst wieder sicherer war? Aber das konnte er nicht. Er musste es jetzt wissen. "Wirst du auf mich warten? In dem Wissen, dass es Jahre dauern kann, bis Georgiana sich niedergelassen hat, Jahre, ehe ich dir einen Antrag machen kann, Jahre, bevor wir zusammen sein können?"

Ihre Augen schimmerten. "Natürlich werde ich auf dich warten, ganz gleich, wie lange es auch dauern mag. Das habe ich bereits getan, als beinahe keine Hoffnung auf Erfolg bestand. Wenn du bereit bist, mich mit all meinen Nachteilen zu nehmen, dann bin ich dein."

"Meine Liebe." Es war so viel mehr, als er zu hoffen gewagt hatte, dass sie ihn nicht nur annehmen würde, sondern sich ebenso nach ihm sehnte wie er sich nach ihr. Er stemmte sich auf die Ellbogen und wollte nach ihr greifen, und der Raum begann sich zu drehen.

Ihre Augen weiteten sich. "Leg dich wieder zurück, ich bitte dich! Du musst dich ausruhen. Ich hätte nichts davon mit dir besprechen sollen, bis es dir besser geht."

Er sackte erschöpft und dennoch fassungslos zurück, das Herz voller Freude. "Nein, meine Liebe, du hast mir das größte Geschenk meines Lebens gegeben. Jetzt habe ich einen Grund, wieder gesund zu werden." Aber er konnte fühlen, wie die bleierne Müdigkeit ihn einholte, und er musste seine Augen zwingen, offen zu bleiben. Zumindest gab ihm die Anstrengung das Vergnügen, die liebevolle Sorge in Elizabeths Augen zu sehen.

"Du musst gesund werden, in der Tat, nachdem du mir solche Hoffnung für die Zukunft gemacht hast! Aber zuerst, ehe du ruhst, noch etwas Rinderbrühe, andernfalls jagt mich Wilkins davon und gestattet mir niemals wieder, dich zu sehen", neckte sie.

"Für dich würde ich alles tun." Aber es wäre einfacher, wenn sich der Raum nicht mehr drehen würde.

AN DIESEM NACHMITTAG war Drew nach seiner Rückkehr von ihrem Ausflug in Darcys Zimmer gekommen und hatte darauf bestanden, dass Elizabeth zum Dinner nach unten käme. Sie verließ ihn mit einem schiefen Lächeln und drückte seine Hand noch einmal. Es hatte sich seltsam einsam angefühlt, sein kleines Mahl alleine zu essen, nachdem er sich an ihre ständige Anwesenheit gewöhnt hatte, aber er konnte sie nicht auf ewig an seiner Seite behalten. Trotzdem war ihm noch kein Abendessen so lang vorgekommen.

Als Elizabeth jedoch wiederauftauchte, war es offensichtlich, dass sie etwas beunruhigte. Sie bot an, ihm vorzulesen, aber dabei nahm sie weder seine Hand, noch begegnete sie seinem Blick. Hatte Drew etwas gesagt, das sie verärgert hatte? Oder hatte ihr die Zeit, die sie von ihm getrennt gewesen war, die Gelegenheit gegeben, alles noch einmal zu überdenken und jetzt bereute sie ihre Vereinbarung? Wenn er nur nicht so höllisch schwach wäre, könnte er einen Weg finden, privat mit ihr zu sprechen, aber jetzt blieb ihm nichts weiter übrig, als einen Zeitpunkt abzuwarten, wenn nur die vertrauenswürdigsten Dienstboten im Raum waren. Verdammt, warum konnten sie ihn nicht mit ihr allein lassen?

Endlich bot sich ihm eine kurze Gelegenheit, als das Dienstmädchen den Raum kurz verließ. Es gab keine Zeit zu verlieren, deshalb fragte er direkt: "Ist etwas, meine Liebe?"

"Nichts von Bedeutung, nichts, im Vergleich zu meiner Erleichterung, dass es dir bessergeht", sagte sie ruhig mit gesenktem Haupt.

"Aber irgendetwas ist los, das merke ich."

Sie strich sich eine Locke zurück, die ihr ins Gesicht gefallen war. "Es ist unangenehm, hier zu sein, wenn Georgiana und Mary im Haus sind. Es ist nicht schicklich und ich sehe es in ihren Gesichtern. Ich kann nicht mehr lange hierbleiben, das weißt du."

Er wusste es nur zu gut, so sehr er diese Argumente auch ignorieren wollte. "Ich werde dich vermissen. Wirst du mir gestatten, dich weiterhin zu sehen?"

"Das wäre schön."

Erleichtert atmete er aus. Er hatte darauf gehofft, war sich aber nicht sicher gewesen. "Wirst du zu deiner Familie zurückkehren?"

"Ich denke nicht. Ich habe ihnen geschrieben und ihnen gesagt, wie sie mich erreichen können, und ich beabsichtige, die Gardiners zu besuchen. Aber ich glaube nicht, dass ich zurück in Longbourn glücklich wäre. Ich fühle mich wohl als Mrs. Todds Gesellschaftsdame, ohne den Klatsch und die Kritik, denen ich in Longbourn ausgesetzt wäre, wo mich jeder wegen meiner zerbrochenen Verlobung als gefallene Frau ansehen würde."

Seine Kehle verkrampfte sich. "Aber du bist eine Dame. Du solltest nicht für deinen Lebensunterhalt arbeiten."

Sie legte den Kopf schief und ihr Mund verzog sich zu einem Lächeln. "Fast die ganze Welt tut es, und ich habe nichts gegen meine derzeitige Position einzuwenden." Sie hielt inne. "Und obwohl ich nicht gerne daran denke, besteht die Möglichkeit, dass du deine Meinung ändern könntest oder dass dir in den nächsten Jahren etwas zustoßen könnte. Ich muss meine Zukunft schützen."

"Ich werde meine Meinung nicht ändern." Aber er konnte nicht garantieren, dass er nicht noch einmal von einem anderen Pferd niedergetrampelt werden würde oder eine Krankheit ihn niederrang. Sicherlich würden Drew oder Bingley sich um Elizabeth kümmern, wenn ihm etwas zustoßen würde, nicht wahr? Sein Magen drehte sich bei dem Gedanken um.

Sie musste seine Reaktion bemerkt haben, denn sie sagte sanft: "Es tut mir leid. Ich weiß, dass dir mein Dienstverhältnis missfällt, so anspruchslos es auch sein mag."

"Wenn der Tag gekommen ist, an dem wir zusammen sein können, wird es schwer zu erklären sein, weshalb du in Diensten standst. Wenn du nicht nach Hause zurückkehren möchtest, können wir vielleicht eine andere Möglichkeit finden. Bingley hat ein Stadthaus, in dem du wohnen könntest, und nun, da er mit deiner Schwester verheiratet ist, wäre das auch nicht mehr unangemessen."

Ihre Lippen pressten sich aufeinander. "Und wie ich die Gesellschaft von Miss Bingley und Mrs. Hurst genießen würde, die mich nie etwas von meiner Schande vergessen lassen würden."

"Was ist mit deiner Tante und deinem Onkel? Könnten sie dich aufnehmen? Ich kann mir nicht vorstellen, dass sie dich schlecht behandeln würden."

Sie starrte auf ihre Röcke hinab und strich sie abwesend glatt. "Die Gardiners haben vier Kinder und ein weiteres ist unterwegs. Sie brauchen keinen Hausgast, der jahrelang bleibt, und ich würde mich verpflichtet fühlen, härter zu arbeiten, um für ihre Kinder zu sorgen, als ich es in meiner gegenwärtigen Situation tue."

Wenn er nur einfach ein Haus für sie bezahlen könnte! "Wir könnten eine Unterkunft für dich finden, vielleicht in ihrer Nähe. Bingley würde

ABIGAIL REYNOLDS

dich sicherlich gerne unterstützen." Zumindest würde er das tun, wenn Darcy ihn darum bat.

"Es spielt keine Rolle, ob Mr. Bingley offiziell dafür bezahlt, für mich würde es sich anfühlen, als würdest du mich aushalten, selbst wenn du keine Gegenleistung dafür verlangen würdest." Ihre Stimme klang gepresst.

"Ich möchte dich nicht in Bedrängnis bringen. Ich versuche nur zu helfen."

Sie schaute weg. "Am meisten hilfst du mir, wenn du mir gestattest, so zu bleiben, wie ich bin. Nein, nicht, indem du es mir gestattest, sondern indem du anerkennst, dass diese Entscheidung bei mir liegt."

"Selbstverständlich ist das deine Entscheidung. Aber es wird Konsequenzen haben. Es würde nicht weiter auffallen, wenn ich Hadley gelegentlich besuchen würde, wenn ich jedoch häufig dort bin, würden die Leute Fragen stellen. Wenn ich mit der Gesellschafterin einer Dame in der Öffentlichkeit gesehen werde, könnten die Leute das Schlimmste annehmen. Und Drew macht sich bereits Sorgen, dass meine Aufmerksamkeit deinem Ruf weiteren Schaden zufügen wird."

Sie rieb ihre Handflächen aneinander. "Es tut mir leid, dass du deshalb Unannehmlichkeiten haben wirst", sagte sie eisig, "aber es ist mein Ruf und mein Leben. Und es liegt an dir, zu entscheiden, ob du das akzeptieren kannst."

Guter Gott, deutete sie damit an, dass sie ihre Übereinkunft deshalb als beendet ansehen könnte? "Elizabeth..."

Doch dann kam das Dienstmädchen zurück in den Raum und er konnte nicht mehr frei sprechen. Wie konnte er sich allgemein genug erklären, dass ihre Anstandsdame sie nicht verstehen würde?

Elizabeth erhob sich. "Bitte entschuldige mich." Ihre Stimme zitterte und sie drehte sich um, um zu gehen.

"Nein, ich bitte dich!" Er streckte die Hand aus und ihn kümmerte nicht, was das Dienstmädchen sehen oder hören könnte, nicht, wenn es dafür sorgte, dass Elizabeth hierblieb.

"Ich denke, es ist besser, wenn wir das später besprechen", sagte sie und verließ den Raum.

Er sank zurück in sein Kissen. Wie hatte das so schnell aus den Fugen geraten können? Dem Glück so nahe gekommen zu sein, um es jetzt wieder in Gefahr zu sehen, war unerträglich. Er konnte nur hoffen, dass sie rasch zurückkehrte.

# Kapitel 36

Darcy war übel. Es war beinahe Mitternacht. Elizabeth würde heute Abend offensichtlich nicht zurückkehren, um mit ihm zu sprechen, aber zu versuchen zu schlafen hatte auch keinen Sinn. Ihm war eine zweite Chance mit ihr gegeben worden und er hatte sie ruiniert.

Ein kaum hörbares Klopfen hob für einen kurzen Moment seine Stimmung, aber es drang aus Wilkins' Ankleidezimmer zu ihm, nicht von seiner eigenen Tür. Das Geräusch von Wilkins' Schritten, gefolgt von einem kurzen, leisen Wortwechsel, verriet ihm, dass sein Diener noch wach war.

Einen Moment später erschien Wilkins an der Verbindungstür.

Darcy funkelte ihn an. "Was ist los?",

Wilkins nahm sich Zeit, um das Weinglas auf Darcys Nachttisch zu überprüfen und es wieder aufzufüllen, bevor er vorsichtig sagte: "Sollte es für Sie von Interesse sein, Sir, Miss Bennet befindet sich in der Bibliothek. Allein."

Darcy setzte sich auf und kümmerte sich nicht darum, dass ihm bei der Bewegung schwindelig wurde. "Ich muss zu ihr. Werden Sie mir helfen, dorthin zu gelangen?"

"Selbstverständlich, Sir."

GOTT SEI DANK BEFAND sich die Bibliothek auf demselben Stockwerk. Obwohl Wilkins seinen Ellbogen stützte, glaubte Darcy nicht, dass er Treppen bewältigen könnte, nicht, wenn seine Rippen ihn bei jedem Schritt stachen und er schwer atmete, nachdem er durch zwei Räume gegangen war. Aber er war entschlossen, zu Elizabeth zu gelangen.

# DER PREIS DES STOLZES

Er blieb vor der Bibliothek stehen, um zu Atem zu kommen. Dann nahm er die Kerze von Wilkins entgegen und trat ein. Zuerst dachte er, der Kammerdiener hätte sich geirrt, weil der Raum dunkel war und leer schien, aber dann sah er flackerndes Licht aus der kleinen Nische im Hintergrund. Natürlich hatte es Elizabeth dorthin gezogen. Es war auch sein Lieblingsplatz.

Seine Pantoffeln mussten kein nennenswertes Geräusch gemacht haben, da sie immer noch in das Buch vertieft war, das sie las, zusammengerollt in dem Ledersessel, die Füße unter sich gezogen, die zarten Konturen ihres Gesichts vom tanzenden Licht einer Kerze erhellt, die auf dem kleinen runden Tischchen neben ihr stand. Sie trug einen Hausmantel, die Haare hingen ihr in einem langen Zopf über der Schulter. Das bisschen Atem, das ihm noch geblieben war, verschwand bei dem fesselnden Anblick, den sie ihm bot, wie sie abwesend eine ihrer Ringellocken um den Finger wickelte.

Aber er konnte nicht einfach nur dastehen und sie beobachten, also sagte er ihren Namen.

Offensichtlich erschrocken sprang sie auf und ihre Hüfte stieß gegen das Tischchen neben ihr. "Mr. Darcy!" Sie drückte sich die Hand gegen die Brust.

Er war so in ihren Anblick vertieft, dass er kaum bemerkte, wie die Kerze neben ihr umkippte.

Sie versuchte rasch, den Kerzenhalter zu fangen, verfehlte ihn jedoch knapp als er vom Tisch rollte. Sobald er den Teppich hinter ihr berührte, stampfte sie auf die Flamme. Sie ging in die Hocke und schlug heftig auf den Boden.

Darcy konnte keine Flammen sehen, aber der Gestank von versengter Wolle erreichte ihn. Unfähig, an ihr vorbeizukommen, um zu helfen, fragte er: "Soll ich Wasser holen?"

"Ich denke, es ist jetzt aus." Sie rieb mit ihren Fingern über den Teppich. "Ich gehe davon aus, dass es Spuren hinterlassen wird. Es tut mir leid."

"Es war meine Schuld, weil ich dich überrumpelt habe", sagte er.

Sie stand auf und wischte sich die Hände ab. "Zumindest ist es aus. Ein Feuer in der Bibliothek – was für ein Albtraum! Ich hätte vorsichtiger sein sollen. Aber du – du solltest dein Zimmer nicht verlassen!" Besorgnis erfüllte ihre Stimme.

"Ich musste mit dir sprechen." Die Worte kamen ganz von selbst aus seinem Mund. "Ich bitte dich, meine Entschuldigung dafür anzunehmen, dass ich dich so sehr unter Druck gesetzt habe. Ich war ein Narr, weil ich dich nicht angehört habe. Ich würde auf die Knie fallen, um dich um Verzeihung zu bitten, wenn ich nicht glauben würde, ich könnte nicht wieder aufstehen."

Ein Lächeln tanzte über ihre verlockenden Lippen. "Bitte, probier' es nicht aus! Und ich akzeptiere deine Entschuldigung, wenngleich mich dein Verhalten nicht halb so sehr beunruhigt hat, wie du zu glauben scheinst."

"Aber du bist weggeblieben." Er musste erbärmlich klingen.

Sie senkte den Kopf. "Ich musste nachdenken, und als ich zu einem Schluss kam, war es zu spät, um in dein Zimmer zu kommen."

Seine Brust zog sich zusammen. Das war's. Der Traum hatte ein Ende. "Und zu welchem Schluss bist du gekommen? Du hast deine Meinung geändert?"

"Ob ich bei Mrs. Todd bleibe? Nein. Es tut mir leid; ich weiß, das ist nicht das, was du hören wolltest."

"Nein. Über ... uns. Du hast deine Meinung, was mich anbelangt, geändert?"

Sie blinzelte zweimal schnell hintereinander und sah verwirrt aus. "Warum sollte ich meine Meinung, was dich anbelangt, ändern?"

"Weil ich ein Idiot bin. Einer, der nicht auf dich hört." Gütiger Gott, lass sie ihre Meinung nicht geändert haben!

Ein Lächeln erblühte auf ihrem Gesicht. "Ich versichere dir, dass ich kein solch wankelmütiges, zartes Fräuleinchen bin, das den Mann, den es liebt, nach nur einer kleinen Meinungsverschiedenheit aufgibt. Ich bin stark genug, um mit dir zu streiten, wenn du falsch liegst."

Den Mann, den sie liebte. Sie hatte es gesagt, und ihm war, als schmelze er zu ihren Füßen dahin. Oder würde in Flammen aufgehen. Oder ihm war danach, sie in seine Arme zu nehmen und leidenschaftlich zu lieben, bis keiner mehr bestreiten konnte, dass er ihr gehörte und sie die seine war. Aber da seine Beine überhaupt nicht davon überzeugt waren, dass sie ihn noch viel länger tragen konnten, von energischeren Aktivitäten ganz zu schweigen, sagte er stattdessen: "Warum bist du dann fortgeblieben?"

"Ich musste Mut fassen, um dir etwas zu sagen, von dem ich fürchte, dass du es nicht hören möchtest, etwas, das deine Meinung über eine Zukunft mit mir ändern könnte." Ihre Stimme wurde leiser, als sie sprach, und war kaum hörbar, als sie hinzufügte: "Und das konnte ich nicht ertragen."

Sein Herz blieb fast stehen. Was könnte so schrecklich sein? "Sag es mir sofort, ich bitte dich. Lass mich nicht im Ungewissen."

Sie kaute auf ihrer Lippe. "Der Ruf einer Dame ist eine fragile Sache. Selbst wenn ich mein ganzes Leben lang nichts Falsches tue, werden mich einige Leute als beschädigt ansehen. Ich werde von der Gesellschaft niemals vollständig akzeptiert werden."

"Das tut mir so leid -"

Sie hielt eine Hand hoch. "Das habe ich akzeptiert, was ich allerdings nicht akzeptieren kann, ist den Rest meines Lebens um eine Zustimmung zu bitten, die ich niemals erhalten werde. Ich werde weder mein Leben noch meine Pläne ändern, in der vergeblichen Hoffnung, diese Menschen zu beschwichtigen. Es kümmert mich einen feuchten Kehricht, was sie von mir denken. Aber ich denke, dir ist das nicht gleichgültig."

"Der Skandal ist mir gleichgültig, aber du bist es nicht."

"Dennoch versuchst du bereits, mich wieder zu einer richtigen jungen Dame zu machen. Du denkst, ich sollte nicht in Diensten stehen."

War das alles? Vor Erleichterung lachte er beinahe auf. "Nicht wegen dem, was irgendjemand über dich denken könnte, sondern weil ich nicht möchte, dass du allzeit bereit sein musst, nach jemandes Pfeife zu tanzen. Du verdienst die Freiheit, das zu tun, was du möchtest."

Ihr Gesichtsausdruck war unsicher, als ob sie ihm nicht ganz glaubte, und so stellte er seine Kerze ab und nahm ihre Hände in seine. "Alles, was ich will, bist du. Es ist mir vollkommen einerlei, was die Gesellschaft denkt. Schockiere sie, so oft du willst." Er drückte ihre Hände, um dem Gesagten Nachdruck zu verleihen.

Sie zuckte zusammen und machte ein leises Geräusch. Dann entzog sie ihm ihre rechte Hand, drückte ihre Handfläche gegen ihr Gesicht und ihren Daumenballen gegen ihre Lippen.

"Was ist los?" Er hielt immer noch ihre linke Hand.

"Eine kleine Verbrennung", sagte sie ein wenig verlegen. "Ich habe mich ein wenig zu enthusiastisch auf die Funken in deinem Teppich gestürzt."

"Lass mal sehen." Sanft ergriff er ihre Finger und neigte ihre Hand, sodass das Kerzenlicht darauf fiel. Ein leuchtend roter Fleck zeigte sich auf dem fleischigen Teil unter ihrem Daumen.

"Es ist nichts. Es tut nicht einmal wirklich weh", sagte sie mit seltsam leiser Stimme. "Nur, als du draufgedrückt hast."

"Ich möchte dir niemals Schmerz bereiten." Er hob ihre Hand und streifte mit seinen Lippen kaum über die verbrannte Stelle, seine Augen fest auf ihre gerichtet. Sogar im flackernden Kerzenlicht konnte er sehen, wie ihre Wangen Farbe annahmen. Der Geschmack ihrer seidigen Haut stieg ihm zu Kopf.

Er konnte sich nicht helfen. Er bewegte seine Lippen zu der unverletzten Mitte ihrer Handfläche, streute langsam federleichte Küsse darüber und ließ seine Sinne jede Region und Falte ihrer geschätzten, perfekten Hand erkunden und sog das Geräusch ihrer ungleichmäßigen Atmung in sich auf, die ihm sagte, dass seine Handlungen sie nicht kaltließen.

Verlangen durchflutete ihn, und er fuhr mit seiner Zunge die Lebenslinie ihrer Handfläche nach und kostete ihren süßen, weiblichen Duft. Was für ein Verbrechen, dass diese geschätzten Hände so oft mit Handschuhen bedeckt waren!

Sie schnappte nach Luft, und er brauchte keine weitere Einladung, um zu ihrem Zeigefinger überzugehen, fuhr darüber, streichelte und schmeckte auf seinem Weg, zeigte jedem Segment seine Liebe, fuhr mit der Zunge über jedes Gelenk und nahm sich Zeit, um das köstliche Vergnügen daran zu genießen.

Sie stöhnte, als er die empfindliche Spitze erreichte, sie mit seiner Zunge umspielte und sie in seinen Mund zog, um daran zu knabbern und sanft zu saugen, bis nichts anderes mehr in der Welt existierte als sie beide in diesem Moment. Sie waren zusammen, und das war alles, was zählte.

Mit einem wortlosen Geräusch ging sie auf ihn zu und dann war sie in seinen Armen, und er benutzte seine Lippen ganz anders und nahm sich und gab ihr den Kuss, von dem er das letzte Jahr geträumt hatte. Er wusste, dass er angesichts ihrer Unschuld behutsam vorgehen sollte, aber er hatte sich zu lange danach gesehnt. Doch sie schien keine Angst zu haben, auch nicht, als er ihren Mund neckte, bis der sich öffnete und er endlich, endlich ihren apfelsüßen Atem schmecken konnte. Nach nur einem Moment des Zögerns kam sie ihm auf halbem Weg entgegen, und ihre Erkundungen glichen sich den seinen an, während ihre Zungen in einem uralten Tanz miteinander fochten.

Er drückte sich näher an sie, aber es konnte nie nah genug sein. Seine Rippen bohrten sich in ihn, doch das Vergnügen, Elizabeth zu halten, überwog bei Weitem. Und seine verdammte Schwäche konnte die starke Welle des Verlangens nicht aufhalten, als ihre weichen Kurven sich gegen ihn drückten. Er ertrank in ihren Küssen. Küsse, die dazu führten, dass sich der Raum um ihn herum zu drehen begann und seine Beine schwach wurden, aber es war genug, sich an ihr festzuhalten, als hinge sein Leben davon ab und ihre geliebte Essenz zu schmecken...

"Mr. Darcy!" Elizabeths Stimme klang scharf und schien von weit weg zu ihm vorzudringen. "Fall nicht in Ohnmacht, ich bitte dich, denn ich kann dich nicht auffangen. Kannst du mit mir zum Sofa gehen?"

Selbstverständlich konnte er zum Sofa gehen. Wenn man außer Acht ließ, dass er versuchte, seine Beine zu bewegen und nichts geschah. "Ich...", er brachte nicht einmal die Worte heraus.

"Wilkins!", rief sie aus.

Irgendwie materialisierte sich sein Leibdiener neben ihm, schlang einen Arm um seine Hüfte und ließ seine Schulter unter Darcys Arm gleiten, um ihn zu stützen.

Elizabeth hielt seinen anderen Arm. "Bringen wir ihn zum Sofa."

"Ja, Miss", sagte Wilkins, lenkte ihn sanft und nahm beinahe sein gesamtes Gewicht auf sich. "Gleich haben wir's, Sir. Wenn Sie sich nun niederlegen würden."

Darcys zitternde Beine gaben nach, als er auf das Sofa sank, aber zumindest drehte sich nicht mehr alles so schlimm in seinem Kopf, als er sich ablegte. Er sah Elizabeth an. "Woher wusstest du, dass Wilkins draußen ist?"

Ihre Lippen zuckten. "Mir mag es immer noch außergewöhnlich schwerfallen, deine Handlungen vorherzusagen, aber Wilkins kann ich mittlerweile recht passabel einschätzen. Oder zumindest gut genug, um zu wissen, dass er höchstwahrscheinlich in der Nähe ist, wenn du Unfug im Sinn hast."

SOBALD WILKINS DARCY auf dem Sofa abgelegt hatte, ging er los und holte Kissen und Decken, um ihn warmzuhalten, jedoch nicht, ehe er Elizabeth gebeten hatte, bei ihm zu bleiben und dafür zu sorgen, dass er ruhig blieb. Seiner Stimme nach zu urteilen, könnte dies keine einfache Aufgabe sein.

Sie hatte jedoch genickt. Selbstverständlich würde sie Darcy helfen, wie auch immer es ihr möglich war, aber die wahre Frage bestand darin, wie sie sich selbst beruhigen sollte, nicht ihn, während das Verlangen noch wie kleine Blitze in ihrem Körper bis in ihre Gliedmaßen wütete, während Schwere tief in ihr Inneres versank. Ihr Inneres war eine Quelle flüssiger Hitze, erzeugt durch seine Lippen, die sich über ihre Handfläche bewegten und durch seine Küsse in Brand gesteckt wurde. Und jetzt fand das tobende Feuer in ihr keinen Ausweg.

Sie sah auf ihn hinunter, aber ausnahmsweise beobachtete er sie nicht. Seine Augen waren geschlossen, seine Atmung ungleichmäßig. "Wie fühlst du dich?", fragte sie.

Sein Mund verzog sich. "Töricht." Er öffnete die Augen und fügte hinzu: "Ich bin hierhergekommen, weil ich mich verzweifelt nach deiner Vergebung gesehnt habe, dann habe ich mich unverzeihlich verhalten, um anschließend zusammenzubrechen. Gestatte mir zu sagen, dass dies möglicherweise nicht mein glorreichster Moment gewesen ist."

"Ich dachte, du hast das ziemlich gut gemacht, so weit zu laufen", sagte sie leichthin. Dann fügte sie in einem ernsteren Ton hinzu: "Du hast nichts getan, was Vergebung erfordern würde." Um ihm zu zeigen, dass sie es ernst meinte – und weil sie ihn noch einmal auf intime Weise berühren wollte – fuhr sie ihm mit den Fingerspitzen auf unmissverständlich provokative Weise über die Lippen. "Vielleicht wirst du *mir* jetzt nicht vergeben", neckte sie.

Seine Augen glühten, als er einen ihrer Finger mit seinen Lippen einfing, ihn in seinen Mund zog und an ihrer empfindlichen Fingerspitze knabberte. Sie hielt den Atem an, als ein Blitz der Begierde, eine schmelzende Hitze, erneut durch sie hindurchschoss und ihre geheimen Stellen zu ziehen begannen, weil sie ihn so brauchten. Gott im Himmel, wie konnte seine leichte Berührung eine solch brennende Qual in ihr hervorrufen, die ihn so sehr brauchte?

Das Echo lauter, schlurfender Schritte zwang sie, ihre Hand wegzureißen, gerade als Wilkins, der normalerweise so lautlos dahinglitt, dass er kaum wahrnehmbar war, mit Decken und Kissen auftauchte.

Hastig stand sie auf und wich zurück, um dem Kammerdiener den Zugang zu seinem Herrn zu erleichtern. Sie starrte auf den Boden, als er sich um Darcys Komfort kümmerte und versuchte, das Pochen in sich zu unterdrücken, die Intensität ihrer Reaktion auf ihn brachte sie ganz aus der Fassung. Wie konnte sie solch starken Empfindungen widerstehen? Sie rieb sich die Arme und wusste, dass die Gänsehaut dort nichts mit der nächtlichen Kälte im Raum zu tun hatte.

Wilkins sagte: "Ich halte es für das Beste, wenn Sie den Rest der Nacht hierbleiben, Sir, nur um sicherzugehen. Wir werden sagen, Sie hätten nach einem Buch gesucht."

Darcy warf Elizabeth einen Blick zu und sie nickte fest. Wenn dieses Abenteuer seine Gesundheit gefährdet hätte, würde sie sich das niemals vergeben. Sie sagte: "Ich werde so lange als möglich hier bei dir bleiben."

"Also gut", sagte Darcy mit einem Anflug von Murren.

Wilkins ging zum Kamin, um die für die Nacht hergerichtete Glut wieder aufzulockern und legte mehr Holz auf, eine Aufgabe, die unter normalen Umständen unter seiner Würde war.

Elizabeth kehrte zu ihrem Stuhl neben dem Sofa zurück. "Gibt es irgendetwas, das ich für dich tun kann, um es dir angenehmer zu machen?"

Ein Lächeln huschte über sein Gesicht. "Führe mich nicht in Versuchung, dir zu sagen, was ich mir wünsche. Ich habe heute Nacht gelernt, wie wenig ich dir widerstehen kann", sagte er reumütig.

Ihr Herz machte einen Hüpfer, denn sie wusste, dass er auch ihre Wahrheit aussprach. "Vielleicht liegt es daran, dass wir es uns so lange verwehrt haben, weil wir dachten, es wäre hoffnungslos, dass uns nun jede Hoffnung berauscht."

"Du berauschst mich immer, allein schon durch deine Anwesenheit im Raum, oder dadurch, wie du deinen Kopf neigst, wenn du amüsiert bist, oder durch das Leuchten in deinen Augen, wenn dich etwas belustigt oder wenn die kleinen Löckchen deinen Haarnadeln entkommen." Er streckte die Hand aus und streichelte ihren Zopf mit ehrfürchtigen Fingern. "Ich kann nicht glauben, dass ich das tue. Dass ich ein solches Glück habe." Bei den letzten Worten stockte ihm der Atem.

Ihre Kopfhaut kribbelte bei der leichten Bewegung ihres Zopfes. "Vielleicht solltest du nicht versuchen zu sprechen." Ihre Stimme klang heiser.

"Nein, mein Kopf ist wieder klar, nun, da ich wieder liege", sagte er ernst. "Klar genug, um zu wissen, dass ich dich nicht berühren sollte, geschweige denn mich so verhalten sollte, wie ich es getan habe, wenn wir gar nicht verlobt sind."

Sicherlich konnte er damit nicht meinen, dass sie sich drei Jahre oder länger niemals berühren sollten? Sie könnte den Verstand verlieren. "Wir haben eine gewisse Übereinkunft getroffen", sagte sie.

"Das ist nicht dasselbe." Er zögerte und seine Finger verschränkten sich in den Locken, die unten aus ihrem Zopf heraushingen. "Ich weiß, dass es falsch ist, dich darum zu bitten, aber würdest du in Betracht ziehen, einer geheimen Verlobung zuzustimmen? Wenn jemand das herausfände, gäbe das nur noch mehr Futter für die Klatschbasen, aber ich würde mich besser damit fühlen."

Hitze erfüllte sie. Wirklich mit ihm verlobt zu sein, wenn auch nur im Verborgenen – der Gedanke daran brachte ihr Herz zum Tanzen. Aber auch ihre tiefste Angst fühlte sich angesprochen. "Das würde ich, unter einer Bedingung."

Sein erleichtertes Lächeln hellte sein blasses Gesicht auf. "Und die wäre?"

"Wenn du eine andere Frau triffst und dich in sie verliebst, möchte ich, dass du versprichst, es mir zu sagen und mir zu erlauben, die Verlobung zu beenden. Ich weiß, dass du dich sonst ehrenhalber daran gebunden fühlen und darauf bestehen würdest." Die Stimme wollte ihrer Kehle nicht mehr recht entweichen. "Und es würde mir das Herz brechen, wenn du mich der Ehre wegen heiraten würdest, obwohl du eine andere liebst."

Mit einem entsetzten Blick ergriff er ihre Hand. "Aber das würde niemals geschehen! Das könnte ich nicht."

Sie durfte nicht ins Wanken geraten. "Du wärst nicht der erste Mann, der seine Liebe für unsterblich hält, nur um festzustellen, dass dem doch nicht so ist. Besonders wenn Jahre vergehen könnten, bis wir heiraten können."

"Elizabeth, nein." Er versuchte sich aufzusetzen, zuckte zusammen und legte sich langsam wieder zurück. "Ich könnte niemals eine andere heiraten. Nicht nur, weil ich dich liebe, sondern auch wegen etwas Anderem. Erinnerst du dich an Bingleys Hochzeit, als er und deine Schwester ihr Gelübde abgelegt haben?"

"Selbstverständlich." Aber was hatte das mit all dem zu tun?

"Ich stand dir dort gegenüber, schaute in deine Augen und legte dir schweigend dasselbe Gelübde ab, in Gottes Gegenwart und vor dem Altar. Es mag töricht klingen, aber seit diesem Tag fühle ich mich in meinem Herzen mit dir verheiratet. In guten, wie in schlechten Zeiten, in Reichtum wie in Armut, in Krankheit wie in Gesundheit, dich zu lieben, zu schätzen und zu ehren, bis dass der Tod uns scheidet." Die Ehrfurcht in seiner Stimme erfüllte die Luft zwischen ihnen. "Nichts kann das ändern."

Sie bemerkte erst, dass Tränen über ihre Wangen liefen, als seine Hand nach oben wanderte, um sie wegzuwischen. Was hatte sie getan, um die Hingabe eines solchen Mannes zu verdienen?

"Weine nicht, meine Liebe", sagte er zärtlich. "Es ist alles dasselbe, eine geheime Verlobung oder ein nicht vollzogenes Gelübde. Solange ich eine Zukunft mit dir habe, ist nichts anderes wichtig."

Selbst unter Tränen konnte sie nicht anders als zu necken. "Und soll ich davon ausgehen, dass du drei Jahre oder länger geduldig warten wirst?"

Er lachte. "Wie gut du mich kennst! Ich bin eine sehr selbstsüchtige Seele, deshalb habe ich natürlich versucht, eine andere Lösung zu finden, die es uns ermöglichen würde, früher zu heiraten."

Ihr stockte der Atem. "Und hast du eine gefunden?"

Er zögerte. "Keine, die sich nicht auf deinen Ruf auswirken würde. Die Beste ist, dass wir nach der ersten Saison meiner Schwester heimlich heiraten und auf einem kleinen Anwesen leben können, das ich in Wales besitze. Ich sehe keinen Ausweg, wie wir es früher tun könnten, da ich während der Saison anwesend sein und Georgiana zu all den Anlässen, die der Heiratsmarkt so bietet, begleiten muss. Wenn ich auf der Expedition wäre, könnte meine Abwesenheit erklärt werden, doch jetzt nicht. Und ich könnte vor all den jungen Damen, die einen Ehemann suchen, nicht so tun, als wäre ich unverheiratet, in dem Wissen, dass meine Ehefrau zu Hause auf mich wartet. Aber so würde es nur etwas mehr als ein Jahr dauern, bis wir heiraten könnten."

Ein Jahr. Nur ein Jahr. Konnte sie es zu hoffen wagen? "Aber was ist mit Pemberley? Würde es nicht auffallen, wenn du so lange webleiben würdest?"

"Das könnte sein, wenngleich ich dort gelegentlich vorbeischauen könnte. Aber wenn wir in einigen Jahren dort zusammen auftauchen, wird es auf jeden Fall Gerede geben, insbesondere, wenn wir Kinder haben."

"Ich würde dort ohnehin nicht ohne Makel auftauchen, selbst, wenn wir drei Jahre warten würden, da jeder dort von meinem Verlöbnis mit Andrew weiß." Und ein Jahr wäre viel einfacher als auf unbestimmte Zeit zu warten. "Dennoch werde ich weiterhin hoffen, dass Georgiana sich bei ihrem ersten Ball Hals über Kopf in den perfekten Gentleman verliebt, den sie dann ohne Umschweife heiraten wird", sagte sie leichthin.

Mit einem Ausdruck von tiefster Erleichterung führte Darcy ihre Hand an seine Lippen. "Wie ich dich verehre!"

Bevor sie antworten konnte, erschien Wilkins an ihrem Ellbogen und trug ein Tablett mit einer Kerze, einer Karaffe, einem kleinen Fläschchen und zwei Gläsern. So unauffällig wie möglich stellte er alles auf den Beistelltisch am Ende des Sofas ab.

Wie viel von ihrem Gespräch hatte der Kammerdiener gehört? Aber es spielte keine Rolle, vermutete sie; seine Loyalität zu Darcy übertraf alles. Sie schenkte ihm ein freundliches Lächeln. "Danke, dass Sie sich so gut um Mr. Darcy kümmern, Wilkins."

Er nickte. "Es ist mir eine Ehre." Er schenkte zwei Gläser ein und goss eine wohl abgemessene kleine Menge aus der verschlossenen Flasche in eines davon. Elizabeth bot er den nicht behandelten und Darcy den anderen Weinkelch an. "Es wird Ihnen helfen zu schlafen, Sir, und Sie brauchen diese Ruhezeit."

Darcy rümpfte die Nase, gestattete Wilkins jedoch, ihn so weit zu stützen, dass er aus dem Glas trinken konnte. Elizabeth nippte schweigend an ihrem Wein.

Der Kammerdiener sagte: "Ich werde die Hilfe eines Dieners benötigen, um eine Pritsche zum Schlafen hereinzutragen. Vielleicht möchten Sie bis dahin weg sein, Miss Bennet."

Darcy packte ihre Hand fest. "Ich nehme an, das musst du", sagte er reumütig.

Sie beugte sich vor und flüsterte in sein Ohr: "Wir sind jetzt verlobt. Du kannst dich auf mich verlassen." Und dann strich sie mit ihren Lippen über seine und freute sich darüber, dass sie das nun tun konnte. Wilkins würde sich einfach an diese Art von Verhalten gewöhnen müssen.

"Ich weiß. Es ist einfach schwer zu glauben, nach allem, was wir durchgemacht haben und sobald du weg bist, kommen die Zweifel wieder."

Sie konnte ihm keinen Vorwurf daraus machen, dass er etwas brauchte, was ihm Zuversicht verlieh. Er hatte viel länger unter seiner Liebe gelitten als sie. Sicherlich musste es etwas geben, das sie sagen oder tun konnte, um es ihm einfacher zu machen.

Dann wusste sie es. Mit einem koketten Lächeln öffnete sie das Band, das ihren Zopf zusammenhielt. "Wilkins, haben Sie ein Messer?", fragte sie.

"Selbstverständlich, Miss." Wilkins zog eines heraus und hielt es ihr entgegen, den Griff auf sie gerichtet.

Elizabeth fragte sich, wie viele andere nützliche Gegenstände der Kammerdiener im Verborgenen bei sich trug, aber sie nahm das Messer, löste ihren Zopf und fand eine unauffällige Locke, die sie abschnitt. Sorgsam umwickelte sie die Haarsträhne mit dem Band, das sie verknotete und reichte sie Darcy. "Für die Zeit, wenn die Zweifel wiederkommen."

Er starrte sie an, als hätte sie ihn hypnotisiert. "Weißt du, wie oft ich davon geträumt habe, dich mit gelöstem Haar zu sehen?" Seine Stimme war heiser, als er seine Hand ausstreckte und es berührte.

Diesmal lief ihr definitiv ein Schauer über den Rücken. "Dir werden sich in den kommenden Jahren noch viele Gelegenheiten dazu bieten." Aber sie ließ es lose, als er mit den Fingern hindurchfuhr. Sie konnte es schließlich wieder flechten, wenn sie ihr Zimmer erreichte. "Und jetzt muss ich gute Nacht sagen, wenngleich es praktisch schon Morgen ist."

"Gute Nacht, meine liebste, geliebteste Elizabeth", flüsterte er.

Wie sie es hasste, ihn zu verlassen! Aber irgendwie gelang es ihr aufzustehen und wegzugehen. An der Tür drehte sie sich um und sah, wie er die Haarsträhne an seine Brust hielt und sie sanft anlächelte.

Eines Tages würde er ihr Ehemann sein. Es war jenseits von allem, was sie jemals für möglich gehalten hatte. Sie schwebte zurück in ihr Zimmer und umarmte sich ungläubig selbst.

# Kapitel 37

Elizabeth blieb noch zwei Tage im Darcy House. Darcys Rückschlag in der Bibliothek schien sich nach einer Nacht Schlaf in Wohlgefallen aufzulösen, und als sie aufbrach, bereitete er sich darauf vor, zum ersten Mal nach seinem Unfall das Dinner unten einzunehmen. Da Georgiana anwesend war, konnte sie nicht länger alleine mit ihm in seinem Gemach sitzen und noch dazu – was noch mehr von Bedeutung war – trudelten Besucher ein, die nicht verstehen würden, weshalb Andrews entehrte, ehemalige Verlobte sich im Haus aufhielt. Sie versprach, regelmäßig vorbeizuschauen, und machte sich auf den Weg zu Mrs. Todds Haus.

In vielerlei Hinsicht war es eine Erleichterung. Es gab keine weitere Gelegenheit für ein privates Gespräch mit Darcy, und ganz gleich, wie richtig es sich auch anfühlen mochte, bei ihm zu sein, war es doch belastend, vor Andrew, Mary und Georgiana vorzugeben, alles sei ganz normal, insbesondere, wenn man bedachte, wie unwohl sich Georgiana in ihrer Gegenwart fühlte. Nach all der Zeit, die sie mit dem Mädchen auf Pemberley, Longbourn und in Bath verbracht hatte, war es unangenehm, behandelt zu werden, als wäre sie irgendwie befleckt. Aber das war es, was jeder in der Gesellschaft über eine junge Dame sagen würde, die den einen Bruder sitzengelassen hatte und eine seltsame, unangemessene Beziehung zum anderen unterhielt.

Kurz bevor sie aufbrach, schlüpfte Mary in Elizabeths Zimmer, um sich zu verabschieden. "Ich werde dir jeden Morgen eine Nachricht schicken, um dir mitzuteilen, wie es ihm geht."

Elizabeth umarmte ihre Schwester. "Vielen Dank. Ich wollte nicht darum bitten, aber das wäre eine große Erleichterung für mich."

Mary sagte: "Wenn du nur die Hälfte von dem für ihn fühlst, was ich für meinen lieben Andrew fühle, dann weiß ich, wie schwer diese Zeit für dich sein muss. Ich wünschte, es gäbe eine Lösung für dich und Fitzwilliam, aber es gibt keinen Grund, dich in Angst und im Ungewissen zu lassen."

"Das weiß ich sehr zu schätzen." Elizabeth wusste nicht, was – oder ob überhaupt – Darcy seinem Bruder von ihren Plänen erzählen wollte, deshalb hielt sie es für klüger, Mary nichts davon zu sagen. "Ich habe Mr. Darcy gesagt, ich würde in ein paar Tagen vorbeikommen."

ES WAR SELTSAM, WIEDER zurück im Hadley-Haushalt zu sein. Mrs. Todd machte einen solchen Wirbel um sie, Elizabeth war sich sicher, dass Mr. Hadley etwas von ihrer Verbindung zu Darcy erzählt hatte, aber von sich aus gab sie nichts preis.

Noch wichtiger war, dass sie nicht länger von ihrer Familie isoliert war. Die Briefe, die sie vom Darcy House aus geschrieben hatte, um ihnen ihre Adresse mitzuteilen, waren eingegangen. Zwei Tage nach ihrer Rückkehr statteten Mr. und Mrs. Bingley ihr einen Besuch ab. Elizabeth und Jane weinten vor Glück, sich zu sehen, und gemeinsam besuchten sie die Gardiners, die außer sich waren, wieder mit ihrer lieben Lizzy vereint zu sein. Das Thema Andrew Darcy wurde stillschweigend vermieden, damit das Wiedersehen von allen genossen werden konnte.

Mr. Bennet hatte sich aufgerafft, Elizabeth einen kurzen Brief zu schreiben, in dem er ihr vorschlug, sofort nach Longbourn zurückzukehren, da er seit ihrer Abreise nach Bath kein vernünftiges Gespräch mehr hatte führen können. In ihrer Antwort versprach sie, ihn eines Tages zu besuchen, legte sich allerdings nicht fest. Ihre Erfahrung mit Georgiana Darcy hatte nicht dazu geführt, dass sie sich auf die Aussicht freute, als gefallenes Mädchen behandelt zu werden, aber sie war froh, von ihrem Vater zu hören.

Sowohl Mrs. Todd als auch Mr. Hadley schienen vollkommen glücklich damit zu sein, dass regelmäßig Mitglieder von Elizabeths Familie bei ihnen einmarschierten, besonders wenn dies bedeutete, dass Andrew und Mary auch darunter waren.

Wie versprochen, schaute Elizabeth nach ein paar Tagen im Darcy House vorbei. Während sie sich freute, Darcy wieder auf den Beinen zu sehen und ebenso, dass er wieder ein wenig mehr Farbe im Gesicht hatte, war es doch eine Herausforderung, ihn in Gesellschaft anderer zu treffen, wo sie wenig mehr als Höflichkeitsfloskeln miteinander austauschen konnten. Aber als sie sich verabschiedete, hielt er die Hand, die sie ihm angeboten hatte, etwas länger als schicklich gewesen wäre und sagte leise: "Sobald ich dazu in der Lage bin, können wir vielleicht einen Spaziergang machen." Er erwähnte nicht, dass sie auf diese Weise allein sein könnten, aber die Wärme in seinen dunklen Augen verriet es ihr ohnehin.

Dieser Moment und die Nacht in der Bibliothek des Darcy House halfen ihr, die Tage zu überstehen. Aber wenn es in dieser Geschwindigkeit weiterginge, würde es ein langes Jahr werden.

DREW BLIEB AN DER TÜR des Arbeitszimmers stehen. "Ist etwas geschehen?", fragte er.

Darcy sah von dem Buch auf, das er finster anstarrte, anstatt es zu lesen. "Nein. Alles ist gut." Es würde nur ein sehr langes Jahr werden. Wenn er kein Aufheben um seine Verbindung zu Elizabeth erwecken wollte, musste er seine Besuche bei ihr auf einmal die Woche beschränken, was bedeutete, dass er die meiste Zeit damit verbrachte, die Tage zu zählen, bis er sie wiedersehen konnte. Und selbst dann mussten sie sich in Zurückhaltung üben, um keinen Verdacht zu erwecken. Sein Geduldsfaden wurde immer dünner. "Kann ich irgendwas für dich tun?"

"Nein. Die Haushälterin hat mich nur gebeten, dir mitzuteilen, dass deine Spezialsendung eingetroffen ist. Sie überwacht unten die Anlieferung."

Zumindest das wäre eine Ablenkung. "Dann sollte ich wohl nachsehen." Er verließ das Arbeitszimmer und ging die Treppe hinunter in die Dienerhalle, wo zwei stämmige Arbeiter eine große Holzkiste hereinschleppten und sie neben vier andere stellten.

"Ist das alles?", fragte Darcy den Mann, der die Träger zu beaufsichtigen schien.

Der Kerl tippte sich gegen die Mütze. "Das sin' se alle, Sir. Ich hab meine best'n Männer abgestellt, um sie zu beweg'n, diesmal fin' se nich' ein einziges zerbroch'nes Teil, ganz sicher."

"Ich danke Ihnen." Darcy nickte der Haushälterin zu, die dem Mann ein paar Münzen reichte.

"'n Dank, Sir." Er ging pfeifend davon.

Drews Stimme drang von hinten zu ihnen. "Guter Gott, was ist das alles?"

"Wissenschaftliche Ausrüstung für die Expedition."

"Aber sie sind doch schon vor Wochen aufgebrochen."

"Ja, aber einige der von ihnen bestellten Glaswaren waren schadhaft, daher handelt es sich um Ersatz."

Drew runzelte die Stirn. "Die müssen mit auf Expedition? Heißt das, du schließt dich ihnen doch noch an?"

"Nein, sie brauchten lediglich jemanden, der sich damit auskennt und sie kontrollieren kann, da war ich die offensichtliche Wahl. Das ist nur ein kleiner Gefallen."

Drew stieß einen Atemzug aus. "Oh gut. Für einen Moment dachte ich, du hättest es dir anders überlegt, jetzt wo wir wissen, dass Elizabeth in Sicherheit ist."

Darcy schüttelte schweigend den Kopf. Nach Südamerika zu reisen würde bedeuten, das kleine Stück Elizabeth aufzugeben, das ihm blieb. Selbst wenn er sie nur einmal die Woche sehen konnte, war das zumindest etwas.

Wenn nur die Dinge anders stünden! Warum konnten sie nicht in einer Welt leben, in der er Elizabeth auf die Expedition mitnehmen konnte? Er konnte sich vorstellen, wie sie neben ihm auf dem Bug eines Schiffes stand, das in den Hafen von Surinam segelte. Eine tropische Brise umwehte sie, weit weg von der guten Gesellschaft und ihrem grausamen Flüstern und bösartigen Klatsch. Aber dieser Traum würde ebenso wenig wahr werden, da die Mitglieder der Expedition ebenso engstirnig waren – wenn auch auf eine andere Art und Weise – und keine Frauen zuließen, auch nicht als Begleiterinnen. Er würde viel lieber mit Elizabeth an seiner Seite Entdeckungen machen. Besonders, da es ihr Traum war, die Welt zu erkunden.

Nein, wenn sie schon aufgrund des Skandals ins Exil gehen müssten, dann würde die Gesellschaft erwarten, dass sie sich in eine der europäischen Hauptstädte zurückzogen, selbst wenn Elizabeth wilde Gebiete erforschen wollte. Die Expedition wäre perfekt gewesen und hätte ihm einen ehrenvollen Grund gegeben, zu gehen und sie beide hätten für ein paar Jahre fortbleiben können, bis Georgiana sich ein paar Jahre lang in der Gesellschaft bewegt hätte. Diese verdammten Expeditionsregeln! Er schlug sich mit der Faust in seine Handfläche.

Drew sagte hastig: "In Zukunft wird es noch weitere Expeditionen geben, nicht wahr?" Sein Bruder machte sich immer noch Sorgen um ihn.

Darcy grunzte. "Höchstwahrscheinlich." Ebenfalls mit denselben Regeln.

"Oder vielleicht könntest du eines Tages deine eigenen ausstatten, eine kleine Expedition, die sich ganz nach deinen Interessen richtet", sagte Drew, ganz so, als wolle er ein schmollendes Kind ermutigen.

Seine eigene Expedition. Seine eigenen Regeln. Mit Elizabeth an seiner Seite, und die Gesellschaft wüsste nichts davon, bis sie Jahre später zurückkehrten. Der Skandal ihrer exzentrischen Flucht würde viel schwerer wiegen als alle Gerüchte über ihre Vergangenheit.

Ja.

Er packte Drews Schultern und erntete einen überraschten Blick. "Drew, du bist brillant. Brillant!"

Drew sah schockiert aus. "Bin ich das?", fragte er zweifelnd.

# Kapitel 38

"D er Hafen?" Elizabeth beschattete ihre Augen, als sie zu den hoch aufragenden Masten der Schiffe aufblickte, die den Pier säumten. Seeleute und Träger kletterten mit Kisten, Fässern und Paketen auf die Schiffe und von ihnen herunter. Sie runzelte die Nase bei dem Geruch, der von der Themse herüberwehte. "Dies ist ein ziemlich ungewöhnlicher Ausflug, es sei denn, du hast vor, mich zu entführen."

Er lachte. "Der Gedanke hat einen gewissen Reiz, aber ich habe eine noch bessere Idee. Eine, die es erforderlich macht, die Reise- und Abenteuerlust in dir zu wecken." Mit einem jungenhaften Grinsen zeigte er auf den Bugüberhang des Schiffes, das ihnen am nächsten stand. "Das ist die Ariel. In ein paar Monaten wird sie in einen tropischen von Palmen umgebenen Hafen in türkisfarbenem Wasser einlaufen. Stell dir vor wie wir dort stehen, Seite an Seite. Kannst du es sehen?"

"Nur zu gut! Du versuchst, mich in Versuchung zu führen."

Seine Miene wurde nüchtern. "Ja, das tue ich. Ich glaube, ich habe vielleicht eine Lösung für unser Dilemma gefunden. Wirst du mich bis zum Ende anhören und es nicht sofort ablehnen?"

"So unbesonnen bin ich nicht", sagte sie mit einem Lächeln, denn sie konnte die Angst hören, die er zu verbergen versuchte.

"Na dann: Erinnerst du dich an die Expedition nach Südamerika, auf die ich mich fast begeben hätte? Ich habe eine Warenlieferung dafür, die auf der Ariel mitreisen soll. Niemand würde sich wundern, wenn ich mich dazu entschließen sollte, die Lieferung selbst dorthin zu bringen. Da ich ursprünglich an der Expedition teilnehmen wollte, würde jeder denken, dass ich vorhabe, als Teil davon dortzubleiben, was für die Gesellschaft vollkommen akzeptabel wäre, wenn auch ein wenig exzentrisch. Außer, dass du ebenfalls auf dem Schiff wärst, unabhängig von mir, und sobald wir losgesegelt wären, könnten wir an Bord heiraten. Heimlich."

Sie konnte ihren Ohren kaum trauen. "Und an der Expedition teilnehmen?"

"Wir würden vorbeischauen, aber nicht dortbleiben, da sie eine Dame im Lager nicht zulassen. Stattdessen werden wir uns eigenständig auf den Weg machen. Wir könnten durch Brasilien oder Peru reisen, die alten Ruinen vom Yucatán erkunden oder nach der Schule sehen, die wir gerade in Jamaika gründen. Wir könnten nach Niederländisch-Ostindien segeln. Indien erkunden. Was auch immer du willst, solange wir weit von der Gesellschaft entfernt sind."

"Meinst du das ernst?"

"Sehr ernst. In der Zwischenzeit wird Georgiana ihr Debut geben, oder vielleicht auch mehrere Ballsaisonen haben, während Lady Frederica sich um sie kümmert und ihr haftet kein Skandal an, da jeder denken wird, dass ich auf Expedition bin und keiner von unserer Heirat wissen wird. Wenn wir in ein paar Jahren zurückkehren, vielleicht mit ein oder zwei Kindern im Schlepptau, ist unsere Ehe eine feststehende Tatsache. Dann wird es sicherlich Klatsch geben, aber der wird sich darum drehen, wie unerhört es war, dass wir ausgerissen sind, um zu heiraten und wie ich dich durch all diese unzivilisierten Länder geschleift habe. Im Vergleich dazu wird es nur wenige interessieren, dass du einmal für kurze Zeit mit meinem Bruder verlobt gewesen bist oder dass es eine kompromittierende Situation gegeben hat, weil die Gesellschaft viel schockierter über das sein wird, was wir gemeinsam getan haben."

Das war zu schön um wahr zu sein. Da musste es einen Haken geben. "Aber dieser Skandal wird dem Namen Darcy dennoch schaden."

"Vielleicht, aber es riecht mehr nach etwas Exzentrischem als nach beschämendem Verhalten. Ich bin bereit, mehr als bereit, dieses Opfer zu bringen, wenn das bedeutet, dass ich dich haben kann."

"Wissen kannst du es allerdings nicht. Was ist, wenn der Skandal schlimmer ist, als du denkst und es zu spät ist, um ihn zu verhindern? Ich möchte nicht, dass du mich deshalb hasst."

Er nahm ihre Hand und drückte sie an seine Lippen. "Dich könnte ich niemals hassen. Wie könnte ich dir die Schuld geben, wenn es meine

Idee ist? Und sollte sich der Skandal bei unserer Rückkehr für dich als unerträglich erweisen, gibt es eine einfache Lösung." Das jungenhafte Grinsen war zurück.

"Und die wäre?" Es war schwierig, sich nicht von seiner Begeisterung anstecken zu lassen.

"Wir machen es einfach noch einmal – wir bereisen alle Teile der Erde, die wir zuvor ausgelassen haben."

Sie konnte kaum atmen. Wie konnte es wahr sein, dass sie Darcy haben und noch dazu die Welt erkunden könnte? Sie kniff die Augen fest zu und öffnete sie dann wieder. Nein, es war kein Traum. Sie konnte mit ihm auf diesem Schiff davonsegeln. Auf diesem schönen, schönen Schiff.

"Was meinst du?", fragte er mit ernster Stimme. "Du hast einmal gesagt, dass du alles tun würdest, um auf eine Expedition zu gehen. Wächst dein Mut immer noch bei jedem Versuch, dich einzuschüchtern?"

"Bist du dir sicher, dass du das tun willst, dass du Pemberley und deine Familie so lange verlassen möchtest?"

"Ich habe den letzten Tag damit verbracht, an nichts anderes zu denken und habe diese Idee von allen Seiten beleuchtet, um herauszufinden, ob ich einen Fehler daran finden kann und so viel kann ich dir sagen: es gibt nichts, was ich lieber täte, als die Welt mit dir zu bereisen. Ich werde meine Familie und Pemberley vermissen, aber sie werden bei unserer Rückkehr immer noch da sein. Ich will das." Seine Augen waren voller Liebe.

Ihr Herz schien in ihrer Brust zu schwellen. "Ja. Ich werde es tun." Die Worte platzten aus ihr heraus.

Sein Ausdruck von Herzen kommender Freude war einer, den sie ihr ganzes Leben in sich bewahren würde. Er streckte zitternde Hände aus, als könne er nicht stillhalten, und dann hob er sie mit einer plötzlichen Bewegung seiner Arme hoch und wirbelte sie herum.

Ihr war schwindelig, als er sie wieder absetzte, schwindelig vom Drehen und schwindelig von der Liebe. Lachen ließ ihre Kehle vibrieren als sie in seine Augen starrte. Sie würde ihn heiraten und seine Frau werden, nach dem langen, unmöglichen Weg, den sie hinter sich hatten. Es war wahr.

Sie sah sich um, aber die Hafenarbeiter und Seeleute schienen nichts Interessantes an einem Paar zu finden, das sich umarmte.

"Ich kann es nicht glauben", sagte er. "Endlich!"

"Du solltest es glauben. Du wusstest die ganze Zeit, dass wir füreinander bestimmt waren", sagte sie atemlos.

Seine Augen wurden dunkel, Röte stieg in seinen Wangen auf. "Was ich jetzt weiß, ist, dass wir einen neuen Skandal haben werden, wenn ich keinen Ort finde, an dem wir sehr, sehr bald allein sein können."

Ihre Freude ließ sich nicht zurückhalten. "Lange wird es jetzt nicht mehr dauern. Wie schnell können wir auf dem Schiff heiraten?"

"Sobald wir auf hoher See sind. Ein oder zwei Tage, würde ich vermuten."

Aber sie wollte nicht einmal so lange warten, und sie wollte ihre Freude mit denen teilen, die sie liebte. "Könnten wir nicht heiraten, bevor wir aufbrechen, in einer ruhigen, geheimen Zeremonie mit nur wenigen Anwesenden? Wir müssen manchen von ihnen ohnehin von unseren Plänen berichten, damit sie sich keine Sorgen machen, wenn wir verschwinden – Mr. Hadley, Mrs. Todd, Andrew und Mary."

Ein breites Lächeln erblühte auf seinem Gesicht. "Wenn du es wünschst. Welcher Kirchengemeinde gehörst du an? Ich werde die Vorkehrungen treffen und eine Lizenz besorgen."

"St. George in Bloomsbury. Wenn es dir nichts ausmacht."

Sein Blick bohrte sich in sie. "Elizabeth, ich würde dich liebend gerne in dieser Sekunde heiraten, so wie wir hier auf diesen Docks stehen, mit niemandem als den Seeleuten als Zeugen. Mir ist alles recht, was dich schneller zu meiner Frau macht."

Ein Lächeln breitete sich ganz von selbst auf ihrem Gesicht aus. "Nun denn."

"Georgiana wird natürlich daran teilhaben wollen. Gibt es noch jemanden, den du einladen möchtest? Deine Tante und deinen Onkel – könnten sie das Geheimnis bewahren?"

"Oh, ja! Ich wäre so froh, wenn sie auch da wären."

"Dann machen wir es gleich am Morgen, damit wir rechtzeitig auf dem Schiff sind, wenn es abfährt. Um die Geheimhaltung zu wahren, ist es wahrscheinlich besser, wenn wir getrennt dort ankommen."

Sie lachte. Die Aufregung musste irgendwie aus ihr herausbrechen. "Es gibt noch so viel zu tun! Wie kann ich nur an alles denken, was ich möglicherweise auf einer solchen Reise brauchen könnte? Ich muss alles packen und die Gardiners besuchen und so vieles andere mehr. Ich nehme an, ich muss mir nach unserer Ankunft Kleidung beschaffen, die für das südliche Klima geeignet ist." Sie konnte es nicht glauben. Sie würde doch noch ihr Abenteuer bekommen, noch dazu mit Mr. Darcy an ihrer Seite.

"Du musst nicht alles tun. Schick mir eine Liste mit allem, was du benötigst. Wilkins ist in seinem Element mit den Vorbereitungen. Ich glaube, er genießt die Herausforderung."

Und morgen würden sie verheiratet sein.

ELIZABETH SAH SICH in der Kirche um und Glück erfüllte sie. Sie hatte die Hoffnung aufgegeben, jemals heiraten zu können, doch hier war sie nun, lief den Mittelgang als Mrs. Darcy hinunter, an der Bank vorbei, die sich Georgiana mit den Gardiners teilte, da Mary und Andrew ihre Trauzeugen gewesen waren. Mr. Hadley und Mrs. Todd saßen auf der anderen Seite und strahlten sie beide an. Kannten sie sich wirklich erst seit ein paar Monaten? Bei beiden hatte sie das Gefühl, sie wären liebe Familienmitglieder. Lady Frederica und Mr. Farleigh waren ebenfalls da, was ihr deren ebenso geheime Hochzeit in Bath in Erinnerung rief, und beide hatten geschworen, nichts nach außen dringen zu lassen. So viele Menschen fehlten, die Abwesenheit ihres Vaters und ihrer Schwester Jane fühlte sie ganz besonders stark, aber es war dennoch ein freudiger Tag.

Und nun waren Andrew und Georgiana ebenfalls ihre Familie. Wie seltsam, dass es auf diese Weise hatte geschehen sollen, nach all den Monaten, in denen sie erwartet hatte, Mrs. Andrew Darcy zu sein! Doch sie hegte nicht den geringsten Zweifel, dass dies richtig war. Andrew hatte sich immer eher wie ein Bruder denn wie ein Liebhaber angefühlt. Die sanften, herzlichen Blicke, die er Mary zuwarf, schienen von einem anderen Mann zu kommen als von ihrem ehemaligen Verlobten.

Sie verstärkte den Griff ihrer Hand um Darcys Arm. Ihr Ehemann. Es war Wirklichkeit. Sie konnte sich gerade so zusammennehmen, nicht aus purer Freude laut zu lachen, mitten in der Kirche.

Darcy blieb direkt vor der Kirchentür stehen und nahm ihre beiden Hände in seine. "Die Zeit ist knapp, aber ich muss dir sagen, dass ich heute der glücklichste Mann auf Erden bin, und ich danke dir von ganzem Herzen für dein Vertrauen in mich."

Freude strömte über sie hinweg. "Und ich danke dir für deine Treue, und dafür, dass du mich genug geliebt hast, um unsere Vergangenheit zu vergeben." Aber dabei beließ sie es, denn sie war sich der anderen bewusst, die hinter ihnen auftauchten.

Andrew räusperte sich. "Es tut mir leid, euch in einem solchen Moment zur Eile anzutreiben, aber euer Schiff wartet auf euch."

Mr. Gardiner sagte: "Meine Frau und ich werden Lizzy zum Hafen begleiten."

Elizabeth nickte und plötzlich standen ihr Tränen in den Augen, als ihr bewusst wurde, dass dies ein letzter Abschied sein würde. Schnell umarmte sie Georgiana, die offen weinte, zweifellos, weil sie die Abreise ihres Bruders fürchtete. "Ich freue mich darauf, bei meiner Rückkehr wirklich deine Schwester zu sein. Bitte, pass für mich auf Mary und Andrew auf."

Das Mädchen schluckte und nickte. "Das werde ich, versprochen. Ich hoffe, du kannst mir vergeben. Ich wusste kaum, worüber ich im Darcy House mit dir sprechen sollte, und das tut mir leid, aber ich danke dir immer und immer wieder, dass du meinen Bruder wieder glücklich gemacht hast. Bring ihn sicher nach Hause zurück, ich bitte dich."

"Es gibt nichts zu vergeben, und ich werde mein Möglichstes tun, um ihn zu beschützen, sowohl für mich als auch für dich." Dann wandte sich Elizabeth an Mrs. Todd und Mr. Hadley und nahm sie beide bei der Hand. "Vielen Dank, dass Sie mich aufgenommen haben, als ich nirgendwo mehr hinkonnte und dafür, dass Sie mich so freundlich behandelt haben. Das werde ich nie vergessen."

"Komm zurück und besuche uns bei deiner Rückkehr." Mr. Hadleys Augen glänzten. "Immerhin bist du jetzt auch unsere Cousine."

Sie nickte ruckartig, aus Angst, sie würde weinen, wenn sie mehr sagte, und streckte ihre Hand nach ihrem ehemaligen Verlobten aus. "Andrew, ich kann dir nicht sagen, wie stolz ich bin, dass du gleich in doppelter Hinsicht mein Bruder bist. Pass auf meine Schwester auf, ich bitte dich."

Andrews Lippen verzogen sich. "Das werde ich. Und du sorgst dafür, dass Fitzwilliam sich nicht in Schwierigkeiten bringt, da zähle ich auf dich."

Elizabeth umarmte Mary fest. "Ich werde dich vermissen", sagte sie. "Wirst du dich für mich um Sir Galahad kümmern und dafür sorgen, dass er nicht zu einsam ist?" Dann brach ihre Stimme. Es brach ihr das Herz, ihren Hund zurückzulassen, ohne sich endgültig von ihm verabschieden zu können. Den Unterschied würde er ohnehin nicht verstehen, aber dennoch. Er würde sich nicht an sie erinnern, wenn sie in ein paar Jahren zurückkehrten. Sie würde ihm fremd sein und er würde stattdessen Mary und Andrew lieben.

Mary warf Darcy einen verwirrten Blick zu. "Aber Sir Galahad kommt mit euch mit."

Elizabeth zog sich zurück und starrte Darcy an, Tränen liefen über ihre Wangen. "Wirklich?", fragte sie ungläubig.

Darcy nickte. "Er ist wahrscheinlich schon an Bord der Ariel und wartet auf dich."

Sie strich die Tränen mit ihrer behandschuhten Hand weg, und ihr Mund verzog sich zu einem breiten Lächeln. "Du bezahlst, um einen Mischlingshund um die halbe Welt zu bringen?"

Er berührte ihre Wange. "Ich bringe dich jahrelang von deiner ganzen Familie und deinen Freunden fort. Das Mindeste, was ich tun kann, ist, deinen Hund mitzunehmen."

Sie konnte nicht anders. Sie stürzte sich in seine Arme. "Du bist der beste Mann der Welt."

Er hielt sie für einen Moment fest und befreite sich dann mit Bedauern. "Geh jetzt, sonst werde ich dich nicht gehen lassen können." Er drückte ihr einen sanften Kuss auf die Stirn. "Ich werde dich bald auf dem Schiff wiedersehen, und dann wird uns nichts mehr trennen."

Sie umfasste seine Hände fest und drehte sich dann um, mit einem letzten Blick auf die geliebten Gesichter um sie herum, die sie im Gedächtnis behalten wollte, halb geblendet von Tränen und ließ sich schließlich von den Gardiners hinausführen.

DIE SCHIFFSKABINE WAR größer als die winzige Koje, die Elizabeth nach all ihrer Lektüre erwartet hatte, und bot genug Platz, um ein paar

Schritte in jede Richtung zu gehen. Ihre Kleidung und Habseligkeiten waren bereits von der Magd, die Wilkins für sie besorgt hatte, sicher verstaut worden. Er hatte für neue Möbel gesorgt, und Elizabeth wurde rot, als sie ihren Blick von dem Bett abwandte, das viel breiter war, als es für einen einzelnen Offizier vorgesehen sein könnte. Sir Galahad hatte sich darunter zusammengerollt, mit einem fleischigen Knochen, der ihn beschäftigte.

Wo war Darcy? Um das Geheimnis ihrer Ehe zu bewahren, hatten sie vereinbart, dass sie unter Deck bleiben würde, bis das Schiff die Docks verlassen hatte, nur für den Fall, dass jemand an Land sie gemeinsam entdecken könnte. Aber sie hörte die Geräusche, die auf ihre Abfahrt hindeuteten, das Rufen der Matrosen und das Schlagen der Taue auf Deck, das das leise Knarzen des Holzes und das Klatschen der kleinen Wellen gegen das Schiff übertönte. Sie rieb sich die Arme, da sie vor Vergnügen erschauderte. Es war wahr. Sie segelte davon in ein Abenteuer. Mit Darcy.

Es klopfte an der Tür. In der guten Gesellschaft hätte sie ihn gebeten, einzutreten, aber die ließen sie hinter sich. Sie konnte tun, was immer ihr beliebte, und so stürzte sie die kurze Distanz zur Tür, um sie selbst zu öffnen. Darcy stand im Schatten, sein Haupt nur Zentimeter von der Decke entfernt. Wie nannte man die Decke auf einem Schiff? Es musste einen speziellen Namen dafür geben. Aber das spielte keine Rolle.

Langsam breitete sich ein Lächeln auf seinem geliebten Gesicht aus. "Mrs. Darcy", sagte er heiser.

Heißes Feuer brannte in ihr. Sie trat zurück, damit er hereinkommen konnte, nur um über Sir Galahad zu stolpern, der hinauseilte, um sein Herrchen zu begrüßen, bellte und gegen seine Hand stieß.

Glücklicherweise packte Darcy ihren Arm und stützte sie, während der schlaksige Hund um seine Beine wuselte. Ohne seine Augen von Elizabeths abzuwenden, sagte Darcy: "Wilkins, bitte nehmen Sie Sir Galahad."

Elizabeth hörte wie mit den Fingern geschnipst wurde, das Tapsen von Sir Galahads Pfoten und das Knarren der Türangeln, als sie geschlossen wurde, aber für nichts hätte sie sich von Darcys schwelendem Blick losreißen können.

"Weißt du, was das Beste daran ist?" Seine Stimme rumpelte durch die kleine Kabine, aber er bewegte sich nicht.

"Verheiratet zu sein?", schlug sie vor.

"Zu wissen, dass du meine Frau bist, ist die größte Freude meines Lebens", sagte er. "Aber das Beste an dieser Reise ist, dass ich dich für mich haben werde, nicht nur für eine Nacht oder für ein paar Tage, sondern für Wochen. Niemand, der meine oder deine Aufmerksamkeit verlangt, keine Ablenkungen, keine endlosen Dinnergesellschaften, bei denen ich nicht neben dir sitzen kann, weil du meine Frau bist. Nur du und ich."

Wie konnte ein bloßer Blick auf ihn ihre Knie schwach werden lassen? Sie leckte sich die prickelnden Lippen. "Und einige Dutzend Matrosen, ein Welpe und Wilkins", neckte sie. Sie fand ihren Mut, trat vor und legte ihre Handflächen kühn auf seine Brust. "Weißt du, dass ich jeden Tag auf der Mole stand, als ich mit Mrs. Todd in Lyme war, und davon geträumt habe, auf einem dieser Schiffe mit dir davonzusegeln?"

Er machte ein Geräusch tief in seiner Kehle. "Ich hatte keine Ahnung." Aber er bewegte sich immer noch nicht, außer um ihre Finger mit seinen eigenen zu bedecken.

Es war nicht genug. Sie brauchte mehr von ihm, deshalb legte sie ihre Arme um seinen Hals und hob ihren Kopf, um ihm einen provokativen Blick zuzuwerfen. "Nun, Mr. Darcy, jetzt sind wir ganz alleine. Was gedenken Sie zu unternehmen?"

Seine Augen verdunkelten sich und sein Blick wanderte zu ihren Lippen. "Elizabeth. Meine Liebste." Seine Stimme bebte. "Ich bin nicht aus Stein und habe so lange auf dich gewartet, und hatte schon fast aufgegeben, dich jemals meine Frau zu nennen. Wenn ich dich jetzt küsse, weiß ich nicht, ob ich wieder aufhören kann."

Sie legte den Kopf schief. "In diesem Fall, mein Liebster, ist es sehr gut, dass wir bereits verheiratet sind." Sie erhob sich auf ihre Zehenspitzen und strich mit ihren Lippen über seine, was eine unkontrollierbare Flut von Verlangen durch ihre Adern strömen ließ.

Eine zweite Einladung brauchte er nicht. Er nahm sie in seine Arme, drückte sie an sich und küsste sie mit all dem aufgestauten Verlangen ihrer langen, sorgenschweren Beziehung.

Als alle rationalen Gedanken aus Elizabeths Kopf flohen, ersetzt durch exquisite Empfindungen und Erfüllung, wusste sie, dass kein anderer Moment in ihrem Leben jemals an diesen herankommen würde.

# Epilog

*Pemberley, vier Jahre später*

"Wie wunderbar!", rief Jane Bingley aus, als sie den Rosengarten betraten. "Das muss das Werk vieler Jahre sein."

"Ich denke, das ist es." Sie warf Bingley einen flüchtigen Blick zu und fügte hinzu: "Ich habe ihn zum ersten Mal in Begleitung deines Ehemannes gesehen, unter ganz anderen Umständen." Die Bedrängnis, die sie damals verspürt hatte, als Andrew sie vor langer Zeit als seine zukünftige Braut auf Pemberley vorgestellt hatte, schien nun weit zurückzuliegen.

Bingley räusperte sich. "Ah, ja. Manches bleibt besser vergessen."

Elizabeth lächelte ihn an. "Es war schon immer meine Philosophie, mich nur an das zu erinnern, was mir Freude bereitet, aber meine Reisen haben mir eine neue Perspektive auf das verschafft, was einst schmerzhaft erschien. Hier in England ist es schockierend, dass ich einmal mit Andrew verlobt war, aber in den anderen Gesellschaften, die ich besucht habe, wäre es unwichtig, sogar irrelevant. Wir haben alle unser Bestes gegeben, in einer Situation, um die keiner von uns gebeten hatte, und es gibt nichts, wofür wir uns deswegen schämen müssten."

"Ich kann mir gar nicht ausmalen, was du alles gesehen haben musst", sagte Jane diplomatisch.

"Oh, welche Geschichten ich dir erzählen könnte! In Guatemala gab es einen Stamm, in dem die Frauen alle Regeln aufstellten. Sie waren die Priesterinnen, und die Männer gehorchten ihnen. Es war gleichgültig, wer dein Vater ist, nur deine Mutter zählte. Könnt ihr euch das vorstellen? Ihr Leben ist nach unseren Maßstäben primitiv, aber sie schienen glücklich zu sein. Und es tat meinem Herzen gut, zu sehen, wie ihre weibliche Anführerin Darcy herumkommandierte, als wäre er der geringste ihrer Diener!" Bei der Erinnerung daran musste sie kichern.

"Ich kann mir nicht vorstellen, dass Darcy das gut aufgenommen hat!", sagte Bingley mitfühlend.

"Oh, wir hatten bis dahin so viele seltsame Dinge gesehen, dass es ihn nicht zu stören schien, obwohl er später sagte, es habe ihm geholfen, besser zu verstehen, welche Erfahrungen Frauen hierzulande machen."

Elizabeths ältestes Kind, John, preschte just in diesem Moment in den Garten herein. Sein Cousin Thomas, der sechs Monate älter als er war und Andrews Grübchen am Kinn und seine grünen Augen hatte, folgte ihm gemächlicheren Schrittes, vielleicht auch, weil er an Mr. Hadleys Hand hing.

"Komm schon, Cousin Hadley!", rief Thomas. "Er entwischt uns!"

Mr. Hadley lächelte zu dem kleinen Jungen hinunter. "Vielleicht sollte ich mich euch später wieder anschließen. Meine alten Knochen können mit eurer Geschwindigkeit nicht mehr mithalten."

Thomas zögerte. "Versprichst du, später mit mir zu spielen?"

"Bei meiner Ehre." Mr. Hadley schüttelte dem Jungen feierlich die Hand.

Nachdem das erledigt war, rannte Thomas hinter John her, rief ihm nach und bat ihn, langsamer zu laufen. Zumindest dachte Elizabeth, dass er das sagte.

"Ist das Englisch?", fragte Jane überrascht.

"Größtenteils nicht. Sie nennen es Patois in Jamaika. John und sogar die kleine Marianne sprechen es fließend, ich jedoch verstehe nicht einmal ein Viertel davon. Thomas hat es von ihnen und ihrer Kinderfrau aufgeschnappt."

"Ihr Kindermädchen spricht es mit ihnen?" Jetzt klang Jane definitiv schockiert.

"Ja. Wir haben sie für die Zeit eingestellt, die wir in Jamaika verbrachten, aber sie hat das mit den Kindern so gut gemacht, dass wir sie gebeten haben, uns nach Hause zu begleiten. Ohne sie hätten wir das nicht geschafft! John hatte seit dem Zeitpunkt als er krabbeln konnte nur Unfug im Kopf, deshalb brauchten wir alle Hilfe, die wir kriegen konnten. Und die Kinder lieben sie."

Andrews Stimme drang von hinten zu ihnen. "Für Thomas wird es ebenfalls nützlich sein, wenn er mit der Sprache vertraut ist."

# DER PREIS DES STOLZES

Elizabeth drehte sich zu ihm um und lächelte ihn an. Es war eine Erleichterung gewesen, bei ihrer Rückkehr zu entdecken, dass Drew selbstbewusster geworden war, seit sie fortgegangen waren und dass er sich in ihrer Anwesenheit nicht mehr unwohl zu fühlen schien. "Nützlich? Weshalb das denn? Hat das etwas mit dem Geheimnis zu tun, von dem mir gesagt wurde, dass du es heute verkünden würdest?"

Mary, die neben ihm stand, sagte: "Ja, lass es uns ihnen sagen! Ich kann es keinen Moment länger in mir behalten."

"Ich kann es kaum erwarten, es zu hören! Ich war mehr als neugierig, welche Angelegenheiten dein Mann mit meinem all diese Stunden bis spät in die Nacht hinein besprochen hat", sagte Elizabeth leichthin. Sie hatte tatsächlich eine gute Vorstellung von Andrews mysteriösem Unterfangen, da Darcy etwas herausgerutscht war. Nachdem sie in den seltsamsten Situationen so eng zusammengelebt hatten, waren sie es nicht gewöhnt, Geheimnisse, selbst die kleinsten und harmlosesten, voreinander zu bewahren.

Andrew streckte Mary seinen Arm entgegen und sie hakte sich mit einem stolzen Lächeln unter, als er sagte: "Wie Elizabeth euch vielleicht erzählt hat, fand Fitzwilliam das Anwesen in Jamaika aufgrund eines unehrlichen Verwalters in keinem guten Zustand vor, sodass ihnen nicht so viel Zeit für die Gründung der Schule für die befreiten Sklaven zur Verfügung stand, wie sie sich erhofft hatten. In diesem Frühjahr werden Mary und ich nach Jamaika segeln, wo ich die Verwaltung des Anwesens übernehmen werde, und Mary wird die Schule leiten. Wir werden höchstwahrscheinlich nur ein paar Jahre bleiben, aber wir haben beide den Ruf zur Missionarsarbeit verspürt, weshalb das für uns eine gute Gelegenheit sein wird."

"Es wird schwer werden, sich so schnell wieder von euch zu verabschieden, aber ich muss zugeben, dass du dort ein Geschenk des Himmels sein wirst", erklärte Elizabeth. "Fitzwilliam hat sich schon Sorgen gemacht, wie er es über eine so große Distanz beaufsichtigen kann und wie ich verstehe, hast du einiges über die Verwaltung eines Gutes gelernt, während wir fort waren." Und Darcy hatte ihr gegenüber seine Besorgnis erwähnt, dass Drew sich nun, da Darcy in Pemberley die Zügel wieder in die Hand genommen hatte, nach vier Jahren, in denen er dort im

Wesentlichen verantwortlich gewesen war, möglicherweise ein wenig verloren vorkommen könnte.

Mr. Hadley sagte: "Sie werden auch nicht alleine reisen. Ich werde sie begleiten, um sie bei ihrer Arbeit zu unterstützen. Meine Schwester freut sich schon darauf, ihre alten Freunde in Jamaika wiederzusehen, und wir hoffen, dass das warme Klima ihrer Arthritis zuträglich sein wird."

"Das sind gute Neuigkeiten, denn ich kann mir vorstellen, dass man Thomas auf das Schiff hätte zerren müssen, wenn er dächte, dass seine Eltern ihn von seinem geliebten Cousin Hadley trennen wollten!", sagte Elizabeth leichthin. Mary hatte ihr von Mr. Hadleys regelmäßigen Besuchen im Pfarrhaus von Kympton in den letzten Jahren erzählt, und niemandem konnte die Freude entgehen, die der alte Herr daran hatte, Teil des Lebens seiner nicht anerkannten Enkelkinder zu sein, und ebenso wenig, wie sehr sie ihn verehrten.

"Oh Mary, wir werden dich vermissen! Zumindest ist es noch einige Monate hin", rief Jane aus. "Lizzy, ich bitte dich, sag mir, dass du nicht auch wieder weggehst."

"Nein, ich bin froh, hier im Komfort meines Zuhauses zu bleiben, nachdem ich die Gelegenheit hatte zu reisen." Zumindest zunächst. Sie und Darcy hatten ausführlich darüber gesprochen und vereinbart, in England zu bleiben, bis die Kinder erwachsen waren. Dann könnten sie wieder reisen, vielleicht nach Niederländisch-Ostindien oder in ein neu entdecktes Land.

Aber Jane würde ihr Fernweh niemals verstehen. Jane war zufrieden mit ihrem Ehemann, ihren Kindern und ihrem Anwesen und wünschte sich nicht mehr.

Elizabeth beschattete ihre Augen, als sie in die Richtung blickte, in die die Kinder sich davongemacht hatten. "Oje, sie sind auf dem Weg zum See." Aber just in dem Moment, da sie es aussprach, holte die Kinderfrau sie in Begleitung von Sir Galahad ein, der in Kreisen um die Kinder herum sprang und sie vom Wasser wegtrieb. "Manchmal finde ich es seltsam, dass unser Hund Kinder statt Schafe hütet, aber meistens halte ich es für ein Geschenk des Himmels", sagte sie mit einem Lachen. "Besonders mit einem Kind wie John, das niemals aufhört zu rennen! Ich bezweifle, dass deine Kleinen jemals so etwas brauchen würden." In der Tat waren Janes drei

Kinder alle bezaubernder und benahmen sich perfekter als das vorhergehende, sogar das Baby.

Jane schien diese Diskussion über Kinder in gemischter Gesellschaft etwas unangenehm zu finden, denn sie wandte sich an Andrew. "Wirst du einen Vikar suchen, der sich während deiner Abwesenheit um deine Gemeinde kümmert?"

Er grinste. "Das ist der beste Teil des Plans. Der Ehemann meiner Schwester wartet immer noch darauf, dass seine Stellung frei wird, deshalb werden er und Georgiana Kympton übernehmen, während wir weg sind. Sie wird so glücklich sein, in der Nähe von Fitzwilliam und Pemberley zu sein. Es ist die perfekte Umgebung für sie."

Elizabeth klatschte in die Hände. "Eine wundervolle Lösung! Es wird schön sein, sie so nah bei uns zu haben und Kympton könnte nicht in besseren Händen sein. Ich werde froh sein, sie hier zu haben, während Fitzwilliam und ich die Saison über in London sind."

Georgiana hatte alle überrascht, als sie am Ende ihrer erfolgreichen Debutsaison, in der sie Anträge von nicht weniger als drei sehr gefragten Herren erhalten und diese abgelehnt hatte, bekannt gab, dass sie beabsichtigte, Evan Farleighs jüngeren Bruder Stephen zu heiraten, der häufig zu Besuch gewesen war, als sie bei Lady Frederica und Mr. Farleigh gelebt hatte. Er war für die Kirche bestimmt und hatte keine anderen Ambitionen, aber er verehrte Georgiana über alle Maßen, und sie erwiderte seine Gefühle, obwohl ihm der Reichtum und auch die Macht ihrer anderen Verehrer fehlte. Drew hatte darauf bestanden, dass sie ein Jahr warteten, bis ein Brief Darcy erreichen konnte, um seine Meinung zu diesem ausgesprochen ungleichen, wenn auch überglücklichen Paar zu hören. Georgiana, die während ihrer Abwesenheit ebenfalls an Selbstvertrauen gewonnen hatte, hatte Elizabeth geschrieben, dass ihr, wenngleich ihre Saison aufregend gewesen war, die Oberflächlichkeit nicht gefallen hatte und sie viel glücklicher mit der Aussicht war, die Ehefrau eines Landpfarrers zu sein.

"Du gehst für die Saison in die Stadt?", fragte Jane besorgt. "Bist du sicher, dass das eine gute Idee ist?"

"Lady Frederica besteht darauf und glaubt, dass wir uns keine Sorgen machen müssen", sagte Elizabeth mit einem Lächeln. "Sie sagt, dass mich, seit die Nachricht von unserer Ehe die Runde gemacht hat, viele Frauen eher als romantische denn als skandalöse Figur sehen. Vielleicht finde ich eine oder zwei, die davon träumen, Entdecker zu sein. Oh, einige der Pedanten mögen mich schneiden, aber das kann mich nicht kümmern."

Jane seufzte. "Du bist so mutig, Lizzy! Ich hätte Angst."

Elizabeth tätschelte den Arm ihrer Schwester. "Irgendwann werde ich dir die Geschichte vom wütenden Puma und dem kleinen John erzählen. Danach kann mich nichts mehr erschrecken!"

EIN PAAR MINUTEN SPÄTER, als alle gerade anderweitig beschäftigt waren, schlüpfte Elizabeth davon, den Pfad zur Orangerie hinunter. Aus irgendeinem Grund, vielleicht war es die Lichtstimmung, erinnerte sie sich daran, wie sie das Gewächshaus zum ersten Mal gesehen hatte, als es ihr verboten gewesen war. Jetzt konnte sie ohne zu zögern eintreten, und die Hitze und Feuchtigkeit drinnen war nichts weiter als eine angenehme Erinnerung an die tropischen Gefilde, die sie und Darcy besucht hatten.

Gleich hinter der Tür stand Myrtilla mit einer Gießkanne neben einer Reihe von Sämlingen und tropfte vorsichtig Wasser auf die zarten Pflanzen. Sie nickte Elizabeth anstelle eines Knickses zu.

"Wie machen sie sich?", fragte Elizabeth und zog ihre Handschuhe aus, als ihre Hände heiß wurden. Während ihrer Reisen hatte sie lokale Heiler um Samen für die Pflanzen gebeten, die sie für ihre Heilmittel verwendeten, sie sorgfältig mit Beschreibungen und Zeichnungen verpackt und Myrtilla mitgebracht.

"Ganz gut." Myrtillas Wissen über Heilkunst hatte ihr den Respekt der Haushälterin von Pemberley eingebracht, und heutzutage war die Antiguanerin entweder unterwegs, um sich um die Dienstboten und Pächter zu kümmern, oder sie arbeitete in der Orangerie. "Zumindest wachsen sie."

"Gut." Elizabeth ging an ihr vorbei auf dem Steinplattenweg zum hinteren Teil der Orangerie und fand Darcy unter dem großen Glasdach in Hemdsärmeln und mit geöffnetem Kragen. Das weckte Erinnerungen an ihre langen Tage in der tropischen Sonne, als sowohl Weste als auch

Jacke wochenlang nicht aus dem Schrank geholt wurden. Wie sie die Ungezwungenheit davon geliebt hatte! Sie hatte große Freude daran, zu sehen, wie gut ihr Mann aussah, wenn er formell gekleidet war, aber dieser entspanntere Stil stand ihm ebenfalls gut.

Er richtete sich mit einem breiten Lächeln von dem Journal auf, in dem er seine Ergebnisse aufzeichnete. "Meine Liebe, was für eine herrliche Überraschung."

Sie trat ohne nachzudenken in seine Arme, eine Bewegung, die so natürlich war, dass es Mühe gekostet hätte, dagegen anzukämpfen. Selbst nach all den Jahren erfüllte sie das Gefühl, in seiner Umarmung zu sein, mit Vergnügen und Zufriedenheit. Sie legte ihren Kopf auf seine Schulter und genoss deren Stärke und das Wissen, dass er immer für sie da war.

Er presste seine Lippen auf ihre Stirn. "Es ist hoffentlich nichts geschehen."

"Nein, nicht wirklich. Ich bin froh, zu Hause zu sein, und ich liebe es, unsere Familie hier versammelt zu haben, aber ich vermisse unsere Zeit alleine. Egoistisch wie ich bin, habe ich mich zu sehr daran gewöhnt, dich ganz für mich allein zu haben", sagte sie.

Er neigte sich zu ihr hinunter, um ihr einen zarten Kuss zu geben. "Ich muss gestehen, dass ich ähnlich fühle. Ich hatte vergessen, wie viele Anforderungen hier an mich gestellt werden. Vielleicht sollten wir nach der Abreise der Bingleys Zeit nur für uns zwei einplanen."

"Das wäre schön." Sie befreite sich nicht aus dem Wunsch heraus, ihn loszulassen, sondern weil die Hitze, die ausgedehnte Umarmungen verursachte, unangenehm war. Ihre Hände umfingen aber immer noch seine. "Ich denke, Jane weiß gerade nicht so recht, was sie von mir halten soll. Sie ist besorgt darüber, wie man uns in London empfangen wird."

Seine Brauen zogen sich leicht zusammen. "Wir müssen nicht gehen, wenn dir das Sorgen bereitet."

"Nein, das ist es nicht. Es erinnert mich einfach daran, wie besorgt ich einmal über die Auswirkungen des Skandals war, als ob die Sicht der Gesellschaft auf uns das Wichtigste auf dieser Welt wäre. Wie sehr ich mich seitdem verändert habe!"

"Glaubst du, unsere Reisen haben dich so sehr verändert?" Er hob ihre Hand und drückte seine Lippen in ihre Handfläche, was ein Kribbeln der Begierde über ihren Arm sandte.

"Ich würde eher sagen, dass sie mein Verständnis der Welt verändert haben. Wir hatten Orte besucht, an denen wir fast nur der Tatsache wegen verehrt wurden, dass wir Engländer waren, und andere, an denen wir aus demselben Grund verabscheut und beschimpft wurden. Wir befanden uns unter Eingeborenen, die meine Fähigkeit, die Naht eines Saumes zu flicken, mehr schätzten als dass du der Eigentürmer von Pemberley bist. Wiederum andere hielten mich für wenig mehr als ein Kind, weil ich nicht schwimmen konnte – all das hat mir gezeigt, dass die Meinung der anderen nichts damit zu tun hat, wer wir sind, sondern mehr damit, wer diejenigen sind, die entscheiden, ob sie uns akzeptieren oder auch nicht. Um unserer Kinder willen hoffe ich, dass uns niemand in London schneiden wird, aber wenn sie es tun, wird mir das keine schlaflosen Nächte bereiten."

"Da bin ich froh. Sie sind nicht einmal einen zweiten Gedanken wert. Nichts, was sie sagen oder tun, kann etwas an unserer Liebe ändern, und das ist alles, was zählt." Er zog sie wieder an sich. "Und du hast dich als sehr geschickt darin erwiesen, schwimmen zu lernen."

"Als du meinen Unterricht nicht mehr mit Küssen unterbrochen hast!"

Er sah sie mit gespielter Strenge an. "Ich erinnere mich nicht, dass du dich damals darüber beschwert hättest."

Dann küsste sie ihn. Wie könnte sie auch widerstehen? "Was den *ton* anbelangt, kümmert es mich selbst auch nicht. Ich war immer viel besorgter über die Auswirkungen auf dich. Du hattest deine Stellung in der Gesellschaft und einen Familiennamen zu schützen. Ich war ein Niemand. Der *ton* wusste nicht einmal, dass ich existiere, also hätte ich nichts verloren, wenn sie beschlossen hätten, mich zu verachten. Aber ich konnte es nicht ertragen, zu sehen, dass du meinetwegen dein Ansehen in der Gesellschaft verlierst."

"Als ob mir das wichtig wäre! Ohne dich bedeutete mein Platz in der Gesellschaft nichts. Mein Vermögen bedeutete nichts. Das Funkeln in deinen schönen Augen, wenn du mich anlächelst, ist wertvoller als jeder von ihnen." Er schlang die Locke, die an ihrer Wange tanzte, um seinen Finger.

# DER PREIS DES STOLZES

Sie seufzte. "Ich weiß nicht, wie ich jemals gedacht habe, ich könnte dich aufgeben. Du hast recht, die Gesellschaft bedeutet nichts."

Seine Fingerspitze glitt über ihr Gesicht und an ihren Lippen entlang. "In einem kannst du dir sicher sein, meine liebste, schönste Elizabeth. Ganz gleich, was irgendjemand über dich denken sollte, ganz gleich, wer dich brüskieren mag, ganz gleich, in welcher Gesellschaft oder in welchem Land wir leben mögen, in meinem Herzen wirst du immer zuerst kommen." Und er fuhr fort, seinen Standpunkt auf die entzückendste Art und Weise zu veranschaulichen.

Sie schmolz in seinen Armen dahin und war unermesslich dankbar für seine unerschütterliche Liebe. Ihre schmerzhafte Reise vom Stolz zur Liebe war den Preis wert gewesen. Wohin auch immer sie die kommenden Jahre führen mochten, sie würden zusammen sein, und das war das Wichtigste.

# Danksagungen

Es braucht ein ganzes Dorf, um ein Buch zu schreiben! Ganz besonders eines wie dieses, dessen Haupthandlungsstrang die Nerven bis zum Zerreißen anspannt – er hatte von meinem Gehirn Besitz ergriffen und wollte es einfach nicht mehr loslassen.

Meine fabelhaft erkenntnisreichen Kritikpartnerinnen, Shannon Rohane und Susan Myers, haben mir nicht nur dabei geholfen, die Handlung straffer zu gestalten und ihr mehr Tiefe zu verleihen, sondern haben mich auch davon abgehalten, verrückt zu werden. Noch dazu haben sie mich mehr als einmal davor bewahrt, das gesamte Manuskript auf den digitalen Müllhaufen zu werfen.

Das Buch hat weit weniger Tippfehler und verschachtelte Sätze dank der unermüdlichen Bemühungen meiner Betaleser, Dave McKee, David Young, Nicola Geiger, J. Dawn King, Jennifer Altman, Carole Steinhardt, Helyn Roberts, Debbie Fortin und Monica Fairview. Sie verdienen auch Medaillen, weil sie nicht mit verdorbenem Obst nach mir geworfen haben, als ich die Frechheit besaß, sie am Tag vor Thanksgiving mit einem neuen Buch zu kontaktieren und sie darum gebeten habe, mir innerhalb einer Woche Feedback zu geben!

Ebenso danke ich unseren Betalesern der deutschen Übersetzung, die unermüdlich nach Tippfehlern gesucht und Rückmeldung gegeben haben: Christin Thoß, Josephine Werner, David Young, Melanie, Rahel, Luisa Walther, Lisa Katharina und noch eine gute Seele, die lieber anonym bleiben möchte. Danke euch allen!

Ein ganz besonderer Dank gebührt J. Dawn King, da sie den perfekten Titel für dieses Buch gefunden hat.

Wie immer, hätte ich dies nicht ohne die treue und vertrauensvolle Unterstützung meines geliebten Ehemannes schreiben können.

# DER PREIS DES STOLZES

Pfeffernusse, die flauschige weiße Katze, hat währenddessen für meine Unterhaltung gesorgt und Dank gebührt auch der Person, die Online-Backups erfunden hat – sie hat mir den Tag gerettet, als unsere ganz frisch eingetroffenen, jungen Kätzchen es fertiggebracht hatten, einen Teil des Manuskripts zu löschen – und ihre neue Version obendrein auch noch zu speichern. Möglicherweise hatten sie etwas gegen die Anwesenheit von Sir Galahad in der Geschichte einzuwenden.

Zu (sehr!) guter Letzt, möchte ich mich bei Ihnen, meinen Leserinnen und Lesern bedanken, weil Sie mir einen Grund gegeben haben, dies zu schreiben!

# Über die Autorin

Abigail Reynolds mag Ärztin und US-Bestsellerautorin sein, kann aber keine gerade Linie mit einem Lineal ziehen. Ursprünglich stammt sie aus Upstate New York, hat Russisch und Theater am Bryn Mawr College und Marinebiologie am Marinebiologischen Labor in Woods Hole studiert. Nach einem kurzen Gastspiel in der Verwaltung der Darstellenden Künste beschloss sie, Medizin zu studieren und hat das Schreiben als Hobby während ihrer Jahre in einer Privatpraxis für sich entdeckt.

Da sie ihr Leben lang die Romane von Jane Austen liebte, hat Abigail 2001 damit begonnen, Variationen von Pride and Prejudice (Stolz & Vorurteil) zu schreiben, um ihr Repertoire dann um einen Romanzirkel zu erweitern, der auf ihrem geliebten Cape Cod spielt. Ihre Bücher sind vielfach preisgekrönt und einige waren US-Bestseller. Ihre neuesten Bücher sind, neben diesem hier, *A Matter of Honor, Mr. Darcys Enchantment (Mr. Darcys Zauber), Conceit&Concealment (Mr. Darcys Loyalität)* und *Alone with Mr. Darcy (Allein mit Mr. Darcy)*. Bisher wurden ihre Bücher bereits in sechs Sprachen übersetzt.

Sie ist ein lebenslanges Mitglied der JASNA (Jane Austen Society of North America) und lebt mit ihrem Ehemann und einer Menagerie von Tieren, auf Cape Cod. Zu ihren Hobbies gehören weder schlafen noch putzen.

Besuchen Sie Abigails Webseite unter www.pemberleyvariations.com

# Weitere Werke von Abigail Reynolds

**Pemberley-Variationen in deutscher Übersetzung**
Der Preis des Stolzes
Mr. Darcys Zauber
Die Darcybrüder (Co-Autorin)
Mr. Darcys Loyalität
Mr. Darcys Reise
Allein mit Mr. Darcy
Die Kraft des Instinkts
Die Darcys von Derbyshire
Mr. Darcys feine Verwandtschaft
Es regnet seinen Lauf (kostenlose Kurzgeschichte)
Mr. Darcys zweite Chance (Kostenlose Kurzgeschichte)
**Englischsprachige Pemberley-Variationen**
What Would Mr. Darcy Do?
To Conquer Mr. Darcy
By Force of Instinct
Mr. Darcy's Undoing
Mr. Fitzwilliam Darcy: The Last Man in the World
Mr. Darcy's Obsession
A Pemberley Medley
Mr. Darcy's Letter
Mr. Darcy's Refuge
Mr. Darcy's Noble Connections
The Darcys of Derbyshire
Alone with Mr. Darcy

## ABIGAIL REYNOLDS

Mr. Darcy's Journey
Conceit & Concealment
Mr. Darcy's Enchantment
A Matter of Honor
The Price of Pride

## The Woods Hole Quartet
The Man who loved Pride & Prejudice
Morning Light

www.ingramcontent.com/pod-product-compliance
Lightning Source LLC
Chambersburg PA
CBHW030542260626
47157CB00006B/2159